미성년

미성년 (하)

Подросток

표도르 도스또예프스끼 장편소설

이상룡 옮김

열린책들

PODROSTOK
by FEDOR DOSTOEVSKII (1875)

일러두기

1. 번역 대본은 F. M. Dostoevskii, *Sobranie sochinenii v dvenadtsati tomakh* (Moskva: Pravda, 1982)와 F. M. Dostoevskii, *Polnoe sobranie sochinenii v tridtsati tomakh*(Leningrad: Nauka, 1972~1990)를 주로 사용하였습니다. 다만 판본에 차이가 없는 한 옮긴이가 번역 대본을 임의로 선택하였습니다.
2. 러시아어의 로마자 표기와 우리말 표기는 〈열린책들〉에서 정한 표기안을 따르되, 관행적으로 굳어진 일부 용어만 예외로 하였습니다.

이 책은 실로 꿰매어 제본하는 정통적인 사철 방식으로 만들어졌습니다.
사철 방식으로 제본된 책은 오랫동안 보관해도 손상되지 않습니다.

『미성년』 등장 인물

베르실로프(안드레이 뻬뜨로비치) 귀족.
안드레이 안드레예비치 베르실로프 그의 아들.
안나 안드레예브나 베르실로바 그의 딸.

아르까지 마까로비치 돌고루끼(아르까샤, 아르까셴까) 베르실로프의 사생아. 이 책의 〈나〉.
리자(리자베따 마까로브나 돌고루까야) 베르실로프의 사생아.
소피야 안드레예브나 돌고루까야 아르까지와 리자의 어머니.
마까르 이바노비치 돌고루끼(마까루쉬까) 그녀의 남편. 베르실로프 가의 하인.

따찌야나 빠블로브나 쁘루뜨꼬바 여지주.

노공작(니꼴라이 이바노비치 소꼴스끼) 뻬쩨르부르그에 사는, 베르실로프의 오랜 친구. 갑부.
까쩨리나 니꼴라예브나 아흐마꼬바(까쨔) 노공작의 외동딸. 아흐마꼬프 장군의 미망인.
리지야 아흐마꼬바 그녀의 의붓딸.
세료쟈 공작(세르게이 뻬뜨로비치 소꼴스끼) 모스끄바에 사는 또 다른 소꼴스끼 집안의 아들.

안드로니꼬프 베르실로프의 친구.
마리야 이바노브나 안드로니꼬프의 조카딸.
니꼴라이 세묘노비치 그녀의 남편.

바신, 끄라프뜨, 제르가쵸프 급진파들.
스쩨벨꼬프 바신의 의부.
예핌 즈베레프 아르까지의 학교 친구.
다리야 오니시모브나 미망인.
올가(올랴) 그녀의 딸.
람베르뜨, 안드레예프, 뜨리샤또프 아르까지의 친구들.
알폰신느(알폰신까) 람베르뜨의 연인.
루께리야, 마리야 하녀.

제7장

1

나는 아침 8시에 잠에서 깼다. 일어나서 바로 문을 잠그고 창가에 앉아서 생각하기 시작했다. 그 자리에 열 시까지 가만 앉아만 있었다. 하녀가 두 번쯤 문을 두드렸지만 나는 아무런 기척도 하지 않았다. 이윽고 열 시가 지날 무렵 또다시 두드리는 소리가 들려 나는 대뜸 고함을 지르려고 하였다. 그러나 그것은 리자였다. 그녀와 함께 하녀도 들어왔다. 내게 커피를 가져온 것이었다. 그리고 난로에 불을 붙이기 시작했다. 나는 하녀를 내쫓을 수 없었다. 그래서 하녀 표끌라가 장작을 넣고 불을 붙이는 동안 나는 좁은 방 안을 계속해서 서성거렸다. 나는 리자에게 아무 이야기도 하지 않았으며, 리자의 얼굴도 쳐다보지 않으려고 애썼다. 하녀는 일이 아주 서툴렀다. 하녀들이란 대부분 자기가 주인의 이야기를 방해하고 있다는 느낌이 들면, 언제나 일부러 그렇게 더디게 일을 한다. 리자는 창가에 있는 의자에 앉아서 내 모습을 눈으로 좇고 있었다.

「커피가 다 식겠네요, 오빠.」 리자가 갑자기 말을 꺼냈다.

아무런 말도 하지 않고 나는 잠깐 그녀를 쳐다보았다. 그녀는 당혹한 기색이 조금도 없이 아주 침착했으며, 입가에는 미소까지 짓고 있었다.

〈여자란 다 이런 거구나!〉 나는 경멸감까지 느껴져 어깨를 한

번 움찔했다. 하녀는 겨우 난로에 불을 붙이고 나더니 이제 청소를 시작하려고 했다. 나는 억지로 하녀를 쫓아내고 문을 닫아 버렸다.

「제발 말을 해요. 왜 또 문을 닫아 버리는 거예요?」 리자가 물었다.

리자 앞에서 나는 걸음을 멈췄다.

「리자, 네가 모든 사실을 내게 감추리라고는 전혀 생각지도 못했다!」 나는 갑자기 큰소리로 말했다. 나는 내 입에서 그런 말이 나오리라고는 생각하지 않았다. 그러자 이번에는 눈물이 아니라 악의에 가득 찬 어떤 감정이 내 폐부를 파고드는 것 같았다. 내가 이런 감정을 가지고 있었는지 나 자신도 몰랐다. 리자는 얼굴을 붉혔지만, 아무 말 없이 그저 가만히 내 눈을 바라보았다.

「리자. 내 말을 좀 들어 봐라. 내가 참 어리석었다, 정말 어리석었어! 내가 모든 사정을 헤아릴 수 있게 된 것은 겨우 어제였다. 그전에는 아무것도 알 수가 없었다. 네가 왜 스똘베예바 부인에게, 그리고 그…… 다리야 오니시모브나에게 출입하는지 미리 알았어야 했는데. 나는 너를 마음의 태양처럼 생각했었다. 리자, 그런 사정을 알고 나서 내 머리에 무슨 생각이 떠올랐겠니. 생각나니? 정확히 두 달 전에 그 〈사람〉의 집에서 너와 만났지. 그리고 우리는 햇볕을 쬐고 걸으면서 서로 기뻐했지……. 그때 이미 그런 일이 있었니? 정말 그런 것이었니?」

말없이 그녀는 고개를 끄떡였다.

「그렇다면 그때부터 벌써 너는 나를 속인 거로구나! 글쎄, 그것은 내가 어리석었기 때문이 아니다, 리자. 어쩌면 내 이기주의 때문일 게다. 모든 원인은 내가 어리석었기 때문이 아니야. 내 감정에만 취해 산 이기주의와, 내가 인간의 신성함에 대해 가지고 있는 과신 때문일 거야. 항상 나는 네가 나보다 훨씬 고상한 존재라고 믿었다. 그런데 이게 어찌된 일이냐! 그리고 어제 겨우 이런

저런 사정을 어렴풋이 알게 되었으면서도 시간이 없어서 충분히 생각할 여유가 없었다……. 어제 나는 몹시 바빴으니 말이다!」

그때 갑자기 내 머릿속에 까쩨리나 니꼴라예브나가 떠올랐다. 그러자 다시 핀처럼 날카로운 것이 내 심장을 찌르는 것 같았다. 그래서 나는 얼굴이 새빨갛게 되었다. 나는 그 순간 내 자신이 아주 추악한 존재라고 절감했다.

「오빠는 지금 무엇을 변명하는 거지요? 아르까지, 오빠는 열심히 뭔가를 변명하려고 애쓰는 것 같아요. 왜 그런 변명을 해야 하는 거지요?」 리자는 조용히 그리고 부드럽게 물었지만, 그 목소리에는 아주 굳세고 강한 의지가 담겨 있었다.

「나보고 무엇을 변명하느냐니. 그 말은 또 뭐니? 이제부터 내가 어떻게 할 것이냔 말이니? 글쎄 그것도 의미 있는 질문이겠지! 그런데 너는 아무런 내색도 하지 않고 〈무슨 이야기지요?〉라고 하고 있구나. 나는 어떻게 처신해야 할지 모르겠다. 이런 경우 오빠의 입장에서 내가 어떻게 행동해야 할지 도대체 모르겠다! 정말 모르겠어……. 내가 권총이라도 손에 들고 그에게 모든 책임을 지라고 강요해야 하지 않을까? 이런 때일수록 성실한 인간답게 행동해야겠지! 그런데 성실한 사람이라면 이런 경우 어떻게 할지 나는 전혀 모르겠구나……. 우리는 귀족도 아닌데, 그 사람은 공작인 데다가 미래를 향해 자신의 기반을 튼실하게 쌓고 있기 때문이다. 또한 그는 우리 같은 성실한 사람의 말을 아마 들으려고도 하지 않을 거야. 게다가 명목상으로는 우리가 서로 형제라고도 말할 수 없는 형편이잖니? 이렇다 하게 내세울 만한 배경도 없고, 더군다나 성이 뭔지도 모르는 사생아에, 하인의 자식이 아니냐. 어떻게 공작 집안의 사람이 하인의 딸하고 결혼하겠니? 이 일을 생각만 해도 나는 가슴이 꽉 막히는데, 너는 태연하게 앉아서 아무렇지도 않은 듯이 내 얼굴을 빤히 쳐다보고 있으니 말이다.」

「오빠가 이 일로 얼마나 고민할지 저도 알고 있어요.」 리자는 또다시 얼굴을 붉혔다. 「하지만 저는 오빠가 서두르며 자책하는 것이 싫어요.」

「서두른다고? 그러면 네 생각으로는 상황이 이런데도 아직 늦지 않았다는 말이니? 리자, 네가 내게 어떻게 그렇게 말할 수 있니?」 나는 화가 치밀어 올라 거의 제정신이 아니었다. 「내가 속으로 얼마나 치욕을 참아 왔다고 생각하니. 그 공작이 나를 멸시한 것도 어쩌면 당연한 일이야! 이제야 나는 저간의 모든 사정을 분명히 알았다. 그리고 모든 정경이 눈앞에 선명히 떠오르는구나. 그 친구는 내가 벌써부터 그와 너의 관계를 알고 있으면서도 가만히 침묵을 지키고 있거나, 혹은 헛된 자존심에 사로잡혀 자신들의 〈명예〉를 높이게 되었다고 내심 만족하고 있으리라 생각했을 게다. 아마도 그는 분명히 그렇게 생각하고 있었을 거야! 여동생을 팔아서, 여동생이 받은 치욕의 대가로 내가 돈을 받고 있었던 셈이지! 그 친구의 입장에서 보면 나의 그런 행동이 파렴치하게 느껴졌을 거야. 이제야 나는 그의 기분을 알겠다. 날마다 그런 파렴치한 불한당을 만나서 대접을 해야 하는 기분 말이다. 그 불한당이 바로 그녀의 오빠이니 그로서는 어쩔 수 없었겠지. 그런데 가당찮게도 그 불한당은 만날 때마다 명예가 어떻고 하면서 떠벌리니, 속으로 얼마나 가증스러웠겠니! 상황이 그런데도 너는 내게 아무 말도 하지 않고 그대로 방치했어. 그래서 그는 스쩨벨꼬프에게까지 내 행동에 대해 하소연을 했고, 어제는 심지어 자기 입으로 베르실로프 부자를 내쫓아 버리겠다는 말까지 했지. 그가 속으로 얼마나 나를 멸시했으면 그랬겠니? 또 그 스쩨벨꼬프는 어떻게 생각했겠니! 그 작자는 〈안나 안드레예브나도 리자베따 마까로브나와 마찬가지로 역시 당신의 누이가 아닙니까〉라고 말하는가 하면, 또 〈그 사람 돈보다는 제 돈이 더 깨끗할 겁니다〉라고 내 뒤에 대고 소리까지 질렀다. 상황이 그런데도 나는 파렴치하게 〈그의〉 집 소파에 늘어붙어 앉아서 마치 그들과 동등한 인간이나 되는 듯이 함부로 그의 지인들이 나누는 얘기에 끼어들기까지 했단 말이야. 세상에 그런 파렴치한 작자가 어디 있겠니! 그런데도 너는 모든 걸 모르는 체 그냥 내버려뒀지! 다르잔까지도 이제는 모두 알고 있을 게다! 적어도 어제 저녁 그가 내게 하던 말투로 미루어 보면…… 나만 모른 채 모두가 이 일을 알고 있었어!」

「그 누구도 이 사실에 대해 몰라요. 그이는 아는 사람들 그 누구에게도 말하지 않았어요. 그리고 말했을 리가 없어요.」 리자가 내 말을 가로막았다. 「그리고 제가 알기로는 그 스쩨벨꼬프도 그이를 괴롭히고 있지만, 정확한 사정은 모르고 아마 혼자 그렇게 상상하는 정도일 거예요……. 그리고 제가 그이에게 오빠는 이 일에 대해 아무것도 모른다는 말을 몇 차례 했기 때문에, 그이는 전적으로 제 말을 믿고 있었어요. 그런데 제가 전혀 종잡을 수 없는 것은 어떻게 어제 그런 일이 일어났을까 하는 점이에요.」

「다 됐어. 어제로 나는 그와 모든 걸 다 청산했어. 그래서 내 마음이 좀 가볍게 된 거다! 리자, 어머니는 이 사정을 아시니? 모르실 리가 없겠지. 어제, 어제 그렇게 내게 심한 질책을 하신 걸 보면 말이야……. 리자! 너는 지금도 모든 점에서 네가 옳았다고 생각하니? 그래, 지금도 네가 나쁘다는 생각을 하지 않니? 글쎄 나는 세상 사람들이 이 일을 어떻게 생각할지 모르겠다. 그리고 또 네가 너 자신, 어머니, 오빠, 그리고 아버지에 대해서 어떻게 생각하고 있는지도 말이야……. 베르실로프는 이 사실을 알고 있니?」

「어머니는 그분에게 아직 아무 말도 하지 않았어요. 아버지는 물어보지 않아요. 아마 묻고 싶지 않은 거겠지요.」

「사실을 알고 있지만, 알고 싶어하지 않는다? 역시 그 사람답구나! 오빠가 어떻게 처신해야 할 것인가는 전적으로 너한테 달려 있다. 그가 권총 이야기를 꺼낼 때 그 어리석었던 오빠를 너는 비웃었을지 모르지만, 어머니는, 어머니는 어떻게 하지? 넌 생각해 보지도 않았니, 리자. 이 일로 진짜 고통을 받을 사람은 어머니라는 것을? 나는 밤새 그 일 때문에 고민했다. 지금 어머니의 가슴에서 가장 먼저 떠오르는 생각은 아마도 〈모든 것이 내 잘못이다. 제 어미가 그렇더니 결국에는 딸도 그렇군!〉 하는 자책감일 거야.」

「오빠, 말이 너무 지나치지 않아요!」 갑자기 눈물을 흘리며 그렇게 말하고는 리자가 일어서서 빠른 걸음으로 문 쪽으로 갔다.

「기다려, 좀 앉아 있어 보란 말이야!」 나는 그녀를 붙잡아서 다시 의자에 앉히고, 그녀의 손을 잡고 옆에 앉았다.

「여기로 오면서 저는 모든 일이 이렇게 되리라고 생각했어요. 오빠는 제가 스스로 잘못했다고 말을 해야 속이 시원하겠지요. 좋아요, 제가 잘못했어요. 저는 단지 제 자존심 때문에 지금까지 아무 말도 하지 않고 침묵을 지킨 거예요. 하지만 오빠와 어머니 쪽이 저보다는 훨씬 더 가엾어요…….」 말을 끝까지 다하지 못하고 그녀는 갑자기 울음을 터뜨렸다.

「됐어, 리자, 이젠 그만 해라. 나는 너를 심판하려는 게 아니야. 리자, 어머니는 어떠시니? 어머니는 이 일에 대해 이미 알고 계셨니?」

「벌써부터 알고 계셨던 것 같아요. 제 입으로 직접 말씀드린 것은 얼마 전이었어요. 이런 일이 있고 난 후에요.」 그녀는 얼굴을 숙인 채 낮은 목소리로 말했다.

「어머니는 뭐라고 하시던?」

「어머니는 〈네 몸을 소중히 해야 한다〉라고 말씀하셨어요.」 리자는 더욱더 작은 소리로 말했다.

「맞아, 리자. 〈네 몸을 소중히 해야 해!〉 네 몸을 자해하는 등의 행동을 해서는 안 된다. 하느님이 지켜 주실 거다!」

「그런 짓은 안 할 거예요.」 그녀는 분명한 소리로 대답하더니,

다시 눈을 올려 나를 쳐다보았다.

「오빠, 안심하세요.」 그녀는 말을 덧붙였다. 「그런 일은 결코 안 해요.」

「리자, 지금까지 잘 몰랐지만, 이제 알 것 같다. 내가 너를 얼마나 사랑하는지를. 그런데 이해할 수 없는 게 한 가지 있다. 모든 정황이 분명한데 한 가지 사실만은 전혀 이해가 되질 않아. 도대체 왜 그를 사랑하게 되었니? 도대체 네가 어떻게 그를 사랑하게 되었을까가 바로 내 의문이다.」

「그것 때문에 또 밤새 괴로워하겠군요.」 조용히 웃으며 리자가 말했다.

「리자, 아마 어리석은 질문이겠지. 너는 웃는구나. 그래, 그렇게 웃어라. 하지만 상황을 보면 전혀 이해가 되지 않는다. 왜냐하면 너와 〈그 사람〉은 서로 완전히 정반대의 사람이란 말이야! 내가 살펴본 바에 의하면, 그 사람은 침울하고 의심 많은 인간이다. 또 선량한 구석도 있는 사람이고. 하지만 그는 모든 사물을 볼 때, 우선 부정적인 면을 먼저 보려는 극단적 성향을 가지고 있어(물론 그 점은 나와 아주 비슷하지만!). 그 사람은 또 명문가 사람을 우대하지. 이것은 나도 인정해. 하지만 그것도 그저 생각뿐이야. 그리고 그 사람은 어떤 행동을 하고 나면 곧바로 후회하는 경향이 있지. 아마도 평생 쉴새없이 자신을 저주하고 후회하기만 할 거야. 그렇다고 해서 절대로 고치지는 못할 게다. 물론 그런 성벽은 어쩌면 나하고 유사할 거야. 나도 온갖 편견과 잘못된 생각을 가지고 정말로 참다운 이념은 가지질 못했어! 뭔가 위대한 계획을 추구하면서도 항상 일상적인 잡사에 매달려 수치스러운 일만 당하고 있다. 리자, 미안하다. 나는 어쩔 수 없는 천치인가 보다. 내가 이렇게 말하면 너를 모욕하는 것이란 걸 알고 있지만…….」

「오빠가 생각하는 게 모두 정확한 걸까요!」 리자는 살짝 웃었다. 「저랑 관계된 일 때문에 그이에 대한 오빠의 반감이 너무 커서 사실을 정확하게 보지 못하고 있어요. 그리고 그이가 처음부터 오빠에게 불신하는 태도를 취했기 때문에, 오빠도 그이의 전모를 볼 수 없었던 거예요. 그러나 사실을 말하자면, 루가에 있을 때부터…… 바로 루가에서부터 그이는 저만 바라보며 살아왔어요. 맞아요, 그이는 의심이 많고 병적이에요. 아마도 제가 없었으면 그이는 미쳤을 거예요. 그리고 그이가 저를 버린다면, 아마도 그는 미치거나 권총으로 자살을 하거나 둘 중 하나를 택할 거예요. 그이도 그런 점을 깨달았고, 또 잘 알고 있는 것 같아요.」 생각에 잠긴 어조로 리자가 나지막이 말했다. 「물론 그이는 유약한 성품을 가지고 있어요. 하지만 그런 유약한 사람이 언젠가는 아주 강한 의지를 갖게 될 거라고 저는 확신하고 있어요. 오빠는 아까 권총에 대해서 뭔가 이상한 말을 했죠. 하지만 그런 건 필요 없어요. 내 자신이 일이 어떻게 될 건지 잘 아니까요. 그리고 사실은 제가 그이를 쫓아다니는 것이 아니라 그이가 저를 쫓아다니는 거예요. 어머니는 울면서 이렇게 말씀하셨어요. 〈그런 사람에게 시집가면 불행하게 될 거야. 그 사람의 사랑은 곧 식을 테니까〉 하고 말이에요. 그러나 저는 그 말을 믿지 않아요. 어쩌면 불행하게 될지도 모르지만, 그이의 사랑이 식는 일은 없을 거예요. 제가 그 사람의 청혼을 받아들이지 않는 것은 그런 의심 때문이 아니라 다른 이유에서였어요. 벌써 두 달 동안이나 저는 그이의 제안을 받아들이지 않다가, 바로 오늘 그이에게 〈당신과 결혼하겠어요〉 라고 말했어요. 아르까샤, 아시겠어요? 그이는 어제(그녀의 눈은 반짝였다. 그러더니 갑자기 두 팔로 내 목을 끌어안았다), 그이는 어제, 안나 안드레예브나에게 가서 자신의 감정을 솔직히 드러낸 뒤 그녀를 사랑할 수 없다고 말했어요……. 그래요, 그이는 분명히 자기의 의사를 말해 버렸어요. 그래서 그 혼사 얘기는 끝이 났어요. 그이는 한 번도 그 혼사를 진지하게 생각한 적이 없었어요. 그것은 모두 니꼴라이 이바노비치 공작이 자기 의사대로 꾸몄던 거예요. 그리고 그 스쩨벨꼬프와 누군가 또 한 사람이 그이에게 그렇게 하도록 강요하면서 계속해서 압박을 했어요……. 그래서 저도 오늘 그이에게 마침내 〈승낙〉을 한 거예요. 아르까지, 그이는 진심으로 당신을 만나고 싶어해요. 어제 일에 대해서는 다시 떠올리지 마세요. 오늘 그이는 몸이 불편해서 하루 종일 집에 있을 거예요. 정말 몸이 불편해요, 아르까지. 공연히 둘러댄다고 생각하지 말아요. 그래서 그이는 일부러 저를 보내 오빠를 〈꼭〉 만나고 싶다는 뜻을 전달하도록 했어요. 진심으로 오빠에게 해야 할 말이 있는데, 오빠의 하숙집에서는 그런 얘기를 하기가 부담스럽다고 오빠에게 전해 달라고 했어요. 그러면 잘 있어요! 그리고 아르까지, 이런 말을 하기가 정말로 부끄러워서 저는 이리로 오면서 참 많이 망설였어요. 혹시라도 오빠가 저를 안 만나려고 하지나 않을까, 그것이 걱정스러워서 자꾸만 성호를 그었어요. 하지만 저는 오빠가 얼마나 순수하고 좋은 사람인지 알아요! 저는 이 기억을 평생 잊지 않겠어요! 저는 이제 어머니에게 갈 거예요. 그리고 오빠, 제가 간절한 마음으로 부탁하겠어요, 제발 그이를 좀 이해해 주세요, 네?」

나는 가만히 리자를 꼭 끌어안으며 말했다.

「리자. 나는 네가 내면적으로 아주 굳은 의지를 지닌 사람이라고 생각해. 그리고 네가 그 사람을 쫓아다닌 게 아니라, 그 사람이 너를 쫓아다닌 것이라는 말을 나는 믿는다. 하지만 그래도…….」

「그래도 역시 〈도대체 왜 그 사람을 사랑하게 됐는지 그게 의문이다!〉라는 말이지요?」 갑자기 얼굴에 장난기 어린 웃음을 지으면서 리자가 말했다. 〈그게 의문이다!〉라고 말하는 리자의 말투는 놀랄 정도로 나와 비슷했다. 또 그 말을 하면서 리자는 내가 항상 하듯 집게손가락을 상대방 쪽으로 치켜세웠다. 우리는 서로 가벼운 입맞춤으로 작별 인사를 하였다. 그리고 그녀가 나갔을 때, 나는 또다시 가슴이 온통 저려 오는 것을 느꼈다.

2

내 자신의 기억을 위해 여기에 기록해 두는 것이지만, 리자가 가버린 후에 나는 온갖 것에 대해 공상을 하였다. 전혀 인식하지 못하고 있던 수많은 생각이 머리에 떠올랐으며, 그렇게 골몰하고 있는 동안 나는 이따금 아주 평안한 기분을 느끼기까지 하였다. 생각은 끝없이 나래를 폈다. 〈왜 내가 이렇게까지 걱정을 하지〉라든가, 또는 〈내가 이렇게 신경 쓰는 이유가 뭘까? 이와 비슷한 일은 늘 누구에게나 있는 것이 아닌가. 리자에게 그런 일이 생겼다고 해서 그것이 어쨌단 말인가? 내게 《가정의 명예》를 지킬 의무라도 있단 말인가?〉 등등이 그것이다. 이렇게 유치한 내용까지 자세히 쓰는 것은 내가 선과 악에 대해서 얼마나 확고한 판단을 가지고 있지 못했던가를 그대로 보여 주기 위한 의도에서이다. 가슴에서 그런 온갖 생각들을 떠올리며 곰곰이 판단하고 있자니 어떤 막연한 느낌이 나를 사로잡았다. 가만히 상황을 헤아려 볼 때, 리자가 불행한 처지라는 사실, 어머니 역시 측은한 입장에 있다는 사실이 확연히 떠올랐다. 그리고 왠지 이 모든 것이 틀림없이 좋지 않은 결과로 귀결될 거라는 생각이 들었다.

여기서 미리 말해 두어야 할 사실이 있다. 바로 그날부터 내가 아주 심하게 앓기 시작하던 그 참담한 날까지, 여러 가지 사건이 무서운 속도로 계속 발생했다는 것이다. 지금 그 일을 회상해 보면, 어떻게 내가 그 모든 일들을 견디어 냈는지, 어떻게 운명에 침식당하지 않았는지 나 자신도 놀라울 정도다. 그 사건들은 내 이성적인 판단이나 감정까지도 완전히 무력하게 만들었기 때문에, 만일 견디다 못해서 내가 어떤 죄를 범했다고 하더라도(나는 거의 범죄를 저지를 뻔했다), 배심원들은 아마도 십중팔구 내게 무죄를 선고했을지도 모른다. 나는 가능한 한 사건을 시간 순서대로 묘사하겠지만, 그 당시 내 머릿속에는 어떤 합리적인 생각도 전혀 들어오지 않았다. 예상치 못한 사건들이 마치 회오리바람처럼 한꺼번에 밀려들어와, 내 머릿속에서는 온갖 생각들이 마치 가을날의 마른 나뭇잎처럼 사방으로 흩날렸다. 그런 상황에서 내 인식은 모두 다른 사람들의 사상으로 채워져 있었다. 그러니 내 나름의 독자적인 결론을 요구할 때, 도대체 그 사상들의 어디에서 내 독자적인 사상적 결론을 찾을 수 있었겠는가? 인도자도 전혀 없는 상황에서.

완전히 자유로운 입장에서 모든 일에 관해 대화를 하고 싶어서, 나는 밤에 공작에게 가기로 결심했다. 그래서 밤이 되기까지 집에 머물러 있었다. 그러나 거의 밤이 되어 사방이 어두워질 무렵 스쩨벨꼬프에게서 또다시 편지를 받았다. 세 줄로 된 편지였는데, 거기에는 〈만나면 알겠지만 아주 중요한 용건〉이 있으니 내일 아침 열한 시에 〈만사를 제쳐놓고〉 꼭 자기를 만나러 와달라는 내용이 적혀 있었다. 여러 가지 생각을 한 다음 나는 상황을 보아 적당히 처신하기로 마음을 먹었다. 내일까지는 아직도 시간이 충분했기 때문이다.

어느새 저녁 여덟 시였다. 벌써 출발을 했어야 하지만 나는 베르실로프가 와주기를 기다리고 있었다. 그와 여러 가지 일에 대해서 얘기를 나누고 싶었다. 가슴 두근거리면서 기다렸지만 베르실로프는 좀처럼 오지 않더니 결국 나타나지 않았다. 나는 당분간 어머니와 리자에게 가지 않기로 했다. 베르실로프도 아마 오늘은 집에 없을 거라고 느꼈다. 나는 걸어가기로 마음먹었다. 걸어가다가 문득 운하 옆에 있는 어제의 그 음식점에 한번 들어가 보고 싶었다. 그런데 베르실로프가 어제 앉았던 바로 그 자리에 앉아 있었다.

「네가 이곳에 꼭 올 것 같은 생각이 들더구나.」 희미한 미소를 지은 채 뭔가를 살피는 듯한 표정으로 나를 쳐다보며 그가 말했다. 그의 미소는 따뜻한 것이 아니었다. 그의 얼굴에서 이미 오랫동안 나는 그런 미소를 보지 못했다.

조그마한 탁자에 마주 앉아, 나는 먼저 공작에 대한 이야기, 리자에 관한 이야기, 그리고 어제 저녁 룰렛을 끝낸 후 공작의 집에서 있었던 일 등에 관해 사실대로 이야기했다. 물론 룰렛에서 돈을 딴 이야기도 잊지 않았다. 아주 조심스럽게 내 말을 들은 뒤, 그는 리자와 결혼하겠다는 공작의 결정에 대해 여러 가지 질문을 했다.

「불쌍한 아이*Pauvre enfant.* 그렇게 하더라도 그 애에게 이로울 게 아무것도 없을 텐데. 어쩌면 그 결혼이 이루어지지도 못…… 물론 그 사람은 능력도 있고…….」

「제게 아주 편하게 말해 주세요. 당신은 그것을 이미 알고 계셨지요? 그런 사정을 미리 느끼셨지요?」

「그렇더라도 내가 무슨 일을 할 수 있었겠니? 이것은 서로의 감정과 내면적 양심에 대한 문제이니 말이다. 그 가엾은 아가씨의 일도 역시 마찬가지야. 네게 다시 말하지만, 나도 한때는 다른 사람의 내면적 양심의 문제에 많이 간섭을 했었다. 세상에 그렇게 주제넘는 일이 없지! 물론 내게 그럴 만한 능력이 있고 그럴 만한 충분한 근거가 있다면 나는 꺼리지 않고 불행한 사람을 도울 게다. 그런데 너는, 그래 너는 그동안 한 번도 내가 어딘가 이상하다는 느낌이 들지 않았었니?」

「당신은 어쩌면 그렇게…….」 나는 벌컥 화가 나서 말했다. 「어떻게 그렇게 행동할 수 있습니까? 혹시라도 당신 생각에, 제가 리자와 공작의 관계를 이미 알고 있었던 것이 아닌가 하는 의심이 들었다면……, 그리고 또 제가 공작에게서 돈을 빌려 쓰고 있는 것을 알면서도 어떻게 저랑 아무 일도 없는 것처럼 같이 앉아 이야기하고 심지어 제 손을 잡을 수 있었지요? 아마 틀림없이 당신은 속으로 저를 파렴치하다고 생각했을 겁니다. 분명히 당신은 제가 모든 사정을 알면서도 여동생을 빌미로 돈을 강요한다고 생각하고 있었을 겁니다!」

「글쎄, 그것도 결국에는 양심의 문제야.」 그는 싱긋 웃으며 말했다. 「그런데 너는 왜 그렇게 생각했지?」 뭔가 석연치 않은 기운을 실어서 그가 분명한 어투로 말을 덧붙였다. 「너는 왜 그렇게 생각했지? 어쩌면 어제 너처럼 나도 자신의 〈이념〉을 잃지나 않을까 두려워하고 있었는지도 모르지 않니. 감정에 휩쓸리기 쉬운 순수한 사람 대신에, 어떤 불한당을 만나지나 않을까 걱정했을지도 모르지 않니? 다만 걱정하면서 최후의 순간을 뒤로 미루어 둘 수도 있는 게 아니겠니? 게으름이나 어떤 음모 대신에 뭐랄까, 보다 고상한 것이 내 속에 잠재해 있다고는 왜 생각하지 못하지? 이런 젠장*Que diable*! 어쩌면 정말 나는 어리석고, 좋은 점이 하나도 없는지도 모르겠다. 그렇지만 만약 네게 그런 경향이 있다면, 나는 더 이상 너를 어떻게 해볼 수가 없지 않겠니? 그런 경우 설득을 해보거나 방향을 다시 잡도록 하는 것은 이미 가능성이 없는 것 아니겠니? 설사 방향이 제대로 잡혔더라도, 내 눈으로 본다면 너는 이미 모든 가치를 상실한 것으로 보일 테니까…….」

「하지만 리자가 가엾게 여겨지지 않나요?」

「물론 가엾지. 네 생각에는 내가 그렇게 무정한 사람이라고 여겨지기 때문에 그런 말을 하는 거니? 아니다, 오히려 반대로 내 힘닿는 대로……, 그런데 네 일은 어떻게 잘 되어가니?」

「제 사업에 관해서는 나중에 얘기하지요. 지금은 〈자신의〉 사업이라고 말할 만한 게 없으니까요. 그런데 그가 리자와 결혼하는 것에 대해 왜 의심하시지요? 어제 그 사람은 안나 안드레예브나에게 가서 사정을 다 말하고 왔다고 합니다……. 그 엉터리 같은 혼담에 대해서 말입니다. 니꼴라이 이바노비치 공작이 우연히 생각해 낸 그 결혼 건에 대해서 말입니다. 그는 그것을 완전히 거절한 것입니다.」

「그래? 그게 언제 일이지? 그리고 도대체 누구한테서 들었지?」 호기심 어린 표정으로 그가 물었다. 나는 내가 들은 것을 그대로 그에게 이야기했다.

「음…….」 마음속으로 여러 가지를 생각하고, 혼자 무슨 판단이라도 하는 듯하다가 그가 말했다. 「그렇다면 그것은 그 일보다 한 시간쯤 전에 일어난 일인가 보구나……. 그 다음에 다른 일이 있었나 보다. 음…… 물론 그런 이야기가 그들 사이에 있을 수 있지……. 그런데 내가 알기로는 그에 대해서 어느 쪽에서도 지금까지 한 번도 말을 꺼낸 적이 없고, 또 그런 시도도 없었을 텐데……. 그래, 그런 이야기는 한두 마디면 충분하지. 그런데 말이다.」 갑자기 그가 야릇한 미소를 띠며 말했다. 「내가 재미있는 이야기를 하나 해주마. 제법 흥미 있는 이야기이다. 예를 들어 공작이 어제 안나 안드레예브나에게 청혼을 했다고 하더라도, 리자의 일도 있고 하니 나로서는 절대로 그것을 허용하지 않았을 거고, 우리끼리만 하는 이야기지만*entre nous soit dit* 안나 안드레예브나 역시 틀림없이 즉석에서 거절하였을 게다. 너는 안나 안드레예브나를 아끼고, 또 그 애를 존경도 하며 높게 평가하는 모양이구나. 글쎄 서로 그렇게 지내는 게 좋을 거야. 그러니 이 말을 들으면 너도 그 애를 위해서 틀림없이 같이 기뻐해 줄 게다. 그 애는 결혼을 할 거야. 그 애의 성격으로 미루어 보아 틀림없이 결혼을 할 거야. 물론 나도 축복해 줄 거다.」

「결혼을요? 도대체 누구하고요?」 나는 무척이나 놀라서 재빨리 물었다.

「알아맞혀 봐라. 아니다. 말해 주마. 니꼴라이 이바노비치 공작이다. 네가 좋아하는 그 노공작 말이야.」

나는 눈이 휘둥그레졌다.

「아마도 오래 전부터 그 애는 그런 생각을 가졌던 것 같다. 여러 가지 사항을 모두 고려한 뒤에, 물론 약간의 예술적 가공을 했겠지만.」 분명한 어조로 말을 끊어 가며 그는 아주 천천히 말을 이어갔다. 「내 추측으로는 〈세료자 공작〉의 방문이 있은 지 꼭 한 시간 후에 그 일이 일어난 것 같다. (사실 아주 부적절한 시간에 그가 방문을 했지!) 그 일이 있은 후 그 애는 니꼴라이 이바노비치 공작에게 가서 그에게 청혼을 했어.」

「〈그에게 청혼했다〉는 게 무슨 말입니까? 노공작이 그녀에게 청혼했다는 겁니까?」

「어떻게 노공작이! 그 애가, 그 애가 스스로 그에게 청혼을 했어. 물론 그는 그 청혼을 받고 아주 기뻐했지. 들리는 말로는, 그 사람은 왜 지금까지 그런 생각이 전혀 머리에 떠오르지 않았는지 의아해 했다는구나. 너무 기뻐하다가 몸도 약간 불편하게 될 정도였다는구나……. 너무 기뻐했기 때문일 거야, 틀림없어.」

「당신은 그냥 흥미롭게만 느끼고 있나요……? 저는 거의 믿을 수 없을 정도입니다. 어떻게 그녀가 청혼할 수 있었을까요? 그녀는 뭐라고 말했을까요?」

「얘, 내가 진심으로 기뻐하고 있다는 것을 믿어야 한다. 알겠지?」 놀라울 만큼 진지한 표정을 지으며 그가 대답했다. 「물론 그 사람은 늙었지. 그렇더라도 그 사람은 모든 법률이나 관습에 비추어 보아 결혼 못할 일이 없지. 내가 네게 되풀이해서 말한 것처럼 이것 또한 다른 사람의 내면적 양심의 문제이지만, 그 애는 자신의 견해와 독자적인 결정을 할 수 있는 충분한 자격을 가지고 있지. 물론 나도 상세한 내용에 대해서는, 그 애가 어떻게 청혼했는가는 잘 모른다. 그렇지만 그 애는, 어쩌면 우리가 생각지도 못할 정도로 잘했을 거야. 그리고 무엇보다도 다행스러운 것은 거기에 아무런 추문도 따라붙지 않았다는 점이다. 세속적인 관점에서 볼 때는 모든 일이 〈아주 고상한*très comme il faut*〉 것으로 보였을 것이다. 물론 그 애가 사회적 지위를 얻으려고 그렇게 한 것은 분명하지만, 그 애에게는 그만한 가치가 있어. 이런 일은 세상에 흔히 있는 일이지. 그 애는 틀림없이 당당하고 우아하게 청혼했을 거야. 그 애는 참으로 단정하고, 네가 언젠가 규정했던 것처럼 수녀 같은 분위기를 가진 처녀이니 말이다. 벌써 오래 전부터 나는 그 애를 〈조용한 아가씨〉라고 부르고 있다. 그 애는 사실 노공작의 양녀나 다름없고, 자신에 대한 노공작의 친절한 배려를 많이 느꼈겠지. 그래서 오래 전부터 내게 〈저는 그분을 매우 존경하고 훌륭한 분이라고 생각해요. 그리고 진심으로 가엾게 생각하고 동정해요〉라든가, 아마 그 비슷한 말을 했었다. 그걸로 미루어 본다면 어떤 의미에선 이미 마음의 준비가 되어 있었다고 해도 좋을 거야. 그 애의 의뢰를 받고 오늘 아침 내게 그런 형편을 알리려고 온 사람은 바로 그 애의 오빠인 안드레이 안드레예비치였다. 너는 그 애를 만난 적이 없지? 그 아이와 나는 반년에 한 번씩 만나기로 했다. 그 아이는 공손하게 제 여동생의 결심을 알리며 찬성의 뜻을 표시했다.」

「그러면 이미 다 공개된 일인가요? 참 놀랍군요!」

「아니, 아직은 공개되지 않았어. 어느 시기까지는 말이야……. 사정이 정확하게 어떻게 돌아가는지 나도 잘 모른다. 이 일에 관해서는 나 역시 완전히 국외자 입장이니까. 하지만 틀림없는 사실이지.」

「그러면 까쩨리나 니꼴라예브나는요……? 그렇게 되면 뷔링이 별로 내켜하지 않을 텐데요, 그렇지 않겠어요?」

「글쎄, 그것은 나도 잘 모르겠구나……. 그 일이 왜 그의 마음에 들지 않을까? 아무튼 안나 안드레예브나는 정숙한 아이니까 아무 문제가 없을 거야. 참 대단한 아이야, 안나 안드레예브나라는 아가씨는! 그 일이 있기 전인 바로 어제 아침에 일부러 나를 찾아와서, 〈당신은 미망인 아흐마꼬바를 사랑하시지요?〉 하고 따져 물었거든. 기억하지, 내가 어제 놀라서 네게 말했지? 내가 그 사람 딸하고 결혼하면, 자기가 그 아버지와 결혼할 수 없지 않겠니? 이제 알았지?」

「아, 그렇군요!」 나는 고개를 끄덕였다. 「안나 안드레예브나는 정말로 당신이 까쩨리나 니꼴라예브나와 결혼할 생각을 가질지도 모른다고 생각했을까요?」

「정말로 그렇게 생각했던 모양이다. 자, 이제 너는 갈 곳으로 가봐야 하지 않겠니? 나는 왠지 두통이 나니 루치아나 주문해야겠다. 나는 그 구슬픈 듯하면서도 장중함이 깃들어 있는 선율이 좋아. 이미 네게 이야기한 적이 있지……. 똑같은 이야기를 반복하는 것은 참을 수가 없어……. 나도 봐서 여기서 나갈지도 모르겠다. 나는 네가 참 마음에 들어. 하지만 오늘은 그만 헤어지기로 하자. 두통이 나거나 치통이 나면 나는 항상 혼자 있고 싶어진다.」

그의 얼굴에는 뭔가 참을 수 없는 듯한 괴로운 표정이 어려 있었다. 왜 그때 그가 그렇게 두통이 났는지 나는 이제야 납득이 된다…….

「그럼 내일 다시 뵐게요.」 내가 말했다.

「내일 다시 만나자는 말이 뭐냐? 내일 무슨 일이 있니?」 억지로 웃음을 지으면서 그가 말했다.

「제가 가든지, 아니면 당신이 제게 오시든지 하세요.」

「아마, 네가 내게로 달려올 게다…….」

그의 얼굴에는 뭔가 편안하지 못한 표정이 어려 있었다. 하지만 상황이 상황인 만큼 나는 그에게 세세하게 신경을 써줄 수가 없었다.

3

공작이 몸이 불편하다는 것은 사실이었다. 그는 물수건을 머리에 대고 혼자 집에 있었다. 그는 나를 오래 기다리고 있었다. 그는 단지 머리가 아플 뿐만 아니라, 정신적으로 깊이 병들어 있었다. 여기서 한 가지 사실을 미리 말해야 할 것 같다. 요 근래 들어 항상, 그리고 최후의 파국에 이르기까지, 어찌된 일인지 나는 지나치게 흥분하여 거의 정신 착란에 빠진 듯한 사람들하고만 만나게 되어 자신도 모르는 사이에 나 역시 그런 기운에 감염되었다는 것이다. 솔직히 말해 나는 기분이 별로 좋지 않은 상대에서 그의 방으로 들어갔다. 한편 어제 그 앞에서 처량하게 울었던 사실이 매우 부끄러웠다. 그리고 무엇보다도 내가 그와 리자의 일에 대해 아무것도 모르고 있었다는 사실이 수치스러웠고, 또 내 자신이 아주 무심했다는 것을 인정하지 않을 수 없었다. 한마디로 말하자면 그의 방에 들어갔을 때, 내 마음속에서는 전혀 음이 맞지 않는 악기소리가 울려 나오고 있었다. 그러나 이런 부자연스런 기분은 곧 어디론가 사라졌다. 나는 그의 정당함을 인정해야 했다. 그리고 작은 일에도 지나치게 신경을 쓰는 그의 의심 많은 성격이 갑자기 없어지고 나자, 이제 그는 내게 완전히 두 손을 든 것이나 마찬가지였다. 그의 마음속에는 거의 어린아이 같은 부드러운 감정, 신뢰의 마음, 그리고 애정이 싹트게 된 것이다. 그는 눈물을 흘리며 내게 입을 맞추고 나서, 곧 용건을 말하기 시작했다……. 그리고 사실 나는 그에게 아주 필요한 인물이었다. 그의 말과 사상의 흐름 속에는 극도로 많은 혼란이 내재해 있었다.

그는 리자와 결혼하겠으며, 가능하다면 서두르고 싶다는 의향을 강한 어조로 내게 말했다. 「저는 그녀가 귀족 출신이 아니라는 사실에 대해서 신경 쓰지 않을 생각입니다. 사실입니다.」 그가 말을 이었다. 「제 조부께서는 근처에 있는 어떤 지주의 사설 극장에서 노래하던 농노 출신 가수 아가씨와 결혼을 했습니다. 물론 가족들이 제게 어떤 기대를 가지고 있는 것은 사실입니다만, 상황이 이렇게 되면 그들이 양보하겠지요. 거기에 왈가왈부가 있을 수 없습니다. 그리고 저는 현재의 모든 것과 모조리 인연을 끊고 싶습니다. 전혀 새로운 방향에서 완전히 새로 시작하고 싶습니다! 당신의 여동생이 어째서 저 같은 사람을 사랑하게 되었는지 저는 모릅니다. 그러나 그녀가 없었다면 제가 이렇게 세상에 살아 남아 있지 않았을지도 모릅니다. 진심으로 당신에게 말씀드립니다만, 루가에서 그녀를 만난 것이 지금에 와서는 신의 계시처럼 생각됩니다. 그녀는 〈끝없이 추락해 가는 제 모습〉 때문에 저를 사랑하게 되었을 겁니다……. 이렇게 말씀드리면 이해하시겠습니까? 아르까지 마까로비치?」

「다 이해합니다!」 나는 확신에 찬 목소리로 말하였다. 나는 탁자 앞에 있는 안락의자에 앉아 있었고, 그는 방 안을 거닐고 있었다.

「우리 두 사람의 만남에 대한 모든 사실을 조금도 숨김 없이 말씀드려야 하겠습니다. 이 일의 시작은 제가 제 마음의 비밀을 그녀에게 고백하면서부터였습니다. 그 비밀을 아는 사람은 그녀 하나뿐이지요. 믿고 고백할 수 있는 사람은 그녀뿐이라고 생각했기 때문입니다. 그리고 지금까지도 다른 사람은 아무도 모릅니다. 그때 저는 가슴에 절망적인 좌절감을 담고 우연히 루가에 가서 스똘베예바 부인 댁에서 살게 되었습니다. 그 이유가 무엇 때문이었는지는 모릅니다. 어쩌면 고독에 침잠해 있고 싶었는지도 모르지요. 그때 저는 막 근무하던 연대에서 사직을 하였습니다. 외국에서 안드레이 뻬뜨로비치와의 일이 있은 다음 러시아에 돌아오면서 저는 그 연대로 들어갔습니다. 그 당시 저는 풍족했기 때문에 사람들에게 대접을 잘했고 친밀해지려고 애를 썼습니다. 동료 장교들과 격의 없이 지내려고 애썼지만, 동료들은 제게 호감을 가지고 있지 않았습니다. 당신에게 고백하지만, 나는 한 번도 사랑을 받아 본 적이 없었습니다. 그런데 그 연대에 스쩨빠노프인가 하는 기병 소위가 한 사람 있었습니다. 있는 그대로 말해, 그는 아주 멍청하고 내세울 거라고는 전혀 없는, 그래서 왠지 항상 기가 죽어 있는 그런 사람이었습니다. 한마디로 말해서, 이렇다 할 만한 특색이 전혀 없었지요. 하지만 그는 말할 나위 없이 정직한 사람이었습니다. 그 사람이 이따금 저를 찾아오게 되었습니다. 이윽고 저도 그 사람을 허물없이 대해 주었지요. 제게 오면 그는 하루 종일 구석에 앉아 말없이 지내다가 갔습니다. 특별히 제게 방해도 되지 않았고, 사람이 제법 품위가 있었어요. 한번은 제가 그에게 그 무렵 사람들 사이에서 떠돌던 이야기에 여러 가지 다른 내용을 덧붙여서 말해 주었지요. 그 내용은 대충 이런 것이었습니다. 대령의 딸이 내게 관심이 있는 모양이고, 대령도 그 사정을 잘 알고 있기 때문에, 아마 내가 원하는 것은 무엇이든 틀림없이 허락할 것이라는 따위의 허무맹랑한 얘기였지요. 자세한 내용은 생략하고 대략만 얘기한다면, 바로 그 얘기를 바탕으로 나중에 참으로 복잡하고 지극히 추악한 소문이 떠돌게 된 것입니다. 그 소문은 스쩨빠노프에게서 나온 것이 아니라, 제 당번병한테서 나온 것이었습니다. 그 친구가 얘기를 엿듣고서 그 내용을 기억하고 있었던 모양입니다. 왜냐하면 그 당시 사람들이 대령의 젊은 딸에 대해 이런저런 이야기를 지어내어 안주삼아 떠들곤 했으니까요. 이윽고 그 소문이 연대에 쫙 퍼지게 되어 장교들이 그 당번병을 심문하자, 그 친구가 스쩨빠노프의 이름을 댔습니다. 즉 제가 스쩨빠노프에게 그런 내용을 이야기했다고 말했던 것입니다. 그래서 스쩨빠노프는 그런 이야기를 들은 것을 도저히 부정할 수 없는 곤란한 입장에 빠졌습니다. 이것은 명예에 관한 문제였으니까요. 그런데 사실 그 이야기의 3분의 2쯤은 제가 꾸며낸 이야기였으니 장교들이 분개했지요. 그래서 연대장이 우리를 모아 놓고 사건의 진상을 규명하지 않을 수 없었습니다. 스쩨빠노프는 사람들이 모인 자리에서 그런 이야기를 들었는가에 대해 질문을 받았습니다. 그는 사실대로 증언했습니다. 그런 상황에서 천년의 전통을 지닌 공작 가문 출신인 제가 어떻게 대처했겠습니까? 저는 그런 사실이 없었다고 부정하면서 스쩨빠노프가 거짓

증언을 했다고 비판했지요. 나는 정중하게, 아마도 자네가 내 이야기의 내용을 잘못 이해한 것 같다는 요지로 말을 했습니다……. 자세한 이야기는 생략하겠습니다만, 상황은 제가 유리한 쪽으로 전개되었습니다. 저는 스쩨빠노프가 제게 자주 들렀기 때문에 아마도 어떤 불순한 의도를 가지고 제 당번병과 입을 맞추어 거짓 증언을 했을 것이라고 추측하며, 몇 가지 그럴듯한 증거를 내세웠습니다. 그러자 스쩨빠노프는 아무 말도 하지 않고 저를 가만히 쳐다보더니 어깨를 으쓱했을 뿐입니다. 지금도 저는 그의 시선을 기억합니다. 평생 잊지 못하겠지요. 그러고 나서 그는 곧 사직서를 냈습니다. 그러나 그 다음에 어떻게 일이 진행되었으리라고 생각하십니까? 그러자 모든 장교들이 그야말로 한 사람도 빠지지 않고 한꺼번에 그에게로 몰려가 사직서를 철회하라고 설득했습니다. 그리고 두 주 지나 저도 연대에서 나와 버렸습니다. 누가 나를 쫓아낸 것도 아니고 그만두도록 권고한 것도 아니었습니다. 나는 집안 문제를 구실로 사직서를 냈던 것입니다. 그리고 그렇게 해서 모든 일이 끝났습니다. 처음에 저는 그 일에 대해 아무 느낌도 가지고 있지 않았고, 그들에게 화를 내지도 않았습니다. 그 일이 있은 후 루가에서 지내는 동안 저는 리자베따 마까로브나와 알게 되었습니다. 그런데 그 후 또 한 달이 지나자, 저는 저의 권총을 바라보면서 죽음을 생각하게 되어 버렸습니다. 그 일이 있은 후 저는 모든 일을 부정적인 측면에서만 보게 된 것입니다. 아르까지 마까로비치, 저는 스쩨빠노프의 명예를 회복시켜 주기 위해 내 자신의 허위를 고백하는 편지를 연대장과 동료 장교들에게 썼습니다. 다 쓰고 나서 저는 자신에게 물었습니다. 〈이 편지를 보내고 난 뒤 그만 세상을 하직할 것인가, 아니면 계속해서 살 것인가?〉 저는 이 문제를 해결하지 못했습니다. 그런 상황에서 어떤 기회에, 아주 우연한 기회에, 리자베따 마까로브나와 두서없이 이런저런 대화를 나눈 후에, 갑자기 저는 그녀와 가깝게 되었습니다. 그전에도 그녀는 스똘베예바 부인 댁에 출입하고 있었지요. 우리는 만나면 서로가 고개를 숙였고, 가끔 말할 때도 있었지요. 그러다가 어느 날 제가 불쑥 모든 것을 그녀에게 고백했습니다. 그러자 바로 그때, 그녀가 제게 구원의 손을 뻗어 주었습니다.」

「리자가 그 문제를 어떻게 도와주었지요?」

「그녀는 제게 편지를 보내지 말도록 결정해 주었습니다. 그녀가 그 근거로 말한 이유는 이런 것이었습니다. 만일 편지를 낸다면, 그것은 물론 훌륭한 행동을 하는 것이며, 누명을 벗겨 주기에 충분하다. 어쩌면 그 이상일지도 모르지만, 그러고 나면 당신이 어떻게 그것을 감당할 수 있겠느냐? 그녀의 의견에 따르면, 그런 상황일 때 누구도 대처하기가 아주 어렵다는 것이지요. 그런 상황에서는 미래의 모든 가능성이 다 사라져 버려, 새로운 인생으로의 재출발이 불가능하기 때문이라는 것이었습니다. 만일 스쩨빠노프가 그 일로 인해 피해를 입었다면 당연히 그렇게 해야겠지만, 그는 이미 장교 사회에서 아무런 죄가 없다고 인정받지 않았는가. 말하자면 이것은 역설입니다. 그녀가 그렇게 말하며 강하게 만류했기 때문에 저는 그녀의 의견에 따랐습니다.」

「그녀가 취한 해결 방법은 기독교적이기도 하지만, 한편 아주 여성적이었군요!」 나는 큰소리로 말했다. 「이미 그때 그 애는 당신을 사랑하게 된 것 같군요!」

「그것이 저를 거듭나게 했던 것입니다. 저는 자신을 개조해서 생활을 뜯어고치고, 자신에 대해서나 그녀에 대해서나 부끄럽지 않은 인간이 되려고 맹세했습니다. 그런데 그 결과는 어떻습니까? 지금도 저는 당신들과 함께 룰렛을 하러 다니거나, 뱅크 도박에 빠져 있지 않습니까? 유산 상속을 받게 되자 사회적 성공이나 많은 사람들과의 교제를 탐하게 되었고, 또 호사스런 마차를 타고 돌아다니는 일을 좋아하게 되었습니다……. 그렇게 저는 리자를 괴롭혔습니다, 참으로 부끄럽습니다.」

손으로 이마를 문지르면서 그는 방 안을 천천히 한 바퀴 돌았다.

「저나 당신이나 그 망령 같은 러시아 인의 운명에 사로잡혔습니다, 아르까지 마까로비치. 당신도 무엇을 해야 할지 모르고 저도 무엇을 해야 할지 모릅니다. 러시아 인은 일상적인 관습에 의해 만들어진 궤도에서 조금이라도 벗어나면 곧 어쩔 줄 모르지요. 궤도에 올라 있는 동안은 모든 것이 분명합니다. 수입, 관등, 사회적 지위, 자가용 마차, 사교적 방문, 근무, 아내……. 그러나 무슨 예상치 못한 일이라도 일어나면 갑자기 심한 절망감으로 좌절합니다. 그것은 마치 바람에 흩날리는 나뭇잎과도 같습니다. 저는 무엇을 해야 할지 몰랐습니다. 지난 두 달 동안 저는 그 궤도에서 벗어나지 않으려고 노력했습니다. 궤도를 사랑하고 그 궤도에 매달리려고 했습니다. 제가 이곳에서 얼마나 타락한 생활을 하고 있는지 당신은 모를 겁니다. 저는 리자를 사랑했습니다. 진심으로 그녀를 사랑하면서도 동시에 아흐마꼬바 부인을 생각하고 있었으니 말입니다.」

「어떻게 그럴 수가?」 비통한 어조로 내가 말했다. 「그런데 공작, 당신은 어제 제게 베르실로프에 대해 이상한 이야기를 하셨지요. 그가 당신을 선동해서 까쩨리나 니꼴라예브나에게 뭔가 비열한 태도를 취하게 했다고요?」

「사실은 어쩌면 제가 지나치게 과장했는지도 모르겠습니다. 당신한테와 마찬가지로 그분에 대해서도 저는 의심이 상당히 많았습니다. 그 이야기는 그만두지요. 그런데 당신은 설마 제가 루가에서의 생활 이후로, 삶의 가장 소중한 이상에 대해서 완전히 잊어버린 게 아닌가라고 생각하지는 않겠지요? 맹세하건대, 저는 그 이상에 대해서는 잠시도 잊은 적이 없습니다. 그것은 항상 제 마음속에서 아름다움을 조금도 잃지 않았고, 또한 언제나 제 앞에 서 있었습니다. 저는 리자베따 마까로브나에게 말했던 대로,

새로운 인생을 설계하겠다고 마음속에서 다짐하고 있었습니다. 안드레이 빼뜨로비치는 어제 여기서 귀족의 특성에 대해서 말했지만, 그것은 제게 결코 새로운 것이 아니었습니다. 그 점만은 저를 믿어 주세요. 저의 이상은 확고하게 서 있습니다. 몇천 평의 토지를 마련한 후에(그렇습니다. 몇천 평 정도면 됩니다. 왜냐하면 제가 상속받을 유산은 이미 거의 남아 있지 않기 때문입니다), 사교계와 그 사치스러운 생활과는 완전히 아주 철저하게 인연을 끊을 것입니다. 전원에서 가족과 함께 살며 농사를 짓든지, 대략 그런 종류의 일을 할 겁니다. 아니, 그런 일이 제 집안에서는 전혀 새로운 것이 아닙니다. 제 숙부는 자기 손으로 농사를 지었고, 조부도 역시 그랬습니다. 우리 집안은 약 1천 년의 전통을 가진 공작 가문이며, 로간[64]의 가문처럼 고귀한 집안입니다만, 집안 형편은 거의 거지나 다름없을 정도로 가난했습니다. 그래서 저는 제 자식들에게 이것을 가르쳐 주고 싶습니다. 〈너는 자신이 귀족이라는 것을 평생 잊지 말아라. 네 피 속에는 신성한 러시아 귀족의 피가 흐르고 있다는 것을 잊지 말아라. 그리고 네 아버지가 손수 땅을 갈았다는 것을 부끄러워하지 말아라. 네 아버지는 바로 《공작답게》 땅을 갈았던 것이다.〉 저는 아마 재산이라고는 이 손바닥만 한 토지밖에 남기지 못하겠지만, 그 대신 교육만은 최고로 시킬 것입니다. 그것은 바로 제 의무라고 생각합니다. 아마 리자가 그 일을 도와줄 것입니다. 리자, 아이들, 그리고 일. 우리 두 사람은 이 방에서 그런 공상을 얼마나 했는지 모릅니다. 그와 동시에 저는 다른 귀부인에 대해서는 전혀 관심이 없으면서도 계속해서 아호마꼬바 부인을 생각했습니다. 온 사회에 널리 알리면서 그녀와 호화로운 결혼을 했으면 하고 생각했던 것입니다. 그런데 어제 나쉬초낀에게서 그녀가 뷔링과 결혼할 것이라는 소식을 듣

64 오래된 프랑스 귀족 가문. 왕족과 연관이 깊다.

고 난 뒤에, 저는 마음을 바꿔 안나 안드레예브나에게 가보기로 결심했던 것입니다.」

「당신은 혼담이 오갔던 것을 거절하러 갔던 게 아닌가요? 그거야 아주 훌륭한 행동이 아니었던가요? 저는 그렇게 생각합니다만.」

「당신은 그렇게 생각하십니까?」 그는 내 앞에서 걸음을 멈추었다. 「아닙니다, 당신은 아직 제 성격을 모르십니다! 아니면…… 혹은 내 자신도 모르는 뭔가가 여기에 내재되어 있는지도 모르겠습니다. 왜냐하면 이것은 성격만으로 설명되는 문제가 아니기 때문이지요. 저는 당신을 진심으로 사랑합니다, 아르까지 마까로비치. 그리고 저는 지난 두 달 동안 당신에게 큰 죄를 지었습니다. 저는 당신이 리자의 오빠로서 모든 것을 사실대로 알아 두시기를 바랍니다. 제가 안나 안드레예브나에게 간 것은 그녀에게 청혼하기 위해서였지 거절하러 간 것이 아니었습니다.」

「설마, 그럴 리가? 리자가 말하기를…….」

「저는 리자를 속였습니다.」

「그렇다면 당신은 정식으로 청혼을 했군요. 그런데 안나 안드레예브나가 거절했다는 말씀이신가요? 그렇군요? 그렇습니까? 저는 자세한 내용을 알아야겠습니다, 공작!」

「아닙니다. 저는 청혼에 관한 얘기를 할 틈이 없어서 말하지 않았습니다. 그분이 먼저 사정을 헤아리고 제게 분명하게, 아니 분명하게 말한 것은 아닙니다만, 우리에게 그런 일이 있을 수 없다는 것을 〈완곡하게〉 설명하였습니다.」

「그렇다면 당신은 청혼하지 않은 셈이고, 따라서 당신의 자존심은 손상되지 않은 것입니다!」

「어떻게 그렇게 생각하십니까? 그러면 내면적 양심의 심판은 어떻게 되고, 제가 속였던…… 제가 버리려고 했던 리자는 어떻게 되는 거지요? 그리고 또 제 자신에게, 또 모든 조상에게 맹세했던 그 약속, 이제부터 새롭게 거듭나서 지금까지의 모든 비열한 행동을 속죄하며 살겠다던 그 약속은 어떻게 해야 됩니까! 부탁합니다, 제발 이 이야기는 그녀에게 말하지 말아 주십시오. 아마 그녀도 이 일만은 도저히 용서할 수 없을 것입니다! 저는 어제부터 몸이 좀 불편합니다. 그리고 가장 큰 문제는 이제는 모든 것이 끝난 것 같다는 느낌입니다. 소꼴스끼 공작 가문의 최후의 한 사람이 감옥에 갈지도 모릅니다. 가엾은 리자! 사실 저는 오늘 당신이 오기를 기다리고, 또 기다렸습니다, 아르까지 마까로비치. 리자의 오빠인 당신에게 그녀도 아직 모르는 사실을 있는 그대로 고백하려고 말입니다. 저는 형법에 위반되는 죄를 지었습니다. 어떤 철도 회사의 주식을 위조한 사건에 관계했습니다.」

「뭐라고요! 감옥에 간다고요?」 나는 기가 막혀 그의 얼굴을 바라보면서 한숨을 몰아쉬며 일어섰다. 그의 얼굴은 아주 심각하고 어두웠으며, 무언가 헤어날 길 없는 슬픔의 빛이 짙게 드리워져 있었다.

「자, 앉으세요!」 그는 맞은편 안락의자에 앉으며 내게도 자리를 권했다. 「먼저 1년 남짓 전에 즉, 바로 그 여름에 리자와 까쩨리나 니꼴라예브나와 함께 엠스에서 있었던 일과, 그 후 파리에서 있었던 일에 대해 있었던 대로 말하지요. 엠스에 있다가 저는 두 달 동안 파리에 갔는데, 그때 저는 경제적으로 궁핍했습니다. 마침 그때 스쩨벨꼬프가 불쑥 저를 찾아왔습니다. 물론 저도 이전부터 그 사람을 알고 있었지요. 그는 제게 돈을 빌려 주면서 원한다면 더 빌려 줄 수도 있다고 하더니, 꼭 도와주어야 할 일이 있다고 요청을 하였습니다. 자기가 지금 화가, 제도사, 조각가, 석판공, 화학 기사 그리고 그 밖의 다른 기술자들이 필요하다는 것이었지요. 그는 자기가 어떤 은밀한 목적을 가지고 있다는 사실을 제게 처음부터 상당히 구체적으로 말했습니다. 제가 어떻게 대답했겠습니까? 그는 제 성격을 잘 알고 있었지요. 저는 그런 일에는 전혀 관심을 기울이지 않았으니까요. 그런데 제게는 학교 시절에 같이 공부한 적이 있는 친척이 하나 있었습니다. 그때는 망명해서 함부르크 어딘가에서 살고 있었을 겁니다. 러시아에 있을 때 그는 이미 한 번 위조 지폐 사건에 관계한 일이 있었습니다. 스쩨벨꼬프는 바로 이 사람을 염두에 두고 있었으며, 그를 소개해 줄 만한 중개인이 필요했던 겁니다. 그래서 그가 제게 그 일을 상의해 온 것이었습니다. 저는 그에게 소개장을 써주고 나서 곧 그들에 관한 일은 까맣게 잊어버렸습니다. 그 후 다시 한두 번 더 만났고, 그때 저는 약 3천 루블의 돈을 받았습니다. 글자 그대로 이 모든 것을 저는 완전히 잊어버렸습니다. 그리고 여기에 와서도 저는 어음과 담보를 넣고 늘 그에게서 돈을 빌려 썼습니다. 그는 마치 노예처럼 제게 아첨했지요. 그런데 어제 갑자기 그의 입에서 처음으로 제가 형법상의 범죄인이라는 말을 들었습니다.」

「어제 언제쯤이지요?」

「어제 아침에 나쉬초낀이 오기 전, 서재에서 우리 두 사람이 서로 소리를 지르고 있던 바로 그때입니다. 그는 그때 처음으로 안나 안드레예브나에 관한 이야기를 제게 꺼냈습니다. 너무나 어처구니없고 파렴치해서 제가 그를 때리려고 손을 들었더니, 그는 불쑥 일어서서 제가 자신의 공범자라고 하지 않겠습니까? 제가 그와 한패이며, 그와 같은 사기꾼이라는 것입니다. 물론 말은 달랐지만 대략 그런 의미였지요.」

「그게 무슨 유치한 이야기지요? 그건 꾸며 낸 이야기가 아닌가요?」

「아닙니다, 꾸며 낸 것은 아닙니다. 그가 오늘 제게 와서 더 상세하게 설명했습니다. 그들이 만든 위조 증권은 벌써 오래 전부터 유통되고 있는데, 지금부터는 더 많이 나돌아다닐 것이라고 합니다. 그런데 아마 어디선가 의심을 하기 시작한 모양입니다. 물론 저는 상관이 없습니다만, 〈그때 당신이 그 소개 편지를 써주었으니까요〉라고 스쩨벨꼬프가 저를 협박하는 겁니다.」

「당신은 일이 이렇게 되리라는 걸 알았습니까, 몰랐습니까?」

「알고 있었지요.」 공작은 조용히 대답하더니 곧 고개를 숙였다. 「뭐라고 할까요, 알고 있었다고 할 수도 있고 몰랐다고 할 수도 있어요. 저는 대수롭지 않게 웃어넘겼고, 또 절반쯤은 상난하는 기분이었으니 말입니다. 저는 그때 아무런 생각도 없었습니다. 그런 위조 증권 같은 것은 제게 전혀 필요가 없었으니 그런 것을 만들 생각도 전혀 없었지요. 그러나 그때 그가 제게 준 3천 루블이 문제인데, 그는 그것을 후에 청구하려고 하지도 않았고, 저도 그것을 그대로 내버려둔 것이 잘못입니다. 사정이 그렇다는 걸 알면, 객관적인 입장에서 볼 때 제가 위조단의 일당일 수도 있다는 의심이 들지 않겠습니까? 그들의 의도를 알고 있었으니까 말입니다. 저는 어린애가 아니에요. 저는 알면서도 장난이나 하는 기분으로 그 비열한 도둑들을 도와준 셈입니다……. 그것도 돈을 받고 도운 거지요! 사정이 그렇다면 저도 증권을 위조한 일원이 되는 거지요!」

「아닙니다. 그것은 당신의 지나친 생각입니다. 물론 당신도 잘못하셨어요. 그러나 그것은 지나친 생각입니다!」

「그런데 여기서 가장 문제가 되는 것은 지벨스끼라는 사람입니다. 그는 아직 젊고, 변호사의 조수인지 뭔지 법률 관계의 일을 하는 사람입니다. 그 사람도 역시 위조 증권 사건에 관계가 있어, 그 후 함부르크에 있는 사람의 심부름으로 제게 다녀간 일이 있지요. 물론 내용이 없는 용건이어서 왜 왔는지 저 자신도 이해할 수 없을 정도였습니다. 그 증권에 대한 얘기는 꺼내지도 않았었지요……. 그런데 그런 것 말고도 그에게는 제 자필로 쓴 서류가 두 통 보관되어 있다는 것입니다. 물론 겨우 두 줄밖에 안 되는 것이지만, 역시 증거가 되는 것임에는 틀림없었습니다. 그것에 대해 오늘에야 비로소 저는 알았습니다. 스쩨벨꼬프의 설명에 의

하면, 이 지벨스끼가 모든 일을 어렵게 만들고 있다는 것입니다. 그가 그곳에서 누구의 돈인지를 훔쳤는데, 아마 공금이라고 생각됩니다만, 아예 더 훔쳐서 외국으로 망명할 계획이라고 합니다. 그래서 그에게 망명 보조금 명목으로 8천 루블을 줘야 하며, 그 이하로는 안 된다는 것입니다. 제가 상속받을 유산의 몫으로 스쩨벨꼬프에게는 충분히 나누어 줄 수 있지만, 스쩨벨꼬프는 지벨스끼에게도 만족할 만한 돈을 줘야 한다고 말합니다……. 간단히 말해서, 제가 받을 유산의 몫을 양도하는 것 말고도 1만 루블을 더 내놓으라는 것이 그들의 최후 통첩입니다. 그러면 그 두 통의 서류를 제게 돌려주겠다는 것입니다. 그 두 사람이 공모하고 있는 거지요. 그것은 분명합니다.」

「말도 안 되는 터무니없는 소리가 분명합니다. 만일 그자들이 당신을 밀고한다면, 자신들이 먼저 해를 입을 테니 그 작자들은 절대로 밀고하지 못할 겁니다.」

「저도 그렇게 생각하고 있습니다. 그들은 제게 밀고한다는 협박은 전혀 하지 않습니다. 다만 그자들은 이렇게 말할 뿐입니다. 〈우리는 물론 밀고는 하지 않겠습니다. 그렇지만 만일 이것이 발각되는 날에는…….〉 이게 그들의 수법이지요. 하지만 저는 그것만으로도 충분하다고 생각합니다! 문제는 결과가 어떻게 되든, 가령 그 서류가 지금 제 주머니 속에 있다고 하더라도, 제가 그 사기꾼들과 공범이며 한패였다는 사실은 영원히 남게 되겠지요, 영원히! 러시아를 속이고, 자손을 속이고, 리자를 속이고, 제 자신의 양심을 속이는 것입니다!」

「리자는 이 사실을 아나요?」

「아뇨, 전혀 모를 겁니다. 만일 알게 된다면 그녀는 더 이상 견딜 수 없을 겁니다. 저는 지금 제가 근무하던 연대의 제복을 입고 있습니다만, 같은 연대의 사병들을 만날 때마다 저는 제가 이 제복을 입을 자격이 없다고 느낍니다.」

「이봐요.」 나는 갑자기 큰소리로 말했다. 「더 이상 얘기할 필요가 없습니다. 당신에게는 구원의 길이 단 한 가지밖에 없습니다. 니꼴라이 이바노비치 공작에게 가서 1만 루블을 빌리세요. 아무 말도 하지 말고 빌리세요. 그리고 그 사기꾼 두 놈을 불러서 깨끗이 정리하고 당신의 편지를 도로 찾으세요……. 그러면 모든 일이 끝나는 것입니다! 모든 일이 끝나면 전원으로 가서 사세요! 허망한 공상은 이제 그만두고 진정한 삶을 회복해야 합니다!」

「저도 그런 생각을 했습니다.」 그는 단호하게 말했다. 「하루 종일 저는 이런저런 생각을 하다가 마침내 결심을 하고, 당신을 기다리고 있었습니다. 그러면 그렇게 하겠습니다. 저는 지금까지 니꼴라이 이바노비치 공작에게서 한 번도 돈을 빌린 적이 없습니다. 물론 그분은 제 가족에 대해서 친절히 대해 주고…… 또 제가 폐를 끼친 일도 있습니다만, 개인적으로는 아직 한 번도 돈을 빌린 적이 없습니다. 그렇지만 이번만은 저도 결심했습니다……. 기억해 두십시오. 우리 소꼴스끼 가문은 니꼴라이 이바노비치 공작의 가문보다 더 오래된 가문입니다. 그 집안은 우리 가문에서 갈려 나가 새로 만들어진 것으로 일종의 방계라고 할 수 있지요. 하지만 그 혈통에 대해서는 논란이 많습니다……. 양쪽 집안의 조상들은 서로 적대 관계에 있었습니다. 뾰뜨르 대제의 개혁 시대 초기에, 우리 가문에 역시 뾰뜨르라는 이름을 가진 고조부가 계셨습니다. 그분은 분리파 교도였는데, 나중에도 자신의 신념을 버리지 않고 꼬스뜨롬스끼 삼림 지대를 방랑하고 다녔습니다. 바로 그 무렵 뾰뜨르 공작이 두 번째로 결혼한 사람 역시 귀족 출신이 아닌 평민이었습니다. 바로 거기에서 또 다른 소꼴스끼 공작 가문이 시작된 것입니다. 그런데 도대체 저는 왜…… 대체 제가 무슨 이야기를 하고 있는 거지요?」

그는 아주 피로해 하며, 뜻도 모를 이야기를 되는 대로 하였다.

「가만히 진정하세요.」 나는 모자를 쥐고 일어섰다. 「누워서 좀 주무세요. 그것이 제일 좋은 휴식입니다. 그리고 니꼴라이 이바노비치 공작은 아마 절대로 당신의 요청을 거절하지 않을 것입니다. 특히 지금은 마음이 한창 들떠 있으니 말입니다. 당신은 그쪽 집안이 돌아가고 있는 사정을 알고 계시지요? 아니, 정말로 모르고 있었나요? 저는 아주 해괴한 얘기를 들었는데 공작이 결혼을 한다는 겁니다. 이 얘기는 아직 비밀이긴 하지만 당신한테는 물론 예외지요.」

나는 손에 모자를 든 채로 서서 그 일의 전말을 모두 그에게 이야기했다. 그 일에 대해서 그는 아무것도 모르고 있었다. 내 말을 들으며 그는 여러 가지 정황을 자세하게 물었다. 예를 들어 정확한 시간, 장소, 그리고 그 소문의 신빙성에 관한 것이었다. 사람들의 말에 따르면, 그가 어제 안나 안드레예브나를 방문한 직후에 그런 일이 있었다는 사실도 있는 그대로 말했다. 내가 전한 그 소식이 그에게 얼마나 커다란 심적 타격을 주었는지에 대해서는 말로 표현할 필요도 없다. 내 말을 들으며 그의 얼굴은 아주 험하게 일그러졌고, 괴로운 미소가 그의 입술을 경련시켰다. 마지막에는 그의 얼굴이 새파랗게 질려 버렸고, 그는 고개를 숙인 채 깊은 생각에 잠겼다. 나는 어제 안나 안드레예브나가 거절의 뜻을 전했을 때, 그의 자존심이 거의 회복 불능의 상태로 손상당했다는 것을 분명하게 느낄 수 있었다. 어쩌면 아주 우울한 기분이 되어 있는 지금 이 순간, 그 아가씨 앞에 있던 자신의 비굴하고 역겨운 모습이 다시 또 선명하게 그의 눈앞에 떠올랐는지도 모른다. 그는 그녀가 틀림없이 승낙하리라고 항상 확신하고 있었다. 그리고 아마도 그는 리자에 대해서 그처럼 비열한 행동을 했다는 자책을 할 필요가 없다는 생각을 하고 있었을지도 모른다! 이해가 안 되는 것은 이런 상류 사회의 한량들이 상대방을 어떠한 근거로 평가하는지, 또 어떤 기준으로 서로를 존경하는지 하는 점이었다. 이 공작만 해도, 안나 안드레예브나가 사실상 자기 여동생인 리자와 자신의 관계를 뻔히 알고 있는데도 아무렇지도 않게 청혼할 생각을 하지 않았는가. 설사 지금은 모르고 넘어간다 해도 언젠가는 틀림없이 알게 될 텐데. 그는 자신의 청혼을 〈그녀가 거절할 것이라고는 꿈에도 생각지 않았다〉는 것이다!

「당신은 진정으로 그렇게 생각하고 제게 제안을 하신 모양이군요.」 그는 갑자기 사람을 얕보는 듯한 특유의 거만한 눈초리로 나를 쳐다보았다. 「제가 그런 소식을 듣고도, 지금 니꼴라이 이바노비치 공작에게 돈을 빌리러 갈 수 있다고 생각하십니까? 제 청혼을 거절한 여자가 결혼할 의사를 밝힌 그 사람에게 가다니, 그것은 도저히 제가 받아들일 수 없는 거지 근성입니다. 아니, 하인 근성이지요! 아닙니다, 이제는 모든 것이 끝입니다. 설사 그 늙은이의 도움이 제 최후의 희망이라고 할지라도 그런 희망은 모두 내던지겠습니다!」

마음속으로는 나도 그와 같은 생각을 하고 있었다. 그렇지만 현실을 대할 때는 보다 더 넓은 안목으로 보아야 한다. 그 노인을 정말 한 인간으로 대할 수 있을까, 또 진정한 약혼자라고 할 수 있을까? 갖가지 생각이 내 머릿속에서 떠오르기 시작했다. 나는 진작부터 마음속으로 내일은 꼭 노공작을 찾아가 보리라고 마음먹었다. 그러나 우선 당장은 처절하게 찢긴 공작의 상심한 마음을 달래서 깊은 잠을 잘 수 있게 해주어야 했다. 〈잠을 충분히 주무세요. 그러고 나면 생각도 많이 밝아질 것입니다. 꼭 그렇게 하십시오!〉 그는 내 손을 꽉 잡았지만 이번에는 입을 맞추지는 않았다. 내일 저녁 다시 오겠다고 나는 그에게 약속했다. 그리고 〈우리 한번 모든 것에 대해 이야기하지요. 해야 할 이야기가 너무도 많으니까 실컷 얘기를 나누어 보지요〉라고 내가 말했다. 내 말을 들으며 그는 왠지 불길한 기운이 감도는 미소를 지어 보였다.

제8장

1

그리고 그날 밤 나는 밤새 이상한 꿈을 꾸었다. 룰렛 게임, 금화를 계산하는 장면이 꿈에서 계속 떠올랐다. 도박장의 탁자에라도 앉아 있는 듯이, 나는 한 번의 기회를 노리며 어떤 계획을 치밀하게 세우고 있었다. 그러한 장면이 마치 악몽처럼 밤새 나를 짓눌렀다. 그 전날도 그처럼 이해할 수 없는 일이 계속해서 일어났는데도, 사실 마음속으로 나는 제르쉬치꼬프의 도박장에서 큰 돈을 딴 일에 대해 쉴새없이 생각하고 있었다. 억지로 그런 생각을 떨쳐 버리기는 했지만, 마음에 박힌 인상은 지워 버릴 수가 없었다. 그렇게 많은 돈을 딴 장면은 전혀 지울 수가 없었다. 정말로 나는 타고난 도박꾼일까? 아마도 내가 최소한 도박꾼 소질을 가지고 있는 것만은 확실한 것 같다. 지금 이 글을 쓰면서도, 때때로 도박에 대해 생각하기를 좋아하니 말이다! 이따금 몇 시간 동안이나 말없이 앉아서 마음속으로 도박판을 짜놓고 판을 벌여 나가는 상황을 전개하는 공상을 하기도 한다. 그처럼 내게는 여러 가지 재능이 잠재해 있어, 내 영혼이 차분하게 안정되지 못하는 것이다.

그 다음날 아침 열 시, 나는 스쩨벨꼬프 집으로 걸어갈 생각이었다. 그래서 마뜨베이가 왔을 때 그를 그냥 돌려보냈다. 커피를 마시면서 나는 여러 가지 생각을 정리하려고 애썼다. 내 기분은 그런대로 만족할 만했다. 내가 만족을 느낀 것은, 순간적으로 내 심리를 가만히 들여다보니, 〈오늘 니꼴라이 이바노비치 공작의 집을 방문할 것〉이라는 생각을 속으로 하고 있었기 때문임을 알았다. 그러나 그날은 내 일생에서 참으로 숙명적이고도 전혀 예상 밖인 일들로 가득한 하루였다. 그리고 그날은 선혀 의외의 사건으로 시작되었다.

정확히 열 시가 되었을 때, 내 방문이 활짝 열리더니 따찌야나 빠블로브나가 들어왔다. 어떤 일이 일어나든 나는 전혀 놀라지 않을 자신이 있었는데, 그녀의 방문만은 너무나 의외였기 때문에 나는 상당히 놀랐다. 그녀의 표정은 아주 거칠었고, 행동도 난폭하기 그지없었다. 내가 무슨 일로 왔지요? 하고 물어도, 아마 그녀는 자신의 마음을 추슬러 대답할 수 없었을 것이다. 미리 말해 두지만, 그녀는 그때 정신이 뒤집힐 만한 이상한 소식을 듣고 그 충격 때문에 정신이 나가 있었다. 그 소식은 내게도 역시 큰 충격이었다. 그녀가 내 방에 머문 것은 약 30초 정도였다. 아무리 길어도 겨우 1분 정도였으며 그 이상은 아니었다. 그녀는 내게 다짜고짜 함부로 말을 던졌다.

「참, 너는 어쩔 수가 없구나!」 몸을 내밀며 그녀는 내 앞을 막아섰다. 「정말 너는 어처구니없는 애로구나! 도대체 너는 무슨 짓을 하고 다니는 거지? 그래, 아직도 모른단 말야? 커피나 마시고 앉아서! 정말 너는 주둥이가 왜 그렇게 가볍니? 이 터무니없는 소문만 퍼뜨리는 허풍쟁이야! 일이나 꾸미고 다니는 불한당…….

이런 녀석은 채찍으로 때려 줘야 해, 채찍으로, 채찍으로 늘어지게!」

「따찌야나 빠블로브나, 도대체 왜 그러세요? 무슨 일이 있었나요? 어머니가 뭐라고…….」

「이제 네가 직접 알게 될 거야!」 분노 어린 목소리로 소리를 지르더니 그녀는 이윽고 방에서 달려나갔다. 나는 그저 그녀를 바라볼 뿐이었다. 물론 그녀를 뒤따라 나가야 했지만, 어떤 생각이 나를 제지하였다. 아니 그것은 생각이라기보다 어떤 막연한 불안 같은 것이었다. 그녀가 퍼부은 말 중에 〈일이나 꾸미는 불한당〉이라는 말이 가장 중요하다는 것을 나는 알아챘다. 그러나 그것이 무슨 뜻인지 도저히 알 수가 없었다. 그래서 나는 스쩨벨꼬프에게 들러 용건을 가능한 한 빨리 끝마치고 니꼴라이 이바노비치 공작에게 갈 생각으로 서둘러 집을 나왔다. 〈모든 것의 열쇠는 여기 있다〉고 나는 본능적으로 생각했다.

스쩨벨꼬프는 어떻게 조사했는지 이미 안나 안드레예브나의 청혼에 대해서 모두 아주 상세한 내용까지도 놀랄 만큼 자세하게 알고 있었다. 그의 이야기나 몸짓을 여기서 묘사하지는 않겠지만, 그는 아주 흡족해 하고 있었다. 그 〈예술적 성과〉에 대한 기쁨으로 그는 정신이 없었다.

「그녀는 참으로 대단한 사람입니다! 정말 대단한 사람입니다!」 그는 큰소리로 떠벌렸다. 「우리 같은 사람하고는 차원이 다릅니다. 우리는 이렇게 앉아서 하는 일도 없이 빈둥거리지만, 그녀는 샘에서 물을 마시고 싶으면 서슴지 않고 그대로 마셔 버리지요. 이것은…… 이것은 고대의 조각상입니다! 고대에 만들어진 미네르바 여신상입니다. 다만 현대식 옷을 걸치고 다닌다뿐이지요!」

그의 용건이 무엇인지 빨리 말해 달라고 나는 그를 재촉했다. 그의 용건이란 것은 내가 예상했던 바 그대로였다. 즉 공작을 설득해서 니꼴라이 이바노비치 공작에게 마지막 원조를 청하러 가도록 해달라는 것이었다. 「그렇지 않으면 그의 입장이 매우, 정말로 곤란하게 될지도 모릅니다. 그리고 이번 일은 제 의사와 상관없이 진행되는 것이니까요. 그렇지요, 그렇지 않습니까?」

내 눈을 보며 얘기했지만, 그는 내가 어제의 일 이외에 뭔가 다른 내용을 알고 있으리라고는 생각지도 않는 것 같았다. 그리고 그런 일은 상상할 수도 없는 일이었다. 당연한 일이었지만, 나는 내가 그 〈증권에 대해서〉 알고 있다는 것을 전혀 내색하지 않았고, 그 비슷한 말도 한마디 꺼내지 않았다. 이야기는 오래 걸리지 않았다. 그는 내게 줄 돈에 대해서 약속하기 시작했다. 「상당한 액수, 상당한 액수를 드리겠습니다. 다만 공작이 그리로 가도록만 도와주시면 됩니다. 워낙 사안이 긴급한 문제입니다. 매우 급한 문제지요. 그리고 너무나 긴급하다는 점에 바로 이쪽의 강점이 있지요!」

어제처럼 그와 논쟁하거나 반박할 생각이 전혀 들지 않아서, 나는 다만 〈어디 한번 해보지요〉 하는 말을 던지고 일어서서 나가려고 했다. 그런데 바로 그때 갑자기, 그가 뭐라고 표현할 수 없을 정도로 나를 놀라게 했다. 내가 이미 문을 향하여 걸어가기 시작했을 때, 뜻밖에도 그가 한 팔로 정답게 내 허리를 잡더니 전혀 이해할 수 없는 말을 하였다.

나는 자세한 내용을 옮기거나, 두 사람의 대화를 자세하게 소개하여 독자를 싫증나게 할 생각은 없다. 단도직입적으로 말해서 그의 말의 요점은, 〈당신이 제르가쵸프의 집에 드나드는 것을 알고 있으니, 저를 그에게 소개해 주십시오!〉 하는 내용의 제안이었다.

그 순간 나는 아무 말도 하지 않고, 아무런 감정 표현도 하지 않으려고 애썼다. 하지만 나는 곧 지금은 그곳에 아는 사람이 전혀 없다고 대답했다. 물론 가본 일은 있지만, 단지 한 번, 그것도 아주 우연한 기회에 갔을 뿐이라고 대답했다.

「그러나 한번 출입이 〈허용되었다면〉 한 번 더 갈 수도 있지 않겠어요. 그렇지요. 그렇지 않습니까?」

아주 냉정한 어조로 도대체 당신 같은 사람에게 그게 무슨 소용이 있느냐고 나는 가능한 한 무뚝뚝하게 물었다. 그다지 어리석은 것 같지는 않고, 바신의 말에 의하면 〈상당히 실제적〉이기도 한 그런 작자가 도대체 어떻게 한순간에 그토록 소박하게 변할 수 있는지, 나는 지금도 이해할 수 없다. 그는 솔직하게 털어놓고 이렇게 설명했다. 그의 판단에 따르면, 제르가쵸프의 집에는 〈틀림없이 뭔가 금지되어 있는 것이, 그것도 엄중히 금지되어 있는 물건이 있을 것이다. 따라서 그것이 무언지를 조사해 내면, 자신에게 막대한 이익을 가져다 줄 것을 혹시 찾을지도 모른다〉는 것이었다. 그리고 그는 싱글싱글 웃으며 왼쪽 눈으로 내게 야릇한 눈짓을 했다.

아무런 대답도 하지 않고 신중하게 생각하는 체하면서 나는 그저 〈잘 생각해 보기로 약속하고〉 서둘러서 그 자리를 떠났다. 사태가 복잡하게 되었다. 나는 바신에게로 뛰어갔다. 마침 그는 집에 있었다.

「아, 당신도 역시!」 내 얼굴을 보자마자 그는 의미심장한 말을 했다.

그의 말을 건성으로 흘려 들으며 나는 용건을 자세히 말했다. 그는 전혀 냉정한 태도를 잃지는 않았지만 분명히 커다란 충격을 받은 듯했다. 그는 계속해서 내용을 자세히 캐물었다.

「당신이 혹시 잘못 이해할 수도 있는 일 아니겠습니까?」

「아닙니다, 정확히 이해했다고 생각합니다. 그 사람이 하는 말의 뜻은 아주 분명하니까 말입니다.」

「아무튼 대단히 감사합니다.」 그는 진지한 어조로 말했다. 「모든 일이 말씀 그대로라면, 아마도 그는 당신이 커다란 액수의 돈에 그대로 넘어갈 것이라고 생각했군요.」

「그 사람은 제 상황을 너무나 잘 알고 있으니까요. 요즈음 저는 도박에 푹 빠져서 아주 타락한 생활을 하고 있었어요, 바신!」

「그 이야기라면 저도 들었습니다.」

「그런데 이해할 수 없는 것은 그 사람이 당신도 역시 그곳에 출입하고 있다는 것을 알고 있다는 점입니다.」 나는 의도적으로 그를 떠보았다.

「그는 너무나 잘 알고 있지요.」 바신은 아주 간단히 대답했다.

「제가 그들과 전혀 관계가 없다는 것을 말입니다. 거기에 모이는 젊은이들은 모두가 단순한 수다쟁이에 불과합니다. 그뿐이지요. 그리고 누구보다도 당신이 그걸 가장 잘 아시겠지요.」

왠지 항상 그는 나를 깊이 신임하지 않는 것처럼 보였다.

「아무튼 참 감사합니다.」

「제가 듣기로는 스쩨벨꼬프의 사업이 요즈음 들어 다소 기울어지는 모양이더군요.」 나는 다시 떠보았다. 「이전에도 저는 증권에 관한 어떤 이야기를 들은 적이 있어요…….」

「증권에 관한 어떤 이야기를 들었지요?」

의도적으로 〈증권〉에 대한 이야기를 꺼냈지만, 어제 들은 공작의 비밀을 그에게 말하기 위해서는 아니었다. 나는 다만 뭔가 암시를 던진 다음에 혹시라도 그의 얼굴이나 눈에서 그가 증권에 대해 뭔가 알고 있는 기색이 있는지를 확인하고 싶었던 것이다. 내가 의도했던 바가 적중했다. 나는 그의 얼굴에 아주 희미하게 순간적으로 움직임이 이는 것을 보았다. 그래서 나는 아마도 그가 이 사건에 대해 뭔가 알고 있음에 틀림없다고 추측했다. 〈어떤 증권에〉 대해서냐는 그의 질문에 대해 대답하지 않고 나는 가만히 침묵을 지켰다. 그런데 흥미롭게도 그 역시 그 이야기를 계속하려 들지 않는 것이었다.

「리자베따 마까로브나는 잘 지내나요?」 뭔가 마음에 걸리는 듯 그가 물었다.

「네, 잘 있습니다. 동생은 언제나 당신을 존경하고 있어요…….」

그 말을 듣고, 그의 눈에는 만족하는 빛이 돌았다. 나는 벌써 오래 전부터 눈치를 채고 있었지만, 그는 리자에게 지대한 관심을 가지고 있었다.

「며칠 전에 세르게이 빼뜨로비치 공작이 여기 왔었어요.」 갑자기 그가 말했다.

「언제요?」 내가 큰소리로 물었다.

「꼭 나흘 전이로군요.」

「혹시 어제가 아닙니까?」

「아뇨, 어제는 아닙니다.」 그는 미심쩍은 시선으로 나를 바라보았다.

「나중에 아마 우리 두 사람이 만났을 때의 얘기를 더 자세히 당신에게 할지도 모르겠습니다만, 지금 이것만은 미리 말해 둘 필요가 있다고 생각합니다.」 바신은 의미심장한 어조로 말하기 시작했다. 「그때 저는 그 사람의 정신 상태가 온전하지 않고, 그리고…… 마음도 상당히 불안정해 보인다고 느꼈습니다. 그리고 난 다음 나는 또 다른 방문객을 맞았습니다(그는 갑자기 빙긋 웃었다). 당신이 오시기 직전이었지요. 그런데 그 방문객의 정신 상태도 전적으로 정상적이 아니라고 결론짓지 않을 수 없었습니다.」

「공작이 조금 전에 왔었습니까?」

「아뇨, 공작이 아닙니다. 제가 지금 말하는 것은 공작에 대해서가 아닙니다. 바로 조금 전에 안드레이 뻬뜨로비치 베르실로프가 왔었습니다……. 당신은 아무것도 모르십니까? 그에게 뭔가 이상한 일이 일어나지는 않았습니까?」

「일어났는지도 모르지요. 그런데 도대체 당신들 사이에 무슨 일이 있었나요?」 나는 조급히 물었다.

「저로서는 우리 사이의 비밀을 지켜야 합니다만…… 우리는 지금 이상하게 말하고 있군요. 무슨 큰 비밀이나 있는 것처럼 말입니다.」 그는 또다시 미소를 지었다. 「안드레이 뻬뜨로비치 역시 제게 함구해 달라는 말은 하지 않았습니다. 그리고 당신은 그분의 아드님이기도 하고, 또한 그분에 대한 당신의 감정을 제가 잘 알고 있으니, 어쩌면 이 기회를 빌어 당신에게 미리 말해 주는 게 잘하는 일인지도 모르겠습니다. 놀라지 마세요. 그분은 제게 와서 〈가까운 장래에, 이 며칠 사이에라도 만일 누구하고 결투하지 않으면 안 될 경우, 자신의 입회인 역할을 해줄 수 있느냐?〉는 것이었습니다. 저는 물론 단호하게 거절했습니다만.」

나는 그 말을 듣고 몹시 놀랐다. 이 소식은 그 무엇보다도 내게 상당한 불안을 불러일으켰다. 내가 모르는 새로운 무슨 일이 일어났구나! 내가 아직 모르는 어떤 일이 틀림없이 일어난 것이다! 그때 갑자기 어제 베르실로프가 내게 〈내가 네게로 가지 않아도, 네가 틀림없이 내게 달려올 것이다〉라고 하던 말이 생각났다. 이 모든 일들의 열쇠는 바로 거기에 있다는 확신을 더욱 굳히면서, 나는 니꼴라이 이바노비치 공작의 집으로 달려갔다. 헤어질 때 바신은 내게 다시 한번 진심으로 감사하다는 인사를 했다.

2

담요로 다리를 덮은 채 노공작은 난로 앞에 앉아 있었다. 내가 들어갔을 때 그가 보여 준 표정은 의외였다. 나를 맞아들이면서 그의 시선은 마치 왜 왔느냐고 묻는 것 같기도 하고, 한편으로는 내가 불쑥 뛰어든 것 때문에 놀라서 얼떨결에 지은 표정 같기도 했다. 또 자신이 매일 내게 사람을 보내고 있었으면서도, 내가 첫 질문을 던질 때 목소리는 상냥했지만 어쩐지 좀 싫어하는 기색이었다. 그리고 이따금 마치 뭔가를 생각하는 듯 열심히 내 얼굴을 쳐다보기도 하였다. 뭔가를 깜박 잊은 것이 있어 그것을 열심히 떠올리려고 애쓰는 것 같았다. 그는 분명히 나와 관계 있는 어떤 것을 기억해 내려고 하는 것 같았다. 나는 그에게 저간의 사정을 모두 다 들었으며, 진심으로 축하하고 싶다고 말했다. 그러자 그의 입술에는 곧 정답고도 아주 선량한 미소가 떠올랐다. 그러더니 그는 새로운 기운이 났는지, 상대방을 신용 못하는 조심성이 금방 어디론가 사라졌다. 마치 상대방의 의도를 탐색하는 것을 잊은 듯했다. 아니, 틀림없이 잊었을 것이다.

「그래, 잘 왔어. 나는 자네가 제일 먼저 오리라고 생각하고 있었지. 사실은 어제도 자네 생각을 했어. 〈이 소식을 들으면 누가 기뻐해 줄까? 아마 그 친구는 틀림없이 기뻐할 거다〉 하고 말이야. 다른 사람은 더 이상 없잖아. 하지만 괜찮아. 사람이란 모두 다 입이 사악한 법이니까. 그런 것은 별로 신경 쓸 필요가 없어……. 이보게나*Cher enfant*, 이건 참으로 훌륭한, 참으로 멋있는 이야기가 아닌가……. 자네도 그녀를 잘 알고 있겠지? 안나 안드레예브나도 자네를 아주 높이 평가하는 편이야. 그녀는, 그녀는 참으로 단정한, 참으로 매력 있는 얼굴이야. 영국에서 만든 선물용 판화에 나오는 얼굴형이지. 그건 아주 매력적인 영국제 판화이고 얼마나 아름다운지……. 2년 전까지 나는 그런 판화들을 모은 전집을 가지고 있었는데……, 나는 언제나 그런 느낌을 내심 가지고 있었어. 그런데 왜 한 번도 그런 생각을 표출하지 못했는지 이해가 안 되네.」

「제 기억으로는, 당신은 언제나 안나 안드레예브나를 매우 사랑하셨고 또 높이 평가하셨어요.」

「우리는 그 누구의 마음도 다치게 할 생각이 전혀 없어. 친구들과 친지, 그리고 착한 마음을 가진 사람들과 같이 사는 생활은 그것 자체가 낙원이거든. 누구에게나, 시인들에게도…… 옛날부터 너무도 분명한 바람이지. 사실 우리는 이번 여름에 처음에는 조덴,[65] 그 다음에는 바트 가슈타인[66]으로 가기로 했어. 그런데 왜 자네는 오랫동안 얼굴을 보이지 않았지? 나는 자네가 오기를 기다렸어. 그 후에 너무도 많은 일이 숨가쁘게 일어났어. 그래서 이상할 정도로 내 마음이 안정되지를 않아. 혼자 있기만 하면 곧 불안해지거든. 나는 혼자 있을 수가 없단 말이야. 그렇지 않겠어? 이것은 2 곱하기 2처럼 너무도 분명한 일이야. 그녀가 첫마디를

65 독일의 요양 도시.
66 오스트리아의 요양지.

꺼냈을 때, 나는 곧 모든 것을 알았지. 그래, 그녀는 모두 합해서 두 마디밖에 말하지 않았어. 그러나 그것…… 그것은 정말 훌륭한 시 같은 것이었어. 자네는 그녀에게는 남동생이나 다름없지, 그렇지 않아? 내가 자네를 그토록 사랑한 것도 정말 공연한 일이 아니었어! 나는 이 모든 것을 예감했지. 참지 못하고 나는 그녀의 예쁜 손에 입을 맞추고는 그만 울음을 터뜨렸어.」

다시 또 울음을 터뜨리기나 할 것처럼 그는 손수건을 꺼냈다. 그 일로 인해 그는 심한 충격을 받아서, 아마 〈정신 상태〉가 약간 불안정해진 것 같았다. 우리가 서로 가깝게 된 이후 그런 일은 내 기억에 한 번도 없었다. 그는 평소에는 항상 더할 나위 없이 생기가 넘쳤고, 늘 유쾌하게 말을 하였다.

「나는 모든 사람들을 용서해 주고 싶어.」 그는 의미가 통하지 않는 말을 계속했다. 「진심으로 모든 사람들을 용서하고 싶은 심정이야. 사실 오래 전부터 나는 누구에게도 화를 내지 않으려 했어. 예술이라든가 삶의 시정*la poésie dans la vie*, 불행한 사람들을 돕는 일, 그리고 그녀, 성경에나 있음직한 아름다운 여성. 〈얼마나 매력 있는 여성인가, 응? 이건 솔로몬의 노래야…….[67] 아니, 이건 솔로몬이 아니라 다윗이야.[68] 노년을 즐겁게 보내기 위해서 젊은 여자를 자신의 침대로 끌어들였던 바로 그 다윗이야. 다윗과 솔로몬.〉[69] 이런 것이 내 머릿속에서 혼란스럽게 왔다갔다하고 있어, 완전한 혼란이야. 어떤 것이나, 이봐*cher enfant*, 한편으로는 장엄한 맛이 있지만 또 우스워 보이기도 하고. 〈그 다윗

67 고대의 사랑에 관한 서정시들을 내용으로 하는 구약성서 아가에 나오는 가장 아름다운 솔로몬의 노래를 말한다.

68 유대 왕 다윗이 늙었을 때 젊은 미녀 아비삭을 취한 성서상의 이야기를 말하는 듯하다. 사무엘상 25장 1~44절.

69 Quelle charmante personne, a? Les chants de Salomon…… non, ce n'est pas Salomon, c'est David qui mettait une jeune belle dans son lit pour se chauffer dans sa vieillesse. Enfin David, Salomon.

의 아리따운 젊은 처녀, 이것은 정말로 한 편의 시지*Cette jeune belle de la vieillesse de David — c'est tout un poème.*〉 그런데 만일 폴 드 콕[70]이 이것을 소재로 해서 썼더라면 완전히 이상한 색정적인 장면*scène de bassinoire*으로 바뀌어서 아주 재미있는 내용이 되었을지도 모르지. 폴 드 콕은 재주는 있지만, 서술 기법도 문학적인 맛도 모른단 말이야……. 까쩨리나 니꼴라예브나가 웃기에, 나는 그 애에게 서로 방해하지 말자고 말해 줬지. 우리는 각자 자신의 로맨스를 가지기 시작했으니 좋은 결과를 맺을 수 있도록 서로 도와줘야 하지 않겠어. 이게 설사 환상이라 할지라도, 나는 그 환상만이라도 빼앗기지 않았으면 좋겠어.」

「이를테면 어떤 환상이지요, 공작님?」

「어떤 환상? 어떤 환상이냐고? 글쎄, 어떤 환상이라도 좋으니, 나는 그저 그 환상을 지닌 채로 죽었으면 좋겠어.」

「공작님, 왜 자꾸 죽는다는 말씀을 하십니까? 살아야 합니다. 끝까지 한번 잘살아야지요!」

「맞아, 내가 왜 자꾸만 그런 소리를 되풀이하는 거지? 인생이 왜 그렇게 짧은 건지 나는 정말 모르겠어. 아마 권태를 느끼지 않도록 하기 위해서겠지. 인생이란 것도 역시 창조주의 예술 작품의 하나여서, 뿌쉬낀의 시처럼 흠잡을 데 없는 절대적 형식을 갖추고 있는 것이니까 말이야. 아무튼 간결하다는 것은 예술의 첫째 조건이지. 그렇지만 권태를 느끼지 않는 사람에게는 좀 더 살게 해주었으면 좋겠어.」

「그런데 공작님. 이 사실을 이미 공개하셨나요?」

「아니! 아직은 아무에게도 알리지 않았네. 단지 우리끼리만 그렇게 하기로 합의했어. 이 일은 우리끼리, 우리들만의 이야기야. 그렇지만 나는 까쩨리나 니꼴라예브나에게만은 모든 것을 이야

70 프랑스의 소설가(1794~1871)로, 외설적 내용의 대중소설을 주로 많이 썼음.

기했어. 나는 그 애에게 미안한 생각을 가지고 있으니까. 그리고 참, 까쩨리나 니꼴라예브나는 천사 같은 애야. 그 애는 천사야!」

「맞습니다, 저도 그렇게 생각합니다!」

「맞다고? 정말로 자네도 그렇게 생각하나? 나는 자네가 그녀의 적이라고 생각했는데. 그리고 참, 이제 생각이 났는데, 그 애가 웬일인지 이제부터 자네를 다시는 출입시키지 말라고 부탁했어. 그런데 자네가 들어오는 걸 보고 반가운 마음에 나는 갑자기 그것을 잊어버렸어.」

「그래요?」 나는 크게 말했다. 「왜요? 언제요?」 (내 예감은 틀림없었다. 따찌야나와 그런 일이 있은 후에, 나는 그런 일이 있을 것이라고 예감했다!)

「어제였지, 맞아, 어제였어. 그런데 지금 자네는 어떻게 이리로 들어올 수 있었나? 미리 대비를 하고 있었는데. 자네는 도대체 어떻게 들어왔지?」

「저는 그냥 걸어서 들어왔는데요.」

「그랬군. 만약 자네가 계략을 써서 들어오려고 했다면, 틀림없이 사람들이 붙잡았을 거야. 그런데 그냥 아무렇지도 않게 태연하게 들어왔으니, 사람들이 그냥 들여보낸 것일 거야. 진정으로 말해 단순함이라는 게, 친구*mon cher*, 최고의 기법이지.」

「저는 무슨 이야기를 하시는지 감이 안 잡히는데요. 그러면 공작님이 저를 출입시키지 않기로 결정한 것이군요?」

「아닐세. 나는 그 일과 관계가 없다고 말했잖아……. 말하자면 나는 암묵적으로 그저 동의했을 뿐이야. 그러나 내가 자네를 매우 사랑한다는 사실만은 믿어 주게. 그런데 까쩨리나 니꼴라예브나가 너무도 강력하게 주장하는 바람에 그만……, 바로 저기 오는구나!」

바로 그때 까쩨리나 니꼴라예브나가 문에 나타났다. 그녀는 외출복을 입고, 자주 그랬던 것처럼 아버지에게 입을 맞추기 위해 잠깐 들른 것이었다. 그러나 예상치 못하게 나를 보자, 그녀는 그만 걸음을 멈추고 잠깐 머뭇거리더니 되돌아서서 그대로 나가 버렸다.

「저것 봐*Voilà!*」 공작이 아주 흥분해서 소리를 질렀다.

「뭔가 오해가 있군요.」 나도 큰소리로 말했다. 「뭔가 틀림없이, 저 잠시…… 곧 돌아오겠습니다, 공작님!」

나는 곧바로 까쩨리나 니꼴라예브나의 뒤를 따라 뛰어나갔다.

뒤이어 전혀 예상치 못한 일들이 너무도 빠른 속도로 일어났다. 그래서 나는 그것들에 대해 판단하기는커녕 어떻게 대처해야 할지 전혀 준비도 안 되어 있었다. 만일 마음의 준비가 되어 있었다면, 물론 나는 적절히 다른 행동을 취했을 것이다. 그러나 그 당시 나는 어린아이처럼 어찌할 바를 몰랐다. 무턱대고 나는 그녀의 방으로 들어가려고 했다. 그런데 하인이 내게 까쩨리나 니꼴라예브나는 이미 밖에 나가서 마차를 타고 있다고 말해 주었다. 곧바로 나는 현관으로 뛰어나갔다. 까쩨리나 니꼴라예브나는 모피 외투를 입고 막 계단을 내려가고 있었다. 외투를 입지 않은 군복 차림에 대검을 찬 아주 늘씬한 장교가 그녀와 나란히, 아니 그녀를 앞세워 걷고 있었다. 뒤를 따르는 하인이 그의 외투를 손에 들고 있었다. 바로 그 사람이 이미 말한 그 남작이었다. 35세 가량의 나이에 약간 마른 몸매와 약간 긴 얼굴이었으며 콧수염과 속눈썹이 붉은색이었다. 그리고 호사스럽게 옷을 갖춰 입었으며, 대령 계급장을 달고 있었다. 멋지다고는 할 수 없는 얼굴이었지만, 거기에는 날카롭고 도전적인 표정이 담겨 있었다. 나는 그 순간 내 눈에 보인 모습대로 묘사하고 있다. 나는 한 번도 그를 본 적이 없다. 외투도 입지 않고 모자도 안 쓴 채 나는 그대로 그들의 뒤를 따라 계단을 뛰어내려갔다. 까쩨리나 나꼴라예브나가 먼저 나를 보더니 뭔가 그에게 서둘러 나직하게 말했다. 그는 고개를 돌리려고 하다가 하인과 문지기에게 턱짓을 했다. 그러자 하인은 한 걸음 앞으로 나와 바로 출입구 옆에서 나를 붙잡으려고 했지만, 나는 한 손으로 그를 밀어제치고 두 사람의 뒤를 따라 출입구 계단으로 뛰어나갔다. 뷔링은 까쩨리나 니꼴라예브나를 부축하여 마차에 태우고 있었다.

「까쩨리나 니꼴라예브나! 까쩨리나 니꼴라예브나!」 나는 큰소리로 불렀다.(마치 바보처럼! 그야말로 바보같이! 나는 그 모든 장면을 기억하고 있다. 나는 모자도 안 쓰고 있었다!)

뷔링은 아주 언성을 높여서 하인들에게 큰소리로 뭔가를 외쳤다. 한 마디나 두 마디 정도의 말이었지만, 나는 그것을 알아듣지 못했다. 누군가 내 팔꿈치를 붙잡으려고 하는 것을 느꼈다. 그러나 마침 그때 마차가 움직이기 시작했다. 나는 또다시 큰소리를 지르면서 마차 뒤를 따라 뛰기 시작했다. 까쩨리나 니꼴라예브나는 마차의 창문으로 얼굴을 보이고 있었다. 그리고 매우 불안해 하는 기색이었다. 하지만 나는 아무 생각 없이 서두르며 뷔링 쪽으로 다가서며 그를 심하게 밀었다. 아마도 뷔링은 발을 밟힌 것 같았다. 그러자 그는 이를 악물면서 뭐라고 소리를 지르더니 내 어깨를 움켜잡고 나를 힘껏 밀어냈다. 그 바람에 나는 세 걸음이나 뒤로 밀려났다. 바로 그 순간에 하인이 그의 외투를 가져왔다. 그는 외투를 걸치더니 바로 썰매에 올라탔다. 그러고 나서 하인과 문지기에게 또 한번 무언가 큰소리로 외쳤다. 그러자 그들이 나를 붙잡아 꼼짝 못하게 하더니, 이윽고 하인 하나가 내게 외투를 걸쳐 주었으며 다른 하나가 모자를 내밀었다. 그러고 나서 그들은 내게 뭔가를 말했지만, 나는 전혀 기억하지 못한다. 그들이 틀림없이 뭔가를 말했지만, 나는 우두커니 서서 아무 소리도 듣지 못하였다. 멀거니 서 있다가 나는 그들을 뿌리치고 다시 뛰기 시작했다.

3

지나가는 행인들과 마구 부딪히면서, 나는 따찌야나 빠블로브나의 집까지 거의 아무 정신 없이 뛰어갔다. 길에서 마차를 잡아탈 생각도 머리에 전혀 떠오르지 않을 정도였다. 그녀가 보는 앞에서 붸링이 나를 뒤로 떠밀었다! 물론 내가 그의 발을 함부로 밟았기 때문에, 틀림없이 그는 마치 발의 티눈을 밟힌 사람처럼 거의 본능적으로 나를 떠밀었을 것이다(어쩌면 정말로 내가 그의 티눈을 밟았는지도 모른다!) 설사 정말로 그랬다고 하더라도, 그것을 그녀가 보았다. 또한 그녀는 하인들이 나를 꼼짝 못하게 붙잡고 있는 것을 보았다! 이 모든 것이 바로 그녀가 보고 있는 곳에서 일어난 것이다! 따찌야나 빠블로브나의 집에 뛰어들어갔을 때, 나는 처음에는 한마디도 할 수 없었다. 아래턱은 마치 열병에라도 걸린 것처럼 덜덜 떨리고 있었다. 맞다. 실제로 나는 열병에 걸려 있었으며, 심지어 울기까지 했다……. 나는 참을 수 없을 정도로 심한 모욕을 당했던 것이다!

「뭐라고? 그가 밀려서 넘어졌다고? 네 업보야, 네 행실 때문에 벌을 받은 거지!」 따찌야나 빠블로브나는 빈정거리며 말했다. 나는 말없이 소파에 앉아서 그녀를 쳐다보았다.

「그 사람이 왜 그런 거지?」 그녀는 내 얼굴을 자세히 뜯어보았다. 「자, 물을 한잔 마셔, 쭉 다 마셔! 그리고 네가 거기서 또 무슨 장난질을 쳤는지 말해 봐!」

나는 내가 쫓겨난 일과 붸링이 큰길에서 나를 떼밀었던 일에 대해 중얼거리며 말했다.

「이제 세상 철이 좀 났니, 아니면 아직도 정신을 못 차리고 있니? 자, 이것을 읽어 봐라, 아주 재미있을 게다.」 그녀는 탁자에서 쪽지를 집어 내게 주더니 내 앞에 서서 읽기를 기다렸다. 불과 몇 줄 쓴 것이었지만, 나는 곧 그것이 베르실로프가 쓴 것이라는 것을 알았다. 그것은 까쩨리나 니꼴라예브나에게로 보낸 편지였다. 나는 몸을 흠칫 떨었다. 그 순간 나는 이전처럼 날카로운 이해력을 회복하였다. 여기에 소름 끼치고 저속하며 제멋대로 휘갈겨 쓴 야비한 그 내용을 원문 그대로 적기로 한다.

친애하는 까쩨리나 니꼴라예브나 부인

당신이 천성적으로나 후천적으로나 아무리 음탕한 여성일지라도, 저는 당신이 최소한 순진한 아이를 대할 때는 그 탐욕적인 욕망을 억제하셔서 그 애에게 해를 입히지는 않으리라 믿었습니다. 그러나 당신은 전혀 수치심 없이 그런 일을 감행하였습니다. 제가 추측하건대, 당신이 걱정하고 있는 그 서류는 아마 촛불에 태워지지도 않았고, 끄라프뜨의 수중에 들어간 일도 절대로 없었을 겁니다. 그 말은 당신이 여기서 더 이상 얻을 것이 없다는 것입니다. 그러니 이제 더 이상 순진한 그 아이를 함부로 정욕의 노예로 타락시키지 마십시오. 그 아이를 용서하세요. 그는 아직 미성년에 불과한 아이이며, 정신적으로나 육체적으로나 아직 충분히 성장하지 못했습니다. 그런 아이를 유혹해서 무슨 소용이 있겠습니까? 저는 그 애의 장래에 지대한 관심을 가지고 있습니다. 그래서 좋은 결과를 기대하지는 않습니다만, 진심으로 이러한 글을 쓰기로 했습니다. 그리고 미리 말해 둡니다만, 이 글의 사본을 동시에 뷔링 남작에게 보냅니다.

베르실로프

편지를 읽으면서 나는 그야말로 파랗게 질려 버렸다. 그러고 나서는 갑자기 가슴속에서 분노가 치밀어 올라 입술이 떨리기 시작했다.

「이것은 바로 내가 그저께 그 사람에게 고백한 내용이야, 어떻게 이렇게 할 수가 있지!」 나는 화가 나서 큰소리로 떠들었다.

「잘했구나, 모든 걸 잘도 고해 바쳤구나!」 내 손에서 편지를 빼앗으며, 따찌야나 빠블로브나가 말했다.

「하지만…… 이건 내가 말한 내용과는 달라요, 나는 전혀 다른 이야기를 했었는데! 아, 어떻게 하지, 그녀가 나를 어떻게 생각할까요! 이건 완전히 정신 나간 사람 아니에요? 틀림없이 미쳤어요……. 어제 내가 그 사람을 만났는데, 이 편지는 언제 보낸 거지요?」

「어제 낮에 보내서 밤에 온 거야. 오늘 그녀가 직접 내게 준 거다.」

「하지만 나는 어제 분명히 내 눈으로 그를 보았거든요, 그는 미쳤군요! 베르실로프가 이런 편지를 쓸 리가 없어요. 이것을 쓴 사람은 미친 사람이에요. 누가 그런 편지를 여자에게 쓸 수 있겠어요?」

「정신이 나간 사람은 그야말로 제정신을 잃고 이런 것을 쓴다. 질투와 증오심에 불타 아무것도 눈에 안 보이고, 귀도 안 들리며, 온몸의 피가 독으로 변했을 때엔 그럴 수 있단 말이야……. 너는 아직 그가 어떤 사람인지 몰라. 그가 정말로 어떤 인간인지를 말이야! 이런 짓을 계속하다가 그 사람은 결국 여러 사람에게 된통 걸리고 말 거야. 숫제 스스로 도끼 밑에 눕는 게 낫겠다. 아니면 밤에 니꼴라예프스끼 철도에 가서 철로 위에 머리를 얹어 놓으면 깨끗이 잘라 줄 텐데. 정 그렇게 머리를 들고 다니기가 거추장스럽다면 말이다! 너는 도대체 무슨 심산으로 그런 이야기를 했지? 그 사람을 놀려 보고 싶었니? 자랑하고 싶어서 그렇게 함부로 떠벌렸어?」

「이건 정말로 대단한 증오심이군요! 무슨 증오가 그렇게 심할까!」 나는 내 머리를 손으로 탁 치며 말했다. 「그렇지만 도대체 왜, 대체 무엇 때문에? 상대방은 여자인데! 도대체 그녀가 그에게 무얼 어떻게 했단 말인가요? 이런 편지를 쓸 수 있다면, 그들은 대체 어떤 관계였을까요?」

「증 — 오 — 야!」 내 말을 흉내내는 따찌야나 빠블로브나의 목소리에는 심한 조소가 깃들어 있었다.

나는 피가 거꾸로 솟는 것을 느꼈다. 갑자기 나는 이제까지와는 전혀 다른 새로운 것을 깨달은 것 같았다. 나는 뭔가를 알아내려고 그녀를 뚫어지게 쳐다보았다.

「이제 그만 가봐라!」 그녀는 내게서 갑자기 얼굴을 돌리더니, 내게 손을 흔들면서 큰소리로 외쳤다. 「너희를 상대하는 일은 이제 그만두겠어! 이제는 신물이 나! 마음대로 땅속으로든 어디로든 가란 말이야……! 네 어머니만은 아직 좀 가엾지만…….」

물론 나는 그 길로 베르실로프에게 달려갔다. 이것은 있을 수 없는 지독한 간계다! 참으로 비열한 계략이다!

4

베르실로프는 혼자 있지 않았다. 미리 설명을 하지만, 어제 까쩨리나 니꼴라예브나에게 그 편지를 보내고, 또 자기가 밝힌 대로(그 이유는 하느님만이 알 것이다) 그 사본을 뷔링에게로 보낸지 하루가 지난 오늘, 그는 당연히 자신의 행동에 대한 〈결과〉와 마주쳐야 했다. 그래서 그는 가능한 모든 수단을 강구했다. 아침부터 서둘러 그는 어머니와 리자를(뒤에 들은 바에 의하면, 그날 아침 리자는 돌아오자마자 몸이 불편해져서 자리에 누워 있었다) 그 〈관 같은 방〉으로 가 있도록 한 다음, 모든 방을 특히 그 〈응접실〉을 아주 깨끗이 정돈해 놓았다. 그리고 자신의 예상대로 오후 2시에 R남작의 방문을 받았다. 그 사람은 마흔 살 가량의 육군 대령으로, 키가 크고 무뚝뚝하며, 겉으로 보기에는 아주 강한 체력을 지닌 것 같은 독일 계통이었다. 그 사람도 뷔링처럼 머리색이 붉었지만, 약간 머리가 벗어진 게 달랐다. 그 사람은 러시아 군대에서 아주 흔히 볼 수 있는 수많은 R남작 중의 하나였다. 그들은 남작이라는 사실에 아주 강한 자존심을 가지고 있었지만, 재산이라고는 전혀 없이 단지 월급만으로 살아가며, 열심히 자신의 일을 하는 야전 장교였다. 나는 그들이 나누는 이야기의 첫 부분을 미처 듣지 못했다. 그들은 둘 다 매우 흥분하고 있었다. 그것은 지극히 당연한 일이었다. 베르실로프는 탁자 앞에 있는 소파에 앉고, 남작은 옆쪽에 있는 안락의자에 앉아 있었다. 베르실로프는 창백한 얼굴로 자신을 억제하며 조심스럽게 말하였다. 남작은 목소리를 높여 말을 하였으며, 곧 과격한 태도라도 취할 태세였지만 애써 자제하고 있었다. 하지만 그는 아주 험악하고 거만하며 멸시하는 듯한 눈빛으로 쏘아보고 있었다. 나를 보자, 그는 얼굴을 찡그렸지만, 베르실로프는 아주 기쁜 표정을 지었다.

「너 마침 잘 왔다. 남작, 얘가 바로 그 편지에 쓴, 바로 그 젊은 친구입니다. 그렇지만 걱정하지 마세요, 아마 방해하지는 않을 것입니다. 아니 어쩌면 필요할지도 모르겠습니다(남작은 멸시하는 듯한 표정으로 흘끔 나를 보았다). 그런데 말이야.」 베르실로프는 나를 향해 말을 덧붙였다. 「네가 와줘서 참 기쁘다. 하지만 남작과 이야기를 끝마칠 때까지 그쪽 구석에라도 좀 앉아 있거라. 걱정 마세요, 남작. 이 친구는 구석에 가만 앉아 있을 테니까요.」

나는 이미 마음을 먹고 있었기 때문에 아무런 상관이 없었다. 그리고 무엇보다도 이 모든 일로 인해 나는 아주 강한 충격을 받았다. 나는 말없이 구석에, 가급적 후미진 곳에 앉았다. 그리고 그들의 이야기가 끝날 때까지 눈동자 한번 움직이지 않고, 몸 한번 꼼짝하지 않고 줄곧 가만히 앉아 있었다.

「다시 한번 되풀이합니다만, 남작.」 한 마디씩 분명하게 끊어 가면서 베르실로프가 말했다. 「제가 그 점잖지 못하고 저속한 편지를 보낸 까쩨리나 니꼴라예브나 아흐마꼬바 부인은 제가 생각하기에 그야말로 가장 현숙한 존재일 뿐만 아니라, 가장 완벽한 덕성을 지닌 사람입니다!」

「앞에서도 말씀드린 바와 같이, 자신의 말을 그렇게 부정하는 것은 바로 그것을 다시 긍정하는 것과 마찬가지요.」 남작은 소리 지르듯 말했다. 「당신의 말은 참으로 무례하기 그지없어요.」

「당신이 그것을 다만 거기 적힌 말 그대로의 의미로 받아들이신다면, 그것이 가장 정확할 것입니다. 사실, 저는 순간적인 발작이 일어날 때가 있고, 또한…… 여러 가지 병으로 고생하고 있어서 의사의 치료까지 받고 있는 형편입니다. 그렇기 때문에 예상치 못하게 그런 발작이 일어난 순간에…….」

「그러한 변명은 절대로 허용될 수 없습니다. 다시 한번 말씀드립니다만, 당신은 끝까지 잘못된 생각을 고집하십니다. 혹은 고의로 문제를 왜곡하려고 그러시는지도 모르겠어요. 처음부터 저는 전제 조건을 말씀드렸습니다. 그 부인에 대한 모든 문제, 바로 그 아흐마꼬바 장군 부인에게 보낸 당신의 편지에 관한 내용은, 지금 우리 이야기에서 완전히 제외되어야 합니다. 그런데도 당신은 자꾸 이야기를 그리로 되돌리곤 합니다. 뷔링 남작이 제게 이 일을 위임하며 요청한 것은 이 사건이 그와 어떤 관련이 있는 것인가에 대해서만 명백하게 밝혀 달라는 것이었습니다. 즉, 왜 당신이 편지의 〈사본〉을 그에게 보냈는지와, 추신으로 보낸 〈당신이 편하실 때 이것에 대한 답을 준비해 주십시오〉라고 한 말의 의미가 무엇인지를 밝혀 달라는 것이었습니다.」

「만일 그것에 관한 것이라면, 제가 새삼스럽게 설명하지 않아도 분명한 것 같습니다만.」

「알겠습니다. 그 내용은 이미 들었습니다. 그렇다면 당신 뜻은 이것에 대해 전혀 사과할 생각이 없을 뿐더러, 여전히 〈귀하가 원하시는 모든 것에 응할 용의가 있다〉는 것을 주장하시겠다는 거군요. 그러나 그것은 너무나 경솔한 게 아닐까요. 당신이 끝까지 그런 방향으로 이야기를 끌어가려고 하는 이상, 저로서도 이제는 더 이상 절충 입장을 취하지 않고 이쪽의 주장을 분명히 할 권리가 있다고 생각합니다. 그래서 저는 이런 결론에 도달했습니다. 뷔링 남작의 입장에서는 어떠한 조건에서도 당신에게 응대할 필요가 없습니다……. 서로 대등한 입장에서는.」

「그러한 결정은 당신의 친구인 뷔링 남작에게 물론 가장 유리한 것 중의 하나일 것입니다. 그리고 솔직히 말해서 그런 결정에 대해 저는 조금도 놀라지 않습니다. 오히려 그러리라고 기대했었지요.」

괄호로 묶는다는 전제하에 미리 말해 두지만, 나는 베르실로프가 이 성급한 남작을 놀리고 자극하여 분노가 폭발하도록 유도하는 것이라고 처음부터 생각하였다. 그가 처음 말한 한 마디만 들어도, 그의 시선만 보아도, 그러한 정황이 내게 너무도 분명하게 보였다. 어쩌면 그는 상대방이 참다못해 화를 내기를 기다리고 있는 것인지도 몰랐다. 남작은 참느라고 흠칫 몸을 떨었다.

「당신은 상당히 기지가 많은 분이라고 들었습니다만, 기지는 예지가 아닙니다.」

「상당히 심오한 의미가 있는 말이군요, 대령!」

「나는 당신의 칭찬을 듣고 싶어 그 말을 한 것이 아닙니다.」 남작이 큰소리로 되받았다. 「그리고 또한 쓸데없는 이야기를 늘어놓으려고 이렇게 온 것도 아닙니다! 잘 들으세요. 당신의 편지를 받고 뷔링 남작은 커다란 의혹에 빠졌습니다. 왜냐하면 그 편지가 정신 병원의 관할 구역에서 보내진 것이었기 때문이지요. 그래서 바로 적당한 방법을 강구하여 당신을 적절한 곳으로 보낼 결정을 내릴 수도 있었을 것입니다. 그러나 특별한 배려를 해서 당신에게 관대한 조처를 취하기로 하고, 당신에 관해서 여러 가지로 조사했습니다. 조사 결과, 당신은 상류 사회에 속한 사람이고 근위 연대에 복무한 일까지 있었으며, 지금은 사교계에서 완전히 따돌림을 당하고 있는 데다가 당신에 대한 평판도 예상 이상으로 나쁘다는 것을 알았습니다. 하지만 그럼에도 불구하고, 저는 직접 확인하려고 일부러 온 것입니다. 그런데 당신은 현학적인 말을 늘어놓으며, 발작 때문에 고생하고 있다고 자기 입으로 증언하고 있습니다. 이제 그런 짓은 그만 하세요! 당신이 꾸미는 이런 일로 인해서 붸링 남작의 입장이나 명성이 손상될 수는 결코 없습니다……. 간단히 말해, 저는 전권을 위임받은 사람으로서 분명하게 선언합니다. 만일 차후에도 같은 일이 반복된다든가, 혹은 조금이라도 그와 비슷한 행동이 다시 있다면, 지체 없이 당신을 진정시킬 만한 적절한 수단이 취해질 것입니다. 그러한 조치가 아주 신속하고 확실하게 취해질 것이라는 점을 제가 분명하게 경고하겠습니다. 우리는 숲속이 아니라 엄연히 질서가 있는 국가에서 살고 있으니까요!」

「당신은 그처럼 확고한 신념을 가지셨습니까, 선량한 R남작?」

「도대체가!」 갑자기 남작이 벌떡 일어서며 말했다. 「당신은 끝까지 사람을 놀려서 내가 그다지 〈선량한 R남작〉이 아니라는 것을 증명하게 하려는 속셈이군요.」

「다시 한번 말해 둡니다만.」 베르실로프 역시 일어서며 말을 받았다. 「여기에서 멀지 않은 곳에 제 아내와 딸이 있습니다……. 그러니 그렇게 큰소리를 내지 않도록 부탁하고 싶군요. 당신의 고함소리가 그들에게까지 들리겠으니 말입니다.」

「당신의 부인이 어쨌단 말이오……. 도대체…… 내가 지금 이렇게 당신과 앉아서 이야기를 하는 것은 단지 그 추악한 사건을 해명하기 위해서란 말이오.」 조금도 목소리를 낮추려고 하지 않으며, 여전히 화가 잔뜩 나서 남작은 계속하였다. 「그만 하시오.」 그는 성난 어조로 말했다. 「당신은 점잖은 사람들의 모임에서 배제되었어요. 바로 당신이 편집증을 가졌기 때문이지요, 아시겠어요, 사람들이 당신에게 아주 심한 편집증이 있다고 확신하기 때문이란 말이오! 당신 같은 사람에게는 관용을 베풀 필요가 없어요. 당신에게 분명히 말해 두지만, 당장 오늘이라도 당신에 대해서 적절한 조치가 취해질 거요. 당신이 이성을 되찾을 수 있도록 아마 적당한 곳으로 보내지겠지요……. 어쨌든 이 도시 밖으로 추방될 거요!」

그는 쿵쿵 발소리를 내며 밖으로 나가 버렸다. 베르실로프는 그를 배웅하지도 않았다. 그는 가만히 서서 넋을 잃고 나를 바라보고 있었지만 내가 거기 있는 줄도 모르는 기색이었다. 그러다가 갑자기 혼자 빙그레 웃더니 머리를 한 번 손으로 문지르고 모자를 집더니 문 쪽으로 걸어가기 시작했다. 나는 그의 손을 잡았다.

「아, 그렇지, 너도 거기 있었구나? 너는…… 그 사람 이야기를 들었지?」 그는 내 앞에서 걸음을 멈췄다.

「어쩌면 그런 일을 할 수 있었지요? 어떻게 그렇게 사실을 왜곡하고 그런 불명예스러운 일을 하셨지요! 그런 간계까지 써가면서!」

그는 뚫어지게 나를 바라보다가 미소를 짓더니, 그 미소가 점점 더 커졌고 마침내 커다란 웃음으로 바뀌어 버렸다.

「그래요, 저는 수치를 당했어요……. 그녀가 보는 앞에서요! 그녀의 눈앞에서 말이에요! 그녀의 면전에서 저는 조소를 당했어요. 그놈이 저를 떠밀었어요!」 나는 정신없이 외쳤다.

「정말이냐? 아, 참 정말로 가엾게 당했구나……. 거기서 그들이 너를 조소했단 말이지!」

「당신은 웃으시는군요. 저를 비웃으시는군요! 당신에게는 이것이 우습게만 느껴지지요!」

그는 내 손을 서둘러 뿌리치더니 모자를 쓰고 이번에는 그야말로 진짜 웃음소리를 내면서 집을 나가 버렸다. 내가 그를 뒤쫓아갈 필요가 있었을까? 도대체 무엇 때문에? 그 순간 나는 모든 것을 이해했다. 그러나 또한 순식간에 모든 것을 잃고 말았다. 나는 갑자기 나타난 어머니의 모습을 보았다. 그녀는 지붕 밑의 그 방에서 내려와 조심스럽게 주위를 살펴보고 있었다.

「갔니?」

나는 말없이 어머니를 껴안았다. 그녀 역시 나를 꼭 끌어안았다.

「어머니, 어머니, 당신은 이런 데에 남아 있을 수 있겠어요? 지금 곧 나갑시다. 제가 당신을 지키겠어요. 저는 당신을 위해서 온 힘을 다해 일하겠어요. 당신을 위해서, 그리고 또 리자를 위해서도……. 그런 사람들은 모두, 모조리 다 떨쳐 버리고 여기서 나가요. 우리끼리만 살아요. 어머니 기억하시지요. 당신이 언젠가 뚜샤르의 사숙으로 찾아오셨을 때, 제가 당신을 일부러 기억하려고 하지 않았었지요?」

「기억하고 있지. 나는 네게 평생 죄의식을 가지고 살 거야. 너를 낳고서도 너를 돌보지 않았으니 말이다.」

「아니에요, 그 사람이 나쁜 거예요. 모든 것이 다 그 사람 잘못이란 말입니다. 그 사람은 한 번도 우리를 사랑한 적이 없어요.」

「아니야, 진정으로 사랑하고 있다.」

「자, 나가요, 어머니!」

「그이를 버리고 내가 대체 어디로 간단 말이니? 그렇게 하면 그이가 행복해진다는 말이니?」

「리자는 어디 있지요?」

「누워 있어. 돌아오더니 몸이 불편하다고 하면서 누워 있다. 그런데 괜찮을까? 왜들 그렇게 그이에게 화를 낼까? 도대체 그이를 어떻게 하자는 거지? 그이는 어디로 갔니? 그 장교는 무슨 말로 위협했지?」

「그 사람은 괜찮아요, 어머니. 그 사람은 언제나 태연해요. 절대 아무 일도 일어나지 않아요. 일어날 수 없어요. 그 사람은 그런 사람이에요! 따찌야나 빠블로브나가 왔으니, 믿지 못하시겠다면 그녀에게 직접 들어 보세요(따찌야나 빠블로브나가 불쑥 방에 들어왔다). 그럼 안녕히 계세요, 어머니. 저는 곧 다시 오겠어요.

돌아오면, 또 같은 것을 요청하겠어요…….」

나는 방을 뛰어나왔다. 그 상태에서는 따찌야나 빠블로브나뿐만 아니라 그 어떤 사람도 나는 정면으로 바라볼 수가 없었다. 그리고 어머니는 항상 나를 괴롭게 할 뿐이었다. 나는 혼자, 정말로 혼자 있고 싶었다.

5

막상 큰길에 나섰을 때, 나는 길에서 한 번도 본 적이 없는 알지 못하는 무수한 사람들과 정신없이 부딪혀 거의 걸을 수 없는 형편이었다. 나는 길을 걸으며 생각했다. 도대체 어디로 가야 하나? 나는 대체 그 어떤 누구에게 도움이 될 만한 인간이며, 또한 지금 내게 필요한 것은 무엇일까? 나는 아무런 의식도 없이 거의 기계적으로 세르게이 뻬뜨로비치 공작의 집으로 갔다. 그를 머릿속에 떠올린 것은 전혀 아니었다. 하지만 그는 집에 없었다. 나는 그의 하인인 뾰뜨르에게 서재에서 기다리겠다고 말했다. 전에도 그런 일이 여러 번 있었다. 그의 서재는 천장이 아주 높고 기다란 방으로, 가구로 가득 차 있었다. 나는 가장 컴컴한 구석으로 비틀거리면서 걸어가, 소파에 앉아 탁자 위에 팔꿈치를 대고 두 손으로 머리를 받쳤다. 〈지금 내게 필요한 것이 도대체 무엇인가?〉 가장 중요한 문제는 바로 그것이다. 만일 내가 그때 이 문제를 구체적으로 형상화할 수 있었다고 하더라도 그 답을 도저히 찾을 수는 없었을 것이다.

그 형편에서 나는 조리 있게 생각할 수도 없었으며, 또한 그것을 기대할 수도 없었다. 앞에서 말한 대로 지난 며칠 동안에 일어난 갖가지 사건들로 인하여 마지막에 이르러서 나는 완전히 기진맥진해 있었다. 그래서 그렇게 가만히 앉아 있어도 내 머릿속은 완전히 혼돈 상태였으며, 마치 회오리바람이 휩쓸고 지나간 풍경 같았다. 〈그에 관한 것을 모두 파악했다고 믿고 있었지만, 사실 나는 아무것도 모르고 있었던 것이다〉라는 생각이 때때로 머리에 떠올랐다. 〈그는 내 눈앞에서 웃었지만, 나를 비웃으려고 그런 것은 아니었다. 역시 그에게는 붸링이 표적이지 내가 아니었다. 그저께 함께 식사를 할 때, 그는 이미 모든 것을 알고 있었고 그래서 우울한 표정을 지었던 것이다. 그 음식점에서 내 우둔한 고백을 듣고 나서 그는 모든 진실을 곡해해서 이해하였다. 도대체 왜 그는 진실을 알려는 것일까? 그 자신도 자기가 그녀에게 쓴 편지를 전혀 믿고 있지 않다. 그로서는 단지 그녀에게 모욕만 주면, 별 다른 의미 없이 그저 모욕만 주면 충분하였다. 이유도 모르면서 단지 구실을 찾았던 것이다. 그리고 바로 내가 그에게 그런 구실을 준 것이다……. 그것은 미친 개가 한 짓이나 다름없다! 지금 그는 붸링을 죽이려고 하는 것일까? 도대체 무엇 때문에? 그 이유는 단지 그 자신만이 알고 있다! 그리고 나는 그의 속마음을 전혀 헤아릴 수가 없다……. 그리고 지금도 역시 나는 모른다. 그렇다면 그는 그렇게 맹목적으로 그녀를 사랑하는 것일까? 그렇지 않으면 그토록 그녀를 증오하는 것일까? 나는 진정한 이유를 모른다. 그런데 그 자신은 그것을 알고 있을까? 그리고 나는 대체 내가 뭘 안다고, 그가《아무렇지도 않을 것》이라고 어머니에게 말했을까? 무슨 생각으로 그런 말을 했을까? 나는 그를 잃어버린 것일까, 아니면 잃지는 않은 것일까?〉

〈그녀는 내가 뒤로 떠밀리는 것을 보았다……. 그녀도 역시 웃었을까…… 그 입장에서 나라면 틀림없이 웃었을 것이다! 왜냐하면 스파이에게 한 대 먹인 것이기 때문이다, 스파이를…….〉

〈그것이 무슨 뜻일까?(갑자기 그런 생각이 머리에 떠올랐다.) 그가 그 저속한 편지에서, 그 서류는 절대로 불태워지지 않았으며 아직 그대로 남아 있다고 쓴 것은 대체 무슨 뜻일까……?〉

〈그는 붸링을 죽이지 않을 거야. 지금쯤 틀림없이 그 음식점에 앉아서 아마 루치아를 듣고 있을 거야. 아니면 루치아를 들은 후 붸링을 죽이러 갈지도 모른다. 붸링은 나를 떠밀었다. 아니, 때린 거나 다름없다. 정말 때린 것일까? 붸링은 베르실로프를 상대하기조차 싫어하고 있다. 그렇다면 과연 나하고 결투하려 들까? 아니면 내일 길가에서 기다렸다가 내가 직접 권총으로 그를 쏘아야 할지도 모르겠다…….〉 나는 거의 무의식적으로 마음속에서 이런 생각을 하고 있었지만, 그것에 완전히 사로잡혀 있었던 것은 아니다.

그리고 시나브로 이런 꿈 같은 생각을 할 때도 있었다. 혹시 지금이라도 문이 열리고 까쩨리나 니꼴라예브나가 들어와서 내게 손을 내밀지 않을까? 그러면 우리 두 사람은 큰소리로 웃기 시작할 것이다……. 아, 내 마음을 사로잡은 귀여운 학생! 이런 생각이 머리에 떠오른 것은, 아니 그랬으면 하는 바람은, 이미 방 안이 아주 어두워진 다음의 일이었다. 〈내가 그녀 앞에 서서 작별 인사를 했을 때, 그녀가 내게 손을 내밀고 웃었던 것이 그렇게도 오래된 일이었나? 그 짧은 기간에 우리 두 사람 사이에 그렇게도 엄청난 거리가 생기다니, 그럴 수가 있을까? 지금이라도 그녀에게 가서 모든 이야기를 해야 하지 않을까? 당장에 가서, 속시원하게 모든 사실을 털어놓는 거다. 그래, 어쩌면, 이제 완전히 새로운 세계가 시작된 것이 아닐까! 그렇다, 새로운 세계가 열리는 것이다. 아주 완전히 새로운 세계다……. 그렇다면 리자는, 공작은, 그들은 아직도 지난 시대의 사람들이다. 나는 지금 여기 공작의 집에 있다. 그리고 어머니는? 그런 상황에서 어머니는 어떻게 그와 같이 살 수 있었을까? 물론 나라면 그렇게 할 수 있었을 것이다. 나는 못할 일이 아무것도 없으니까. 그러나 어머니는? 도대체 이제부터 일이 어떻게 될까?〉 그러한 생각에 잠겨 들자 곧 리자, 안나 안드레예브나, 스쩨벨꼬프, 공작, 아페르도프, 그런 모든 사람들의 모습이 마치 회오리바람 속에 말려든 것처럼 내 머리에 불현듯 떠올랐다가 갑자기 자취 없이 사라져 버렸다. 내 생각은 더욱 갈피를 잡을 수 없었고 걷잡을 수 없게 뻗어 나갔다. 어쩌다가 떠오르는 생각이 가지는 의미를 파악할 수 있게 되면, 순간적으로 나는 아주 기쁜 마음이 들었다.

그때 갑자기 내 마음속에서 〈내게는《이념》이 있다!〉라는 확신이 떠올랐다. 〈그것이 과연 사실일까? 나는 그저 같은 내용을 반복해서 되뇌고 있었던 것은 아닐까? 내가 추구하는 이념, 그것은 바로 암흑과 고독이다. 그러나 이제 와서 이전의 그 암흑 세계로 다시 기어갈 수 있을까? 아 참, 나는 아직 그《서류》를 태워 버리지 않았지! 나는 그저께 그것을 태우는 것을 그만 잊어버렸다. 집으로 돌아가면 곧 그것을 촛불에 태워 버려야지. 꼭 촛불이어야 한다. 잘 모르겠지만, 내가 지금 생각하고 있는 것이 바로 그것일까…….〉

어둠이 내린 지 벌써 꽤 되었다. 뾰뜨르가 촛불을 가져왔다. 그는 잠시 동안 나를 살펴보더니 식사를 했느냐고 물었다. 나는 가만히 손을 흔들었다. 한 시간쯤 지나서 그가 차를 가져왔다. 나는 기다렸다는 듯이 커다란 컵에 든 차 한 잔을 단숨에 마셔 버렸다. 그러고 나서 나는 몇 시냐고 물었다. 여덟 시 반이었다. 나는 이미 다섯 시간 동안이나 여기 앉아 있었지만 이상하다는 느낌은 별로 들지 않았다.

「제가 벌써 세 번쯤 들어왔습니다만.」 뾰뜨르가 말했다. 「아주 곤히 주무시는 듯했습니다.」

나는 그가 들어온 것을 기억하지 못했다. 이유는 모르지만 〈잠을 자고 있었다〉는 말을 듣자, 나는 갑자기 매우 놀랐다. 나는 일어나 다시 〈잠에 들지〉 않기 위해서 방 안을 거닐기 시작했다. 그러다가 갑자기 머리에 통증을 느끼기 시작했다. 정각 열 시가 되었을 때 공작이 들어왔다. 내가 그를 기다렸다는 사실이 나를 놀라게 하였다. 왜냐하면 그에 관한 일을 나는 완전히 잊어버리고 있었기 때문이다.

「당신은 여기 계셨군요. 저는 당신을 만나려고 일부러 댁에 들렀었지요.」 그가 내게 말했다. 하지만 그의 얼굴은 아주 어두웠고, 일그러진 표정에 웃음기가 전혀 없었다. 그의 눈에서는 움직이지 않는 생각이 엿보였다. 「저는 하루 종일 가능한 모든 방법을 시도했습니다만.」 그는 주의를 집중하여 말을 계속했다. 「모조리 실패로 끝났습니다. 이제 저를 기다리는 것은 공포심뿐입니다……. (N. B. 결국 그는 니꼴라이 이바노비치 공작에게 가지 않았다.) 저는 지벨스끼를 만났습니다만, 그는 참으로 역겨워서 못 견딜 인간이었습니다. 그가 한다는 소리는 먼저 돈을 가지고 와서 이야기하자는 것이었습니다. 만일 돈을 가지고 가도 타협이 안 되면, 그때에는……. 그러나 저는 오늘 그 일에 대해서는 더 이상 생각하지 않기로 마음먹었습니다. 오늘 해야 할 것은 돈을 구하는 일뿐입니다. 모든 일은 내일이 되면 알 것입니다. 당신이 그저께 딴 돈은 한푼도 손대지 않고 그대로 놔두었습니다. 다 합쳐서 3루블이 모자란 3천 루블입니다. 당신이 빌려 간 돈을 제하고 나면, 당신에게 3백 40루블의 거스름돈이 가게 됩니다. 우선 그것을 받으세요. 그리고 거기에 7백 루블을 더하면 모두 1천 루블이 됩니다. 저는 나머지 2천 루블을 가지고 가겠습니다. 자, 제르쉬치꼬프의 도박장으로 같이 가서, 서로 따로 앉아서 한번 1만 루블을 따도록 해봅시다. 혹시 어떻게 될 수도 있지 않겠어요. 만일 따지 못하면 그때에는……, 그 외에는 다른 방법이 없어요.」

마치 자신의 운명을 판가름하는 듯한 눈으로 그는 나를 바라보았다.

「좋아요. 그렇게 합시다!」 갑자기 생기가 돌아 내가 큰소리로 말했다. 「갑시다! 저는 당신이 돌아오시기만 기다리고 있었습니다…….」

나는 지난 몇 시간 동안 단 한 순간도 룰렛에 대해 생각하지 않았다는 것을 미리 밝혀 둔다.

「하지만 이게 얼마나 비열하고 천박한 행동입니까?」 갑자기 공작이 물었다.

「우리가 룰렛을 하러 가는 것 말이군요! 그러나 그것이 가장 중요한 것 아닙니까?」 내가 큰소리로 말했다. 「돈이면 모든 것이 다 됩니다! 저와 당신만이 순진한 것이지, 붸링은 이미 자신을 팔지 않았습니까? 안나 안드레예브나도 자신을 팔았고, 그리고 베르실로프도, 들으셨지요, 베르실로프가 편집증 증세를 보인다는 것을 말입니다. 그 사람에게는 편집증 증세가 있답니다! 편집증 증세가 말입니다!」

「괜찮으세요, 아르까지 마까로비치? 당신 눈빛이 좀 이상하군요.」

「그런 말을 해서 혹시 저를 따돌리고 혼자 가려고 하는 거 아닙니까? 이렇게 되면 저도 이제는 당신 옆에서 떨어지지 않겠어요. 저는 밤새 노름을 하는 꿈만 꿨단 말입니다. 갑시다, 자, 갑시다!」 마치 모든 문제를 한순간에 해결할 열쇠나 찾은 것처럼 나는 자꾸 큰소리만 질렀다.

「그러면 가볼까요. 당신은 몹시 흥분한 것 같습니다만, 그러나 그리로 가면…….」

그는 끝까지 말하지 않았다. 그의 얼굴은 매우 괴로운 듯했고 보기가 안쓰러웠다. 우리 두 사람은 막 방을 나가려 하고 있었다.

「그런데.」 문 근처에서 걸음을 멈추더니 그가 불쑥 말했다. 「도박에서 돈을 따는 것 이외에, 또 한 가지 이 재난을 피할 방법이 있는데 뭔지 알겠어요?」

「어떤?」

「바로 공작의 신분에 잘 어울리는 방법이지요!」

「글쎄요? 무슨 이야기지요?」

「좀 기다려 보면 알게 됩니다. 다만 아셔야 할 것은 제게는 이미 그럴 자격이 없다는 사실입니다. 왜냐하면 이미 늦었으니까요. 자, 갑시다. 제가 한 말을 꼭 기억하시기 바랍니다. 그리고 우선 천박한 방법을 한번 시험해 봅시다. 모든 걸 다 잊고, 의식적으로, 완전한 자유 의지로 그곳에 가서, 한번 천박하게 굴어 보는 겁니다!」

6

마치 나를 구원해 줄 모든 것이, 진정한 탈출구가 거기에 있기라도 한 것처럼 나는 도박장으로 거의 뛰다시피 하며 들어갔다. 앞에서 이미 말한 것처럼, 사실 공작이 돌아와 그러한 제의를 할 때까지 그런 생각은 전혀 하지 않았음에도 불구하고 말이다. 그리고 내가 도박하러 가는 것은 내 자신을 위해서가 아니라, 공작을 위해서, 공작의 돈으로 행운을 한번 시험해 보고자 함이라고 생각했다. 사실 나를 그리로 끌고 가는 진정한 힘이 무엇인지 나는 판단할 수 없었지만, 다만 어찌할 수 없는 힘에 끌려갔던 것이다. 그 많은 사람들의 얼굴, 도박장의 지배인, 노름하는 사람들의 고함소리, 제르쉬치꼬프 도박장에 가득 배인 그 저속한 분위기, 이 모든 것이 이때처럼 더럽고 음침하며 천박하고 구슬프게 보인 적은 없었다. 탁자에 앉아 있는 그 몇 시간 동안 때때로 내 마음을 휘감고 돌던 그 슬픈 비애를 나는 잊을 수 없다. 그러나 왜 나는 그 자리를 떠나려고 하지 않았을까? 마치 그러한 운명이나 기억 또는 사명을 부여받기라도 한 것처럼 나는 그 모든 것을 참고 있었다. 여기서 말해 둬야 할 한 가지 사실이 있다. 그 무렵 내가 건전한 이성을 가지고 있었다고 말할 수 있을지 매우 의심스럽다. 그럼에도 불구하고 그날 밤처럼 내가 이성적으로 감정을 제

어하면서 도박을 한 적은 그때까지 한 번도 없었다. 나는 거의 말을 하지 않고 정신을 집중하여 모든 상황을 눈여겨보았으며 계산도 아주 세밀하게 하였다. 나는 참을성 있게 기다리고 있었고, 아주 짜게 걸었지만 결정적인 순간에는 단호하게 걸었다. 나는 또다시 0번 자리에 앉았다. 앉다 보니 이번에도 제르쉬치꼬프와 항상 그의 오른쪽에 자리잡는 아페르도프 사이의 자리였다. 나는 그 자리가 마음에 들진 않았지만 나는 꼭 0번에 걸고 싶었고, 그 외에 0번에 가까운 자리는 모두 미리 온 사람들이 차지하고 있었기 때문이다. 우리는 벌써 한 시간 남짓 도박을 계속하고 있었다. 그러다가 내가 자리에서 바라보니, 갑자기 공작이 창백한 얼굴로 일어서더니 우리가 있는 탁자 쪽으로 다가와 내 바로 앞에서 걸음을 멈추었다. 그는 가진 돈을 다 잃고 말없이 내가 하고 있는 것을 보고 있었다. 그러나 그는 아마 도박에 대해서는 아무것도 느끼지 못하고, 또 이미 그것에 대한 생각도 전혀 없었을 것이다. 겨우 그 무렵부터 나에게 행운이 따르기 시작하여, 제르쉬치꼬프는 내게 지불할 돈을 계산하고 있었다. 갑자기 그때 아페르도프가 말없이 내가 보는 앞에서, 아주 천연덕스럽게 내 1백 루블짜리 지폐 한 장을 집더니 자기 앞에 쌓아 놓은 돈 더미에 합쳤다. 나는 큰소리를 지르면서 그의 손을 붙잡았다. 내면에서 나 자신도 의식하지 못하고 있던 충동이 분출된 것이다. 나는 마치 쇠사슬을 끊은 것 같은 기분을 느꼈다. 이 하루 동안에 쌓인 모든 공포와 불만이 그 순간 돌연 이 1백 루블짜리 지폐를 강탈당한 그 상황에 집중되어 버린 것이다. 마치 내 마음속에 차곡차곡 쌓이며 지금까지 억눌려 왔던 것이 바로 이 순간이 오기만을 기다렸다가 단숨에 폭발한 것 같았다.

「이 작자가 도둑질을 했다. 이자가 바로 지금 내 1백 루블짜리 지폐를 훔쳤어!」 주위를 빙 돌아보면서 나는 정신없이 소리를 질렀다.

그 이후에 어떤 소동이 일어났는가에 대해서는 서술하지 않기로 한다. 그런 소동은 그곳에서 전혀 일어난 적이 없었다. 제르쉬치꼬프의 도박장은 모두가 점잖게 노름을 즐기는 곳으로, 그래서 좋은 평판을 얻고 있는 곳이었다. 그러나 나는 완전히 정신이 없었다. 커다란 고함소리와 소음 속에서 갑자기 제르쉬치꼬프의 목소리가 들렸다.

「이거 이상한데. 돈이 없어. 지금까지 여기 있던 돈이! 4백 루블이나!」

금방 또 다른 금전 탈취가 일어난 것이다. 뱅크[71]의 돈인 4백 루블짜리 지폐 묶음이, 제르쉬치꼬프의 바로 코 밑에서 없어진 것이다. 제르쉬치꼬프는 돈이 있었던 장소를 가리켰다. 「바로 지금 여기에 있었거든요.」 그가 가리킨 장소는 내 옆자리였으며, 내 돈이 있었던 바로 옆이었다. 즉 아페르도프보다도 내게 훨씬 더 가까운 곳이었다.

「도둑놈은 여기 있어요! 이놈이 또 훔친 거야. 그놈의 몸을 뒤져야 합니다!」 아페르도프를 가리키면서 내가 크게 외쳤다.

「이런 소란이 생기는 모든 이유는.」 누군가의 우렁차고 아주 낭랑한 목소리가 모든 고함소리를 압도하면서 울려 퍼졌다. 「근본도 모를 작자가 이곳에 끼어들기 때문이야. 소개도 받지 못한 인간을 이곳에 받아들였기 때문이란 말이야! 누가 끌어들였어? 그자는 대체 누구야?」

「돌고루끼인가 뭔가 하는 자야.」

「돌고루끼 공작인가?」

「소꼴스끼 공작이 그를 끌고 왔어.」 누군가 되받았다.

「들어 보세요, 공작.」 나는 정신없이 탁자 너머로 그에게 소리질렀다. 「사람들이 나를 도둑놈 취급을 하는군요. 내가 바로 지금

71 노름판에서 물주를 맡은 이.

이 자리에서 내 돈을 도둑맞았는데도 말입니다! 사람들에게 말씀하세요! 이 사람들에게 나에 대해서 말씀하세요!」

그러나 바로 그 다음에 일어난 일은 그날 하루 동안에 일어났던 모든 사건…… 아니, 내 평생 동안에 일어났던 모든 사건 중에서도 가장 처참한 것이었다. 내 말을 듣고도 공작은 내 요청을 묵살해 버렸던 것이다. 나는 그가 어깨를 으쓱하는 것을 보았다. 그리고 사방에서 퍼붓는 질문에 대해 단호하게 그리고 분명히 이렇게 대답했다.

「저는 누구에 대해서도 책임을 지지 않습니다. 제발 저와 연관시키지 마세요!」

아페르도프는 사람들에게 다가가 그들에게 자신의 몸을 검색하라고 큰소리로 떠들어대고 있었다. 그는 자신의 모든 주머니를 뒤집어 보이고 있었다. 그러나 자신의 몸을 검색하라는 그의 요구에 대해서 사람들은 〈아니, 그럴 필요 없어. 도둑놈이 누구인지 분명하다!〉고 떠들어대고 있었다. 이윽고 불려 온 하인 둘이 뒤에서 내 손을 붙잡았다.

「나는 내 몸 검색을 시킬 수 없다. 시킬 수 없어!」 그들의 손을 뿌리치려고 몸부림치면서 나는 소리질렀다.

하지만 그들은 옆 방으로 나를 끌고 갔고, 거기서 사람들이 지켜보는 가운데 내 몸 구석구석을, 심지어 옷의 접힌 부분까지 자세히 뒤졌다. 나는 분노에 들떠서 소리쳤다.

「틀림없이 버렸을 거야. 마루 위를 찾아보아야 해!」 누군가 단정적으로 말했다.

「지금 마루 위를 찾아서 뭘 해!」

「틀림없이 탁자 밑일 거야. 어디엔가 던져 버렸을 거야!」

「아니 벌써 자취도 없을 거야…….」

그러고 나서 나는 홀에서 끌려 나갔다. 나는 문 앞에서 겨우 몸을 버티고 선 채, 홀 안에 가득 울려 퍼질 만한 커다란 목소리로 소리쳤다.

「룰렛은 경찰이 금지하고 있는 도박이야. 오늘 당장에라도 너희들을 모조리 밀고해 버리겠다!」

그러자 사람들이 달려들어 나를 계단으로 끌고 내려간 뒤 내게 외투를 입혔다. 그리고…… 큰길로 나 있는 문이 내게 열렸다.

제9장

1

그렇게 해서 그날은 온통 처참한 사건들로 마무리되고 있었지만 아직 밤이 남아 있었다. 그리고 그날 밤에 일어난 일로 내가 아직 기억하는 것은 다음과 같은 것들이다.

문득 내가 큰길에 홀로 서 있다고 인식한 것은 열두 시가 약간 지난 때였다. 맑고 고요했지만 상당히 추운 날씨였다. 나는 거의 뛰다시피 하면서 걷고 있었다. 아주 서둘러 가고 있었다. 집으로 가려는 것은 아니었다. 〈집에 가서 무얼 하나? 이제 내게 집이 필요할까? 집이라는 것은 사람들이 살기 위한 곳이다. 내일을 살기 위해서 그곳에 가서 잠을 잔다. 하지만 이제 와서 그것이 내게 무슨 의미를 갖는가? 내 인생은 끝났다. 이제는 더 이상 나는 존재할 수 없다.〉 그런 생각에 잠겨 나는 어디로 가는 건지도 전혀 느끼지 못하고, 이 거리 저 거리를 방황했다. 그리고 어디로 갈 의향이 있었는지도 전혀 모른다. 나는 속에서 열이 났다. 그래서 쉴새없이 무거운 털외투의 앞을 열곤 했다. 나는 그 순간 〈이제는 더 이상 그 어떤 행동을 취할 생각도 없고, 어떠한 목적 의식도 가질 수 없다〉고 느꼈다. 그러자 이상스럽게도 주위의 모든 것이, 내가 호흡하는 공기까지도, 마치 다른 유성의 것처럼 느껴졌다. 마치 내가 갑자기 달에라도 와 있는 것 같았다. 주변의 모든 것이, 이 도시도, 지나가는 사람도, 내가 뛰어온 이 인도도, 모두가 이미

〈내 것〉은 아니었다. 〈아, 여기는 바로 궁전 앞 광장이고, 저것은 이사아끼 수도원인데〉라는 생각이 잠깐 머리에 떠올랐다. 〈하지만 이런 것은 이제 더 이상 내게 아무런 의미가 없다.〉 모든 것이 한순간에 낯설어졌고, 〈내 것〉은 아무것도 없었고 모든 것이 남의 것이었다. 〈내게는 어머니가 있고 리자가 있다. 그러나 이제 내게 리자와 어머니가 더 이상 무슨 의미가 있단 말인가? 모든 것은 끝났다. 모든 것이 한순간에 끝나 버린 것이다. 내가 영원히 도둑놈이라는 누명을 쓰고 사는 사실 이외에는, 모든 것이!〉

〈도대체 내가 도둑놈이 아니라는 것을 어떻게 하면 증명할 수 있을까? 과연 지금 그것이 가능할까? 미국으로 가버릴까? 그러나 그렇다고 해서 그것이 무슨 증명이 될 것인가? 누구보다도 먼저 베르실로프는 내가 그 돈을 훔쳤다고 믿겠지! 그러나 내 《이념》은? 무슨 《이념》? 지금에 와서 그 《이념》이 무슨 의미가 있단 말인가? 50년 후에도 1백 년이 지나도 내가 길을 걷고 있으면 사람들이 나를 가리키면서, 《저기 봐, 저 사람이 바로 도둑놈이야!》 하고 말하는 사람이 언제나 있을 것이다. 저 사람은 자신의 이념을 실현하기 위해서 룰렛 도박장에서 돈을 훔쳤던 사람이다라고 사람들은 말할 것이고…….〉

내가 그때 가슴속에 악의를 품고 있었을까? 그것은 모른다. 아니, 어쩌면 그렇게 했었는지도 모른다. 이상하게도 내게는 아주 어린 시절부터 그때까지 계속해서 특이한 특성이 있었다. 즉 누가 내게 못된 짓을 하며 마침내 더 참을 수 없을 정도로 나를 모욕하게 되면, 내 가슴속에는 그 모욕에 언제나 피동적으로 순종하려는, 오히려 한 걸음 더 나아가서, 나를 모욕하는 사람의 기대를 충족시켜 주려는 욕망이 참을 수 없이 솟아오르는 것이었다. 〈당신이 나를 모욕하면 나는 더욱 심한 모욕을 나 자신에게 주지요. 보고 계세요. 그리고 그것을 실컷 즐기세요!〉 하는 식이었다. 뚜샤르는 나를 때리면서, 내가 하인일 뿐이지 원로회 의원의 아들이 아니라는 것을 보여 주려고 했다. 그래서 나는 곧 자진해서 기꺼이 하인 역할을 하기로 했다. 나는 그에게 옷을 입혀 주었을 뿐만 아니라, 그가 부탁한 것도 명령한 것도 아닌데 스스로 나서서 그의 옷을 먼지 하나 없이 말끔하게 솔질해 주었다. 때로는 솔을 들고 그의 뒤를 쫓아가서 주인을 섬기는 충직한 하인처럼 열성을 다하여 그의 프록코트에서 마지막 남은 미세한 먼지까지 털려고 하였다. 그래서 때로는 오히려 그가 〈됐어, 그만 해, 아르까지, 됐어〉 하며 나를 제지한 일조차 있었다. 외출하고 그가 돌아와서 상의를 벗어 놓으면 나는 그것을 깨끗이 솔질하고 바둑판 무늬로 된 덮개로 덮어 정성껏 걸어 놓았다. 친구들은 내가 그러는 것을 비웃었으며, 그 때문에 나를 멸시하고 있다는 사실도 나는 알고 있었다. 너무나도 그것을 잘 알고 있었지만, 나는 그렇게 하는 것이 즐거웠다. 나는 마음속으로 〈내가 하인이 되는 것이 소원이라면, 나는 기꺼이 하인이 되어 주겠다. 내가 비천한 인간이어야 한다면 이렇게 함으로써 충분히 만족할 수 있겠지〉 하는 식이었다. 나는 그러한 종류의 피동적 증오와 내면에 숨긴 적개심을 몇 년이 되었든 계속해서 지닐 수 있었다. 그 결과가 무엇이었나? 바로 제르쉬치꼬프의 도박장에서 나는 홀 전체가 떠나가라 정신없이 〈모조리 밀고해 버리겠다. 룰렛은 경찰이 금하고 있는 것이야!〉라고 외쳐댔던 것이다. 맹세코 말하건대 그때에도 내 내면에 뭔가 그와 비슷한 감정이 담겨 있었다. 나는 도저히 참을 수 없는 모욕을 당했다. 몸을 검색당했고, 도둑놈 소리를 들어야 했으며, 죽임을 당한 것이다. 그래서 참다못해 나는 〈좋다, 너희들이 생각한 그대로다, 그리고 나는 도둑놈일 뿐만 아니라 너희를 밀고할 수도 있는 사람이란 것을 알아 둬라!〉라고 소리지르고 말았다. 이제 와 그 일을 회상하면서 나는 이렇게 결론을 내릴 수 있고 또 설명할 수 있지만, 정작 그때는 그런 객관적인 분석은 생각할 수도 없었다. 나는 그때 너무도 순간적으로 정신없이 소리를 질렀기 때문에, 그 바로 전까지만 해도 내가 그렇게 크게 소리를 지르리라고는 꿈에도 생각지 못했었다. 거의 무의식적으로 소리를 질렀던 것이다. 바로 그것이 내가 지니고 있는 〈독특한 특성〉이었다.

정신없이 뛰어가면서 나는 이미 정상적인 사고나 판단을 할 수 없었다. 그러나 나름대로 의식적인 행동을 하려고 했던 것은 분명히 생각난다. 하지만 여전히 여러 가지 측면에서 생각해 보고 또 적절한 결론을 내리기란 사실상 불가능했다는 것만은 여기서 확신을 가지고 말할 수 있다. 마음속으로 나는 그때에도 이미 〈어떤 종류의 생각은 해볼 수 있지만, 그 밖의 다른 것은 절대로 생각할 수 없다〉고 느끼고 있었다. 또한 어떤 종류의 내 결심은 분명히 뚜렷한 의식을 가지고 한 것임에도 불구하고, 그 속에는 어떤 논리도 담겨 있지 않았다. 뿐만 아니라 나는 지금도 분명히 기억하지만, 어떤 종류의 결심은 전혀 타당하지 않다는 것을 알고 있으면서도 그것을 즉시 실천에 옮기기를 조금도 주저하지 않았다. 그렇다. 그날 밤에 자칫 나는 죄를 지을 뻔했지만, 다만 우연하게 그것을 실현하지 않았을 뿐이다.

그때 갑자기 베르실로프를 가리키면서 〈니꼴라예프스끼 철도에라도 가서 철로 위에 머리를 얹으면 되는 거야. 한순간에 시원하게 잘라 줄 테니〉라고 하던 따찌야나 빠블로브나의 말이 내 뇌리를 스쳤다. 이 생각이 순식간에 내 모든 감정을 온통 지배하게 되었다. 하지만 순간적으로 아주 힘겹게 그 생각을 몰아낼 수 있었다. 〈내가 철로에 머리를 얹고 죽는다면, 사람들은 내일 틀림없이 도둑질한 것이 부끄러워서 그놈은 그런 짓을 할 수밖에 없었다고 말할 것이다. 아니다, 그런 짓을 해서는 절대로 안 되겠다!〉 그러자 바로 그 순간에 아주 찰나적으로 나는 참을 수 없는 분노를 느꼈다. 〈어떻게 할까?〉 하는 생각이 머리에 떠올랐다. 〈상황이 이렇게 된 이상, 절대로 내 자신의 결백을 변명할 수는 없다. 새로운 생활을 시작하는 것도 역시 불가능하다. 그렇다면 모든 것을 던져 버리고 기꺼이 진짜 하인이 되고 말까. 아니면 개, 벌레, 밀고자, 정말 한번 밀고자가 되어 볼까. 말없이 준비하고 있다가 한순간에 그 감정을 폭발시켜 모든 것을, 죄 있는 자나 없는 자나 할 것 없이 모두를 한꺼번에 처리해 버리는 것이다. 그때가 되면 비로소 그들은 내가 바로, 자신들이 도둑놈이라고 매도하던 바로 그 사람이라는 것을 알게 될 것이다……. 그러고 난 다음에 자살을 해도 늦지 않다.〉

어떻게 해서 근위 기병 연대가 있는 곳 근처의 골목길에 이르게 되었는지 나는 전혀 기억하지 못한다. 이 골목길의 양쪽에는 거의 1백 보 가량 되는 높은 돌담이 펼쳐져 있다. 그 담은 연대의 뒤쪽 벽이었다. 벽 뒤로 왼쪽 한곳에 장작 더미가 산처럼 쌓여 있는 것이 내 눈에 들어왔다. 마치 장작을 파는 상점에 쌓아 놓는 것처럼 장작 더미가 길다랗게 쌓여 있었다. 그 높이는 벽보다도 2미터 정도나 더 높이 솟아올라 있었다. 그 자리에서 갑자기 걸음을 멈추고 나는 곰곰이 생각하기 시작했다. 내 주머니 속에는 은으로 만든 조그만 곽 속에 성냥이 들어 있었다. 다시 말하지만, 나는 그때 내가 무엇을 생각했고, 또 무엇을 하려고 했는지 아주 분명하게 의식하고 있었다. 그러나 무엇 때문에 그런 일을 하려고 했는지는 모르겠다. 전혀 모르겠다. 다만 왠지 그렇게 하고 싶다는 욕망이 샘솟던 것을 기억할 뿐이다. 〈저 벽을 기어오르는 것은 어렵지 않을 거야〉라고 나는 생각했다. 마침 거기서 두 발짝쯤 떨어진 곳에 문이 있었다. 아마 벌써 여러 달 동안 굳게 닫혀 있는 것 같았다. 〈아래쪽에 있는 받침대를 밟고 서서,〉 나는 계속해서 생각했다. 〈문 위쪽을 붙잡으면 저 벽에 기어올라갈 수 있다. 그러면 아무도 모르겠지. 아무도 없으니까, 참 조용하구나! 그러면 나는 저 벽 위에 올라가서 마음놓고 저 장작에 불을 붙일 수 있다. 아래로 내려가지 않고도 그렇게 할 수 있다. 장작이 거의 벽과 붙어 있으니 말이다. 날씨가 추우니까 불은 더 잘 붙을 것이다. 손을 뻗어서 자작나무 가지를 하나만 잡으면 그걸로 다 될 것이다……. 아니 제대로 된 가지를 잡을 필요도 없지. 벽 위에 앉아서 손을 뻗기만 하면 자작나무 가지를 아무거나 쉽게 잡을 수 있으니까. 거기에 성냥으로 불을 붙여서, 불이 붙으면 그것을 장작 사이에 밀어 넣기만 하면 바로 큰 불이 나겠지. 그리고 난 다음 나는 뛰어내려서 도망친다. 아니 뛸 것까지도 없을 거야. 그 다음에도 오랫동안 아무도 알지 못할 테니까…….〉 그런 생각을 한 뒤에 갑자기 나는 마음을 굳혔다. 아주 이상한 쾌감 어린 만족감을 느끼면서 나는 그곳으로 기어올라가기 시작했다. 나는 기어오르는 일에 아주 탁월한 솜씨를 가지고 있었다. 체조가 고등학교 시절부터 특기였다. 그러나 나는 두툼한 신발을 신고 있었기 때문에 오르기가 생각보다 힘들었다. 나는 겨우 손을 더듬어서 찾은 돌출부를 손으로 잡아서 몸을 솟구쳤다. 그리고 난 다음 이번에는 한 손으로 벽 꼭대기를 잡고 다른 손을 올린 순간에 갑자기 붙잡았던 손이 미끄러지면서 나는 그만 뒤로 떨어지고 말았다. 아마 뒤통수를 땅에 아주 심하게 부딪혀서 약 1, 2분 동안 의식을 잃고 누워 있었던 것 같다. 이윽고 정신을 차렸을 때, 나는 갑자기 견딜 수 없는 추위를 느껴 무의식적으로 털외투를 꼭 여몄다. 그리고 아직 내가 무엇을 하고 있는지도 의식하지 못하고, 문과 벽의 돌출부 사이에 있는 약간 오목하게 들어간 곳에 주저앉아 고슴도치처럼 몸을 오그렸다. 머리가 아주 혼란스러웠다. 이윽고 나는 곧 졸기 시작했다. 지금도 마치 꿈속의 일로 생각되지만, 갑자기 은은하고 낮게 퍼지는 종소리가 내 귀에 들렸다. 나는 형용할 수 없이 좋은 기분을 느끼며 가만히 그 소리에 귀를 기울이기 시작했다.

2

종소리는 2초나 3초 정도 간격을 두고 힘차고 리드미컬하게 울리고 있었다. 그것은 작고 가벼운 종에서 나는 소리가 아니라, 사람의 가슴에 스며드는 나직하면서도 경쾌한 소리였다. 그때 나는 그것이 귀에 익은 소리라는 것을 느꼈다. 그것은 바로 뚜샤르의 사숙 건너편에 있던 붉은 벽의 교회, 성 니꼴라이 교회의 종소리였다. 그것은 아주 오래된 모스끄바 양식의 교회로, 내가 기억하기로는 알렉세이 미하일로비치[72]의 시대에 건립된 많은 아름다운 건축물 중 하나로, 돔 형의 지붕과 곡선 무늬로 장식되어 있는 〈원주〉로 유명한 곳이었다. 그리고 지금은 막 부활제가 지났으니, 뚜샤르의 사숙 정원에 있는 그 앙상한 자작나무에도 작고 푸른 잎새들이 새롭게 돋아나기 시작하겠지. 붉은 노을이 우리 교실에 그 빛을 마구 퍼붓던 어느 날이었다. 벌써 약 1년 전부터 뚜샤르가 〈백작이나 원로회 의원의 자제들〉과 나를 구별하기 위해서 내게 배당한 왼쪽의 조그마한 방에 여자 손님이 한 사람 앉아 있다. 이렇다 할 만한 배경이 없는 내게, 뚜샤르 사숙에 들어온 후 처음으로 손님이 찾아온 것이다. 그녀가 방에 들어오자마자 나는 곧 그 여자 손님이 누구인지 알 수 있었다. 그것은 바로 어머니였다. 마을 교회에서 어머니가 내게 성찬을 줄 때, 비둘기가 둥근 천장을 날아가던 그날 이후로 나는 그녀를 한 번도 보지 못했지만, 나는 대번에 어머니를 알아보았다. 우리는 단둘이 앉아 있었다. 나는 이상한 눈빛으로 어머니를 바라보고 있었다. 그 후 이미 여러 해가 지난 다음에 알았지만, 그때 어머니는 갑자기 베르실로프가 외국으로 여행을 가 집에 없는 사이에, 또 그 기간 동안 그녀를 보살펴 주도록 부탁을 받은 사람들의 눈을 피해서 그

72 로마노프 가의 두 번째 황제였으며, 재위 기간은 1629~1676년이었다.

동안 모은 돈을 다 털어 가지고 스스로 나를 만나기 위하여 혼자 모스끄바로 온 것이었다. 그녀는 들어와 뚜샤르와 몇 마디 이야기를 나누고 난 뒤 내게는 아무 말도 하지 않았고, 심지어는 자기가 내 어머니라는 말도 하지 않았다. 내 옆에 앉아 있었지만, 나는 그녀가 말이 거의 없는 사실에 약간 놀라기까지 했던 것을 지금도 기억하고 있다. 그녀는 보자기에 싼 것을 하나 가지고 있었다. 그리고 그녀는 그것을 풀었다. 거기서 나온 것은 여섯 개의 귤, 케이크, 그리고 흔해빠진 프랑스 빵 두 개였다. 나는 흔한 프랑스 빵이 거기에 들어 있다는 사실에 모욕감을 느꼈기 때문에 못마땅한 표정을 지으면서, 이곳의 〈식사〉는 아주 좋아서 거의 매일 차를 마실 때 프랑스 빵을 하나씩 준다고 말했다.

「그래, 나는 그저 단순하게 〈혹시 이곳의 식사가 나쁠지도 모른다〉고 생각했어요. 그러니 언짢게 생각하지 말아요.」

「그렇지만 안또니나 바실리예브나(뚜샤르의 아내)도 언짢게 생각할 거예요. 친구들도 역시 저를 비웃을 거예요…….」

「그러면 받지 않겠다는 말인가요, 아니면 먹겠어요?」

「좋아요, 그냥 놔두세요…….」

하지만 나는 이 선물에 손도 대려고 하지 않았다. 귤과 케이크는 그대로 내 책상 위에 놓여 있었다. 고개를 숙인 채 나는 아주 오만한 표정으로 가만히 앉아 있었다. 어쩌면 내심 나는 그녀의 방문이 나를 친구들에게 부끄럽게 만든다는 것을 시위하고 싶었는지도 모르겠다. 또는 의도적으로 조금이라도 그러한 태도를 보여서 어머니가 그것을 알아채게 하고 싶었는지도 모른다. 〈당신은 지금 내 체면을 깎고 있으면서도 자신이 그것을 미처 깨닫지 못하고 있단 말이에요〉 하고 말이다. 그러나 이미 나는 솔을 들고 뚜샤르의 뒤를 따라가, 옷의 먼지를 털어 주는 일을 하고 있지 않았던가! 게다가 그녀가 돌아가기 무섭게 아이들에게서 아니 어쩌면 뚜샤르에게까지도 얼마나 또 놀림을 당할까 하는 것까지 나는 염두에 두고 있었다. 그런 형편이었기 때문에 나는 그녀에게 조금도 호감을 가질 수가 없었다. 나는 다만 그녀의 아주 낡아빠진 옷과 노동자의 그것처럼 아주 거친 손, 전혀 볼품없는 그녀의 신발, 그리고 앙상한 얼굴을 곁눈질하고 있을 뿐이었다. 그녀의 이마에는 벌써 깊은 주름살이 새겨져 있었다. 안또니나 바실리예브나가 그날 밤 그녀가 돌아간 다음 내게 〈아마 네 엄마*maman*는 젊었을 때 아주 미인이었을 거야〉라고 말하기는 했지만.

우리가 서로 말도 없이 그렇게 앉아 있을 때, 갑자기 아가피야가 커피 잔을 담은 쟁반을 들고 들어왔다. 식사를 마친 이 시간이면 뚜샤르 내외는 늘 자신들의 응접실에서 커피를 마시곤 했다. 그러나 어머니는 고맙다고 했을 뿐 찻잔에는 손도 대지 않았다. 나는 뒤에 알게 됐지만 그 당시 그녀는 전혀 커피를 마시지 않았다. 그것이 가슴을 울렁거리게 하기 때문이었다. 그러나 문제는 거기에 있었다. 뚜샤르 내외는 갑자기 찾아온 어머니에게 나와의 면회를 허가한 것을 자기들 딴에는 아주 깊은 배려로 여기고 있었으며, 게다가 어머니에게 한 잔의 커피를 보냈다는 것을 말하자면 아주 인도적인 위대한 일을 한 것이라고 여기고 있었다. 비유적으로 말한다면, 그들은 자신들이 보여 준 문화인의 감정과 새로운 유럽 정신에 바탕한 이해심에 대해 우리가 감사를 느껴야 한다는 입장을 가지고 있었던 것이다. 그럼에도 불구하고 어머니는 마치 의도적인 것처럼 그러한 호의를 거절해 버렸다.

뚜샤르는 나를 호출하더니, 내 노트와 교과서를 전부 가지고 가서 〈우리 사숙에서 네가 그동안 얼마나 발전적인 성과를 올렸는지 보시도록〉 그것을 어머니에게 보이고 오라고 내게 명령했다. 그때 안또니나 바실리예브나는 입을 삐쭉거리면서 잔뜩 화가 난 표정을 짓더니 조롱 섞인 어조로 이렇게 말했다.

「아마 네 엄마*maman*는 우리집 커피가 마음에 안 드셨던 모양이구나!」

나는 내 공책을 모아 가지고, 교실에 가득 모여 나와 어머니를 엿보고 있는 〈백작이나 원로회 의원의 자제들〉 옆을 지나, 내가 돌아오기를 기다리고 있는 어머니에게로 가져갔다. 나는 내심 뚜샤르의 그러한 명령을 그가 원하는 대로 정확하게 실행하는 것을 아주 즐겁게 느꼈다. 나는 차근차근 공책을 넘기면서 그녀에게 설명하기 시작했다. 〈이것은 프랑스 문법 공부예요. 이것은 받아쓰기 연습, 그리고 이것은 동사 avoir와 être의 변화형에 대한 거예요. 그리고 이것은 지리에 관한 것인데, 예를 들면 유럽과 전세계 각지의 주요 도시에 대한 것입니다〉 등등. 나는 약 30분, 혹은 그 이상 동안 눈을 내리깔고 나직한 작은 목소리로 또박또박 설명했다. 어머니는 공부에 관해서는 전혀 모를 뿐만 아니라, 어쩌면 글자를 쓸 줄도 모르리라는 것을 나는 잘 알고 있었다. 나는 내 역할이 아주 마음에 들었다. 그러나 나는 그녀를 싫증나게 할 수는 없었다. 그녀는 내 말을 중단시키지도 않았고, 온 힘을 다해 주의를 집중시킨 채 경건하다고까지 할 수 있는 진지한 태도로 귀를 기울이고 내 말을 듣고 있었다. 그녀가 그런 태도를 취하는 것을 보고 마침내 내가 오히려 시들해지기 시작했다. 그래서 나는 도중에 그만뒀다. 그러나 언뜻 본 그녀의 시선은 왠지 슬퍼 보였고, 그 얼굴에는 뭔가 가엾은 표정이 엿보였다.

이윽고 그녀가 그만 돌아가려고 일어섰을 때, 갑자기 뚜샤르가 들어오더니 바보같이 거드름을 잔뜩 피우면서 그녀에게 물었다. 〈아드님의 성과에 만족하십니까?〉 어머니는 두서없는 말을 중얼거리면서 감사의 말을 하기 시작했다. 안또니나 바실리예브나도 들어왔다. 어머니는 그들 두 사람에게 〈제발 이 불쌍한 고아를 잘 돌봐 주세요. 얘는 지금 고아나 다름없습니다. 제발 자비를 베풀어 주세요……〉 하고 부탁하기 시작했다. 그리고 그녀는 두 눈에 눈물이 글썽한 채 두 사람에게 각각 허리를 깊이 굽혀 인사했다. 그 태도는 마치 〈신분이 천한 사람〉이 지체가 높은 사람에게 뭔가를 청탁하기 위해서 그들 한 사람 한 사람에게 되풀이하는 듯한 깍듯한 인사를 연상케 했다. 뚜샤르 내외도 이것만은 미처 생각하지 못한 것 같았다. 안또니나 바실리예브나는 그런 태도를 보고 아마 기분이 풀린 듯 아까 말한 커피에 대한 얘기를 그 자리에서 수정했다. 뚜샤르는 더욱너 부자연스럽게 거드름을 피우면서 〈우리는 아이들에게 차별 대우는 하지 않으며, 여기에 있는 애들은 모두가 다 자기 자식이고, 자기는 그들의 아버지와 마찬가지다, 따라서 댁의 아드님도 여기서는 원로회 의원이나 백작의 아들과 거의 같은 대우를 받고 있다. 그 점만은 꼭 인정해 주었으면 좋겠다〉는 식의 아주 인정 많은 태도로 말을 했다. 어머니는 거듭해서 인사만 하고 있었지만, 약간 당황한 기색이었다. 그러고 나서 그녀는 내 쪽을 돌아다보며 눈물이 글썽한 채 〈몸 건강히 잘 있어요!〉 하고 말했다.

그러더니 그녀는 내게 입을 맞췄다. 사실대로 말한다면, 내가 입을 맞추도록 해준 꼴이었다. 아마 어머니는 내 입을 더 정겹게 맞추며 힘껏 끌어안고 싶었을 것이다. 하지만 여러 사람 앞에서 그렇게 하기가 좀 쑥스러운 생각이 들었거나, 혹은 다른 일 때문에 더 있을 수가 없었던지, 그렇지 않으면 그녀를 부끄럽게 생각하는 내 마음을 읽은 것인지 서둘러 다시 한번 뚜샤르 내외에게 인사를 하고 나서 나가려고 했다. 나는 그냥 그대로 서 있었다.

「어머니를 전송해야지*Mais suivez donc votre mère*.」 안또니나 바실리예브나가 내게 말했다. 「사람이 왜 그렇게 무뚝뚝할까*Il n'a pas de cœur cet enfant*!」

뚜샤르는 그녀의 인사에 답하는 대신 어깨를 약간 움찔했다. 이것은 물론 〈내가 저 친구를 하인처럼 취급하는 것도 어떤 면에서는 무리가 아니지〉 하는 의미였다.

아무 말 없이 나는 어머니의 뒤를 따라 계단을 내려가서 현관에 나란히 섰다. 모두들 건너편 창문에서 보고 있다는 것을 나는 알고 있었다. 어머니는 교회 쪽을 향해, 세 번 경건한 자세로 성호를 그었다. 그녀의 입술은 떨리고 있었다. 장중한 종소리가 나직한 여운을 남기면서 규칙적으로 종루에서 울려 퍼져 나갔다. 그녀는 나를 가만히 돌아보았다. 그러더니 더 이상 참지 못하고 내 머리에 두 손을 얹은 채 그만 울음을 터뜨리고 말았다.

「어머니, 그만 해요……. 사람들이 지금 창문으로 보고 있는데…….」

내 말에 그녀는 번쩍 고개를 들더니 갑자기 서두르기 시작했다.

「그러면, 이제…… 이제 너하고 다시 헤어지는구나……. 하늘에 계신 천사님, 성모 마리아님, 니꼴라이 성자님, 제발 이 아이를 보호해 주십시오……. 아아, 하느님, 하느님!」 그녀는 계속해서 내 몸에 성호를 긋고 또 그으면서도 좀 더 그으려고 애쓰면서 빠른 어조로 말을 되풀이했다. 「소중한 내 아들, 내 아들! 아아, 그래, 잠깐 기다려 다오, 착하지…….」

그녀는 주머니에 손을 넣어 얼른 손수건을 꺼냈다. 바둑판 무늬의 푸릇푸릇한 빛깔이 나는 손수건이었는데 한쪽 끝에는 굳게 맨 매듭이 있었다. 그녀는 그것을 풀려고 했지만…… 잘 풀리지 않았다…….

「결국은 마찬가지이니 손수건째로 가지고 있어. 깨끗한 것이니까. 어쩌면 쓸 데가 있겠지. 손수건에 아마 20꼬뻬이까짜리 은전이 네 개쯤 들어 있을 거야. 쓸 곳도 많을 테니 말이야. 나를 용서해 다오, 지금 내게는 마침 그것밖에 가진 것이 없구나. 이해해 다오.」

나는 그 손수건을 받았다. 〈뚜샤르 선생님과 안또니나 바실리예브나가 좋은 음식을 제대로 먹여 주기 때문에 아무런 부족도 못 느낀다〉고 말하고 싶었지만, 겨우 참고 손수건을 받았다.

다시 성호를 긋고 나서 무슨 내용의 기도인가를 나직이 말하더니, 어머니는 갑자기 전혀 예상치 못하게 내게도 아까 뚜샤르 내

외에게 한 것과 똑같은 정중한 인사를 하였다. 천천히 오랫동안 고개를 깊이 숙여서 하는 인사였다. 나는 그것을 절대로 잊을 수 없다! 나는 그러한 동작에 나 자신도 모르게 흠칫 놀랐다. 이 인사를 통해서 어머니는 무엇을 말하려고 했을까? 나는 많은 시간이 지난 후에 그것이 〈나를 버려 둔 것에 대한 속죄 행위일까?〉라고 자문해 보았지만, 선명한 답은 떠오르지 않았다. 그러나 그 당시에는 〈위에서 사람들이 우리를 보고 있을 거야. 그리고 람베르뜨라는 놈은 틀림없이 나를 막 때릴 거야〉라는 생각을 하며, 나는 더욱더 수치심을 느꼈다.

그렇게 어머니는 돌아갔다. 오렌지와 케이크는 내가 미처 돌아가기도 전에 원로회 의원이나 백작의 자식들이 벌써 먹어 치웠고, 20꼬뻬이까짜리 은전 네 개는 람베르뜨가 곧바로 내게서 빼앗아 가버렸다. 녀석들은 그 돈으로 과자점에서 튀김 만두와 초콜릿을 사다가 나는 맛도 못 보게 하고 다 먹어 치웠다.

그리고 그때로부터 꼭 반년의 세월이 흘렀다. 그리고 어느새 바람이 휘몰아치고 날씨가 아주 변덕스러운 10월이 되었다. 이미 나는 어머니에 대해서 모조리 잊고 있었다. 그 무렵 내 마음은 모든 것에 대한 증오심으로 가득 차 있었다. 그야말로 증오심이 내 온 마음을 완전히 사로잡고 있었다. 나는 여전히 뚜샤르의 옷을 솔질하고 있었지만, 마음속으로는 그에게 강렬한 증오심을 품고 있었으며, 그 증오심은 날이 갈수록 심해져 갔다. 어느 날씨가 우중충하던 날 해질 무렵, 나는 무엇 때문이었는지는 몰라도 갑자기 물건들이 들어 있는 궤짝을 정리하기 시작했다. 그리고 한쪽 구석에서 어머니가 준 얇은 푸른색 손수건을 찾았다. 그것은 그때 내가 거기에 집어 넣은 채 그대로였다. 나는 그것을 꺼내 약간의 호기심조차 느끼면서 자세히 보았다. 손수건 가장자리에는 언젠가 맸던 흔적이 아직도 뚜렷이 남아 있었고, 은전의 동그란 자국까지도 분명하게 나타나 있었다. 나는 손수건을 다시 있던 자리에 넣고 궤짝을 구석으로 밀어 놓았다. 명절 전날이어서 저녁 기도회를 알리는 종소리가 울리기 시작했다. 기숙생들은 식사가 끝나자 곧 제각기 집으로 돌아가 버렸다. 내일이 휴일이었는데도 람베르뜨는 그대로 남아 있었다. 그의 가족들이 왜 그를 데리러 오지 않았는지 나는 모른다. 그 무렵까지도 그는 여전히 나를 때리고 있었지만, 이제 이런저런 일들에 대해 내게 말을 해주었고 가끔은 내게 도움을 청하기도 했다. 우리는 밤늦도록 둘 다 한 번도 본 적이 없는 르파주 권총에 대해서, 또 체르께스 사람들의 칼과 그들의 칼싸움에 대해서 말했으며, 그리고 산적 조직을 만들면 얼마나 좋을까 하는 등의 이야기를 서로 나누었다. 그리고 마지막에 이르러서 람베르뜨는 이야기를 그 혐오스러운 화제로 옮겨 갔다. 나는 내심 약간 놀라기는 했지만, 그런 이야기 듣는 것을 아주 좋아했다. 그러나 그때는 갑자기 머리가 아파서 더 이상 참을 수가 없다고 그에게 말하고, 우리는 열 시에 같이 잠자리에 누웠다. 나는 머리에서부터 담요를 푹 뒤집어쓴 채 베개 밑에서 그 푸른 손수건을 꺼냈다. 왜 그랬는지 모르지만, 약 한 시간 전에 나는 궤짝에 가서 그것을 다시 꺼내어 베개 밑에 넣어 두었었다. 나는 손수건을 얼굴에 대고 갑자기 그것에 입을 맞추기 시작했다. 그때의 일을 회상하면서 나는 〈어머니, 어머니〉 하고 중얼거렸다. 그러자 내 가슴은 아주 꽉 막힌 듯이 점점 답답해졌다. 내가 가만히 눈을 감자 교회를 향하여 성호를 긋고 그 다음에 내게 성호를 그으면서, 내가 〈부끄럽잖아요, 모두들 쳐다보고 있는데〉 했을 때 입술을 떨던 어머니의 얼굴이 아주 선명히 눈앞에 떠올랐다. 〈어머니, 내 어머니, 당신은 꼭 한 번 저를 찾아오셨어요……. 어머니, 당신은 지금 어디 계세요. 먼 곳에서 저를 찾아오셨던 그 여자 손님은 어디 있는 건가요? 당신은 그때 만나러 오셨던 그 불쌍한 소년을 지금도 기억하고 계시나요……. 꼭 한 번이라도 좋으니 지금 곧 모습을 제게 보여 주세요. 꿈에서라도 좋으니 한 번만 모습을 보여 주세요. 제가 당신을 얼마나 사랑하는지 꼭 말하고 싶어요. 당신을 꼭 안고 그 푸른 눈에 입을 맞춘다면 이 답답한 가슴이 아주 시원해질 것 같아요. 지금은 당신에 대해서 조금도 부끄럽게 생각하지 않아요. 그때도 당신을 사랑했어요. 그때도 제 가슴은 속으로 아주 찢어질 듯 아팠지만, 저는 하인처럼 그저 가만히 앉아만 있었어요. 저는 그것을 당신에게 말하고 싶어요. 그때도 마음속으로는 제가 얼마나 당신을 사랑했는지, 아마 어머니, 당신은 절대로 모르실 거예요! 어머니, 지금 당신은 어디 계세요, 제 말이 들려요? 어머니, 어머니, 생각나요, 그 마을 교회에서 비둘기가…….〉

「에이씨…… 이게 무슨 소리야!」 람베르뜨가 자기 침대에서 투덜거리더니, 〈야, 좀 가만있지 못해! 너 잠 못 자고 싶어?〉 하며 침대에서 벌떡 일어나 내게 달려와서 담요를 벗기려고 했다. 그러나 나는 머리부터 온통 담요를 몸에 감은 뒤, 그것을 꼭 붙잡고 놓지 않았다.

「이 울보야, 왜 훌쩍거려, 이 바보, 바보 자식아! 에이 한번 맞아 봐라!」 그는 나를 때린다. 그는 주먹으로 내 등과 옆구리를 닥치는 대로 힘껏 때린다. 점점 더 세게, 마구……. 그러다가 나는 갑자기 눈을 번쩍 뜬다.

날이 벌써 환히 밝아 있었고, 서리가 눈 위와 벽에서 마치 비늘처럼 반짝이고 있다……. 나는 추위로 굳어진 채 겨우 숨이 붙어 있는 몸을 털외투로 감싸 오그리고 앉아 있다. 그런데 누군가가 나를 내려다보면서 깨우고 있다. 그는 아주 큰 목소리로 욕설을 퍼부으면서, 오른쪽 발끝으로 내 옆구리를 마구 차고 있다. 나는 천천히 몸을 일으켜 바라본다. 검은 눈을 가진, 아주 좋은 모피 외투에 담비 털로 된 모자를 쓴 사람이 보고 있다. 매부리코에 먹처럼 검고 멋지게 다듬은 구레나룻을 기른 사람이 하얀 이빨을 내보이며 서 있다. 그의 살색은 희고 혈색이 좋아 얼굴이 마치 가면같이 보인다……. 그는 몸을 굽혀 내게 얼굴을 가까이 댄다. 숨을 쉴 때마다 하얀 김이 그의 입에서 날아간다.

「꽁꽁 얼어 버렸군. 이 주정뱅이, 멍청한 친구야! 개처럼 얼어 죽고 싶어? 일어나! 어서 일어나란 말이야!」

「람베르뜨!」 나는 소리질렀다.

「어, 누구냐?」

「돌고루끼야!」

「돌고루끼가 도대체 누군데?」

「아무것도 아닌 그냥 돌고루끼야……. 뚜샤르 사숙의…… 자네가 언젠가 음식점에서 포크로 옆구리를 찔렀던 바로 그 친구야…….」

〈하, 하!〉 하고 큰소리를 내더니, 그는 묘하게 길고 기억을 더듬는 듯한 미소를 지었다(그런데 정말 그는 나를 잊어버린 것일까!). 「하하! 그래 너로구나, 바로 너로구나!」

그는 내가 두 발로 서게 도와준다. 나는 겨우 일어선다. 그는 겨우 발을 옮겨 놓는 나를 한쪽 팔로 부축하고 어디론가 끌고 간다. 그는 내 눈을 들여다보고, 내 이야기에 귀를 기울이며, 마치 뭔가를 생각하고, 기억을 더듬는 듯하다. 나도 모든 힘을 다해 쉬지도 않고 지껄인다. 나는 이렇게 말을 한다는 사실이, 또한 그 상대가 바로 람베르뜨라는 사실이 아주 기쁘다. 왜 그가 내 〈구세주〉처럼 여겨진 것일까. 아니면, 그가 다른 세계에서 온 사람이라 생각하고 그 순간 그에게 간절히 매달린 것일까. 그것은 모르겠다. 그때 나는 깊게 생각하지 않았다. 사정을 헤아리지 않고 나는 그저 그에게 이야기를 건넸다. 그때 내가 무엇에 대해서 말했는지 나는 전혀 기억하지 못한다. 생각나는 것을 그대로 거침없이 말했는지, 또 분명한 소리로 말했는지도 의심스럽다. 그렇지만 그는 아주 진지하게 듣고 있었다. 그는 길에서 처음 만난 마차를 붙잡았다. 그리고 몇 분이 지났을 때, 나는 따뜻한 그의 방에 앉아 있었다.

3

사람들은 누구나 우연히 자기가 겪은 어떤 사건을 아주 이상하고 상식적으로는 이해가 되지 않는, 환상적이거나 거의 기적이라고밖에는 생각할 수 없는, 또는 그렇게 생각하고 싶은 기억을 틀림없이 가지고 있다. 경우에 따라서는 그것이 꿈이나 어떤 사람과의 만남이 될 수도 있으며, 또는 어떤 예감이나 신통한 예측과 같은 형태로 나타나기도 한다. 나는 지금도 람베르뜨와의 그 만남을 예언적인 의미로 생각하고 있다……. 그를 만났을 때의 정황이나 결과로 미루어 판단했을 때 나는 그렇게 추론하고 싶다. 그를 만나게 된 그 상황이 일반적인 상식으로는 잘 납득이 되지 않는 구석이 있기 때문이다. 그는 밤일(어떤 종류의 일인지는 뒤에서 설명하려고 한다)을 마치고 돌아오는 길에 그 골목길을 지나갔으며, 문 옆에서 잠시 걸음을 멈췄다가 아주 우연히 나를 만난 것이다. 그리고 그는 뻬쩨르부르그에 온 지 불과 며칠밖에 되지 않았다.

정신을 차리고 보니 그 방은 그다지 크지 않았지만 아주 좋은 가구가 놓여 있었으며, 뻬쩨르부르그에 아주 흔한 서민 아파트의 한 방이었다. 그러나 람베르뜨 자신은 아주 호사스럽고 값비싸 보이는 옷을 입고 있었다. 바닥에는 아직 절반 정도밖에 정리가 되지 않은 트렁크가 두 개 펼쳐져 있었다. 방을 칸막이로 막아서 침대를 보이지 않도록 만들어 놓았다.

「알폰신느!」 람베르뜨가 큰소리로 불렀다.

「여기 있어요*Présente*!」 칸막이 뒤에서 파리 식 억양을 가진 여자가 높은 목소리로 대답했다. 그리고 2분 정도가 지나고 알폰신느가 나왔다. 그녀는 잠자리에서 바로 일어난 모양인지 옷을 아주 단정치 못하게 입고 있었다. 그녀의 분위기는 아주 이상했다. 그녀는 큰 키에 갈색 머리를 하고 있었고, 긴 허리에 얼굴도

길었으며, 계속 움직이는 두 눈에는 전혀 안정감이 없고 빰은 움푹 패여 있었다. 한마디로 아주 겉늙어 보이는 모습이었다.

「자, 빨리(나는 번역을 해서 쓰지만, 그는 프랑스 어로 말했다)! 저쪽에 사모바르가 있을 거야. 얼른 끓는 물과 붉은 포도주와 설탕, 그리고 컵 하나만 가져다 줘, 빨리! 내 친군데 완전히 꽁꽁 얼었어……. 밤새 눈 위에서 잠을 자고 있었어.」

「가엾어라*Malheureux*!」 그녀는 연극하는 동작으로 두 손을 마주치며 말했다.

「어서, 빨리!」 마치 강아지에게나 하듯 람베르뜨는 소리를 지르며 손으로 윽박지르는 동작을 했다. 그녀는 얼른 몸을 움직여 자기가 들은 것을 가지러 갔다.

그는 내 몸 여기저기를 살펴보며 만져 보았다. 내 맥박을 조사했고, 이마와 관자놀이를 만져 보기도 했다. 「참, 신기한 일이야!」 그가 중얼거렸다. 「얼어 죽지 않은 것이 용하단 말이야……. 하기야 자네는 머리까지 완전히 털외투를 뒤집어쓰고 있었으니, 털가죽 동굴에 들어가 있었던 거나 마찬가지였지…….」

아주 뜨거운 차가 왔다. 나는 게걸스럽게 그것을 몽땅 마셔 버렸다. 차는 내 몸을 빠르게 데워서 생기를 찾도록 해주었다. 나는 다시 말을 하기 시작했다. 소파의 한구석에 반쯤 드러눕다시피 한 상태로 나는 자꾸 무엇인가를 말했다. 거의 숨이 가쁠 정도로 쉬지 않고 말을 했지만, 도대체 무슨 이야기를 어떻게 했는지 나는 전혀 기억하지 못한다. 그러면서 이따금은 순간적으로, 이따금은 상당히 오랫동안 완전히 의식을 잃기도 했다. 다시 말하지만, 그때 내가 한 이야기를 들으며 그가 과연 무엇을 알아냈는지 나는 전혀 모른다. 그러나 다만 한 가지만은 그 뒤에 분명히 알게 되었다. 다름아니라 나와의 만남이 그냥 지나쳐 버릴 수 없는 중요한 의미가 있다는 것을 그가 느꼈다는 사실이다. 뒤에 적당한 곳에서 나는 그가 속으로 어떤 계산을 했는지에 대해 설명할 것이다.

나는 아주 빠르게 생기를 되찾았고, 이따금 아주 들뜬 기분을 느끼기도 했다. 블라인드를 올리자 갑자기 방 안으로 밀려들던 햇빛도 기억하고, 누군가 불을 붙여 놓은 난로에서 딱딱 소리가 나던 것도 나는 기억한다. 그러나 누가 어떻게 불을 붙였는지는 기억나지 않는다. 나는 자그마한 검은색 발바리도 역시 기억한다. 그것은 알폰신느가 가슴에 안고 두 팔로 장난을 하던 강아지다. 그 강아지가 귀여워서 나는 이따금 이야기를 그치고 그 발바리에게 손을 뻗기도 하였다. 그러나 람베르뜨가 손짓을 하자 알폰신느는 발바리를 데리고 말없이 곧 칸막이 뒤로 들어갔다.

람베르뜨 자신은 거의 말이 없었다. 그는 나와 마주 앉아서 내 쪽으로 몸을 기울인 채 열심히 내 이야기에 귀를 기울이고 있었다. 그리고 때때로 흰 이빨을 드러내며 야릇한 미소를 길게 지었고, 내 진의를 파악하려는 듯 눈을 가늘게 뜨고서 골똘히 생각에 잠겨 있었다. 내가 분명히 기억하는 것은 다만 다음과 같은 일뿐이다. 문제의 〈서류〉에 대해서 이야기할 때, 나는 상대방이 이해할 수 있도록 애썼지만 제대로 표현하지도 못했고 이야기에 조리도 없었다. 그는 내가 말하는 것이 도무지 이해가 가지 않아 어떻게든 그것을 이해하려고 애쓰고 있는 표정이 역력했다. 정 이해가 되지 않을 때 그는 내 이야기를 중단시킬지도 모르는 위험을 감수하고 질문을 던졌다. 그로서는 정말 위험한 일이었다. 왜냐하면 내 이야기를 중단시켰다가 어쩌면 내가 이야기의 흐름을 제대로 못 잡고 완전히 놓쳐 버릴 수도 있었기 때문이다. 나는 얼마나 오랫동안 어떤 이야기를 했는지 기억이 나지 않고 또 짐작도 가지 않는다. 람베르뜨는 갑자기 일어서서 알폰신느를 불렀다.

「저 친구는 안정이 필요해. 어쩌면 의사를 불러야 할지도 모르겠어. 저 친구가 말하는 것은 무엇이든지 그대로 해줘……! 〈당신, 내 말 알아들었어? 그리고 돈은 있나*vous comprenez, ma fille? vous avez l'argent*?〉 없어? 그러면 자!」 그는 10루블짜리 지폐를 그녀에게 주었다. 그리고 그는 그녀에게 작은 목소리로 말했다. 「알았지*Vous comprenez*! 알겠지*vous comprenez*!」 그는 이마에 주름을 잡고 그녀를 윽박지르는 동작을 하면서 말했다. 나는 그녀가 그를 아주 두려워한다는 것을 알았다.

「곧 돌아올 테니 푹 자둬! 너한테는 그게 제일 좋을 거야.」 씽긋 웃어 보이더니 그는 모자를 집었다.

「그렇지만 당신도 통 잠을 못 주무셨잖아요, 모리스*Mais vous n'avez pas dormi du tout,* Maurice!」 알퐁신느는 감상적인 목소리로 말했다.

「잠자코 있어, 난 나중에 자겠어*Taisez-vous, je dormirai après.*」 그는 밖으로 나가 버렸다.

「살았다*Sauvée*!」 그의 뒤에 대고 손가락질을 하는 모습을 내게 보이면서 그녀가 감상적인 어조로 말했다. 「있잖아요.」 방 한가운데 멈춰 서더니 갑자기 그녀는 대사를 낭독하듯 말하기 시작했다. 「남자가 여자에게 이렇게 가혹하게 대할 수는 없습니다. 그건 여자를 아주 하찮은 존재로 여기거나 저속한 것으로 보는, 비스마르크와 마찬가지입니다. 이 시대에 도대체 여자가 무슨 의미를 가집니까? 〈여자를 없애 버려!〉[73] 바로 이것이 프랑스 아카데미의 마지막 말입니다……!」[74]

아주 놀란 눈으로 나는 그녀를 보았다. 하지만 초점이 잘 안 맞아서 내 눈에는 무엇이든 이중으로 보였기 때문에, 알퐁신느의 모습도 역시 이중으로 겹쳐져서 아물거렸다. 갑자기 나는 그녀가 울고 있는 것을 느끼고 깜짝 놀랐다. 나는 벌써부터 그녀가 내게

73 부르주아 가정의 실태를 다룬 소(小)뒤마의 작품 『여성과 남성』에 나오는 어구. 소(小)뒤마는 프랑스 아카데미 회원이었다.

74 Monsieur, monsieur! Jamais homme ne fut si cruel, si Bismark, que cet être, qui regarde une femme comme une saleté du hasard. Une femme, qu'est-ce que ça dans notre époque? <Tue-la!> voilà le dernier mot de l'Académie française……!

말하고 있었던 모양이라고 생각했다. 그렇지만 그녀가 말하는 동안 나는 거의 의식을 못 차리고 있었던 것 같다.

「참! 제가 설사 그것을 좀 더 일찍 폭로했다고 하더라도, 그것이 제게 무슨 도움이 되었겠어요?」 그녀는 큰 목소리로 말을 이어 나갔다. 「그리고 평생 동안 제 수치를 그냥 숨겨 두는 것이 오히려 좋지 않겠어요? 어쩌면 모르는 분에게 이런 것을 노골적으로 말씀드리는 것이 여자의 도리에 어긋난 일인지도 모르겠군요. 그렇지만 만일 제가 어떤 소원을 가질 수 있다면, 솔직히 말해서 제 소원은 단 하나뿐이에요. 바로 그 남자의 가슴에 칼을 박는 일이에요. 그러나 그 남자의 소름 끼치는 시선을 보면 제 손이 떨리고 용기가 꺾일지도 모르니, 얼굴을 돌리고 해야지요! 그 사람은 러시아 인 수사를 죽였어요. 그리고 그 수사의 붉은 턱수염을 뽑아서 꾸즈네쯔끼 다리 근처에 있는 가발상에게 팔았어요. 앙드리외의 상점 바로 옆에 있는 그 가발상한테 말이에요. 당신은 물론 파리에서 온 최신품이나 유행하는 신제품, 속옷 종류, 셔츠 등을 팔고 있는 앙드리외 상점을 아시겠지요……. 아, 부부와 아이들 그리고 형제들과 친구들이 즐겁게 식탁에 둘러앉아 있을 때, 제 가슴이 기쁨으로 충만해지는 바로 그 순간에 맛보는 행복감보다 더 큰 행복이 있을 수 있겠어요? 그런데 그 사람은 그런 내 소망을 비웃어요. 그 야비하고 생각만 해도 몸서리쳐지는 괴물은 그런 소망을 비웃어요. 앙드리외를 통해 그와 알게 되지만 않았다면 저는 절대로 그런 사람과……. 그런데 당신은 어떻게 된 거지요?」[75]

그녀는 내 옆으로 다가왔다. 그때 나는 몸이 덜덜 떨렸고 어쩌면 의식을 잃고 있었던 것인지도 모른다. 거의 제정신이 아닌 채 지껄여대는 그 여자가 내게 얼마나 참기 어려운 부담과 혐오감을 주었는지 말로 표현할 수도 없다. 자기 딴에는 나를 위로해야 한다는 생각을 했는지도 모른다. 그래서 그런지 그녀는 잠시도 내 곁을 떠나려고 하지 않았다. 어쩌면 그녀는 전에 무대에 선 일이 있는지도 모른다. 그녀는 이리저리 돌아다니면서 낭독하는 듯한 어조로 계속해서 말을 하였다. 그러나 나는 벌써 오래 전부터 침묵하고 있었다. 그녀가 한 말 중에서 내가 이해할 수 있었던 것은 단지 그녀가 〈파리에서 온 최신품이나 유행하는 신제품, 속옷 종류, 셔츠 등을 팔고 있는 앙드리외의 상점*la Maison de monsieur Andrieux-hautes nouveautés, articles de Paris, etc*〉과 뭔가 밀접한 관계를 가지고 있다는 것뿐이었다. 그녀가 어쩌면 앙드리외의 상점*la Maison de monsieur Andrieux*에서 일을 했는지도 모른다. 그런데 묘한 경위로 〈그 야비하고 생각만 해도 몸서리쳐지는 괴물 때문에*Par ce monstre furieux et inconcevable*〉 앙드리외의 상점에서 영원히 분리된 것이다. 그녀의 비극은 바로 거기에 있는 것이다……. 그녀는 흐느껴 울고 있었다. 그러나 나에게는 그러한 동작이 다만 가장하고 있을 뿐, 사실은 조금도 울고 있지 않는 것처럼 느껴졌다. 그리고 이따금 그녀가 해골처럼 갑자

75 Hélas! De quoi m'aurait servi de le découvrir plutôt et n'aurais-je pas autant gagné à tenir ma honte cachée toute ma vie? Peut-être, n'est-il pas honnête à une demoiselle de s'expliquer si librement devant monsieur, mais enfin je vous avoue que s'il m'était permis de vouloir quelque chose, oh, ce serait de lui plonger au cœur mon couteau, mais en détournant les yeux, de peur que son regard exécrable ne fît trembler mon bras et ne glaçât mon courage! Il a assassiné ce pope russe, monsieur, il lui arracha sa barbe rousse pour la vendre à un artiste en cheveux au pont des Maréchaux, tout près de la Maison de monsieur Andrieux-hautes nouveautés, articles de Paris, linge, chemises, vous savez, n'est-ce pas……? Oh, monsieur, quand l'amitié rassemble à table épouse, enfants, sœurs, amis, quand une vive allégresse enflamme mon cœur, je vous le demande, monsieur: est-il bonheur préférable à celui dont tout jouit? Mais il rit, monsieur, ce monstre exécrable et inconcevable et si ce n'était pas par l'entremise de monsieur Andrieux, jamais, oh, jamais je ne serais……. Mais quoi, monsieur, qu'avez vous, monsieur?

기 부서지지나 않을까 걱정되었다. 그녀는 무엇인가에 짓눌리거나 금이 간 듯한 목소리로 말했다. 예를 들면, 프레페라블préférable이라는 말을, 프레페아아블*préfé-a-able*이라고 발음했다. 그리고 〈a〉 음절을 마치 양의 목소리처럼 떨면서 발음했다. 한 번 언뜻 정신이 들었을 때, 나는 그녀가 방 한가운데에서 피루에트[76]를 하는 것을 보았다. 그러나 그것은 춤을 추고 있는 것이 아니라 뭔가 그녀의 이야기와 관계가 있는 것이어서, 단지 그것을 내게 보여 주려고 그랬던 것 같다. 그러다가 갑자기 그녀는 방 한쪽에 있는 아주 낡아서 음정도 잘 맞지 않는 조그만 피아노로 뛰어가더니, 뚜껑을 열고 서투른 솜씨로 연주를 하며 노래를 부르기 시작했다. 아마도 나는 십 분쯤, 혹은 그 이상 모든 것을 잊고 잠이 들었던 것 같다. 그러나 발바리가 짖는 소리에 놀라 갑자기 정신을 차렸다. 나는 순간적으로 갑자기 의식을 온전히 되찾았고, 모든 것을 선명히 깨닫게 되면서 놀라 벌떡 일어났다.

〈람베르뜨, 내가 람베르뜨의 집에 있는 거야!〉 그런 생각을 하며 나는 모자를 집어 들고 외투가 있는 쪽으로 뛰어갔다.

「어디로 가시지요, 네*Où allez-vous, monsieur*?」 눈치 빠른 알폰신느가 물었다.

「저는 가야 해요. 저는 나가고 싶어요! 내버려두세요. 붙잡지 마세요…….」

「네, 알았어요*Oui, monsieur!*」 알폰신느가 진심으로 이해하는 듯, 뛰어가서 바깥 복도로 통하는 문을 열었다. 「여기에서 멀지 않아요, 이봐요, 바로 얼마 되지 않아요. 외투를 입을 필요도 없어요, 바로 거기예요*Mais ce n'est pas loin, monsieur, c'est pas loin de tout, ça ne vaut pas la peine de mettre votre chouba, c'est ici près, monsieur!*」 그녀는 복도가 울릴 듯한 목소리로 크

76 한쪽 발끝으로 서서 몸을 빙그르르 돌리는 춤 동작.

게 말했다. 그 집에서 나와서 나는 오른쪽으로 방향을 틀었다.

「이쪽이에요, 이봐요, 이쪽이에요*Par ici, monsieur, c'est par ici!*」 그녀는 목이 터질 듯한 소리로 말하며 길다랗고 앙상히 뼈만 남은 손으로 내 외투를 잡고서, 다른 한 손으로는 내가 전혀 가고 싶지도 않은 복도의 왼쪽을 가리켰다. 나는 그녀의 손을 뿌리치고, 출입구를 향하여 계단을 뛰어내려갔다.

「저 사람이 나가요, 가버려요*Il s'en va, il s'en va!*」 알폰신느가 그 째질 듯한 목소리로 소리치면서 내 뒤를 따라왔다. 「그이가 저를 죽여요, 이봐요, 그이가 저를 죽일 거예요*Mais il me tuera, monsieur, il me tuera!*」 그러나 나는 이미 계단 쪽으로 뛰어나가 있었다. 그녀가 계단을 따라 계속 뒤를 쫓아왔지만, 나는 서둘러 출입문을 열고 큰길로 나가서 마침 지나가는 마차를 잡아탔다. 그리고 마부에게 어머니의 집 주소를 말해 주었다…….

4

이윽고 나는 다시 의식을 잃었다. 마차가 나를 그곳까지 실어 갔을 때 어머니가 나를 겨우 안으로 데리고 들어간 것은 희미하게 기억하지만, 그 순간 나는 또다시 완전히 의식을 잃고 말았다. 그 다음날(나도 그것은 기억하고 있다) 나는 잠시 동안이기는 했지만 다시 의식을 찾았다. 나는 내가 베르실로프의 방에 있는 소파에 누워 있던 것을 기억한다. 그리고 내 주위에 있던 베르실로프, 어머니, 리자의 얼굴을 기억한다. 베르실로프가 제르쉬치꼬프와 공작에 대해 뭔가를 이야기하고, 편지 같은 것을 내게 보여 주면서 나를 위로하던 것도 잘 기억하고 있다. 나중에 가족들이 내게 말하기를, 내가 매우 겁에 질린 표정으로 람베르뜨라는 사람에 대해 자꾸 물었고, 또 무슨 발바리가 짖는 소리가 자꾸 들린다고 짜증을 냈다고 한다. 그러나 나는 곧 희미한 의식의 빛마저 잃고 말았다. 그 이틀째 되던 저녁에는 이미 완전한 열병 환자였다. 여기서 나는 그동안 일어났던 여러 가지 사건을 미리 설명하고자 한다.

그날 밤 내가 제르쉬치꼬프의 도박장에서 뛰어나온 다음 그곳이 어느 정도 안정을 되찾았을 때, 도박을 다시 재개한 제르쉬치꼬프가 갑자기 큰소리로 커다란 착오가 일어났다는 것을 사람들에게 말했다. 없어진 줄 알았던 4백 루블이 다른 곳에서 발견되었으며, 뱅크의 총액이 분명히 맞다는 것이었다. 그때 홀에 남아 있던 공작은 제르쉬치꼬프에게 항의하며, 내가 결백하다는 것을 사람들에게 설명한 뒤 내게 사과문을 편지로 써서 보내도록 강력하게 요구했다. 제르쉬치꼬프도 그 요구가 정당하다는 것을 인정하고, 내일이라도 곧 자신의 입장을 해명하는 사과문을 내게 보내겠다고 사람들 앞에서 공개적으로 약속했다. 공작은 그에게 베르실로프의 주소를 알려 주었다. 그리고 실제로 베르실로프는 바로 다음날, 내 앞으로 보내 온 제르쉬치꼬프의 편지와 내가 가지고 있다가 룰렛 도박장에 잊어버리고 온 1천 3백 루블 남짓한 돈을 받았다. 제르쉬치꼬프의 도박장에서 일어났던 사건은 그렇게 일단락되었다. 혼수 상태에서 깨어났을 때, 이 기쁜 소식을 듣고 나는 건강을 더 일찍 회복할 수 있었다.

도박장에서 돌아와 공작은 밤 사이에 두 통의 편지를 썼다. 하나는 내게 보낸 것이었고, 다른 하나는 스쩨빠노프 기병 소위와의 문제를 일으켰던, 그가 전에 근무했던 연대로 보낸 것이었다. 그는 이 두 통의 편지를 다음날 아침 곧 발송했다. 그리고 자신의 직속 상관 앞으로 보고서를 쓴 뒤 그것을 가지고 아침 일찍 스스로 연대장에게 출두하여, 자신은 〈모 주식회사의 증권 위조 사건에 관계를 한 헌법상의 범죄인이므로, 사직 당국의 손에 넘겨져 응분의 심판을 받기를 요청한다〉고 말했다. 그와 동시에 자세한 내용을 기술한 그 보고서를 제출했다. 그리고 그는 그 자리에서 체포되었다.

아래의 글은 그가 그날 밤 내게 쓴 편지의 전문이다.

친애하는 아르까지 마까로비치

당면한 문제를 비열하게 회피하려다가 저는 오히려 당당하고 기품 있는 행동을 통해 마지막으로 초라한 제 자신을 위로할 권리조차 잃어버리고 말았습니다. 조국에 대해서도, 그리고 가문에 대해서도 저는 죄를 지었습니다. 그래서 가문을 지켜야 할 최후의 사람으로서 저는 자신을 벌로 응징하려고 합니다. 왜 자기 방어라는 가장 야비한 생각에 사로잡혀, 비록 잠시 동안일지라도 돈으로 제 문제를 해결할 꿈을 꾸었는지 저 자신도 이해할 수 없습니다. 저는 영원히 죄인임을 인정하지 않을 수 없습니다. 그리고 설사 제 명예를 더럽힌 그 서류를 그들이 돌려준다 해도, 사람들은 일생 동안 절대로 저를 그대로 놔두지 않을 것입니다. 그렇다면 무엇이 남아 있을까요. 아마도 그들과 유대를 맺어 가면서 더불어 함께 살아가는 일밖에는 없을 겁니다. 바로 그것이 저를 기다리는 제 운명의 몫일 겁니다! 저는 그것을 받아들일 수 없어, 결국 최후의 용기 — 어쩌면, 그것이 자포자기하는 심정에 불과할지도 모릅니다만 — 를 내어 이와 같은 행동을 하기로 결심했습니다.

그리고 저는 이전에 근무했던 연대의 친구들에게 편지를 써서, 스쩨빠노프가 무죄라는 것을 밝혔습니다. 제가 이런 행동을 한 것은 어떤 속죄를 받으려는 의도에서가 아닙니다. 또한 그럴 수도 없을 것입니다. 다만 그것은, 내일이면 죽을 사람이 죽기 전에 마지막으로 하는 유언과 같은 것입니다. 그런 관점에서 보아 주십시오!

그날 도박장에서 제가 당신을 모른 체한 것을 용서하십시오! 그 순간 저는 당신을 믿지 않았기 때문입니다. 더 이상 살 수 없는 상황이 된 이제 그런 고백을 하는 것은…… 그런 것은 저 세상에 가서 하겠습니다.

아, 가엾은 리자! 그녀는 제 결심에 대해서 아무것도 몰랐습니다. 그녀로 하여금 저를 저주하지 말고, 스스로 모든 일을 살 헤아리라고 해주십시오. 저는 자신을 정당화할 수도 없고, 그녀에게 상황을 설명할 수 있는 적절한 말도 떠오르지 않습니다. 그녀의 사랑을 확인한 뒤에, 저는 최후에 실행하기로 한 결단을 앞두고 제 양심에 걸렸던 문제를 그대로 감춰 둘 수가 없어서 그녀에게 고백하였습니다. 아르까지 마까로비치, 어제 아침 일찍 그녀가 마지막으로 제게 왔을 때, 저는 더 이상 그녀를 속일 수가 없어 그동안 있었던 모든 사실을 말했습니다. 제가 청혼할 생각으로 안나 안드레예브나를 방문했었다는 것도 양심의 가책이 되어, 있는 사실 그대로 고백했습니다. 그러자 그녀는 저를 용서했습니다. 그녀는 제게 모든 것을 용서하겠다는 말을 했지만, 저는 그녀의 말을 믿지 않았습니다. 그것은 용서할 수 있는 일이 아닙니다. 제가 그녀의 입장이라도 저는 용서할 수 없었을 것입니다.

가끔 저를 기억해 주십시오!

당신의 불행한 최후의 공작 소꼴스끼

완전히 의식을 잃은 채, 나는 열흘 동안 아주 심하게 앓아 누워 있었다.

3

제3부

제1장

1

이제 말하려는 것은 전혀 다른 내용이다.

계속해서 나는 〈다른 이야기다, 이번에는 다른 이야기다〉라고 말하며, 여전히 나에 대한 이야기를 늘어놓고 있다. 그렇지만 나는 자신에 관해서 쓸 생각이 전혀 없다고 이미 천 번도 넘게 선언을 했다. 사실 이 수기를 쓰기 시작하면서 나는 진심으로 그렇게 하기는 싫었다. 나는 내 이야기가 독자들에게 별로 호소력이 없으리라는 것을 잘 알고 있다. 실제로 내가 쓰고 있는 것은, 또한 쓰고자 하는 것은 다른 사람들에 관한 것이지 내 자신에 관한 것은 아니다. 그렇기 때문에 만일 내 자신의 이야기를 반복해서 서술한다면, 그것은 사실을 오도할 수 있는 서글픈 감정적 오류에 불과한 것이 될 수도 있다. 그리고 그렇게 되면 설사 내가 원하지 않더라도 그 주변적 사실들을 묘사할 수밖에 없기 때문이다. 그리고 무엇보다도 가장 큰 문제는, 내 자신에 관한 여러 가지 사건을 이처럼 상세히 묘사하면 결국에는 지금도 내가 그때와 똑같은 인간이라고 쉽게 단정할 근거를 줄 수도 있다는 점이다. 바로 그 점이 내 마음을 끊임없이 무겁게 하였다. 물론 이 글을 읽은 독자는 글 속에서 내가 이미 여러 번에 걸쳐, 〈아, 만일 지난 과거사를 바꿀 수만 있다면, 모든 일을 완전히 새로운 관점에서 시작할 수만 있다면〉 하고 탄식한 것을 기억할 것이다. 여기서 분명한 사실은, 내가 근본적으로 변해서 완전히 다른 인간이 되지 않았다면, 그런 한탄 어린 고백을 하지 못하였을 것이라는 점이다. 이 수기를 쓰면서 여러 가지 정황에 대한 설명이나 변명이 끊임없이 끼어들어야 한다는 일이 얼마나 내 자신을 괴롭히는지 아마 그 누구도 상상할 수 없을 것이다.

이제 본래의 내용으로 돌아가 보자.

완전히 의식을 잃은 채 아흐레 동안 앓고 난 후에, 나는 다시 의식을 회복했으며 새로운 인식을 가진 사람이 되었다. 그렇지만 내 본성만은 조금도 바뀌지 않았다. 물론 넓은 의미에서 본다면 그 말은 이치에 맞지 않는다. 아마 지금이라면 나는 그렇게 생각하진 않았을 것이다. 나는 내면의 이념을 새로운 방향으로 정립해 나가기로(이전에도 천 번이나 되풀이했던 것처럼) 마음을 먹었다. 즉 그들 곁을 완전히 떠나기로 했다. 그리고 이번에는 무슨 일이 있어도 이곳을 완전히 떠날 것이며, 천 번이나 마음속으로 그런 결정을 내렸으면서도 막상 실천하기를 주저하던 이전의 그런 애매한 태도를 버리기로 했다. 나는 그 누구에게도 복수할 마음은 없었다. 모든 사람이 나를 모욕했지만, 나는 그 누구를 증오하거나 저주하는 마음 없이 조용히 떠나기로 자신과 맹세했다. 그렇게 해서 이번에는 그들 중의 그 누구에게도, 또 이 세상 그 누구에게도 의존하지 않고, 철저히 내 스스로의 힘만으로 새로운 지평을 열어 나가고 싶었다. 그러나 내 가슴의 또 다른 구석에서는 세상의 모든 사람과 적극적으로 화해를 시도해 나가고 싶은 생각도 있었다. 그러나 당시 내 마음에 가지고 있던 환상을 여기에 그대로 쓰는 것은, 하나의 온전한 사상을 전달하려는 것이 아니라 하염없이 떠오르던 감정의 흐름을 서술하기 위해서이다. 앓아 누워 있는 동안 나는 아직 내 뜻을 명확하게 표현할 생각이 없었다. 가족들이 베르실로프의 방에 내가 누워 있을 자리를 만들어 줘서 움직일 수도 없는 병든 몸으로 거기에 누워 있으면서, 나는 자신이 얼마나 무기력한 상태에 빠졌는가를 뼈저리게 느꼈다. 침대 위에 누워 있는 것은 사람이 아니라 무슨 지푸라기 같은 것이라는 생각이 들었다. 게다가 그러한 상황에 빠진 것은 단지 병 때문만은 아니었으며, 다만 그러한 사실을 있는 그대로 표현할 수 없어서 내 가슴은 말할 수 없이 안타까웠다! 그러자 내 마음 저 밑에서 새로운 도전의 기운이 전력을 다하여 고개를 들기 시작했다. 새로 충만하게 차오르는 자신만만하고 도전적인 어떤 감정 때문에 나는 숨이 막힐 듯했다. 건강이 회복되기 시작한 최초의 며칠 동안, 즉 하나의 지푸라기처럼 그저 침대 위에 누워 있던 때만큼 그렇게 자신만만한 감정에 가득 차 있던 때는 내 기억 속에 단 한 번도 없었다.

하지만 나는 당분간 잠자코 있기로 했다. 또한 내 계획에 대하여 그 어떤 구체적인 생각도 하지 않기로 결심했다! 다만 나는 그들의 분위기를 살피면서 그들의 표정에서 내게 필요한 모든 것을 추론해 내려고 애썼다. 그들도 외형적으로는 내게 깊은 호기심을 가지려고 하지 않았고, 여러 가지 성가신 질문으로 나를 자극하지 않으려고 배려하여 나와는 가벼운 화제에 대해서만 이야기했다. 그들의 그러한 배려가 내 마음에 들었지만 그것은 동시에 슬픈 일이기도 했다. 내 가슴에 고여 있던 이러한 모순된 감정에 대해서는 설명하고 싶지 않았다. 리자는 거의 매일, 때로는 하루에도 두 번씩이나 내게 들렀지만, 어머니는 그보다 더 자주 내게로 왔다. 그들과 나눈 단편적인 대화나 정황으로 미루어 보아 리자는 해결해야 할 아주 성가신 용건이 많이 밀려 있어서 자주 밖에 나가게 되어 집에 머무르는 시간이 거의 없다는 것을 알게 되었다. 그녀에게 스스로 해결해야 할 〈자신의 용건〉이 생겼다는 것만 생각해도 나는 뭔가 모욕을 당한 듯한 기분이었다. 물론 이런 일은 모두 병을 앓고 있는 사람의 지나치게 예민한 감각 때문에 생기는 것이므로 자세히 묘사할 가치도 없다. 따찌야나 빠블로브나 역시 거의 매일같이 나를 찾아왔다. 그녀는 내게 결코 친절한 태도를 보이진 않았지만 적어도 이전처럼 함부로 말하지는 않았다. 나는 그녀의 그러한 태도가 별로 맘에 들지 않아서 한번은 그녀에게 이렇게 말해 줬다. 〈따찌야나 빠블로브나, 당신이 자기 생각을 있는 그대로 말하지 않으니까 오히려 더 거북합니다.〉 〈그렇다면 이제 다시는 네게 오지 않겠다〉라고 내뱉듯 말을 던지더니 그녀는 나가 버렸다. 그러나 사실, 나는 한 사람만이라도 그렇게 쫓아 버린 것이 내심 기쁘기까지 했다.

나는 누구보다도 어머니를 가장 괴롭혔고, 그녀에게 늘 성화를 부렸다. 나는 식욕이 아주 좋아져서 식사가 조금만 늦게 들어오면(사실 식사는 한 번도 늦은 적이 없었다) 심하게 투덜거리면서 짜증을 부렸다. 그럴 때마다 어머니는 어쩔 줄 몰라 쩔쩔맸다. 한번은 그녀가 수프를 가지고 와서 늘 하듯이 손수 그것을 내 입에 떠 넣어 주었다. 그러나 나는 그것을 먹으며 계속해서 짜증을 냈다. 그러다가 갑자기 그렇게 성화를 부리고 있는 나 자신에 대해서 화가 났다. 〈이 세상에서 내가 진정으로 사랑하는 것은 어머니 하나뿐인데도, 왜 나는 이렇게 못되게 굴까?〉 나는 자신에 대한 분노가 풀리지 않아 감정을 추스르지 못하고 갑자기 소리를 내어 울기 시작하였다. 그러나 가엾은 어머니는 내가 감격하여 운다고 생각하고, 몸을 굽혀 내게 입을 맞추기 시작하였다. 그 순간 그녀가 정말 미웠지만, 나는 겨우 그런 감정을 참아 냈다. 하지만 분명한 것은 내가 언제나 어머니를 사랑했고, 그때도 물론 사랑하고 있었으며, 어떤 미움의 감정을 전혀 가지고 있지 않았다는 사실이다. 다만 언제나 그렇듯이, 가장 사랑하는 사람에게는 내가 하고 싶은 대로 막 하기 때문에 그렇게 된 것일 뿐이다.

그 며칠 동안 내가 정말로 증오한 것은 오로지 의사 한 사람뿐이었다. 그 의사는 아직 젊고 오만한 사람으로 말할 때면 항상 무례할 정도로 무뚝뚝하게 말하였다. 분명히 느끼지만 과학 분야에서 일하는 사람들은 거의 모두가, 어제까지는 특별히 별다른 일이 없는 것 같다가도 오늘 처음으로 갑자기 뭔가 특별한 것이라도 발견한 듯한 태도를 취하곤 한다. 하지만 대체적으로 〈평범한 인간〉이나 〈소시민〉들은 언제나 그러한 태도를 가지고 있다. 오랫동안 그런 감정을 참고 있다가 마침내 갑자기 울화가 치밀어 집 사람들이 모두 있는 앞에서, 나는 그 사람이 왜 매일같이 오는지를 정말 모르겠으며, 그의 신세를 전혀 지지 않고도 완전히 회복할 수 있다고 말했다. 또한 그는 스스로 실용주의자인 척하지만 사실은 온갖 편견을 다 가지고 있으며, 의학이 아직까지 그 누구도 완전히 건강을 회복하게 만들지는 못했다는 사실을 모르고 있다고 했다. 그리고 끝으로 그의 태도로 미루어 그는 틀림없이 아주 교양이 없는, 〈최근에 와서 갑자기 오만 방자해진 우리 나라의 전문가라든가 기술자라고 불리는 부류의 사람들과 전혀 다를 바가 없다〉고 말했다. 내 말을 듣고 그 의사는 아주 화를 냈지만 (이러한 사실이 바로 그가 그와 유사한 종류의 사람이라는 것을 반증하고 있다), 여전히 왕진은 계속했다. 그래서 더 이상 참지 못하고 나는 베르실로프에게, 만일 의사가 왕진을 그만두지 않는다면 이번에는 뭔가 전보다 훨씬 더 적어도 열 배는 모욕적인 언사를 내뱉겠다고 말했다. 베르실로프는 열 배는 고사하고 단지 두 배 정도의 모욕적인 말조차 꺼내지 않게끔 해주겠다고 내게 강하게 말했다. 나는 그가 그렇게 확고하게 내 말을 자르는 것이 아주 편안하게 느껴졌다.

그런데 도대체 무슨 사람이 그 모양일까! 나는 베르실로프에 대해 말하고 있다. 까놓고 말하자면, 단지 그 사람만이 이 모든 일의 원인이 아닌가! 그런데 이상하게도 그 당시 내가 화를 내지 않은 사람은 오직 그 한 사람뿐이었다. 나에 대한 그의 태도가 특별히 내 맘에 쏙 들었던 것도 아니다. 그 당시 우리 두 사람은 이야기해야 할 여러 가지 일이 있었지만, 한편 그렇기 때문에 오히려 절대로 이야기하지 않는 편이 좋다고 둘 다 느꼈던 것이라고 나는 생각한다. 삶의 여정에서 그러한 상황에 놓여 있을 때 모든 것을 한눈에 꿰뚫어 보고 행동하는 사람을 만나는 것은 아주 유쾌한 일이다. 나는 이미 이 이야기의 제2부에서, 체포된 공작이 내게 보낸 편지와 제르쉬치꼬프가 사실을 밝히기 위해서 보낸 편지, 그리고 그 외의 여러 가지 소식에 대해서 베르실로프가 내게 간단명료하게 설명해 주었다는 것을 서술하였다. 나는 침묵을 지키기로 결심했기 때문에, 그의 말을 듣고도 그에게 아주 무뚝뚝한 태도로 두세 마디 가장 간단한 질문을 했을 뿐이다. 그는 그 질문에 대해 분명히 그리고 정확히, 그러나 쓸데없는 말은 모두 빼고 간결하게 대답했다. 가장 좋았던 것은 그의 말에 쓸데없는 감정이 전혀 섞여 있지 않았다는 것이다. 그 당시 내가 가장 두려워하고 있었던 것은 감정을 쓸데없이 함부로 표출하는 일이었다.

람베르뜨에 대한 이야기를 전혀 꺼내지 않고 있지만, 아마도 독자들은 내가 그에 대해 아주 많은 생각을 깊이 하고 있다는 것을 이미 알고 있을 것이다. 열이 높아 정신이 없을 때 나는 여러 번 람베르뜨의 이야기를 했다. 그러나 내가 의식을 완전히 되찾았을 때 그들의 기색을 살펴보니, 아직 그들이 람베르뜨에 대한 일을 전혀 모르고 있다는 것을 알았다. 물론 베르실로프도 예외가 아니었다. 그러한 정황을 알고 난 뒤 나는 아주 마음이 편안해졌고 두려움이 곧 사라지는 것을 깨달았다. 그러나 뒤에 알게 되었지만, 놀랍게도 그것은 완전히 내 착오였다. 내가 병석에 누워 있을 때부터 그가 이미 찾아오기 시작했지만 베르실로프가 내게 아무것도 말하지 않았기 때문에 나는 람베르뜨가 나에 대해서 완전히 자신의 기억 속에서 잊어버렸을 것이라고 추론했던 것이다. 그럼에도 불구하고, 나는 자주 그에 대해서 생각했다. 그뿐만이 아니다. 아무런 혐오감도 없이 나는 오히려 호기심을 가지고 그에 대해 생각했을 뿐만 아니라, 그와의 만남에서 뭔가 새로운, 내 마음속에 싹튼 새로운 감정과 계획에 알맞은 방안이라도 모색할 수 있지 않을까 하는 기대와 지대한 관심을 가지고 그에 대해 생각하였다. 간단히 말하면 내 계획에 대해 서서히 생각해 보려고 마음을 먹기 시작하자 제일 먼저 람베르뜨에 대한 생각이 떠올랐던 것이다. 그런데 한 가지 이상한 것은, 그가 어디 살고 있는지 또 그때 그런 일이 일어난 것이 어느 거리였는지 내가 전혀 기억하지 못한다는 사실이다. 그 방이나 알폰신느, 발바리 강아지, 그리고 복도에 대해서는 모든 걸 기억하고 그림을 그려 보일 수도 있다. 그러나 그것이 어디에서 일어났는지, 즉 어느 거리의 어느 집에서 일어난 일인지에 대해서는 전혀 기억이 나지 않았다. 더더욱 이상한 것은 내가 완전히 의식을 회복하고 난 뒤 사나흘이 지났을 때 갑자기 그것에 대해 선명하게 기억났다는 사실이다. 그리고 그때 나는 다시 람베르뜨에 관해서 심각하게 걱정하기 시작했다.

내가 새로운 계획을 구상하기 시작할 무렵 최초로 인식한 것이 아마 그것에 관해서였던 것 같다. 나는 내 의식의 흐름을 단지 피상적으로만 관찰했던 것이고, 아마 가장 중요한 것에 대해서는 충분히 깨닫지 못하고 있었던 것 같다. 실제로 가장 중요한 것은 모두 어쩌면 바로 그때 이미 마음속에서 자리를 잡고 있었으며 또 분명한 형태를 가지게 되었는데, 다만 내가 그것을 깨닫지 못한 것일지도 모른다. 그리고 아무리 내가 피곤했을지라도 단지 수프를 제때 가져다 주지 않는다는 이유만으로 어머니에게 그렇게 함부로 화를 냈을 리가 없다. 아, 지금도 기억하지만, 그때 내 심정은 참으로 울적했다. 특히 오랫동안 혼자 있을 때면 나는 때로 너무나 쓸쓸해서 견딜 수가 없었다. 그러나 그들은 내가 혼자 있고 싶어하고 그들이 곁에서 돌보면 돌볼수록 나를 짜증나게 할지도 모른다고 여기고 더욱더 의도적으로 나를 혼자 있도록 해주었다. 그것은 참으로 지나치게 세심한 배려였다.

2

내가 의식을 회복한 지 나흘째 되던 날 오후 두 시가 약간 지났을 때, 나는 내 침대에 누워 있었다. 아주 화창한 날씨였고, 내 곁에는 아무도 없었다. 나는 요 며칠 동안의 경험을 통해 세 시가 지나서 해가 서쪽으로 기울기 시작하면 그 붉은 노을 빛이 내 방으로 들어와 벽의 한구석에 부딪쳐 선명한 반점을 만들며 빛나기 시작한다는 것을 알고 있었다. 이제 한 시간 후면 아마도 그렇게 될 것이다. 그런데 그러한 일이 정확히 있을 것이라고 내가 미리 알고 있다는 사실이 갑자기 나를 아주 언짢게 만들었다. 나는 거의 발작적으로 몸을 돌아누웠다. 그러자 깊은 고요 속에서 갑자기 〈주 예수 그리스도여, 저희를 불쌍히 여기소서〉 하는 말이 분명히 들렸다. 그 말은 나직이 속삭이는 목소리로 하는 것이었고, 곧 이어 가슴 전체로 쉬는 커다란 한숨이 뒤를 따랐다. 그러고 나서 주변은 다시 고요함에 잠겼다. 나는 얼른 고개를 들었다.

그 전날 밤이던가, 아니 벌써 사흘 전부터, 아래의 세 방에서 뭔가 이해할 수 없는 기운이 감도는 것을 알아차렸다. 아마 이전에 어머니와 리자의 방이 있던 홀 저쪽의 조그마한 방에 지금 누군가 다른 사람이 들어와 있는 듯했다. 나는 낮이고 밤이고 벌써 여러 번 어떤 소리를 들었다. 그러나 그것은 언제나 아주 순간적으로 내는 짧은 소리였으며, 주위는 곧 다시 완전히 고요함 속에 잠겨 몇 시간 동안이나 조용했기 때문에 나는 별다른 주의를 기울이지 않고 있었다. 아마도 베르실로프가 거기에서 머무는 모양이구나 하는 생각이 전날 잠시 내 머리에 떠올랐다. 그리고 난 뒤에 곧 그가 내 방에 들어왔고, 그와 얘기하던 중 베르실로프가 내가 병치레를 하는 동안 어딘가 다른 집으로 옮겨 거기에서 머물고 있다는 것을 분명히 들었지만, 나는 왠지 그런 생각을 하고 있었다. 나는 어머니와 리자가 이전에 내가 있던 그 〈관〉 같은 방에서 지내고 있다는 것을 이미 알고 있었다(아마도 내가 빨리 안정을 찾을 수 있도록 하기 위해서 그랬을 것이라고 나는 생각했다). 그래서 나는 마음속으로 〈어떻게 그 방에서 두 사람이 머물 수 있을까?〉 하고 생각한 일까지 있었다. 그런데 두 사람이 이전에 쓰던 방에 누군가 다른 사람이 머물고 있으며, 그 사람이 베르실로프가 아닌 전혀 다른 사람이라는 것을 나는 문득 알게 된 것이다. 나 자신도 예상하지 못했을 만큼 경쾌하게(그때까지 나는 전혀 기력이 없다고 여기고 있었다) 침대에서 두 발을 내려 슬리퍼를 신고, 옆에 있는 회색 아스뜨라한[77] 가운을 걸친 뒤(그것은 베르실로프가 내게 장만해 준 것이었다), 응접실을 지나 어머니가 전에 쓰던 방으로 갔다. 나는 거기서 전혀 예상하지 못했던 사람을 보고 아주 당황하여 그만 문 앞에서 발에 못이 박힌 듯 딱 걸음을 멈추고 말았다.

그곳에는 새하얀 턱수염을 기르고 멋진 백발을 하고 있는 노인이 앉아 있었다. 눈치상 그 사람은 벌써 오랫동안 그곳에 머무르고 있음이 분명했다. 그 사람은 침대 위가 아니라 어머니의 조그마한 걸상에 앉아 등을 침대에 기대고 있었다. 외양으로 보아서는 병을 앓고 있는 것 같았지만, 너무나 자세가 똑바르기 때문에 어디에 기대는 것이 전혀 불필요한 일같이 보였다. 그는 얇은 옷 위에 모피로 된 외투를 걸치고 있었으며, 무릎에는 어머니의 담요를 두르고 발에는 슬리퍼를 신고 있었다. 대략 보니, 넓은 어깨에 키는 큰 편이었고, 몸이 불편하다고는 하지만 전체적으로 활기 있는 모습이었다. 다소 긴 편인 얼굴은 창백하고 야위어 보였고, 숱이 많고 길지 않은 수염이 나 있었으며, 나이는 이미 칠십을 넘은 것 같았다. 그의 옆에 손이 닿을 수 있는 거리에 있는 조그마한 탁자 위에는 서너 권의 책과 은테로 된 안경이 놓여 있었

77 아스뜨라한 지방에서 생산되는 새끼 양의 가죽으로 만든 모피.

다. 나는 바로 여기서 그를 만나리라고는 꿈에도 생각지 않았지만, 한순간에 그가 누구인지를 곧 알아차릴 수 있었다. 그런데 나는 도저히 이해할 수 없는 점이 있었다. 이 며칠 동안 바로 나와 이웃 방에 기거하면서 그는 어떻게 지금까지 인기척을 전혀 내지 않고 그처럼 조용히 지낼 수 있었을까 하는 의문이었다.

나를 바라보면서 그는 말없이 응시한 채 꼼짝도 하지 않았다. 나도 그의 얼굴을 바라보고 있었지만, 그와는 달리 아주 커다란 놀라움에 사로잡혀 있었다. 그러나 그는 전혀 그런 기색이 없었을 뿐만 아니라, 5초나 10초의 침묵 동안에 내 마음의 밑바닥까지 헤아리기라도 한 듯 돌연 싱긋 미소를 지으며 소리 없이 부드러운 얼굴로 웃어 보였다. 그의 웃음은 곧 사라졌지만 밝고 명랑한 웃음의 자취는 그의 얼굴에, 특히 그의 두 눈에 남아 있었다. 많은 나이 때문인지 그의 눈두덩은 조금 부풀어올라 있었고 수많은 잔주름으로 덮여 있었지만, 그는 아주 푸르고 반짝이는 커다란 눈을 가지고 있었다. 그의 이 독특한 웃음이 무엇보다도 내게 강한 영향을 주었다.

내 생각으로는 사람이 웃으면 많은 경우에 그가 보기 싫어지는 경우가 있다. 왜냐하면 사람들의 웃음 속에는 흔히 뭔가 저속하고 웃는 사람의 가치를 손상시키는 것이 담겨 있기 때문이다. 하지만 정작 웃는 당사자는 거의 언제나 자신의 웃음이 다른 사람들에게 주는 인상에 대해서 깨닫지 못한다. 그것은 마치 잠자는 사람들이 대부분의 경우 자신의 잠자는 얼굴을 모르는 것과 똑같다. 물론 어떤 이들은 잠잘 때에도 총명한 얼굴을 하고 있기도 하다. 그러나 다른 경우 아주 총명한 사람조차도 잠자는 얼굴은 아주 우둔해 보이고 심지어 우스꽝스럽게 보이기조차 한다. 나는 그 이유가 무엇인지 모른다. 다만 내가 말하고 싶은 것은 웃는 사람은 잠자는 사람과 마찬가지로, 자신의 얼굴이 풍기는 느낌에 대해서 모르는 경우가 대부분이라는 것이다. 이 세상에는 웃을 줄 모르는 사람들이 아주 많다. 물론 웃는다는 것은 알고 모르고의 문제는 아니다. 그것은 생득적으로 타고난 천성이기 때문에 억지로 될 일도 아니다. 그렇게 하기 위해서는 스스로 자신을 돌아보고 자신을 더욱 좋은 방향으로 발전시키며 자신이 지닌 성격의 좋지 못한 점을 애써 고쳐 나가는 길밖에는 없다. 그런 과정을 통해 그런 사람이 짓는 웃음도 틀림없이 더욱 좋은 방향으로 변해 나갈 것이다. 웃음으로 자신의 약점을 몽땅 드러내는 사람도 있다. 그래서 곧 그의 모든 비밀을 간파당하는 것이다. 또한 총명한 느낌을 주는 웃음도 때로는 증오감을 자아낼 수 있다. 웃음은 무엇보다도 먼저 당사자의 성의를 요구한다. 하지만 인간이란 존재의 어느 구석에 그런 성의가 담겨 있을까? 웃음은 어떤 불순한 의도도 배제하고 있어야 한다. 물론 사람이라는 것은 대부분의 경우 악의 없는 웃음을 웃는다. 그렇게 성의가 배어 있고 악의가 없는 웃음, 그것은 이미 그 자체로 하나의 기쁨이다. 그런데 지금 세상에서 사람의 어느 구석에 도대체 그런 기쁨이 있단 말인가, 그리고 과연 사람은 진정으로 기뻐할 줄 아는 것일까(이 세상의 기쁨이라는 것은 베르실로프가 말한 견해이며, 나는 그것을 떠올린 것이다)? 사람은 기쁜 감정을 드러낼 때, 이것은 손과 발의 움직임을 통해 나타나는데, 자신의 본성을 가장 잘 표출한다. 아주 오래 걸려도 잘 이해할 수 없는 성격이 있지만, 만일 그 사람이 아주 개방적으로 웃게 되면 한순간에 그 사람의 성격이 곧 손바닥 위에 놓고 보듯 분명해진다. 그리고 아주 평안하고 행복한 여건에서 성장한 사람만이 상대방까지도 즐겁게 하는, 선의에 가득 찬 기쁜 감정을 즐길 수 있다. 나는 사람의 지적인 발달에 대해서 말하고 있는 것이 아니라, 그의 성격, 사람의 전체적 특성에 대해서 말하고 있는 것이다. 그러니 만일 어떤 사람을 잘 알고 싶다든지 그의 속마음을 알고 싶다면, 그 사람이 침묵하고 있을 때의 모습이나 그가 어떻게 말하는가, 혹은 어떻게 웃는가, 또한 그가 더

없이 고상한 사상에 감동하고 있는가에 대해서 그렇게 깊이 파고들 필요가 없다. 그보다는 오히려 웃고 있을 때 그 사람의 분위기를 주목해야 한다. 환하게 잘 웃는 사람은 좋은 사람이다. 그렇지만 웃을 때 풍기는 느낌에 주의해야 한다. 예를 들면, 사람의 웃음은 그것이 아무리 명랑하고 소박한 것일지라도 상대방에게 왠지 우둔해 보이는 느낌을 주어서는 안 된다. 웃음 속에서 조금이라도 허전한 점이 느껴진다면, 그가 평소에 아무리 대단한 사상을 말하고 다니는 사람일지라도 그 사람은 틀림없이 어느 정도의 한계를 넘지 못하는 지성밖에 지니고 있지 못하다고 할 수 있다. 또 그 웃음 속에 어리석어 보이는 점은 없을지라도 크게 웃은 다음의 모습이 왠지 갑자기 조금이라도 허전하게 보인다면, 그 사람에게는 진실한 의미의 인간적 품위가 없는 것이다. 적어도 충분하지 못하다고 생각해도 좋다. 그리고 또 하나 마지막으로, 격의 없는 웃음을 짓고 있는데도 역시 어쩐지 저속한 감을 자아낸다면 그 사람의 본성 역시 저속하다고 생각할 수 있다. 그런 경우에 이전에 그 사람에게서 느꼈던 기품 있고 고상한 자질도 결국은 어떤 속셈을 가지고 가장을 했거나 혹은 무의식중에 빌려 온 것임에 틀림없다. 그리고 이런 사람은 나중에는 꼭 타락의 길을 걷게 되어 〈자기 이익을 확실히 챙기는 일〉에 종사하게 될 것이며, 고상한 사상 따위는 젊음의 망상이나 환상으로 치부하고 주저 없이 던져 버릴 것이다.

내 이야기의 진행을 중단하고 이렇게 웃음의 의미에 관해 장황하게 여기에서 늘어놓는 까닭은 나름대로의 의도를 가지고 한 일이다. 나는 그러한 개념을 내 인생에서 깨달은 가장 중대한 명제 중의 하나로 생각하기 때문이다. 이미 한 사람의 남자를 선택하여 결혼하려고 생각하면서도, 왠지 불안한 기분으로 그 남자를 지켜보며 최후의 결심을 못하고 있는 결혼 적령기의 아가씨들에게 특히 이 방법을 권하고자 한다. 자기 자신도 결혼에 대해서 아는 것이 하나도 없으면서 이렇게 설교조의 말을 하며 간섭한다고 이 풋내기의 얘기를 비웃지 말기를 바란다. 다만 내가 알고 있는 것은, 웃음이야말로 사람들의 내면 세계를 감정할 수 있는 가장 정확한 자료라는 것이다. 어린아이들을 잘 관찰하여 보면, 그들은 아주 환하게 잘 웃으며 그렇기 때문에 그들은 아주 매혹적이다. 나는 잘 우는 아이를 참을 수 없이 싫어한다. 아주 유쾌하게 잘 웃는 아이는 참으로 영원한 세계에서 오는 빛이라고 할 수 있으며, 그야말로 한 편의 시와도 같다. 그리고 나는 이 노인이 순간적으로 짓던 웃음 속에서 뭔가 어린애 같은, 믿기 어려울 정도로 매력적인 기운이 언뜻 스치는 것을 보았다. 그래서 나는 곧 그에게 가까이 다가갔다.

3

「거기 앉거라. 놀라서 아직도 다리가 떨리는 게로구나.」 그 반짝이는 눈으로 계속 내 얼굴을 바라보면서, 자기 옆에 있는 의자를 가리키더니 그는 정겨운 소리로 내게 말했다. 그의 옆에 앉으면서 내가 말했다.

「저는 당신을 알아요. 당신은 마까르 이바노비치시죠?」

「그렇다. 이제 자리를 털고 일어났으니 잘됐구나. 자네는 아직 젊은 사람이니 얼마나 좋은가. 늙은이는 무덤으로 가야 하지만, 젊은이는 살아야 해.」

「그런데 어디 편찮으신가요?」

「응, 다리가 아파서. 이 집 문턱까지는 그럭저럭 끌고 왔는데, 여기에 들어앉자 그만 퉁퉁 부어 버렸어. 지난주 목요일에 도수가 내려간 후로는(N. B. 그는 기온이 영하로 내려간 것을 그렇게 말하였다) 내내 이 모양이야. 지금까지는 재작년 모스끄바에서 의사인 리호쩬 에드문드 까를리치가 지어 준 고약을 붙였는데 아주 잘 들었거든. 정말 잘 들었어. 그런데 어찌된 일인지 이번에는 그게 듣지를 않아. 게다가 가슴도 막힌 것 같고. 어제부터는 등까지 마치 개에게나 물린 것처럼 아프고……. 그래서 요즘은 밤마다 동 잠도 잘 이루지 못하는 형편이구나.」

「그런데 어떻게 여기서는 아무런 소리도 나지 않았지요?」 그의 이야기를 가로막으면서 내가 물었다. 그는 무언가 갑자기 생각하듯이 내 얼굴을 가만히 쳐다보았다.

「네 어머니를 깨워서는 안 된다.」 그가 말을 덧붙였다. 「네 어머니는 여기서 밤새 애를 썼다. 그러면서도 파리처럼 소리 하나 내질 않았어. 그리고 이제 겨우 자리에 누운 모양이다. 이렇게 나이를 먹어 아프면 다른 사람이나 어렵게 만들고 비참하구나.」 그는 한숨을 쉬었다. 「영혼이 무엇을 향하고 있는지 모르지만 겨우 그럭저럭 견디다가 무언가 빛을 보면 반가운 생각이 들어. 그리고 삶을 처음부터 다시 시작하게 된다고 해도, 영혼만은 아마 걱정할 것 없을 것 같다. 어쩌면 그런 생각을 하는 것이 죄 많은 것일지도 모르지만 말이다.」

「어째서 죄 많은 일이지요?」

「그런 생각은 다만 환상이기 때문이지. 늙은이는 그저 행복한 기분에 싸여서 이 세상에서 물러나야 해. 그런데 불평을 잔뜩 늘어놓으며 불만을 품고 죽음을 맞는다면 그것은 커다란 죄지. 그러나 정신적인 기쁨 때문에 이 세상의 삶에 애착을 느끼는 것이라면, 설사 늙은이라도 아마 하느님이 용서하시리라고 생각한다. 사람이 짓는 모든 죄에 대해서 어느 것은 죄고 어느 것은 아니라고 판단하기가 어려우니 말이지. 바로 거기에 인간의 지혜가 미치지 못하는 비밀이 있어. 늙은이는 언제나 만족하며 살아야 한다. 그리고 자신의 지혜가 전성기에 있을 때 죽어야 하며, 하루하루를 만족한 기분으로 보내야 해. 그리고 곡식 이삭이 단 속으로 들어가듯이 기쁨에 충만한 채 마지막 숨을 거두고, 자신의 신비한 사명을 다했다는 더없는 행복감에 싸여서 이 세상을 떠나야 하는 거지.」

「자꾸 〈비밀〉이라고 하시면서, 자신의 〈신비한 사명을 다하고〉라고 말씀하시는데 도대체 그게 무엇을 말씀하시는 겁니까?」 그렇게 질문을 던지고 나는 문 쪽을 돌아보았다. 여기에 있는 것은 우리 두 사람뿐이고 주위는 완전히 조용한 것이 아주 아늑하게 느껴졌다. 일몰 전의 노을 빛이 선명하게 창을 비추고 있었다. 그는 다소 과장하기도 하고, 또 정확하게 이야기하지는 못했지만 아주 진지하고 뭔가 매우 흥분되어 있는 듯이 보였다. 그는 진심으로 내가 자신에게 온 것에 기뻐하는 듯했다. 그러나 나는, 그가 틀림없이 열이 올라 희미한 정신 상태에 있다는 것을 알아챘다. 그것도 매우 심한 상태라고 할 수 있었다. 그러나 나도 역시 병자였으며, 그의 방에 들어간 순간부터 역시 열이 올라 정신이 희미했다.

「비밀이 무엇이냐고? 모든 것이 비밀이지. 이 세상 모든 일에 하느님의 비밀이 숨어 있지. 한 그루의 나무, 한 포기의 풀에도 바로 그 비밀이 숨겨져 있는 게다. 조그마한 새가 지저귀는 것이나, 밤하늘에 수없이 많은 별들이 반짝이는 것이나 모두 다 똑같이 이 비밀스런 섭리에 의해서 이루어지는 거야. 바로 저 세상에서 인간의 영혼을 기다리고 있는 그 기운 속에 가장 커다란 비밀이 담겨 있는 것이지!」

「저는 당신이 말씀하시려는 의도가 무엇인지 잘 이해가 되지 않습니다만…… 물론 저는 당신을 애먹일 생각으로 이렇게 말하는 것이 아닙니다. 그리고 사실, 저 역시 하느님을 믿습니다만, 그런 종류의 비밀은 이미 인간의 지혜에 의해 세밀하게 밝혀졌습니다. 아직 밝혀지지 않은 것들도 모두 다 멀지 않은 시간에 규명되거나 아니면 가까운 장래에는 그 실체를 다 드러내게 될 것입니다. 예를 들어, 식물학은 나무가 성장하는 비밀을 완전히 파악하고 있으며, 생리학이나 해부학을 연구하는 사람들은 심지어 새가 지저귀는 이유에 대해서까지도 알게 되었고, 모르는 부분도 곧 규명해 낼 것입니다. 또 별에 관해서도 세밀하게 관측하여 개별적인 운행 궤도에 대해서까지도 정확하게 계산해 내었고, 그 결과 이미 천 년 전부터 어떤 혜성이 새로 출현할 일시를 1분의 오차도 없이 예언할 정도가 되었습니다……. 현재는 아주 멀리 떨어져 있는 별의 구조까지도 세밀하게 분석하고 있습니다. 바로 현미경의 도움을 받아서이지요. 이것은 사물을 백만 배 정도 확대하여 볼 수 있게 해주는 유리로 만든 확대경으로 물 한 방울을 검사하여 거기에서 전혀 새로운 경지의 세계를 인지해 내는 것입니다. 바로 지금까지 비밀처럼 다루어지던 생물의 본질적인 모습을 선명하게 드러내는 것이지요.」

「그 이야기는 나도 들었다. 여러 번 사람들에게서 들었지. 더 무슨 말이 필요하겠나, 참으로 위대하고 훌륭한 일이지. 모두가 하느님의 뜻에 의해서 인간에게 주어진 것이니 말이야. 〈살아라, 그리고 깨달아라〉 하고, 하느님이 인간에게 생명의 입김을 불어넣어 주신 것도 결코 헛일은 아니었지.」

「그런 것은 이미 누구나 다 아는 일이지요. 그런데 당신은 혹시 과학의 적은 아니겠지요, 설마 교권주의자는 아니겠지요? 혹시 당신이 이해하실지 모르겠습니다만…….」

「아니, 나도 어릴 때부터 학문을 존중했었네. 물론 나 자신은 아는 게 없지만, 그런 것에 불만을 가지고 있지는 않아. 비록 내가 그것을 하지 않더라도, 다른 사람이 그렇게 탁월하게 연구하고 있으니 말이야. 어쩌면 오히려 그쪽이 좋았을지도 모르지. 사람은 제각기 재주가 다르니 말이야. 그리고 또 학문이 누구에게나 유익한 건 아니니까. 사람이란 누구나 제멋대로 꿈을 꾸고, 제각기 온 세상을 한번 놀래키고 싶어하지. 나 같은 사람도 혹시 무슨 재주가 있었다면 그렇게 하고 싶어 안달했을지도 모르지. 그러나 나는 이렇게 아무런 재주도 없으니, 어떻게 자존심만 내세울 수 있겠나? 하지만 자네는 나이도 젊고 머리도 좋아. 그리고 아마 그것이 자네의 운명인 모양이니, 공부를 계속해야지. 모든 이치를 속속들이 깨우쳐서 불교도나 독단적인 논리를 펴는 사람을 만났을 때 그들에게 대항할 수 있도록 대비해 둬야 돼. 그런 사람들이 함부로 궤변을 늘어놓거나 자네의 미숙한 생각을 혼란시키는 일이 없도록 말이야. 그건 그렇고, 그 유리로 된 물건이라면 나도 얼마 전에 본 일이 있네.」

잠시 말을 멈추더니 그는 한숨을 내쉬었다. 그는 내가 자기를 찾아 준 일에 대해 아주 대단한 만족을 느꼈으며, 그에게는 누군가와 이야기하려는 열망이 깊이 배어 있었다. 뿐만 아니라, 내 느낌으로는 그가 이따금 이해할 수 없을 만큼 정다운 눈길로 나를 바라보는 것 같았다. 그는 정답게 자신의 손을 내 손 위에 얹거나, 내 어깨를 어루만지곤 하였다……. 그러나 이따금은 나에 대해서는 완전히 잊어버리고 마치 혼자 앉아 있는 것 같은 태도를 보이기도 했다. 그리고 열정적으로 이야기를 계속했지만, 마치 어딘가 하늘 한구석을 보고 이야기하는 것 같았다.

「그런데 말이지.」 그는 말을 계속했다. 「겐나지 수도원에 귀족 출신으로 육군 중령에 봉직했던 탁월한 지혜를 지닌 사람이 있었네. 대단한 재산가이기도 했지. 그 사람은 세속에서 생활할 때에도 속박에 매이지 않겠다고 결혼도 하지 않았어. 마음의 안정을 얻기 위해 그는 벌써 10년째 시끄러운 세상을 벗어나 조용히 침묵하며 은둔 생활을 즐기고 있지. 수도원에서 요구하는 다른 규칙들은 모두 지키지만 단 하나 머리만은 깎으려 하지 않았지. 그리고 그 사람이 소장한 책에 대해 말한다면, 나는 생전에 그렇게 많은 책을 가지고 있는 사람을 일찍이 본 적이 없어. 그 사람 말로는 모두 합쳐서 한 8천 루블 정도의 값어치가 나간다더군. 그 사람의 이름은 뱌뜨르 발레리야니치였는데 이따금 내게 여러 가지 사실에 대해 말을 해주었고, 나는 깊은 흥미를 느끼면서 그의 얘기를 듣곤 했네. 언젠가 한번은 내가 그 사람에게 이런 말을 했네. 〈당신은 그 정도로 탁월한 지혜를 가졌을 뿐만 아니라, 벌써 10년 동안 수도원에서 완진히 자신을 희생해 가며 정진을 해왔는데 왜 아직도 머리를 깎지 않으셨지요. 그렇게 한다면 더욱 완전한 경지에 다다를 수 있지 않은가요?〉 그 말에 그 사람이 대답하기를 〈당신은 제가 가지고 있는 지혜에 대해서 말씀하시지만, 글쎄요, 어쩌면 저는 자신의 지혜에 갇혀 있는지도 모르고 또 저만이 그것을 터득했다고 할 수 없는지도 모르지요. 그리고 제가 상당한 수준까지 정진을 했다고 하시지만, 어쩌면 이미 오래 전에 기존의 법도에서 벗어나 있는지도 모르고요. 또 제가 자신을 온전히 희생했다고 하셨지요? 물론 제가 가지고 있는 재산이나 관등을 지금 당장이라도 모두 벗어 던질 수 있어요. 하지만 담배에 대해서는 예외예요. 이미 10년 동안이나 애를 쓰고 있지만 전혀 끊을 수가 없어요. 그런데 제가 어떻게 제대로 된 수도를 하고 있다고 말할 수 있겠습니까? 이런 실정인데 제가 어떻게 온전히 자신을 희생했다고 할 수 있겠습니까?〉라고 말하는 거야. 나는 그때 그의 겸손함에 상당한 감명을 받았네. 그런데 바로 지난해 여름 성 베드로 축제 때 나는 하느님의 인도로 다시 그 수도원에 들르게 되었지. 그때 그 사람의 거처에서 나는 그 현미경이라는 물건을 보았어. 거금을 들여서 외국에서 주문해 구입한 것이라고 그러더군. 〈잠깐만 있어 보세요. 당신이 아직 본 적이 없는 아주 신기한 물건을 보여 드리겠습니다. 자, 이걸 보세요. 겉으로 보기에는 그저 투명한 눈물 같은 물 한 방울이지만 그 속에 무엇이 들어 있는지 한번 보세요. 이제 머지않아 과학자들이 우리에게 신비하게만 느껴지던 하느님의 비밀을 모두 분석하여 밝혀 내리라는 것을 당신도 깨닫게 될 것입니다〉라고 말하던 것을 나는 선명하게 기억하고 있지. 하지만 사실 이미 35년 전에 알렉산드르 블라지미로비치 말가소프의 집에서 현미경이라는 기구를 본 적이 있어. 그분은 안드레이 뻬뜨로비치의 큰외삼촌으로 우리의 주인 양반이었는데, 돌아가시면서 자신의 세습 영지를 안드레이 뻬뜨로비치에게 물려주셨지. 그분은 아주 훌륭한 장군이었고, 많은 사냥개를 거느린 수렵대를 이따금 조직하기도 했어. 그때 나도 오랫동안 몰이꾼으로 참여를 했어. 그런데 그 당시에 이미 그분은 현미경을 가지고 계셨네. 외국에 나갔다가 사가지고 와서 남자 여자 가리지 않고 집 안의 모든 사람들에게 차례대로 현미경에 눈을 대고 들여다보게 하셨어. 벼룩이나 이, 그리고 바늘 끝, 머리카락, 물방울 등을 놓고 현미경으로 보라고 했는데 아주 신기하게 느껴졌지. 물론 그것에 다가가기가 무서웠지. 게다가 불같은 성미를 지닌 주인 양반이 두려워 엉겁결에 제대로 보지 못한 이들도 있었지. 한쪽 눈을 가늘게 뜨고 보아야 하는데 어찌할 줄을 모르고 당황했기 때문이네. 공포에 질려 소리를 지르는 사람도 있는가 하면, 관리인인 사빈 마까로프 같은 사람은 두 손으로 눈을 가리고는 〈어떤 일이 있어도 나는 절대로 보지 않을 거야!〉라고 소리를 지르며 버티기도 했지. 그 후에 그것을 둘러싸고 우스갯소리가 많이 생겨났네. 하지만 뾰뜨르 발레리아니치에게 나는 이미 35년 전에 그 신기한 기구를 보았다는 이야기는 하지 않았어. 사람들에게 그것을 보여 주면서 그 사람이 대단한 자부심을 느끼고 있다는 사실을 알았기 때문이지. 그래서 나는 일부러 짐짓 놀라는 표정을 짓기도 하며 두려워하는 기색을 보이기도 했지. 그랬더니 잠시 후에 그가 〈자, 어떻습니까? 이래도 뭐 더 할 말이 있습니까?〉 하고 내게 묻더군. 그래서 내가 가만히 고개를 숙이면서, 〈하느님이 가라사대 빛이 있으라 하시자 빛이 있었고〉라고 말했더니, 그 사람이 갑자기 〈어둠이 있었고가 아니고요?〉 하고 응수했지. 그의 어조 속에는 야릇한 기운이 담겨 있었고, 얼굴에는 웃음기가 전혀 없었어. 그의 말에 내가 놀란 표정을 지었더니 그 사람은 갑자기 화난 기색으로 그만 입을 꾹 다물었지.」

「글쎄요, 그건 너무 자명한 일인 것 같은데요. 그 뾰뜨르 발레리야니치란 사람은 수도원에서 고행을 하면서 고개를 숙여 기도하지만, 사실은 하느님을 믿지 않았던 겁니다. 마침 그런 때에 당신이 그와 마주친 것입니다. 다만 그랬을 뿐이지요.」 나는 말했다. 「그 사람은 제 생각에 상당히 이상한 사람인 것 같습니다. 그 사람은 아마 그전에 이미 열 번은 더 현미경을 보았을 텐데, 왜 열한 번째에 가서야 갑자기 미쳤을까요? 수도원 생활을 오래 해서 감정이 날카로워졌기 때문일까요?」

「그분은 아주 순수하고 뛰어난 지혜를 가진 사람이었어.」 노인은 감명 깊은 표정으로 말했다. 「그리고 그분은 불신자는 아니었어. 깊은 지혜는 가지고 있었지만, 마음의 안정이 없었던 것이지. 요즈음 그런 특성을 지닌 사람들이 귀족과 학자 사이에서 많이 나오기 시작했지. 내가 자네에게 말해 주고 싶은 것은, 이런 종류의 사람들은 지나치게 자신을 괴롭힌다는 점이네. 그러니 자네도 이런 사람들을 피하도록 하고, 그들과 공연히 맞서려고 할 필요가 없어. 그리고 밤에 자기 전에, 그들을 위해서도 기도를 해야 돼. 그러한 사람들이야말로 진정으로 하느님을 찾고 있는 것이니 말이야. 그런데 자네는 밤에 잠자기 전에 기도를 하나?」

「아뇨. 저는 그런 것은 쓸데없는 형식이라고 생각합니다. 그리고 저는 어쩐지 그 뾰뜨르 발레리야니치라는 사람이 마음에 드는데요. 제 생각에 그 사람은 그저 허영에 찬 사람이 아니라, 내면의 세계를 가진 인간인 것 같은데요. 그리고 그 사람은 우리 두 사람과 가까운, 우리가 잘 아는 어떤 사람을 어느 정도 닮은 것 같습니다.」

노인은 다만 내 말의 전반 부분에 대해서만 관심을 기울였다.

「안 될 말이네, 이 사람아, 기도를 안 하다니. 기도는 참으로 좋은 거야. 마음이 즐거워지니 말이야. 잠을 자기 전에도, 잠자고 일어나서도, 그리고 밤중에 잠이 깼을 때에도 마찬가지로 꼭 기도를 하게. 내가 자네에게 꼭 말해 줘야 할 게 있네. 지난 여름 7월이었는데, 우리는 보고로드스끼 수도원 축제에 늦지 않으려고 바삐 가는 길이었어. 목적지가 가까워질수록 동행자가 점점 많아지더니 나중에는 2백 명에 가까운 수의 사람이 모이게 되었지. 모두가 그 위대한 기적을 일으켰던 성자 아니끼와 그리고리의 신성한 유해에 입을 맞추기 위해 서로 앞을 다투며 가는 사람들이었지. 그러던 어느 날 밤이었는데 우리는 들판에서 하룻밤을 지냈어. 그 다음날 아침, 나는 일찍 잠이 깼지. 다른 사람들은 모두 아직 잠을 자고 있었고, 태양도 숲 너머에서 얼굴을 내밀지 않았을 때였네. 나는 고개를 숙여 경배를 하고 나서 주위를 돌아다보며 그만 한숨을 쉬었어. 어디를 보나 형용할 수 없이 아름다운 정경이었지! 주위는 아주 고요하고 대기는 한없이 상쾌했어. 그 속에서 풀이, 하느님이 키우시는 풀이 무럭무럭 자라나고 있었고, 새가, 하느님의 새가 지저귀고 있었지. 그리고 여인에게 안긴 아기가 울고 있었어. 어린아이여, 하느님이 너와 함께 계시니 행복하게 자라거라! 그때 나는 생전 처음으로 그러한 모든 것이 내 것이 된 것처럼 느꼈지……. 그리고 나는 다시 누워서 참으로 가벼운 기분으로 잠들었네. 이 세상에 살아 있다는 것은 정말 좋은 일이야! 갑자기 내 몸과 마음이 아주 상쾌하게 느껴지는걸. 마치 봄날이 다시 돌아온 것 같아. 신비로운 것은 오히려 그렇기 때문에 좋은 것이 아닐까. 무서운 생각도 어딘가 이상하기는 하지만, 그 무서운 것이 오히려 마음을 즐겁게 할 수도 있는 거지. 〈주여, 모든 것이 당신의 속에 있고, 저도 당신의 속에 있사오니, 저를 받아들이소서!〉 자네는 깊은 생각을 가지고 있는 사람인 것 같으니 함부로 불평하지 말게. 신비로운 것이 있기 때문에 오히려 이 세상은 더욱 아름답게 되는 것일세.」 그는 감동한 어조로 말을 더 했다.

「〈신비로운 일이 있으니까 오히려 더욱 아름답게 된다……〉는 말씀이군요. 그 말씀을 꼭 기억해 두겠습니다. 당신은 애매모호하고 부정확하게 표현하시지만 저는 그 뜻을 알겠어요……. 또 당신이 사실은 말씀하시는 것보다 훨씬 더 많은 것을 알고, 또 이해하고 있다는 사실에 저는 매우 놀랐습니다. 하지만 당신의 표정은 무척 힘들어 보이는군요…….」 그의 열정 어린 눈과 갑자기 창백해진 얼굴을 보면서 그런 말이 무심코 내 입 밖으로 나왔다. 그러나 그는 아마 내 말이 들리지 않는 모양이었다.

「그런데 말이야, 자네는 생각이 깊어 보이는데,」 그는 하던 이야기를 다시 이어 나가기 시작했다.「이 땅에 사는 인간의 기억은 한계가 있다는 것을 아나? 인간의 기억은 고작 1백 년 정도란 말이야. 사람이 죽어서 1백 년 정도는, 그 사람의 얼굴을 본 그의 자식들이나 손자들이 아직 기억할 수 있겠지. 하지만 그 후에는, 그에 관한 기억을 가지고 있더라도 그것은 남에게 들은 것이거나 상상에 의한 것에 불과할 거야. 생전의 그의 얼굴을 본 사람들이 모두 이 땅을 떠나기 때문이지. 이윽고 묘지에 있는 그의 무덤 위에는 풀이 무성하고, 무덤 위의 비석에는 허연 이끼가 끼고, 모든 사람들이, 그의 직계 자손들까지도 그를 잊어버리다가, 마침내는 그의 이름까지도 잊게 되고 마는 거야. 인간의 기억에는 그렇게 많은 것이 남아 있지 않기 때문이지. 글쎄 그럴 수 있지! 자네들은 나를 잊어버려도 좋아. 하지만 나는 무덤 속에 들어가도 역시 자네들을 사랑할 거야. 나는 무덤 속에서 내 기일을 기억하고 내가 누워 있는 묘지를 찾아오는 자네들의 유쾌한 목소리와 발자국 소리를 들을 거야. 그러니 지금 이 순간에 햇볕을 즐기면서 삶을 살아 나가야지. 나는 자네들을 위해 기도도 드리고, 꿈속에서 자네들을 찾아가기도 할 거야……. 마찬가지야, 죽은 다음에도 사랑은 계속해서 남아 있을 테니 말이야…….」

그런데 나 자신도 역시 그와 마찬가지로 거의 정신이 없었다.

그만 나와 버리든가 그를 달래서 안정시키든가, 그렇지 않으면 그가 전혀 정신이 없는 것처럼 보였으니 그를 침대에 눕혀야 할 텐데, 나는 갑자기 그에게로 몸을 굽혀 그의 손을 꽉 쥐면서 가슴 깊은 감동을 지닌 채 흥분된 목소리로 말했다.

「이렇게 당신을 만나게 되어 진정으로 기쁩니다. 어쩌면 저는 벌써부터 당신을 기다리고 있었는지도 모르겠어요. 저는 그들을 아무도 사랑하지 않습니다. 그들은 기품이 없으니 말입니다……. 저는 그들의 뒤를 따라가지 않겠어요. 어디로 가는지 자신도 모릅니다만, 어쨌든 당신과 함께 가겠어요…….」

천만다행히도 그때 갑자기 어머니가 들어왔다. 그렇지 않았더라면 어떻게 되었을지 모른다. 그녀는 막 잠에서 깬 듯 수심 어린 얼굴로 들어왔다. 손에는 약병과 수저를 들고 있었다. 우리를 보자 그녀가 큰소리로 말했다.

「내가 이러리라고 생각했지요! 약을 제때 드려야 하는데 제가 그만 깜박……, 몹시 열이 나셨군요! 죄송해요, 마까르 이바노비치, 제가 잠을 너무 잤어요!」

나는 가만히 일어나 방에서 나왔다. 어머니는 그에게 약을 먹이고 자리에 눕혔다. 나도 역시 자리에 가서 누웠지만 매우 흥분되어 있었다. 나는 비상한 호기심에 이끌려 기억을 되살리면서 우리의 만남이 지니는 의미를 골똘히 생각했다. 그때 내가 그 만남에서 무엇을 기대했는지 모르겠다. 물론 내 생각은 두서없이 이어졌다. 내 머릿속에 떠오르던 것은 본질적인 이념의 문제가 아니라 그저 단편적인 생각에 불과했다. 나는 얼굴을 벽 쪽으로 돌리고 누워 있었는데, 갑자기 그 한구석에 다시 햇빛 광선이 뚜렷한 자국을 만들고 있는 것이 눈에 띄었다. 조금 전까지만 해도 그것을 저주하는 마음으로 바라보았는데 어찌된 일인지 갑자기 내 가슴이 기쁨으로 떨렸고, 뭔가 새로운 빛이 내 심장을 찌르는 것같이 느껴지던 것을 지금도 잊을 수 없다. 그 달콤한 순간을 나는 지금도 기억하고 있고, 또 잊어버리고 싶지도 않다. 그것은 바로 새로운 희망과 새로운 힘이 솟아오르는 순간이었다. 그 무렵 나는 서서히 건강을 회복해 가는 때였으니, 그러한 충동은 어쩌면 내 마음이 안정되어 가는 필연적 결과였는지도 모른다. 그러나 바로 그 순간에 느낀 그 밝은 희망을 나는 지금도 믿고 있다. 지금 내가 기록하고 또 회상하고 싶은 것은 바로 그 기억이다. 물론 마까르 이바노비치와 함께 방랑의 길에 나서지 않으리라는 것은 그때에도 나는 똑똑히 알고 있었다. 그리고 나를 사로잡은 그 새로운 생각이 구체적으로 무엇이었는지는 나 자신도 잘 몰랐다. 그러나 정신이 없는 상태에 있었다고는 하지만, 〈그들에게는 기품이 없다〉고 나는 단정적으로 말을 했다. 〈물론〉 나는 그 생각에 탐닉했다. 〈나는 이 순간부터 《고상함》을 추구해 나가야겠다. 하지만 그들에게는 그것이 없다. 그렇기 때문에 이제 나는 그들을 돌보지 않을 것이다.〉

등 뒤에서 부스럭거리는 소리가 났다. 뒤돌아보니 어머니가 내 머리 위로 몸을 숙이면서, 조심스럽고 호기심 어린 시선으로 나를 바라보며 서 있었다. 나는 불쑥 그녀의 손을 붙잡았다.

「어머니는 왜 우리의 귀한 손님에 관해서 제게 아무 말씀도 안 하셨지요?」 나는 따지듯이 물었다. 내가 그런 말을 하리라고는 나 자신도 몰랐다. 그러자 어머니의 얼굴에서 불안의 빛이 곧 자취를 감췄고, 기쁨이라고도 할 수 있는 표정으로 바뀌었다. 하지만 내 말에는 아무런 대답도 하지 않고, 어머니는 이 말만 했다.

「리자의 일도 생각해야 해, 리자의 일도. 너는 리자를 잊어버리고 있는 것 같아.」

어머니는 얼굴을 붉히면서 빠른 어조로 그렇게 말한 다음 서둘러 방을 나가려고 했다. 내성적이고 수줍은 성격의 어머니는 감상적인 말을 반복하는 것을 매우 싫어했기 때문이다. 그 점에 대해서는 나도 마찬가지였다. 또한 나와 마까르 이바노비치의 일에 대해서 대화하고 싶지 않았을 것이다. 아마도 어머니는 나와 서로 눈을 마주보면서 말할 수 있었던 것만으로도 만족했을 것이다. 그런데 어머니처럼 감상적인 말을 하기를 그토록 싫어하던 내가 갑자기 손을 잡아 그녀를 억지로 멈추어 서게 했다. 황홀한 표정으로 나는 어머니의 눈을 바라보며 가만히 정겨운 미소를 지으면서, 손바닥으로 그녀의 부드러운 얼굴과 깊이 들어간 뺨을 어루만졌다. 그러자 어머니는 몸을 숙여서 자기 이마를 내 이마에 갖다 댔다.

「자, 이러면 됐지.」 고개를 숙인 채 얼굴 가득 웃음을 띠면서 어머니가 갑자기 말했다. 「빨리 나아야지, 내 소원은 그것뿐이야. 저이는 몸이 불편해. 아주 상태가 심해……. 사람의 생명은 하느님께서 주관하시지만…… 내가 지금 무슨 소리를 하고 있지. 그런 일은 생각할 수도 없어!」

어머니는 그대로 밖으로 나갔다. 어머니는 넓은 아량으로 자신을 용서해 준, 법률상의 남편인 순례자 마까르 이바노비치를 평생 동안 경외하는 마음으로 보살펴 왔다.

제2장

1

나는 마음속에서 리자를 〈잊고〉 있지 않았다. 그것은 어머니의 오해였다. 예민한 감성을 지닌 어머니는 오빠와 여동생 사이에 뭔가 서로에게 무심한 기운을 느끼고 있었지만, 그것은 애정의 문제라기보다는 오히려 질투의 문제였다. 앞으로 일어날 일을 염두에 두고 여기서 간략히 저간의 사정에 대하여 설명해 두겠다.

리자는 공작이 체포된 후부터 수줍어하던 태도를 바꾸더니 도무지 그 이유를 알 수 없을 만큼 오만해져서 도저히 그냥 봐주기가 힘들 지경이었다. 그러나 가족들은 그 일의 진상을 누구나 알고 있었으며, 또 그녀가 얼마나 심적으로 고민하고 있는가에 대해서도 잘 알고 있었다. 그러한 상황에서 내가 그녀의 그런 돌변한 태도에 대해서 화를 내고 얼굴 표정을 부드럽게 짓지 못한 것은, 아마도 건강이 나빠져서 평소에 조그마한 일에도 격하게 반응하는 내 못된 성질이 열 배쯤은 더 신경질을 내기 때문이었을 것이다. 그 일에 대해 나는 지금 그렇게 생각하고 있다. 내가 리자에게 그런 날카로운 반응을 보인 것은 그녀를 사랑하지 않기 때문이다. 오히려 반대로 나는 이전보다도 그녀에게 더욱더 깊은 관심을 가지고 있었다. 다만 리자가 절대로 먼저 내게 다가서지 않을 것이라는 걸 알면서도, 나 역시 먼저 그녀에게 다가서기가 싫었을 뿐이다.

실질적인 형편은 이러하였다. 리자는 공작이 체포당하면서 그를 둘러싸고 있던 사실들이 다 밝혀지자, 갑자기 가족이나 그 밖의 사람들에 대한 평소의 태도를 바꾸었고, 혹시라도 공작을 변호하거나 그녀에게 동정적인 태도를 취하는 일, 또는 그런 기색을 보이는 일조차도 견딜 수 없다는 듯한 태도를 보였다. 한 걸음 더 나아가 다른 사람들에게 사건의 전말을 설명하거나 다른 사람과 그 일로 논쟁을 하지는 않았지만, 리자는 불행한 약혼자의 행동을 아주 가치 있는 사람만이 할 수 있는 영웅적 행동으로 간주하고 자랑스러워하는 것 같았다. 그녀는 마치 모든 사람에게 쉴 새없이 이렇게 말하는 것같이 보였다. (다시 말하지만 그녀는 실제로는 한마디도 꺼내지 않았다.) 〈아마 당신들 중 그 누구도 그런 행동을 할 수는 없었을 거예요. 왜냐하면 당신들은 내면에서 우러나오는 명예심과 의무감이 말하는 바에 따라 행동할 수 있는 자질이 없기 때문이지요. 당신들 중에는 한 사람도 그처럼 민감하고 깨끗한 양심을 가진 사람이 없잖아요? 그 사람의 행동은 이런 거예요. 이를테면 사람들은 누구나 마음속으로 나쁜 짓을 하지만 다만 그것을 감추고 있을 뿐이지요. 그렇지만 그 사람은 스스로 자신의 양심에 비추어 수치스러운 인간으로 남아 있기보다는 오히려 자신을 파멸시키기를 원했던 거예요.〉 가만히 살펴보니 그녀의 동작 하나하나는 바로 그런 말을 하는 것 같았다. 만일 내가 그녀의 입장에 있었다면 아마도 나 역시 똑같은 태도를 취했을 것이다. 그녀가 마음속에서도 진정으로 그런 생각을 하고 있었는지는 의심스럽다. 아마 그렇지는 않을 것이다. 그녀는 틀림없이 내면적인 성찰을 하면서 자기의 〈영웅〉이 참으로 전혀 예상치 못한 상황에 빠져 있다는 것을 깨닫고 있었을 것이다. 왜냐하면 이 불행한 상황에 빠져 있는 그 사람이 대단한 인품을 지니고 있을 줄 알았는데, 사실은 아주 저속한 짓을 저질렀다는 것을 이제 모든 사람이 알고 있기 때문이다. 아마 그녀의 바로 그 오만한 태도, 언제라도 우리에게 대들 듯한 태도는 어쩌면 우리가 그에 대해서 다른 의견을 가지고 있지는 않나 하는 부단한 의심에서 비롯되었을 것이다. 그러한 사정으로 미루어 보면, 그녀 역시 마음 깊은 곳에서는 남에게 털어놓고 말할 수 없는 그 불행한 사람에 대한 또 다른 견해가 잠재되어 있다는 것을 어느 정도 상상할 수 있었다. 하지만 여기서는 이 정도로 내 자신의 의견을 피력해 두기로 한다. 내가 보기에는, 그녀가 그런 태도를 취한 것도 어느 정도는 당연한 일이었다. 그녀가 최종적인 결론을 내리는데 주저할 수밖에 없다는 것을 우리는 용서할 만하지 않겠는가? 진심으로 고백하지만 나 역시 모든 일이 지나간 지금도, 우리 모두에게 그처럼 어려운 문제를 남긴 이 불행한 사람을 최종적으로 어떻게 평가해야 할지 전혀 판단이 서질 않는다.

하지만 리자의 그러한 행동으로 집 안의 공기는 그야말로 지옥과도 같은 형편이었다. 물론 그에게 그토록 강렬한 애정을 가지고 있던 리자가 대단한 괴로움을 겪으리라는 것은 분명했다. 자신의 성격에 따라 그녀는 조용히 고통받는 것을 선택한 것이다. 나와 비슷한 성격을 가진 리자는 고집이 세고 자존심이 상당히 강했으며, 그래서 자신이 저지른 행동에 따른 결과를 말없이 수용하며 괴로움을 이겨 내는 길을 선택했다. 그녀가 공작을 사랑하게 된 것은 바로 모든 걸 던지는 그런 성격 때문이 아닐까 하고 나는 그때나 지금이나 똑같이 생각하고 있다. 그 사람은 아무런 개성이 없었고, 아마 처음부터, 최초의 첫마디부터 그녀가 두 사람의 관계를 이끌어 나갔기 때문이 아니었을까? 이것은 어떤 계산에 의해 이루어지는 것이 아니라 마음속으로 자연스럽게 그렇게 되어 버리는 것이다. 그러나 약한 남자에 대한 강한 여자의 애정은, 때로 비슷한 성격을 지닌 사람간의 애정보다 비교할 수도 없을 만큼 강하고 또한 고통스러울 수가 있다. 그것은 약한 상대에 대한 책임을 부지불식간에 자신이 온통 짊어지게 되기 때문이다. 나는 그런 상황이었을 것이라고 확신하고 있다. 가족들은 처음부터 그녀를 깊은 배려로 감싸고 있었다. 특히 어머니는 극진한 태도로 임했다. 하지만 리자는 마음을 풀지 않고 다른 사람의 동정 어린 태도에는 일절 반응을 보이지 않았으며, 오히려 모든 도움조차 단호하게 거부하였다. 처음에는 그래도 어머니와는 이야기를 하더니, 날이 갈수록 점점 말이 적어졌고 무뚝뚝해졌으며 심지어 쌀쌀맞게 대하기까지 하였다. 그녀는 처음에는 베르실로프와 상의를 하곤 하더니 얼마 지나서는 고문 겸 보좌 역으로 바신을 선택했다. 나는 뒤에 그 이야기를 듣고 매우 놀랐다……. 그녀는 거의 매일 바신에게로 갔다. 그리고 법원과 공작의 직속 상관을 찾아가기도 했고, 또 변호사와 검사를 찾아다니더니, 나중에는 하루 종일 거의 집에 붙어 있지 않게 되었다. 그리고 하루에 두 번씩 감옥의 귀족용 독방에 갇혀 있는 공작에게 면회를 갔다. 그러나 리자에게는 이 면회가 매우 괴로운 것이었다. 나는 그 후, 그 점에 대해서는 확신을 가지게 되었다. 물론 사랑하는 두 사람 사이의 일을 제삼자가 완전히 알 리는 없다! 하지만 공작이 늘 그녀에게 심한 모욕을 준다는 것을 나는 알고 있었다. 도대체 왜? 이해가 되진 않지만 그것은 끊임없는 질투에 의한 것이었다. 이 일에 대해서는 나중에 말하기로 한다. 그러나 그것에 대한 한 가지 느낌은 덧붙여 두겠다. 그들 중에서 누가 더 상대방을 괴롭히고 있었는가는 단정하기 어려운 문제 아니겠는가? 우리에게 말할 때는 그를 자신의 영웅으로 삼던 리자도, 어쩌면 그와 얼굴을 맞대면 전혀 다른 태도를 취했을지도 모른다. 몇 가지 구체적 증거를 바탕으로 나는 그렇다고 굳게 믿고 있지만 그 증거에 대해서는 역시 뒤에 말하기로 하자.

그런 어려운 상황에 빠진 리자에 대한 내 태도는 내면에서 생각하는 것과는 전혀 다른 방향으로 나타났다. 그래서 겉으로는 아주 부자연스러운 분위기가 연출되곤 하였다. 그런 한편 우리는 그때처럼 서로를 강하게 사랑한 적이 없을 정도로 강한 유대감을 느꼈다. 여기서 또 하나 덧붙여 두지만, 마까르 이바노비치가 우리집에 나타났을 때 리자는 처음에는 약간의 놀라움과 호기심을 나타냈지만 왜 그런지 점차 그를 무시하는 듯한, 상대방을 깔본다고도 할 수 있는 태도를 취했다. 그녀는 의도적으로 그에게 아무런 관심도 기울이지 않는 것 같았다.

앞장에서 말한 대로 〈침묵을 지키겠다〉고 맹세를 한 나는 머릿속으로는 내면에 지니고 있는 계획에 관해서 일체 침묵하려고 생각했다. 예를 들면, 베르실로프에게도 〈그녀〉에 관한 이야기나 혹은 그녀에게 보낸 편지 속에서 〈서류는 소각되지 않았습니다. 그것은 지금도 그대로 있으며 언젠가는 나타날 것입니다〉라고 그녀에게 알려 준, 그 가장 중요한 한 줄의 내용에 대해서도 일절 말을 꺼내려고 하지 않았다. 그런 것보다는 오히려 동물학이나 로마의 황제들에 관한 것을 화제로 삼으려고 했다. 병을 웬만큼 극복하면서 의식을 회복하게 되자, 나는 그 중요한 한 줄의 내용에 관해 다시 마음속으로 생각하기 시작했다. 나는 내 결심을 지키기 위해 그런 것에 관해 반응하지 않으려고 했지만, 슬프게도 그것을 실천하는 첫걸음부터, 아니 거의 한 걸음도 내디디기 전에, 이러한 결심을 관철하기가 얼마나 곤란하고 불가능한가를 알게 되었다! 사실은 마까르 이바노비치와 처음으로 인사를 하고 난 바로 그 다음날, 나는 전혀 예상치도 못했던 어떤 일로 인해 극도로 흥분을 하였다.

2

참을 수 없을 정도로 내가 흥분한 것은 다름아니라, 죽은 올랴의 어머니인 나스따시야 예고로브나[78]가 전혀 예상치 못하게 나를 방문했기 때문이다. 내가 의식을 잃고 누워 있을 때 그녀가 두 번쯤 찾아와서 내 병세를 아주 걱정하고 돌아갔다는 이야기를 이미 어머니에게 들어 알고 있었다. 어머니가 늘 〈선량한 부인〉이라고 부르는 그녀가 나를 찾아온 것이 나를 문병하기 위해서였는지, 그렇지 않으면 이전부터의 습관대로 어머니를 찾아왔던 것인지에 대해서 나는 물어보지 않았다. 어머니는 수프를 가지고 와서 내게 먹여 줄 때면(내가 아직 혼자서 수프를 먹을 수 없었을 때의 일이다), 나를 위로하기 위해 내게 언제나 모든 집안 일에 대해 이야기했다. 하지만 나는 그때마다 늘 고집을 부려, 그런 이야기에는 그다지 흥미가 없다는 표정을 보이려고 애를 썼다. 그래서 나스따시야 예고로브나에 대해 들었을 때도 나는 입을 다물고 더 이상 자세히 물으려고 하지 않았다.

오전 열한 시쯤, 내가 침대에서 일어나 옆에 있는 안락의자로 몸을 옮기려고 할 때, 갑자기 그녀가 내 방으로 들어왔다. 나는 일부러 그대로 침대에 있었다. 마침 어머니는 바쁜 일이 생겨서 그녀가 찾아왔는데도 내려오지 않았기 때문에, 나는 갑자기 그녀와 단둘이서 만나게 되었다. 그녀는 말 한마디 없이 얼굴에 미소를 지으면서 벽 가까이 있는 의자에 앉아 나를 마주 바라보았다. 나는 속으로 침묵을 지키려고 생각하였다. 방문할 때마다 그녀가 내게 주었던 인상은 왠지 초조한 느낌이었다. 그래서 나는 그녀에게 고개도 끄덕이지 않고 똑바로 그녀의 눈을 바라보았다. 그리고 그녀도 역시 침묵을 한 채 똑바로 나를 쳐다보고 있었다.

「공작에게 그런 일이 생긴 다음, 그 넓은 집에서 당신 혼자 지내시려면 심심하지요?」 내가 참다못해 말을 건넸다.

「아뇨, 저는 지금은 그 집에 살지 않습니다. 지금은 안나 안드레예브나의 주선으로 그 댁의 아기를 돌보고 있습니다.」

78 이 부분은 약간 이상하다. 이 글의 1, 2부에서는 그녀의 이름이 다리야 오니시모브나였다.

「누구의 아기라고요?」

「안드레이 뻬뜨로비치의 아기지요.」 문 쪽을 흘끗 보고 나서, 마치 비밀이나 속삭이듯 그녀가 나직하게 말했다.

「거기에는 틀림없이 따찌야나 빠블로브나가…….」

「따찌야나 빠블로브나와 안나 안드레예브나 두 분 다 계십니다. 그리고 리자베따 마까로브나도 역시, 그리고 당신의 어머님…… 모두들 다 계세요. 여러분이 매우 걱정하셔서 이제 따찌야나 빠블로브나와 안나 안드레예브나는 사이가 좋아졌습니다.」

나로서는 금시초문이었다. 그녀는 이야기하는 동안 매우 활기를 띠었다. 나는 불편한 느낌을 가지고 그녀를 바라보고 있었다.

「지난번에 왔을 때보다 당신은 훨씬 더 기력이 좋아지셨네요.」

「그렇습니까?」

「체중도 좀 느신 것 같군요.」

그녀는 가만히 나를 바라보더니 말을 이었다.

「저는 그분이 참으로 좋아졌습니다, 진정으로 말입니다.」

「누구를 말씀하시는 거지요?」

「안나 안드레예브나 말씀입니다. 저는 그분이 참으로 좋아졌습니다. 아주 얌전한 데다가 말할 수 없이 영민하고…….」

「놀랄 만한 얘기군요. 그녀는 지금 어떻게 지내지요?」

「그분은 아주 침착하십니다.」

「그녀는 언제나 침착했지요.」

「맞아요, 언제나 그랬습니다.」

「제게 어떤 사람의 흉을 보려고 오셨다면 말입니다.」 더 이상 참다못해 내가 큰소리로 말했다. 「저는 어떤 이야기에든 끼어들지 않습니다. 저는 모든 것을 떨쳐 버리기로 결심했습니다……. 모든 사람을 말입니다. 제게는 모든 것이 마찬가집니다. 떠날 거니까요…….」

그러고는 정신이 번쩍 나서 입을 꾹 다물었다. 마음속으로 생각하고 있는 새로운 계획을 그녀에게 설명하는 것이 참을 수 없었기 때문이다. 그러나 그녀는 아무런 내색도 하지 않고 가만히 내 말을 끝까지 듣고 있었다. 또다시 침묵이 뒤따랐다. 그러다가 갑자기 그녀가 일어서더니, 문 쪽으로 다가서서 옆 방을 들여다보았다. 거기에 아무도 없고 우리 두 사람밖에 없다는 것을 확인하자, 그녀는 지나치게 침착한 태도로 돌아와 다시 자리에 앉았다.

「아주 조심성 있는 태도로군요!」 나는 갑자기 웃기 시작했다.

「당신은 그 방을, 관리네 집 방을, 그대로 두시겠어요?」 그녀는 목소리를 낮추고 내 쪽으로 몸을 굽혀서, 이것은 아주 중요한 질문이며 그 때문에 자기가 일부러 왔다는 듯한 태도로 갑자기 물었다.

「제가 쓰던 방 말입니까? 글쎄요, 잘 모르겠습니다. 어쩌면 비울지도 모르지요……. 제가 어떻게 압니까?」

「그 집주인은 당신이 오기를 기다리고 있습니다. 그 관리는 물론이고, 그의 부인도 마찬가집니다. 안드레이 뻬뜨로비치는 당신이 꼭 돌아갈 것이라고 그 사람들에게 말했습니다만.」

「그런데 왜 당신이 그 일에 대해서?」

「안나 안드레예브나도 역시 그것을 알고 싶어하셨어요. 그리고 당신이 다른 곳으로 옮기지 않을 것이라는 사실을 알고 아주 만족하셨어요.」

「그렇지만 제가 틀림없이 그 방에 그대로 있으리라는 것을 어떻게 그녀가 그처럼 확실하게 알았을까요?」

이 말을 하고 난 뒤에 나는 〈그리고 도대체 왜 그녀가 그것을 알 필요가 있지요?〉 하고 덧붙이려고 했지만 내 자존심이 허락하지 않아 자세히 캐묻는 것을 그만두기로 했다.

「그리고 람베르뜨 역시 똑같이 그 사람들에게 보증하셨어요.」

「뭐, 뭐, 뭐라고요?」

「람베르뜨 말입니다. 그 사람 역시 안드레이 뻬뜨로비치에게 당신은 그대로 계실 거라고 열심히 설명을 했습니다. 그리고 안나 안드레예브나에게도 그것을 보증했어요.」

나는 갑자기 온몸에서 힘이 빠지는 것을 느꼈다. 이게 어찌된 일인가! 그러면 람베르뜨는 이미 베르실로프를 알고 있고, 그에게까지 손을 뻗쳤다는 얘기다. 그리고 람베르뜨는 인나 안드레예브나에게까지 손을 뻗치고 있는 것이다! 나는 피가 거꾸로 솟구치는 것을 느꼈지만 그대로 침묵을 지켰다. 가슴 저 밑에서부터 자존심 비슷한 것이 치솟았다. 그것이 자존심인지 뭔지는 잘 모르겠다. 그러나 바로 그 순간 나는 자신에게 이렇게 말하는 것 같았다. 〈여기서 내가 지금 한마디라도 설명을 요구한다면, 나는 또다시 이 세계에 얽매여 그야말로 영원히 손을 끊을 수 없게 된다.〉 가슴속에 증오의 불길이 타올랐지만 나는 온 힘을 다하여 침묵을 지키려고 애쓰며 꼼짝도 않고 누워 있었다. 그녀도 역시 약 1분 동안 아무 말이 없었다.

「니꼴라이 이바노비치 공작은 어떻게 지내시나요?」 마치 이성을 잃은 듯 나는 갑자기 물었다. 애매한 화제를 중단하기 위해서 마음먹고 질문했던 것인데, 또다시 아주 대처하기가 어려운 질문을 하고 말았던 것이다. 바로 조금 전에 그렇게 서둘러서 빠져나오려고 결심한 그 세계에 다시 돌아가려 하다니, 정신이 나갔다고밖에 할 수 없는 태도였다.

「그분은 지금 짜르스꼬예 셀로[79]에 계십니다. 지금 도시에는 열병이 유행하고 있기 때문에, 여러분이 그분에게 짜르스꼬예 셀로로 옮겨 가 계시도록 권했습니다. 그곳에는 그분 소유의 별장도 있고 또 공기도 좋으니까 말입니다.」

나는 대답을 하지 않았다.

「안나 안드레예브나와 장군 부인은 사흘에 한 번씩 그분에게

79 황제의 별궁이 있는 곳의 지명

문병하러 가십니다. 가실 때는 늘 함께 가시지요.」

안나 안드레예브나와 장군 부인(즉 〈그녀〉)이 서로 친구라니! 그리고 함께 가다니! 그 말을 듣고도 나는 계속 침묵을 지켰다.

「그 두 분은 아주 절친해지셔서, 안나 안드레예브나는 까쩨리나 니꼴라예브나에게 아주 좋은 감정을 가지고 있답니다…….」

나는 여전히 침묵을 지키고 있었다.

「까쩨리나 니꼴라예브나는 다시 사교계로 돌아가셨는데, 모든 것이 아주 〈성공적〉이어서 사람들과 교제할 때마다 더욱 평판이 좋아지니 정말 빛을 내뿜는 듯합니다. 소문을 듣자니 궁중의 여러 분들까지도 모두 그녀에게 반했다는 거예요……. 뷔링과 오가던 혼담도 그만 중단되었고, 이제 더 이상은 결혼하지 않으리라는 이야깁니다. 모두들 그렇게 말씀하세요……. 그 사건이 있은 후로 그렇게 됐답니다.」

그 말은 바로 베르실로프의 편지 사건이 있은 후 그렇게 됐다는 것이다. 나는 온몸을 떨고 있었지만 역시 한마디도 하지 않았다.

「안나 안드레예브나는 세르게이 뻬뜨로비치 공작을 매우 동정하고 계십니다. 까쩨리나 니꼴라예브나도 역시 같은 생각이고, 여러분들의 얘기를 종합해 보면 결국 공작은 무죄가 되겠지만, 문제의 스쩨벨꼬프는 유죄 선고를 받게 될 것이라고 합니다…….」

더 이상 참지 못하고 내가 그녀를 불쾌한 시선으로 바라보자 그녀는 일어서려고 하다가 갑자기 내 쪽으로 몸을 굽혔다.

「안나 안드레예브나께서 특별히 당신의 건강 상태를 살피고 오라고 말씀을 하셨습니다.」 그녀는 속삭이듯 말했다. 「출입하실 수 있게 되면 꼭 한번 오시도록 부탁하고 오라고 특히 당부하셨습니다. 그러면 안녕히 계세요. 빨리 완쾌하세요. 돌아가서 그렇게 말씀드리겠습니다…….」

말을 마치고 그녀가 나간 다음 나는 자리에서 일어나 앉았다. 이마에 땀이 촉촉이 배어 있었지만, 나는 조금도 놀라지 않았다.

전혀 이해가 안 가는 람베르뜨의 음모에 대한 추악한 소식을 듣고도 나는 전혀 두려움을 느끼지 않았던 것이다. 몸이 아프다가 겨우 회복되기 시작한 처음 며칠 동안, 어쩌면 공연한 것이었는지도 모르지만, 그날 밤 그와 만났을 때의 일을 상기하고 느꼈던 그 공포와 비교한다면 이런 것은 문제도 되지 않았다. 오히려 나스따시야 예고로브나가 가버린 직후, 마음이 혼란스러운 그 순간에도 나는 람베르뜨에 대해서는 전혀 생각지도 않고 있었다. 그러나…… 무엇보다도 내 마음을 끌었던 것은 〈그녀〉에 대한 새 소식이었다. 뷔링과의 결별, 사교계에서의 그녀의 행운과 더욱 좋아지는 평판, 〈빛을 내뿜는 듯한 요염한 자태〉에 대한 새 소식이 내 관심을 끌었다. 〈빛을 내뿜는 것 같습니다〉라고 말하는 나스따시야 예고로브나의 말이 자꾸 내 귀에 들려오는 듯했다. 그때 나는, 그녀에 관한 새로운 이야기를 듣고 나서도 억지로 참으며 나스따시야 예고로브나에게 질문을 하나도 던지지 않았지만 결국에는 이 소용돌이 속에서 도저히 빠져나갈 수 없다는 것을 직감적으로 느꼈다! 그러한 생활에 대한 엄청난 갈망, 그러한 〈그들〉의 생활이 이미 내 마음을 사로잡고 말았던 것이다……. 그리고 또 하나, 그것과는 다른 뭔가 달콤한 갈망 같은 것도 있었다. 그것을 떠올리면, 나는 행복감과 동시에 참을 수 없는 아픔을 느꼈다. 내 머릿속은 그야말로 소용돌이치는 심연과 같았다. 그러나 나는 내 마음이 소용돌이치게 그대로 내버려뒀다. 〈새삼스럽게 생각하면 무얼 하나!〉 가슴속에서 그런 생각이 들었다. 〈그런데 어머니까지도 람베르뜨가 온 것을 내게 말하지 않다니〉 하고, 나는 아무런 연관성도 없이 단편적으로 여러 가지 것에 대해 생각했다. 〈아마 틀림없이 베르실로프가 말하지 말라고 했을 것이다……. 람베르뜨가 그에게 말하지 못하도록 철저하게 요구했을 것이다……. 나 역시 죽어도 베르실로프에게 람베르뜨에 대해 묻지 않겠다!〉 〈베르실로프가 그랬단 말이지〉 하는 생각이 또다시 내 머리에 떠올랐다. 〈베르실로프와 람베르뜨라. 그야말로 새로운 사건이군! 베르실로프는 참으로 멋진 구석이 있어! 그 편지 한 통으로 뷔링이라는 독일인을 그토록 두렵게 만들었으니 말이다. 람베르뜨가 그녀에 대해 중상모략을 늘어놓았을 테니까(중상모략*la calomnie*……, 맞아, 그것은 항상 흔적을 남기는 법이니까*il en reste toujours quelque chose*).[80] 그래서 궁중에서 일하는 그 독일인은 추문이 두려웠을 거야. 하, 하…… 그녀에게도 그것은 좋은 교훈이지!〉〈람베르뜨란 말이지……. 람베르뜨가 벌써 그녀에게 손을 뻗친 것이 아닐까? 틀림없이 그랬겠지! 그렇다면 그 녀석과 《연관》을 맺지 않을 까닭이 없지?〉

그러다가 나는 이런 모든 잡생각을 떨쳐 버리기로 하고 절망한 듯이 베개 위에 머리를 떨어뜨렸다. 〈그렇지만 그 녀석이 그렇게 하도록 내버려둘 수는 없어!〉 하고 갑자기 마음을 먹고, 나는 자리에서 벌떡 일어나 실내화를 신고 가운을 걸친 다음 똑바로 마까르 이바노비치의 방으로 향했다. 마치 그곳이 모든 유혹으로부터의 피난처이며 구원의 장소이자 내 몸을 지탱할 닻이나 되는 것처럼.

어쩌면 실제로, 내 모든 정신력을 기울여 직감적으로 그런 생각을 했는지도 모른다. 그것은 있을 수 있는 일이다. 그렇지 않다면 그런 상황에서 왜 더 이상 참지 못하고 침대에서 일어나, 혼란스러운 정신 상태로 갑자기 마까르 이바노비치에게 뛰어갔던 것일까?

80 보마르셰(1732~1799)의 희곡 『세비야의 이발사』 중에서 약간 변형된 인용구. 돈 바질리오의 대사이다.

3

그리로 가면서 나는 아마도 그 노인이 어제처럼 혼자 있을 것이라고 예상했지만, 마까르 이바노비치의 방에는 생각지 않게 어머니와 의사가 있었다. 예상 밖의 상황에 당황하여 나는 문턱에서 그만 걸음을 멈추었다. 그러나 내가 얼굴을 찡그릴 틈도 없이 곧 베르실로프도 들어왔다. 그의 뒤를 따라 뜻밖에 리자도……. 즉 무슨 일인지 모두가 마까르 이바노비치에게로 모여든 것이다. 그것도 〈그들이 전혀 필요 없을 때에〉!

「병환이 어떠신가 알아보려고 왔습니다.」 나는 똑바로 마까르 이바노비치에게 다가서며 말했다.

「고맙네, 자네가 오기를 기다렸지. 자네가 오리라는 것을 알고 있었으니 말이야! 간밤에도 내내 자네 일을 생각했네.」

정겨운 눈길로 나를 바라보면서 그가 말했다. 그때 나는 어쩌면 그가 누구보다도 나를 사랑하고 있을지도 모른다는 것을 알았다. 그는 겉으로 명랑한 표정을 짓고 있었지만, 하룻밤 사이에 병세가 매우 나빠진 것을 나는 첫눈에 알아보았다. 그래서 바로 조금 전에 의사가 아주 신중하게 진찰했던 것이다. 이것은 뒤에 들은 이야기지만, 이 의사는(언젠가 나하고 다투던 그 젊은 사람인데, 마까르 이바노비치가 도착한 후 계속해서 그를 치료해 왔다) 아주 심혈을 기울여서 환자를 대했다고 한다. 그리고 그는, 여기서 내가 그들의 의학 용어를 제대로 구사할 수는 없지만, 환자의 몸에 여러 가지의 병이 뒤섞여 있다는 진단을 내렸다. 마까르 이바노비치는 첫눈에 보기에 이미 이 의사와 매우 친밀한 우정을 맺고 있는 것 같았다. 이것이 당장 내 비위에 맞지 않았으며, 그로 인해 내 기분이 매우 언짢아진 것은 말할 나위도 없다.

「알렉산드르 세묘노비치, 귀중한 우리집 환자는 어떻습니까?」 베르실로프가 물었다. 만일 내가 그처럼 강한 충격을 받지 않았더라면, 나는 무엇보다도 먼저 이 노인에 대한 베르실로프의 태도를 대단한 호기심을 가지고 지켜보았을 것이다. 그것은 벌써 어제부터 생각했던 일이다. 그러나 무엇보다도 나를 놀라게 한 것은, 베르실로프의 얼굴에 나타난 매우 부드럽고 기분좋은 표정이었다. 그 표정에는 뭔가 매우 진실한 것이 담겨 있었다. 전부터 어렴풋이 느껴 온 것인데, 베르실로프의 얼굴은 그가 평상심을 갖고 있을 때면 놀랄 만큼 아름다웠다.

「글쎄요, 항상 저와 입씨름만 하고 있습니다.」 의사가 대답했다.

「이 마까르 이바노비치하고 말씀인가요? 믿어지지 않는군요? 이 사람하고 싸울 수는 없습니다.」

「그러나 말을 전혀 듣지 않습니다. 밤이면 밤마다 잠을 자지도 않고…….」

「자, 그만 하세요, 알렉산드르 세묘노비치. 이제 입씨름은 그만 하면 충분합니다.」 마까르 이바노비치가 큰소리로 웃기 시작했다. 「그보다도 어떨까요, 안드레이 뻬뜨로비치. 우리집 아가씨는 어떻게 되었지요? 그리고 이 사람은 아침 내내 중얼거리면서 걱정만 하고 있었습니다.」 어머니를 가리키면서 그가 덧붙였다.

「아이 참, 안드레이 뻬뜨로비치.」 아주 걱정스러운 듯이 어머니도 말했다. 「자, 빨리 말씀해 주세요. 사람을 애타게 하지 말고요. 그 가엾은 사람은 대체 어떻게 됐지요?」

「우리집 아가씨는 유죄 판결을 받았소!」

「뭐라고요!」 어머니는 깜짝 놀라 말했다.

「그렇지만 시베리아 행은 아니니 안심해요. 15루블의 벌금으로 끝났어. 참 희극이지 뭐야!」

그가 자리에 앉자 의사도 따라 앉았다. 그들은 따찌야나 빠블로브나의 이야기를 하고 있는 것이었다. 그런데 나는 이 사건에 대해서는 아무것도 모르고 있었다. 나는 마까르 이바노비치의 왼쪽에 앉아 있었다. 리자는 나와 마주보며 그 오른쪽에 앉았다. 가만 보니 그녀에게는 뭔가 자신만의, 오늘 생긴 특별한 슬픔이 있어 그것을 어머니에게 호소하러 온 것 같았다. 그녀의 얼굴에는 불안하고 초조한 표정이 엿보였다. 그 순간 우리는 어쩌다가 시선이 마주쳤다. 나는 갑자기 마음속으로 이런 생각을 했다. 〈우리는 둘 다 치욕을 당한 인간이다. 그러니 내 쪽에서 먼저 리자에게 다가서야 한다.〉 그러자 그녀에 대한 내 감정이 갑자기 부드러워졌다. 그 사이에 베르실로프는 그날 아침에 일어난 사건에 대해서 이야기를 시작하고 있었다.

이야기의 내용은 다름아니라, 따찌야나 빠블로브나가 그날 아침 하녀와의 사건으로 치안 재판소에 다녀왔다는 것이다. 사건의 내용은 아주 우스운 것이었다. 내가 이미 앞에서 말한 바와 같이, 이 심술궂은 핀란드 하녀는 때로 화가 나면 몇 주간 말도 하지 않았고 안주인이 무엇을 물어도 한마디도 대답하지 않았다. 그리고 따찌야나 빠블로브나가 모든 일을 참으면서도 결코 그녀를 쫓아낼 수 없었던 약점을 그 하녀가 알고 있었다는 것에 대해서도 역시 앞에서 말했다. 이러한 노처녀와 귀부인들의 심리적 변덕은 내 관점에서는 아주 멸시를 받아야 할 일이며 전혀 관심을 가질 만한 가치도 없다. 하지만 여기서 이 사건을 구체적으로 언급하기로 한 것은 내 이야기가 진전됨에 따라 이 하녀가 나중에 다소 중대한 숙명적 역할을 할 운명에 있기 때문이다. 고집 센 핀란드 하녀가 벌써 며칠 동안이나 대답을 하지 않기 때문에 드디어 참을 수 없게 된 따찌야나 빠블로브나가 마침내 더 이상 참지 못하고 그녀를 때렸다. 이런 일은 지금까지 한 번도 없었다. 핀란드 하녀는 이때도 역시 아무런 대꾸도 하지 않았지만, 바로 그날로 그 집의 아래쪽에 살고 있는 퇴역 해군 소위 오쇼뜨로프에게 상의하러 갔다. 그는 여러 가지 사건에 개입하여 그런 종류의 사건을 법정으로 가지고 가는 일종의 브로커였다. 그래서 결국 따찌야나 빠블로브나는 치안 판사의 호출을 당했고, 그 사건의 심리가 열리게 되었을 때 베르실로프가 증인으로 증언을 하게 되었던 것이다.

저간의 사정을 설명하면서 베르실로프가 재미있게 농담조로 이야기했기 때문에 어머니까지도 큰소리로 웃기 시작했다. 그는 따찌야나 빠블로브나와 해군 소위, 그리고 하녀의 역할을 차례대로 돌아가며 설명하였다. 하녀는 처음부터 판사에게 벌금을 현금으로 지불받기를 희망한다고 분명히 말했다. 그녀는 〈만일에 그분을 감옥에 넣는다면, 저는 대체 누구에게 식사 준비를 해줘야 하겠습니까?〉 하고 말했다. 판사의 신문에 대해 따찌야나 빠블로브나는 아주 거만한 태도로 답변했고, 자신이 한 일에 대해 전혀 변명하려고도 하지 않았다. 오히려 반대로 〈네, 때렸습니다. 더 때려 주겠습니다〉라고 말을 맺었다. 법원에 대한 불손한 언사 때문에 그녀에게 즉석에서 3루블의 벌금이 부과되었다. 해군 소위는 훌쭉하고 키가 큰 사람이었는데, 자신의 소송 의뢰인을 위하여 길게 변호 연설을 시작했지만, 도중에 갈피를 못 잡게 되어 법정에 있던 모든 사람을 웃게 만들었다. 사건 심리는 금방 끝났고, 따찌야나 빠블로브나는 모욕을 당한 마리야에게 15루블의 돈을 지불하라는 선고를 받았다. 그러자 그녀는 그 자리에서 지갑을 꺼내 돈을 주려고 했다. 이때 해군 소위가 그녀에게 다가가 돈을 받으려고 손을 내밀었다. 그러나 따찌야나 빠블로브나는 거의 때리다시피 하여 그 손을 뿌리치고 마리야를 돌아다보았다. 마리야가 〈됐어요. 나중에 제 월급에 더해 주세요. 이 사람에게는 제가 지불하겠습니다〉라고 말하자, 〈그런데 마리야, 어디서 저런 멀대 같은 꺽다리를 데리고 왔지?〉 하고, 드디어 마리야가 입을 연 것이 너무나 기뻐서 따찌야나 빠블로브나는 해군 소위를 손가락으로 가리키며 말했다. 〈맞아요, 정말 꺽다리예요〉 하고 마리야는 맞장구를 쳤다. 〈그런데 오늘 완두콩을 넣어서 완자를 만들라고 하셨지요? 이리로 오느라고 바빠서 아까는 잘 듣지 못했어요.〉 〈아니야, 양배추를 넣은 거야, 마리야. 그리고 앞으로는 제발 어제처럼 속을 썩이지 말아요.〉〈네, 오늘은 특별히 잘하겠어요〉 하고 말하면서 그녀는 화해의 표시로 안주인의 손에 입을 맞추었다. 간단히 말해서 모든 일이 원만하게 해결된 것이다.

「어떻게 여자가 그 모양일까!」 모든 일이 잘 해결되었다는 소식에 대해서나, 베르실로프의 이야기에 대해서나 매우 만족한 듯 어머니는 고개를 끄덕이며 그렇게 말했다. 그러나 어머니는 이따금 아주 걱정스러운 눈으로 남몰래 리자의 표정을 살피고 있었다.

「그분은 어렸을 때부터 아주 강한 성격의 아가씨였지.」 마까르 이바노비치가 빙그레 웃었다.

「격하기 쉬운 성격인 데다가 여유만만이니 말입니다.」 의사가 말을 받았다.

「억센 성격이라는 건 지금 나를 두고 하는 말이지요? 격하기 쉬운 성격인 데다가 여유만만이라고 하는 것도 나를 두고 한 말이지요?」 갑자기 따찌야나 빠블로브나가 우리가 있는 방으로 들어왔다. 그녀도 역시 스스로 매우 만족하고 있는 것 같았다. 「이봐요, 알렉산드르 세묘노비치. 다른 사람이라면 몰라도 당신은 그런 엉터리 소리 하지 말아요. 당신은 열 살쯤 될 때부터 내가 게으름뱅이인지 아닌지 잘 알고 있잖아요. 그리고 화내기 쉬운 성격은 당신이 벌써 1년씩이나 치료하면서도 고치지 못했잖아요. 그런 말을 하면 당신의 수치일 뿐이에요. 자, 이제 나를 놀리는 얘기는 그만해 두세요. 고마워요, 안드레이 뻬뜨로비치. 법원까지 나오시느라고 수고하셨어요. 그래, 당신은 어때요, 마까루쉬까. 나는 잠깐 당신을 보러 들렀지 얘를 만나러 온 것은 아니에요.」 그녀는 나를 가리켰지만, 곧 다정하게 내 어깨를 손으로 툭 쳤다. 그녀가 그처럼 기분좋아하는 것은 한 번도 본 적이 없었다.

「그래, 어때요?」 갑자기 의사 쪽을 돌아다보고는 걱정스럽게 얼굴을 찡그리면서 그녀는 말을 맺었다.

「저렇게 잠자리에 누워 있기를 싫어하고 앉아만 있으니, 스스로 몸을 피로하게 할 뿐이지요.」

「나는 그저 여러 사람과 얘기를 나누면서 좀 앉아 있고 싶은 겁니다.」 어린애처럼 조르는 듯한 표정으로 마까르 이바노비치는 중얼거렸다.

「그래요, 우리는 이렇게 하는 것을 좋아해요, 참 좋아하지요. 모두 모이면 둘러앉아서 이야기하기를 좋아합니다. 나는 마까루쉬까의 기분을 잘 알아요.」 따찌야나 빠블로브나가 말했다.

「게다가 나는 가만있지 못하는 성격이거든요. 참 무슨 업보인지.」 의사를 돌아다보며 노인은 또 빙그레 웃었다. 「가만있어 봐요, 이왕 시작했으니 끝까지 말하게 해줘요. 그대로 계속 누워 있으라는 말을 들으면 우리 같은 사람은, 말하자면 〈드러눕기만 하면 아마 이제 다시는 일어나지 못하리라〉는 이야기처럼 들리거든. 그런 생각이 내 머릿속에 콱 박혀 있거든.」

「네, 그러리라고 생각했지요. 하지만 그것은 민간의 미신이지요. 〈드러눕기만 하면 아마 다시는 일어나지 못하리라〉는 이야기지요. 민간에서는 이것을 매우 두려워하여 병에 걸려도 병원에 입원하기보다는 서서 일하려고 합니다. 그렇지만 마까르 이바노비치, 당신은 다만 우울증에 걸려 있을 뿐입니다. 자기 마음대로 하는 생활에 대한 동경, 그리고 넓은 길에 대한 동경, 당신의 병은 바로 그것뿐이지요. 한곳에서 오래 사는 습관이 없어진 것입니다. 당신은 이른바 순례자지요? 우리 나라 민간에서는 방랑벽이 거의 고질화되어 가고 있어요. 저도 그런 사람을 만난 적이 한두 번이 아닙니다. 우리 나라 민중은 대부분이 방랑자입니다.」

「그러면 당신 생각에 마까르도 방랑자란 말입니까?」 따찌야나 빠블로브나가 곧 말꼬리를 물었다.

「아뇨, 그런 뜻으로 말한 것은 아닙니다. 저는 그 말을 일반적인 의미로 쓴 것입니다. 종교적인 방랑자, 즉 신앙심이 깊은 방랑자지만 그래도 역시 방랑자임에는 틀림없습니다. 좋은 의미의, 명예로운 의미의 방랑자입니다만, 역시 방랑자는 방랑자입니다……. 저는 의학적인 관점에서…….」

「단도직입적으로 말하겠습니다만.」 나는 갑자기 의사에게 말했다. 「방랑자는 오히려 당신이나 접니다. 그리고 여기 있는 사람 모두가 그렇습니다만, 이 노인은 다릅니다. 우리나 당신은 아직도 이 노인에게서 배워야 합니다. 왜냐하면 이 노인의 생활에는 굳은 토대가 있지만, 우리의 생활 속에는 그 누구도 굳은 토대를 가지고 있지 않으니 말입니다……. 물론 당신이 이런 말을 이해할 수는 없겠지만 말입니다.」

내 생각에도 내 말이 심한 것 같았다. 그러나 나는 의도적으로 그 말을 하려고 온 것이다. 도대체 내가 무엇 때문에 계속 거기 앉아서 답답한 기분을 느끼고 있었는지 도무지 알 수 없었다.

「그게 무슨 소리냐?」 따찌야나 빠블로브나는 수상하다는 듯이 나를 쳐다보았다. 「그래, 마까르 이바노비치, 당신은 얘를 어떻게 생각하지요?」 그녀는 나를 가리켰다.

「하느님, 축복해 주소서, 이 친구는 아주 날카로워요.」 노인은 진지한 표정으로 말했다. 그러나 〈날카롭다〉는 말을 듣자 거의 모두가 큰소리로 웃기 시작했다. 나는 이를 악물고 겨우 참았다. 누구보다도 제일 크게 웃은 것은 의사였다. 하지만 내가 그들이 사전에 미리 상의한 내용을 알아채지 못한 것은 아주 치명적인 실책이었다. 베르실로프와 의사, 그리고 따찌야나 빠블로브나는 벌써 사흘 전부터 마까르 이바노비치의 병세가 아주 위중하다는 것을 깨닫고, 어머니가 닥쳐올 불행을 지레짐작하고 절망감에 빠지지 않도록 그녀의 주의를 딴 곳으로 돌리게 하자고 약속을 하였다. 사실 병자의 병세는 내가 짐작했던 것보다 훨씬 더 심각한 상태였기 때문에 그들은 애써 농담을 해가며 유쾌한 분위기를 만들려고 했던 것이다. 다만 의사만은 순발력이 떨어져서 재치 있는 농담을 하지 못했다. 그렇기 때문에 모든 일이 그렇게 되었던 것이다. 나 역시 그들의 약속을 알고 있었더라면 역시 그런 짓은 하지 않았을 것이다. 리자 또한 아무것도 모르고 있었다.

그냥 앉아서 건성으로 즐겁게 웃으며 나누는 그들의 얘기를 들으면서 나는 머릿속으로는 나스따시야 예고로브나가 전해 준 새로운 소식에 대해서만 계속해서 골똘히 생각하였다. 그녀가 꼼짝않고 앉아서 나를 바라보기도 하고, 소리 없이 일어서서 옆 방을 엿보기도 하던 광경이 자꾸 머리에 떠오르는 것이었다. 마침내 모두들 큰소리로 웃기 시작했다. 따찌야나 빠블로브나가 어떻게 된 영문인지 모르겠지만 갑자기 의사를 무신론자라고 불렀던 것이다. 「그래요, 당신들 돌팔이 의원은 모두 무신론자예요…….」

「마까르 이바노비치.」 지독히 바보 같은 태도로, 모욕을 당한 사람이 올바른 판단을 구하듯 의사가 큰소리로 말했다. 「제가 무신론잡니까 아닙니까?」

「당신이 무신론자라고요? 아니오, 당신은 무신론자가 아닙니다.」 찬찬히 그의 얼굴을 바라보면서 노인은 엄숙하게 대답했다. 「하느님의 선택을 받았으니 그렇지 않습니다!」 그는 고개를 끄덕이며 말했다. 「당신은 다만 유쾌한 덕성을 가진 사람이오.」

「그렇다면 유쾌한 덕성을 지닌 사람은 무신론자가 아니라는 말씀인가요?」 의사는 비꼬아 말했다.

「그것은 그것대로 하나의 사상이 아니겠어요.」 베르실로프가 전혀 웃음기 없는 얼굴로 대화에 끼어들었다.

「맞습니다, 그것은 강력한 사상입니다!」 어떤 생각에 감동하여 나는 무심코 말을 꺼냈다. 의사는 미심쩍다는 듯이 주위를 돌아보았다.

「그런 학자들을, 특히 그런 교수들을(아마 바로 전에 대학 교수들의 이야기를 하고 있었던 모양이다).」 약간 시선을 숙인 채 마까르 이바노비치가 입을 열었다. 「나는 처음에는 매우 두려워했어요. 그런 사람들 앞에 감히 나서지도 못했지. 어쨌든 무엇보다도 무신론자가 제일 무서워서 말이야. 내 순결한 넋은 하나인데, 만일에 그것을 파멸시킨다면 다른 것을 찾을 수 없으니 말이지요. 그러나 나중에는 나도 좀 담이 커졌어요. 〈뭐, 그들도 역시 하느님은 아니다. 우리와 같은 인간, 비굴한 인간이 아닌가〉 하고 생각하게 되었지요. 그러자 호기심도 매우 커졌지요. 〈도대체 무신론이란 무엇인가를 알아봐야지〉 하는 생각을 가지게 되었어요. 그러나 그 뒤에는 이 호기심도 그만 어디론가 없어졌어요.」

그러고 나서 그는 입을 다물었다. 여전히 조용하지만 엄숙한 분위기가 담긴 미소를 지으며 뭔가를 덧붙이고 싶은 기색이었다. 흔히 사람들 중에는 남의 웃음거리가 될 줄은 짐작도 못하고 만나는 모든 사람들에게 순식간에 신뢰감을 나타내는 이들이 있다. 그런 종류의 사람들은 으레 처음 만나는 사람들에게도 자신의 마음속에 깊이 담아 두어야 할 사실까지 쉽게 털어놓는 지적 능력이 모자라는 이들이다. 하지만 마까르 이바노비치에게서는 그런 것과는 본질적으로 다른 독특한 분위기가 느껴졌다. 뭔가 다른 것이 그를 움직여 말을 하게 하며 그것은 순박한 영혼이 지닌 순진함에서 나온 것만은 아닌 듯했다. 마치 예언자의 표정이 그의 얼굴에서 엿보이는 것 같았다. 그가 의사에게 보낸 혹은 베르실로프에게 보낸 것인지도 모르지만, 뭔가 깊은 의미가 있다고 생각되는 미소를 포착했을 때 나는 매우 만족했다. 그 대화는 분명히 일주일 이상 전부터 계속되어 온 것 같았다. 하지만 그들이 나누는 대화 속에서 다시 피할 수 없는 말이 튀어나온 것은 참으로 불행이었다. 그 말은 바로 전날 나를 매우 흥분시켰고, 그날도 내가 나중에 크게 후회할 엉뚱한 행동을 하게 만드는 빌미를 주었다.

「신을 믿지 않는 사람들을.」 노인은 생각에 잠긴 표정을 지으며 말을 이었다. 「나는 어쩌면 지금도 무서워하고 있는지도 모르지요. 그러나 이것만은 말해 두고 싶습니다, 알렉산드르 세묘노비치. 나는 지금까지 그야말로 한 번도 진정한 무신론자를 만난 일이 없었어요. 내가 만난 것은 무신론자가 아니라 작은 일에 얽매여 안달하는 인간뿐이었어요. 그렇게 설명하는 것이 맞을 겁니다. 사람이란 아주 다양해서 누가 어떤 사람인지 도저히 분간할 수가 없어요. 그들 중에는 훌륭한 사람이 있는가 하면 보잘것없는 사람도 있고, 우둔한 사람도 있으며, 영민한 학자도 있고요. 또한 가장 천한 신분 출신이면서도 학문을 터득한 사람도 있어요. 그러나 그 모든 것이 헛된 일입니다. 왜냐하면 평생 동안 책을 읽고 풀이하면서 책의 달콤한 맛을 실컷 맛보고는 있지만, 정작 그 자신은 진리의 문제를 해결하지 못하고 자꾸 고개를 갸웃거릴 뿐이니 말입니다. 그러다가 삶에서 일탈하여 나중에는 자기 자신에 대해서도 주의를 돌리지 않게 된 사람도 있어요. 또 돌보다 냉혹하면서도 마음속에는 환상만이 헛돌고 있는 사람도 있지요. 그런가 하면 무정하고 경박하고 무엇이든 조소해 버리면 그만이라는 사람도 있어요. 또 책 속에서 말의 꽃만 따먹는 사람도 있어요. 그것도 자신의 관점에서 의미 있는 꽃만 따는 거지요. 그런데 정작 그 당사자는 일상의 작은 일에 구애되어 안달하고 있으며, 미리 마음에 그리는 커다란 계획은 아무것도 없단 말이거든요. 다시 말하지만, 이 세상에는 싫증나는 일이 너무 많아요. 그리고 이렇다 하게 보잘것없는 인간 중에는 하루하루의 생활에 쫓기면서 아이들을 부양할 줄도 모르고, 밤에는 그저 되는 대로 짚단 위에서 잠을 자는 형편이지만, 그래도 마음은 한없이 가볍고 선량한 생각을 하는 사람도 있는 법이지요. 물론 그 사람도 죄를 짓고 험한 말도 하지만, 마음만은 항상 가볍지요. 하지만 외양이 훌륭한 사람 중에는 실컷 먹고 마시며 황금 더미 위에 앉아 있으면서도 마음 가득히 수심에 차 있는 사람도 있지요. 어떤 사람은 모든 학문에 정통해 있지만 그래도 여전히 쓸쓸하기만 하지요. 그래서 나는 인간의 지혜가 많아지면 많아질수록 수심도 더욱 많아진다고 생각합니다. 그리고 세상이 생긴 이후로 사람들은 어떤 좋은 것들을 가르쳤나요? 왜 이 세상이 더없이 아름답고 즐겁고, 모든 기쁨이 충만한 거처라는 것을 깨닫지 못할까요? 그리고 사람들 중에는 내면적인 기품을 가지려고 하는 사람이 없어요. 그런 것은 가지려고 원하시도 않아요. 모두가 파멸의 길을 걷고 있는데도 다만 자신의 행복을 자랑할 뿐, 절대적인 진리에 눈을 돌리려고 생각하지도 않아요. 그러나 하느님이 없는 삶은 괴로울 수밖에 없어요. 문명이 발전하면 발전할수록 나중에는 그 문명을 저주하게 되는데도, 정작 인간들은 그것을 모르고 있거든요. 하지만 새삼스럽게 그런 말을 해서 무슨 소용이 있겠어요? 인간이란 뭔가에 굴복하지 않고서는 살 수 없는 존재이니까요. 그런 인간은 나중에는 스스로 자신을 견디지 못하고 말 것입니다. 그러다가 결국 하느님을 거부하면서 우상을 숭배하게 되는 거지요. 그것이 나무로 만든 것이건, 금으로 만든 것이건, 혹은 머리로 생각해 낸 것이건 마찬가지입니다. 이것은 모두 똑같은 우상 숭배자이지 무신론자는 아닙니다. 그렇다면 과연 무신론자는 있을 수 없다고 말할 수 있을까요? 진짜 무신론자도 있기는 있어요. 그러나 우상 숭배자 쪽이 훨씬 더 무서운 존재입니다. 왜냐하면 그들은 하느님이 자신의 이름을 부르면서 오는데도 외면하기 때문이지요. 그런 종류의 사람에 대해 들은 일은 한두 번이 아니지만, 나는 아직 한 번도 그런 사람들을 직접 만난 적은 없어요. 맞습니다, 틀림없이 그런 사람들이 있을 겁니다. 또 그런 사람들이 반드시 있으리라고 나는 확신하고 있습니다.」

「물론 있습니다, 마까르 이바노비치.」 갑자기 베르실로프가 그의 말에 맞장구를 쳤다. 「틀림없이 있어요, 〈그런 사람들이 꼭 있을 것〉입니다.」

「틀림없이 있어요. 〈꼭 있을 것〉입니다!」 이유는 모르지만 나 역시도 더 이상 참을 수 없어 정신없이 말을 꺼냈다. 이것은 틀림없이 베르실로프의 기운에 끌려 들어간 것이다. 그리고 〈그런 사람이 꼭 있을 것〉이라는 말에 포함되어 있는, 어떤 사상이라고도 할 수 있는 것에 현혹된 것이다. 이런 대화는 나로서는 전혀 예상할 수 없었던 것이다. 그러나 그 순간에 전혀 기대하지 않았던 일이 일어났다.

4

그날은 아주 화창하게 맑은 날씨였다. 마까르 이바노비치의 방에 있는 블라인드는 의사의 권고에 따라 하루 종일 올리지 않기로 되어 있었다. 그런데 웬일인지 그날은 창문에 블라인드가 내려져 있지 않고 커튼이 쳐져 있었으며, 창문의 제일 위쪽이 완전히 닫혀 있지 않았다. 노인이 전에 블라인드를 내렸을 때 해가 보이지 않는다고 싫어했기 때문에 그렇게 한 것이다. 그래서 우리는 모두 햇빛이 갑자기 마까르 이바노비치의 얼굴에 똑바로 비칠 때까지 전혀 의식하지 못하고 그대로 앉아 있었다. 이야기를 하는 동안 그는 처음에는 의식하지 못했지만, 그래도 말하는 도중에 몇 번인가 무의식적으로 머리를 돌리곤 했다. 밝은 광선이 그의 불편한 눈을 심하게 괴롭히고 또 자극했기 때문이다. 그가 앉아 있는 쪽에 서 있던 어머니는 벌써 여러 번 걱정스러운 표정으로 창문 쪽을 쳐다보곤 하였다. 아무것으로나 창문을 완전히 가리면 간단히 해결될 일이었다. 그러나 이야기를 방해하지 않으려고 그녀는 마까르 이바노비치가 앉아 있는 의자를 그대로 오른쪽으로 옮기려고 생각했다. 약 15센티미터나 20센티미터만 움직이면 될 일이었다. 그녀는 벌써 몇 번인가 몸을 굽혀 의자를 붙잡았다. 그러나 마까르 이바노비치가 앉은 의자는 꼼짝도 하지 않았다. 그녀가 애쓰고 있다는 것을 느끼면서도 이야기에 열중한 마까르 이바노비치는 무의식적으로 몇 번인가 일어서려고 시도했지만 그의 다리가 말을 듣지 않았다. 그러나 어머니는 그래도 여전히 힘껏 당기고 있었다. 그런 동작이 마침내 리자를 아주 화나게 하고 말았다. 그녀가 초조하게 몇 번인가 눈을 번쩍인 것을 기억하지만, 나는 처음에는 그 이유를 알지 못했다. 나 역시 그의 이야기에 온 신경을 기울이고 있었기 때문이다. 그때 갑자기 리자가 거의 소리지르듯이 마까르 이바노비치에게 외쳤다.

「조금이라도 일어서 보시면 어때요. 보세요, 어머니가 얼마나 애쓰시나!」

노인은 서둘러 그녀의 얼굴을 바라보고 즉시 말뜻을 깨닫고는 곧 일어서 보려고 했지만 소용이 없었다. 엉덩이를 겨우 약간 들었다가 그대로 다시 의자에 주저앉고 말았다.

「안 되겠구나, 얘야.」 풀죽은 소리로 말하며, 그는 마치 하라는 대로 하겠다는 표정을 지으며 리자의 얼굴을 바라보았다.

「이야기는 책 한 권 분량이나 하시면서 꼼짝도 하지 못한단 말이에요?」

「리자!」 따찌야나 빠블로브나가 소리질렀다. 마까르 이바노비치는 또다시 온 힘을 기울였다.

「옆에 있는 그 작은 탁자를 짚고 일어서세요!」 다시 한번 리자가 쏘아붙였다.

「아, 그러면 되겠구나.」 노인은 곧 작은 탁자를 짚으려고 했다.

「아니, 옆에서 일으켜 드려야 해.」 베르실로프가 일어섰다. 의사도 일어났고, 따찌야나 빠블로브나도 급히 일어섰다. 그러나 그들이 미처 곁에 다가서기도 전에, 마까르 이바노비치는 온 힘을 다하여 탁자에 몸을 기댄 채 갑자기 그 자리에 똑바로 서더니 밝은 표정을 지으며 사람들을 빙 둘러보았다.

「자, 이제 일어섰다!」 환한 미소를 지으며 그는 장난기 어린 말투로 되뇌었다. 「고맙다, 얘야. 좋은 지혜를 가르쳐 주었구나. 나는 더 이상은 다리를 쓸 수 없다고 생각했었지…….」

하지만 그 말을 다 하기도 전에, 그가 온몸으로 기대고 있던 탁자가 옆으로 미끄러졌다. 그런데 힘이 없는 그의 〈다리〉가 그를 지탱해 주지 못했기 때문에, 그는 그만 선 채로 마루에 쾅 하고 쓰러졌다. 그것은 보기에도 무서울 정도였다. 나는 지금도 그때의 광경을 선명하게 기억하고 있다. 모두들 비명을 지르며 서둘러 그를 일으키려고 뛰어갔다. 다행히 그는 다친 데는 없었다. 두 무릎을 마룻바닥에 찧었지만 다행히 오른손으로 앞을 짚었기 때문에 몸을 지탱할 수 있었던 것이다. 모두 그를 안아 일으켜 침대에 앉혔다. 그는 얼굴이 매우 창백했다. 그것은 놀라서가 아니라 심한 충격 때문이었다(의사는 그가 여러 가지 질환 외에 심장 질환도 앓고 있다고 진단했다). 어머니는 너무나 놀라서 어쩔 줄을 몰랐다. 그 상황에서 갑자기 아직도 백지장같이 창백한 얼굴인 채 온몸을 떨며 의식이 분명한 것 같지도 않은 마까르 이바노비치가 리자에게 아주 희미한 작은 목소리로 이렇게 말했다.

「안 되겠다 얘야, 역시 이 다리가 말을 듣지 않는구나!」

그의 말을 들으면서 내가 받은 느낌을 나는 도저히 말로 표현할 수가 없다. 이 가엾은 노인의 말 속에는 섭섭한 감정이나 나무라는 기색이 조금도 담겨 있지 않았기 때문이다. 정반대로 그는 리자가 악의를 가지고 말했다는 생각을 전혀 하지 않았고, 그녀가 자신에게 큰소리로 말한 것을 아주 당연한 일처럼 받아들였음이 분명하다. 즉 자신이 잘못했으니 〈심하게 질책당하는 것〉은 당연하다는 태도였다. 그 일을 겪으면서 리자도 커다란 충격을 받았다. 그가 쓰러진 순간 그녀도 역시 다른 사람과 마찬가지로 벌떡 일어섰다. 그리고 죽은 사람처럼 말없이 서 있었다. 모든 원인이 자신에게 있다는 생각 때문에 그녀는 괴로워하고 있었다. 그러나 노인의 그러한 말을 듣자, 그녀는 거의 순간적으로 부끄러움과 후회하는 마음 때문에 얼굴이 새빨갛게 되었다.

「이젠 그만둬요!」 갑자기 따찌야나 빠블로브나가 호령했다. 「이런 일이 벌어진 것도 다 너무 말들을 많이 했기 때문이에요. 자, 이제 제각기 헤어질 때가 됐어요. 의사 선생이 먼저 앞장서서 말을 하기 시작하니 모두 다 말을 했지 뭐예요!」

「맞는 말씀입니다.」 병자 곁에서 하릴없이 서성거리던 알렉산드르 세묘노비치가 그녀의 말에 동의를 표하며 말했다. 「죄송합니다, 따찌야나 빠블로브나. 병자에게는 안정이 절대적으로 필요하지요!」

하지만 따찌야나 빠블로브나는 그 말을 듣지도 않고, 30초쯤 말없이 리자를 뚫어지게 바라보고 있었다.

「너 좀 이리로 오너라, 리자. 그리고 내게 입을 맞춰 줘. 이 늙은 바보에게, 그럴 생각이 있다면 말이야.」 갑자기 그녀가 말했다.

리자는 그녀에게 입을 맞췄다. 이유는 모르지만, 꼭 그렇게 하지 않으면 안 될 것 같은 생각이 들었다. 그리고 나 자신까지도 따찌야나 빠블로브나에게 입을 맞추고 싶은 심정이었다. 사실 리자에게는 그녀의 소행에 대해 꾸짖기보다 그녀의 마음속에서 새롭게 솟아오르기 시작하는 희망의 기운을 북돋아 주고 격려해 주는 것이 필요하였다. 그러나 그런 내면의 감정을 나타낼 틈도 없이 나는 벌떡 일어서서 한 마디씩 분명한 어조로 이런 말을 늘어놓았다.

「마까르 이바노비치, 당신은 다시 〈고상한 기운〉에 대해 말씀하셨습니다. 바로 어제도, 아니 최근 며칠 동안 저는 그 말 때문에 얼마나 고민했는지 모릅니다……. 지금도 계속해서 고민하고 있고요. 전에는 그 말의 의미를 깊이 깨닫지 못하고 있었습니다. 이제 저는 그 말의 의미를 어떤 필연적이거나 초월적인 것으로 해석하고자 합니다……. 저는 그 사실을 당신께 분명히 말씀드리고자 합니다…….」

말을 이어 나가다가 나는 곧 제지당하고 말았다. 다시 말하지만, 나는 그들 사이에 있던 사전 약속을 모르고 있었다. 그리고 지금까지의 여러 가지 일로 미루어 보아 그들이 나를 생각지도 않은 추태를 부릴 수 있는 사람으로 간주했다는 것은 더 말할 나위도 없는 일이었다.

「그만두게 해요, 재를 말려요!」 따찌야나 빠블로브나는 마치 야수처럼 사납게 말했다. 어머니는 덜덜 떨기 시작했다. 마까르 이바노비치 역시 다들 놀라는 바람에 약간 당황하였다.

「아르까지, 그만둬!」 엄한 어조로 베르실로프가 소리질렀다.

「저는.」 나는 더욱 목소리를 높였다. 「순수한 영혼을 지닌 이분 (나는 마까르를 가리키며 말했다) 곁에 있는 당신들이 참으로 추악하게 느껴집니다. 여기에는 진실한 사람이 단 한 사람뿐입니다. 그것은 바로 어머니입니다. 그러나 그 어머니까지도…….」

「환자를 놀라게 하잖아요!」 의사가 꾸짖듯이 말했다.

「저도 저라는 존재가 온 세상 사람의 적이라는 사실을 잘 알고 있습니다.」 (아니면, 아마 대충 그런 뜻의 말을) 되는 대로 지껄이며 나는 다시 한번 사람들을 둘러보고 나서, 아주 도전적인 눈빛으로 베르실로프를 쏘아보았다.

「아르까지.」 그가 다시 큰소리로 말하였다. 「전에도 이와 똑같은 일이 이미 우리 두 사람 사이에 있었다. 그러니 제발 이번만은 참아 줄 수 없겠니!」

그가 얼마나 진실한 감정을 가지고 이 말을 했는지 나는 도저히 표현할 수도 없다. 진심에서 우러난, 뭐라고 표현 못할 슬픔이 그의 얼굴에 나타나 있었다. 내가 더욱 놀란 것은 그가 죄스러운 눈으로 나를 쳐다보았던 일이다. 마치 내가 법관이고 그는 죄인 같았다. 그의 그런 태도에 나도 완전히 힘이 빠졌다.

「그렇습니다!」 나는 큰소리로 말했다. 「이것과 똑같은 장면이 전에도 한바탕 벌어진 일이 있었지요. 그것은 제가 베르실로프를 제 마음속에서 완전히 지우고 있었을 때의 일이지요……. 나중에는 그가 내 가슴속에서 부활했지만, 지금은…… 이제 더 이상은 해명하지 않겠습니다! 그렇지만…… 여기 있는 사람들은 내가 무엇을 꿈꾸고 있는지 모두 알게 될 것입니다. 내가 무엇을 증명할 수 있을지 상상도 못할 겁니다!」

대략 이런 내용의 얘기를 하고, 나는 내 방으로 가버렸다. 이윽고 베르실로프도 내 뒤를 따라 뛰어왔다…….

5

다시 내 병세가 악화되었다. 심한 열병의 발작이 생겼으며 밤에는 계속해서 악몽에 시달리게 되었다. 악몽만이 아니라 나는 수없이 많은 꿈을 꾸었다. 끝없는 꿈의 연속이었다. 그리고 그 꿈 중에서, 하나의 꿈이라기보다는 꿈의 단편이라고 해야 할 것을 나는 평생 잊을 수 없다. 모든 부차적인 설명을 빼고 있는 그대로 그것에 대해 서술하고자 한다. 그것은 실로 예언과도 같았다. 그래서 자세히 서술하려고 하는 것이다.

문득 정신을 차리고 보니, 나는 가슴속에 뭔가 찬란한 계획을 품고 높다란 천장이 있는 방에 있었다. 물론 그것은 따찌야나 빠블로브나의 집은 아니었다. 미리 여기서 말한다면, 나는 그 방에 대해 아주 잘 기억한다. 그런데 나는 혼자 불안과 고통을 느끼고 있었지만, 왠지 혼자 있다는 느낌은 들지 않았다. 누군가가 나를 기다리고 있는 느낌이었다. 그리고 그 사람이 내게서 뭔가를 기대하고 있다는 생각이 끊임없이 들었다. 그리고 어느 문 뒤에선가 사람들이 앉아서, 내가 무슨 일을 저지르나 지켜보고 있으리라고 생각되었다. 그것은 참을 수 없는 기분이었다. 〈아, 혼자 있을 수 있다면 얼마나 좋을까!〉 그때 갑자기 그리로 〈그녀〉가 들어왔다. 그녀는 겁이 난 표정으로 나를 쳐다보았다. 그녀는 나를 아주 무서워했다. 그녀는 내 눈을 응시하고 있었다. 〈내 수중에는 그 서류가 있다.〉 그녀는 나를 매혹시키려고 미소를 짓는가 하면, 내게 아양을 떨기도 했다. 나는 그런 태도가 가엾게 여겨졌다. 그러다가 나는 점점 혐오감을 느끼기 시작했다. 그러자 그녀는 두 손으로 얼굴을 가렸다. 나는 이루 말할 수 없이 멸시하는 기색을 보이면서, 그 〈서류〉를 탁자 위에 내던졌다. 〈간청할 것 없어요. 자, 가져가세요. 저는 당신에게서 아무것도 받을 필요가 없어요! 지금까지 받은 모든 모욕에 대해서 멸시로 대할 뿐이에요!〉 이 말을 하고 나는 뿌듯한 만족감을 느끼면서 방에서 나오려고 했다. 그러나 출입구의 어둠 속에서 람베르뜨가 나를 붙잡았다. 〈바보, 이 바보야!〉 하고 내 손을 꽉 잡으면서 그는 나지막이 속삭였다. 〈만일 그렇게 하면 그녀는 바실리예프스끼 섬에서 여학생들을 받아들여 사숙을 열어야 하잖아.〉(N. B. 그녀의 아버지가 내게서 그 서류에 대한 이야기를 듣고 그녀의 상속권을 박탈한 뒤 집에서 쫓아내면, 그녀는 생활을 꾸려 가기 위해 그렇게 해야 한다는 뜻이었다. 나는 꿈속에서 람베르뜨가 한 말을 그대로 옮겨 적고 있다.)

〈아르까지 마까로비치는 《고상함》을 찾고 있어요.〉 안나 안드레예브나의 작은 목소리가 어딘가 아주 가까운 계단 부근에서 들려왔다. 그러나 그녀의 말에는 칭찬이 아니라 참을 수 없는 냉소가 담겨 있었다. 나는 람베르뜨와 함께 방으로 돌아왔다. 그러나 람베르뜨를 보자, 그녀는 갑자기 깔깔 웃기 시작했다. 그때 받은 내 느낌은 무서운 놀라움이었다. 너무나 놀라서 걸음을 멈춘 채, 나는 가까이 갈 엄두도 내지 못하였다. 나는 그녀의 얼굴을 보면서 자신의 눈을 의심했다. 마치 그녀가 갑자기 얼굴에서 가면을 벗은 것 같았다. 그녀의 얼굴은 그대로였지만, 거기에는 아주 지나칠 만큼의 뻔뻔스러움이 담겨 있었다. 〈대금을 주세요. 부인, 대금을!〉 하고 람베르뜨가 떠들어댔다. 그리고 두 사람이 이전보다 더욱 큰소리로 웃는 것이었다. 나는 심장이 멎는 듯했다. 〈아, 과연 이 천박한 여자가 내게 순결한 영혼으로 비치던 바로 그 여자란 말인가?〉

〈자, 봐라! 상류 사회의 오만한 자들은 돈을 위해서라면 못할 일이 없는 거야!〉 하고 람베르뜨가 소리를 질렀다. 그런 말을 듣고도 그 천박한 여자는 눈 하나 깜짝하지 않았다. 그녀는 내가 매우 놀란 것을 보면서 오히려 더욱 깔깔 웃어대고 있었다. 아, 그녀는 그의 매수에 응할 생각이구나! 나는 분명히 그것을 알았다……. 그런데 도대체 어떻게 된 일인가? 나는 이미 그녀에게서 아무런 감정을 느끼지도 못하고 다만 온몸을 떨고 있을 뿐이었다……. 새로운 감정이 나를 완전히 사로잡은 것이다. 그것은 지금까지 단 한 번도 경험한 일이 없는, 뭐라고 형용할 수 없는, 온 세계에 맞설 만한 강한 감정이었다……. 아, 이제 나는 어떤 일이 있어도 여기서 벗어날 수가 없구나! 아, 이 천박한 것이 내 마음을 사로잡는구나! 나는 그녀의 두 손을 붙잡았다. 그녀의 손을 만진 것이 내게 벅찬 자극을 주었다. 그래서 나는 그녀의 오만한 진홍색 입술에, 웃음을 머금고 나를 부르는 그 입술에 살며시 내 입술을 맞추었다.

아, 그 더럽고 추악한 기억은 이제 그만 사라져 버렸으면! 저주받을 꿈! 맹세하건대, 그러한 추잡한 꿈을 꾸기 전까지 나는 뭔가 그와 비슷한 수치스러운 생각도 전혀 하지 않았다! 그런 종류의 본능적인 공상조차도 해본 일이 없었다(물론 그 〈서류〉를 호주머니에 넣어 꿰맨 뒤에, 이따금 야릇한 웃음을 지으면서 그걸 만져 보곤 했지만). 그렇다면 도대체 이게 어떻게 된 일일까? 아마 그런 욕망이 내 마음속에 거미의 넋이 되어 숨어 있었기 때문이리라! 어쩌면 그것은 이미 오래 전에 그런 욕망이 내 음탕한 마음속에 숨어 있었다는 것, 나의 〈희망〉 속에 숨어 있었다는 것을 의미한다. 다만 내 마음이 그것을 내놓고 인정하기를 부끄럽게 생각했고, 내 이성이 그런 종류의 일을 의식적으로 생각하기를 거부했을 뿐이다. 그러나 꿈속에서 내 넋은 모든 감정을 있는 그대로 그려 냈고, 마음속에 숨어 있던 모든 것을 완전한 한 폭의 그림으로 그려, 예언의 형식으로 드러내 놓았던 것이다. 그렇다면 오늘 아침 마까르 이바노비치의 방에서 뛰어나오기 전에, 내가 모든 사람들에게 〈증명〉하려고 생각한 일이 과연 〈이 일〉이었을까? 자, 이젠 정말로 그만두자. 적당한 때가 될 때까지 나는 이 일에 대해서는 아무 말도 하지 않겠다! 내가 꾸었던 이 꿈은 내 평생에 걸쳐서 가장 음울한 사건 중의 하나가 되어 버렸다.

제3장

1

사흘을 꼬박 앓고 난 다음날 아침, 나는 침대에서 일어났다. 두 발로 마루 위에 서면서 나는 이제 다시는 병석에 눕지 않으리라는 것을 느꼈다. 몸이 거의 완전히 회복되어 가고 있는 것을 알았다. 어쩌면 이런 세세한 일상적 묘사는 전혀 할 필요가 없을지도 모른다. 그때 특별한 일은 아무것도 일어나지 않았지만, 나는 며칠 동안 왠지 마음이 즐거웠고 평온했다는 기억을 가지고 있다. 내 기억 속에서 그런 일은 아주 드물었다. 내 정신 상태에 대해서는 당분간 말하지 않으려고 한다. 독자가 내 말을 듣는다고 해도, 전혀 믿어 줄 생각이 들지 않을 것이다. 언젠가 때가 되면 모든 것이 사실대로 분명히 밝혀질 것이다. 따라서 지금은 단 한 가지만 말해 두기로 한다. 독자들이여, 〈거미의 넋〉이라는 말을 기억해 주기 바란다. 〈고상함〉을 추구한다는 미명하에 그들에게서 새로운 세계를 향해 나가려고 한 인간의 마음속에 바로 그와 같은 것이 숨어 있었으니 말이다! 물론 고상함을 희구하는 갈망은 더없이 강한 것이었다. 그러나 그것이 어떻게 전혀 다른, 뭔지도 모를 욕망과 결부되었는지 나는 모른다. 그래서 나는 다만, 아주 고귀한 이상을 가슴에 품고 있는 인간이 동시에 가장 비열한 감정을 가질 수 있다는 사실에, 아니 그런 인간의(그것은 아마 주로 러시아 인의) 능력에 천 번도 더 놀라곤 했다. 과연 그것이 위대한 장래를 표상하는 러시아 인의 독특한 포용력의 광대함일까, 아니면 단순히 비열함에 불과한 것일까, 바로 그것이 문제의 핵심이었다!

이런 종류의 얘기는 이제 그만 하기로 한다. 어쨌든 그러는 과정에서 나는 평온한 상태를 유지할 수 있었다. 내 계획을 실천에 옮기기 전에 우선 건강을 완전히 회복해야 한다. 그것도 가급적이면 빨리 회복해야 한다는 것을 나는 깨달았다. 그래서 위생적인 생활을 하고, 의사의(그가 어떤 인간이든 간에) 말을 잘 들으려고 마음먹었다. 그리고 마음의 평안을 뒤흔드는 모든 계획은, 극히 건전한 이성을 가지고(이것도 그 포용력의 결실이다) 탈출의 그날까지, 즉 완쾌하는 날까지 연기하기로 했다. 그러나 나는 이런 이중적인 마음이 어떻게 동시에 성립할 수 있는지 궁금하였다. 즉 이를 악물고 단단한 결심을 하며 어떤 일을 준비하는 극도의 긴장감 속에서 이러한 평화로운 기분을 느낄 수 있다는 사실이 잘 이해가 되질 않았다. 하지만 그것도 역시 마음속의 그 〈포용력〉 때문이라고 해두자. 아무튼 최근까지도 내 마음속에 있던 불안감은 이미 자취를 감췄다. 장래에 대해 생각할 때면 항상 전율을 느끼던 마음도 이제 담담해져서, 마치 자신의 재력과 능력을 확신하는 부유한 사람처럼 그저 적당한 때가 오기만을 기다릴 정도로 여유가 생겼다. 그러면서도 자신을 기다리는 운명에 대한 오만한 생각과 도전적인 기분은 한편에서 더욱 굳건히 자리를 잡아 갔다. 그것은 내 건강이 어느 정도 회복되어 가고 있다는 반증이자, 어떤 것에 대한 희구가 아주 빠른 속도로 되살아나고 있기 때문이라고 나는 생각했다. 내 몸이 회복 단계에 접어들고 있다는 구체적인 징후들이 나타나던 그 며칠 동안의 활기찬 상태를 회상하면, 나는 지금도 가슴속에서 약동하는 희열을 느낀다.

사실 그들은 내가 저지른 모든 행동을 감싸 주었다. 그들에게 직접 대고 욕설과 비난을 퍼부은 내 무례한 언동을 그들은 모두

다 가슴으로 이해를 해준 것이다. 나는 인간들에게 잠재되어 있는 그런 특성을 좋아하는데, 나는 그것을 〈마음의 예지〉라고 부른다. 그리고 그것은 어느 정도 내 마음을 끌었다. 예를 들어 나는 베르실로프를 상대로 가장 친근한 벗처럼 계속해서 이야기를 나누었다. 그러나 그것도 어느 정도까지였다. 서로 대화를 하다가 조금이라도 마음속을 지나치게 털어놓는 말이 나오게 되면(대화 중에 그런 말이 잘 튀어나오곤 했다), 우리는 서로 약간 어색함을 느끼고 곧 말을 억제하였다. 그리고 이따금 논쟁에서 이긴 승자가 패배자에 대해서 얼마간의 수치심을 느낄 때가 있다. 논쟁에서 승자는 분명히 나였지만, 나는 극도의 수치심을 느끼곤 했다.

내가 다시 며칠 동안 심하게 앓고 처음으로 기운을 차리던 날 아침에 그가 잠깐 내게 들렀다. 그때 그는 어머니와 마까르 이바노비치에 대한 여러 사람의 합의 사항을 처음으로 내게 말해 주었다. 그의 말을 빌리자면, 노인은 기운을 다소 회복했지만 의사는 절대로 안심할 수 있는 상태가 아니라고 한다는 것이다. 나는 그에게 진심으로 다시는 그를 자극할 만한 언동을 하지 않겠다고 약속했다. 베르실로프가 내게 그러한 사실을 알려 주었을 때, 나는 처음으로 그도 역시 그 노인에게 아주 깊은 관심을 가지고 있다는 것을 깨달았다. 베르실로프는 이 노인을 아주 소중한 존재로 여기며, 그에 대해 세밀하고 깊숙한 관심과 배려를 하고 있는 것 같았다. 그것은 단지 어머니 때문만도 아니었다. 나는 그 사실에 호기심을 느꼈다기보다는 오히려 놀랐다. 사실, 만일 베르실로프와 연관된 일이 아니었더라면, 나는 그 노인을 둘러싸고 있는 일에 조금도 관심을 기울이지 않았을 것이며, 내 마음에 아주 강렬하고 독특한 추억을 남겨 준 이 노인의 가치를 전혀 깨닫지 못했을 것이다.

베르실로프는 마까르 이바노비치를 대하는 내 태도에 대해 걱정이 되었던 모양이다. 그는 이러한 상황에 대처하는 내 이성이

나 지혜에 대해서 아직도 신뢰를 하지 못하는 듯했다. 그러나 의외로 나 같은 인간도 때로는 전혀 다른 사고 방식이나 인생관을 가진 사람에 대해서 어떤 태도를 취해야 하는지 알고 있다는 것을 깨닫고, 보다 간략히 말하면, 내가 필요에 따라서는 양보도 하고 또 아량을 보일 줄도 안다는 것을 보고 그는 아주 흡족해 했다. 또 하나 고백할 것이 있다(이런 고백을 한다고 해서 나는 자신을 비하시킨다고 생각하지는 않는다). 그것은 내가 평범한 농민 출신의 이 사람에게서 내게는 완전히 새롭고 전에는 전혀 모르던 그 무엇, 내가 이전에 생각했던 것보다도 훨씬 더 내 마음의 위로가 되는 그 무엇을 발견했다는 점이다. 그런 한편 그의 말을 듣다 보면 그의 내면에는, 그가 확고한 신념을 가지고 믿고 있는 결정적인 편견이 잠재해 있음을 알 수가 있었고, 나는 때로 그와 단순히 반대되는 생각을 하지 않을 수가 없었다. 하지만 그런 편견의 본질적 토대는 그의 지식이 폭이 좁고 얕기 때문이었다. 그 밖의 다른 점에서는 그가 지니고 있는 인식 토대의 체계가 상당히 잘 잡혀 있어서, 나는 하층 계층의 사람으로서 그 정도의 지적 차원을 지니고 있는 사람을 아직 본 일이 없었다.

2

내 마음을 끌었던 그의 가장 큰 특징은 무엇보다도 앞에서도 말한 것처럼, 그의 순수한 영혼과 겸손한 태도였다. 그의 분위기는 죄의식을 거의 갖지 않는 사람에게서 느껴지는 것으로, 마음의 〈기쁨〉과 〈고상함〉을 가지고 있었다. 그는 〈기쁨〉이라는 말을 아주 좋아했고 또한 그것을 자주 사용했다. 그는 어쩌면 계속되는 열병의 후유증 때문인지도 모르지만, 항상 들뜬 마음의 상태에서 기쁜 감정을 토로하곤 했다. 물론 병을 앓는 도중에 생긴 발작적인 감정이라고도 할 수 있지만, 그것이 그가 지니고 있는 고상함을 손상시키지는 않았다. 또 그것과는 아주 대조적인 점도 있었다. 때로 일상적인 풍자를 이해 못할 만큼 천진난만함을 드러내기도 하지만, 그의 마음속에는 동시에 뭔가 교활하리만큼 예민함이 공존하고 있었다. 나는 그 점을 꺼렸지만, 그와 논쟁을 할 때면 그러한 특성이 자주 드러나곤 했다. 그리고 그는 논쟁을 좋아하기는 했지만 아주 드물게 할 뿐이며 그 방식도 아주 독특하였다. 그는 러시아의 구석구석을 돌아다녔기 때문에 많은 이야기를 들은 것이 분명했다. 그러나 되풀이해서 말하지만, 그는 무엇보다도 그런 얘기에 감동하기를 좋아했고 그런 감동적인 이야기를 말해 주는 것을 좋아했다. 보통 그는 이야기하는 것을 매우 좋아했다. 나는 그에게서 그의 방랑 생활에 관한 이야기와 옛날 〈고행자들〉의 생활에 대한 여러 가지 전설과 같은 이야기를 들었다. 그 방면에 대해서 나는 별로 깊은 지식을 가지고 있지 않았지만, 그러한 전설이란 대부분 민중들에게서 구전된 것을 들은 것이기 때문에 때로는 그도 많은 것을 잘못 전했으리라고 생각한다. 어떤 이야기는 그대로 듣고 흘려 버릴 수 없는 것도 있었다. 때로는 분명히 변조라고 생각되는 이야기도 있었으며, 그저 평범한 것도 있었다. 하지만 때로는 아주 깊은 감동을 자아낼 만큼 민족적 정서가 엿보이는 것도 있었다……. 예를 들면 그의 이야기 가운데 〈이집트에서의 마리아의 생애〉라는 길다란 이야기를 나는 기억하고 있다. 〈생애에 대한 이야기〉나 그런 종류의 이야기에 대해서 나에게는 그때까지 아무런 지식도 없었다. 그러나 분명히 말하건대, 그것은 눈물 없이 듣기에는 거의 불가능한 이야기였다. 그리고 그것은 감동의 눈물이라기보다는 뭔가 환희가 어려 있는 눈물이었다. 삶의 깊은 의미를 찾아 방랑하는 성스러운 여성의 시련을 극복해 가는 이야기는 아주 뜨거운 감동을 가지고 있었다. 그러나 나는 그런 이야기를 할 만한 자격이 없기 때문에 거기에 관해서는 자세히 말할 생각이 없다.

그런 감동 이외에도 나는 그가 지니고 있는 인간적 특성 중 또 다른 면을 느꼈다. 그것은 바로 현대의 실생활에 관해서나 아직 이론이 분분한 당면 문제에 대해서 때로 그가 매우 독창적인 견해를 가지고 있다는 것이다. 한번은 그가 군대에서 제대한 한 병사에 대한 최근의 이야기를 한 적이 있다. 이 사건에 대해서 그는 목격자나 다름없는 입장에 있었다. 한 병사가 군대 근무를 마치고 다시 농부들이 사는 고향으로 돌아왔지만, 그는 어느새 농부들과 함께 사는 것이 마음에 들지 않았고, 또한 그의 이웃들과 지내는 것도 마음에 들지 않았다. 그래서 어느덧 그는 일상적인 생활에서 벗어나 항상 술에 절어 살았고 급기야는 강도질까지 했다. 확실한 증거는 없었지만 그는 붙잡혀 재판을 받게 되었다. 법정에서 변호사는 그의 무죄를 주장하여 거의 무죄 선고를 받는 상황으로 몰고 갔다. 구체적인 증거가 없다는 주장이었다. 그런데 갑자기 그때까지 듣고만 있던 그 사람이 일어서더니 변호사의 말을 가로막았다. 〈아닙니다, 제가 말하겠습니다〉 하더니 〈티끌 하나 없이〉 모든 사실을 숨김 없이 말해 버렸다. 후회의 눈물을 흘리면서 그는 모든 죄를 자인했던 것이다. 배심원들은 법정에서 나가 별실에서 협의를 하고 난 뒤, 이윽고 다시 법정으로 나와서 〈피고는 무죄〉라고 배심의 결과를 공표했다. 방청객들은 모두 환호하며 좋아했지만, 정작 그 병사는 그 자리에 말뚝처럼 가만히 선 채 움직이려고도 하지 않았다. 그는 어떻게 된 영문인지 전혀 알 수가 없었다. 재판장이 그를 방면하면서 그에게 훈계의 말을 했지만 그는 그 말의 의미도 알아듣지 못하는 상황이었다. 아무튼 그 병사는 다시 자유로운 몸이 되었지만 아무래도 자신을 믿을 수가 없었다. 그래서 갑자기 깊은 생각에 빠져 급기야는 우울증에 걸리더니, 음식도 전혀 입에 대지 않고 사람들과 말도 하지 않다가, 닷새째 되던 날, 그만 목을 매고 자살을 하였다. 〈마음속에 죄를 짓고 살면 그렇게 되는 거야!〉 하고 마까르 이바노비치가 말을 맺었다. 이 이야기는 별로 특별한 점이 있는 것도 아니고, 그런 이야기라면 요즈음 어느 신문에나 수없이 실려 있다. 내 마음에 든 것은 바로 그의 말투였다. 그의 말 속에는 완전히 새로운 사상이 담겨 있었다. 예를 들면, 그 병사가 마을로 돌아왔을 때, 그가 농민들과 갈등을 겪게 되는 과정을 설명하면서 마까르 이바노비치는 이렇게 표현했다. 〈사람들은 병사가 어떤 것인지에 대해서 누구나 다 알았지. 병사란 바로 《못쓰게 된 농부》거든.〉 또한 그의 무죄를 거의 꾸며 냈던 변호사에 대해서도 역시 이렇게 표현했다. 〈변호사가 어떤 것인지는 누구나 잘 알지. 변호사란 바로 돈을 위해 양심을 파는 작자야.〉 그는 이런 표현을 조금도 힘들이지 않고 무의식중에 그대로 사용했다. 그렇지만 이 표현에는 이 두 종류의 군상에 대한 독특한 견해가 분명히 나타나 있다. 물론 그것을 민중 전체의 견해라고는 할 수 없겠지만, 거기에는 마까르 이바노비치의 독자적인 견해가 담겨 있으며, 그것은 전혀 남의 것을 차용한 것이 아니었다! 어떤 문제에 대하여 사람들이 무언의 합의를 통해 정해 놓은 정의는 때로 그 창의성에서 참으로 경탄할 만한 것이다.

「그런데 마까르 이바노비치, 당신은 자살에 대해서 어떻게 생각하시지요?」 마침 그런 이야기가 나왔을 때 내가 그에게 물었다.

「자살이란 인간의 죄 중에서도 가장 큰 죄야.」 한숨을 한 번 쉬고 나서 그는 대답했다. 「하지만 그 일도 역시 오로지 하느님만이 판단할 뿐이지. 왜냐하면 모든 일의 본질적인 내용과 판단의 기준에 대해서는 하느님만이 알고 계시기 때문이거든. 우리는 반드시 그러한 죄인을 위해서 기도를 해줘야 해. 그런 죄악이 저질러졌다는 말을 들을 때마다, 그리고 밤에 잠자리에 들기 전에 우리는 그런 죄인들을 위해서 진심으로 기도해야 하네. 그런 죄인들을 위해서 하느님에게 들리게 한숨을 쉬는 것만이라도 좋으니 말일세. 자네가 전혀 모르는 사람이라도 상관없어. 오히려 그러한 자네의 기도가 하느님의 귀에 더욱 잘 들어갈 게야.」

「그 사람이 이미 적당한 심판을 받았더라도 제 기도가 도움이 될까요?」

「어떻게 자네가 그것을 알지? 세상에는 신앙을 가지지 않았기 때문에 무지한 사람들의 귀를 현혹하는 사람이 많네. 그런 사람들이 참으로 많지. 자네는 그런 사람들의 말을 들어서는 안 되네. 그런 사람들은 자신이 어디를 향해서 걷고 있는지도 모르니 말일세. 그리고 이 세상에 살고 있는 인간이 심판받은 자를 위해서 드리는 기도는 정말로 하느님의 귀에 들어가는 법이야. 자신을 위해서가 아니라 남을 위해서 기도하는 사람의 기분이 어떻겠나? 그러니 밤에 자기 전에 기도할 때에는, 기도가 끝나면 그 다음에 꼭 〈주 예수여, 그들을 위하여 아무도 기도해 주는 사람이 없는 모든 사람들에게도 자비를 내리시옵소서〉 하고 덧붙여야 하네. 그러면 그런 기도는 반드시 하느님의 귀에 들어갈 것이고, 그분 또한 반가워하실 거야. 그리고 이 세상에 살고 있는 모든 죄인들을 위해서도 역시 〈주여, 그들의 운명은 주님의 뜻에 있사오니, 회개하지 않은 자들을 구원하소서〉 하고 기도를 하게. 이것도 역시 매우 좋은 기도지.」

그의 말을 듣고, 나는 꼭 그렇게 기도하겠다고 약속했다. 내가 한 약속이 그에게 상당한 만족을 주리라고 느꼈기 때문이다. 실제로 내가 그런 약속을 했을 때, 그의 얼굴에는 만족한 빛이 감돌았다. 하지만 그런 경우에도 그는 절대로 내게 강요하는 태도를 취하지 않았다. 그는 지혜가 많은 노인이 어린 풋내기를 대하는 것 같은 태도를 취한 일이 전혀 없었으며, 오히려 반대로 그는 내 이야기를 아주 즐겨 들었고, 여러 가지 문제를 논하는 내 말에 귀를 기울이기도 했다. 그는 그가 잘 사용하는 〈청춘〉이라는 낱말을 나에 대해 썼고(그는 〈청춘〉이 아니라 〈청년〉이라고 말해야 한다는 것을 잘 알고 있었지만 그렇게 말했다), 또한 그 〈청춘〉이 자신보다 훨씬 더 높은 교육을 받았다는 것도 이해하고 있었다. 예를 들면 그는 황야의 은둔 생활에 대해서 자주 이야기했는데, 〈황야의 은둔 생활〉 쪽이 〈방랑 생활〉보다도 비할 수 없이 좋은 것이라고 했다. 하지만 그때마다 나는, 자신의 영혼을 구원하려는 이기적인 생각에서 이 세상을 등지는 것은 인류를 위하여 공헌하는 소명 의식을 저버린다는 관점에서 그의 견해를 반박하곤 했다. 처음에 그는 내 말의 의미를 잘 이해하지 못했다. 어쩌면 전혀 이해하지 못했는지도 모를 일이다. 하지만 그는 황야의 은둔 생활만은 적극적으로 옹호했다. 〈물론 처음에는 자신이 가엾을 거야(황야에 홀로 떨어져서 살게 되었을 때 말이다). 하지만 점차로 세월이 지나다 보면, 날마다 느끼는 기쁨이 점점 커져서 마침내 하느님을 깨닫게 되지.〉 그의 말을 반박하면서, 나는 학자와 의사 그리고 이 세상에서 일반적으로 인류의 진정한 벗이라고 불리는 사람들이 실현할 수 있는 유익한 활동에 관해서 설명을 하여 그를 진정으로 감동케 하였다. 나의 온 열정을 다해 감동적으로 말했기 때문이다. 「자네 말이 맞네. 하느님, 축복을 내리소서. 자네 생각이 옳으네.」 그는 쉴새없이 내 의견에 동의하였다. 하지만 내가 이야기를 끝냈을 때, 그는 완전히 내 의견에 동의한 것은 아니었다. 「그것도 일리가 있는 말이네.」 그는 크게 한숨을 쉬었다. 「하지만 끝까지 자신의 신념대로 행동을 하고 목표 의식을 상실하지 않는 사람이 그렇게 많을까? 돈이라는 것은 절대적이지는 않지만, 그래도 반쯤은 하느님처럼 커다란 유혹을 불러일으킬 수가 있거든. 그리고 여자라는 대상도 있고, 또한 명예심이나 시기심도 있네. 그래서 본래의 목적을 잊어버리고 사소한 것에 정신을 팔 수도 있겠지. 하지만 황야에서 살아도 그럴까? 황야에서 살면 인간은 자신을 단련하여 어떠한 큰일이라도 할 수 있게 되네. 알겠나! 도대체 이 세상에 온 영혼을 헌신할 만한 것이 어떤 게 있단 말인가?」 그는 지극히 감동한 어조로 말했다. 「다만 허황한 꿈뿐이 아닌가? 모래를 집어 돌 위에 뿌려 보게! 그러면 자네가 뿌린 누런 모래알에서 싹이 틀 것이고, 그러면 자네의 꿈도 이 세상에서 실현될 것이라고들 말하지. 하지만 그리스도의 말씀은 다르네. 그분은 〈너희의 재산을 모든 사람에게 나누어 주고 그들을 섬기라〉고 하셨네. 그러면 이전보다 훨씬 더 우리의 영혼이 평안하게 될 것이라는 걸세. 왜냐하면 먹는 음식이나 값진 옷, 또한 명예심이나 시기심에 의해서가 아니라, 영혼으로 느끼는 심오한 사랑에 의해서 우리가 행복해지기 때문이지. 그렇게 함으로써 10만이나 1백만 루블 정도의 조그마한 재산이 아니라, 온 세상을 자기 것으로 만드는 만족감을 얻게 되는 거지! 지금은 누구나 오로지 돈을 긁어모으는 일에만 매달려 미쳐 가고 있지만, 만일 보다 큰 목적에 헌신하게 되면 고아도 없어지고 거지도 다 사라지고 말 거야. 그렇게 되면 모든 것이 우리의 것이 되고, 모든 사람이 가족이 되며, 모든 사람들과 화평을 이루며 상부상조할 수 있을 테니까! 세상 사람들은 아무리 부유하고 유명한 사람이라도 그저 자신의 삶에 대해서만 걱정을 하지만, 궁극적인 위안은 전혀 찾지 못하고 있네. 그렇지만 세상에 사랑이 그득하게 되는 날에는 사람들의 삶은 훨씬 더 윤택해지겠지. 단 1분의 시간도 헛되이 쓰지 않고, 매순간마다 마음의 평안을 느끼며 살게 되기 때문이지. 그때에는 책에서만이 아니라, 세상의 모든 것에서 아주 훌륭한 지혜를 얻게 될 것이고 하느님의 본모습도 마주보게 될 걸세. 그러면 이 세상은 태양보다도 더욱더 밝게 빛나며, 걱정과 슬픔이 없어지고, 진정한 낙원이 될 걸세…….〉

진정한 기쁨에 잠겨 말하는 그의 말을 마침 그 자리에 같이 있던 베르실로프도 깊은 관심을 가지고 듣는 것 같았다.

「마까르 이바노비치!」 그의 말에 지나치게 흥분하여 내가 갑자기 그의 말을 가로막았다(나는 그날 밤의 일을 잘 기억한다). 「그렇다면 당신은 코뮤니즘을, 완전한 코뮤니즘을 말하고 있는 것이군요!」

하지만 그는 코뮤니즘이란 말도 처음 듣는 것이었고 그것이 표방하는 내용에 대해서 전혀 알지 못했기 때문에, 그 문제에 관해서 내가 알고 있는 모든 것을 그에게 설명하기 시작했다. 하지만 그것에 관한 내 지식은 아주 빈약하고 또 애매했다. 그런 것에 관해서 말할 자격도 없었지만, 개의치 않고 나는 내가 알고 있는 모든 것을 강렬한 열정을 가지고 토로했다. 지금도 나는, 내가 그때 노인에게 주었던 심상찮은 인상을 떠올리면 대단한 만족을 느낀다. 그것은 인상이라기보다는 오히려 충격이라고 할 만한 것이었다. 그때 그는 상세한 역사적인 사실에 깊은 흥미를 가졌고, 〈언제, 어디서, 어떻게, 누가, 그것을 했는가? 누가 그렇게 말했는가?〉 하는 종류의 질문을 계속해서 던졌다. 말이 나온 참에 덧붙여 두자면, 러시아 농민들에게는 대체적으로 그런 특성이 있다. 그들은 무엇에 대해서든 깊은 흥미를 느끼게 되면, 일반적인 개념만으로는 절대로 만족하지 못하고, 반드시 매우 구체적이며 정확하고 상세한 사실을 알려고 캐묻기 시작한다. 그가 상세한 사실을 설명해 달라고 요구했을 때 나는 매우 당황했다. 거기다가 마침 베르실로프가 그 자리에 있어서 다소 부끄럽기도 했기 때문에 나는 더욱더 흥분했다. 마까르 이바노비치는 끝에 가서는 결국 내 말에 매우 감동한 듯 내가 말을 할 때마다 〈그렇지, 맞아!〉라는 말만 되풀이할 뿐, 이미 내 이야기의 내용이 무엇인지도 이해하지 못하고, 또한 이야기의 줄거리도 놓쳐 버린 듯했다. 그래서 나는 화가 나기 시작했지만, 마침 그때에 베르실로프가 내 이야기를 가로막으면서 이제 잠잘 시간이라고 말했다. 그때에는 모두가 그 자리에 모여 있었고 시간도 매우 늦었다. 몇 분 지나서 그가 잠시 내 방에 들렀기에, 나는 그에게 마까르 이바노비치를 어떻게 보고 있는가, 또 그에 대해서 어떻게 생각하는가를 물었다. 베르실로프는 유쾌한 표정을 지으며 웃었다(그것은 내가 코뮤니즘을 설명하면서 몇 가지 실수를 한 데 대해서가 아니었다. 그는 그런 내용에 대해서는 아무 말도 하지 않았다). 반복하지만 그는 완전히 마까르 이바노비치에게 경도되어 있는 듯했다. 노인의 이야기를 들으면서 때로 아주 매혹적인 미소가 그의 얼굴에 떠오르곤 하던 것을 나는 종종 보았다. 하지만 그러한 미소가 그의 비판 의식을 모두 중화시키지는 못했다.

「마까르 이바노비치는 일반적인 농부가 아니라 대귀족의 하인이었다.」 베르실로프는 흥미로운 표정을 지으며 말을 꺼냈다. 「그는 그 저택의 하인이었던 부모에게서 태어나 하인으로 일을 하고 있었지. 과거에 대귀족의 하인이라는 사람들은 주인의 사생활이나 문화적인 환경의 영향을 받으며 그들의 지적인 활동과 상당한 교류를 할 수 있었어. 곰곰이 생각해 보거라. 마까르 이바노비치가 지금도 가장 흥미를 가지고 있는 것은 지주와 상류 귀족들의 생활 속에서 일어난 사건에 관한 내용일 게다. 최근 러시아에서 일어난 어떤 사건에 대해서 그가 얼마나 깊은 흥미를 가지고 있는지 너는 아직 모를 거야. 그가 위대한 정치가의 성향을 가지고 있다는 것을 너는 인식했니? 그에게는 좋은 음식 같은 것은 전혀 필요가 없어. 그가 관심 있는 것은 어디서 누가 전쟁을 하고 있다든가, 우리가 누구와 전쟁을 시작할 것인가 하는 따위의 문제들이야. 전에는 나도 그런 이야기를 해줘서 그를 지극히 즐겁게 해주었다. 또 그 사람은 학문을 매우 존중하는데, 학문 중에서도 제일 좋아하는 것은 천문학이다. 중요한 것은 그런 과정을 통해서 그는 자기 마음속에 아무도 흔들 수 없는, 절대로 흔들리지 않는 것을 만들어 냈지. 그것이 바로 확고하고 상당히 분명한…… 그리고 진정한 의미의 신념으로 자리를 잡았어. 비록 무식하지만, 어떤 문제에 대해서는 사람들이 그에게서 전혀 기대도 하지 않을 뜻밖의 탄탄한 지식을 가지고 있어서 다른 사람을 놀라게 할 정도지. 그 사람은 열심히 황야의 생활을 찬양하지만, 실제로는 황야나 수도원에는 절대로 가지 않을 게다. 왜냐하면 아까도 알렉산드르 세묘노비치가 적절히 말한 것처럼, 그 사람은 진정한 의미의 〈방랑자〉이기 때문이다. 그러니 너도 공연히 그에게 반박하려고 할 필요는 없다. 그 밖에 또 뭐가 있을까? 그래, 또 하나, 그에게는 뭐랄까 예술가 같은 특성이 있다. 자기 자신의 목소리를 가지고 있지만, 또 자신의 말이 아닌 것도 있지. 논리적인 것을 표현할 때 그는 다소 산만하고 무질서하며, 매우 추상적이 되지. 그리고 가끔씩 감상에 사로잡히기도 하지만, 그것은 이 시대의 특징 중에 하나인 민족적 감상주의의 요소를 지니고 있기 때문이야. 보다 더 적절하게 말한다면, 우리 민중을 종교적 감정으로 이끌어 가는 바로 그 민족적 감정을 고양시키는 감상적 정서의 표출이라고 하는 편이 나을지 모르겠다. 그리고 그의 내면 속에 순결한 영혼이 담겨 있다는 점에 대해서는 더 이상 말할 필요가 없겠지. 그런 이야기는 너무도 당연한 것이니 말이다…….」

3

마까르 이바노비치의 성격적 특성에 대한 묘사는 그가 말한 이야기 중에 하나를 전하는 것으로 끝내기로 하자. 이런 내용의 이야기는 그의 사생활에 관련된 것이다. 그러한 이야기들의 특성은 하나같이 약간 이상한 분위기를 담고 있다는 점이다. 아니, 거기에는 공통적인 특성이 하나도 없다고 말하는 편이 더 적절할 것이다. 그것들은 모두 다 어떤 교훈적인 요소나 일반적인 경향 같은 것을 전혀 담고 있지 않았다. 그리고 대부분 감동적인 내용을 가지고 있었지만, 아무런 감동도 자아내지 않는 것도 있었다. 또한 어떤 이야기들은 평범하고 유쾌한 내용의 것도 있었지만, 어떤 것은 행실이 나쁜 수도사에 대한 조소 어린 것도 있어서, 그 때문에 이야기를 하는 도중에 그는 자신의 품위를 손상시키는 표현을 하기도 했다. 나는 이따금 그것에 대하여 그에게 주의를 환기시키기도 했지만 그는 내 의도를 이해하지 못했다. 때로는 그가 왜 이런 이야기를 하고 싶어하는지 전혀 이해할 수 없는 때도 있었다. 전체적으로 나는 그의 다변에 놀랐으며, 그것을 어느 정도 그의 나이와 노쇠해진 건강 탓으로 돌리기도 했다.

「그는 이전과 전혀 다른 사람이 된 것 같다.」 언젠가 베르실로프가 내게 나지막이 말한 적이 있다. 「전에는 전혀 저런 모습이 아니었어. 아마도 그는 오래잖아 죽을 거야. 우리가 생각한 것보다 훨씬 빨리 죽을지도 모르니 대비하고 있어야지.」

말하는 것을 잊고 있었지만, 가족들은 집에서 〈저녁 모임〉 같은 것을 가지기로 되어 있었다. 그래서 마까르 이바노비치의 옆을 떠나지 않고 있는 어머니 이외에, 밤이 되면 언제나 베르실로프가 그의 방으로 왔으며 나도 늘 거기로 갔다. 나는 특별히 머물 곳이 없었기 때문이다. 그리고 리자도 거의 매일 저녁 제일 마지막으로 와서 아무 말 없이 앉아 있었다. 따찌야나 빠블로브나도 자주 왔고, 드물기는 했지만 의사도 그 자리에 함께 모였다. 그리고 어떻게 된 일인지 나는 의사와 아주 가까운 사이가 되었다. 물론 아주 친한 것은 아니었지만, 나는 적어도 이전처럼 엉뚱한 행동은 하지 않게 되었다. 그의 우직한 성격과 우리 가족에 대한 일종의 애착 같은 것을 가지고 있는 점이 내 마음에 들었기 때문이다. 그래서 나는 점차적으로 그의 의사다운 거만한 태도를 용서해 주기로 마음먹었다. 나는 그에게 깨끗한 셔츠를 입고 다닐 수 없다면 손이라도 깨끗이 씻고 손톱이라도 단정히 다듬으라고 말해 주었다. 그것은 사치하기 위해서도 아니고, 미용을 위해서도 아니며, 그저 몸을 항상 청결하게 한다는 뜻이며, 그렇게 하는 것이 의사로서는 당연한 직업적 몸가짐이라는 것을 일깨워 주었다.

그리고 마지막으로 식모 루께리야가 부엌에서 나와 문 뒤에 서서 마까르 이바노비치의 말에 귀를 기울이곤 했다. 한번은 베르실로프가 문 뒤에 서 있는 그녀를 불러들여서 우리와 함께 앉도록 권했다. 그 일이 있고 나서부터 그녀는 문에 다가서는 일을 그만두었다. 사람들에게는 제각기 다른 취향이 있는 법이니까!

여기에 내가 들었던 이야기 중의 하나를 별로 고치지 않고 그가 말한 그대로 옮겨 보기로 한다. 나는 그 이야기를 비교적 완벽하게 기억하고 있고, 그 이유 때문에 여기에 기록하려는 것이다. 그것은 어떤 상인에 관한 이야기다. 그런 종류의 이야기는 안목만 있다면 우리 나라의 크고 작은 도시에서 얼마든지 볼 수 있는 것이니, 읽기 싫은 사람은 그대로 생략하고 넘어가도 무방하다. 그가 말한 내용을 내 관점에서 재구성해 쓰는 것이니 그래도 될 듯하다.

4

이 이야기는 아피미예프 시에서 일어난 이상한 사건에 관한 것이다. 그곳에 스꼬또보이니꼬프라는 성에, 이름은 막심 이바노비치라고 하는 상인이 있었는데, 그는 근처에서 비교할 사람이 전혀 없을 만큼 큰 부자였다. 그는 염색 공장을 가지고 있었으며 수백 명의 직공을 거느리고 있어 그의 자부심은 이루 말할 수도 없었다. 그 주변의 모든 사람은 그의 눈치를 보는 데 급급했으며, 높은 양반들도 어떤 일에든 그의 뜻을 거스르려고 하지 않았고, 교구장도 그의 열렬한 신앙심에 항상 감사하는 마음을 가지고 있었다. 그는 수도원에도 많은 돈을 기부했고, 또 기분이 내킬 때는 자신의 영혼이 죄 많음을 진심으로 슬퍼했으며, 내세에 대해서도 아주 깊은 생각을 하며 적잖이 마음을 쓰고 있었다. 그는 홀아비였으며 자식도 없었다. 들리는 풍문으로는 그가 결혼한 첫해에 아내를 때려죽였고, 젊었을 때부터 주먹으로 자기 의사를 전달하기를 좋아했다는 것이다. 그리고 벌써 오래 전의 이야기지만, 그는 다시 결혼해서 자신을 속박할 생각이 전혀 들지 않았다는 것이다. 그는 술버릇이 아주 고약해서 술을 마시고 나면 온 거리를 벌거숭이로 뛰어다니면서 고래고래 고함을 지르는 형편이었다. 큰 도시는 아니었지만 어쨌든 망신임에는 틀림없었다. 그리고 그런 때가 지나면 이번에는 무슨 일에든 공연히 화를 냈기 때문에, 사람들은 그가 판단한 일이라면 무엇이든 〈좋습니다〉, 또 그가 명령한 일이라면 무엇이든 〈매우 좋습니다〉 하고 넘어가기가 일쑤였다. 직공들의 월급을 줄 때도 그는 자기 마음대로 계산을 했다. 이를테면 그는 안경을 끼고서 수판을 들고 〈포마, 자네는 얼마 받아야지?〉 하고 물었다. 「성탄절 후에 한 번도 월급을 받지 못했습니다, 막심 이바노비치. 제가 받을 돈은 39루블입니다.」 「어, 그렇게 많단 말이야! 그건 자네에게 너무 많아. 자네 같은 사람은 절대로 그 정도의 값어치가 나가지 않아. 그건 자네 분수에 맞지 않는 큰돈이란 말이야. 그러니 10루블을 제해 버리고 29루블만 받아 가게.」 그러면 사람들은 아무 말도 없었으며, 아무도 감히 시비를 걸 수가 없다. 모두 아무 말도 못하고 순종하는 것이었다.

「그런 녀석에게 얼마를 주면 될지 나는 잘 알고 있어. 노동자 놈들에게는 그렇게 대해야 해. 도대체가 그 녀석들은 은혜를 몰라. 만일 내가 없었더라면 지금쯤 모두 굶어 죽었을 거야. 그런데도 그 덕은 모르고 그저 도둑놈처럼 돈만 밝히는 불한당이 많아. 그저 눈에 띄면 닥치는 대로 훔쳐 가려고만 든단 말이야. 게다가 사람 같은 놈은 하나 없고 모조리 술주정뱅이여서, 월급을 주기만 하면 곧 술집으로 달려가 알몸뚱이가 될 때까지 다 마셔 버리거든. 나올 때에는 그야말로 실 한 오라기도 몸에 걸치지 않은 벌거숭이가 된단 말이야. 그리고 그 작자들은 술집 앞에 있는 돌 위에 주저앉아서야 비로소 〈어머니, 저같이 쓸모없는 주정뱅이를 뭐 하러 낳았어요? 이런 주정뱅이는 태어났을 때 바로 눌러 죽여 버렸어야 해요!〉 하며 잔뜩 주사만 늘어놓거든. 그래 이런 것도 사람 축에 드는 건가? 아냐, 사람이 아니라 짐승이지. 그런 놈들은 무엇보다도 먼저 사람을 만들어 줘야 해. 돈을 주는 것은 그 다음의 일이야. 그런 작자들에게 언제 돈을 줘야 할지는 내가 잘 알고 있어.」

아피미예프 시의 사람들에 대해서 막심 이바노비치는 이런 생각을 가지고 있었다. 물론 그의 판단이 나쁘기는 하지만 그래도 그것은 사실이었다. 그곳 사람들은 단정한 맛이 전혀 없었고 인내심도 전혀 없었다.

그 도시에 또 한 사람의 상인이 있었는데, 어느 날 갑자기 죽었다. 아직 나이가 젊고 경박한 사람이었는데, 화재를 입어 재산을 몽땅 다 날려 버린 뒤에, 죽던 그 해에는 마치 모래 위에 나온 고기처럼 허우적거렸지만 갑자기 죽고 말았던 것이다. 그 사람은 막심 이바노비치와는 한 번도 사이가 좋은 적이 없었고, 그에게 잔뜩 빚을 지고 있는 형편이었다. 그는 죽기 직전까지 막심 이바노비치를 마음속으로 저주하고 있었다. 그가 죽은 뒤에 젊은 아내와 다섯 명의 어린 자식들만이 남았다. 남편을 여의고 홀로 남은 과부는 둥지 없는 제비처럼 다섯이나 되는 아이들을 데리고 먹을 것이 없어 온갖 고생을 다 하고 있었다. 그리고 단 하나 남은 재산인 나무로 지은 집도 막심 이바노비치가 빚의 대가로 빼앗으려고 하는 판국이었다. 견디다 못해 그녀는 다섯 명의 아이들을 나란히 교회의 입구에 있는 계단에 세웠다. 제일 위가 여덟 살짜리 아들이었고, 나머지는 모두 딸로 연년생이었다. 딸들의 맨 위는 네 살이고 제일 어린 것은 아직 엄마에게 안겨서 젖을 빨고 있는 형편이었다. 미사가 끝나고 막심 이바노비치가 나오자, 아이들은 엄마가 말한 대로 모두 줄을 지어 갑자기 그의 앞에 무릎을 꿇고서 일제히 조그마한 손으로 합장을 했다. 한편 다섯 번째 아기를 안고 아이들 뒤에 서 있던 과부는 모든 사람들이 보는 앞에서 머리가 땅에 닿도록 그에게 절을 하면서, 〈이렇게 애원합니다, 막심 이바노비치. 이 아이들을 불쌍히 여기셔서 마지막 빵 한 조각을 빼앗지 마세요. 제발 이 어린것들을 태어난 집에서 내쫓지 말아 주세요!〉 하고 간청했다. 그 자리에 있는 사람들은 모두 눈물을 흘렸다. 과부는 마음속으로 〈많은 사람 앞이고 자신의 체면도 생각해서 아마도 아이들에게 집을 돌려주겠지〉 하는 계산을 하고 있었다. 그러나 그녀의 예상은 전혀 맞지 않았다. 막심 이바노비치는 걸음을 멈추더니, 〈너는 젊은 과부이니 남편이 그리워서 그러는 것이지 자식들을 생각해서 우는 것은 아니겠지. 그리고 죽은 네 남편은 죽을 때까지 나를 저주했다지〉 하는 말만 던지더니 그대로 지나가 버렸고, 집도 돌려주지 않았다. 〈그런 작자들을 일일이 상대해 줄 필요가 어디 있어? 자선을 한번 베풀면 전보다도 더 욕을 할 텐데, 그런 일을 할 필요가 전혀 없지. 더 욕만 먹을 뿐이야.〉 그녀를 둘러싸고 실제로 그런 소문이 돌고 있었다. 소문의 내용은, 약 10년 전 그 과부가 아직 처녀였을 때 그가 하느님의 율법을 어기는 죄라는 것을 무시하고 큰돈을 미끼로 그녀에게 수작을 걸었다는 것이다(아마 그녀는 예뻤던 모양이다). 하지만 그는 자기 욕심을 채울 수가 없었다. 그런 추잡스런 일들이 온 사방에서 자행되고 있었지만, 그녀는 그런 추파에 넘어가지 않았던 것이다.

그는 어린애들을 껴안고 울부짖는 과부와 아이들을 집에서 쫓아냈지만, 그것이 꼭 악의에 의한 것이라고만은 할 수 없었다. 사람들은 이따금 무엇인가가 계기가 되어 한번 고집을 부리면 자신도 건잡을 수 없는 경우가 있다. 처음에는 이웃 사람들의 도움을 받고 살다가 그녀는 마침내 일자리를 찾게 되었다. 그러나 이런 곳에서는 공장을 제외하면 변변한 일자리가 있을 리 없었다. 그래서 그녀는 한 곳에서는 마루를 걸레질하고, 다른 곳에서는 채소밭의 풀을 뽑거나 목욕탕의 불을 때곤 했지만, 항상 젖먹이를 안고 다녀야 했기 때문에 고생이 이만저만이 아니었다. 한편 나머지 네 아이는 속옷만 걸치고 그저 길 위에서 뛰어다니는 형편이었다. 교회의 입구에 있는 계단에 아이들을 꿇어앉혔을 때는 그래도 모두 신발을 신고 있었고, 또 외투 같은 것도 입고 있었다. 아무리 영락했어도 상인의 자식들이었으니 말이다. 그러나 이제는 옷도 신발도 다 해져서 맨발로 뛰어다니는 형편이었다. 누구나 다 알지만, 아이들이란 옷이나 신발이 닳아 없어지는 걱정을 전혀 못하고 그저 햇빛만 나오면 기뻐하며, 마치 새 새끼들처럼 자신의 파멸이 임박한 것을 느끼지도 못하고 천진난만하게 장난을 치면서 마음껏 뛰논다. 그러나 과부는 혼자 생각했다. 〈이제 곧 겨울이 올 텐데, 그러면 그때에는 도대체 저것들에게 무엇을 입힌단 말인가? 그때가 되기 전에 하느님이 저것들을 데려가 주셨으면 좋겠는데!〉 그러나 겨울을 기다릴 것도 없었다. 그 지방에는 아이들이 잘 걸리는 전염병이 해마다 돌았다. 백일해라는 병으로 누군가 걸리면 돌아가면서 전염되는 병이다. 제일 먼저 젖먹이가 죽더니, 그 뒤를 따라 다른 아이들도 차례로 앓기 시작했다. 그러더니 여자 아이 넷이 그 가을 동안에 차례차례 모조리 죽어 버렸다. 사실 그중의 하나는 길에서 말에 밟혀 죽었다. 이런 상황을 도대체 어떻게 받아들여야 하나? 아이들을 땅에 묻은 다음 과부는 서럽게 울었다. 한때는 생활고에 시달리다 못해 죽기라도 했으면 하다가, 막상 하느님이 데려가 버리자 너무도 측은하게 느껴진 것이다. 모든 엄마들의 마음이 아마 그렇겠지만!

그래서 제일 위의 아들 하나만이 겨우 살아 남았다. 어떻게 해서든 그 애를 잘 키우려고 엄마는 항상 노심초사하였다. 그 애는 마음이 착하고 얼굴도 계집애처럼 귀여웠지만 몸이 아주 약했다. 그래서 과부는 공장의 지배인인 아이의 대부에게 애를 맡기고,

자기는 어떤 관리의 집에 유모로 들어갔다. 한번은 그 애가 공장의 구내에서 뛰어다니고 있는데, 거기에 갑자기 막심 이바노비치가 마차를 타고 나타났다. 마침 그는 술에 취해 있었다. 아이는 엉겁결에 발을 헛디뎌 그가 있는 쪽으로 계단을 타고 미끄러져 떨어졌다. 그리고 마차에서 내리는 그와 정면으로 충돌하여, 두 손으로 힘껏 그의 배를 떠밀었다. 그는 당장에 아이의 머리를 꽉 쥐고 소리를 지르기 시작했다. 〈도대체 이놈은 누구의 아들이냐? 채찍을 가져와! 자, 내가 보는 데서 이놈을 매우 때려라!〉 아이는 곧 새파랗게 질렸고 곧 매가 떨어지기 시작했다. 아이는 울부짖기 시작했다. 〈그래 이놈아, 언제까지 그렇게 울 생각이냐? 울음을 그칠 때까지 그놈을 때려라!〉 그러나 아무리 때려도 아이는 울음을 멈추려고 하지 않았고, 그러는 동안 마침내 정말 죽은 사람같이 되어 버렸다. 사람들은 놀라서 때리는 것을 멈췄다. 소년은 숨도 쉬지 않고 정신을 잃고 쓰러져 있었다. 나중에 이야기를 들으니, 사실은 그다지 많이 때리지도 않았는데 매우 소심한 아이여서 그랬다는 것이다. 막심 이바노비치도 놀라서 〈도대체 누구의 자식이냐?〉고 물었고, 누구의 자식이라는 대답을 들었다. 〈그래! 그놈을 어미에게로 데려가거라. 그런데 왜 이 공장 안을 쓸데없이 돌아다녔지?〉 그는 그날 이후 이틀 동안 말이 없더니 〈그놈은 어떻게 됐지?〉 하고 다시 물었다. 아이는 완전히 탈이 나서 앓기 시작했으며, 방구석에 가만히 누워 있었다. 어머니는 그 일 때문에 관리의 집 일자리도 그만두었다. 아이가 심각한 폐렴에 걸린 것이다. 〈그래!〉 하고 그는 한숨을 쉬었다. 〈몹시 때렸다면 몰라도 그저 혼이나 내주려고 약간 매를 댔을 뿐인데. 다른 놈들도 모두 그렇게 때려 줬지만 아무런 문제도 없었잖아.〉 그는 어미가 자기에게 따지러 오기를 기다리고 있었지만, 자존심이 센 사람이어서 자신이 먼저 그곳을 방문하는 일은 생각도 할 수 없었다. 그러다가 그는 15루블의 위로금을 어미에게 보냈고, 또 의사도 보냈다.

귀찮은 일이 생길까 두려워서가 아니라, 어쩐지 그런 생각이 문득 들었기 때문이다. 그러나 문제의 병이 다시 재발되어 그는 약 3주 동안 계속해서 술에 빠져 살았다.

겨울 동안 내내 침묵을 지키며 그는 한마디도 하지 않았다. 그렇게 겨울이 지나갔고 즐거운 부활절이 왔다. 바로 그 성스러운 날에 막심 이바노비치는 다시 〈그래, 그 아이는 어떻게 됐지?〉 하고 물었다. 그리고 〈이제는 완쾌하여 엄마와 함께 살고 있습니다. 그 엄마는 매일 일하러 다니고 있습니다〉 하는 대답을 들었다. 그래서 막심 이바노비치는 그날 당장 과부를 찾아갔지만, 집에는 들어가지 않은 채 밖으로 불러냈다. 자신은 마차를 탄 채 이렇게 말했다. 〈이것 봐요, 실은 내가 당신 아들의 후원자가 되어 끝까지 보살펴 주고 싶소. 그래서 이제부터 내가 그 애를 내 집에 데려다가 키우면 좋겠소. 그리고 내 마음에 어느 정도 들면 상당한 재산을 나눠 줄 것이고, 또 아주 마음에 들 것 같으면 내가 죽은 다음 친아들에게 하듯이 그 애를 내 모든 재산의 상속인으로 할 수도 있소. 그러나 단 한 가지 조건이 있어요. 몰인정한 이야기 같지만, 축일 이외에 당신은 내 집에 오지 말아야 하오. 만일 당신이 이의가 없다면 내일 아침에라도 곧 아이를 데리고 오도록 하지. 그 애도 언제까지나 바브까 놀이[81]만 하고 있을 수도 없지 않은가.〉 그러고는 미친 사람같이 된 엄마를 그냥 내버려두고 서둘러 돌아가 버렸다. 그 이야기를 들은 사람들은 엄마에게 〈아이가 크면 그런 행운을 빼앗았다고 당신을 원망하게 될 거야〉 하고 입을 모아 말했다. 그날 밤 자는 아이를 보고 눈물을 흘렸지만, 아침에는 단념하고 그녀는 아이를 막심 이바노비치에게 데리고 갔다. 아이는 곧 죽을 것만 같은 표정을 지었다.

그날부터 막심 이바노비치는 아이에게 귀족의 자제와 같은 옷

81 작은 뼈를 모아 놓은 뒤 그것을 같은 크기의 작은 뼈로 맞혀서 넘어뜨리는 어린아이들의 놀이.

을 입히고, 가정교사를 채용해서 바로 공부를 시켰다. 그리고 아이에게서 잠시도 눈을 떼지 않고 항상 자기 옆에 있도록 했다. 아이가 조금이라도 한눈을 팔고 있으면 그는 곧 소리를 질렀다. 〈책을 읽어야지! 공부를 하란 말이야! 나는 너를 꼭 사람으로 만들고 싶다.〉 그러나 원래가 허약했던 그 아이는 바로 그런 꾸중을 듣고 난 후부터 다시 기침을 하기 시작했다. 〈이런 환경을 만들어 줘도 부족하단 말이냐!〉 하고 막심 이바노비치는 기가 막힌다는 표정으로 말했다. 〈어미에게 있을 때에는 늘 맨발로 뛰어다니면서 겨우 빵 껍질이나 얻어먹고 살았는데, 어떻게 이 좋은 여건에서 전보다도 더 허약해질까!〉 그러자 가정교사가 말하기를, 〈어떤 아이든 조금은 뛰어다니면서 놀아야 합니다. 공부만 할 수는 없어요. 그 애에게는 운동이 꼭 필요합니다〉라고 하면서 여러 가지 제안을 했다. 막심 이바노비치는 잠시 생각한 다음 〈그건 자네 말이 맞는 것 같군!〉 하고 말했다. 이 가정교사는 지금은 고인이 되었지만 뾰뜨르 스쩨빠노비치라는 사람이었는데, 정상적인 사람은 아니었다. 그는 대단한 술꾼으로 항상 지나치게 술을 마시곤 했다. 바로 그것 때문에 벌써 오래 전부터 이 직장 저 직장에서 쫓겨났고, 주변 사람들의 동정에 의지해서 겨우 살아가는 형편이었다. 그러나 그는 대단히 머리가 좋은 사람이었고, 학식도 깊이가 있었다. 〈나는 여기 있을 사람이 아니야〉 하고 그는 자주 혼잣말을 하곤 했다. 〈내가 있을 곳은 바로 대학 교수의 자리야. 그런데 나는 여기서 진흙탕에 빠져, 내가 입은 옷까지도 나를 아니꼽게 만든단 말이야!〉 어쨌든 그 말을 듣고 막심 이바노비치는 자리에 앉은 다음, 아이에게 〈나가서 뛰어놀아!〉 하고 소리를 질렀다. 그러나 아이는 그의 앞에서는 숨도 못 쉬는 형편이었다. 나중에는 그의 목소리만 들어도 아이는 참지 못하고 온몸을 떨기까지 했다. 막심 이바노비치로서는 아이의 그런 태도가 도저히 이해가 되지 않았다. 〈도대체 이건 어떻게 된 놈이야. 이놈을 진흙탕에서 주워다가 드라데달[82]로 만든 옷을 입혔고, 고급 천으로 만든 장화를 신겼으며, 수를 놓은 웃옷을 입혀서 장군댁 자제처럼 키우고 있는데도 왜 저놈은 나를 따르지 않는다지? 어째서 늑대 새끼처럼 말이 없지?〉 사람들은 이미 오래 전부터 막심 이바노비치가 하는 일에는 별로 놀라지 않았지만, 이 일에 대해서만은 아주 놀랍다는 반응을 보였다. 그는 마치 정신 나간 사람처럼 이 아이를 따라다녔고, 한시도 그 옆을 떠나지 않았다. 〈이놈의 성질을 고쳐 놓지 않고서는 나는 죽어도 눈을 감을 수가 없어. 이놈의 아비는 임종의 자리에서 성찬을 받고서도 나를 저주했다더니, 이놈은 아비의 성질을 그대로 물려받은 거야.〉 하지만 그는 한 번도 채찍을 쓰진 않았다(그 일이 있은 후로는 겁이 났던 것이다). 그러나 그가 곁에 있다는 사실만으로 아이는 겁을 먹었다. 채찍을 쓰지 않고서도 그는 아이를 겁에 질리게 했던 것이다.

그리고 한번은 이런 일도 있었다. 그가 잠시 방에서 나간 틈을 타서 아이는 공놀이를 하다가 던진 공이 옷장 위로 올라갔기 때문에 공을 꺼내려고 책상에서 일어나 갑자기 의자 위로 올라섰다. 그런데 그만 옷장 위에 있던 도자기 램프에 옷소매가 걸리면서 램프가 마루 위에 떨어져, 온 집 안을 뒤흔드는 큰소리를 내면서 산산조각이 나버렸다. 삭소니아 지방에서 만든 도자기로 된 값진 물건이었다. 막심 이바노비치는 옆 방에서 그 소리를 듣고 갑자기 소리를 지르기 시작했다. 아이는 너무 놀라서 발걸음이 가는 대로 혼비백산하여 달아났다. 먼저 테라스로 뛰어나가 정원을 가로질러 뒷문으로 빠져나간 다음, 똑바로 강가로 달려갔다. 강의 둑길에는 오래된 버드나무가 죽 늘어서 있었다. 그를 본 사람들의 이야기에 따르면, 아이는 강나루에 다다르자 물을 보고 놀라서 멈칫하더니, 그만 얼어붙기라도 한 듯 그 자리에 꼼짝 않

82 부인용 옷을 만드는 데 쓰이는 얇은 모직물.

고 서 있었다. 마침 그곳은 강폭이 아주 넓고 물의 흐름도 빨라서 짐배들도 여러 척이 함께 무리를 지어 다니는 곳이었다. 건너편에는 자그마한 상점들이 늘어선 광장이 있었고, 금빛을 발하는 사원의 탑들이 있었다. 마침 그때 나루터로 가기 위해 페르징 대령 부인이 딸을 데리고 그곳을 지나갔다. 그 유역에는 보병 연대가 하나 주둔하고 있었다. 부인이 데리고 가는 딸도 역시 여덟 살쯤 된 아이로 흰 옷을 입고 있었다. 손에 고슴도치가 들어 있는 조그만 바구니를 들고 있던 여자 아이는 아이를 보자 씽긋 웃었다. 〈엄마, 쟤가 내 고슴도치를 보고 있어요.〉 〈아니다, 저 아이는 무언가에 놀란 것 같다. 무엇을 그렇게 무서워하는 거지?〉 (이것은 모두 나중에 들은 이야기이다.) 〈아주 잘생겼구나. 옷도 잘 차려입었고. 그런데 누구네 아이지?〉 아이는 곧 모든 일을 잊어버리고 좀 더 다가서서 한 번도 본 일이 없는 고슴도치를 정신없이 바라보기 시작했다. 〈그게 뭐니?〉 아이가 묻자, 〈이건 고슴도치야. 방금 시골 농부에게서 샀어. 숲속에서 잡았대〉 하고 여자 아이가 답했다. 〈아, 고슴도치가 그렇게 생긴 거로구나〉 하며 아이는 걱정을 다 잊고 웃는 표정을 지으면서 손가락 끝으로 고슴도치를 쿡쿡 찌르기 시작했다. 그러자 고슴도치는 전신의 가시를 곤두세웠다. 여자 아이는 아이와 알게 되어 기뻤다. 〈이걸 집에 가지고 가서 얼른 여러 가지 재주를 가르칠 거야.〉 〈저 있잖아, 그 고슴도치를 내게 주면 안 되겠니?〉 하고, 아이는 갑자기 열심히 조르기 시작했다. 그러나 그 말을 하기가 바쁘게 돌연 막심 이바노비치의 고함 소리가 들리기 시작하였다. 〈이 녀석, 너 여기 있었구나! 거기 가만있어!〉 (그는 야수처럼 매우 화가 나서 모자도 쓰지 않고 집에서 뛰어나와 아이의 뒤를 따라온 것이었다.) 그러자 아이는 조금 전의 일을 다시 떠올리고 소리를 지르며 물가로 뛰어내려갔다. 그리고 조그마한 주먹을 양편 가슴에 대고 잠시 하늘을 쳐다보더니(그 장면은 사람들이 모두 보고 있었다!) 그만 물 속으로 뛰어들었다! 그러자 갑자기 대소동이 벌어졌다. 나룻배에 있던 사람들이 뛰어들어 아이를 끌어올리려고 애를 썼지만, 물의 흐름이 워낙 빨라서 아이는 자꾸 떠내려갔다. 겨우 끌어올렸을 때 아이는 이미 물을 많이 먹어서 몸이 새파랗게 변해 있었다. 워낙 가슴이 약한 아이여서 물에 빠지자 금방 견딜 수가 없었던 것이다. 이런 조그마한 아이에게 무엇이 그리 필요했겠는가? 이런 조그만 아이가 스스로 자기 목숨을 끊은 일은 이 지방 사람들의 기억에는 전혀 없는 일이었다! 참으로 있을 수 없는 일이었다! 그 어린 영혼은 저승에 가서 하느님께 뭐라고 말씀드릴 수가 있겠는가!

그 일이 있고 나서 막심 이바노비치는 시름에 빠져서 완전히 초췌하게 변해 갔다. 마음의 상처가 너무도 심했던 것이다. 그는 다시 술을 마시기 시작했다. 항상 만취할 정도로 많이 마셨다. 그러더니 그것도 소용없자 이윽고 그만뒀다. 그는 공장에 나가는 것도 그만두고 누구의 말도 듣지 않았다. 누가 그에게 무슨 말을 하면, 침묵을 지키거나 그만두라고 손을 저을 뿐이었다. 그렇게 2개월 정도를 보내더니 그는 다시 혼잣말을 하기 시작했다. 이리저리 걸어다니면서 혼자 중얼거리는 것이었다. 그 무렵 그 도시 부근에 있는 바시꼬바라는 조그만 마을에 화재가 일어나서 집이 아홉 채나 전부 타버린 일이 있었다. 막심 이바노비치가 그것을 보러 가자 이재민들이 그를 둘러싸고 소리내어 울기 시작했다. 그는 그 자리에서 이재민들에게 도와주겠다는 약속을 하고 그렇게 하도록 조치를 취했다. 그러나 그 뒤에 다시 사람을 불러서 자기의 조치를 취소하고 말았다. 〈그들에게 아무것도 줄 필요가 없다〉는 말만 할 뿐 그는 그 이유에 대해서는 말하지 않았다. 〈하느님은 나를 버리셨고, 그래서 나는 모든 사람들에게 더 이상 필요없는 사람이 되고 말았다. 하지만 그래도 할 수 없지. 내 명예는 바람처럼 모조리 흩어지고 말았어.〉 한번은 교구장이 일부러 그에게 들렀던 적이 있다. 그 교구장은 매우 엄격한 분으로 수도원에 공동 기숙사를 만든 사람이다. 〈도대체 어찌된 일인가?〉 하고 그는 엄한 어조로 그에게 물었다. 〈실은 이러저러한 것입니다〉라고 하면서, 막심 이바노비치는 성경을 펼쳐 다음 구절을 보여 드렸다.

〈누구든지 나를 믿는 어린아이 중 하나를 실족케 하는 사람이 있다면, 차라리 연자매를 그 목에 달아 깊은 바다에 빠뜨리는 것이 나으리라.〉

「음, 알겠네.」 교구장이 말했다. 「그 일은 이것과 직접적인 관계는 없지만 약간은 상관이 있겠군. 자신의 가치 기준을 상실한 사람은 아주 불행한 법이네. 그런 사람은 곧 파멸하게 되니 말이네. 그리고 자네는 지금까지 자만심이 너무도 강했어.」

막심 이바노비치는 말없이 말뚝처럼 가만히 앉아 있었다. 교구장은 뚫어지게 그의 얼굴을 바라보고 있었다.

「자네, 이런 말을 떠올려 보게. 〈절망한 인간의 말은 바람에 날아간다.〉 그리고 또 이런 말도 되새겨 보게. 천사들도 완전하지는 못하다는 말 말일세. 완전무결하고 순결한 것은 오로지 우리의 주이신 예수 그리스도 한 분뿐이야. 그래서 천사들도 그분을 섬기고 있는 것이지. 그리고 사실 자네도 그 애가 죽기를 바란 것은 아니지 않나. 다만 자네 생각이 짧았을 뿐이지. 그런데 한 가지 내가 이해할 수 없는 것이 있네. 자네는 이보다 더욱 심한 짓도 얼마든지 하지 않았나? 자네가 거리로 내몬 사람들도 적지 않을 거야. 그리고 자네로 인해 타락하여 파멸한 사람들도 하나둘이 아닐 걸세. 자네의 그런 행동 역시 모두 사람들을 죽인 것과 마찬가지가 아닌가? 그전에도 그 애의 여동생 넷이 자네의 눈앞에서 차례차례 죽어 가지 않았나? 그런데 어째서 자네는 오직 이 일에만 그렇게 마음을 쓰는 거지? 그전에 죽은 애들에 대해서는 가엾게 생각하기는커녕 생각하는 것조차 잊어버리지 않았나? 그런데 왜 그 애만을 그렇게 무서워하지? 이 일에 대해서는 자네가 그렇게 죄가 많다고는 생각되지 않는데?」

「자꾸 꿈에 나타나기 때문입니다.」 막심 이바노비치가 정색을 하면서 말했다.

「나타나서 어쨌단 말인가?」

하지만 그는 더 이상 고백하려 하지 않고 그저 말없이 앉아 있었다. 교구장도 더 이상 어쩔 수 없어 그만 돌아가 버렸다.

그러고 나서 막심 이바노비치는 아이의 가정교사였던 뽀뜨르스쩨빠노비치를 불러오라고 사람을 보냈다. 그들은 바로 그 사건이 있은 후로는 만난 일이 없었다.

「자네 기억하나?」 그가 물었다.

「네.」 가정교사가 답했다.

「이곳 음식점에 유화를 그려 줬고 교구장님의 초상화를 그린 일이 있지? 나를 위해서 유화를 한 장 그려 줄 수 있겠나?」

「네, 저는 무엇이든 할 수 있습니다. 저는 모든 재주를 가졌기 때문에 무엇이나 다 할 수 있습니다.」

「됐네. 그러면 한쪽 벽을 가릴 만큼 커다란 그림을 한 장 그려 주게. 우선 한가운데에 강을 그려. 그리고 내리막길과 나루터도. 또 그때 그 자리에 있던 사람들도 잊지 말고 모조리 그려 넣게. 대령 부인과 여자 아이까지. 그리고 그 고슴도치도 말이야. 그리고 건너편 둑에도 뭐가 있는지 잘 알 수 있게 모두 그려 주게. 교회, 광장, 상점, 그리고 마차가 서 있는 정경도 모두 있는 그대로 그려 줘. 그리고 그 나루터의 물가에 서 있던 아이의 모습을 그려 줘. 두 주먹을 이렇게 가슴에, 양쪽 가슴에 갖다 댄 것을 잊어서는 안 되네. 꼭 그렇게 그려야 해. 그리고 그 애의 건너편에 있는 교회 위에는 넓은 하늘이 있고, 그 맑은 하늘에서 모든 천사가 아이를 데리러 날아오는 것을 그려 줘. 내 뜻대로 그릴 수 있겠나?」

「저는 무엇이든 할 수 있습니다.」

「나는 자네 같은 서투른 사람이 아니라, 모스끄바에서 일류 화가도 불러올 수 있어. 아니 멀리 런던에서 불러와도 좋아. 그렇지만 자네가 그 애의 얼굴을 잘 기억하고 있어서 자네를 시키는 거야. 만일 조금도 닮지 않았다든가, 혹은 조금밖에 닮지 않은 경우에는 50루블밖에 안 주겠지만, 아주 흡사하게 닮았으면 2백 루블을 주지. 잊지 말게, 그 애의 눈은 하늘색이야……. 그리고 아주 큰 그림이어야 하네.」

곧 준비가 갖추어져서 뾰뜨르 스쩨빠노비치는 그림을 그리기 시작했다. 그러나 하루는 그가 갑자기 찾아오더니 불쑥 이렇게 말하였다.

「안 되겠습니다. 도저히 그렇게는 그릴 수 없습니다.」

「도대체 이유가 무언가?」

「왜냐하면 자살이라는 죄는 모든 죄 중에서도 가장 큰 죄이기 때문이지요. 그런 큰 죄를 졌는데 어떻게 천사가 데리러 올 리가 있습니까?」

「아니야. 그 애는 어린아이이니까 그런 책임은 없어!」

「아닙니다. 어린애가 아닙니다. 그 애는 벌써 다 자란 소년이었습니다. 그런 일을 저질렀을 때에는 벌써 여덟 살이었으니까요. 뭐라고 해도 그 애는 스스로 얼마쯤의 책임은 져야 합니다.」

막심 이바노비치는 그 말을 듣고 더욱 겁에 질렸다.

「그래서 저는.」 뾰뜨르 스쩨빠노비치가 말했다. 「이런 생각을 했습니다. 하늘을 넓혀 그리는 것은 그만두고 천사도 그리지 않으면 어떨까요. 그 대신 아이를 향해서 하늘에서 빛을 한 줄기 보냅니다. 아주 밝은 빛이지요. 그렇게 하면 역시 뭔가 그럴듯한 분위기가 되지 않겠습니까?」

그렇게 해서 그는 그림에 빛을 그려 넣기로 했다. 그리고 오랜 시간이 지난 후에 나도 그 그림을 보았는데, 이야기에 나오는 그 빛과 강이 있었고 벽 한 면을 온통 채우며 강이 흐르는 정경이었다. 강물은 아주 파란빛이었고, 강가에는 그 귀여운 소년이 두 손을 가슴에 대고 서 있었고, 조그마한 여자 아이, 고슴도치 등이 아주 세밀한 필치로 그려져 있었다. 이윽고 그림이 완성되자 막심 이바노비치는 그것을 아무에게도 보이려고 하지 않았고, 서재에 넣고 자물쇠로 잠가 버렸다. 사람들이 한 번만 보여 달라고 몰려왔지만, 그는 모두 쫓아 버리라고 명령했다. 그래서 그 그림은 한동안 대단한 화젯거리였다. 한편 뾰뜨르 스쩨빠노비치는 기가 올라서 〈나는 이제 못할 일이 없다. 내가 일할 자리는 바로 상뜨 뻬쩨르부르그에 있는 궁정밖에 없다〉고 떠벌리고 다녔다. 그는 아주 좋은 사람이었지만 무엇이든 과장하여 말하는 특성을 가지고 있었다. 그래서 호사다마랄까 그에게 액운이 닥쳤다. 그는 2백 루블의 돈을 받자마자 곧 술을 퍼마시며 모든 사람에게 자랑을 하며 그 돈을 보여 주었다. 그러던 어느 날 밤 함께 술을 마시던 공장의 한 직공이 술에 취한 그를 죽이고 돈을 모조리 강탈했다가 다음날 아침 사실이 밝혀지게 되었다.

그런 일이 있고 나서부터 지금도 그곳에선 사람들은 무슨 일이 있으면 모두들 그에 관해 말하였다. 그러던 어느 날 막심 이바노비치가 갑자기 아이의 엄마에게로 마차를 타고 달려왔다. 나이가 아직 젊은 그 여자는 변두리에 있는 초라한 집의 셋방에 살고 있었다. 이전과는 달리 그는 이번에는 대문 안으로 들어가서 과부의 앞으로 가자, 머리가 방바닥에 닿도록 공손히 인사했다. 그런 일이 있고 나서 과부는 몸이 불편해져서 겨우 기동하는 형편이었다. 〈제발 부탁이니 이 버림받은 사람하고 결혼해 주시오. 그래서 보람 있는 삶을 살도록 해주시오!〉 그 말을 듣고 과부는 얼굴을 찡그렸다. 〈나는 당신과 결혼하여 다시 우리 아들을 가지고 싶소. 만일 아들을 낳는다면 그 애가 우리 둘을, 당신이나 나를 모두 다 용서한 거야. 그 애가 내게 그렇게 하라고 말했소.〉 과부는 상대방이 제정신이 아니며 정신없이 말한다는 것을 알았지만 그래도 역시 그녀는 참을 수가 없었다.

「허튼 말씀 마세요!」 그에게 대답했다. 「그리고 그것은 허위예요. 바로 그 허위 때문에 저는 귀여운 아이들을 모조리 잃고 말았어요. 당신 같은 사람은 더 이상 보기도 싫고, 그런 한없는 괴로움을 같이 짊어질 생각은 조금도 없어요.」

막심 이바노비치는 그 자리에서는 선선히 물러갔지만 그대로 주저앉을 사람이 아니었다. 온 사방에 그 일에 관한 소문이 퍼졌다. 한편, 막심 이바노비치는 중매쟁이 여자들을 자꾸 그 집에 드나들게 했다. 우선 그는 다른 지방에서 착실하게 살고 있는 숙모 두 사람을 불렀다. 정확하게 말해 숙모는 아니지만 친척뻘이 되는 부인들이었다. 두 부인은 과부의 집에서 끈덕지게 늘어붙은 채 온갖 감언이설로 그녀를 설득하였다. 또한 그는 자기 주변의 여인들, 상점의 여주인들, 수도원장의 부인, 그리고 안면이 있는 관리의 부인들까지도 동원하였다. 그처럼 그가 동원할 수 있는 모든 사람들이 그녀를 설득하려고 애썼지만, 그럴수록 그녀는 오히려 더 냉담한 자세를 취하였다. 〈그렇게 해서 죽은 아이들이 다시 살아난다면 또 모르지만, 이제 와서 새삼스럽게 왜 그렇게 해야 하지요? 그리고 그렇게 하면 또 아이들에게도 얼마나 죄를 짓는 일이겠어요!〉 하고 말할 뿐이었다. 교구장까지도 이 일에 끼어들어 그녀에게 직접 〈당신이야말로 그를 새 사람으로 만들 수 있는 유일한 사람이오〉라고 할 정도였다. 그러나 그녀는 더욱 완강한 태도를 취했다. 사람들은 그녀의 태도를 이해하지 못하고 〈그렇게 좋은 제안을 거절하다니 도대체 어떻게 그럴 수가 있지!〉라고 수군댔다. 그러다가 마침내 결정적인 말 한마디가 끝내 그녀를 항복시키고 말았다. 〈그 애는 틀림없이 자살한 것이오. 그 애는 어린애가 아니라 벌써 다 자란 소년이었으니 말이오. 나이로 보아도 이미 성찬을 받게 할 수도 있었고. 그런 상황을 고려한다면, 그 애에게도 다소의 책임은 있는 것이오. 그러니 만일 나하고 결혼한다면, 그 애의 넋을 영원히 공양하기 위해서 내가 새로운 사원을 하나 세워 주겠소.〉 그런 약속을 듣고 그녀는 더 이상 견디지 못해 결국 동의하고 말았다. 그리하여 두 사람은 식을 올렸다.

두 사람은 결혼하고 나서 주변의 모든 사람을 놀라게 하였다. 즉 결혼한 첫날부터 그들은 서로에게 정성껏 대하여 아주 화목한 생활을 하기 시작했다. 마치 두 몸에 하나의 생각이 깃들어 있는 것 같았다. 그리고 그 해 겨울에 벌써 그녀는 임신을 했다. 그래서 그들은 하느님의 노여움을 살까 봐 여러 군데의 사원을 찾아다니기 시작했다. 그리고 수도원을 세 곳이나 찾아가서 예언의 말씀에 귀를 기울였다. 그는 약속한 대로 사원을 건립했고, 그 외에도 시내에 병원과 양로원을 세웠으며, 또 과부들과 고아들에게도 막대한 돈을 기부했다. 그리고 이전에 야박하게 대했던 사람들 모두에게 적절한 보상을 해주려고 했다. 갑자기 돈을 한없이 내주기 시작했기 때문에, 아내와 교구장이 〈이젠 됐어요. 그만하면 충분해요〉 하고 그의 손을 붙잡을 정도였다. 막심 이바노비치는 그들의 말에 순종했다. 또 그는 〈내가 그때 포마에게 주어야 할 월급을 속였다〉고 말하고 포마에게 그 돈을 돌려주었다. 그러자 포마도 눈물을 흘리며, 〈저는, 저는 이렇게까지 해주시지 않아도…… 저는 이미 만족하고 있습니다. 그래서 영원히 당신을 위해 하느님에게 기도를 드려야겠다고 생각하고 있습니다〉라고 하였다. 즉 그의 행동이 주변의 모든 사람들을 감동시킨 것이다. 선량한 행실이 사람을 되살린다는 말은 진리였으며, 그곳의 사람들도 모두 그의 달라진 모습에 감동했다.

아내는 공장을 직접 맡아 운영을 아주 잘하였다. 그래서 지금도 자주 사람들이 그때의 이야기를 할 정도이다. 그는 술을 끊지는 않았지만, 차차 그의 아내 덕분에 제자리를 잡아가게 되었다. 그는 말하는 태도도 단정하게 되었으며 목소리까지도 변했다. 그리고 새롭게 동정심이 생기게 되었고, 심지어 가축에까지 그 영향이 미쳤다. 그는 어느 농부가 말의 머리를 마구 때리는 것을 창문 너머로 보고서 곧 사람을 보내어 시세의 두 배나 되는 값으로 그 말을 사들이기조차 하였다. 그리고 또 아주 감상적이 되어서 누군가 아픈 사정을 얘기만 해도 곧 눈물을 흘리는 형편이었다. 마침내 때가 되자 하느님은 그들 내외의 기도를 귀담아들으시고 그들에게 아들을 보내셨다. 그러자 막심 이바노비치는 그 사건이 있은 후 처음으로 밝은 표정을 지었다. 그는 다시 많은 물건을 사서 사람들에게 나눠 줬고 사람들의 빚을 탕감해 주었다. 그리고 아기의 세례 축하연에 근방의 모든 사람들을 초대했다. 이렇게 사람들을 초대해 축하연을 가진 다음날, 막심 이바노비치는 갑자기 매우 어두운 표정을 지었다. 아내는 그에게 무슨 일이 있다는 것을 눈치채고는 갓난아기를 안고 그에게 가서, 〈그 애는 우리를 용서했어요. 그 애를 위해서 드린 우리의 기도와 눈물을 하느님이 들어주신 거예요〉 하고 말했다. 사실을 말하자면, 그들은 그 문제에 대해서 지난 1년 동안 두 사람 다 마음속에 간직했을 뿐 한 번도 입 밖에 낸 일이 없었다. 아내의 말을 듣고 막심 이바노비치는 마치 어두운 말 같은 우울한 표정으로 아내를 바라보았다. 그러더니 〈지난밤에 그 아이가 다시 꿈에 나타났소〉 하고 말했다. 〈그의 이상한 말을 들었을 때, 제 마음에도 처음으로 무섭다는 생각이 스며들었습니다〉 하고, 나중에 그 여인은 그때를 회상하면서 말했다.

그가 꿈에 죽은 애를 다시 본 것은 새로운 액운의 시작이었다. 막심 이바노비치가 그 말을 하고 나서 곧 갓난아기가 갑자기 앓기 시작하였다. 그리고 아기는 여드레 동안 계속해서 앓았다. 그들은 쉴새없이 기도를 했고, 수많은 의사를 불렀으며, 특히 모스끄바에서 가장 이름난 의사를 철도 편으로 모셔 오기까지 했다. 의사는 도착하자마자 화를 냈다. 〈나는 모스끄바에서 가장 탁월한 의사여서 모든 모스끄바 사람들이 나를 기다리고 있어요〉 하며 물약을 하나 처방해 주고는 서둘러 돌아가 버렸다. 그는 겨우 그런 처방 하나를 해주고서 8백 루블이나 되는 돈을 받아 갔다. 그러나 아기는 바로 그날 저녁에 죽고 말았다.

아기가 죽고 난 다음에 어떤 일이 일어났을까? 막심 이바노비치는 모든 재산을 사랑하는 아내에게 양도했고, 현금과 문서도 모두 그녀에게 넘겨줬다. 그 모든 과정을 법의 절차에 따라서 확실히 끝낸 후, 그는 아내 앞에 와서 머리가 땅에 닿도록 고개를 수그리고 말했다. 〈내 소중한 사람이여, 제발 나를 놓아주오. 이제 더 이상 때가 늦기 전에 내 영혼을 구해 줘요. 지금 내 영혼을 구하지 않고 세월을 보낸다면 이제 그야말로 다시 회복할 수 없게 되고 말 거요. 나는 아주 포악하고 무자비했으며 못할 짓을 많이 해왔소. 그러니 나는 이제부터 고난을 겪으며 여러 곳을 두루 돌아다니며 회개할 것이오. 그러면 하느님도 내 회개의 기도를 들어주실 것이오. 내가 모든 것을 다 버리고 방랑의 길을 떠난다는 것은 곧 수난과 고통의 길이니 말이오.〉 아내는 눈물을 흘리면서 그를 말렸다. 〈당신은 이제 이 세상에서 제게 가장 소중한 사람입니다. 도대체 이제부터 누구를 의지하고 살라는 말씀입니까? 저는 지난 1년 동안 당신에게 깊은 정을 느끼게 되었어요.〉 그리고 주변 사람들이 한 달 동안이나 계속해서 그를 설득도 해보고 간청도 해보다가, 마지막에는 억지로 그를 감시하기까지 하였다. 그러나 그는 사람들의 말을 듣지 않고 어느 날 밤 조용히 집을 나간 후 다시는 돌아오지 않았다. 들리는 말에 의하면, 지금까지도 그는 고생스러운 방랑 생활을 계속하고 있으며, 1년에 한 번은 사랑하는 아내에게로 돌아온다고 한다…….

제4장

1

이제 이 글의 결말을 장식할 그 혼란스런 사건의 전말에 관해 이야기하기로 하자. 하지만 이 글을 계속하기 위해서는 미리 몇 가지 일에 대해서 설명을 해야 한다. 나는 그 일에 대해서 그 당시 전혀 모르고 있었으며, 그 후 오랜 시일이 지나고 모든 사건이 매듭지어진 다음에야 겨우 그 전말을 알게 되었으며, 그때서야 비로소 납득이 되었다. 그렇기 때문에 미리 설명해 두지 않으면 모든 것이 애매모호하고 불분명하기 때문에, 작품의 예술성을 떨어뜨리는 것을 감수하고 간단히 그 사건에 대한 설명을 하고자 한다. 다만 내가 이것을 직접 쓰지 않은 것처럼 하기 위해 내 개인적 감정은 조금도 섞지 않고, 마치 신문에 실린 기사*entrefilet* 처럼 글을 만들어 보겠다.

이 사건의 본질은 바로 사숙 시절의 친구인 람베르뜨와 관련되어 있다. 그는 지금은 공갈 협박 죄 때문에 처벌을 받게 되어 있는 비열한 작자들의 패거리에 가담하고 있었다. 람베르뜨가 참여했던 그 패거리는, 그가 이미 모스끄바에 있을 때 조직된 것으로, 지금까지 그곳에서 흉악한 짓을 많이 저질러 왔다(그들이 저지른 죄과 중에 일부가 나중에 적발되었다). 내가 나중에 들은 말에 의하면, 모스끄바에서 한때 그들의 두목으로 일했던 작자는 그 방면에 많은 경험이 있었고, 머리도 꽤 잘 돌아가는 나이가 제법 든 사람이었다고 한다. 그들은 때로는 일당 전원이, 때로는 몇 패로 나뉘어서 일하였다. 그들은 표현도 못할 아주 추잡한 일을 꾸미기도 하였고(그 일에 대해서는 이미 신문에 자세히 보도된 바 있다), 또 두목의 지휘를 받아 가면서 아주 복잡하고 교묘한 술수를 부리기도 하였다. 그중 몇 가지에 대해서 나는 나중에 들었지만, 여기서 자세한 내막을 말하지는 않으려고 한다. 다만 한 가지 사실만 말해 둔다면, 그들이 사용한 수법의 주요한 특징은, 사회적으로 명망이 있고 상당히 높은 지위에 있는 사람들의 개인적 비밀을 알아낸 다음에 그 사람을 찾아가서 사실을 폭로하겠다고 협박하여(그들은 때로 실제 서류를 가지지도 않은 채 그런 협박을 하기도 하였다), 그들에게서 돈을 뜯어내는 것이었다. 이렇다 할 잘못도 없고 전혀 죄를 저지른 적도 없지만 사람들 중에는 때로 그런 협박을 받으면 지레 겁을 집어먹고 그들의 요구에 굴복하고 마는 이들이 있다. 그들은 대체로 개인의 가정적 비밀을 목표로 삼았다. 그들의 두목이 때로 얼마나 교묘하게 행동했는가를 보여주기 위해서, 상세한 묘사는 모두 생략하고 간략하게 그의 간계에 대해 말하겠다. 어떤 평온한 가정에 전혀 상상도 못할 사건이 일어났다. 집주인은 명망이 있고 사회적인 존경을 받는 사람이었는데 그의 아내가 젊은 장교와 바람이 났다. 그들은 그러한 불륜의 만남을 냄새맡고서 그 사실을 여자의 남편에게 알리겠다고 불쑥 청년 장교에게 통고했다. 그들은 아무런 증거도 가지고 있지 않았고 청년 장교도 그것을 잘 알고 있었다. 그리고 그들 역시 그것을 감추려고 하지 않았다. 그러나 그들은 아주 교묘하고 교활한 계산과 추리를 하고 있었다. 이러한 경우에 설사 그들이 남편에게 제시할 아무런 증거가 없더라도, 아내의 불륜을 통고받은 남편은 정확하고 구체적인 증거를 제시받았을 때와 마찬가지의 태도를 취할 것이며, 아주 유사한 행동을 취하리라는 계산을 하였다. 그들은 집주인의 성격과 그 집의 형편에 대해 자세히 탐문한 다음에 행동을 취하였다. 중요한 것은 그들 일당 속에 상류 계층 출신의 청년이 하나 끼여 있어 그를 통해 미리 정보를 입수할 수 있었다는 점이다. 그들은 그 젊은 장교에게서 상당히 큰돈을 뜯어냈지만 아무런 위험성도 없었다. 그들의 먹이가 되었던 희생자 본인이 그 일을 비밀에 붙여 달라고 간청했기 때문이다.

그들과 함께 일을 꾸미고는 있었지만 람베르뜨는 그 모스끄바의 일당에 소속되어 있었던 것은 아니다. 그런 일에 재미를 붙이게 되자 그는 시험삼아 조금씩 독자적으로 일하게 되었다. 하지만 사실을 미리 말하자면, 그는 이런 종류의 일에는 그다지 유능한 편이 아니었다. 그는 머리도 상당히 좋았고 계산도 빨랐지만, 성급하고 단순하기도 하며 때로는 어리석기까지 하였다. 그는 인간의 특성에 대해서도, 사회에 대해서도 전혀 몰랐다. 예를 들면 그는 그 모스끄바의 일당에게서 두목이 차지하는 비중과 의미 같은 것을 전혀 이해하지 못했고, 그러한 계략을 조직하고 운영하는 것이 아주 쉬운 일인 것으로 여긴 듯했다. 그리고 그는 거의 모든 사람을 자신과 같은 야비한 특성을 가진 사람으로 생각하고 있었다. 좀 표현하기가 어렵지만 예를 들어, 어떤 사람이 이러저러한 이유로 뭔가에 대해 겁을 내고 있다고 일단 상상하면, 그는 그만 그 사람이 실제로 그런 상황에 있다고 믿어 버리는 것이었다. 나는 이것을 잘 표현할 수가 없다. 이것에 대해서는 나중에 구체적인 사실을 가지고 다시 설명하겠다. 아무튼 내 생각으로는, 그는 지적인 이해력이 거의 없어서 어떤 고상하고 선한 감정에 관해서는 전혀 생각해 본 적도 없는 것 같았다. 그래서 그는 인간이 그런 것을 생각할 수 있다는 사실을 믿으려고 하지도 않았다.

람베르뜨가 뻬쩨르부르그로 온 목적은 단 하나였다. 그는 오래전부터 뻬쩨르부르그를 모스끄바보다 더욱 넓은 활동 무대라고 생각하고, 거기서 자신의 특성을 발휘하기가 더 쉬울 것으로 믿었다. 그리고 또 하나, 그는 모스끄바에서 너무도 터무니없는 어리석은 짓을 하여 그 일에 대해서 악감정을 가진 어떤 사람에게 쫓기고 있었기 때문이다. 그는 뻬쩨르부르그에 도착하자마자 곧 전에 한패였던 친구와 선이 닿았지만, 활동 범위도 좁고 일거리 또한 자잘한 것뿐이었다. 그는 이리저리 안면을 넓혀 나가기는 했지만, 이렇다 할 만한 일이 성사되지는 않았다. 〈이곳 녀석들은 아주 시시하고 모두 풋내기야!〉 나중에 그는 그런 말을 내게 했다. 그러던 어느 날 아침 날이 밝아올 무렵, 그는 뜻밖에도 그 담 밑에서 꽁꽁 얼어 버린 나를 발견했다. 그때 그는 마음속으로 〈한몫 제대로 챙길 일거리〉를 찾아냈다고 생각했다.

이 모든 일이 바로 그때 내가 그의 집에서 언 몸을 녹이면서 떠들어댄 헛소리 때문에 일어났다. 아, 나는 그때 일시적인 정신 착란과 같은 상태에 있었다! 내가 되는 대로 지껄여 댄 말들로 미루어 보아 분명히 드러나는 사실 하나는, 내가 그 숙명적인 하루 동안에 당한 모욕 중에서, 무엇보다도 뷔링과 그녀에게서 당한 모욕만을 똑똑히 기억하고 마음속에 담아 두고 있었다는 점이다. 만약 그렇지 않았다면 람베르뜨의 집에서 유독 그 일에 대해서만 떠벌리지는 않았을 것이다. 만약 람베르뜨와 제르쉬치꼬프에 대해 이런저런 얘기를 했다면 아무 일도 없었지 않겠는가! 하지만 나중에 람베르뜨에게서 직접 들었지만, 그때 나는 전자에 대해서만 떠들어댔다는 것이다. 그때 나는 정신이 온통 뒤집힌 상태여서, 생각하기도 무서운 그날 아침 람베르뜨와 알폰신느를 마치 내 구원자나 생명의 은인처럼 여기고 있었다. 나중에 내가 건강을 되찾기 시작할 무렵, 나는 자리에 누워서, 도대체 내가 떠들어댄 말에서 람베르뜨가 무엇을 알아낼 수 있었을까, 또 내가 어느 정도까지 그에게 말했을까 이리저리 생각해 보았다. 그러나 그때에도 나는 그가 내게서 그토록 많은 것을 알아냈으리라고는 꿈에도 생각하지 않았다. 물론 나는 내가 양심의 가책을 느끼는 것으로 미루어 보아, 이미 그때부터 틀림없이 내가 쓸데없는 이야기를 많이 했을 것이라고 걱정한 것이 사실이다. 하지만 설마 그 정도로 많이 했다고는 도저히 생각할 수 없었다! 내 건강 상태로 보아도, 그때 그의 집에서 내가 어떤 말을 분명하게 발음할 만한 기력조차 없었다는 사실에 나는 희망을 가졌고, 또 기대를 걸고 있었다. 하지만 내가 그 상황에서도 생각보다 훨씬 더 말을 분명하게 할 수 있었다는 사실을 나중에 알게 되었다. 그리고 무엇보다도 중요한 것은, 이러한 분명한 사실을 내가 그 후 오랜 시간이 지난 뒤에야 비로소 알게 되었다는 점이다. 그로 인해서 나는 전혀 예상치 못했던 상황에 놓이게 되었다.

람베르뜨는 내가 정신없이 허풍스럽게 두서없이 떠들어대는 말을 들으며 우선 모든 사람들의 이름을 정확하게 알아냈고 또 몇몇 사람의 주소까지도 알아냈다. 둘째로 그 사람들(노공작, 그녀, 웨링, 안나 안드레예브나, 그리고 베르실로프에 이르기까지) 각자의 특징과 상황에 대해서 아주 세밀하게 이해하였다. 셋째로 그는 내가 자존심을 상해서 복수하려는 마음을 가지고 있다는 것을 알았다. 그리고 넷째로, 이것이 가장 중요한데, 어딘가에 비밀이 담긴 서류가 있다는 것을 알아냈던 것이다. 그는 그 서류를 거의 정신이 오락가락하는 노공작에게 보인다면 걷잡을 수 없는 일이 벌어지리라는 것을 알아챘다. 그렇게 되면 노공작은 그것을 읽고, 자신의 친딸이 자기를 정신병자로 취급하여 그를 법적으로 제약할 방법이 없는지를 이미 〈변호사와 상담〉까지 한 사실을 알게 된다면, 이번에는 정말로 완전히 정신이 돌아 버리든가, 혹은 그녀를 집에서 쫓아내고 상속권을 박탈해 버리든가, 혹은 벌써부터 결혼하려고 마음먹고 있으면서도 주변 사람들의 동의를 완전히 얻지 못해 주춤거리고 있던 베르실로바라는 아가씨와 결혼해 버리든가, 그중 어느 것인가를 선택하게 될 정도로 중요한 서류라는 것을 람베르뜨는 알아챘다. 간단히 말해, 람베르뜨는 저간의 사정에 대해 아주 많은 것을 알게 된 것이다. 아직 해결되지 않은 애매한 점이 많이 남아 있었지만, 그는 협박과 공갈의 명수이기 때문에 그 정도 단서만으로도 일을 추진하는 데는 아무런 어려움도 없었다. 그는 내가 알폰신느의 감시를 뚫고서 도망친 다음에 곧 내 주소를 찾아냈다(간단히 주소 안내소에 문의하여 찾아낸 것이다). 그 다음에 폭넓게 탐문을 하여, 내가 입에 올린 사람들이 모두 실제로 있다는 것을 알아냈고, 그 다음에 바로 기본적인 일에 착수했다.

이 일에서 가장 중요한 사실은, 그 어떤 비밀스러운 〈서류〉가 있는데, 그것을 내가 가지고 있으며, 그 〈서류〉가 막대한 가치를 지니고 있다는 점이었다. 람베르뜨는 그러한 사실을 한눈에 꿰뚫어 보았다. 다른 세부적인 사실들은 나중에 적절한 곳에서 설명하기로 하고 여기서는 한 가지 사실만 말하고자 한다. 이 사실이야말로 무엇보다도 람베르뜨에게 그 서류가 실제로 있다는 것과 그것이 지닌 가치에 대한 확신을 굳히게 해준 것이다(이것을 미리 말해 둔다면, 그때에는 물론이고 모든 것이 분명해질 때까지, 즉 이 사건이 결말을 보게 된 최후의 순간까지, 나는 그것에 대해 전혀 상상하지도 못했다). 문제의 핵심에 대해 확신을 가지게 되자, 그는 맨 먼저 안나 안드레예브나를 찾아갔다.

그런데 내가 도저히 이해할 수 없는 문제가 있다. 〈도대체 어떻게, 람베르뜨 같은 사람이 안나 안드레예브나같이 쉽사리 접근할 수 없는 상류 계층의 숙녀 집에 들어가 그녀의 환심을 살 수 있었을까?〉 하는 점이다. 물론 그는 그녀에 대해 여러 가지를 조사했겠지만 그것이 무슨 도움이 되었겠는가? 물론 그는 호사스러운 옷차림을 하고 있고, 프랑스 식 이름에 발음까지도 완벽하게 파리 식이기는 했지만, 그가 사기꾼이라는 것을 안나 안드레예브나가 간파 못할 리가 없지 않는가? 혹시 그러한 상황에서 그녀에게 필요한 것은 바로 그런 사기꾼이었다고 생각해야 할 것인가? 하지만 그런 일이 실제로 있을 수나 있을까?

두 사람이 만나서 어떤 내용의 말을 주고받았는지 나로서는 도저히 알 수가 없다. 나중에 나는 그들이 만나는 정경을 혼자 여러 차례 상상해 보았다. 아마 람베르뜨는 그녀를 만나는 첫 순간부터 틀림없이 자기가 사랑하고 그리워하는 친구의 일을 진심으로 걱정하는 내 죽마고우의 역할을 연출해 보였을 것이다. 그리고 두 사람의 첫 만남 때에 이미 내가 문제의 그 〈서류〉를 가지고 있다는 사실도 물론 확실히 암시했을 것이다. 이것은 아무도 모르는 비밀이며, 이 비밀을 알고 있는 것은 자기 즉 람베르뜨뿐이라는 것, 그리고 내가 그 서류를 가지고 장군 부인 아흐마꼬바에게 복수하기를 계획하고 있다는 것 등등을 틀림없이 그녀에게 알렸을 것이다. 여기서 중요한 것은, 그가 그 서류가 지니고 있는 의미와 가치를 세밀하고 정확하게 그녀에게 설명했으리라는 점이다. 안나 안드레예브나의 입장에 대해서 말한다면, 그녀는 마침 그때 이런 종류의 소식이라면 어떤 것이든 비상한 관심을 가지고 귀기울이지 않을 수 없는, 그리고 또…… 〈생존 경쟁 때문에〉 그러한 미끼에 덤벼들지 않을 수 없는, 바로 그런 상태에 처해 있었다. 바로 그 무렵 그녀의 약혼자는 행동의 제한을 받아 짜르스꼬예 셀로에 머물러야 하는 상황이었다. 그리고 그녀까지도 감시를 당하는 형편이었다. 그런 상황에서 그야말로 말할 수 없이 좋은 제보가 들어온 것이다. 그리고 그것은 여자들 사이에 오가는 귓속말이나 눈물을 짜는 하소연도 아니고, 근거 없는 중상이나 뜬소문도 아니었다. 그것은 구체적으로 물증이 있는 편지였다. 그것도 직접 사람이 쓴 기록인 것이다. 즉, 그의 딸을 포함하여 그를 그녀에게서 빼내려는 모든 사람들의 교활한 계략을 실질적으로 증명하는 서류였다. 그렇다면 어떻게 해서라도 그를 구하지 않으면 안 되었다. 그가 있어야 할 곳에 바로 그녀가 있어야 하고, 24시간 내에 그는 그녀와 결혼을 해야 했다. 그렇게 하지 않으면 그들은 그를 정신 병원에 감금하고 말 것이다.

아니면 람베르뜨는 이 아가씨에게 어떤 계략도 쓰지 않고 단도직입적으로 이렇게 말했을지도 모른다. 〈마드무아젤*Mademoiselle*, 이것은 당신이 평생을 노처녀로 지내느냐, 그렇지 않으면 공작 부인이 되어 백만장자가 되느냐의 갈림길입니다. 다행히 구체적인 서류가 있습니다. 제가 그것을 그 풋내기에게서 훔쳐내어 당신에게 넘겨드리겠습니다. 3만 루블짜리 어음과 교환 조건으로 말입니다.〉 아마 그가 그렇게 말했을 것이라는 생각이 자꾸만 들었다. 다시 말하지만, 그는 복잡하게 깊이 생각하기에는 너무 단순하고 어리석은 구석이 있었기 때문이다……. 그리고 안나 안드레예브나도 상대방이 그런 허무맹랑한 얘기를 하더라도 조금도 당황하거나 내면적 절제를 잃지 않고, 협박조로 말하는 이 사기꾼의 말을 끝까지 들었을 것이다. 그녀의 그 〈포용력〉을 생각하면 그렇게 짐작할 수 있다. 물론 처음에는 낯을 좀 붉혔을지도 모르지만, 곧 마음을 가다듬고 그의 말을 끝까지 들었을 것이다. 이 접근하기 어렵고 자존심이 강한 그리고 흠잡을 데 없는 아가씨가, 더욱이 그처럼 영민한 아가씨가 람베르뜨 같은 사람과 손잡은 일을 생각하면…… 인간의 머리라는 것은 그 속을 알다가도 모를 일이다! 러시아 사람의 두뇌는 점점 규모가 커져서 한없이 넓어지려고만 든다. 그리고 그런 환경에서 여자의 두뇌 역시 그런 성향을 띠는 것이다!

이제 상황을 요약해서 말하겠다. 앓고 난 다음에 내가 처음으로 외출하던 그날, 람베르뜨는 두 가지 사항을 준비해 놓고 있었다(지금은 내가 분명하게 알고 있다). 우선 안나 안드레예브나에게 서류를 넘겨주고 그 대가로 3만 루블을 어음으로 받은 다음, 그녀가 노공작과 결혼을 할 수 있도록 돕는다. 간단히 말하면, 대체적으로 그런 내용의 것이었으며, 구체적인 계획까지도 서 있었다. 다만 그는 내 도움을 기다리고 있을 뿐이었다. 즉, 바로 그 서류만 입수하면 되었다.

두 번째 계획은, 만일 그쪽이 더 조건이 좋다면, 안나 안드레예브나에게 등을 돌려 버리고 문제의 그 서류를 장군 부인 아흐마꼬바에게 파는 것이다. 그리고 뷔링에게도 일말의 기대를 걸고 있었다. 그러나 람베르뜨는 아직 장군 부인 앞에는 나타나지 않았고, 다만 그녀의 행동을 지켜볼 뿐이었다. 역시 내 도움이 필요했기 때문이다.

내가 바로 그에게 필요한 사람이 되어 버렸던 것이다. 사실, 필요한 것은 내가 아니라 바로 그 서류였다! 나에 대해서도 그에게는 역시 두 가지 계획이 서 있었다. 첫번째 계획은, 만일에 다른 대안이 없다면 나를 잘 구슬려서 서로 몫을 반씩 나누기로 하고 나와 함께 일한다는 것이었다. 하지만 그는 두 번째 계획이 더 마음에 들었다. 그것은 다름아니라 나 같은 풋내기에게서 간단히 그 서류를 훔쳐내거나 혹은 폭력을 써서 빼앗아 버리는 것이었다. 그는 마음속으로 이 계획을 잘 다듬어서 준비하고 있었다. 다시 말하지만, 여기에는 어떤 사정이 게재되어 있었기 때문에 그는 이 두 번째 계획이 분명히 성공하리라고 생각하고 있었다. 그러나 앞에서 이미 말한 것처럼 이것에 대해서는 나중에 다시 설명하겠다. 아무튼 그는 가슴을 조마조마하면서 초조한 심정으로 나를 기다리고 있었다. 그가 어느 쪽을 선택할 것인가는 전적으로 나에게 달려 있었다.

그의 특성에 대해 분명하게 분석할 필요가 있다. 매우 성급한 성질을 가지고 있었음에도 불구하고 그는 적당한 때가 올 때까지 자신을 잘 억제하고 있었다. 그는 내가 병석에 있는 동안 내 집에 나타나지 않았다. 단 한 번 문병을 와서 베르실로프와 만났을 뿐이다. 그는 내게 걱정을 끼치지도 않았고, 나를 놀라게도 하지 않았으며, 내가 외출할 수 있게 된 그날까지 나와 아무런 관계도 없는 듯한 태도를 취하고 있었다. 그는 내가 그 서류를 누구에게 넘겨주거나 이야기하거나 혹은 파기해 버릴지도 모른다는 점에 대해서는 전혀 걱정을 하지 않고 있었다. 그의 집에서 내가 한 말을 바탕으로 생각해 볼 때, 내가 그 비밀을 지극히 소중히 다루며, 또 서류에 대해서 누가 알까 봐 매우 두려워한다는 것을 알 수 있었기 때문이다. 그는 내가 건강을 회복하면 바로 자기를 찾아오리라는 것을 조금도 믿어 의심치 않았다. 나스따시야 예고로브나가 내게 문병을 왔던 것도 어떤 의미에서는 그의 조종에 의한 것이었다. 그리고 이미 호기심과 두려움을 가지게 된 이상, 내가 더는 참지 못하리라는 것도 그는 알고 있었다. 뿐만 아니라 그는 모든 수단을 취하고 있었기 때문에 내가 외출하는 날까지도 알 수 있었던 것이다. 그래서 설사 내가 그렇게 하기를 원한다고 해도 그와 손을 끊을 수는 없었다.

그리고 어쩌면 람베르뜨보다도 나를 더 기다리고 있던 것은 안나 안드레예브나였을지도 모를 일이다. 사실 람베르뜨가 그녀를 배반하려고 한 것은 어떤 의미에서는 당연한 일이며 그 이유는 그녀 쪽에 있었다. 그들은 틀림없이 무엇인가에 대해서 서로 합의했지만(그것이 어떤 내용인지는 모르지만, 나는 두 사람이 합의를 했다는 사실만은 의심치 않는다), 안나 안드레예브나는 마지막 순간까지 그에게 뭔가 적의를 느끼고 있었고, 완전히 본심을 열어 놓지 않았다. 그녀는 모든 일에 대해서 그와 동의하고, 모든 것을 약속하는 듯한 암시를 하기는 했지만, 그것은 어디까지나 암시에 지나지 않았다. 그녀는 어쩌면 그의 모든 계획을 상세하게 들었을지도 모르지만, 다만 침묵으로 동의를 표시한 것에 지나지 않았다. 나는 이렇게 결론지을 확실한 자료를 가지고 있다. 그리고 그 모든 원인은 바로 〈나를 기다리고 있었기〉 때문이다. 즉 그녀는 람베르뜨 같은 파렴치한보다 나와 손을 잡고 일하고 싶었던 것이다. 내 생각에 그것은 틀림없는 사실이다! 그러한 심정은 나도 알 것 같다. 하지만 문제는 람베르뜨도 그녀의 의도를 파악했다는 점에 있었다. 만일에 그녀가 그를 제쳐놓고 내게서 그 서류를 얻어내어 나와 손을 잡게 된다면, 그는 그야말로 허공에 붕 뜨는 꼴이 아니겠는가. 더욱이 그 무렵에 그는 이미 〈사건〉의 실체를 완전히 파악하고 있었다. 만일 다른 사람이 그의 입장에 있었다면, 겁을 내거나 계속해서 의심을 했을 것이다. 그러나 람베르뜨는 나이도 젊고 대담하며 손쉽게 큰돈을 벌어 보겠다는 성급한 욕망을 가지고 있고 세상을 잘 몰랐으며, 그리고 모든 사람들이 다 비열한 특성을 가지고 있다고 생각했던 것이다. 그런 인간이 어떤 의심을 품을 리가 없다. 그리고 이미 안나 안드레예브나의 집에서 가장 중요한 사실을 모조리 알아낸 후이고 보면, 그가 그런 태도를 취한 것은 어쩌면 당연한 것인지도 모른다.

그리고 무엇보다도 가장 중요한 것은 베르실로프가 그날까지 이 일에 대해서 어느 정도 알고 있었을까, 그리고 이미 그 당시, 혹시 간접적으로나마 람베르뜨가 꾸민 계획에 참여하고 있었을까 하는 점이다. 아니, 틀림없이 그렇지는 않을 것이다. 〈그때에는〉 아직 그렇지는 않았을 것이다. 물론 어쩌면 그가 무심코 한마디쯤 던졌을지도 모른다……. 그 얘기는 이 정도로 해야 할 것 같다. 내가 지나치게 앞질러 갈 수도 있는 것이니까.

나는 어떤가? 내가 알고 있는 것은 과연 무엇일까? 외출하던 그날까지 도대체 나는 무엇을 알고 있었다는 말인가? 외출하던 그날까지 나는 아무것도 몰랐다. 모든 것을 알았을 때에는 이미 너무나 늦어 있었으며, 모든 것이 이미 끝난 다음이었다고 앞에서도 말했었고, 그것은 사실이다. 하지만 전적으로 그랬을까? 아니다, 사정은 약간 다르다. 나는 이미 틀림없이 몇 가지 일을 알고 있었다. 지나치게 많은 일을 알고 있었다고 해도 좋겠다. 그러나 어떻게? 독자는 내가 꾸었던 꿈을 기억할 것이다! 내가 그런 꿈을 꾸었고 또 그 꿈이 내 마음속에서 그런 형태를 취했다는 것은 내가 아주 많은 사실을 알고 있었던 것이 아니라, 바로 지금 설명한 것, 그리고 실제로 〈모든 것이 끝났을 때〉 처음 알게 된 사실 중에 상당히 많은 것을 마음속으로 〈예감〉하고 있었다는 것을 의미한다. 실제로 내가 알고 있었던 것은 없었다. 그러나 내 가슴은 그런 예감 때문에 두근거렸으며, 이미 악마가 내 내면을 지배하고 있었다. 그래서 그가 어떤 인물인지 잘 알고 있었고, 또 구체적인 내용까지도 예감을 하면서 나는 그에게로 뛰어갔던 것이다! 도대체 왜 내가 그에게 갔을까? 도대체 무슨 이유 때문에? 이 글을 쓰고 있는 지금 이 순간에도 나는 왜 그에게로 갔었는지를 스스로 자세히 알고 있었던 것이 아닌가 하는 생각이 든다. 하지만 나는 그때 아직 아무것도 몰랐다. 아마도 독자들은 이런 것을 이해할 것이다. 이제 저간의 사정이 어떻게 흘러갔는지를 자세히 이야기해 보자.

2

이 사건의 발단은 리자와 관련이 있었다. 즉, 내가 외출하기 이틀 전 저녁때, 그녀는 아주 불안한 모습으로 돌아와서 아주 심하게 화를 냈다. 그녀가 도저히 참을 수 없는 일이 일어났던 것이다.

이미 앞에서 그녀가 바신과 교제하고 있는 것에 대해 언급한 바 있다. 그녀가 그와 교제하게 된 것은, 우리가 자신에게 더 이상 필요 없다는 것을 보여 주기 위해서뿐만 아니라, 바신의 인물됨을 높이 평가하기도 하였기 때문이다. 어떤 면에서 보면, 그들의 교제는 이미 루가에 있을 때부터 시작된 것이라고도 할 수 있었다. 심한 충격을 받았던 불행한 상황 속에서 그녀는 자연스럽게 침착하고 항상 품위가 있으며, 내면의 깊이를 갖춘 사람의 충고를 소망하게 되었다. 그리고 그녀는 바신을 바로 그런 사람이라고 생각했던 것이다. 여자는 상대방이 마음에 들면 남자의 됨

됨이를 평가하는 데 아주 서투르다. 그리고 그것이 자신의 희망과 합치하는 경우에는, 그것이 아무리 역설일지라도 그것을 기꺼이 절대적인 명제처럼 받아들인다. 리자가 바신을 사랑하게 된 것은 그가 자신의 처지를 동정했기 때문이며, 또한 처음 만났을 때부터 그가 공작에 대해서도 동정적인 태도를 가지고 있는 듯했기 때문이다. 그가 자신에게 애정을 품고 있지 않나 생각하던 그녀로서는, 자신의 경쟁자를 동정하는 그의 인품을 한없이 높이 평가하지 않을 수 없었던 것이다. 한편 공작은, 리자가 이따금 바신에게 상의하러 간다는 말을 그녀에게서 듣고, 처음부터 이 소식에 대해서 굉장한 불안을 느꼈다. 그는 질투하기 시작했다. 리자는 이것에 모욕을 느끼고, 이번에는 일부러 바신과 교제를 계속하게 되었다. 공작은 아무 말도 하지 않았지만 우울한 표정이었다. 그런데 그 후(시간이 많이 지난 후이지만) 리자가 자기 입으로 고백한 바에 의하면, 얼마 되지 않아 곧 바신이 자기 마음에 들지 않게 되었다는 것이다. 그는 항상 침착한 태도였는데, 처음에는 그토록 마음에 들던 그의 변함없는 침착한 태도가, 마침내 그녀에게 몹시 불쾌하게 느껴졌던 것이다. 그녀 생각에 그는 아주 실질적인 사람으로 보였다. 그리고 몇 가지 경우에 그럴듯한 충고를 그녀에게 해주었지만, 마치 의도적으로 그러기라도 한 듯 그의 충고는 모두가 실현될 수 없다는 것을 알게 되었다. 그리고 그는 때로 지나치게 고답적인 태도로 사물을 판단했고, 그녀 앞에서 조금도 주저하는 기색을 보이지 않았다. 그의 이러한 태도는 점점 심해질 뿐이었다. 그녀는 그가 그러한 태도를 취하게 된 것은 그녀에 대해 그가 내면 속에 가지고 있던 경멸감이 무의식중에 점점 커졌기 때문이라고 판단했다. 언젠가 그녀는, 그가 언제나 내게 호의를 가져 준 것과, 나보다 훨씬 더 탁월한 위치에 있으면서도 마치 동등한 사람을 대하듯이 나를 대한 것에 대해(그녀가 그에게 내 말을 그대로 전한 것이다), 그에게 감사의 말을 한 적이 있다. 그녀의 말에 그때 그는 이렇게 답했다.

「제가 특별하게 한 일은 없고, 그런 이유 때문도 아닙니다. 사실 저는 그에게서 다른 사람들과의 차이를 전혀 발견하지 못했기 때문이지요. 저는 그를 영리한 사람들보다 머리가 나쁘다고 생각하지 않았고, 선량한 사람들보다 마음이 나쁘다고도 생각하지 않습니다. 저는 모든 사람에게 똑같은 태도를 취합니다. 제 눈에는 모든 사람들이 평등하게 보이기 때문이지요.」

「정말 차이를 인정하지 않으세요?」

「물론, 사람들은 누구나 다른 사람들과 서로 다른 점을 가지고 있지요. 그러나 제 관점에서 보면 이렇다 할 만한 차이는 없습니다. 왜냐하면 사람들이 가지고 있는 변별적 특성은 제게 큰 상관이 없기 때문입니다. 제게는 모든 사람이 평등하고 모든 것이 마찬가지입니다. 그래서 저는 모든 사람에게 똑같이 친절하게 대하는 것입니다.」

「그러면 무미건조하지 않으세요?」

「아닙니다. 저는 언제나 자신에게 만족하고 있습니다.」

「그렇다면 당신은 아무것도 원하지 않으세요?」

「아닙니다. 저도 원하지만, 많은 것을 원하지 않을 뿐이지요. 제게 필요한 것은 거의 없어요. 그저 이렇게 평범한 것이 제게 편합니다. 설사 금으로 만든 옷을 입는다 하더라도 그것이 제게 어떤 특별한 의미를 더 부여하는 것도 아니고요. 저는 음식에도 현혹당하지 않습니다. 그리고 사회적 지위나 명예라는 것이 저의 본질적 가치보다 더 의미가 있는 것일까요?」

단정적인 어조로 그가 그렇게 말했던 것을 상기하면서, 리자는 자신의 명예를 걸고 그에게 더 이상 관심이 없어졌다고 내게 말했다. 물론 이런 판단을 하게 된 상황을 알아보아야 할 것이다.

그와 시간을 보내면서 리자는 점점 다음과 같은 결론에 도달하게 되었다. 그가 공작에게 공손한 태도로 대하는 것은, 단지 그의 생각에 근거하여 모든 사람을 평등하게 대하려 노력하고 〈차별 없이 남을 대하려 하기〉 때문이며, 그녀에 대한 애정이 아닐지도 모른다는 것이다. 그러나 차차 무슨 이유에서인지 그는 눈에 띄게 특유의 침착성을 상실하게 되었으며, 공작에 대해서도 비난하는 태도를 취할 뿐만 아니라, 심지어 멸시하는 언사까지도 입에 담기 시작했다. 그의 이런 태도는 리자를 매우 화나게 했으며, 바신 역시 가만있지 않았다. 하지만 가장 큰 문제는, 그가 항상 매우 부드러운 표현을 썼고, 비난할 때에도 절대로 언성을 높이는 일이 없으며, 언제나 논리적으로 그녀의 영웅이 하찮은 인물에 불과하다는 사실을 논증한 일이었다. 바로 이 논리적인 점에 그의 야유가 숨어 있었던 것이다. 그리고 마지막으로 그는 거의 노골적으로 그녀의 사랑이 가지고 있는 〈비합리성〉과, 그녀의 사랑이 그녀의 고집에 의해서 억지로 조작된 것이라는 사실을 그녀에게 논증했다. 〈당신은 자신의 감정에 휩쓸려 바로 자신의 본질을 잊은 것입니다. 하지만 그러한 사실을 알았다면 그러한 잘못은 서둘러 고쳐야 합니다.〉

이런 일은 최근에 일어난 것이었다. 그의 말에 리자는 화가 나서 바로 일어서서 나가려고 했다. 바로 그 순간 지나치게 이성적인 그 사람이 어떤 행동을 했을까? 그리고 그들 사이의 일을 어떻게 결말지었을까? 그는 더없이 점잖은 태도로, 그리고 감동적인 어조로 그녀에게 청혼을 했다. 리자는 그 자리에서 그에게 어리석은 짓이라고 말하고는 나와 버렸다.

그는 리자에게 그 불행한 공작이 그녀에게 더 이상 〈가치가 없다〉는 이유를 들며, 그녀에게 그 불행한 사람을 배반할 것을 권고했다. 여기서 가장 중요한 문제는 그 불행한 사람의 아이를 가진 여자에게 그런 행동을 권했다는 점이다. 그는 바로 그런 두뇌의 소유자였다! 나는 그의 관점을 논리적 이성중심주의라고 생각한다. 그것은 한없는 자부심에서 생겼으며, 바로 삶의 의미에 대해서는 전혀 알지 못하는 데서 생긴 것이라고 여겨진다. 그의 말을 들으면서 리자는 또 〈그가 자기의 임신을 이미 알고 있었으며, 그래서 그러한 형편을 미리 헤아리는 자신의 행동에 대해서 스스로 대단히 자랑스럽게 생각하고 있다는 것을 간파했다〉. 서러움에 못 이겨 눈물을 흘리면서 그녀는 공작에게 서둘러 갔다. 하지만 그 사람의 태도는 바신보다 더했다. 그녀의 이야기를 듣고 이제는 더 이상 질투할 것도 없다고 여기며 안심해도 좋을 텐데, 그는 곧 이성을 잃고 말았다. 바로 지독한 질투심을 느꼈기 때문이다! 그는 그녀에게 모욕적인 언사를 함부로 늘어놓았다. 그래서 너무나 심한 모욕을 견디다 못해 리자는 그 자리에서 모든 관계를 끊어 버릴까 하는 생각도 했다.

리자는 홀로 마음을 달래면서 집으로 돌아왔다. 그리고 어머니에게 그러한 사정을 털어놓았고, 그날 저녁 두 사람은 아주 오래간만에 이전과 같은 관계를 회복하였다. 두 사람은 서로 얼싸안고 실컷 울면서 가슴의 앙금을 모조리 털어 내었다. 그러고 나서 리자는 아직 침울하기는 했지만 많이 진정된 듯했다. 마까르 이바노비치의 방에서 이루어지는 저녁 모임에 나가서도 그녀는 말은 한마디도 없었지만 방을 떠나지 않고 끝까지 앉아 있었다. 그녀는 그의 말을 열심히 듣고 있었다. 그 탁자 사건이 있은 후로도 그녀는 그에게 여전히 말을 건네지는 않았지만, 그를 대할 때면 아주 정중한 태도를 취하였다.

이 무렵 마까르 이바노비치는 뜻밖에도 전혀 예상치 못했던 화제를 꺼내어 사람들을 놀라게 하였다. 그날 아침에 베르실로프와 의사는 그의 건강에 대해서 아주 우울한 표정으로 이야기하였다. 사실 우리집에서는 이미 며칠 전부터, 꼭 닷새 후로 다가온 어머니의 생일을 축하할 준비를 하고 있었기 때문에 모두들 자주 그에 관한 이야기를 했다. 마까르 이바노비치는 이 생일에 대해 생각하다가 갑자기 지난 일을 회상하게 되었으며, 어머니의 유년 시절의 일이라든가 그녀가 아직 〈걸음마도 못하던〉 시절의 일을 상기하였다. 〈내가 늘 이 팔에 안고 다녔지〉 하고 노인은 옛이야기를 시작했다. 「내가 걸음마를 가르치려고 세 걸음쯤 떨어져 아이를 방구석에 세워 놓고 부르면, 방을 가로질러 내게 비틀거리며 걸어오곤 했지. 조금도 무서워하지 않고, 생긋생긋 웃으면서 내게 걸어와서 내 목에 매달리곤 했지. 그리고 그 후에도 자주 내가 당신에게 옛날 이야기를 들려주었지, 소피야 안드레예브나. 당신은 내가 해주는 옛날 이야기를 참 좋아했어. 거의 두 시간 동안이나 내 무릎에 앉아서 얌전히 내 이야기를 듣곤 했어. 〈저 애는 이상할 정도로 마까르를 잘 따른단 말이야〉 하고, 하인들 방에서는 모두들 이상하게 생각했지. 그리고 또 당신을 숲속으로 데려간 일도 있었어. 산딸기가 있는 나무숲을 찾아가서, 그 옆에 당신을 앉히고 내가 나무로 피리를 만들어 주곤 했어. 그렇게 실컷 놀고 나서, 이 팔에 안고 집으로 돌아오노라면 아이는 어느새 곤히 잠에 떨어져 있곤 했지. 한번은 갑자기 늑대가 무섭다고 벌벌 떨며 내게 달려왔어. 그런데 정작 늑대는 한 마리도 없었지.」[83]

「저도 그 일은 기억합니다.」 어머니가 말했다.

「정말 기억하고 있소?」

「저도 많은 일을 기억하고 있어요. 세상 물정을 알게 되자, 제가 제일 먼저 깨달은 것은 바로 저에 대한 당신의 깊은 사랑이었습니다.」 그녀는 차분한 목소리로 말을 하더니 갑자기 얼굴을 붉혔다.

마까르 이바노비치는 잠시 말을 멈추었다.

「자, 이제 모두들 잘 있어요. 이제 내가 세상을 떠날 때가 왔어요. 나이를 먹은 후, 나는 지나간 모든 슬픈 일에 대해서 위로를 받았소. 모두들 고마워요.」

83 이와 비슷한 에피소드가 도스또예프스끼의 다른 작품 「농부 마레이」에도 나온다.

「그런 말씀 마세요. 마까르 이바노비치, 그게 무슨 말씀입니까? 의사가 아까 말했습니다만, 당신의 병세는 점점 더 좋아지고 있습니다…….」 약간 당황한 듯 베르실로프가 큰소리로 말했다.

어머니는 두려운 표정으로 듣고 있었다.

「알렉산드르 세묘노비치 같은 사람이 무얼 알겠소.」 마까르 이바노비치는 가볍게 웃었다. 「그는 참 좋은 사람이지요. 그리고 최선을 다했어요. 그것으로 충분합니다. 여러분, 혹시 내가 죽는 것을 두려워하는 것처럼 보이나요? 사실은 오늘 아침에 기도를 드린 후에 갑자기, 이제 다시는 살아서 이곳을 나서지 못하겠구나 하는 생각을 했어요. 그런 내용의 소리가 들렸어요. 물론 그것이 어떤 의미를 가진 것은 아니고, 여러 사람에게 하느님의 축복이 있기를 기도할 뿐이에요. 그래서 마지막으로 모든 사람의 얼굴을 잘 봐두고 싶은 거야. 많은 고난을 겪은 욥도 새로 낳은 자식들을 보고 위로를 받았지만, 그렇다고 이전에 낳은 자식들을 잊었을까? 또 잊을 수 있었을까? 글쎄, 그것은 잊을 수 없는 일이야![84] 다만 해를 거듭함에 따라 어느새 슬픔이 차차 기쁨과 뒤섞이게 되어 점점 유쾌한 설움으로 바뀌어 가는 거지. 이 세상의 모든 일이 다 그렇지. 어떤 영혼이든지 때로 시험도 받고, 또 위로도 받는 거야. 그런데 여러분, 내가 여러분에게 잠깐 한마디해야겠다고 생각한 것이 있어요.」 그는 조용한, 참으로 아름다운 미소를 지으면서 말을 계속했다. 그 미소는 언제까지나 잊을 수 없을 것이다. 그는 갑자기 나를 보며 말했다. 「자네는 신성한 교회를 위해서 모든 힘을 다해야 하고, 적당한 때가 오면 교회를 위해서 목숨을 바쳐야 해. 그때까지 기다려. 놀랄 것은 없어. 지금 당장 그러라는 것은 아니야.」 그는 빙긋 웃었다. 「자네는 지금은 아마 그

84 구약에서 신을 따르는 자, 욥의 신심을 시험하기 위해 그에게 아이의 죽음과 같은 여러 가지 고난과 유혹이 따른다. 후에 그의 굳건한 믿음 때문에 그에게는 많은 아이들이 다시 생기게 된다.

런 생각을 꿈에도 하지 않겠지만, 나중에는 아마 그렇게 생각하게 될 거야. 그리고 한마디만 더 하겠네. 뭔가 좋은 일을 계획하고 있다면, 사람들에게 보이기 위해서가 아니라 바로 하느님을 위해서 하게. 항상 자기의 중심을 꼭 잡고, 조금이라도 마음을 유약하게 먹거나 의지가 꺾여서는 안 되네. 서두르지 말고 자신을 아끼며 항상 부지런히 노력하게. 자네에게 말하고 싶은 것은 그것뿐이네. 그 외에 항상 기도하는 습관을 갖게. 내가 하는 말을 꼭 명심하게, 언젠가 생각날 때가 있을 거야. 그리고 안드레이 뻬뜨로비치, 당신에게 한두 가지 하고 싶은 말이 있지만, 내가 말하지 않아도 하느님이 직접 당신의 마음에 나직하게 말해 주실 겁니다. 내가 감정을 추스른 후에 이미 아주 오랫동안 우리는 서로 그 일에 대해서는 입을 다물고 있었지요. 그러나 오늘은 이제 이별해야 될 것 같으니 그 일에 대해 다시 한번 얘기를 해야 할 것 같군요……. 그때 제게 약속하신 것에 관해서 말씀인데…….」

겨우 거기까지 말을 한 다음 그는 고개를 숙이고 거의 속삭였다.

「마까르 이바노비치!」 베르실로프는 당황한 듯 의자에서 일어섰다.

「괜찮습니다, 당황하실 건 없습니다. 그 일에 대해서 누구보다도 하느님에게 죄가 많은 것은 바로 저입니다. 아무리 자기의 주인이 하는 일일지라도, 그런 나쁜 버릇을 제가 용납해서는 안 될 일이었으니 말입니다. 그러니 소피야, 당신도 지난 일에 대해서 그렇게 죄책감을 가질 필요가 없어요. 당신의 죄는 결과적으로 모두 내 죄이니 말이야. 그리고 내 생각에는 당신도 마찬가지로 거의 분별력이 없었을 거요. 아마 당신도 이분과 마찬가지 상태가 아니었을까?」 그는 고통 때문인지 입술을 떨며 미소를 지었다. 「당신은 내 아내니까, 나는 그때 당신을 매질할 수도 있었고, 또 마땅히 그랬어야 했을지도 모르지. 그러나 눈물을 흘리면서 내 앞에 엎드려 아무것도 감추지 않고 내 발에 입맞추는 것을 보았을 때, 나는 당신을 측은하게 여겼어. 지금 당신을 괴롭히려고 이런 일을 떠올리는 것이 아니라는 걸 당신도 알겠지? 단지 안드레이 뻬뜨로비치에게 그때의 일을 상기시키기 위해서지……. 당신도 귀족들이 하는 약속을 기억하실 테니 말입니다. 만약 당신이 성식으로 결혼을 하면 모든 일이 다 원만하게 해결될 것이 아니겠습니까……. 애들이 보는 앞에서 이것만은 꼭 말해 두겠습니다. 아시겠지요…….」

아주 흥분한 표정으로 그는 베르실로프의 응낙을 구하는 것처럼 그를 쳐다보았다. 다시 말하지만, 이 모든 일이 너무나 뜻밖에 일어났기 때문에 나는 아무 말 없이 가만히 앉아 있었다. 베르실로프 역시 그에 못지않게 흥분한 상태였다. 그는 말없이 어머니에게로 가서 힘차게 그녀를 껴안았다. 그 다음에 어머니 역시 말없이 마까르 이바노비치에게로 가서 그에게 깊이 고개를 숙였다.

전혀 예상치 못한 아주 충격적인 장면이 연출된 것이다. 마침 그때 방 안에는 우리 가족뿐이었으며, 따찌야나 빠블로브나도 없었다. 리자는 아주 담담한 태도로 말없이 그의 말에 귀를 기울이고 있었다. 그러다가 갑자기 일어서더니 차분한 어조로 마까르 이바노비치에게 말했다.

「마까르 이바노비치, 역경에 처해 있는 저도 축복해 주세요. 내일이면 제 운명이 완전히 결정됩니다……. 그러니 오늘 꼭 저를 위해 기도해 주세요!」

그 말을 마치고 리자는 그만 방을 나가 버렸다. 어머니가 마까르 이바노비치에게 그녀의 일을 모두 말해 주어, 그는 저간의 사정을 다 알고 있었다. 그리고 그날 저녁에 처음으로 나는 베르실로프가 어머니와 나란히 있는 것을 보았다. 그때까지 나는 다만 그의 옆에 한 여자 노예가 있는 것만을 보아 왔다. 나는 내가 애증의 감정을 가지고 있는 그 사람에 대해서 아직도 모르는 점이 아주 많다는 것을 깨달았다. 그래서 그만 어리둥절한 기분으로 내 방으로 돌아왔다. 그리고 내 감정을 있는 그대로 말한다면, 그 때부터 그에 대한 내 의혹이 더욱더 짙어 갔다. 사실 그때처럼 그가 비밀스럽고 알 수 없는 신비의 인물로 보인 적은 한 번도 없었다. 바로 그에 관해 내가 느낀 그런 신비를 벗기는 것이 지금 내가 쓰고 있는 이야기의 전부라고 할 수 있다. 그리고 적당한 때가 오면 나는 그 모든 것을 밝혀 나가겠다.

〈그러니까.〉 그날 밤, 잠자리에 누워서 나는 가만히 생각했다. 〈그 사람은 마까르 이바노비치에게 어머니가 과부가 되면 그녀와 정식으로 결혼하겠다는 이른바 《귀족의 약속》을 했던 모양이군. 하지만 그는 전에 내게 마까르 이바노비치에 관해 말할 때 그런 이야기는 전혀 말하지 않았는데.〉

그 다음날 리자는 하루 종일 집에 없다가 아주 늦게 돌아오더니, 곧장 마까르 이바노비치에게 갔다. 그들의 대화를 방해하지 않으려고 나는 그리로 들어가지 않을 생각이었지만, 어머니와 베르실로프도 벌써 그곳으로 들어가 있다는 것을 알고서 따라 들어갔다. 리자는 노인의 옆에 앉아 그의 어깨에 얼굴을 묻고 울고 있었다. 한편 노인은 슬픈 표정으로 말없이 그녀의 머리를 쓰다듬어 주고 있었다.

그 뒤에 내 방으로 와서 베르실로프가 내게 설명한 바에 의하면, 공작은 자신의 주장을 굽히지 않고 가급적 빨리 재판의 확정 판결이 나기 전에 리자와 결혼하기로 결정하였다는 것이다. 리자는 그의 제안을 거절할 수가 없다는 것을 알았지만, 그렇다고 선뜻 그 결정을 흔쾌하게 받아들일 수도 없는 입장이었다. 그런 사정을 듣고 마까르 이바노비치는 그녀에게 결혼하라고 〈충고〉했다. 물론 모든 일이 순리대로 잘 풀려서 아무 주저나 걱정이 없는 경우에는 그와의 결혼이 아주 자연스러운 일이었겠지만, 지금은 자기가 사랑하는 바로 그 사람에게서 모욕적인 언사를 듣기도 했고, 또한 그로 인해 자신의 품위를 손상시키는 일도 있었기 때문에 그녀로서는 쉽게 결정할 수가 없었을 것이다. 그리고 그런 형편에서 전혀 뜻밖의 일이 새로 끼어들었다. 그리고 그것은 나까지도 혼란스럽게 만들었다.

「그 뻬쩨르부르그의 젊은 친구들이 어제 모두 체포되었다는 소식을 너도 들었니?」 갑자기 베르실로프가 내게 물었다.

「누가요? 제르가쵸프가요?」 내가 되물었다.

「그래, 그리고 바신도 역시 그렇게 됐다는구나.」

바신이라는 이름을 들었을 때, 나는 특히 심한 충격을 받았다.

「그렇다면 그도 역시 그들과 함께 공모했다는 말인가요? 이제 그 사람들은 어떻게 되는 건가요? 공교롭게도 리자가 바신을 아주 심하게 비난한 바로 그 무렵에 이런 일이 생겼군요……. 이 일이 어떻게 처리될까요? 아마도 이건 스쩨벨꼬프의 농간임에 틀림없습니다. 제가 보기에는 분명히 스쩨벨꼬프가 꾸민 짓이에요!」

「자, 이제 그 이야기는 그만두자.」 이상한 표정으로 나를 쳐다보면서 베르실로프가 말했다(어리석고 상황 판단을 잘 못하는 둔한 사람을 바라보는 듯한 표정이었다). 「그들이 어떤 일을 꾸몄는지 누가 세세히 알 수 있겠니? 내가 말하고자 하는 것은 그런 세세한 내용이 아니다. 그리고 네가 내일 외출할 거라고 하던데, 혹시 세르게이 뻬뜨로비치 공작에게 한번 들르지 않겠니?」

「우선 그리로 가보아야지요. 사실 그렇게 하는 것이 제게 퍽 힘들게 느껴집니다. 하지만 한번 가보아야지요. 혹시 전할 말씀이 있나요?」

「나도 만나러 갈 생각이니, 그럴 필요 없다. 나는 리자가 측은하게 느껴진다. 마까르 이바노비치가 그 애한테 무슨 적절한 충고를 할 수 있겠니? 자기 자신도 삶의 의미나 실제 상황에서 살아가는 인간에 대해 깊이 모르고 있으니 말이다. 그리고 사랑하는 아르까지(한동안 그는 내게 〈사랑하는 아르까지〉라는 말을 하지 않았다), 몇몇 젊은 사람들이 있는데……. 그들 중에 한 사람, 네 옛 친구 람베르뜨라는 사람이 있다……. 왠지 내게는 그들 모두가 불한당으로만 보이는구나……. 나는 다만 네가 미리 주의하였으면 하는 생각에서…… 물론 이건 모두 네 자신의 일이며, 내가 개입할 권리가 없다는 것은 알지만…….」

「안드레이 뻬뜨로비치.」 그의 말에 다소 감동하여 나는 가끔 그렇게 하듯이 불쑥 그의 손을 붙잡으며 말했다(전혀 어떤 의도 없이 무의식중에 일어난 일이었다). 「당신도 알다시피 그동안 저는 말없이 지내 왔습니다. 왠지 아시겠어요? 당신의 비밀을 더 이상 캐묻지 않기 위해서였습니다. 그런 것은 영원히 알지 말자고 굳게 결심했습니다. 어떤 면에서 저는 두려워하고 있습니다. 혹시라도 제가 당신의 비밀을 자세히 알게 됨으로써 제 가슴속에서 당신을 지우게 되지나 않을까 두렵습니다. 저는 그렇게 되는 것을 원하지 않습니다. 그러니 당신도 제 비밀을 일일이 알 필요가 없지 않을까요? 제가 어딜 가서 무얼 하든, 당신에게는 큰 의미가 없지 않은가요! 그렇지 않나요?」

「그래, 네 말이 맞는 것 같다. 그러니 이제 그것에 대해서는 그만 얘기하자, 부탁한다!」 그렇게 말하고 난 다음, 그는 내 방에서 나갔다. 전혀 뜻밖에도 우리는 서로 가슴속에 담아 두었던 이야기를 나누었다. 그리고 그 대화는 앞으로의 공간을 향해서 새로운 계획을 세우고 있던 내 가슴을 더욱 흥분시켰다. 나는 잠을 자다가도 계속해서 잠에서 깨곤 했지만 기분은 한없이 상쾌했다.

3

그 다음날 아침에 나는 조용히 집을 나섰다. 벌써 열 시나 되었지만, 아무에게도 알리지 않고 조용히 떠나기 위해 나는 무진 애를 썼다. 그 이유를 특별히 모르겠지만, 나는 그저 소리 없이 나가고 싶었다. 아마 어머니가 내가 나가는 것을 보고 내게 말을 걸었더라도 나는 틀림없이 짜증 섞인 반응을 보였을 것이다. 그렇게 겨우 빠져나와서 길에 다다라 공기를 들이마셨을 때, 나는 한없이 충만한 기쁨을 느꼈다. 그것은 거의 본능적인, 또는 〈육감적〉이라고도 할 만한 감촉이었다. 나는 지금 어디를 향해 가는 것인가? 의식은 막연했지만, 내면적으로는 아주 〈육감적〉인 〈열망〉을 품고 있었다. 나는 다소 두렵기도 하고 기쁘기도 한, 아주 복잡한 심리 상태에 있었다.

〈혹시 오늘 품위를 잃을 만한 짓을 하게 되는 것은 아닐까, 당당하게 처신해야 할 텐데.〉 나는 아랫배에 힘을 주면서 가만히 생각했다. 나는 오늘 내디딘 이 첫걸음이 내 삶에서 아주 중요한 의미를 지니고 있다는 것을 잘 알고 있다. 하지만 여기서 이런 수수께끼 같은 이야기를 할 필요는 없을 것 같다.

곧바로 나는 공작이 감금되어 있는 감옥으로 갔다. 이미 사흘 전부터 따찌야나 빠블로브나가 소장에게 써준 편지를 가지고 있었기 때문에 소장은 나를 아주 편안하게 맞이해 주었다. 어쩌면 그가 좋은 사람이어서 그랬는지도 모른다. 아무튼 그런 것은 별로 큰 의미가 없는 일이다. 그는 공작과의 면회를 허락하고, 자기 방을 비워 두 사람이 거기서 만나게 해주었다. 그것은 중급 관리가 사용하는 그저 평범한 방이었다. 이런 내용 역시 적을 필요 없다. 아무튼 그렇게 해서 나는 공작과 단둘이 있게 되었다.

공작은 군복으로 만든 낯선 옷을 입고 내가 있는 곳으로 나왔다. 하지만 그가 입은 옷은 깨끗했고, 넥타이도 단정하게 맸으며, 머리도 잘 빗어 깔끔한 차림이었다. 그동안 그는 살이 쏙 빠졌고 피부색도 누렇게 변해 있었다. 그의 눈에서도 누런 빛이 엿보였다. 그의 모습이 생각보다 너무나 많이 변해 있었기 때문에 나는 그만 어리둥절한 채 가만히 서 있었다.

「아주 많이 변하셨군요!」 내가 말했다.

「괜찮습니다! 앉으시지요.」 약간 호기를 부리는 동작으로 내게 의자를 권하며 그는 나와 마주 앉았다. 「자, 본론부터 시작합시다. 그런데 말입니다. 알렉세이 마까로비치…….」

「제 이름은 아르까지입니다만.」 나는 그의 말을 정정했다.

「네? 아, 그렇군요. 아, 참 그렇군요!」 그는 자기가 잘못 말한 것을 갑자기 알아챈 것 같았다. 「용서하십시오, 그러면 요점부터 얘기하지요…….」

그는 준비해 두었던 얘기를 꺼내려고 단단히 서두르고 있었다. 그는 가슴속에 아주 중요한 생각들을 가득 담고 있는 듯, 서둘러 내게 모든 것을 이야기하려고 하였다. 그는 긴장한 채 자신의 생각을 자세히 설명하려고 갖은 애를 다 썼으며, 몸짓을 섞어 가면서 아주 많은 이야기를 빠른 어조로 털어놓았다. 그러나 처음 몇 분 동안, 나는 그가 무엇을 말하려는지 도무지 알아들을 수 없었다.

「간단히 말하면(그는 〈간단히 말하면〉이라는 말을 벌써 열 번이나 썼다), 간단히 말하면 말입니다.」 그는 말을 이었다. 「아르까지 마까로비치, 제가 당신에게 걱정을 끼치고 어제 리자를 통해서 긴급히 당신을 부른 것도, 마치 불난 집에서 벌어지는 소동 같은 것입니다만, 제가 내린 결심의 본질이 아주 중요하고 긴급한 것이어서, 그래서 우리는…….」

「저, 잠깐만요, 공작.」 나는 그의 말을 가로막으며 말했다. 「어제 저를 부르셨습니까? 리자는 제게 아무 말도 전하지 않았습니다만.」

「네?」 도무지 알 수 없는 일이라는 듯, 갑자기 그는 입을 다물었다. 그는 아주 놀란 표정을 지었다.

「리자는 제게 아무 말도 전하지 않았습니다. 동생은 어제 저녁 돌아왔을 때 아주 우울해 하며 저와 한마디도 하지 않았는데요.」

공작은 급히 의자에서 일어섰다.

「그게 사실입니까, 아르까지 마까로비치? 그렇다면 이건…… 이건…….」

「글쎄요, 그게 어쨌단 말입니까? 당신은 무엇에 대해 그처럼 걱정하십니까? 리자가 잠시 잊어버렸을 수도 있겠지요, 그렇잖으면 뭔가…….」

그는 다시 자리에 앉았지만, 넋이 나간 표정이었다. 리자가 내게 아무 말도 전하지 않았다는 소식이, 아마 그를 상당히 당황스럽게 한 것 같았다. 그는 다시 갑자기 두 팔을 휘두르면서 빠른 어조로 말하기 시작했지만, 나는 그의 말을 전혀 알아들을 수가 없었다.

「잠시만요!」 그렇게 불쑥 말하더니, 그는 힘을 주어 가며 말했다. 「잠깐만 기다려 주세요. 이것은…… 이것은…… 제가 잘못 생각한 것이 아니라면…… 아마도 무슨 까닭이 있어요…….」 야릇한 미소를 지으면서 그가 중얼거렸다. 「그렇다면, 즉 이것은…….」

「글쎄요, 제 생각에 여기에는 아무런 의미도 없는 것 같은데요!」 내가 다시 그의 말을 가로막았다. 「저는 이해가 되지 않는군요. 왜 이런 하찮은 일이 그렇게 당신을 괴롭히는지 말입니다……. 아, 공작, 그때부터, 바로 그날 밤부터…… 기억하시지요…….」

「언제부터, 뭐가 어쨌단 말입니까?」 내가 자신의 말을 가로막은 것에 화가 난 듯, 그는 짜증스럽게 말을 잘랐다.

「제르쉬치꼬프의 집에서 우리가 마지막으로 만난 밤 말입니다. 그때는 당신의 편지를 받기 전이었던가요? 당신은 그때도 역시 대단히 흥분하고 있었지만, 지금과는 커다란 차이가 있군요. 당신을 보고 있으려니 무서워지기까지 합니다……. 혹시 당신은 기억하지 못하십니까?」

「아, 기억이 납니다.」 그는 사교계 사람다운 목소리로, 지금 언뜻 생각나는 것처럼 말했다. 「그렇군요! 그날 말이지요…… 저도 들었어요……. 그래, 당신의 건강은 지금 어떻습니까, 그리고 그런 일들이 있은 후에 어떻게 지내셨습니까, 아르까지 마까로비치……? 자, 그건 그렇고 이제 요점으로 넘어갑시다. 분명히 말하지만, 사실 저는 세 가지 목적을 추구하고 있습니다. 제 앞에는 세 가지 문제가 있습니다. 그래서 저는…….」

그는 다시 자신의 〈중요한 이야기〉에 대해서 빠른 어조로 말하기 시작했다. 그의 열에 들뜬 표정을 보면서, 나는 별다른 특별 요법을 쓰지 않더라도 지금 곧 그의 이마에 식초에 적신 수건이라도 대주어야 하지 않을까 하고 생각했다. 그 정도로 그는 거의 제정신이 아니었다. 그의 이야기는 전혀 짜임새가 없었고, 말하려는 요지가 무엇인지 알아들을 수가 없이 그저 겉돌 뿐이었다. 자기 부대의 연대장이 직접 그를 찾아와서 오랫동안 그에게 뭔가를 설득하려고 했지만, 그가 그 말을 따르지 않았다는 것과 그가 이제 제출하려 한다는 서류에 대한 내용, 그리고 담당 검사가 틀림없이 자신의 권리를 제한하여 자기를 러시아의 북부 지방으로 유형보내거나 혹은 따쉬껜뜨로 전출보낼지도 모른다는 것, 또 그의 아이(리자와의 사이에 태어날 미래의 아이)에게 〈아르한겔스끄 지방의 홀모고리 부근에 있는 벽촌에서〉 이러저러한 것을 가르치며 이러저러한 것에 대해 말해 주겠다는 것이 바로 그가 하고 싶은 이야기의 주된 내용이었다. 「아르까지 마까로비치, 제 상황을 말해 주고 당신의 의견을 들어 보려고 한 것은 제가 다른 사람의 생각을 존중하기 때문이라는 사실을 믿어 주세요……. 아르까지 마까로비치, 리자가 제게 어떤 의미를 가지고 있는지 아시겠어요? 지금 이곳에 수감되어 있는 제게, 리자가 그동안 어떤 의미를 가지고 있었는지를 말입니다!」 두 손으로 자신의 머리를 감싸안고 그가 큰소리로 말했다.

「세르게이 뻬뜨로비치, 정말 당신은 그 애를 파멸의 길로 이끌 생각입니까? 진정으로 그 애를 데리고 갈 생각이세요? 그 홀모고리라는 곳으로 말입니다!」 더 이상 참지 못하고 거의 무의식중에 그런 소리가 내 입에서 튀어나왔다. 리자가 자기 중심을 잡지 못하고 허둥대는 이 사람과 평생 함께 살아야 한다는 사실이 갑자기 생각나서 나는 정신이 아주 혼란스러웠다. 그는 나를 한 번 흘끗 쳐다보고 다시 일어서서 앞으로 한 발 내디디더니, 돌아서서 다시 자리에 앉았다. 그러더니 그는 한동안 아무 말 없이 두 손으로 머리를 싸안고 있었다.

「저는 항상 거미의 꿈만 꿉니다!」 갑자기 그가 말했다.

「당신은 상당히 흥분했습니다. 공작, 자리에 가만히 앉아서 의사를 불러 진찰을 받는 것이 좋을 것 같습니다.」

「아닙니다. 미안하지만 그것은 나중에 하기로 합시다. 제가 당신을 오시라고 청한 이유는 우리의 결혼식에 대해서 설명하기 위해서였습니다. 결혼식은 아시다시피 이곳 교회에서 올리기로 되어 있습니다. 그것에 관해서는 제가 이미 얘기를 했지요. 그리고 이미 동의도 얻었고요, 또 모두들 격려해 주리라고 생각합니다……. 그런데 리자에 관해서 말씀인데요, 저…….」

「공작, 리자를 용서해 주세요. 부탁합니다.」 나는 큰소리로 말했다. 「적어도 당분간만이라도 그 애를 괴롭히지 말아 주세요. 질투는 이제 그만두세요!」

「뭐라고요!」 눈을 치켜뜨고서 그는 내 얼굴을 찬찬히 뜯어보았다. 그는 넋이 나간 표정이었으며, 얼굴이 일그러진 채 야릇한 미소를 짓고 있었다. 〈질투는 이제 그만두세요〉라고 한 내 말이 그에게 아주 커다란 충격을 주었음이 분명했다.

「죄송합니다, 공작. 제가 말을 지나치게 한 것 같습니다. 공작, 저는 최근에 한 노인을 알게 되었습니다. 제 의부 말입니다……. 만일 당신이 그분을 만나신다면, 당신도 한결 더 안정을 찾으시리라 생각됩니다. 리자도 역시 그분에 대해서 상당한 존경심을 가지고 있습니다.」

「아, 그래요, 리자가…… 아, 그렇군요. 그 사람이 바로 당신의 아버지였군요? 아니면…… 용서하십시오*pardon, mon cher*. 그 비슷한 관계였지요…… 저는 그렇게 기억하고 있습니다만……. 리자가 말하더군요…… 아주 흥미로운 분이라고요……. 맞습니다, 제 기억이 확실합니다. 저도 역시 현명한 지혜를 가진 노인을 한 분 알고 있었습니다……. 하지만 그냥 지나치지요*Mais passons*. 중요한 것은 현재 상황의 본질적 의미를 분명히 하는 것입니다. 그러기 위해서는 반드시…….」

그의 얼굴을 보기가 안쓰러워서 나는 더 이상의 대화를 그만두고 나가 버리려고 일어섰다.

「왜 서둘러 나가시려고 하는지 이해할 수가 없군요!」 내가 일어서서 나가려는 것을 보고, 그가 짐짓 긴장한 표정을 지으며 거만한 어조로 말했다.

「당신 얼굴을 보고 있기가 참으로 미안해서 그렇습니다.」 내가 말했다.

「아르까지 마까로비치, 한마디만 더 하겠습니다, 한마디만 더!」 갑자기 지금까지와 전혀 다른 표정을 지으면서, 그가 갑자기 내 어깨를 붙잡아 의자에 앉혔다. 「혹시 당신은 그 친구들의 소식을 들으셨나요, 네, 혹시 알고 계세요?」 나를 향해서 몸을 돌리며 그가 물었다.

「네, 제르가쵸프에 관한 말씀이군요. 그 일은 아마 틀림없이 스쩨벨꼬프가 꾸몄을 겁니다!」 불쑥 내가 무의식적으로 말했다.

「네, 스쩨벨꼬프도 물론 관련이 있습니다만…… 당신은 자세한 내용을 모르고 계십니까?」

거기까지 말하고 나서 갑자기 말을 멈춘 뒤, 그는 넋이 나간 듯한 표정을 짓더니 이윽고 야릇한 미소를 지어 보였다. 그러더니 다시 예의 그 눈을 치켜뜨는 표정으로 내 얼굴을 뚫어져라 바라보며 계속 야릇한 미소를 지어 보였다. 그리고 그의 얼굴은 점점 더 창백하게 변해 갔다. 그때 갑자기 하나의 생각이 내 머리에서 번뜩 떠올라 나는 온몸을 떨었다. 불현듯 나는 어제 내게 바신의 체포 소식을 전할 때 베르실로프가 나를 바라보던 시선을 떠올렸다.

「아, 설마 그럴 리가?」 나는 잔뜩 겁에 질린 듯한 소리로 낮게 신음했다.

「이제 아시겠어요, 아르까지 마까로비치. 제가 당신을 부른 것은 상황을 있는 그대로 설명해 주려는 뜻에서였습니다…… 저는…….」 그가 빠른 어조로 말하기 시작했다.

「그렇다면 당신이 바신을 밀고한 것이었군요!」 내가 큰소리로 물었다.

「아닙니다. 사실은 바신이 바로 전날 어떤 원고를 보관해 달라며 리자에게 넘겨주었습니다. 그래서 그녀가 저한테 그 원고를 한번 읽어 보라고 두고 갔습니다. 그런데 그 다음날 우연히 그들이 심각하게 언쟁을 했기 때문에…….」

「그래서 당신이 그 원고를 당국에 제출한 것이군요!」

「아르까지 마까로비치, 아르까지 마까로비치!」

「당신은.」 아주 놀라고 흥분한 상태에서, 나는 한 마디씩 끊어서 말했다. 「당신은 이렇다 할 특별한 동기 없이, 이렇다 할 목적도 없이, 그 불행한 바신이 단지 〈당신의 연적〉이라는 이유만으로, 단순히 경쟁자의 질투 때문에 〈리자가 맡아 놓은 원고〉를 넘겨준 것이군요……. 당신은 그것을 누구에게 넘겨주었습니까? 도대체 누구에게? 검사에게 넘겨준 것인가요?」

그가 내 말에 미처 대답할 틈도 없이, 설사 그럴 틈이 있었다고 하더라도 그가 내 말에 대답할 수 있었을지 의심스러웠다. 내 앞에 서 있는 것은, 병적인 야릇한 미소를 지은 채 동공이 완전히 풀려 있는 마치 인형 같은 사물이었으니 말이다. 바로 그때, 갑자기 문이 열리더니 리자가 들어왔다. 우리가 함께 있는 것을 보더니 그녀는 그만 기절할 듯이 놀랐다.

「여기 계셨어요? 역시 여기 계셨군요?」 얼굴에 경련을 일으키면서 내 두 손을 잡은 채, 리자가 신음하듯 말했다. 「그러면 오빠는…… 모든 사정을 아시겠군요?」

그 순간에 그녀는 이미 내 얼굴 표정을 보고, 내가 저간의 사정을 모두 〈안다는 것〉을 눈치챘다. 더 이상 참지 못하고 나는 그녀를 꼭 껴안았다. 아주 힘껏, 온 힘을 다해서! 나는 처음으로 리자에게서 스스로 자진하여 고난을 헤쳐 나가려는 여자의 운명을 느꼈다. 아무런 구원의 출구도 없는, 밝은 빛을 영원히 다시 보지 못할 한없는 슬픔이 그녀를 온통 뒤덮고 있는 것을 처절한 심정으로 느꼈다!

「오빠는 지금 이 사람이 온전하게 이야기할 수 있다고 생각하세요?」 그녀는 갑자기 나를 뿌리치면서 날카로운 어조로 말했다. 「오빠는 무엇 하러 오셨지요? 지금 이 사람이 온전하다고 생각하세요? 이 사람을 한번 좀 보세요. 형편이 이런데도 지금 이 사람을 비판할 수, 아니 비난할 수 있다고 생각하세요?」

그 불행한 사람의 얼굴을 가리키면서 리자가 그렇게 말했을 때, 그녀의 얼굴에는 한없는 괴로움과 진정한 동정의 빛이 넘치고 있었다. 그는 두 손으로 얼굴을 가린 채 의자에 앉아 있었다. 사실 리자의 말이 옳았다. 고열 때문에 그는 의식을 가눌 수 없을 정도로 혼미한 상태였다. 그는 이미 사흘 전부터 지적인 판단을 거의 할 수 없는 형편이었는지도 모른다. 바로 그날 아침에 그는 병원으로 옮겨졌다. 그리고 그날 저녁에 아주 심각한 뇌염 증세를 보이기 시작했다.

4

나는 리자를 공작과 함께 있도록 놔두고, 그곳을 나와서 전에 있던 하숙집으로 갔다. 미처 말하는 것을 잊었지만, 그날은 아주 흐리고 습기가 많은 날씨였다. 그리고 얼음이 녹기 시작하면서 기온의 변화가 상당히 심하였으며, 찬바람까지 불어서 아무리 건강한 사람이라도 심한 감기에 걸릴 듯한 날씨였다. 하숙집 주인은 나를 맞으며 아주 기분이 좋아진 듯했다. 그럴 때면 허둥지둥하고 떠벌리는 듯한 그의 행동이 나는 아주 싫었다. 그래서 나는 냉랭하게 그를 대하고 바로 내 방으로 들어갔다. 그는 청하지도 않았는데 나를 따라 들어왔다. 내 냉정한 기색 때문에 그는 성가신 질문을 던지지는 못했지만, 그의 눈에는 호기심이 잔뜩 담겨 있었다. 그의 표정에는 마치 자기가 어느 정도의 호기심은 가질 만한 권리가 있다는 듯한 태도가 들어 있었다. 그에게 뭔가를 물어보아야 할 것이 있기 때문에 나는 그에게 정중한 태도를 취하지 않을 수 없었다. 나는 그에게 몇 가지 사항에 대해 알아봐야 했지만(나는 그것을 그로부터 꼭 알아낼 수 있다고 생각했다), 그런 의도적인 질문을 꺼내기가 아주 싫었다. 나는 먼저 그에게 아내의 건강이 어떠냐고 물은 다음 같이 그녀가 있는 방으로 갔다. 그녀는 흔쾌한 태도로 나를 맞았지만, 그녀의 표정은 왠지 아주 사무적이고 무뚝뚝하기까지 했다. 그것을 보면서 오히려 나의 기분은 다소 부드러워졌다. 그때 순간적으로 나는 아주 이상한 사실을 눈치챘다.

말할 필요도 없이 람베르뜨는 이미 이곳을 다녀갔다. 그리고 나중에 그는 두 번이나 더 이곳에 와서, 자기가 어쩌면 빌리게 될지도 모른다고 말하면서 〈모든 방을 자세히 살펴보고 갔다〉고 한다. 무슨 이유 때문인지는 알 수 없지만, 나스따시야 예고로브나도 이곳에 몇 번 왔었다고 한다. 〈그 사람도 와서 역시 여러 가지에 대해 자세히 캐물었습니다〉라고 주인은 말을 보탰지만, 내가 그에게 그녀가 무엇에 대해 물었는지 묻지 않자, 그는 적이 실망한 눈치였다. 나는 그에게 질문을 던지지 않았다. 주로 그가 이야기를 먼저 꺼냈으며, 나는 트렁크를 살펴보는 체했다(사실 그 속에는 거의 아무것도 남아 있지 않았다). 그러다가 나는 상당히 언짢아졌다. 내가 질문을 가급적 하지 않고 절제하는 기색을 느끼더니, 집주인도 아주 단편적이고 애매모호한 말을 늘어놓으며 일종의 상대방의 의도 캐기를 시도했기 때문이다.

「그리고 아가씨도 다녀가셨어요.」 묘한 표정으로 나를 쳐다보면서 그가 덧붙였다.

「아가씨라뇨?」

「안나 안드레예브나 말입니다. 저희 집에 벌써 두 번 오셔서 우리 집사람과도 알게 되었습니다. 아주 친절한 분이더군요. 그런 분과 알게 된 것을 고맙게 생각해야지요, 아르까지 마까로비치…….」 그는 내 쪽으로 한 걸음 다가서며 그렇게 말을 했다. 자기 딴에는 내게 뭔가를 이해시키고 싶어서 안달인 모양이었다.

「그분이 여기를 정말 두 번이나 왔었나요?」 놀란 기색으로 내가 물었다.

「두 번째 올 때에는 오빠와 함께 왔었는데요.」

나는 대번에 그녀가 〈람베르뜨와 함께 왔었구나〉라고 생각했다.

「아닙니다, 람베르뜨 씨와 같이 온 것은 아닙니다.」 마치 자신의 눈으로 내 마음속을 들여다보며 내 생각을 읽기라도 한 것처럼 그가 말을 이었다. 「그분의 친오빠인데, 젊은 베르실로프라는 분이었습니다. 아마 시종보 직책을 맡고 있지요?」

그의 설명을 듣고 나는 아주 당황했다. 그는 친절을 가장한 야릇한 미소를 지으면서 나를 바라보았다.

「그리고 또 다른 분이 오셔서 당신을 찾았습니다. 프랑스 사람인데, 마드무아젤 알폰신느 드 베르당이라고 하였습니다. 노래를 참 잘 부르고, 또 시도 훌륭하게 낭독하였지요! 그때 짜르스꼬예에 있는 니꼴라이 이바노비치 공작에게 몰래 갔었다고 하더군요. 아주 귀한 강아지 한 마리를 그분에게 팔기 위해서 그랬답니다. 그것은 아주 자그마한 검은색 강아지였습니다…….」

나는 머리에 통증이 있어서 그러니 혼자 있게 해달라고 그에게 부탁했다. 그러자 그는 언짢은 기색을 보이지 않고 내 청을 들어 주려는 듯 그 자리에서 이야기를 멈추었으며, 얼굴에 야릇한 표정을 지으며 〈알겠습니다, 그렇게 하지요〉 하고 말했다. 그러더니 그는 우리 둘 사이에 무슨 비밀이나 있는 듯이 아무 말 없이 살짝 손을 흔들어 보였고, 까치걸음으로 살그머니 방을 나갔다. 그는 자신의 그런 행동이 아주 만족스러운 모양이었다. 이 세상에는 참으로 어쩔 수 없는 인간들이 존재한다.

나는 혼자 앉아서 이런저런 생각을 하며 한 시간 반 정도를 보냈다. 어쩌면 그것은 어떤 것에 대해 곰곰이 생각한 것이 아니라, 다만 생각에 잠겨 있었을 뿐이다. 전혀 예상치 못한 일에 나는 당황하기는 했지만 조금도 놀라지는 않았다. 아니, 오히려 나는 더 놀라운 일을 기대하고 있었다. 〈어쩌면 그들은 이미 그것을 실행에 옮겼는지도 모르지〉라고 나는 생각했다. 벌써 오래 전에 내가 집에 누워 있을 때부터, 나는 그들이 자신들의 계획을 실행에 옮겼으며, 지금 온 힘을 다해 빠른 속도로 추진하고 있을 것이라고 확신하고 있었다. 〈지금 그들에게 절대적으로 필요한 게 있다면 그게 바로 나겠지〉 하며 초조와 긴장감, 그리고 상큼한 만족감을 번갈아 느끼면서 나는 생각에 생각을 거듭하였다. 그들이 지금 나를 만나려고 혈안이 되어 있다는 것도, 그리고 내 하숙집에서 뭔가를 비밀스럽게 꾸미려고 계획하고 있다는 것도 불을 보듯 환히 보였다. 〈그들이 세운 계획의 핵심은 혹시 노공작의 결혼식이 아닐까? 그들은 힘을 합하여 그를 휘몰아 가려는 것이다. 하지만 여러분, 내가 여러분의 의도에 그대로 따라 줄지, 바로 그것이 문제지요?〉 가슴속에서 야릇한 만족감을 느끼면서 나는 생각을 가다듬었다.

〈내가 일단 이 일에 관여하게 되면, 나뭇조각처럼 속절없이 소용돌이 속으로 말려들겠지. 지금 이 순간 나는 과연 자유로운 것일까? 이미 자유롭지 못한 것일까? 오늘 저녁 어머니에게 가서도 이 며칠 동안 자신에게 말해 온 것처럼 《나는 그 누구에 의해서도 구애받지 않는다》고 단정적으로 말할 수 있을까?〉

방 한쪽 구석에 있는 침대 위에 걸터앉아 팔꿈치를 무릎 위에 세우고 두 손으로 머리를 붙잡은 채, 이와 같은 의문점이라기보다는 내면의 고통스런 명제를 생각하면서 나는 한 시간 반 가량의 시간을 보냈다. 그러나 나는 알고 있었다. 그때 나는 분명히 알고 있었다. 이러한 의문은 모두가 완전히 무의미한 것이며, 내 마음이 온전히 끌리는 것은 〈그녀〉뿐, 그녀, 오로지 그녀뿐이라는 것을 말이다! 나는 내 속생각을 겉으로 드러냈다. 펜으로 종이에 쓰고 말았다. 이렇게 두서없이 말하는 것도, 이 글을 쓰고 있는 지금, 1년이 지난 지금에 와서도, 그때 내가 품었던 감정을 무엇이라고 불러야 할지 아직까지 감이 안 잡히기 때문이다!

리자가 떠올랐다. 나는 동생이 한없이 측은했다. 가슴속에서 나는 그녀에 대한 진정한 연민을 느끼고 있었다! 아마 그녀의 처지를 가엾게 생각하는 그 고통스러운 감정 하나만으로도, 설사 그것이 일시적인 것이더라도, 나는 마음속의 육감적인 열망(다시 이 말을 쓰지만)을 완화하거나 온전히 씻어 버릴 수가 있었을 것이다. 하지만 나는 억누를 수 없는 호기심 어린 열망에, 그리고 어떤 두려움에, 또 딱히 무엇이라고 규정할 수는 없지만 아무튼 그런 묘한 감정에 사로잡혀 있었다. 물론 그것이 좋지 못한 감정이라는 것은 지금도 알고 있으며, 그때에도 이미 알고 있었다. 어쩌면 나는 마음속으로 〈그녀〉 앞에 무릎을 꿇을 생각을 하고 있었는지도 모른다. 또 어쩌면 그녀를 심각한 고통 속에 빠뜨린 다음, 〈가급적 속히, 한순간이라도 빨리〉 그녀에게 뭔가를 증명해 보이고 싶었는지도 모른다. 마음속에서 솟아오르는 리자에 대한 어떤 연민의 정도, 어떠한 비애감도, 이제 더 이상 나를 만류할 수 없었다. 이제 내가 집으로…… 마까르 이바노비치에게로 돌아갈 수 있을까?

〈잠시 그들에게 들러 그들의 마음에서 모든 것을 알아낸 다음 아무런 상처도 입지 않고 이 기묘한 상황과 괴물의 옆을 스쳐 지나, 그들 곁을 영원히 떠나 버릴 수는 없는 것일까?〉

그러다가 세 시가 다 되었을 때 나는 문득 정신을 차렸다. 그리고 어느새 약속 시간에 늦었다는 것을 알고 서둘러 밖으로 뛰어나가 마차를 잡아타고 안나 안드레예브나의 집으로 정신없이 갔다.

제5장

1

내가 도착했다는 전갈을 받자, 안나 안드레예브나는 수놓는 일을 중단하고 현관방까지 나를 맞으러 뛰어나왔다. 전에는 한 번도 그런 일이 없었다. 내게 두 손을 내밀며 그녀는 얼굴을 붉혔다. 그녀는 말없이 나를 자기 방으로 안내한 다음 다시 수틀 앞에 앉더니 나를 그 옆에 앉게 했다. 하지만 그녀는 수놓는 일에는 다시 손을 대지 않은 채 초조한 기색으로 아무 말 없이 계속해서 내 얼굴을 쳐다보고 있었다.

「당신은 나스따시야 예고로브나를 제게 보내셨더군요.」 다소 밝은 기분이었지만, 그녀가 지나치게 나를 배려한 것에 신경을 쓰며 내가 불쑥 말했다.

하지만 내 말에는 전혀 주의도 기울이지 않고 그녀가 돌연 말을 시작했다.

「저는 모든 사실을 다 들어서 알고 있어요. 당신이 겪었다는 그 무서운 날 밤의 일에 대해서 말이에요……. 그때 당신은 정말 외로우셨을 거예요! 그런데 그게 정말인가요? 그 심한 추위 속에서 당신을 구출했을 때, 당신은 이미 정신을 잃고 계셨다는 말이 사실인가요?」

「당신은 그것을…… 람베르뜨에게서…….」 나는 얼굴을 붉히면서 나직하게 물었다.

「네. 그때 바로 그 사람이 제게 모든 것을 말해 주었어요. 하지만 저는 계속해서 당신을 기다리고 있었지요. 그래요, 그 사람은 깜짝 놀라서 제게 달려왔지요! 당신 집에서는…… 당신이 앓고 있어서 가족들이 그 사람과 만나게 하기 싫어한 탓에…… 그 사람을 탐탁지 않게 대한 모양이에요……. 솔직히 말해서 저는 그때 무슨 일이 있었는지 자세히 모릅니다만, 그 사람은 그날 밤에 있었던 일을 모조리 제게 말해 주었어요. 그의 말에 따르면, 당신은 정신을 가누게 되자 곧 저에 관한 이야기…… 제게 친근한 정을 가지고 있다는 이야기를 하셨다는 거예요. 저는 눈물이 나도록 고맙게 생각했어요, 아르까지 마까로비치. 당신이 왜 제게 그토록 열렬한 애정을 가지게 되셨는지 저는 도무지 모르겠어요. 당신 자신도 그런 상황에 있으면서 말이에요! 저, 람베르뜨는 당신의 어릴 적 친구가 맞나요?」

「그렇습니다. 하지만 그때는…… 솔직히 말해, 제가 거의 정신이 없는 상태에서 도에 지나친 이야기를 했는지도 모르겠습니다.」

「아, 그 음흉하고 무서운 음모에 대해서라면, 굳이 그 사람에게 듣지 않았더라도 저 역시 곧 알아챘을 거예요! 저는 언제나, 언제나, 그 사람들이 꼭 당신에게 그런 일을 저지르리라는 것을 예감하고 있었어요. 정말로 그 뷔링이라는 사람이 당신에게 폭력을 썼다는 것이 사실인가요?」

그녀는 그날 내가 담 밑에 쓰러져 있던 것이, 마치 뷔링과 〈그녀〉 두 사람 때문인 것처럼 말했다. 물론 그녀의 말에도 일리는 있다고 생각했지만, 왠지 갑자기 나는 마음이 언짢아졌다.

「그 사람이 만약 제게 폭력을 썼다면, 아무 일 없이 끝나지 않았겠지요. 그런 일을 당하고도 제가 그대로 참고 이렇게 당신한테 왔을 리가 없지요.」 열띤 어조로 내가 답했다. 여기서 중요한 문제는, 자세한 이유는 알 수 없지만 그녀가 나를 자극하여 마치 누구에게 나쁜 감정을 가지도록 유도한다는 것을 뻔히 알면서도

(물론 그 상대가 누구인지는 분명했다) 내가 그런 의도에 휘말렸다는 사실이다.

「당신은 제가 틀림없이 그들에게 〈그런 변〉을 당하리라고 예감하셨다고 말씀하시지만, 까쩨리나 니꼴라예브나 쪽에서 보면, 그녀가 단지 오해했던 것에 불과합니다……. 물론 그녀가 저에 대한 호의를 갑자기 바꾸어 오해하기 시작했다는 것은 분명한 사실입니다만…….」

「그래요, 변덕스럽게 자신의 감정을 빨리 바꾸었다는 것이 문제예요!」 내게 전적으로 동감하는 듯한 어조로 안나 안드레예브나가 말을 받았다. 「지금 그쪽에서 어떤 음모를 꾸미고 있는지 만일 당신이 자세히 아신다면! 아르까지 마까로비치, 물론 지금 제가 처해 있는 미묘한 입장을 당신이 모두 이해하시는 것은 무리일 거예요.」 그녀는 얼굴을 붉히고, 고개를 숙인 채 말했다. 「그 일이 있은 후, 아니 요전에 당신과 마지막으로 만난 바로 그날 아침에, 저는 그 누구도 이해하고 동조해 줄 수 없는 어떤 행동을 취하리라는 것을 예감했습니다. 그리고 그런 계획은 당신처럼 깊은 이해심과 따뜻한 마음을 지녔으며, 현실적인 것에 침식당하지 않은 신선한 마음을 가진 사람이 아니고서는 도저히 이해할 수 없는 일이지요. 저를 믿어 주세요. 저는 저에 대한 당신의 우애 어린 마음을 잘 알고 있어요. 그리고 항상 마음속으로부터 감사의 마음을 가지고 당신에게 보답하려고 생각해요. 세상 사람들은 물론 제게 돌을 던질 거예요. 벌써 돌을 들고 있는 사람도 있고요. 하지만 그들의 일상적인 추악한 기준으로 본다고 해도, 설사 그들의 관점이 옳다고 하더라도, 저를 비난할 수 있는 사람이 누가 있겠어요. 그들 중에 누가 저를 감히 비난할 수가 있느냐 말이에요? 저는 어릴 때부터 친아버지로부터 버림을 받은 여자예요. 우리 베르실로프 가문은 러시아에서 고귀한 전통을 이어 왔어요. 그런데 그런 우리가 어느새 다른 사람들로부터 왜곡된 대접을 받고, 저는 다른 사람의 동정을 받아 가며 겨우 지내고 있는 지경이에요. 그런 형편에서 어릴 때부터 제 아버지 역할을 해주며, 저를 지금까지 진정으로 돌봐 준 사람에게 의지할 생각을 갖는 것은 너무도 당연한 일 아닌가요? 그분에 대해 제가 느끼는 감정은 오직 하느님만이 헤아리시고 판단하실 거예요. 그래서 저는 세가 취한 행동에 대해 세상 사람들이 함부로 재단하는 것을 전혀 받아들일 수가 없어요! 더군다나 지금 이 일을 둘러싸고 아주 교활하고 더없이 음흉한 음모가 숨어 있어요. 바로 그분의 피를 받은 친딸이 한없이 관대하고 남을 전혀 의심할 줄 모르는 자신의 아버지를 파멸시키려고 획책하고 있으니 어떻게 그것을 그냥 보고 넘길 수 있겠어요? 안 됩니다. 저는 설사 제 명예가 실추되는 한이 있더라도, 이 구렁텅이에서 꼭 그분을 구하겠어요! 저는 바로 곁에서 그분을 돌보아 드리며 지켜 드릴 생각이에요. 그런 냉혹한 사람들의 타산적인 계산이 그분을 파멸시키는 것을 그대로 보며 놔둘 수는 없어요!」

그녀의 말 속에는 비장한 결의가 담겨 있었다. 물론 어느 정도 과장된 표현이라고 할 수 있었지만, 그 어조가 자못 진지해서 그녀가 이 일에 얼마나 골몰하고 있는지를 엿볼 수 있었다. 하지만 그녀가 거짓말을 하고 있다는 것을 나는 느꼈다. (진심에서 우러난 말이라 할지라도 거짓은 거짓이다. 사람은 짐짓 자신의 입장을 미화시키기 위한 거짓말을 할 수 있기 때문이다.) 그리고 지금 그런 말을 하는 그녀는 선한 사람이라고 할 수 없다고 나는 생각했다. 하지만 여자에게는 독특한 요소가 잠재해 있다. 그런 말을 하면서도 여전히 그녀는 아주 단정한 태도, 상류 계층의 여인다운 자존심에 가득 차 전혀 두려움을 모르는 그런 당당한 태도를 가지고 있었다. 나는 그녀의 그런 이중적인 분위기에 그만 어리둥절하였다. 그리고 나는 자연스럽게 그녀의 입장에 동조하게 되었다. 즉 그녀의 집에 머무르는 동안은 그런 느낌을 가지고 있었다. 나는 적어도 그녀의 의견에 반박할 생각을 갖지 않았다. 아, 남자란 정신적으로는 완전히 여자의 노예인 것이다. 특히 자상한 성격을 지닌 남자의 경우에는 더욱 그렇다! 이런 여자는 자상한 남자를 자신의 의도대로 설복시킬 수 있을 것이다. 〈그녀와 람베르뜨라면, 이건 보통 문제가 아니구나!〉 하는 생각을 하면서, 나는 어쩔 줄 몰라 그녀를 멍하니 쳐다보았다. 그때 내가 느꼈던 감정을 그대로 말한다면, 나는 그녀의 입장이 이해가 되었고, 지금도 그녀에게 비판적인 생각이 들지 않는다. 그녀의 말대로 하느님 말고는 그 누구도 그녀의 내면에서 이는 복잡한 감정을 짐작하여 알 수 없는 것이다. 그리고 인간이란 아주 복잡한 기계와도 같아서 때로는 내면에 어떤 것을 담고 있는지 전혀 짐작할 수 없을 때가 있다. 게다가 그것이 여자일 경우에는 더욱 그렇다.

「안나 안드레예브나, 당신이 제게 기대하시는 게 대체 무엇입니까?」 그런 생각을 가지고 있으면서도 나는 상당히 단호한 어조로 그녀에게 물었다.

「네? 당신의 질문은 무슨 뜻이지요, 아르까지 마까로비치?」

「저간의 사정으로 미루어 보아…… 그리고 두세 가지 다른 사실을 고려해 볼 때, 저는 아무래도…….」 내 설명은 두서가 없었다. 「당신이 제게 사람을 보내셨던 것은 제게서 무언가를 기대하고 있기 때문인 것 같은데, 그것이 대체 무엇입니까?」

내 질문에는 관심을 두지 않은 채, 그녀는 다시 빠른 어조로 힘을 주어서 말을 이어갔다.

「저는 도저히 그렇게 할 수 없었어요. 저는 너무나 자존심이 강해서, 람베르뜨처럼 가문도 모를 사람과 교섭을 하며 거래할 생각이 전혀 들지 않았어요! 그래서 저는 당신을 기다리고 있었어요. 람베르뜨가 아니라 당신을요. 지금 저는 아주 절박하고 위험한 처지에 있어요, 아르까지 마까로비치! 저는 그녀의 간계에 둘러싸여 있기 때문에, 저도 늘 적절한 꾀를 써야 해요. 저는 그것을 참을 수가 없어요. 저까지 천한 음모를 꾸며야 할 형편이기 때문에, 저는 당신이 제게 와주시기를 마치 구원자를 고대하는 심정으로 기다렸던 거예요. 제 주변을 살펴보면서 단 한 사람이라도 진정한 친구를 찾아내려고 애쓴 저를 나무랄 수는 없을 거예요. 이제 저는 진정한 친구가 곁에 와준 것이 아주 기뻐요. 그날 밤, 거의 동사 직전의 상태에서도 저를 기억하고 제 이름을 계속해서 부를 수 있었던 사람, 그 사람이야말로 제 진정한 벗이며, 저와 가슴으로 교류할 수 있는 사람이라고 저는 계속해서 생각했어요. 그래서 당신에게 진심으로 의지하려고 생각한 거예요.」

말을 마치자 내 대답을 기다리며, 그녀는 간절한 눈길로 내 눈을 응시하였다. 그래서 나는 다시 그녀에게 내 분명한 뜻을 전달하지 못하고, 그녀가 가지고 있는 오해를 풀어 주지 못하였다. 분명히 람베르뜨가 그녀에게 의도적으로 거짓말을 했다. 나는 그때 결코 그에게 그녀에게 애정을 가지고 있다는 말은 하지 않았으며, 〈그녀의 이름〉을 계속 부른 일이 전혀 없었다. 하지만 내가 그저 침묵함으로써 람베르뜨의 거짓말을 뒷받침한 꼴이 되고 말았다. 물론 그녀 자신도, 그녀와 거래하기 위한 좋은 구실을 만들려는 의도로 람베르뜨가 지나치게 과장했다는 것을, 아니 그의 말이 처음부터 모두 거짓이었다는 것을 너무나 잘 알고 있었으리라고 나는 확신한다. 그리고 마치 내 말의 진실성과 내가 자기를 사모한다는 사실을 그대로 믿는 듯한 표정으로 내 눈을 응시한 것도 그녀의 계산에 의해서였을 것이다. 왜냐하면 그녀가 그런 태도를 취하면, 예의상으로나 아니면 아직 내가 젊어서 그런 것을 부정할 용기가 없으리라는 것을 그녀는 잘 알고 있었기 때문이다. 하지만 이런 내 짐작이 타당한 것인지, 아니면 전혀 사실이 아닌지 나는 모른다. 어쩌면 어느새 내 정신이 아주 타락해 버렸기 때문에 함부로 그런 추측을 하고 있는지도 모를 일이다.

「제 오빠는 저를 도와주기로 했어요.」 내가 아무런 말도 하지 않자, 그녀가 갑자기 열띤 어조로 말을 이었다.

「하숙집에 들렀더니, 두 분이 함께 제 하숙집을 다녀가셨다고 하더군요.」 약간 당황하여 내가 중얼거렸다.

「네, 그래요. 지금 상황에서 그 불행한 니꼴라이 이바노비치 공작이 자신의 친딸이 꾸미고 있는 음모라기보다는 사악한 마수에서 벗어나려면, 당신의 하숙집, 우리 친구의 하숙집에 몸을 숨길 수밖에 없을 것 같아서지요. 그리고 그분은 최소한 당신을 친구라고 여길 수 있지 않겠어요! 형편이 그러니 만약 당신이 그분을 위해서 뭔가를 하고 싶은 생각이 있으시다면 제발 그 일을 도와주세요. 당신이 할 수 있다면, 만일 당신에게 자상한 마음과 용기가 있다면요……. 진정으로 당신이 〈뭔가 할 수 있는 일〉이 있다고 여기신다면 말입니다. 이것은 저를 위해서가 아니에요. 저를 위해서가 아니라, 바로 그 불행한 노인을 위해서예요. 그분이 진심으로 사랑하는 사람은 당신뿐이에요. 그분은 마치 자신의 친아들처럼 당신에게 애착을 가지게 되었고, 지금도 당신을 그리워하고 계세요! 저는 그 어떤 것도 기대하지 않아요. 당신에게서도 말입니다. 설사 친아버지가 제게 그처럼 교활하고 그처럼 악의에 가득 찬 행동을 할지라도 말입니다!」

「제 생각으로 안드레이 뻬뜨로비치는…….」 내가 말을 꺼냈다.

「안드레이 뻬뜨로비치.」 그녀는 내 말을 가로막고 쓴웃음을 지으면서 말을 했다. 「안드레이 뻬뜨로비치는 그때 제가 솔직하게 답해 달라고 하니까, 자기는 명예를 걸고 말하건대 까쩨리나 니꼴라예브나에게 조금도 어떤 야심을 품은 적이 없다고 대답했어요. 그래서 저는 그 얘기를 온전히 그대로 받아들여 제 결정을 실천에 옮겼던 거예요. 그런데 그 다음에 그분이 어떤 반응을 취했겠어요. 그분이 편안한 상태로 있을 수 있었던 것은 뷔링의 이름을 처음 들었을 때까지였을 뿐이에요.」

「아닙니다. 그것은 맞지 않아요.」 나는 큰소리로 그녀의 말을 반박했다. 「저도 그 부인에 대한 그의 사랑을 믿은 적이 있었습니다. 하지만 사실은 전혀 그렇지 않았습니다……. 그리고 설사 그랬다고 하더라도, 그는 이제 그녀를 아마 지극히 담담한 태도로 대할 수 있을 거예요……. 그리고 그 사람도 그녀에게서 물러섰습니다.」

「그 사람이라뇨?」

「붸링 말입니다.」

「그 사람이 물러섰다고 누가 그러던가요? 그 사람이 지금처럼 유리한 입장에 있던 적도 없었는데요.」 그녀는 가시가 담긴 듯한 미소를 지었다. 그녀는 나까지도 냉소적인 눈으로 보는 듯했다.

「나스따시야 예고로브나가 제게 그러더군요.」 나는 얼떨결에 당황하여 말했다. 당혹스러워하는 내 느낌을 그녀는 분명히 느꼈을 것이다.

「나스따시야 예고로브나는 참으로 좋은 분이고, 물론 저도 그분이 저를 아껴 주는 것은 잘 알고 있지만, 그분에게는 자신과 관계없는 일을 알아낼 수 있는 방법이 아무것도 없어요.」

그 말에 내 가슴은 다시 저리도록 아프기 시작했다. 만약 그녀가 내 가슴속에 분노를 일으킬 의도였다면, 그녀는 내 가슴에서 분노가 솟게 하는 데 성공했다. 하지만 그것은 〈그녀〉에 대한 분노가 아니라 현재로서는 바로 안나 안드레예브나에 대한 분노뿐이었다. 나는 그만 자리에서 일어섰다.

「자신의 명예를 소중히 하는 한 사람으로서 저는 당신에게 드려야 할 말씀이 있습니다. 안나 안드레예브나, 제게 걸고 있는…… 당신의 기대…… 완전히 어긋나게 될지도 모르겠습니다…….」

「당신은 틀림없이 제 편이 되어 주시리라고 저는 기대하고 있어요.」 그녀는 날카로운 눈길로 나를 노려보았다. 「모든 사람에게 버림받은 저를 위해서 말이에요. 만일 원하신다면 당신의 누나를 위해서라고 말해도 좋을 거예요, 아르까지 마까로비치!」

그 상태로 조금만 더 간다면 그녀는 울음을 터뜨렸을지도 모를 일이다.

「하지만 제게 큰 기대를 안 하시는 것이 좋겠습니다. 〈어쩌면〉 아무 일도 일어나지 않을지도 모르니 말입니다.」 나는 말로 다 표현할 수 없는 안타까운 기분으로 나직하게 말했다.

「당신의 말씀을 어떻게 해석해야 되는 거지요?」 그녀는 아주 불안한 어조로 물었다.

「이를테면 제가 당신을 포함한 모든 사람의 곁에서 멀리 떠나 버린다는 겁니다. 그러면 모든 것이 그대로 끝나 버리겠지요!」 나는 아주 흥분한 목소리로 그녀에게 말했다. 「그 서류는 이제 찢어 버리겠습니다. 그럼, 안녕히 계십시오!」

말없이 머리를 숙여 그녀에게 인사하고, 나는 그녀를 보지도 않은 채 그대로 방을 나왔다. 그러나 미처 계단을 다 내려오기도 전에, 둘로 접은 편지지를 손에 든 나스따시야 예고로브나가 나를 따라왔다. 이 나스따시야 예고로브나가 도대체 어디서 나타났는지, 또 내가 안나 안드레예브나와 이야기하는 동안 어디에 있었는지, 나로서는 전혀 알 수 없었다. 말 한 마디 없이 그녀는 내게 쪽지를 넘겨준 다음 그대로 뒤돌아 뛰어갔다. 종이를 펼쳐 보니 거기에는 람베르뜨의 주소가 아주 선명하게 적혀 있었다. 그것은 이미 며칠 전에 준비해 놓았던 것이 분명했다. 지난번 나스따시야 예고로브나가 찾아왔을 때, 내가 그녀에게 람베르뜨가 어디 살고 있는지 모른다고 말했던 일이 갑자기 생각났다. 하지만 그때 나는 〈그런 것은 알지도 못할 뿐더러 알고 싶지도 않다〉는 식으로 말했던 것에 불과했다. 지금은 나도 리자를 통해서 람베르뜨의 주소를 이미 알고 있었다. 그것을 주소 안내소에서 조사해 달라고 그녀에게 부탁했었다. 내게는 안나 안드레예브나의 이런 행동이 아주 엉뚱하고 정도가 지나친 것으로 여겨졌다. 내가 협력을 거절했음에도 불구하고, 그녀는 내 말을 전혀 믿지 않는 듯 나를 람베르뜨에게 보내려는 것이다. 그렇다면 그녀는 이미 문제의 서류에 대해서 아주 상세히 알고 있다는 생각이 아주 선명하게 들었다. 만약 람베르뜨에게서 그것을 들은 것이 아니라면 도대체 누구에게 들었다는 말인가? 상황이 그렇기 때문에 그녀는 나를 그에게로 보내서 서로 타협점을 찾아보려는 의도가 아니겠는가?

내 가슴속에서 〈왜 그들은 한 사람도 빼놓지 않고 나를 주관과 개성이 없는 신출내기로 취급하며 임의대로 나에 대해 함부로 판단하는 것일까?〉라는 생각이 떠올랐다. 그러자 나는 참을 수 없는 분노를 느꼈다.

2

하지만 나는 호기심을 억누를 수가 없어서 람베르뜨에게로 갔다. 막상 가보니 람베르뜨는 아주 먼 곳에 살고 있었다. 그곳은 〈여름 공원〉 옆에 있는 까소이 사거리 근처였다. 물론 이전과 같은 곳이었겠지만 내가 그곳에서 도망치듯 나올 때는 거리 위치나 주변 환경에 전혀 주의를 기울이지 않았기 때문에, 나흘 전쯤 리자에게서 그곳 주소를 받았을 때, 나는 그가 그곳에 살고 있는 사실이 전혀 믿어지지 않았고 일종의 놀라움까지 느꼈다. 층계를 올라갈 때부터 나는 3층에 있는 그의 방 앞에 두 사람의 젊은이가 서 있는 것을 보았다. 그래서 나는 그들이 나보다 먼저 초인종을 누르고 문이 열리기를 기다리고 있는 것이라고 생각했다. 내가 올라가는 동안, 두 사람은 모두 문 쪽에서 등을 돌린 채 가만히 내 모습을 지켜보고 있었다. 〈여기에는 방이 여러 개 있으니, 아마 그들은 다른 하숙인을 찾아왔을 것〉이라고 생각하고, 그들에게 다가서면서 나는 얼굴을 약간 찌푸렸다. 람베르뜨의 집에서 누군가 다른 사람을 만난다는 것이 나로서는 유쾌한 일은 아니었다. 나는 그들의 얼굴을 보지 않으려고 애쓰면서 초인종 쪽으로 손을 뻗었다.

「잠깐만!」 그중의 한 사람이 내게 말했다.

「잠깐만 기다려 주세요.」 또 다른 젊은이가 부드럽고 낭랑한 목소리로 약간 말을 길게 끌며 말했다. 「저희도 준비를 곧 끝낼 테니 그때 함께 울리기로 하지요. 괜찮으시지요?」

그래서 초인종을 누르지 않고 나는 손을 멈췄다. 그 두 사람은 나이가 스무 살이나 스물두 살 정도 되어 보이는 젊은이들이었다. 바로 문 앞에 서서 그들은 뭔가 묘한 짓을 하고 있었다. 미심쩍은 생각에 나는 그들이 무엇을 하는지 알아보려고 가만히 지켜보았다. 〈잠깐만요〉 하고 말한 사람은 아주 키가 커서 적어도 2미터는 더 되어 보였다. 그는 큰 키에 비해 상대적으로 머리가 아주 작았고, 약간 얽은 얼굴에는 음울하고 야릇한 표정이 스며 있었다. 하지만 제법 영리해 보였고 보기에 괜찮은 모습이었으며, 눈빛도 아주 침착하여 어떤 것을 결정할 때 과단성 있게 대처할 듯한 표정이었다. 하지만 그의 차림새는 아주 허술했다. 그가 입은 외투는 털이 다 빠지고 낡은 데다가 깃에 덧붙인 털가죽이 너덜해진 것으로 보아 분명히 남의 것을 빌려 입은 듯했고, 장화도 아주 낡아서 마치 농부들이 신는 것 같았다. 그리고 머리에는 아주 많이 구겨진 데다가 이미 탈색이 되어 불그스름해진 중절모를 쓰고 있었다. 전체적으로 보아 아주 불결해 보이는 모습이었다. 손에는 장갑을 끼지 않고 있었는데 손이 아주 지저분하고 길게 자란 손톱에는 마치 검은색의 테를 두른 듯 때가 잔뜩 끼어 있었다. 그 옆에 있는 사람은 그와는 반대로 차림새가 아주 말쑥하였다. 담비털 가죽 외투와 사치스러운 모자, 그리고 가느다란 손가락에 낀 선명한 색깔의 새 장갑 등으로 치장한 모습이 보기에 상당히 사치스러웠다. 그는 키가 나와 비슷하였지만, 얼굴이 아주 해맑고 뭔가 정이 가는 표정을 짓고 있었다.

키가 큰 젊은이는 넥타이를 풀어헤치고 있었는데, 그 넥타이는 이미 낡을 대로 낡아 기름때가 잔뜩 묻은 리본, 아니 끈이라고 부르는 편이 적당할 것 같았다. 그때 해맑은 얼굴을 가진 사람이 주머니에서 방금 사온 듯한 검은색 새 넥타이를 꺼내어 그것을 키 큰 젊은이에게 매주려 하고 있었다. 그 사람은 외투를 밑으로 내리고 목을 길게 내민 채 목에 넥타이를 맬 수 있도록 자세를 취하고 있었는데, 표정이 아주 심각해 보여 잔뜩 긴장하고 있음을 알 수 있었다.

「안 되겠는데. 이렇게 더러운 와이셔츠에 이것을 맬 순 없겠어.」 넥타이를 매주려고 하다가 해맑은 청년이 말했다. 「이렇게 해서는 아무런 효과가 없을 뿐더러 오히려 더 더럽게 보이겠어. 그래서 내가 새 와이셔츠를 입으라고 했잖아. 난 못하겠어…… 저, 혹시 어떻게 해야 좋을지 아시겠어요?」 갑자기 나를 돌아보며 그가 물었다.

「네, 무엇을 말씀이지요?」 내가 물었다.

「이 친구에게 넥타이를 매주려고 하는데, 이 친구의 셔츠가 너무 더러워서 전혀 어울리지가 않거든요. 일부러 이 친구를 위해서 조금 전 이발사인 필립에게 1루블이나 주고 산 것인데, 아무런 효과가 없어서요.」

「그걸 1루블이나 주고 샀어?」 키 큰 사람이 큰소리로 물었다.

「그래. 그래서 이제 주머니에 한푼도 없어. 어떻게 못하시겠습니까? 그러면 알폰신까[85]에게 부탁해야겠군.」

「지금 람베르뜨에게 가시는 겁니까?」 키 큰 친구가 무뚝뚝한 어조로 물었다.

「네, 그렇습니다.」 그의 눈을 마주 바라보면서 나도 역시 상대

85 알폰신느의 러시아 식 애칭.

방 못지않은 단호한 어조로 대답했다.
「돌고루끼인가요Dolgorowky?」 그가 거의 같은 어조와 목소리로 되물었다.
「아니, 저는 꼬로프낀이 아닙니다.」 그의 말을 잘못 알아듣고 내가 다시 무뚝뚝하게 대답했다.
「돌고루끼Dolgorowky?」 마치 위협이라도 하듯 내게 한 걸음 다가서면서, 거의 소리지르는 목소리로 다시 똑같은 말을 되풀이하더니, 그가 갑자기 크게 웃기 시작했다.
「이 친구는 돌고루끼라고 한 거지 꼬로프낀이라고는 하지 않았습니다.」 잘 차려입은 친구가 내게 설명했다. 「아시지요, 『논쟁 *Journal des Débats*』지에서 보면 흔히 프랑스 사람들이 러시아 사람의 이름을 이상하게 발음하잖아요…….」
「아니야, 그건 『독립*Indépendance*』지야.」 다시 키 큰 친구가 말했다.
「……거의 대동소이해. 『독립』지든 뭐든 마찬가지야. 예를 들면 그들은 돌고루끼를 돌고로프끼Dolgorowky라고 쓰고 있잖아. 나도 한 번 읽은 적이 있어. 그리고 발로니예프의 V도 언제나 왈로니예프Wallonieff라고 쓰고, 발로니예프라고 읽지요.」
「도보이니Doboyny!」 키 큰 친구가 다시 큰소리로 말했다.
「맞아요, 또 도보이니Doboyny라는 것도 있습니다. 우리는 그것을 읽다가 둘이 한참 동안 웃었지요. 마담 도보이니Madame Doboyny라는 러시아 부인이 외국에서…… 아니, 이런 얘기는 그만두지요. 왜 이런 시시껄렁한 얘기를 해야 하지?」 그는 키 큰 친구를 쳐다보며 말했다.
「저, 실례합니다만, 당신이 돌고루끼인가요?」
「네, 제가 돌고루끼입니다만, 어떻게 그것을 아셨지요?」
그러자 키 큰 친구가 갑자기 해맑은 얼굴의 젊은이에게 뭐라고 속삭였다. 그러자 상대방은 얼굴을 찡그리며 그에게 그만두라는 몸짓을 했다. 하지만 개의치 않고 키 큰 친구가 갑자기 나를 향해 말했다.

「공작, 혹시 우리 두 사람에게 은화 1루블만 빌려 주실 수 없겠습니까*Monseiqneur le prince, vous n'avez pas de rouble d'argent pour nous, pas deux, mais un seul, voulez-vous*?」

「야, 이 유치한 친구야.」 다른 젊은이가 소리쳤다.

「꼭 갚겠습니다*Nous vous rendons*.」 키 큰 친구가 어색하고 서투른 프랑스 어로 말을 맺었다.

「이 친구는 좀 장난기가 있습니다.」 다른 젊은이가 빙그레 웃으며 말했다. 「당신은 이 친구의 프랑스 어가 서툴다고 느끼셨지요? 사실 이 친구는 정통 파리지앵처럼 말하지만, 잘하지도 못하는 주제에 사교 모임에서 서로 큰소리로 마구 프랑스 어를 쓰고 싶어하는 러시아 사람들의 흉내를 내고 있는 거예요…….」

「기차 속에서도 그래*Dans les wagons*.」 키 큰 친구가 덧붙여 말했다.

「그래 맞아. 기차 속에서도 그래. 이 유치한 친구야! 뭘 그런 것까지 덧붙이고 그래. 이제 장난 그만 해라.」

그 사이에 나는 1루블을 꺼내어 키 큰 사람에게 내밀었다.

「꼭 갚겠습니다*Nous vous rendons*.」 그는 1루블을 받아 넣고 갑자기 문 쪽으로 돌아서더니 아주 진지한 표정을 지은 채 그 커다란 장화 끝으로 문을 차기 시작했다. 하지만 그는 조금도 성이 난 것은 아니었다.

「이봐, 또 람베르뜨하고 싸움을 벌일 작정인가!」 걱정스러운 듯 다른 젊은이가 말했다. 「당신이 초인종을 누르시지요!」

나는 초인종을 눌렀다. 하지만 꺽다리는 여전히 장화로 문을 걷어차고 있었다.

「이런 빌어먹을*Ah, sacré*…….」 안에서 갑자기 람베르뜨의 목소리가 들리더니, 그가 바삐 문을 열었다.

「이것 봐, 이 친구야, 자네 머리를 날려 달란 말이지*Dites donc, voulez-vous que je vous casse la tête, mon ami*!」 그는 꺽다리에게 소리를 질렀다.

「이봐, 여기 내 친구 돌고루끼가 같이 왔어*Mon ami, voilà Dolgorowky, l'autre mon ami*.」 잔뜩 화가 나서 얼굴이 붉어진 람베르뜨를 바라보며 키다리가 제법 그럴듯한 진지한 어조로 말했다. 그는 나를 보자 대번에 얼굴빛이 환하게 바뀌었다.

「자네, 아르까지 아냐! 드디어 왔구나. 그러면 이제 나은 건가. 건강은 괜찮아?」

진심으로 반가워하며 그는 내 두 손을 힘껏 잡았다. 그가 진정으로 반가운 기색을 보였기 때문에 나도 기분이 아주 좋아져서 어느새 그를 좋아하는 마음까지 생겼다.

「일어나서 제일 먼저 자네에게 온 거야!」

「알폰신느!」 람베르뜨는 소리를 질렀다.

그녀는 곧 휘장 뒤에서 뛰어나왔다.

「봐, 그 친구야*Le voilà*!」

「정말 그분이군요*C'est lui*!」 알폰신느는 소리를 지르며 두 손을 꼭 잡았다. 그리고 다시 그 손을 벌려 나를 껴안으려고 다가섰지만 람베르뜨가 그녀를 막아 주었다.

「됐어, 이제 그만!」 마치 개한테 말하듯이 그가 그녀에게 소리를 질렀다. 「그런데, 아르까지. 오늘 몇 사람이 모여서 따따르 인의 집에 가서 식사를 하기로 되어 있어. 이제 다시는 자네를 돌려보내지 않겠어. 그러니 함께 가서 식사나 같이 하지. 이런 친구들은 당장 목덜미를 잡아 내쫓을 테니. 그러고 나서 실컷 얘기하세. 자, 들어와, 들어와. 우리가 곧 나올 테니 여기서 잠깐만 서 있게나…….」

안으로 들어가 방 한가운데에 서서 사방을 둘러보며 나는 기억을 되살리려고 했다. 람베르뜨는 휘장 뒤에서 재빨리 옷을 갈아입기 시작했다. 키다리와 그의 친구는 람베르뜨에게 그런 말을 들었으면서도 어느새 우리 뒤를 따라 들어왔다. 우리는 모두 선 채 기다리고 있었다.

「마드무아젤 알폰신느, 제게 키스 안 해주시나요*Mademoiselle Alphonsine, voulez-vous me baiser*?」 키다리가 투덜댔다.

「마드무아셀 알폰신느.」 해맑은 젊은이가 그녀에게 넥타이를 가지고 다가서려고 했다. 하지만 그녀는 아주 성난 목소리로 그들에게 말을 퍼부었다.

「아이, 이 꼬마 악당들아*Ah, le petit vilain!*」 그녀는 그 친구들에게 소리질렀다. 「내게 가까이 오지 말아요, 나까지 때가 묻겠어요. 그리고 키다리 바보, 당신도 내 말을 안 들으면 당장 문 밖으로 쫓아내겠어요*Ne m'approchez pas, ne me salissez pas, et vous, le grand dadais, je vous flanque à la porte tous les deux, savez-vous cela.*」

그녀는 정말로 때가 묻지나 않을까 두려워하는 듯, 참으로 견딜 수 없다는 듯한 태도로 그들을 멸시하는 자세를 취하며 두 손을 내저었다(나는 그녀의 동작이 이해가 되지 않았다. 왜냐하면 막상 낡은 외투를 벗자 속에는 훌륭한 옷차림을 하고 있는 데다가 아주 미끈하게 생긴 얼굴이었기 때문이다). 하지만 얼굴이 해맑은 친구는 그녀의 거부에도 불구하고 계속해서 키다리 친구에게 넥타이를 맵시 있게 매달라느니, 그전에 람베르뜨의 깨끗한 셔츠를 하나 꺼내 달라느니 하면서 끈덕지게 매달렸다. 되지도 않을 그런 요청을 계속하자, 화가 난 그녀는 하마터면 그들에게 덤벼들 자세를 취했다. 하지만 그런 말을 들은 람베르뜨가 휘장 뒤에서 어서 그들이 해달라는 대로 해주라고 버럭 소리를 질렀다. 〈그렇지 않으면 그들은 조금도 물러서지 않을 거야〉라는 것이었다. 그러자 알폰신느는 셔츠를 하나 가져다 주더니, 이번에는 조금도 싫지 않은 얼굴로 키다리에게 넥타이를 매주기 시작했다. 그녀가 넥타이를 매는 동안 그는 문 앞에서 하던 똑같은 자세로 목을 내밀고 있었다.

「마드무아젤 알폰신느, 볼로뉴는 어디에다 팔아 버리셨나요 *Mademoiselle Alphonsine, avez-vous vendu votre bologne*?」 그가 물었다.

「볼로뉴라는 게 뭐지요*Qu'est que ça, ma bologne*?」

그녀가 묻자, 키다리의 친구가 〈볼로뉴〉라는 것은 발바리를 의미하는 것이라고 설명했다.

「대단한 은어로군요*Tiens, quel est ce baragouin*?」

「저는 온천에서 어떤 러시아 부인이 하던 말을 흉내낸 겁니다*Je parle comme une dame russe sur les eaux minérales*.」 여전히 목을 내민 채 〈키다리 바보*le grand dadais*〉가 말했다.

「온천에 있던 러시아 부인은 또 뭐지요? 그리고…… 람베르뜨가 당신에게 준 그 시계는 어디에 있어요*Qu'est que ça qu'une dame russe sur les eaux minérales et…… où est donc votre jolie montre, que Lambert vous a donné*?」 그녀가 갑자기 그 사람에게 물었다.

「뭐, 또 시계가 없어?」 휘장 뒤에서 람베르뜨가 흥분한 목소리로 말했다.

「팔아먹었지!」 키다리가 중얼댔다.

「8루블을 받고 내가 팔아 버렸어요. 당신은 금이라고 말했지만, 그건 은에다 금을 입힌 거였어요. 그런 시계는 지금 상점에서 겨우 16루블만 주면 살 수 있어요.」 마지못해 키다리의 친구가 람베르뜨에게 변명했다.

「그런 짓은 이제 하지 마, 알겠어?」 더욱 화가 치민 듯이 람베르뜨가 계속했다. 「이것 봐, 이 친구야. 내가 자네에게 옷을 사주고 좋은 물건을 주곤 하는 것은, 자네의 키다리 친구를 위해서 쓰라는 게 아니야……. 그리고 넥타이를 샀다더니 도대체 그게 뭐야?」

「이건 단돈 1루블에, 그것도 당신 돈으로 산 게 아니에요. 저 친구는 넥타이도 없고 또 모자도 사줘야겠고…….」

「헛소리하지 마!」 람베르뜨는 이번에는 진짜 화를 내며 말했다. 「내가 이 친구에게 이미 모자든 뭐든 살 수 있을 만큼의 돈을 충분히 줬단 말이야. 그런데도 이 친구는 돈을 받자마자 굴을 사 먹고 샴페인을 마시는 데 다 써버렸지. 게다가 아직도 이렇게 냄새가 나고 있잖아. 이런 친구를 데리고 어디를 가겠어. 내가 어떻게 같이 식사하러 가겠느냔 말이야?」

「마차를 타고 가겠어요.」 키다리가 투덜거리며 말했다. 「우리는 이 새 친구에게서 은화 1루블을 빌렸으니까요*Nous avons un rouble d'argent que nous avons prêté chez notre nouvel ami.*」

「아르까지, 저 친구들에게는 아무것도 줘서는 안 돼!」 다시 람베르뜨가 큰소리로 말했다.

「람베르뜨, 미안하지만 당신에게 정식으로 10루블을 청구합니다.」 키다리의 친구가 갑자기 화를 내며 얼굴이 붉어진 채 말했다. 화를 내서 얼굴에 붉은빛이 감돌자 그는 전보다 훨씬 더 보기가 좋았다. 「그리고 지금 돌고루끼에게 말한 그런 투의 말은 저희에게 다시는 쓰지 마세요. 아무튼 전 당신에게 10루블을 청구합니다. 그중 1루블은 돌고루끼에게 돌려주고, 나머지로 당장 안드레예프에게 모자를 사주겠어요. 그리고 당신이 한번 직접 그걸 보세요.」

이윽고 람베르뜨가 휘장 뒤에서 나왔다.

「자, 여기 1루블짜리 지폐 세 장이 있다. 화요일까지는 더 이상 한푼도 줄 수 없어. 그리고 그런 시건방진 소리 하지 마……. 그렇지 않으면…….」

재빨리 키다리가 그 돈을 빼앗듯이 채갔다.

「돌고루끼Dolgorowky, 자, 1루블 받아요. 〈감사의 마음으로 이 돈을 돌려드립니다*Nous vous rendons avec beaucoup de grâce.*〉 빼쨔, 이제 가자!」 그는 자기 친구에게 말했다. 그러더니 갑자기 나머지 두 장의 지폐를 높이 치켜들고 흔들면서, 람베르뜨의 얼굴을 뚫어지게 바라보며 목청껏 큰소리로 떠들기 시작했다. 「어이, 람베르뜨*Ohé, Lambert*! 어디 있지 람베르뜨*où est Lambert*, 자네 혹시 람베르뜨 못 봤나*as-tu vu Lambert*?」

「까불지 마, 까불지 마!」 람베르뜨는 분노에 차서 소리질렀다. 그들 사이에 뭔가 내가 전혀 모르는 어떤 사연이 있으리라고 짐작하면서, 나는 다만 어리둥절하여 그들을 바라보고만 있었다. 보아하니 키다리는 람베르뜨의 노기 어린 소리에 조금도 위축되지 않았으며, 오히려 반대로 전보다 더 큰소리로 〈오, 람베르뜨 *Ohé, Lambert*〉니 뭐니 하면서 떠들어댔다. 그러더니 계속해서 큰소리로 떠들썩하게 말하며 그들은 밖으로 나갔다. 람베르뜨는 그들 뒤를 쫓아 나가려고 하다가 그만 단념하고 되돌아왔다.

「이런 제기랄, 내가 저놈들의 목덜미를 잡아 꼭 쫓아내고 말아야지! 버는 것보다도 훨씬 더 돈을 써대니……. 자, 나가지, 아르까지! 내가 늦었어. 거기에서도 역시 나를 기다리는 친구가 있거든……. 내게 꼭 필요한 친구야……. 아주 불한당이기는 하지만……. 정말이지 이 녀석들은 모두…… 잡놈들이야! 하나같이 모두 다 건달이고!」 그의 이를 악문 목소리에 분노가 섞여 있었다. 그의 말을 듣다가 나는 문득 정신이 들었다. 「아무튼 자네가 와주어서 정말 기쁘네. 알폰신느, 집에서 한 걸음도 나가지 말고 있어! 자, 나가지!」

집 앞에 그의 마차가 기다리고 있었다. 우리는 날렵해 보이는 그 마차에 올라탔다. 가는 도중에 그는 계속해서 짜증을 냈다. 그 젊은이들에 대한 분노 때문인지 도무지 이성을 찾지 못하고 마음을 진정시키지도 못했다. 그가 그처럼 화를 내는 것을 보고 나는 놀랐다. 내심으로 더욱 놀랐던 것은, 람베르뜨에게 그들이 그토록 불손하게 대했는데도 오히려 그가 위축된 자세로 그들을 대한 일이었다. 어린 시절부터 내가 느껴 온 오래된 인상 때문인지, 나는 항상 누구나 람베르뜨를 두려워할 것이라는 선입견을 가지고 있었으며, 이제 나 자신이 그 누구의 지배도 받지 않는 입장이었음에도 불구하고 그 순간에도 나는 여전히 람베르뜨를 두려워하는 마음을 가지고 있었다.

「그놈들은 정말이지 진짜 불한당들이야.」 람베르뜨는 분노를 삭이지 못하고 거칠게 말했다.「사흘 전에 어떤 점잖은 모임에서 그 기분나쁜 키다리가 나를 아주 괴롭혔어. 글쎄 내 앞에 뻣뻣이 서서 한다는 소리가 〈야아, 람베르뜨*Ohé, Lambert*!〉 하더란 말이야. 그 점잖은 자리에서 말이야! 그 녀석이 나한테 돈을 타내려고 그런다는 것을 알기 때문에 모두들 자빠질 듯 웃었지. 아마 무슨 말인지 자네는 짐작이 갈 거야. 그래서 할 수 없이 나는 돈을 주었어. 아, 참 야비한 놈들이야! 도저히 안 믿어지겠지만, 그놈은 그래도 군대에서 사관 후보생이었는데 그만 쫓겨나고 말았지. 그리고 전혀 짐작이 안 되겠지만 제법 상당한 교육도 받은 놈이란 말이야. 놀라운 일이지! 그리고 그놈은 지력도 있으니 뭔가 하려고 마음만 먹는다면……. 제기랄! 게다가 그놈은 헤라클레스처럼 힘이 장사란 말이야. 쓸모는 있는 놈이지만 탐탁지가 않아. 그리고 자네도 보아서 알겠지만 도대체가 그놈은 손을 씻질 않아. 한번은 내가 그놈을 어떤 유명한 귀부인에게 소개하면서, 이 사람은 지난 일을 후회하며 양심의 가책을 느껴서 자살할 생각까지 했다고 말했는데, 그놈이 그 귀부인에게로 가더니 글쎄 자리에 털썩 주저앉아 그만 휘파람을 불기 시작하더라고. 그리고 또 한 놈, 그 번지르르하게 생긴 녀석은 어떤 장군의 아들이야. 그런데 그들은 한결같이 다 잡놈들이야! 언젠가는 꼭 놈들의 목덜미를 잡아서 내동댕이치고 말아야지!」

「그들이 내 성을 알던데, 자네가 내 이야기를 했나?」

「응, 내가 어리석은 짓을 했어. 하지만 제발 식사 때에는 참고 있어 주게……. 그 자리에 또 다른 지독한 불한당이 하나 올 거야.

그놈은 아주 악랄하고 교활해. 이곳 놈들은 모두가 다 악당이야. 정직한 놈은 한 놈도 없어! 하지만 이 일만 끝내면 그뿐이야……. 그런데 자네는 무엇을 잘 먹나? 그곳 음식은 제법 괜찮아. 돈은 내가 낼 테니 자네는 걱정할 거 없어. 자네가 잘 차려입고 와서 다행이군. 그리고 자네도 돈이 필요하면 언제든지 내게 와서 말하게. 지금 나는 여기서 놈들이 마시거나 먹는 것을 모두 다 대주고 있어. 음식도 매일 고기나 생선이 든 만두 같은 걸 먹여 주고 있어. 아까 그놈이 팔아먹었다는 그 시계는 벌써 두 번째 사준 것이야. 그 키가 작은 놈, 그놈의 이름은 뜨리샤또프인데, 자네도 봤다시피 알폰신느는 그놈 얼굴만 보아도 구역질이 난다고 그놈을 옆에 오지도 못하게 하지. 그런데 음식점에서 식사를 하다가 장교들이 있는 앞에서 그 녀석이 갑자기 아주 비싼 〈도요새 요리가 먹고 싶어〉라고 해서 나는 울며 겨자 먹기로 그렇게 해주고 말았지! 그렇지만 언젠가는 꼭 앙갚음을 해주고 말 테야!」

「람베르뜨, 언젠가 모스끄바에 있을 때 우리 둘이 술집에 같이 갔던 것 기억하나? 그때 거기서 네가 나를 포크로 찔렀어. 그리고 그때 너는 수중에 5백 루블이나 되는 큰돈을 가지고 있었고.」

「그래 기억하고 있지! 어떻게 잊을 수 있겠어! 난 사실 자네가 좋아……. 정말이야. 실제로 자네를 좋아하는 놈은 하나도 없지만 나는 어쩐지 자네가 좋아. 나 하나만이 자네를 진심으로 좋아하는 거지. 그 점만은 알아 주게……. 오늘 그곳에 오기로 되어 있는 놈은 얼굴이 곰보 자국투성이인데 아주 교활한 녀석이야. 그 친구가 자네에게 이런저런 말을 걸어 와도 아무 대답도 하지 마. 그래도 자꾸 묻거든 시답지 않은 말로 답해 버리고 그냥 침묵하고 있어…….」

그 자신이 아주 흥분한 상태였기 때문에 그는 말하는 도중 내게 아무런 질문도 던지지 않았다. 그가 나를 철석같이 믿고, 내 마음속에 어떤 불신감을 가지고 있지 않나 의심해 보지도 않았기 때문에, 오히려 나는 어떤 모욕감마저 느꼈다. 내 짐작으로는 그가 예전처럼 나를 제 마음대로 조종할 수 있을 것이라고 여기는 것 같았다. 나는 음식점으로 들어가면서 〈게다가 이 친구는 전혀 교양을 갖추고 있지 않다〉고 마음속으로 혼자 생각했다.

3

나는 그전에 한참 방황하며 타락한 생활을 하던 때에 이 모르스까야라는 이름의 음식점에 몇 번 갔던 적이 있다. 그곳에 들어가면서 나는 아주 묘한 인상을 받았다. 즉 낯익은 음식점의 여러 방이나, 내 얼굴을 쳐다보고 아는 체하는 종업원들이 풍기는 인상, 또 내가 갑자기 끼어들어 이제 밀접한 관련을 맺게 된 것처럼 보이는 람베르뜨 패거리의 인상, 그리고 이것이 가장 중요한 것인데 이러한 모임은 틀림없이 아주 예상 밖의 나쁜 결과를 가져오리라는 예감이 내 가슴 한복판을 찌르는 것 같았다. 그래서 순간적으로 나는 그 자리를 벗어나려고 하였지만, 그 순간이 지나간 잠시 후에는 그대로 그 자리에 머물렀다.

무슨 이유에서인지 람베르뜨가 매우 꺼리는 것 같던 그 〈곰보〉는 미리 와서 우리를 기다리고 있었다. 그는 뭔가 있는 것처럼 거들먹거리는 아주 우둔해 보이는 인상이었다. 나는 아주 어릴 때부터 어쩐지 그런 족속이 아주 싫었다. 그는 마흔다섯 정도의 나이에 보통 키였으며, 머리에는 백발이 섞여 있었고 반질거릴 정도로 면도를 하였다. 그리고 심술궂어 보이는 아주 넓적한 얼굴의 양쪽 뺨에는 마치 순대를 두 개 나란히 붙인 것처럼 짧게 깎은 희끗희끗한 구레나룻이 달려 있었다. 그는 공연히 무게를 잡으며 별로 말이 없었고, 그런 유의 사람들이 으레 그렇듯이 오만해 보이는 분위기를 풍기고 있었다. 그는 아무 말 없이 나를 아주 유심히 뜯어보고 있었다. 한편 람베르뜨는 우리를 한 테이블에 앉게 하면서도 서로 인사시킬 필요를 느끼지 않았다. 그래서 아마도 그는 나를 람베르뜨를 따라다니는 조무래기 중의 하나라고 생각했는지도 모른다. 그리고 그는 그 젊은 친구들하고도(그들은 우리와 거의 동시에 도착했다) 역시 식사하는 동안 한 마디도 하지 않았다. 하지만 그들은 이미 서로 잘 아는 것같이 보였다. 그는 람베르뜨하고만 이야기를 주고받았지만 그것도 거의 속삭이듯 하였다. 그리고 이야기도 주로 람베르뜨가 했으며, 곰보는 화난 목소리로 이따금 아주 단정적인 말을 내뱉을 뿐이었다. 그는 냉소적이고 오만한 태도를 취하고 있었지만, 그와 반대로 람베르뜨는 매우 흥분한 채 그에게 어떤 일을 하도록 권하며 계속해서 그를 설득하는 듯했다. 그러다가 내가 적포도주 병 쪽으로 손을 뻗으려고 하자, 그때까지 나와 한 마디도 나누지 않았던 곰보가 갑자기 백포도주 병을 집어 내게 권했다.

「이것을 한번 마셔 보세요.」 그가 포도주 병을 내게 내밀면서 말했다. 그 순간 나는 그가 이미 나에 대한 모든 것, 이를테면 내 삶의 이력, 이름, 그리고 어쩌면 람베르뜨가 내게 모든 희망을 걸고 있다는 것까지도 다 알고 있음을 눈치챘다. 하지만 그가 마음속으로 틀림없이 나를 람베르뜨의 하수인으로 여길 것으로 생각하자 나는 또다시 심한 모멸감을 느꼈다. 그런데 곰보가 나와 이야기를 시작하자마자, 람베르뜨의 얼굴에는 안절부절못하고 어쩔 줄 모르는 듯한 불안한 기색이 감돌았다. 곰보는 그의 그러한 분위기를 알아챘는지 소리내어 웃기 시작했다. 그 순간 나는 마음속으로 〈람베르뜨는 완전히 제 중심을 잃었구나〉라고 생각하면서 그를 증오하였다. 그래서 같은 식탁에 앉아 식사를 하였지만 우리는 두 패로 나뉘어 있었다. 곰보와 람베르뜨는 창가에 서로 마주 앉아 있었고, 나는 기름기가 반질하게 흐르는 안드레예프 옆에 뜨리샤또프와 마주 앉아 있었다. 람베르뜨는 계속해서 식사를 하며 종업원에게 쉴새없이 음식을 재촉했다. 그리고 드디어 샴페인을 가져왔을 때 갑자기 그가 내게 자신의 술잔을 내밀며 말했다.

「자네의 건강을 위해서 건배하지!」 곰보와의 대화를 중단하면서 그가 제안했다.

「나하고도 건배해 주시겠습니까?」 해맑은 얼굴의 뜨리샤또프가 식탁 너머로 자신의 술잔을 내밀었다. 샴페인이 나올 때까지 그는 골똘히 무슨 생각엔가 깊이 잠겨 아무 말 없이 가만히 앉아 있었다. 멍청한 키다리는 말 한 마디 없이 계속해서 먹는 데만 전념하고 있었다.

「좋습니다.」 나는 뜨리샤또프에게 답하고, 서로 술잔을 마주친 다음 단숨에 다 마셨다.

「당신의 건강을 위해서라면 나는 건배하지 않겠습니다.」 멍청이가 나를 쳐다보며 말했다. 「그렇다고 당신의 불행을 원한다는 게 아니라, 당신이 오늘 여기서 더 마시기를 원하지 않기 때문입니다.」 그의 어조에는 왠지 침울하고 숨막히는 듯한 긴장감이 스며 있었다.

「그 술잔으로 세 번 마시면 충분해요. 아마 당신은 한 번도 씻지 않은 제 주먹을 보고 계시겠지요?」 주먹을 식탁 위에 올려놓으며 그는 말을 계속했다. 「나는 이것을 씻지 않습니다. 씻지 않고 그대로 놔두었다가 람베르뜨가 난처한 입장에 서게 되면 상대방의 머리통을 부수는 데 빌려 줍니다.」 그렇게 말하더니, 그가 갑자기 주먹으로 식탁 위에 있는 접시와 술잔이 모두 흔들릴 정도로 힘차게 식탁을 두들겼다. 우리가 있던 방에는 우리 외에도 네 군데의 식탁에서 모두 장교 아니면 당당한 풍채의 신사들이 같이 식사하고 있었다. 그 음식점은 항상 사람들로 북적거리는 곳이었다. 그 소리에 방에 있던 모든 사람들이 하던 이야기를 멈추고 우리가 있는 쪽을 바라보았다. 아마 우리의 존재가 벌써부터 그들의 관심을 끌고 있었던 모양이다. 람베르뜨는 얼굴이 온통 새빨개졌다.

「허, 이 친구 또 시작이군! 니꼴라이 세묘노비치, 내가 분명히 자네에게 오늘은 좀 점잖게 있어 달라고 부탁하지 않았나?」 람베르뜨는 노기에 찬 어조로 안드레예프에게 말했다. 그러자 상대방은 천연덕스런 표정으로 그를 마주 쏘아보았다.

「나는 우리의 새로운 친구인 돌고루끼Dolgorowky가 오늘 이 자리에서 술을 많이 마시는 것을 원하지 않는단 말이야!」

그 말에 람베르뜨는 더욱더 화가 났다. 곰보는 말없이 두 사람의 얘기를 듣고 있었지만, 표정을 보아 아주 만족한 듯한 기색이었다. 왜 그런지 그는 안드레예프의 이 엉뚱한 행동을 마음에 들어했던 것이다. 하지만 나는 왜 내가 술을 마셔서는 안 되는지, 아무리 생각해도 그 이유를 알 수 없었다.

「저 친구는 돈을 긁어 내려고 저러는 거야! 이봐, 식사가 끝나면 또 7루블을 줄 테니 좀 얌전하게 밥이나 먹어, 알아들었어?」 이렇게 말하면서 람베르뜨는 이를 갈았다.

「허! 좋지!」 그 바보는 거들먹거리면서 만족스러워했다. 그의 모습을 보고 곰보는 경멸 섞인 태도로 크게 웃었다.

「이 친구, 너무 지나친 거 아냐…….」 아마 자기 친구의 도에 넘치는 행동을 제지하려고 했는지 걱정스러운 목소리로 뜨리샤또프가 그에게 재빨리 말했다. 그러자 안드레예프는 입을 다물었지만 오래 계속하지는 않았다. 속으로 어떤 계산을 하면서 그는 다른 쪽을 유심히 보기 시작했다. 우리가 앉아 있는 식탁에서 약 다섯 걸음쯤 떨어진 곳에 두 사람의 신사가 식사를 하면서 서로 유쾌하게 대화를 주고받고 있었다. 둘 다 아주 잘 차려입은 나이 지긋한 신사였다. 한 사람은 키가 크고 몸집이 통통했고, 또 한 사람은 마찬가지로 통통했지만 키는 작았다. 그들은 폴란드 어로 요즈음 파리에서 일어난 일에 대해서 이야기하고 있었다. 멍청한 키다리는 진작부터 관심 있게 그들을 바라보면서 그들의 대화를 귀담아 엿듣고 있었던 것 같다. 키가 작은 폴란드 인의 모습이 아마 그에게는 상당히 우습게 보인 모양이다. 그러다가 성미가 까다롭고 흥분하기 잘하는 사람이 으레 그렇듯이, 공연히 그는 그 신사를 아니꼽게 여기기 시작했다. 그런 사람은 언제나 아무런 이유도 없이 그렇게 행동하는 법이다. 바로 그때 키가 작은 폴란드 인이 한 하원의원의 이름을 마디〈예〉 드 몽〈조〉가 아니라 〈마〉디예 드 〈몽〉조라고 발음했다. 그는 대부분의 폴란드 인들처럼 명칭을 폴란드 식으로 발음했던 것이다. 하지만 키다리에게는 그것만으로 충분했다. 그는 폴란드 인들을 향해 자세를 갖춘 다음 마치 질문이나 하듯 갑자기 큰소리로 잘 들리게 말했다.

「〈마〉디예 드 〈몽〉조?」

폴란드 인들은 언짢은 표정으로 그를 노려보았다.

「지금 뭐라는 거요?」 키가 크고 퉁퉁한 폴란드 인이 위협적인 분위기를 풍기며 러시아 어로 말했다. 키다리는 그런 반응이 나오기를 기다렸던 것이다.

「〈마〉디예 드 〈몽〉조?」 그는 아무런 설명도 없이 사방에 울리는 큰소리로 다시 되풀이했다. 그의 태도는 아까 람베르뜨의 집 문 밖에서 내게 〈돌고루끼Dolgorowky?〉 하며, 바보처럼 반복하던 때와 마찬가지였다. 폴란드 인들은 자리에서 벌떡 일어섰다. 람베르뜨는 얼른 자리에서 일어나 안드레예프에게 가려고 하다가 그냥 놔두고는 폴란드 인들에게 달려가 그들에게 허리를 굽혀 사과하기 시작했다.

「이봐요, 저건 어릿광대나 하는 짓이에요, 광대나 하는 짓이란 말이에요.」 너무나 화가 나서 홍당무처럼 얼굴이 붉어진 키 작은 폴란드 인이 경멸 섞인 어조로 거듭 말했다. 「저런 작자들은 다시는 이곳에 오지 못하게 해야 해!」 그 방에 있던 다른 사람들도 동조해서 비판했다. 대체적으로 사방에서 불평하는 소리가 들려왔지만, 커다란 웃음소리도 터져 나왔다.

「어서 밖으로 나가…… 제발…… 나가자고!」 람베르뜨는 아주 당황하여 어떻게든 안드레예프를 밖으로 데리고 나가려고 애를 쓰면서 말했다. 멍청한 키다리는 날카로운 눈빛으로 람베르뜨의 얼굴을 한번 응시하더니, 이번엔 틀림없이 돈을 받을 것이라고 여겼는지 순순히 그의 뒤를 따라 나갔다. 아마도 그는 지금까지 여러 번 그러한 몰염치한 방법으로 람베르뜨에게서 돈을 짜냈음에 틀림없었다. 뜨리샤또프도 바로 그들의 뒤를 쫓아 나가려고 하다가 언뜻 내 얼굴을 한번 보더니 그대로 눌러앉았다.

「아 참, 넌덜머리가 나는군요!」 그는 작은 손으로 두 눈을 가리면서 말했다.

「정말 못 봐주겠군!」 이번에는 아주 화난 태도로 곰보가 되뇌었다. 한편 람베르뜨가 거의 완전히 질려 버린 얼굴로 돌아왔다. 그는 아주 커다란 동작을 하면서 곰보에게 뭔가를 나직하게 말하기 시작했다. 곰보는 언짢은 표정으로 그의 얘기를 듣다가 종업원에게 빨리 커피를 가져오라고 재촉했다. 그는 어서 이곳을 떠나고 싶어하는 것이 분명했다. 이 사건은 철부지 초등학생들이 하는 유치한 장난 같은 희극이었다. 뜨리샤또프는 커피 잔을 가지고 내게로 옮겨 와 나란히 앉으며 얘기했다.

「저는 그 친구를 매우 좋아합니다.」 마치 나와 항상 얘기를 해 온 것처럼 그는 아주 솔직한 태도로 내게 말을 꺼냈다.

「잘 믿어지지 않을지 모르지만 안드레예프는 아주 불행한 친구예요. 그 친구는 여동생의 지참금을 모두 다 탕진해 버렸어요. 그리고 지난 1년 동안 근무하면서 자기가 가지고 있던 것도 모두 다 유흥비로 써버렸지요. 제가 보기에 그 친구는 지금 그 일 때문에 고민하고 있어요. 사실 그 친구가 얼굴이나 손을 잘 씻지 않는 것도 일종의 좌절감 때문이지요. 그리고 그는 이상한 착각에 사로잡혀 있어서, 가끔씩 불쑥 선량한 사람이나 불한당이나 결국은 마찬가지이며 다를 것이 없다고 말해요. 또 좋은 일이건 나쁜 일이건 결국은 마찬가지니까 아무 일도 할 필요가 없다는 거예요. 그 친구 말로는 가장 좋은 건 한 달쯤 옷도 벗지 않고 누워서 그저 먹고 마시고 잠자는 일이랍니다. 하지만 그저 하는 말은 아닙니다. 실제로 그는 그렇게 하려고 하니까요. 조금 전에 그런 어처구니없는 짓을 한 것도 사실은 그 친구가 람베르뜨와의 관계를 완전히 단절해 버리려고 하는 것이 아닐까 하는 생각이 듭니다. 그 친구는 어제도 그런 말을 했지요. 그리고 이따금 한밤중이나 혼자 오랫동안 앉아 있을 때면, 갑자기 울음을 터뜨릴 때가 있어요. 그런데 그 울음소리가 아주 독특한 것이어서 다른 사람은 흉내도 내지 못할 거예요. 크게 소리를 내면서 참으로 서럽게 울거든요. 그래서 더욱더 측은한 마음이 듭니다……. 그처럼 덩치가 크고 억센 친구가 갑자기 그렇게 서럽게 울기 시작하면 참으로 안쓰러워 보입니다. 안 그렇겠어요? 저는 그 친구가 어려운 상황을 헤쳐 나가도록 도움을 주고 싶지만 저 자신이 이렇게 한심하고 도무지 가망이 없는 건달이니 도울 방도가 없습니다. 당신은 제 말을 이해할 수 없겠지요? 이보세요, 돌고루끼, 언젠가 당신을 찾아가면 저를 만나 주시겠습니까?」

「오세요. 나는 오히려 당신이 마음에 드는군요.」

「왜 그렇지요? 아무튼 고맙습니다. 자, 한 잔 더 합시다. 아니지, 내가 도대체 무슨 소리를 하고 있다지? 당신은 안 마시는 것이 좋겠습니다. 그 친구가 당신에게 더 마셔서는 안 된다고 말한 것은 옳은 말입니다.」 그가 갑자기 정색을 하더니 내게 의미심장한 눈짓을 했다. 「하지만 저는 한 잔 더 해야겠어요. 나는 마시겠어요. 이제는 저도 어떻게 되든 상관없어요. 안 믿어지겠지만 저는 어떤 일에나 자제를 할 줄 몰라요. 가령 절대로 음식점에서 식사를 해서는 안 된다는 말을 들어도, 음식점에서 식사만 할 수 있다면 저는 무슨 일이든 할 용의가 생겨요. 하지만 우리는 진심으로 선량한 인간이 되기를 원합니다. 이 말은 진정입니다. 하지만 우리는 그런 꿈을 약간 뒤로 연기해 놓고 있는 것이지요. 〈하지만 세월은 속절없이 흘러간다 / 가장 아름다운 세월이!〉[86] 그런데 저는 혹시 그 친구가 자살이나 하지 않을까 아주 걱정이 됩니다. 그는 누구에게도 말하지 않고 목을 맬 수 있는 친구지요. 요즈음은 누구나 그저 목을 매지 않습니까? 아마 그 이유는 우리 같은 폐인들이 많기 때문이 아닐까요? 예를 들어 저만 해도 꼭 필요한 액수보다 더 많은 돈이 항상 필요합니다. 여분의 돈이 없으면 왠지 견딜 수가 없어요. 그런데 당신은 음악을 좋아하세요? 저는 아주 좋아합니다. 다음에 만나면 제가 뭔가를 연주해 들려 드리겠어요. 저는 피아노를 참 잘 칩니다. 오랫동안 배웠습니다. 열심히 배웠지요. 만일 제가 오페라를 작곡한다면, 저는 주제를 〈파우스트〉에서 따올 겁니다. 저는 이 주제를 대단히 좋아합니다. 저는 사원의 내부에 관한 장면만 작곡해 놓았지요. 물론 머릿속에서 상상으로만 말입니다. 고딕 식으로 건축된 대사원, 그리고 내부 장식, 합창, 찬송가, 그리고 바로 그리로 그레트헨이 들어오게 됩니다, 아시겠어요? 그때 분명히 15세기의 것처럼 들리는 합창이 울려 퍼집니다. 그러면 그레트헨은 깊은 우수에 잠깁니다. 처음에는 낭송하는 듯한 음조로 아주 조용하지만 섬뜩하고 깊은 고뇌에 가득 찬 멜로디가 울려 나옵니다. 그러다가 갑자기 그것과는 전혀 관계없는 침울하고 장엄하게 울리는 합창소리가 들립니다. 〈이날은 바로 그 분노의 날이다*Dies irae, dies illa*!〉[87] 이때 갑자기 악마의 목소리, 바로 악마의 노랫소리가 들려옵니다. 악마의 모습은 보이지 않고 다만 노래만 들리지요. 그것은 찬송가와 나란히, 찬송가와 함께 울려 나오지만 전혀 다른 멜로디지요. 바로 이 부분을 잘 처리해야 합니다. 그 노래는 아주 길어서 한참 동안

86 레르몬또프 시의 한 구절.

87 라틴 어 성가.

계속됩니다. 그리고 그것은 테너, 바로 테너라야 합니다. 조용하고 부드러운 곡조로 노래가 시작됩니다. 〈그레트헨, 기억하고 있니? 너는 그때 아주 귀여운 아기였고 어머니와 함께 이 사원에 왔었지. 그때 옛날 책을 읽으며 기도문을 나지막이 낭송하던 일들을 너는 기억하니?〉 이 노래는 점점 힘찬 곡조로 바뀌어 가고, 아주 음산한 선율로 변하면서 음이 아주 높아져 갑니다. 그 선율에는 가슴 깊이 스며드는 애수와 슬픔이 담겨 있고, 또 〈이제 용서는 없다, 그레트헨, 이 지상에서 그대에게 더 이상의 용서는 없으리라〉고 하는 절망적인 상황에 처해 가슴속에서 울려 나오는 탄식의 소리도 있습니다. 왜 한없이 울다 보면 가슴이 꽉 막히는 듯한 때가 있지 않습니까? 사탄의 노래는 마치 칼날처럼 더욱 깊이 가슴을 찌르고, 곡조는 더욱더 높아지며 계속 이어집니다. 그러다가 갑자기 처절한 외침처럼 〈이제 모든 것은 끝났다. 영원히 저주받으리라!〉 하는 소리와 함께 중단됩니다. 그레트헨은 무릎을 꿇고 주저앉아 두 손을 마주 잡습니다. 그때 그녀의 기도가 울려 나옵니다. 그 기도는 아주 간결하고 전혀 꾸밈이 없는 소박한 음조로 하는 것이 좋겠지요. 중세적 분위기의 4행시와 같은 것, 그렇지요, 역시 4행시가 좋겠습니다. 스트라델라[88]의 음악 중에 몇 군데 그런 선율이 있지요. 마지막 선율과 함께 그녀는 기절해 버립니다! 그러자 아주 커다란 혼란이 벌어지지요. 사람들이 그녀를 부축해 일으켜서 데리고 갑니다. 그때 마치 천둥소리처럼 갑자기 합창이 시작됩니다. 그것은 영감에 가득 찬, 벅찬 감정에 의한 승리의 합창으로, 목소리에는 전율적인 힘이 들어 있어야 합니다. 이를테면 우리 나라의 〈도리 — 노 — 시 — 마 친 — 미〉[89]와 아주 유사한 것으로, 인간의 모든 영혼을 그 밑바닥에서

88 17세기 이탈리아의 작곡가로 기독교적 주제에 의한 성가와 독창곡의 장르에서 여러 가지 명작이 있음.

89 천사에 대한 찬가. 〈천사들의 무리에 의해 탄생한〉이라는 뜻.

부터 뒤흔들어 놓는 감동을 담고 있어야 합니다. 그리고 그 노래가 어느새 감격에 가득 찬, 새로운 기쁨에 어쩔 줄 모르는 모든 사람들이 외치는 〈호산나*Hossanna!*〉[90]의 노래로 바뀝니다. 그 노래는 마치 온 우주에 울려 퍼지는 소리처럼 느껴져야 합니다. 그리고 한쪽에서는 사람들이 그녀를 안아서 데리고 나갑니다. 그 때 서서히 막이 내리는 겁니다! 아시겠어요, 만일 제가 할 수 있다면, 저는 그런 내용의 오페라를 만들 겁니다! 하지만 지금 저는 아무것도 할 수가 없습니다. 그래서 이런 공상만 하고 있지요. 저는 공상만, 그저 공상만 하고 있습니다. 어느새 공상만이 내 삶의 전부가 되었습니다. 저는 한밤중에도 가만히 일어나 혼자 공상합니다. 아, 돌고루끼, 당신은 혹시 찰스 디킨스의 『골동품 상점』이라는 작품을 읽으셨나요?」

「읽었습니다. 왜 그러시지요?」

「그렇다면 기억하시겠군요……. 잠깐만요, 저는 또 한 잔 마셔야겠습니다. 그러면 마지막에 이런 대목이 있는 것을 기억하시지요. 그들은, 그 미친 노인과 열세 살 난 그의 손녀는 계속적인 도피와 환상적인 방랑 생활 끝에, 영국의 어느 한구석에 있는 고딕식으로 지어진 중세풍의 어떤 사원 근처에 자리를 잡지요. 그리고 그 소녀는 거기서 관광객들에게 그 사원을 안내하는 일을 하게 됩니다……. 그러던 어느 날 해가 서쪽 하늘에 질 무렵 그 소녀는 사원의 입구에 서서 찬란하게 빛나는 노을을 바라보면서 명상에 잠겨 있었습니다. 마치 그 뜻을 풀기 어려운 수수께끼를 듣고 있는 듯, 소녀의 영혼은 무엇인가에 사로잡혀 있었습니다. 보이는 모든 것이 수수께끼와 같았으니 말입니다. 하느님의 뜻에 따라 움직이는 태양, 그리고 다른 쪽에는 인간들의 관념이 만들어 낸 사원……. 안 그렇습니까? 아, 저는 그것을 잘 표현할 수가

90 마태오의 복음서 21장 9절에 나오는 신을 찬송하는 말.

없어요. 하지만 하느님은 아이들의 그 순진한 생각을 좋아하시지요……. 그런데 그 소녀가 서 있던 곳 옆에는 계단이 있었고, 그 계단 위에서는 소녀의 할아버지인 미친 노인이 시선을 고정한 채 그녀를 바라보고 있었습니다……. 상상이 되지요, 그 장면만 생생할 뿐 다른 것은 아무것도 없습니다. 디킨스가 그린 이 장면에는 특별하게 두드러진 것은 아무것도 없어요. 하지만 그것은 온 유럽 사람들의 마음속에서 영원히 잊혀지지 않고 남아 있을 겁니다. 왜 그럴까요? 그것은 완벽하기 때문입니다! 아주 순결한 것이 깃들어 있기 때문이지요! 맞습니다! 거기에 담긴 뜻이 무엇인지 저는 잘 모르겠지만, 아무튼 참으로 아름답습니다. 고등학교 시절에 저는 연년생 누이와 시골에 살고 있었는데 항상 소설만 읽었습니다……. 그런데 지금은 거기 있던 것을 모조리 팔아 버려 시골에는 이제 아무것도 남아 있지를 않아요! 오래된 보리수 밑에 앉아서 나와 누이는 함께 그 소설을 읽곤 했지요. 그때도 역시 해가 서산에 지던 무렵이었습니다. 그래서 우리는 갑자기 읽던 것을 멈추고, 우리도 그런 선량한 인간이 되자고, 우리도 그런 훌륭한 사람이 되자고 서로 말했지요. 저는 그때 대학 입학 시험 준비를 하고 있었습니다. 그리고…… 아, 돌고루끼, 아시겠지요, 누구에게나 내면에는 자신만의 추억이 깃들어 있는 겁니다…….」

그러더니 갑자기 그가 보기 좋게 생긴 머리를 내 어깨에 기대며 울음을 터뜨렸다. 나는 그가 너무도 가엾다는 생각이 들었다. 잔뜩 술에 취해 있기는 했지만, 그는 내게 형제와 같은 정겨움을 가지고 진정으로 얘기를 한 것이다. 바로 그 순간, 바깥쪽에서 고함소리가 들리더니, 우리 옆의 창문을 손으로 마구 두드리는 소리가 났다(그곳의 창문은 커다란 통유리로 되어 있고 또 1층이었기 때문에 바깥쪽에서 손으로 두드릴 수가 있었다). 바로 아까 밖으로 나갔던 안드레예프였다.

「〈어이 람베르뜨, 람베르뜨는, 어디에 람베르뜨 보았나*Ohé*

Lambert, Où est Lambert, As-tu vu Lambert?〉」 그는 길에서 고함을 질러 대고 있었다.

「아, 저기 있었군! 저 친구가 먼저 가버린 게 아니었네?」 의자에서 벌떡 일어서면서 잘생긴 친구가 큰소리로 말했다.

「어서 계산서 가지고 와!」 람베르뜨는 이를 악물고 험한 목소리로 종업원에게 말했다. 그는 화가 나서 계산을 할 때 손이 떨리기까지 했다. 하지만 곰보는 자신의 식대를 그가 내는 것에 동의하지 않았다.

「왜 그러세요? 내가 당신을 초대했고 당신은 초대를 받지 않으셨습니까?」

「아닙니다. 내 몫은 내가 냅니다.」 곰보는 지갑을 꺼냈다. 그리고 자신의 몫을 계산하고 별도로 지불했다.

「지금 내게 면박을 주려는 겁니까, 세묜 시도리치!」

「나는 그렇게 하고 싶습니다.」 세묜 시도리치는 냉정하게 말하고 모자를 집어 들더니 아무에게도 인사하지 않고 혼자 밖으로 나가 버렸다. 종업원에게 돈을 던지듯 주고 람베르뜨는 허둥지둥 그의 뒤를 따라 뛰어나갔다. 당황한 그는 나에 대해서는 완전히 잊어버린 것 같았다. 나는 뜨리샤또프와 함께 맨 나중에 밖으로 나왔다. 안드레예프는 마치 길에 서 있는 이정표처럼 현관에 서서 뜨리샤또프를 기다리고 있었다.

「이 나쁜 자식!」 람베르뜨는 화가 난 커다란 목소리로 욕을 퍼부었다.

「왜 이러쇼!」 안드레예프는 그에게 건성으로 대꾸하더니, 손을 휙 올려 그의 둥근 모자를 날려 버렸다. 그러자 모자가 보도 위를 따라 굴러갔고, 람베르뜨는 비굴하게도 그것을 집으러 뛰어갔다.

「25루블이야*Vingt cinq roubles!*」 바로 아까 람베르뜨에게서 빼앗은 지폐를 들어 보이며 그는 뜨리샤또프에게 자랑했다.

「야, 그만 해!」 뜨리샤또프가 소리를 질렀다. 「왜 그렇게 험하게 굴어……. 그리고 도대체 왜 25루블씩이나 빼앗았지? 그에게서는 7루블만 받으면 되잖아!」

「왜 빼앗았느냐고? 그 친구가 우리한테 예쁜 여자들과 따로 식사를 하게 해주겠다고 약속해 놓고서는 여자 대신 곰보딱지를 데려왔잖아. 그리고 또 나는 음식을 먹지도 못하고 이렇게 추운 데서 떨면서 틀림없이 18루블 어치는 얼었단 말이야. 게다가 7루블 받을 것이 남아 있었으니 합하면 25루블이 되잖아.」

「너희 둘 다 이제 꺼져!」 람베르뜨가 버럭 소리를 질렀다. 「너희 둘 다 해고야! 앞으로 두고 보자, 비명소리도 못 지르게 만들어 줄 테니…….」

「람베르뜨, 너야말로 해고다. 그리고 내가 당신을 비명소리도 못 지르게 만들어 주지!」 안드레예프가 맞받아 소리를 질렀다. 「잘 가요, 공작*Adieu, mon prince*, 술은 더 마시지 않는 것이 좋아요! 빼쨔, 가자! 〈어이 람베르뜨, 람베르뜨는 어디에, 람베르뜨 보았나*Ohé Lambert, Où est Lambert, As-tu vu Lambert*?〉」 그는 이제 마지막이라는 듯 함부로 말을 해대고는 큰 걸음으로 성큼성큼 걸어갔다.

「그러면 언제 한번 찾아가겠어요, 괜찮지요?」 친구의 뒤를 서둘러 따라가면서 뜨리샤또프가 내게 나직하게 말했다.

나와 람베르뜨 두 사람만이 남았다.

「자…… 가자!」 이렇게 말하더니, 그는 숨을 겨우 몰아쉬며 정신 나간 사람처럼 맥이 없어 보였다.

「어디로 간단 말야? 나는 자네와 아무데도 안 가겠어!」 나는 그의 말에 반박하였다.

「왜 안 가?」 그는 곧 정신을 차리고 놀란 듯이 흠칫 몸을 떨었다. 「나는 아까부터 우리 둘만 남기를 기다리고 있었는데!」

「도대체 어디로 가는데?」 나는 사실 세 잔의 샴페인과 두 잔의 백포도주를 마신 다음 머리가 지끈거리기 시작했다.

「여기야, 자, 여기야, 알겠나?」

「그래, 여기에 〈신선한 굴〉이라고 씌어져 있군. 하지만 지저분한 냄새가 나는 것 같은데…….」

「그거야 자네가 배불리 식사를 하고 났으니까 그렇지. 여기는 밀류찐의 주점[91]이야. 하지만 굴은 먹지 말고 그냥 샴페인을 한잔 하지.」

「더 이상 마시고 싶지 않아! 자네는 내가 정신을 못 차리도록 취하게 만들 작정인가?」

「그건 그놈들이 자네를 조롱하려고 한 말이야. 자네는 그런 자식들의 말을 믿는 건가!」

「아니, 뜨리샤또프는 그런 불한당이 아니야. 남의 말을 듣지 않고도 나는 스스로 조심할 줄 알아, 알겠어?」

「그럼 자네도 자신의 주관을 가지고 있단 말야?」

「그래, 나도 내 자신의 주관이 있어. 자네보다는 약간 더 있는 편이지. 왜냐하면 자네는 누구에게나 굽실거리니 말이야. 자네는 우리 얼굴에 먹칠을 했어. 그 폴란드 인들에게 마치 종업원처럼 쩔쩔매지 않았는가. 아마 자네는 음식점에서 자주 그렇게 비굴하게 구는 모양이지?」

「야, 이 멍청아, 우리는 꼭 이야기해야 한단 말야!」 그는 경멸감 어린 표정으로 초조하게 말했다. 그것은 〈아니면 네가 어디로 갈래?〉 하는 분위기가 배인 어조였다. 「그렇지 않으면 겁이 나는 거야, 뭐야? 자네는 내 친구가 아닌가?」

「나는 네 친구가 아니야. 너는 사기꾼이야. 하지만 좋아, 가자. 내가 너를 두려워하지 않는다는 것을 보여 줄 테니 말이야. 야 참, 냄새 한번 고약하다. 왜 이렇게 치즈 냄새가 역겹지!」

91 네프스끼 거리에 있는 상점 건물에 위치한 선술집. 이 건물은 18세기 밀류찐에 의해 건축되었다.

제6장

1

여기서, 내 머리가 지끈거리기 시작했다는 것을 독자들이 기억해 주기를 다시 한번 청한다. 만약 그렇지 않았다면 내 말과 행동이 달랐을 것이다. 그 주점에서는 실제로 굴을 먹을 수도 있었다. 우리는 지저분하고 조잡한 식탁보가 깔려 있는 조그마한 식탁에 마주 앉았다. 람베르뜨는 샴페인을 주문했다. 내 앞에 황금색 술이 담긴 술잔이 나타나 나를 유혹하듯이 가만히 바라보고 있었다. 갑자기 나는 화가 나서 참을 수가 없었다.

「이봐, 람베르뜨, 너는 지금 어디를 가나 굽실거리는 주제에 뚜샤르의 사숙에 있던 때처럼 지금도 내게 함부로 명령할 수 있다고 생각하고 있어. 나는 그런 네 태도를 참을 수가 없어!」

「야, 이 멍청아! 자, 건배하자!」

「너는 나를 깔보고 내 앞에서 아주 무례하구나. 내가 정신을 잃도록 술을 마시게 하자는 네 속셈을 한번 감추려고 해봐!」

「허튼소리 하지 말아. 자네는 취했어. 하지만 좀 더 마시면 다시 기분이 좋아질 거야. 자, 잔을 들어. 들라면 들어!」

「뭐라고? 들라니? 야, 나는 이제 가겠어. 자, 이제 끝이야!」

그렇게 말하며 내가 실제로 일어서려고 하자 그가 아주 성난 목소리로 말했다.

「내가 보니 뜨리샤또프가 자네에게 뭐라고 소곤거리더군. 그놈

말을 믿으면 자네는 진짜 바보야. 알폰신느도 그놈이 가까이 오는 것을 제일 싫어하지……. 그놈은 아주 야비한 녀석이야. 그놈이 어떤 인간인지 내가 자세히 말해 주지.」

「네가 나한테 이미 이야기했어. 그리고 너는 항상 알폰신느의 말만 하고 있어. 그러니 네 시야가 그렇게 좁지.」

「내 시야가 좁다고?」 그는 내 말의 뜻을 이해하지 못했다. 「그 놈들은 이제 곰보 쪽으로 붙었어, 틀림없어! 그래서 내가 놈들을 쫓아 버린 거야. 그놈들은 아주 비열해. 그 곰보가 그들을 유혹해서 그런 야비한 짓을 했어. 항상 내가 그놈들에게 점잖은 태도를 취하라고 말했는데도 말이야.」

다시 자리에 앉아 왠지 나는 술잔을 집어 단숨에 죽 마셔 버렸다.

「나는 너보다 훨씬 높은 교육을 받았어.」 내가 오만하게 말했다. 하지만 내가 다시 앉아 준 것이 기뻐서 그는 내 술잔에 다시 술을 따랐다.

「그런데 너는 그들을 두려워하고 있지?」 나는 계속해서 그를 조롱했다(아마 그 순간에 나는 그보다도 훨씬 더 야비한 인간이었을 것이다). 「안드레예프가 모자를 쳐서 날려 버렸는데도 자네는 그에게 25루블이나 주었으니 말이야.」

「그래 내가 줬지. 하지만 그놈은 언젠가 내게 분명히 그 대가를 치러야 할 거야. 놈들은 내 뒤통수를 쳤지만 내가 상황을 꼭 뒤집어 놓고 말 거야…….」

「가만히 보니 그 곰보가 너를 굉장히 협박하던데. 그러면 내 생각으로는, 이제 네 편은 나 하나만 남은 듯하군. 너는 지금 네 모든 희망을 내게만 걸고 있는 거 아냐, 그렇지?」

「맞아, 아르까쉬까, 자네 말 그대로야. 자네 하나만이 내 유일한 친구야. 자네 말 한번 잘했어!」 내 어깨를 두드리며 그가 말했다.

이 멍청한 친구는 어처구니없게도 내가 경멸하듯이 비아냥거린 말을 진짜 칭찬하는 것으로 들은 것이다.

「자네가 정말 내 진짜 친구라면, 나를 이 궁지에서 구해 줄 수 있을 거야, 아르까지.」 자못 다정한 표정까지 지으며 내 얼굴을 바라보면서 그가 말을 계속했다.

「어떻게 내가 너를 구해 줄 수 있지?」

「어떻게 하면 될지는 자네가 알고 있지. 내가 없으면 자네는 아무것도 못하고 틀림없이 어리석은 짓을 할 거야. 하지만 내 말대로 하면 자네에게 3만 루블을 벌게 해주지. 그리고 그것을 우리 둘이 절반씩 나눠 가지잔 말이야. 어떻게 하면 되는지는 자네 자신이 더 잘 알고 있을 거야. 한번 자네의 처지에 대해서 잘 생각해 봐. 자네는 배경도 없고 이름조차 없는 존재에 불과하지만, 한 건 잘하면 큰돈을 만질 수 있고, 돈이 있으면 그야말로 뭐든지 하고 싶은 대로 할 수 있지!」

그의 음흉한 제안을 들으면서 나는 상당히 놀랐다. 가만히 생각해 보니 그가 어떤 비밀스러운 간계를 꾸미고 있는 것 같았다. 하지만 그는 마치 어린아이처럼 자신의 생각을 있는 그대로 털어놓기 시작했다. 나는 너그러운 아량…… 그리고 불 같은 호기심을 가지고 그의 말을 들어 보기로 작정했다.

「이봐, 람베르뜨, 너는 이해할 수 없겠지만, 나는 아무튼 네 얘기를 한번 들어 보기로 했어. 나는 포용력이 있으니까.」 그렇게 호기 있게 말하고서 나는 또 한 잔 죽 마셨다. 람베르뜨는 곧 술을 따라 내 잔을 채웠다.

「말하자면 이런 이야기야, 아르까지. 만일 뷔링 같은 친구가 내게 욕설을 퍼붓고, 또 감히 내가 사모하는 부인의 면전에서 나를 때린다면, 나는 그냥 놔두지 않았을 거야! 하지만 자네는 그저 가만히 있었어! 그래서 나는 자네를 멸시해. 자네는 쓰레기야!」

「뷔링이 나를 때렸다고? 너 그게 무슨 말이야!」 얼굴을 붉히면서 나는 큰소리로 말했다. 「오히려 내가 그를 때렸지, 그가 나를 때린 것은 아니야!」

「아니지, 분명히 그가 자네를 때린 것이었어!」

「말도 안 되는 소리 말아. 나는 심지어 그 작자의 발까지도 짓밟아 주었어!」

「하지만 그는 자네를 한 손으로 밀어제치고, 하인에게 자네를 끌어내라고 명령했잖아……. 게다가 그녀는 마차에 앉아 그 광경을 바라보면서 자네를 비웃고 있었단 말이야. 자네는 아버지가 없는 사생아이니 그렇게 모욕을 해도 괜찮다는 것을 그녀는 알고 있었단 말이야.」

「이게 무슨 어이없는 짓이지, 람베르뜨. 우리는 마치 어린애 같은 이야기를 하고 있어. 정말 창피하군. 너는 지금 나를 약올리려고 열여섯 살 정도의 애들이나 하듯 그렇게 말을 함부로 하는구나. 아마 틀림없이 너는 안나 안드레예브나와 미리 그렇게 하기로 짜두었을 거야!」 걷잡을 수 없는 분노가 치밀어 올라 나는 거듭 술을 마시면서 큰소리로 떠들었다.

「안나 안드레예브나는 아주 야비한 여자야! 그녀라면 능히 자네나 나 정도는 물론이고 온 세상도 속여넘길 수 있는 여자야! 자네라면 그녀의 문제를 능숙하게 처리할 수 있을 것 같아 지금까지 자네를 기다리고 있었던 거야.」

「그녀의 문제라니?」

「아흐마꼬바 부인 말이야. 자네가 직접 내게 다 말해 줘서 나는 사정을 상세히 알고 있지. 그녀는 지금 자네가 가지고 있는 어떤 편지를 아주 두려워하고 있다고 말이야…….」

「편지라니…… 무슨 헛소리야…… 그래, 너는 그녀를 만났어?」 아주 당황하며 내가 되물었다.

「그래, 만났어. 상당히 미인이던데. 〈아주 미인이야*Très belle.*〉 자네는 눈이 아주 높아!」

「네가 만났다는 사실은 나도 알고 있어. 하지만 너 따위가 어떻게 그녀와 직접 이야기할 수 있었겠어? 믿을 수 있는 얘기를 해야지. 그리고 그녀에 대해서 함부로 이러쿵저러쿵 떠벌리지 마!」

「자네가 물정 모르는 풋내기여서 지금 그녀가 자네를 희롱하고 있는 거란 말야, 사정을 제대로 알라고! 내가 모스끄바에 있을 때에도 그렇게 기품이 높은 여자가 있었지. 참 콧대가 높았어! 하지만 모든 사실을 폭로하겠다고 협박했더니 곧 벌벌 떨면서 말을 고분고분 들었지. 그래서 우리는 꿩도 먹고 알도 먹었지. 하나는 돈이고, 또 하나는 무엇인지 알지? 지금 그녀는 사교계에서 아주 잘 나가고 있어. 얼마나 멋지게 노는지 눈이 휘둥그레질 정도야. 그녀는 눈부시게 치장한 마차를 타고 다니지만, 그 지저분한 구석방에서 무슨 일이 있었는지 자네 눈으로 직접 봤어야 하는데! 자네는 아직 현실을 몰라. 그들은 그런 골방 같은 곳에서는 어떤 일이든 할 수 있다는 것을 자네에게 알려 주고 싶어.」

「나도 그 정도쯤은 짐작하고 있어.」 더 이상 참다못해 내가 말했다.

「자네는 잘 모르지만, 그들은 갈 데까지 갈 정도로 타락했어. 그들은 무슨 일이든 서슴지 않고 한단 말이야! 알폰신느도 그런 집에서 산 일이 있었지만, 가증스러워서 못 견디겠더라는 거야.」

「나도 그런 사정은 알고 있어.」 나는 그의 말을 받아 줬다.

「그렇게 얻어맞았으면서도 자네는 상대방을 동정하고 있단 말이야…….」

「람베르뜨, 너는 불한당이야. 너는 저주받을 인간이야!」 갑자기 뭔가 생각난 듯 나는 몸을 떨면서 소리를 질렀다. 「나는 꿈에서 보았어. 네가 서 있었는데, 바로 안나 안드레예브나가…… 아, 너는 정말 저주받을 인간이야! 그런데 너는 나까지 너와 같은 파렴치한 놈으로 여기고 있었단 말이야? 내가 그런 꿈을 꾼 것은 아마 네가 언젠가는 그런 야비한 말을 하리라는 예감 때문이었겠지. 하지만 네가 그렇게 함부로 입에 올릴 정도로 단순하고 간단한 문제가 아니야!」

「단단히 화가 났군! 약이 잔뜩 오르지!」 장난스럽게 웃으면서 람베르뜨가 말했다. 「자, 아르까쉬까, 이제 나는 필요한 것은 다 알았어. 바로 그것을 알아보려고 지금까지 자네를 기다렸지. 간단히 말해서 자네는 그녀를 사랑하기 때문에 뷔링에게 복수하고 싶은 거야. 내가 알아내야 했던 것은 바로 그거야. 여기서 자네를 기다리는 동안 나는 계속해서 혹시나 내가 너무 넘겨짚은 게 아닐까 하고 의심했지. 〈그렇다면 문제는 달라진다*Ceci posé, cela change la question*.〉 사정이 그렇다면 잘된 일이야. 그녀도 자네를 사랑하고 있는 눈치니까. 그렇다면 이 참에 아예 그녀와 결혼을 해버리는 편이 나을지도 몰라. 무엇보다도 그 방법이 가장 확실한 가능성이 있어 보이니까. 지금 이런 상황에서 아르까지! 자네가 확실하게 알아 두어야 할 것이 있어. 바로 자네 곁에 자네를 진심으로 도울 수 있는 내가 있다는 사실이야. 자네의 뜻을 이루어 가도록 내가 온 힘을 다해서 도와주겠어. 내가 자네를 도와서 결혼을 성사시켜 주겠단 말이야. 그러니 아르까샤! 모든 일이 성사되면 자네는 그 노고의 대가로 옛 친구에게 3만 루블만 주는 거야, 알겠어? 내가 헌신적으로 도와주지. 그건 의심하지 말아. 이런 일에 대해서는 내가 아주 자세히 알고 있어. 그렇게 되면 자네는 지참금을 받아서 한순간에 전도가 창창한 젊은 유지가 되는 거야!」

지끈거리는 머리의 통증을 참으며 나는 놀란 눈으로 람베르뜨를 쳐다보고 있었다. 그의 말은 진정이었다. 아니 진정이라기보다 나를 결혼시킬 가능성이 있다는 것을 그는 혼자 완전히 믿고 있었으며, 자기의 착상에 대해 아주 만족스러워하는 것을 느낄 수 있었다. 물론 그가 나를 어린애 취급하고 있다는 것도(아마 나는 그 순간 틀림없이 그것을 인식했을 것이다) 나는 잘 알고 있었다. 하지만 그녀와의 결혼이라는 꿈 같은 생각에 가슴을 두근거리면서, 나는 어떻게 이런 친구가 그런 계획을 떠올릴 수 있었을까 하고 한편으로는 람베르뜨의 말에 놀라움을 느끼면서도, 또 한편으로는 스스로 열심히 그런 가능성을 믿고 싶은 마음을 가졌다. 하지만 물론 그런 꿈은 절대로 실현될 수 없다는 생각이 내 마음속에서 한순간도 사라지지 않았다. 그러한 두 갈래의 생각이 동시에 내 머릿속에서 복잡하게 엉켜 버렸다.

「그래, 그런 일이 정말 가능할까?」 나는 혼자 중얼거렸다.

「어째서 안 된다고 생각하지? 자네가 그 서류를 보이기만 하면 그녀는 당장 겁을 집어먹고 유산을 잃기 싫어서라도 자네하고 결혼할걸!」

람베르뜨의 그런 유치한 말을 나는 억지로 막고 싶지 않았다. 왜냐하면 단순한 그는 그저 생각나는 대로 말을 늘어놓았고, 내가 자기 말에 화를 내리라고는 조금도 의심하지 않았기 때문이다. 하지만 나는 그렇게 강압적으로 결혼하고 싶지 않다고 중얼거렸다.

「절대로 나는 그렇게 결혼하고 싶지는 않아. 너는 어떻게 그런 야비한 말을 천연덕스럽게 할 수 있지?」

「아, 참 답답하긴! 두고 봐, 틀림없이 그쪽에서 먼저 그런 제의를 할 거란 말야. 자네가 아니라 그녀가 먼저 결혼하자고 제안을 해올 거라고. 그녀도 내심으론 자네를 사랑하고 있으니 아주 자연스럽잖아!」 람베르뜨는 가볍게 말했다.

「거짓말이야. 너는 지금 나를 놀리고 있어. 네가 어떻게 그녀가 나를 사랑한다는 것을 안단 말이야?」

「틀림없어, 나는 잘 알고 있어. 안나 안드레예브나가 공연히 그렇게 생각하지는 않을 테니까. 자네가 다음에 한 번 더 내게 오면 아주 기가 막힌 얘기를 해줄게. 그러면 자네도 그녀가 자네를 사랑한다는 사실을 확실히 알게 될 거야. 또 알폰신느가 짜르스꼬예에 갔다 왔는데 그곳에서 그런 흔적을 확실히 잡았거든.」

「도대체 그녀가 그곳에서 무엇을 알아냈단 말인가?」

「자, 우리집으로 가지. 그녀가 직접 자네에게 말해 줄 거야. 그러면 자네도 기분나쁘지는 않을 거야. 자네가 다른 사람에 비해 무엇이 못한가? 자네는 인물도 훤한 데다가 교육도 충분히 받았고…….」

「그래, 교육은 받았지.」 숨을 몰아쉬면서 내가 중얼거렸다. 나는 심장이 뛰었다. 물론 그것은 술기운 때문만은 아니었다.

「자네는 미남이야, 그리고 옷차림도 훌륭해!」

「그래, 옷차림은 훌륭하지.」

「자네는 또 친절한 성품을 가지고 있지…….」

「그 말은 맞아.」

「그래도 그녀가 승낙하지 않을 거란 말인가? 붸링도 역시 지참금이 없는 여자는 선택하지 않을 거야. 그런데 자네는 그녀를 한 푼 없는 빈털터리로 만들 수 있거든. 그래서 그녀가 두려워하는 거야. 자네는 그녀와 결혼해서 붸링에게 복수하는 거야. 자네가 얼어죽을 뻔한 그날 밤, 자네 입으로 그녀가 자네에게 반했다고 내게 말했잖아.」

「내가 정말 그렇게 말했나? 나는 아마 그렇게는 말하지 않았을 거야.」

「아니야, 그렇게 말했어.」

「만약에 내가 그런 말을 했다면 그저 허풍을 떤 거야. 그런데 정말로 내가 서류에 대해 무슨 말을 했었나?」

「그럼, 자네가 그런 편지를 가지고 있다고 내게 말했어. 그래서 나는 혼자 생각했지. 그런 편지를 가지고 있다면, 왜 이 친구는 그녀를 자기 것으로 만들려고 하지 않을까 하고 말이야.」

「그런 것은 환상에 지나지 않아. 그리고 나는 그런 뜬구름 잡는 생각을 분간 못할 만큼 어리석지는 않아.」 나는 중얼거리며 말을 이었다. 「우선 우리는 나이 차이가 너무 나. 그리고 나는 이렇다

할 배경이 전혀 없고.」

「아니, 틀림없이 결혼할 거야. 그 정도로 막대한 유산이 눈앞에서 사라질 판국인데 어떻게 결혼하지 않을 수 있겠나? 내가 중간에서 일을 잘 꾸미면 돼. 또한 그녀가 자네를 사랑하고 있으니 아무 문제 없지. 게다가 노공작은 자네에게 깊은 호의를 가지고 있어. 그 사람이 자네를 후원하면 자네는 앞으로 무한히 발전해 나갈 거야. 요즈음 세상은 배경과는 아무 상관이 없어. 일단 어느 정도의 돈만 가지고 있으면 모든 일이 순조롭게 진행될 거고, 한 10년쯤 지나면 자네는 러시아 전체에서 이름난 그런 대부호가 될 거야. 그렇게 되면 자네에게 무슨 가문이 필요하단 말인가? 마음만 먹으면 오스트리아에서 남작의 작위를 살 수도 있어. 하지만 결혼을 하면 그녀를 완전히 통제해야 해. 여자라는 존재는 일단 사랑을 하게 되면 누군가에게 의지해 그의 구속을 받기를 즐기거든. 그리고 여자는 태도가 아주 분명한 남자에게 호감을 가져. 그러니 그녀에게 그 편지를 보여 줘서 두려움을 갖게 한 다음 그녀를 꽉 잡아야 돼. 그러면 그녀는 〈그분은 아직 젊지만 대단한 성미를 가지고 있어요〉라고 말하게 될 거야.」

완전히 정신이 나간 상태로 나는 그 자리에 앉아 있었다. 만약 다른 사람과 얘기하는 것이라면 나는 그런 어리석은 대화에 그렇게까지 몰두하지는 않았을 것이다. 하지만 그 대화를 나누면서 나는 은밀한 갈망을 대리 만족시킬 수 있었다. 그리고 람베르뜨 같은 친구에게 그런 속내를 내비친다고 해도 조금도 자존심이 상할 건 없었다.

「이것 봐, 람베르뜨.」 내가 불쑥 말을 꺼냈다. 「너는 어떻게 생각할지 모르지만, 이건 아주 조잡한 얘기야. 우리가 서로 친구이기 때문에 내가 너하고 이런 얘기를 별 부끄럼 없이 할 수 있지만, 만약 상대가 다른 사람이었다면 나는 절대로 내 자존심이 상하는 말은 하지 않았을 거야. 가장 중요한 문제는 네가 왜 그녀가 나를 사랑한다고 그렇게 단정할 수 있는가 하는 점이야. 네가 지금 말한 돈에 관한 대목은 어느 면에선 맞다고 할 수 있어. 그렇지만 람베르뜨. 너는 아직 상류 사회를 몰라. 그들 사회에서는 모든 일이 아주 가부장적으로, 말하자면 혈통적 관계에 의해 움직이게 되어 있어. 그러니 그녀는 내가 어떤 재능을 가지고 있는지도 모르고 내가 이 세상에서 어떤 지위까지 올라갈 수 있는지도 모르는 상황에서 모험을 할 수가 없어. 그렇지만 람베르뜨, 솔직히 말해서 유일하게 희망을 걸 만한 것이 하나 있어. 어쩌면 감사하는 마음에서 그녀가 나하고 결혼할지도 모른다는 거야. 그렇게 하면 내가 그녀를 어떤 사람의 증오로부터 구원하게 되기 때문이지. 그녀는 그를 아주 두려워하고 있거든.」

「바로 자네 아버지에 대해 말하는 거지? 정말로 그는 그녀를 몹시 사랑하고 있나?」 심상치 않은 호기심을 보이며 람베르뜨가 긴장하여 말했다.

「아, 아니야!」 나는 큰소리로 말을 막았다. 「너는 날카로운 구석이 있기는 하지만 참 어리석어, 람베르뜨! 만일 아버지가 그녀를 사랑하고 있다면 내가 어떻게 그녀와 결혼할 생각을 하겠나? 우리는 어쨌든 아들과 아버지잖아. 그건 있을 수도 없고, 그리고 지금 아버지는 어머니를 진심으로 사랑하고 있어. 바로 어머니를 말이야. 어머니를 그가 따뜻하게 포옹하는 것을 내 눈으로 보았어. 나 자신도 전에는 아버지가 까쩨리나 니꼴라예브나를 사랑한다고 생각했었어. 하지만 이제 모든 사실을 알게 되었지. 아버지는 아마 이전에는 그녀를 사랑한 일이 있었는지 모르지만, 이미 오래 전부터 그녀에게 증오심을 가지고 있어……. 게다가 그녀에게 어떤 형태로든 복수할 생각을 가지고 있기 때문에 그녀가 두려워하는 거야. 왜냐하면 람베르뜨, 너니까 말하지만, 아버지는 한번 마음을 먹으면 상상할 수도 없는 일을 할 수 있는 사람이지. 완전히 미친 사람같이 되거든. 아버지는 마음속에 굳은 확신을 가지고 그런 적개심을 키워 왔어. 그래서 만약 아버지가 그녀에게 어떤 행동을 하기로 마음을 먹으면, 그 다음은 전혀 예측 불가능해. 이 시대에는 일반적인 원칙을 따를 필요가 없어. 우리가 주목해야 할 것은 일반적인 원칙이 아니라 개별적인 상황의 문제야. 아, 람베르뜨, 너는 아무것도 아는 게 없어. 너는 그저 허수아비와도 같은 멍청이야. 내가 지금 네게 말하는 그런 개념에 대해서 너는 아무것도 이해하지 못할 거야. 너는 기본적인 교양이 없어. 너 기억하니, 어릴 적엔 네가 나를 때린 적이 있었지? 하지만 지금은 내가 너보다 훨씬 강하단 말이야, 너는 그것을 이해할 수 있니?」

「아르까쉬까, 우리집으로 가자! 앉아서 천천히 술을 한 병 더 마시자. 알폰신느가 기타를 치면서 노래를 불러 줄 거야.」

「아니야, 나는 안 가겠어. 내 말 들어, 람베르뜨. 나에게는 〈이념〉이 있단 말이야. 만일 실패하여 결혼을 못하면, 나는 내 이념 속에 숨어 버리면 그만이야. 하지만 너에겐 그런 이념이 없어.」

「좋아, 나중에 또 이야기하고, 자, 그만 가자!」

「안 가겠어!」 나는 일어섰다. 「가고 싶지 않기 때문에 나는 안 가겠어. 그렇지만 나는 머지않아 갈 거야. 너는 야비한 놈이야. 하지만 네게 3만 루블은 주겠어. 그 정도는 아무것도 아니니까. 그러나 난 너보다는 훨씬 깨끗하고 고상해……. 나는 네가 나를 설득하려고 하는 것을 잘 알고 있어. 그렇지만 네가 그녀에 대해 말하는 것은 물론이고 생각하는 것조차 나는 용서하지 않겠어. 그녀는 누구보다도 고결한 사람이야. 그런데 그런 사람을 상대로 너같이 비열한 친구가 어떤 계획을 꾸미고 있는 것에 나는 참 놀랐다, 람베르뜨. 물론 나는 그녀와 결혼하고 싶어. 하지만 그것은 다른 문제야. 나는 돈이 필요 없고, 돈을 멸시해. 설사 그녀가 무릎을 꿇고 돈을 받아 달라고 말하더라도 나는 결코 받지 않을 거야……. 그러나 결혼하는 것은, 결혼하는 것은 전혀 다른 문제지.

여자를 꽉 잡아야 한다는 네 말은 맞아. 여자를 사랑하면서도, 여자에게는 없고 남자에게만 있는 너그러운 마음으로 열렬히 사랑하면서도, 동시에 폭군처럼 행동한다는 것은 정말 멋진 일이야. 그것은 말이야, 람베르뜨, 여자라는 존재는 전제적인 압박을 받는 것을 좋아하기 때문이야. 이봐 람베르뜨, 너도 제법 여자에 대해서 아는구나. 하지만 그 일 말고는 도대체가 너는 너무도 어리석어. 그러나 람베르뜨, 너는 겉으로 보이는 것처럼 그렇게 전적으로 야비한 친구는 아니야. 너는 그저 단순한 놈일 뿐이야. 그래서 나는 네가 좋아. 아, 람베르뜨, 너는 어떻게 그렇게 생겨 먹었니? 그렇지 않았으면 우리는 즐겁게 지낼 수 있을 텐데! 그건 그렇고, 뜨리샤또프는 참 좋은 친구야.」

내가 이렇게 횡설수설할 때 이미 우리는 밖으로 나와 있었다. 이렇게 그 당시의 상황을 자세히 적는 것은, 마음속으로 거듭나자고 그렇게 굳센 맹세를 해놓았으면서도, 내게는 단번에 그런 수렁 속으로 다시 빠져 들 수 있는 요소가 동시에 잠재해 있다는 것을 독자들이 알아 주기를 바라기 때문이다! 그리고 맹세하지만, 만일 내가 전혀 다른 인간이 되어 있지 않거나 삶에 대해 확고한 자신이 없다면, 나는 절대로 독자에게 그런 것을 세세하게 고백하지 않았을 것이다.

그렇게 우리는 주점에서 나왔다. 람베르뜨는 술에 취한 나를 한 팔로 가볍게 끌어안으며 부축해 주었다. 그때 문득 바라보니 그의 시선은 그날처럼 나를 뚫어지게 바라보고 있었고, 그것은 아주 날카롭고 전혀 취기가 배어 있지 않은 것이었다. 내가 거의 동사할 뻔했던 그 아침에도 그는 지금처럼 한 팔로 나를 끌어안은 채 마차를 타고 가면서, 내가 무심코 던지는 말이나 표정을 하나도 놓치지 않을 태세로 골똘히 생각에 잠긴 표정을 짓고 있었다. 술기운에 젖어 있긴 하지만 아직 완전히 취하지 않은 사람이 갑자기 순간적으로 취기를 깰 때가 있다.

「나는 절대로 네 집으로는 안 가!」 조롱하듯 그를 쳐다보며, 한 손으로 그를 밀어제치면서 나는 단호한 태도로 분명하게 말했다.

「그래, 알았어. 내가 알폰신느에게 차를 끓이라고 할게. 자, 이제 그만 해!」

그는 내가 자기를 뿌리치고 가버리지는 않으리라고 진심으로 믿고 있었다. 마치 귀한 보물이라도 붙잡은 것처럼 그는 나를 끌어안고 부축하면서 그런 기쁨을 느끼고 있었다. 그에게는 나라는 존재가 절실하게 필요했다. 바로 그날 밤에 그는 절호의 기회를 잡은 것이다! 그 이유는 곧 선명하게 드러날 것이다.

「안 간다니까!」 나는 그의 손을 뿌리치며 마차를 불렀다. 「이봐, 마차꾼!」

때맞춰 마차가 하나 와서 나는 거기에 뛰어올랐다.

「어, 어디로 가는 거야? 이봐?」 큰소리를 치면서 람베르뜨는 아주 질린 표정으로 내 외투를 붙잡았다.

「놔! 함부로 나를 잡지 말란 말야!」 나는 그에게 버럭 소리를 질렀다. 「쫓아오지 마!」 마침 바로 그 순간에 마차가 움직이기 시작해서 람베르뜨는 내 외투를 잡은 손을 놓아야 했다.

「좋아, 어차피 나한테 와야 할 테니까!」 그는 마차를 따라오며 악의에 찬 목소리로 소리를 질렀다.

「마음이 내키면 가겠어. 그건 내가 결정하는 거야, 알아?」 나는 마차 위에서 그를 내려다보며 그렇게 대답했다.

2

주변에 다른 마차가 없었기 때문에 물론 그는 따라올 수가 없었다. 그래서 나는 그를 따돌릴 수가 있었다. 나는 센나야 광장까지만 마차를 타고 갔다. 나는 갑자기 천천히 걷고 싶은 생각이 간절했다. 나는 조금도 피로하지 않았고 취기도 전혀 느껴지지 않았다. 오히려 가슴 저 밑에서 원기가 솟아오르는 것을 느꼈다. 새로운 힘이 밀물처럼 넘쳐 어떤 일이든 다 할 수 있을 것 같은 기분이었다. 그리고 내 머리에는 수많은 좋은 생각들이 잇달아 떠올랐다.

나는 심장이 아주 힘차게 그리고 역동적으로 고동치는 것을 느꼈다. 그리고 그 용솟음치는 맥박을 하나하나 모두 들었다. 그 모든 것이 내게 아주 정답고 경쾌하게 느껴졌다. 센나야 광장에 있는 검문소 앞을 지날 때 나는 갑자기 보초병에게 다가가 그와 입을 맞추고 싶을 정도였다. 이미 해빙기여서 눈이 녹은 광장은 지저분하고 이상한 냄새까지 풍기기 시작했지만, 나는 그런 황량한 광경조차도 왠지 마음에 들었다.

〈이제 오부호프 대로로 나간 다음.〉 나는 생각했다. 〈거기서 왼쪽으로 방향을 바꿔 세묘노프 연대가 있는 구역으로 나가기로 하자. 멀리 돌아가야 하겠지만, 그게 좋겠어. 분위기가 괜찮겠다. 나는 모피 외투를 단추도 끼지 않고 입고 있는데, 왜 그것을 빼앗으려고 하는 사람이 아무도 없지. 소문에 들으니 센나야 광장에는 강도가 있다던데, 어디 있지? 자, 한번 나와서 이걸 빼앗아 봐라. 경우에 따라서는 내가 자진해서 외투를 벗어 줄 수도 있으니. 지금 내게 외투가 무슨 필요가 있어? 외투는 사유 재산이다. 《사유 재산은 훔친 물건*La propriété c'est le vol*》이라고 하지 않던가. 그런데 지금 내가 무슨 소리를 하는 거지. 아무튼 모든 것이 참으로 좋다. 해빙기가 된 것도 좋아. 추위가 도대체 왜 필요하단 말인가? 추위란 전혀 쓸모가 없는 거야. 이런 객쩍은 생각을 늘어놓는 것도 괜찮구나. 그런데 내가 람베르뜨에게 원칙에 대해서 뭐라고 말했지? 그래, 일반적인 원칙이라는 것은 없고, 있는 것은 다만 개별적인 경우뿐이라고 말했지. 그건 내가 거짓말한 거야. 말도 되지 않는 소리지! 하지만 괜찮아. 그 녀석 앞에서 좀 뻐

기려고 한 것이니까. 계면쩍기는 하지만, 괜찮아. 마음에 담아 둘 필요 없어. 어차피 곧 잊어버릴 테니까, 그렇게 신경 쓸 필요 없어, 아르까지 마까로비치. 아르까지 마까로비치, 왠지 나는 네가 마음에 들어. 진심으로 그래. 다만 이 친구야, 한 가지 편치 않은 건, 자네가 약간 모순덩어리란 섬이야. 그리고…… 그리고…… 아아, 그렇지…… 그렇군!〉

문득 나는 걸음을 멈추었다. 새로운 기쁨을 느끼기 시작한 심장은 또다시 요동을 쳤다.

〈아! 그 녀석이 뭐라고 말했지? 그래, 그녀가 나를 사랑하고 있다고 했지. 그 녀석은 단지 사기꾼일 뿐이야. 그냥 되는 대로 내뱉은 것일 뿐이야. 어떻게 해서든 자기 집으로 끌고 갈 심산으로 지어낸 말일 게 틀림없어. 글쎄, 어쩌면 그럴 가능성도 있긴 하겠지. 그 녀석 말로는 안나 안드레예브나도 그렇게 여기는 눈치더라고 하니까…… 글쎄, 그럴 수도 있겠지! 어쩌면 나스따시야 예고로브나가 뭔가를 알아다 고해 바쳤을 수도 있고. 그녀는 온 사방을 돌아다니면서 갖가지 소식을 들을 테니까. 그런데 왜 나는 그 녀석의 집으로 가지 않았을까? 갔으면 모든 것을 알아낼 수 있었을 텐데! 음! 그 녀석은 대담한 계획을 가지고 있어. 나는 그것을 직감적으로 알 수 있었어, 그 꿈속에서. 참 대단한 것을 생각해 내셨군, 람베르뜨. 하지만 그건 큰 오산이야, 그렇게 간단한 문제가 아니라고. 아니, 어쩌면 그렇게 될 수도 있을지 모르지! 또 알아, 일이 그렇게 진행될는지! 정말로 그 녀석이 그녀와 나를 맺어지게 할 수 있을까? 그렇게 할 수 있을지도 모르지. 정말 모를 일이야. 그런 부류의 친구들은 단순하고 무모하니까 한번 마음먹은 일은 어쩌면 이루어 낼 수 있을지도 몰라. 실무에 밝은 친구들이란 하나같이 다 그렇지. 하긴 교활함과 뻔뻔스러움이 서로 합쳐지면 아주 대단한 힘을 발휘할 수 있지. 자, 이제 고백하시지, 아르까지 마까로비치. 당신은 역시 람베르뜨를 두려워했던

게 아닌지! 나처럼 정직한 사람이 그런 친구에게 도대체 왜? 세상에 정직한 사람은 하나도 없다고 그토록 정색을 하고 말하지 않았던가! 그래, 그런데 그렇게 말하는 당신은 대체 뭐야? 에이, 내가 대체 무슨 소리를 하고 있는 거야! 그래, 당신은 교활한 친구에겐 정직한 사람이 정말로 필요 없다는 말인가? 아니지, 어떤 속임수를 쓰려고 하면 그때야말로 정직한 인간이 정말로 필요하지. 하, 하! 어쩌면 당신이 지금껏 깨닫지 못하고 있었을 수도 있고! 아! 어찌 되었든 그 친구가 정말 나를 그녀와 맺어지게만 해준다면!〉

나는 다시 잠깐 동안 걸음을 멈췄다. 여기서 내가 저질렀던 어리석은 행동을 털어놔야 할 것 같다(아주 오래 전의 일이니 별 문제가 없을 것이다). 사실 솔직하게 고백한다면, 이런 상황이 오기 오래 전부터 나는 결혼에 대해 생각했다. 물론 꼭 결혼을 하려고 했던 것은 아니다. 그렇게 마음먹은 적은 없었다(내 자신을 걸고 아마 그런 일은 앞으로도 없을 것이다). 하지만 이런 일이 있기 전에 마음속으로 나는 여러 차례 결혼을 하면 좋을 것 같다는 공상을 해보곤 했다. 한두 번이 아니라 아주 많이, 특히 밤마다 잠자리에 들어가면 항상 그런 공상을 하였다. 이미 열여섯 살쯤 되었을 때부터 나는 그런 공상을 하였다. 고등학교 시절에 나와 동갑인 라브로프스끼라는 친구가 있었다. 그는 아주 조용하고 부드러우며 잘생긴 소년이었지만 다른 특색은 없는 친구였다. 나는 그와 거의 한 번도 말해 본 일이 없었다. 그런데 언젠가 우연히 단둘이 나란히 앉게 된 일이 있었다. 무슨 생각엔가 골똘히 잠겨 있던 그가 내게 갑자기 이런 말을 했다. 「돌고루끼, 너는 우리가 이제 결혼을 해야 할 것 같지 않니? 지금이 사실 우리가 결혼해야 할 적절한 시기일지도 몰라. 그런데도 우리는 도저히 결혼할 형편이 안 되니 참 답답해!」 그는 아주 진지하고 솔직하게 말했다. 나는 곧 진심으로 그의 말에 동의했다. 나 자신도 그전부터 그런 공상을 하고 있었기 때문이다. 그 후 며칠 동안 우리는 만나면 계속해서 서로 비밀스럽게 그 이야기만 나누었다. 물론 다른 이야기는 전혀 하지 않았다. 그러고 나서 왠지 모르게 서로 사이가 벌어져 우리는 말을 하지 않게 되었다. 바로 그때부터 나는 혼자 공상을 시작하였다. 물론 그런 생각을 굳이 새삼스럽게 다시 떠올려 보는 것은 그런 공상이 아주 오래 전부터 시작된 것이라는 사실을 말하고 싶어서이다…….

〈분명히 해결하기 어려운 문제가 하나 존재하고 있다〉고 나는 걸으면서 계속해서 공상하고 있었다. 〈우리 두 사람의 나이 차이 같은 것은 아무런 장애가 되지 않는다. 하지만 중요한 난제가 하나 있다. 그녀는 상류층 귀족이지만, 나는 그야말로 아무 배경도 없는 돌고루끼라는 점이다! 극복하기가 거의 불가능하다! 음! 베르실로프가 어머니와 결혼할 때, 그는, 내 《아버지》는, 자신이 국가에 이바지한 공로를 근거로 나를 자신의 아들로 입적시킬 수 있는 권리를 국가에서 부여받을 수 없을까…… 그는 치안 판사로 근무를 했고 일정한 봉사를 했으니 말이다……. 아, 이야기가 참으로 이상한 방향으로 전개되었다!〉

나는 그만 마음이 어수선해져서 소리를 한 번 지르고는 발걸음을 세 번째 멈췄다. 하지만 이번에는 뒤통수를 한 대 얻어맞고 쓰러진 기분이었다. 법적으로 양자를 만들어 내 성을 바꾸려는 그런 몰염치한 짓을 할 생각을 어떻게 할 수 있었을까 하는 생각을 하자, 갑자기 나는 참을 수 없는 굴욕감을 느꼈고, 스스로 내 유년 시대를 부정한 듯한 배반감 때문에 마음이 처참해졌다. 그러자 순식간에 그때까지의 모든 충만한 기쁨이 모조리 연기처럼 사라졌다. 나는 얼굴을 붉히면서 〈정말이지 이것에 대해서만은 그 누구에게도 말하지 말자〉고 혼자 다짐했다. 내가 이런 비열한 생각을 하게 된 것은, 사랑에 눈이 어두워 바보가 되었기 때문이다. 맞다, 람베르뜨가 한 말 중에 옳은 말이 있다면, 현대에는 그런 바보 같은 일은 전혀 의미가 없다는 것이다. 요즘 세상에서 가장 필요한 것은 자기 자신이며, 그 다음에는 돈이라고 한 그의 말은 전적으로 옳다. 분명히 말하자면 돈 그 자체가 아니라, 그것이 지니고 있는 위력이다. 아내가 될 사람이 가져오는 지참금 정도의 자본만 가지고 있으면 나는 내 자신이 꿈꾸는 〈이념〉을 향해 매진할 수가 있다. 그리고 십 년 정도가 지나면 러시아 온 천지에 내 이름 석자를 알릴 수 있으며, 그렇게 되면 나는 모든 사람들에게 복수하게 되는 거야. 또 그녀의 사정을 속속들이 헤아릴 필요도 없어. 이 문제에 관해서도 람베르뜨의 말이 전적으로 옳아. 그녀가 두려움에 떨게 되면 그 후에는 모든 일이 순조롭게 풀릴 거야. 좀 야비한 방법이기는 하지만 결국에 그녀는 내 제안을 받아들여 나와 결혼하게 될 것이다. 〈자네는 아마 모를 거야, 자네는 전혀 상상도 못할 거야. 구석방에서 무슨 일이 있었는지 말이야!〉 하고 아까 람베르뜨가 한 말이 생각났다. 〈맞아, 그 녀석의 말도 일리가 있어〉 하고 나는 마음속으로 그에게 동의를 하였다. 〈람베르뜨의 말은 모든 점에서 옳다. 람베르뜨의 판단이 상당히 정확해. 그 녀석은 닳고 닳은 친구야. 그녀가 내게 대단한 고집이 있는 것을 보고 《아, 젊지만 그분에게는 성미가 있어요!》라고 할 것이라고 그 녀석이 말했지. 하지만 람베르뜨는 아주 비열한 녀석이야. 그의 유일한 목적은 내게서 3만 루블을 긁어 내는 거야. 하지만 현재로선 역시 그 녀석만이 나의 유일한 친구임에 틀림없지. 물론 내밀한 우정은 없고 또 있을 수도 없어. 그런 것은 모두 뜬구름 잡는 사람들이 생각해 낸 것이니까. 그리고 그 일로 해서 그녀가 굴욕을 느낄 것도 아니지. 정말 내가 그렇게 하는 것이 그녀에게 굴욕감을 주는 걸까? 천만에, 여자란 모두 그런 거야! 사실 이 세상에 변덕스럽지 않은 여자가 어디 있을까? 그래서 그들은 항상 자기를 지긋이 제압해 줄 남자를 필요로 하는 거야. 선천적으로 그들은 남자에게 지배당할 수밖에 없는 운명을 가지고 태어났어. 그렇기 때문에 여자가 사악함과 유혹의 상징이라면 남자는 품위와 관용의 상징이라 할 수 있고, 그러한 분명한 대비 개념은 영원히 변하지 않을 것이다. 나는 그 《서류》를 단지 한번 활용할 생각을 한 것뿐이지 그 밖에 어떤 다른 불순한 의도는 전혀 없다. 그렇기 때문에 그로 인해 내 품위나 관용심을 손상시키는 일은 벌어지지 않을 거야. 실러[92]가 그린 순수한 낭만성을 지닌 인간이란 현실 세계에서는 전혀 존재할 수가 없어. 그런 인물은 단지 공상의 산물일 뿐이야. 지향하는 목적만 훌륭하다면, 그것을 이루어 가는 행동은 다소 지저분해도 용납될 수 있는 것이다! 그 과정이 끝난 후에 순결하게 거듭나서 다시 본질을 회복하면 되는 것이 아닌가! 요즘 그런 것은 단지 이해와 포용력의 문제에 불과하다. 그런 얼룩진 과정이 바로 인생의 모습을 이루는 것이며, 또한 그것이야말로 바로 인생의 참모습인 것이다. 이 시대에는 삶의 의미가 바로 그렇게 이해되고 있단 말이야!〉

그때 완전히 술에 취한 상태에서 떠들어댄 헛소리를 이렇게 마지막 한 줄까지 자세하게 인용한 것을 용서해 주기를 다시 한번 요청한다. 물론 이것은 그 당시에 내가 가지고 있던 관념의 실체를 드러낸 것이고, 나는 그것을 그와 유사한 말로 표현한 것 같다. 이런 지저분한 내용을 여기에 자세히 인용하지 않을 수 없었던 이유는 내가 이 글을 쓰기 시작한 목적이 바로 자신을 비판하기 위해서였기 때문이다. 이러한 것을 비판하지 않으면 그 어떤 것을 비판하겠는가? 우리의 삶에서 이런 문제보다 더 심각한 것이 무엇이란 말인가? 술기운 때문에 그랬다는 변명은 전혀 통하지 않는다. 〈바로 술 속에 진실이 있기 때문이다*In vino veritas.*〉

온통 환상에 사로잡혀서 뜬구름 잡는 생각만 하고 있었기 때문에 나는 어느새 집까지, 즉 어머니가 살고 있는 집에 다다른 것도

92 프리드리히 폰 실러(1759~1805). 독일 낭만주의 시대의 작가로 『군도』와 같은 명작들을 창작했다.

모르고 있었다. 뿐만 아니라 집 안으로 들어간 사실도 전혀 의식하지 못하고 있었다. 하지만 그 자그마한 현관방에 들어가자마자 나는 집 안에 뭔가 심상찮은 일이 일어났다는 것을 금방 알아챘다. 각 방에서 모두 커다란 소리로 이야기하고 있지 않으면, 거의 소리를 지르는 형국이었다. 그리고 심지어 어머니의 울음소리까지 들리고 있었다. 마까르 이바노비치의 방에서 부엌으로 정신없이 뛰어가던 루께리야가 문 앞에 멍하니 서 있던 나를 밀어 넘어뜨릴 뻔했다. 나는 외투를 벗어 던지고 마까르 이바노비치의 방으로 들어갔다. 모두들 그곳에 모여 있었다.

베르실로프와 어머니는 서 있었다. 그는 자기 가슴에 쓰러지듯 안겨 있는 어머니를 가슴에 꼭 끌어안고 있었다. 마까르 이바노비치는 보통 때처럼 자기가 쓰는 조그마한 의자에 앉아 있었지만 어쩐지 기력이 다해 보였기 때문에 리자가 정성을 다해 두 손으로 그가 넘어지지 않도록 그의 어깨를 붙잡고 있었다. 그러나 그의 몸이 점점 기울어져 곧 넘어질 듯했다. 나는 똑바로 그에게 가까이 다가섰다가 흠칫 몸을 떨었다. 노인이 이미 숨져 있다는 것을 알아챘기 때문이다.

내가 돌아오기 1분 전쯤 그는 숨을 멈추었다. 10분 전쯤만 해도 그는 아무런 변화가 없었다. 그때 그의 곁에는 리자가 혼자 있었다. 그의 곁에 앉아서 리자는 자기 내면의 고통을 이야기하고 있었다. 어제처럼 그는 그녀의 머리를 쓰다듬어 주고 있었다. 그러다가 갑자기 그는 온몸을 떨면서 (리자의 말에 따르면) 일어서려고 하더니, 무슨 말을 하려다가 그만 말없이 왼쪽으로 쓰러져 버렸다. 〈심장이 마비된 거야!〉 하고 베르실로프가 말했다. 그 말을 듣고 리자가 온 집 안이 떠나가도록 비명을 질렀고, 그 소리에 놀라 모두 이곳으로 달려온 것이었다. 그 일은 내가 돌아오기 1분 전쯤에 일어났다.

「아르까지!」 베르실로프가 내게 큰소리로 말했다. 「빨리 따찌야나 빠블로브나에게 다녀오너라. 아마 틀림없이 집에 있을 테니 어서 와달라고 말해. 서둘러서 마차를 타고 다녀오도록 해, 어서!」

분명히 기억하지만 그 말을 하면서 그의 두 눈은 영롱하게 빛나고 있었다. 그의 얼굴에는 어떤 슬픔의 감정이나 눈물이 전혀 담겨 있지 않았다. 다만 어머니와 리자, 그리고 루께리야만이 소리내어 울고 있었다. 뿐만 아니라 지금도 나는 선명하게 기억하고 있지만, 그의 얼굴에는 야릇한 흥분에 의한 어떤 환희에 가까운 기운이 퍼져 있었다. 나는 따찌야나 빠블로브나를 부르러 뛰어갔다.

이미 앞에서 말했기 때문에 독자도 기억하고 있겠지만, 그 집까지의 거리는 그다지 멀지 않았다. 마차를 잡지 않고 나는 계속해서 뛰어갔다. 내 머릿속은 아주 혼란스러웠고, 역시 어떤 환희에 찬 감정이 덮여 있는 것을 느꼈다. 예상치 못한 커다란 일이 일어난 것으로 느껴졌다. 내가 따찌야나 빠블로브나의 집 초인종을 눌렀을 때 술기운은 이미 자취도 없이 사라졌고, 동시에 부질없이 해본 야비한 생각들도 모두 흔적 없이 지워져 버렸다.

핀란드 인 하녀가 문을 열더니, 〈지금 안 계세요〉 하고 말하기가 무섭게 다시 문을 닫으려고 했다.

「정말로 집에 없어요?」 억지로 그녀를 밀어제치며 나는 현관방으로 뛰어들어가 큰소리로 말했다. 「그럴 리가 없어! 지금 마까르 이바노비치가 죽었단 말이야!」

「뭐, 뭐라고!」 놀라서 외치는 따찌야나 빠블로브나의 목소리가 잠겨 있는 객실 문 저쪽에서 갑자기 들려왔다.

「그가 죽었어요! 마까르 이바노비치가 죽었단 말이에요! 그래서 안드레이 뻬뜨로비치가 지금 당신을 불러오라고 했어요!」

「거짓말 말아…….」

안에서 빗장을 벗기는 소리가 나더니 문이 약간 열렸다. 「어떻게 됐다는 건지 차근차근 얘기해 봐!」

「저도 잘 몰라요. 지금 막 집에 돌아왔는데 그분은 이미 돌아가신 상태였어요. 안드레이 뻬뜨로비치는 〈심장이 마비된 거야!〉라고 말했어요.」

「그래 알았어, 지금 곧 나갈 테니 가서 곧 간다고 일러라. 빨리 가, 어서! 왜 그렇게 멀거니 서 있지?」

바로 그때 조금 열린 문 사이로 나는 분명히 어떤 모습을 보았다. 따찌야나 빠블로브나의 침대가 놓여 있는 커튼 뒤에서 누군가가 모습을 나타내더니, 따찌야나 빠블로브나의 뒤쪽으로 나와 방 한가운데에 서 있었다. 나는 거의 본능적으로 문고리를 붙잡아 더 이상 문을 닫지 못하게 하였다.

「아르까지 마까로비치! 그가 정말로 세상을 떠났어요?」 귀에 익은 부드러운 금속성의 목소리가 내게 들려왔다. 그 목소리를 듣자마자 내 가슴은 전율하기 시작했다. 질문하는 그 목소리에는 무엇인가에 자극을 받은 흥분된 감정이 자리하고 있음을 나는 느꼈다.

「정 이렇게 하겠다면.」 따찌야나 빠블로브나는 문을 붙잡고 있던 손을 갑자기 놓으며 말했다. 「두 사람 뜻대로들 해요. 그게 소원이라면 두 사람이 알아서 해결하란 말이에요!」

그러면서 그녀는 머플러와 털외투를 차려입고서 방을 나오더니 계단을 내려가 버렸다. 그래서 우리 둘만이 뒤에 남았다. 외투를 벗어서 옆에 놓고 나는 방 안으로 한 걸음 들어간 다음, 손을 뒤로 돌려서 문을 닫았다. 전에 둘이서 만났을 때처럼 그녀는 해맑은 표정을 지으며 내 앞에 서 있었다. 그리고 그때와 마찬가지로 두 손을 내게 내밀었고, 나는 마치 발목이 없는 듯 그녀의 발 앞에 그대로 쓰러졌다.

3

왠지 모르게 가슴속에서 울음이 터져 나왔다. 나는 그녀가 어떻게 나를 자기 옆에 앉혔는지 전혀 기억하지 못한다. 다만 내 기억 속에 선명하게 남아 있는 것은, 우리 둘이서 손을 맞잡고 나란히 앉아 밀렸던 이야기를 실컷 나누었다는 사실뿐이다. 그녀가 노인에 대해서, 그리고 그의 죽음에 대해서 여러 가지를 물었고, 나는 아는 대로 답했다. 그래서 내가 울음을 터뜨린 것은 어쩌면 마까르 이바노비치 때문이라고 생각할 수도 있었다. 하지만 그렇게 생각하는 것은 전혀 이치에 닿지 않는다. 그녀는 내가 그런 유치한 발상을 하리라고는 전혀 상상하지도 못할 것이기 때문이다. 문득 그러한 정황을 깨닫고 정신을 차리자 나는 갑자기 부끄러워졌다. 지금 그 일을 가만히 회상해 보면, 내가 그때 울었던 것은 샘솟는 기쁨 때문이었다. 그리고 그녀도 그러한 내 감정을 속속들이 알고 있었다고 생각한다. 이러한 회상만은 나는 확신을 가지고 할 수 있다.

계속해서 그녀가 마까르 이바노비치에 대해서만 묻는 것이 전혀 이해가 되지 않았다.

「당신은 그 노인에 대해서 알고 계셨나요?」 내가 놀란 목소리로 물었다.

「네, 벌써 오래 전부터요. 저는 그분을 만난 적이 없지만, 그분은 제 삶의 흐름에 중요한 역할을 해왔어요. 한때 저는 제가 두려워하는 사람에게서 그분에 대한 이야기를 많이 들었어요. 당신은 아시겠지요, 누구의 이야긴지?」

「저는 지금 〈그 사람〉이 언젠가 당신이 고백한 것보다도 훨씬 더 당신의 마음에 소중한 존재였다는 사실을 알고 있습니다.」 그 말로 무엇을 표현하려고 하는지도 잘 모르면서, 나는 마치 상대방을 비난이나 하듯 씁쓸한 표정을 지으며 말했다.

「당신은 그가 방금 전에 당신의 어머니와 입을 맞췄다고 했지요? 어머니를 포옹하던가요? 당신이 그것을 직접 보았나요?」 내 말에는 전혀 주의를 기울이지 않으면서 그녀는 연달아 질문을 던졌다.

「네, 보았습니다. 믿어지지 않겠지만, 그의 태도는 아주 진솔하고 너그러운 것이었어요!」 내 말을 듣고 그녀가 편안한 표정을 지었기 때문에 나는 말을 중단했다.

「그에게 축복을 내리시옵소서!」 성호를 긋더니 그녀가 말을 이었다. 「이제 그가 진정으로 해방된 거예요. 고인이 세상을 떠난 것과 동시에 그의 마음속에 다시 어떤 의무감과…… 그리고 삶에 대한 열정이 다시 솟아오를 거예요. 아, 그는 진정으로 너그러운 분이에요. 이제 그는 자신이 가장 사랑하는 당신 어머니의 마음을 편안하게 안정시켜 줄 거예요. 그러면서 자기 자신의 마음도 차차 평안을 찾게 되겠지요. 정말 다행스럽게도 이제 적당한 때가 온 거예요.」

「아버지는 당신에게도 소중한 사람인가요?」

「맞아요, 아주 소중한 사람이에요. 물론 그가 생각하는 방향이나, 또 당신이 묻는 의도와는 전혀 다른 각도에서지만 말이에요.」

「상황이 이렇게 됐으니, 이제 그를 위해서나 당신 자신을 위해서 새로운 것을 생각해 보아야 하지 않나요?」 무의식중에 내가 그런 질문을 던졌다.

「그 질문은 답하기가 매우 어렵군요. 그런 이야기는 이제 그만하지요.」

「그렇게 하지요. 하지만 저는 그런 생각은 전혀 해보지 않았습니다. 아니 어쩌면 제가 너무도 많은 사실에 대해서 모르는 것 같습니다. 하지만 당신의 말이 맞습니다. 이제부터는 모든 것을 새롭게 시작해야 합니다. 만약 이 일로 해서 거듭난 사람이 있다면, 아마 제가 첫번째 사람일 겁니다. 저는 당신을 상대로 어떤 야비한 생각을 했었습니다, 까쩨리나 니꼴라예브나. 바로 한 시간 전만 해도 저는 당신에게 아주 비열한 행동을 감행할 생각을 하고 있었습니다. 하지만 이처럼 지금 당신의 옆에 앉아 있으면서도 저는 조금도 양심의 가책을 받지 않습니다. 왜냐하면 그런 모든 야비한 기운은 자취도 없이 사라졌고, 이제 모든 것을 새롭게 시작하려 하기 때문이지요. 한 시간 전쯤에 당신을 상대로 비열한 계획을 꾸미던 그 사람을 이제 저는 완전히 잊었고, 더 이상 생각하고 싶지도 않습니다!」

「기운을 내세요.」 빙긋 웃으며 그녀가 말했다. 「왠지 당신은 무슨 꿈에 사로잡혀 있는 것 같아요.」

「제가 어떻게 당신 앞에서 자신을 심판할 수가 있겠어요?」 계속해서 나는 말을 이어 나갔다. 「당신이 신실한 사람인지 비열한 사람인지 이미 그것은 아무런 의미가 없어요. 그런 것과 상관없이 당신은 제게 마치 다다를 수 없는 태양과 같은 존재이니까요……. 말해 주세요. 이전에 그런 일이 있었는데, 당신은 어떻게 제가 있는 곳으로 올 생각을 했지요? 당신은 꼭 한 시간 전쯤에 무슨 일이 있었는지를 알아야 하는데. 그리고 내가 생각한 계획이 맞아떨어진 것에 대해서도 알아야 하는데.」

「아마 저는 그 모든 것에 대해서 다 알고 있을 거예요.」 부드러운 미소를 지으며 그녀가 말했다. 「지금 당신은 마음속으로 제게 복수하려는 생각을 가지고 있을 거예요. 어쩌면 저를 파멸시키겠다고 작정했을지도 모르고요. 하지만 누군가가 당신 앞에서 저에 대해 지저분한 말을 하면, 당신은 틀림없이 당장에 그를 죽여 버리거나 흠씬 때려 줄 태세를 취할 거예요.」

얼굴에 미소를 지으면서 그녀는 가볍게 농담을 했다. 하지만 그것은 남을 배려할 줄 아는 그녀의 따뜻한 성품에서 나온 것이었다. 왜냐하면 뒤에 알게 되었지만, 그 무렵 그녀의 마음은 커다란 난제와 진지하게 살펴보아야 할 걱정거리들로 가득 차 있었기 때문이다. 그래서 나와 한가하게 이야기를 할 형편이 못 되었고, 신경을 자극하는 내 질문에 일일이 대꾸해 줄 만한 여유가 없었다. 그래서 그녀는 어린애가 성가신 질문을 자꾸 할 때 하듯이 건성으로 답할 수도 있었지만, 전혀 그렇게 하지 않고 세심한 주의를 기울이면서 내 말을 들어 주었다. 나는 순간 내가 그녀에게 무의미한 짓을 하고 있음을 깨달았고, 그러자 부끄러운 생각이 들었다. 하지만 이제 와서 말을 그만둘 수도 없는 형편이었다.

「아닙니다.」 자신을 억제하지 못하고 내가 큰소리로 말했다. 「그렇지 않습니다. 사실 저는 당신에게 해를 미칠 일을 꾸미는 사람을 없애려고 하기보다는 오히려 부추기기까지 했습니다!」

「아, 부탁이니 이제 그만 하세요. 이제는 더 이상 아무 말도 하지 마세요.」 나를 제지하려고 그녀는 손을 내저었다. 그녀의 얼굴에는 괴로운 빛까지 떠올라 있었다. 하지만 나는 이미 의자에서 벌떡 일어나, 생각하고 있는 모든 것을 털어놓으려고 그녀 앞에서 있었다. 만일 그때 모든 사정을 털어놓았더라면 나중에 일어난 일은 애초에 생기지도 않았을 것이다. 왜냐하면 틀림없이 내가 그녀에게 모든 것을 고백하고, 그 서류를 그녀에게 돌려주는 것으로 일을 완전히 매듭지었을 것이기 때문이다. 바로 그때 갑자기 그녀가 웃으며 말을 꺼냈다.

「이제 더 이상 말할 필요가 없어요. 자세한 내용은 들어 볼 필요 없어요! 당신이 마음속으로 계획하고 있던 범죄에 대해서는 저도 이미 다 알고 있어요. 저랑 내기를 해도 좋아요! 이를테면 당신은 저하고 결혼한다든가 아니면 그와 유사한 생각을 가지고, 당신의 학교 친구인가 하는 사람과 상의를 했지요……. 아마 제 말이 적중한 모양이군요!」 자못 진지한 표정으로 그녀는 나를 뚫어지게 바라보았다.

「어떻게…… 어떻게 그것을 알 수 있었지요?」 그녀의 말에 심한 충격을 받아 나는 말을 더듬었다.

「다시는 그런 말을 하지 마세요! 하지만 이젠 됐어요! 제가 다 용서해 드릴 테니 이제 그 얘기는 그만 하세요.」 더 이상 참지 못하겠다는 듯한 표정을 지으며, 그녀가 완곡하게 말했다. 「저는 허황된 생각을 아주 많이 하는 사람이에요. 제가 더 이상 자제할 수 없게 되었을 때, 제가 환상 속에서 어떤 생각에 의지하게 될지를 당신이 알고 있었으면 해요! 이제 그만 하지요. 당신은 자꾸 제 얘기를 흔들어 놓고 있어요. 저는 따찌야나 빠블로브나가 가버려서 참 기뻐요. 당신을 꼭 만나고 싶었지만, 어쩐지 저는 그분이 있으면 지금 우리가 나누는 얘기 같은 것을 도저히 꺼낼 수가 없어요. 지난번 그 일에 대해서는 제가 당신에게 죄를 진 것 같아요. 안 그래요? 그렇지요?」

「당신이 제게 죄를 지었다고요? 하지만 저는 그때 당신에 관한 비밀을 〈그에게〉 모두 다 말해 버렸잖아요. 저를 신뢰할 수 없는 철부지라고 생각하셨겠지요! 그 일이 있고 나서 거의 매일, 아니 1분도 쉬지 않고 저는 그것만 생각하면서 가슴이 시릴 정도로 고통을 느꼈습니다(내 말에는 어떤 거짓도 들어 있지 않았다).」

「당신은 공연히 자신을 괴롭혔어요. 그때의 정황이 어땠을지에 대해서 저는 그때 바로 알았어요. 그때 당신은 벅찬 감정에 사로잡혀서 제게 한눈에 반했느니, 제가…… 말하자면, 제가 당신의 말을 귀담아들었다느니 하는 말을 거의 도취된 상태에서 말했을 거예요. 이제 나이가 겨우 스무 살이니 그럴 수 있지요. 게다가 당신은 이 세상에서 그 사람을 가장 좋아하잖아요. 당신은 그 사람에게서 진정한 친구를, 고귀한 이상을 찾으려고 하지요? 물론 저도 그 사실을 잘 알고 있었지만, 이미 때를 놓쳤어요. 그래요, 저 자신도 그때 분명히 잘못을 했어요. 그때 바로 당신을 불러서 당신의 마음을 진정시켰어야 했는데, 왠지 그렇게 하고 싶은 기분이 들지 않았어요. 그래서 당신의 방문을 승낙하지 않았던 거예요. 그래서 그날 현관에서 그런 일이 벌어졌고, 급기야 그날 밤에 당신이 그런 일을 겪게 된 거예요. 사실은 저도 그동안 당신과 조용히 만나 얘기를 나누려고 했지만, 어떻게 해야 좋을지 몰라 미적거리고 있었어요. 그런데 혹시 제가 가장 두려워했던 것이 무엇이었는지 알겠어요? 저는 만에 하나라도 그 사람이 저에 대해서 중상하는 말을 당신이 그대로 믿지나 않을까 하는 걱정을 하고 있었어요.」

「그런 일은 절대로 있을 수 없습니다!」 나는 강한 어조로 단정해 버렸다.

「당신과의 만남은 제 가슴속에서 소중한 의미로 자리잡고 있어요. 당신의 그 신선한 생각이 제게 얼마나 귀한 의미를 갖는지 몰라요. 그리고 당신의 고지식하고 극단적인 성향까지도 제게는 아주 소중한 추억으로 이해되고 있을 정도예요……. 왜냐하면 저 역시 지나칠 정도로 진지한 성격을 가지고 있기 때문이에요. 저 역시 모든 현대 여성들 중에서도 가장 고지식하고 가장 음울한 성격을 지닌 사람 중의 하나라는 것을 알아 주세요, 호호호! 아직도 당신과 얘기해야 할 것이 많이 남아 있지만, 지금 저는 약간 기분이 좋지 않고 무엇보다도 흥분해 있어요. 그리고…… 어쩌면 히스테리인지도 모르지만, 이제 드디어 〈그도〉 제가 나름대로의 삶을 즐길 수 있도록 허락해 줄 거예요!」

이 마지막 말은 거의 무의식중에 그녀의 입에서 튀어나온 것이었다. 나는 그것의 의미를 알았지만 그것을 문제삼으려고 하진 않았다. 하지만 나는 온몸에 전율을 느끼기 시작했다.

「그는 제가 그를 용서했다는 사실을 알고 있어요!」 마치 자연스럽게 나오는 말처럼 그녀가 다시 말을 꺼냈다.

「당신에게 그런 편지를 쓴 사람을 당신은 정말로 용서할 수 있었습니까? 그리고 당신이 마음속으로 용서했다는 사실을 그 사람이 어떻게 알 수 있었지요?」 나는 더 이상 참을 수 없어 큰소리로 되물었다.

「어떻게 그가 그 사실을 알고 있느냐고요? 음, 그는 알고 있어요.」 그녀는 말꼬리를 흐렸다. 그러더니 마치 내가 곁에 있다는 사실을 잊어버리기라도 한 듯 혼자서 나직이 말을 이어 나갔다. 「그는 이제 완전히 제정신을 차렸어요. 그는 제 마음속에 가지고 있는 생각의 흐름을 속속들이 다 꿰고 있으니, 제가 그를 용서한 사실을 모를 리 없지 않겠어요? 또 그도 제가 그 자신과 같은 부류의 사람이라는 것을 잘 알고 있으니까요.」

「당신이 말이에요?」

「네, 그래요. 그리고 그는 그러한 특성을 잘 알고 있어요. 사실 저는 정열적이라기보다는 아주 냉정한 여자예요. 그렇지만 저도 그와 마찬가지로, 모든 사람이 선한 품성을 가지기를 희망해요……. 아마도 그가 저를 사랑한 데는 반드시 어떤 의미 있는 이유가 있을 거예요.」

「그렇다면 왜 그 사람은 당신을 사악함의 화신이라고 말했을까요?」

「어쩌면 그는 마음속에 또 다른 의도를 담아 두고 있기 때문에 그렇게 말했을 거예요. 게다가 그가 쓴 편지는 아주 어처구니없기까지 하지 않던가요?」

「어처구니가 없다고요?」 (그녀의 말을 열중해 듣다가 나는 혹시 그녀가 히스테리를 부리고 있는 것이 아닌가 미심쩍은 생각이 들었다……. 그리고 그녀가 자신의 마음속에 있는 여러 가지 생각을 말한 것도, 사실은 나에게 한 말이 아니었는지도 모른다. 나는 궁금함을 참지 못해 보다 자세히 캐물었다.)

「아, 그래요, 저는 참 우스꽝스러워요. 만일…… 만일 제가 두려움을 느끼지 않았더라면, 아마 한참 웃었을 거예요. 하지만 제가 겁쟁이라는 말은 아니에요. 그렇게 생각하지 마세요. 그러나 그 편지를 받던 날 밤 저는 잠들 수가 없었어요. 그 편지는 마치 어떤 병적인 열정을 가지고 씌어진 것이었기 때문이지요……. 그리고 그런 편지를 보냈으면 사생결단하겠다는 얘기가 아니겠어요? 저는 삶을 사랑해요. 그래서 저는 저 자신의 목숨이 아주 걱정됐어요. 바로 그 점에서 저는 아주 소심한 편이에요……. 저, 부탁인데요!」 말을 하다 말고 갑자기 그녀가 요청을 했다. 「어서 그에게 가주세요! 그는 지금 혼자 있어요. 계속해서 그곳에 있을 수 없을 테니, 아마 혼자 어디론가 가버렸을 거예요. 빨리 가서 그를 찾아 주세요. 빨리 찾아야 해요. 그에게로 달려가서, 당신이 바로 그를 사랑하는 아들이라는 것을 증명해 주세요, 네, 부탁이에요. 그런데 제가 바로 그 청년을…… 아, 하느님이 당신을 축복해 주시기를 저는 진심으로 빌어요! 저는 아무도 사랑하지 않아요. 그래요, 그렇게 하는 것이 마음 편해요. 하지만 저는 모든 사람의 행복을 기원해요. 모든 사람의, 그리고 누구보다도 먼저 그의 행복을 말이에요. 그런 제 속마음을 그가 알아주기를 바래요……. 지금 이 순간에라도 그렇게만 된다면, 제 마음은 한없이 아늑해질 거예요…….」

말을 마치고 일어서더니 그녀는 방 뒤편으로 자취를 감췄다. 그 직전에 그녀의 얼굴에는 한순간 눈물이 흐르고 있었다(바로 웃음 뒤에 오는 히스테리였다). 그 자리에 혼자 남아 있을 때, 나는 마음이 너무도 복잡하였다. 그녀가 그처럼 흥분한 이유를 나는 전혀 이해할 수 없었다. 그녀가 그런 행동을 하리라고는 상상도 못했기 때문이다. 무엇인가가 내 가슴을 무겁게 짓누르는 것을 느꼈다.

기다린 지가 어느새 5분이 되었고, 이윽고 10분이 지나갔다. 깊은 고요가 나를 불안하게 했다. 나는 더 이상 기다리지 못하고 문 밖으로 머리를 내밀고 그녀를 불렀다. 내가 부르는 소리를 듣고 마리야가 다가오더니, 아주 침착한 목소리로 부인께서는 이미 오래 전에 외투를 입고 뒷문으로 나가셨다고 말해 주었다.

제7장

1

도대체 이게 어떻게 된 거지. 외투를 집어 든 다음 나는 걸어가면서 그것을 어깨에 걸치고 밖으로 달려나갔다. 나는 마음속으로 이런 생각을 했다. 〈그녀는 나더러 그에게 가라고 말했지만, 대체 어디로 가야 그를 만날 수 있을까?〉

하지만 그런 생각과는 별개로, 하나의 충격적인 의문이 계속해서 떠올랐다. 〈적당한 때가 되었으니 이제 그 사람이 자기를 그대로 놔둘 것이라는 그녀의 말은 도대체 무슨 의미일까? 물론 이제 아버지가 어머니와 결혼하기 때문이겠지. 그렇다면 그녀는 앞으로 어떤 태도를 취하겠다는 말인가? 그녀는 진정으로 아버지가 어머니와 결혼하는 것을 기뻐하고 있는 것일까, 아니면 반대로 그 일로 인해 불행하게 된 것일까? 혹시 그녀가 히스테리를 일으킨 것도 그 이유 때문이 아닐까? 이렇게 중대한 사안을 놓고 왜 나는 그것을 해결할 만한 아무런 방책도 세울 수 없는 걸까?〉

그 순간 머리에 떠올랐던 이 두 번째 생각을 내 기억 속에 계속 남겨 두려고 자세히 기록한다. 그것은 아주 중요한 의미를 띠고 있다. 그날 밤은 그야말로 내 삶에서 숙명적인 밤이었다. 내가 어울리지 않게 숙명을 믿게 된 것도 어쩌면 그 때문인지도 모른다. 내가 어머니의 집을 향해서 아직 1백 보도 채 걸어가기 전에 갑자기, 내가 찾고 있는 사람이 바로 내 앞에 나타나서 어깨를 붙잡아

걸음을 멈추게 했다.

「어, 바로 너였구나!」 기쁨과 놀라움이 동시에 담겨 있는 목소리로 그가 말했다. 「놀랐지, 지금 네 하숙집에 다녀오는 길이다.」 그는 빠른 어조로 말하기 시작하였다. 「나는 사방을 헤매며 너를 찾고 있었다. 왜냐하면 너는 이 세상에서 지금 내게 필요한 유일한 사람이기 때문이지! 하숙집 주인인 그 관리라는 사람이 내게 되는 대로 막말을 꾸미며 늘어붙으려는 눈치였지만, 네가 없기에 그대로 나와 버렸다. 서둘러 나오느라고 네가 돌아오면 내게 속히 와달라는 부탁도 잊고 나와 버렸어. 하지만 괜찮다고 생각했지. 내 마음속엔 흔들리지 않는 하나의 확신이 있었거든. 지금 내게 무엇보다도 네가 절실히 필요하니 아마도 운명이 너를 내게 보내지 않을 수 없으리라고 말이다. 그런데 바로 지금 너를 이렇게 만나지 않았니! 내 집으로 가자. 너는 아직 한 번도 내 집에 온 일이 없지…….」

한마디로 말해 우리는 서로를 찾고 있었던 것이다. 그리고 우리 두 사람의 주변에 유사한 상황이 벌어진 것이다. 우리는 아주 빠른 속도로 걷기 시작했다.

내 손을 잡고 길을 걸어가면서 그는, 어머니와 따찌야나 빠블로브나는 그대로 두고 왔다는 등등의 몇 가지 이야기를 간단히 하였다. 그의 집은 멀지 않은 곳에 있었기 때문에 우리는 곧 도착하였다. 사실 나는 아직 한 번도 그의 집에 가본 일이 없었다. 그것은 방이 셋 딸린 조그마한 집인데, 그 〈갓난아이〉만을 위하여 그가 세를 낸(정확히 말한다면 따찌야나 빠블로브나가 빌린) 집이었다. 그 집은 이전부터 죽 따찌야나 빠블로브나가 관리했고, 거기에 유모와 아기가 살고 있었다(그리고 지금은 나스따시야 예고로브나도 살고 있다). 그곳에는 베르실로프를 위해 방 하나가 마련되어 있었다. 그 방은 집에 들어가자마자 있는데 꽤 넓은 편이었고, 제법 그럴듯한 가구들이 있었으며, 독서와 집필을 하기에 적당한 서재 같은 분위기를 풍기고 있었다. 사실 탁자 위와 책장과 서가 위에는 많은 책들이 놓여 있었다(어머니의 집에는 그런 것이 전혀 갖춰져 있지 않았다). 또한 무엇인가 가득히 쓴 서류와 편지 묶음이 몇 개 있는 것으로 미루어 보아 분명히 이미 오랫동안 사람이 살고 있는 방으로 보였다. 그리고 베르실로프가 전에도 (아주 드문 일이기는 했지만) 이따금, 마치 이 집으로 이사하기라도 한 것처럼 몇 주일씩 거기에 머무른 적도 있다는 것을 나는 알고 있었다. 그 방에서 제일 먼저 내 관심을 끌었던 것은 제법 괜찮아 보이는 조각이 붙어 있는 나무 액자에 넣어져 책상 뒤편에 걸려 있는 어머니의 초상 사진이었다. 그것은 외국에서 찍은 것으로, 아주 큰 사이즈로 미루어 보아 꽤 값이 나갈 것처럼 보였다. 그런 어머니의 초상 사진이 있었다는 사실을 나는 전혀 모르고 있었고, 누구에게도 들어 본 적이 없었다. 그러나 무엇보다도 내게 충격을 준 것은, 그 사진에는 실물과 어떤 정신적 유대감이라도 있는 듯 아주 흡사한 분위기가 담겨 있었다는 사실이다. 단정적으로 말한다면 그것은 기계적 작동으로 복사한 것이 아니라 화가가 직접 실물을 놓고 그린 진짜 초상화처럼 보였다. 방에 들어서자마자 나는 거의 무의식적으로 그 사진 앞에 멈추어 섰다.

「그렇게 보이지? 너도 그렇게 느껴지지?」 갑자기 내 뒤에서 베르실로프가 되풀이해서 물었다.

이를테면 그 말은 〈그렇지, 참 닮았지?〉 하는 것이었다. 그를 돌아보며 나는 그의 얼굴 표정에 매우 놀랐다. 그의 얼굴은 다소 창백했지만 시선에는 불타는 듯한 긴장감이 스며 있었고, 행복과 열정의 빛이 자리하고 있었다. 지금까지 나는 그가 그런 표정을 지은 것을 전혀 본 적이 없었다.

「당신이 어머니를 그토록 사랑하고 있다는 것을 저는 몰랐습니다!」 벅찬 희열을 느끼면서 내가 불쑥 말했다.

그는 아주 환한 미소를 지었다. 그 미소 속에는 독특한 기운이 담겨 있었다. 그것은 순교자적인 고뇌라기보다는 뭔가 인도주의적이며 아주 심원한…… 한마디로 뭐라 잘 표현할 수 없는 그런 것이 엿보였다. 하지만 깊은 교양이 있는 사람은 자신의 감정을 있는 그대로 표현하는 것을 쑥스럽게 여기는 모양이다. 내 말에는 아무런 대꾸도 하지 않은 채 두 손으로 초상 사진을 고리에서 떼더니, 그는 그것을 얼굴로 가져가 입을 맞추고는 다시 가만히 벽에 걸었다.

「사진이.」 그가 말했다. 「실물을 닮는다는 것은 극히 드문 일이지. 마치 우리의 겉모습이 자신의 내면적인 모습과 닮는 것이 아주 힘든 것처럼 말이다. 사람의 얼굴이 자신의 특징, 자신의 가장 개성적인 내면을 드러내는 것은 참으로 드문, 그런 순간적인 일이야. 그래서 화가는 사람의 얼굴을 연구하여 그 얼굴의 주요한 특징을 만드는 내적 특성이 무엇인지를 알아내는 거야. 설사 그가 그리고 있는 순간에 그런 특성이 나타나 있지 않아도 별로 문제가 되지 않아. 하지만 사진은 겉에 드러나는 그대로의 모습을 모사하는 것이기 때문에 때로는 나폴레옹이 멍청한 얼굴을 할 때도 있고, 비스마르크와 같은 사람이 정적인 사람으로 나타나는 일이 더러 있지. 하지만 가만히 보면 이 사진에서는 마치 햇빛이 일부러 그렇게 한 것처럼 소냐의 내면적 특성이 그대로 드러나는 바로 그 순간을 비춰 주고 있다. 얼마쯤은 수줍은 듯하면서도 정숙한 분위기를 담고 있고, 동시에 뭔가 야성적인 성향이 엿보이기도 하며, 또 한편으로는 고요한 순결함이 엿보이는 바로 그 순간을 잡아낸 것이지. 내가 자기의 실물 사진을 가지고 싶어한다는 것을 깨닫고는 그녀가 얼마나 행복한 표정을 지었는지 아니! 이 사진이 그렇게 오래된 것은 아니지만, 그때 그녀의 모습은 아주 신선하고 참으로 아름다웠다. 물론 그때도 지금처럼 볼이 움푹 들어갔고 이마에는 잔주름이 보였으며 수줍어하는 표정을 가지고 있었지. 그러더니 지금은 해가 갈수록 그런 자태가 더욱더 눈에 띄어 간다. 잘 안 믿어질지 모르겠지만, 나는 이제 그녀의 다른 얼굴은 거의 상상할 수도 없어. 하지만 그녀에게도 언젠가 아주 젊고 눈부시게 아름다웠던 때가 있었지! 러시아 여성은 용모가 아주 빨리 상해 버리고 말아. 그들의 아름다움은 아주 순간적으로 번뜩일 뿐이야. 하지만 사실 그것은 인종적인 체질의 특성 때문만이 아니라, 그들이야말로 헌신적인 사랑을 할 수 있는 사람들이기 때문이지. 러시아 여성은 한번 사랑하게 되면 모든 것을 한꺼번에 주어 버리는 특성을 가지고 있어. 사랑하는 바로 그 시간도 자신의 운명도 현재도 그리고 미래도 그들은 아낄 줄 모르고, 나중을 위해 미뤄 두는 법도 없어. 그래서 그들의 아름다움은 사랑하는 사람의 내면으로 순식간에 옮겨가 버리는 거야. 이 움푹 패인 뺨도 역시 내가 그 사랑을 만끽하는 동안 내 내면으로 흡수되어 버린 아름답던 그녀의 자태가 남긴 흔적이지. 너는 내가 네 어머니를 진심으로 사랑했다는 것을 알고 좋아하는구나. 아마 너는 내가 그녀를 사랑했다는 것을 전혀 믿으려고도 하지 않았겠지? 아니다. 나는 그녀를 진심으로 사랑했다. 하지만 이런 저런 고생밖에는 그녀에게 준 것이 아무것도 없었지……. 자, 여기 또 다른 사진이 하나 있다, 이것을 좀 봐라!」

탁자에서 사진을 하나 집더니 그가 내게 보여 주었다. 그것도 역시 가느다란 타원형으로 된 나무 액자에 들어 있었고, 앞의 것과는 비교할 수도 없이 조그마한 사진이었다. 그것은 폐병 환자처럼 야위었지만, 지극히 아름다운 아가씨의 얼굴이었다. 생각에 잠겨 있는 듯하면서도 동시에 이상스러울 정도로 내면적 특성이 엿보이지 않는 얼굴이었다. 몇 세대 동안 내려오며 소중하게 지키고 가꿔 온 전통적 특성이 스며 있으면서도 아주 깊숙한 열정을 담고 있는 얼굴이었다. 거기에는 자신이 감당하지 못할, 어떤 지워 버릴 수 없는 상념에 완전히 사로잡혀, 그 때문에 괴로워하는 사람의 얼굴이 들어 있었다.

「이건…… 이건 바로 당신이 그곳에서 결혼하려고 했던, 그리고 폐병으로 죽은…… 그녀의 의붓딸이지요?」 나는 다소 조심스러운 어조로 물었다.

「맞다, 내가 결혼하려고 했던, 폐병으로 죽은 그녀의 의붓딸이다. 네가 이 사실을 안다는 것을 나도 알고는 있었다……. 그 모든 소문을 들었겠지. 물론 소문 이외에는 아무것도 알 수 없었을 게다. 그 사진을 봐라. 그건 가엾은 정신병자이지 그 이상 아무것도 아니야.」

「완전히 정신병자였나요?」

「그렇지 않으면 백치겠지. 그러나 나는 정신병자였다고 생각한다. 그녀에게는 세르게이 뻬뜨로비치 공작이 잉태시킨 아이 하나가 있었다(그것은 정신 이상 때문이지 애정 때문은 아니었다. 이것은 세르게이 뻬뜨로비치 공작이 저지른 가장 비열한 행위 중의 하나이다). 그 아이는 여기, 저쪽 방에 있지. 진작부터 나는 그 아이를 네게 보여 주려고 했어. 세르게이 뻬뜨로비치 공작은 감히 여기에 와서 그 아이를 보려는 엄두를 내지 못했다. 아직 외국에 있었을 때 서로 그렇게 하기로 약속했기 때문이지. 나는 네 어머니에게 허락을 구한 다음 그 아이를 받아들이기로 했어. 그 다음에 다시 네 어머니의 허락을 받고 나는 그…… 불행한 운명의 아가씨와 결혼할 생각을 했었지…….」

「그런 허락이 과연 있을 수나 있나요?」 나는 잔뜩 흥분한 목소리로 물었다.

「물론이지! 그 사람은 진정으로 허락한 거야. 아마 상대가 온전한 여자였다면 질투심이 발동했을 수도 있었겠지만 그 아가씨는 여자라고 할 수 없는 상태였으니까 말이다.」

「아니지요. 어머니를 제외한 다른 사람들에게만 여자가 아니지요! 저는 어머니가 전혀 질투심을 갖지 않았다고는 생각하지 않아요!」 큰소리로 내가 단정했다.

「네 말이 옳다. 하지만 내가 그것을 알아챈 것은 이미 모든 일이 끝났을 때, 즉 그 사람이 허락을 하고 난 뒤였다. 이제 그 이야기는 그만두자. 리지야가 죽었기 때문에 그 일이 성사되진 않았지만, 아마 살아 있었다고 해도 역시 이루어지지 않았을 거야. 아무튼 그 다음에 그런 일이 있었고, 나는 아직도 네 어머니를 아이에게 오지 못하게 하고 있지. 이런 이야기는 다 지나간 일들의 단편적인 사실일 뿐이야. 사실은 벌써 오래 전부터 나는 네가 이리로 오기를 기다리고 있었다. 이미 오랫동안 나는 우리가 여기서 만나는 것을 상상해 보았어. 그게 얼마나 오래됐는지 짐작하겠니? 그런 공상을 한 지가 벌써 2년이 되었다.」

그는 정열이 끓어 넘치는 진지한 시선으로 나를 쳐다보았다. 나는 그의 손을 꽉 잡으며 말했다.

「그런데 무엇 때문에 주저했지요? 왜 진작 부르지 않았어요? 그동안 어떤 일이 있었는지 만일 당신이 아신다면…… 미리 한마디만 해주셨더라면, 그런 일은 전혀 없었을 텐데……!」

바로 그 순간 사모바르가 들어오더니, 이윽고 뜻밖에도 나스따시야 예고로브나가 잠든 아이를 안고 들어왔다.

「아기를 좀 보아라.」 베르실로프가 말했다. 「나는 이 아기가 좋아. 그래서 너도 좀 보라고, 일부러 지금 데려오라고 했다. 그러면 나스따시야 예고로브나, 다시 저리로 데려가세요. 사모바르에 가까이 다가앉아라. 나는 항상 너하고 영원히 헤어지지 않고 저녁마다 늘 이런 이야기를 나누면서 사는 것을 꿈꿔 왔다. 자, 네 얼굴을 잘 볼 수 있도록 이쪽을 보고 앉아라. 나는 마음속으로 얼마나 너를 아끼는지 모른다. 그리고 네 얼굴을 바라보고 있는 것이 얼마나 마음 편한지 모른다! 네가 모스끄바에서 오는 것을 기다리고 있을 때, 내가 얼마나 진한 그리움을 가지고 네 얼굴을 상상했는지 모른다! 그러면 너는 왜 진작에 너를 데리러 사람을 보내지 않았느냐고 묻겠지. 조금만 기다리고 있어라. 그러면 너도 곧 그 이유를 알게 될 테니 말이야.」

「그러면 그 노인의 죽음이 이제 당신의 마음을 펼쳐 보일 수 있게 했단 말인가요? 그 대목은 잘 이해가 되지 않습니다…….」

나는 입으로는 그렇게 말하였지만, 애정이 가득 찬 눈으로 그를 쳐다보았다. 우리는 대화를 하면서 아주 진한 우정을 지닌 친구라는 공감을 느꼈다. 오늘 그가 나를 이리로 끌고 온 것은 내게 자신의 내면에 담고 있는 생각을 해명하고 설명하고 변명하기 위한 것이었다. 하지만 그가 말을 꺼내기도 전에 이미 모든 것이 내게 설명되었고 해명되었다. 지금 그가 어떤 이야기를 하든 그의 목적은 이미 달성된 것이다. 그리고 우리는 둘 다 그런 정황을 깨닫고 있었기 때문에 서로 편안한 분위기를 느꼈으며 만족한 눈빛으로 서로를 바라보았다.

「그 노인의 죽음 때문은 아니다.」 나를 가만히 쳐다보면서 그가 대답했다. 「그것 때문만은 아니야. 또 다른 어떤 것이 아주 우연히 그것과 같은 점에서 수렴되었기 때문이다……. 신이여, 이 순간과 두 사람의 삶에 영원히 축복을 내리소서! 자, 그것에 대해 이야기해 보자. 그런데 자꾸 주의가 산만해져서 내 이야기가 빗나가는구나. 어떤 이야기를 하려고 하는데, 그것이 수없이 많은 지엽적인 줄기로 빠져 들어. 가슴이 벅차오르는 기쁨을 느끼게 되면 나는 항상 그렇게 되어 버려……. 하지만 한번 이야기해 보자. 이제 적당한 때가 왔으니 말이다. 오래 전부터 나는 너에게 푹 빠져 버렸다, 알겠니…….」

안락의자에 기대어 앉아 그는 다시 한번 내 얼굴을 찬찬히 바라보았다.

「참 이상한 기분이에요! 그런 말씀을 들으니 쑥스럽기도 하고요!」 깊은 만족감을 느끼면서 내가 되풀이했다.

지금도 선명히 기억하고 있지만, 내 말을 듣고 나서 갑자기 그의 얼굴에 애수와 냉소가 뒤섞인 듯한, 너무도 눈에 익은 그런 표정이 나타났다. 그런 다음 그는 얼굴색을 바꾸고 다소 긴장한 어조로 이야기를 시작했다.

2

「하지만 아르까지, 내가 너를 좀 더 빨리 불렀다고 해서 내가 무슨 할 말이 있었겠니? 내가 네게 해줄 말은 모두 다 이 물음 속에 들어 있다.」

「이를테면 당신은 이렇게 말하려고 하는 거지요. 당신은 지금 제 어머니의 남편이고, 아버지임에 분명하지만, 그때는…… 그때 처해 있던 사회적 입장에 관해서 어떻게 설명해야 좋을지 모르셨다는 말씀이지요? 그렇지요?」

「그 밖에도 네게 어떻게 말해야 좋을지 몰랐던 것이 많이 있다. 그야말로 말하지 못할 일이 많았지. 어떤 것은 지나치게 꾸민 것이어서 아주 우스꽝스럽고 얼굴이 뜨거워지는 때도 많이 있었고. 한마디로 광대 놀이와 같은 것이지. 나도 내 자신의 특성에 대해 본질적으로 이해한 것이 겨우 오늘 오후 다섯 시, 바로 마까르 이바노비치가 죽기 두 시간 전이었다. 그러니 우리가 서로를 깊이 이해한다는 것은 무리였지. 너는 불쾌하고 미심쩍은 듯한 눈초리로 나를 보고 있구나? 하지만 우려할 필요 없다, 나는 사실을 말하고 있으니 말이야. 지금 내가 말한 것은 진심에서 한 말이다. 의혹의 안개 속에서 일평생 방랑하다가, 어느 날 오후 다섯 시에 갑자기 새로운 인식을 경험하게 되었으니 나로서도 참으로 어처구니없게 느껴지는구나. 그런 심정을 이해할 수 있겠니? 이런 상황이 얼마 전에 닥쳐왔더라면 나는 감당할 수 없이 혼란 속에 빠져 들었을 게다.」

사실 나는 나 자신의 병적인 회의 때문에 반신반의하는 표정으로 그의 이야기를 듣고 있었다. 말을 시작하자 그의 표현 방식에는 다시 내가 그날 밤만이라도 보고 싶지 않았던 이전의 그 베르실로프 식의 성격이 강하게 표면에 나타났다. 갑자기 나는 큰소리로 물었다.

「아, 이제 알겠습니다! 당신은 그녀에게서 뭔가를 받으셨군요……. 오늘 오후 다섯 시에?」

아무 말 없이 그는 찬찬히 내 얼굴을 살펴보았다. 분명히 그는 내 외침소리에, 아니 어쩌면 〈그녀에게서〉라는 내 말에 상당히 놀란 것 같았다.

「너는 모르는 게 없구나.」 어쭙잖은 미소를 지으면서 그가 말하였다. 「나는 물론 알릴 필요가 있는 일에 대해서는 네게 감추지 않는다. 또한 그렇게 하려고 너를 이리로 데려온 것이고. 하지만 그 이야기는 뒤로 미루기로 하자. 내 오랜 경험에 비추어 보면, 우리 주변에는 아직 어린 시절부터 자기 가족에 대해서 깊숙이 생각해 보고, 아버지나 주위 사람들이 보여 주는 비도덕적인 행동에 대하여 적개심을 품고 사는 아이들을 흔히 볼 수 있다. 나도 학교에 다닐 때 그런 고민에 빠져 있는 아이들을 알아챌 수가 있었다. 그리고 그때 생각하기를 그것은 그들이 너무 조숙했기 때문이라고 결론을 내렸다. 내가 그런 생각을 한 것도 사실은 나 자신이 그런 아이들 중의 하나였기 때문이지. 하지만…… 미안하다, 왜 그런지 자꾸 생각이 산만하게 흐트러진다. 내가 말하고 싶은 것은 요즈음 들어 이곳에 와서 항상 네 일만 걱정했다는 거야. 나는 항상 너를 아직 어리기는 하지만, 자신의 재능을 자각하고 내면을 키워 가는 고독한 아이들 중의 하나라고 상상했었다. 너처럼 나 역시 아직 한 번도 누군가를 진정으로 사랑해 본 경험이 없었다. 자신의 능력과 창조적 상상력만을 믿고, 아주 조숙한 사고로 어떤 복수를 꿈꾸듯이 고상함을 열정적으로 갈망하는 사람, 바로 이 〈복수심에 의한〉 갈망을 가진 사람은 참으로 불행한 인간이다.

하지만 이런 얘기는 그만 해두자. 이야기가 또 빗나갔구나……. 나는 너를 사랑하게 되기 오래 전부터, 너와 네가 지향하고 있는 고독하고 야성적인 여러 가지 꿈에 대해서 상상하곤 했다……. 그만 해두자. 내가 처음에 무슨 이야기를 꺼내고 싶었는지도 잊어버리고 말았구나. 하지만 어쨌든 이것도 이야기해야겠기에 한 것이다. 전에는, 이렇게 되기 전에는 내가 네게 무슨 이야기를 할 수 있었겠니? 그러나 지금 나는 네 서늘한 시선이 나를 향하고 있다는 것을 느끼며, 또한 나를 보고 있는 것이 바로 내 아들이라는 것을 분명히 알게 되었다. 그러나 불과 어제까지만 해도, 내가 내 아들과 이렇게 앉아서 이야기를 나눌 수 있는 때가 오리라고는 생각할 수도 없었다.」

그는 아주 담담한 듯했지만, 한편으로는 아주 진한 감동을 느낀 모습이었다.

「저는 이제 공상이나 몽상에 빠지는 일이 없을 겁니다. 지금 제게 필요한 것은 오직 당신뿐입니다! 저는 당신이 나아가는 길을 뒤따르겠습니다!」 나는 가슴에서 우러나오는 감동으로 그에게 말했다.

「내 뒤를? 하지만 내 방랑 생활은 지금 막 끝났어. 바로 오늘, 오늘 모든 것이 끝나 버렸어. 네가 좀 늦은 것 같구나. 오늘이 바로 내 방랑의 대단원을 내리는 날이고 모든 것이 마무리되는 날이지. 마지막 대단원을 내리는 과정이 참으로 오래 계속되었다. 그런 기운이 감돌기 시작했던 것은 아주 오랜 전이다. 내가 마지막으로 외국을 떠돌기 위해 여행을 갔을 때였지. 나는 그때 모든 것을 버리기로 작정했었다. 사실, 그때 나는 네 어머니와도 헤어지기로 마음을 먹었고, 내 입으로 직접 그것을 분명히 그녀에게 말했어. 너는 그 점을 이해해야 하는데, 그때 나는 영원히 이곳을 떠나기로 했고, 그 누구도 다시는 나를 보지 못하리라고 말했단 말이야. 그때 내가 가장 잘못한 것은 네 어머니에게 돈을 남겨 두고 가는 것조차 잊었던 일이다. 너에 대해서도 전혀 생각하지 않았었지. 나는 계속 유럽에 머물면서 다시는 고국으로 돌아오지 않을 결심으로 떠났었다. 말하자면 망명할 생각이었지.」

「게르쩬[93]에게 간다는 말이었군요? 이를테면 해외에서 벌어지는 사상 운동에 참여하기 위해서였군요? 당신은 평생 동안 어떤 비밀스런 활동에 가담하고 있었지요?」 그의 말을 끊으며 내가 큰 소리로 물었다.

「아니, 나는 그 어떤 비밀스런 운동에도 가담한 일은 없었다. 음, 너는 이제 의심하는 눈초리구나. 나는 너의 그 소리지르듯 캐묻는 태도가 좋아. 하지만 아니다. 나는 다만 가슴이 답답해져서 뛰어나갔던 거야. 갑자기 우울증에 걸려서 말이야. 이를테면 러시아 귀족의 우수라고나 할까? 사실 그 이상은 더 잘 표현할 수가 없구나. 귀족적 우수, 글쎄 그 이상의 것은 아니었지.」

「이를테면 농노 해방을 경험한 그런 귀족 계급의?」 거의 숨을 헐떡거리면서 나는 중얼거렸다.

「농노를 거느렸던 귀족 계급이라고? 너는 내가 농노 제도에 대한 향수를 가지고 있었다고 생각하니? 내가 민중의 해방을 받아들일 수가 없었다고 생각하니? 아니, 전혀 맞지 않는 이야기다. 바로 우리가 그러한 해방을 추진했으니까 말이다. 특별히 어떤 불만이 있어서 망명한 것은 아니었다. 그 직전까지 나는 농지 조정 위원이었고, 혼신의 힘을 다하여 사심 없이 일을 했다. 외국으로 떠난 것이 자신의 자유주의적 활동에 대한 보상이 적었기 때문도 아니었지. 그 당시에 우리는 어떤 보수도 전혀 받지 않고 일을 했어. 물론 나 같은 인간의 경우지만 말이야. 어떤 후회를 하기보다는 오히려 자랑스러운 마음으로 나는 외국으로 떠났다. 하

93 러시아의 사상가이며 작가(1812~1870)로 유럽으로 망명한 뒤 영국 등지에서 새로운 혁명 사상을 추구하며 러시아에 그러한 사상을 전파하는 활동을 했다.

지만 이 점만은 네가 꼭 이해해 주기를 바라는데, 나는 그때 이름 없는 구두 직공으로 일생을 마칠 때가 내게 왔다는 식의 생각은 전혀 하지 않았어. 〈무엇보다도 나는 귀족이었고, 그래서 귀족으로 죽어야겠다*Je suis gentilhomme avant tout et je mourrai gentilhomme!*〉는 생각을 가지고 있었다. 하지만 나는 왠지 슬픔을 느꼈지. 러시아에는 우리 같은 부류의 인간이 아마 천 명 가까이는 있을 것이다. 대략 그 정도일 거야. 하지만 우리의 이념을 이어 나가기에 그 정도면 충분하지. 우리는 이념을 지켜 나갈 운명을 타고난 사람들이니까. 안 그러니? 왠지 나는 네가 이런 뜬구름 잡는 얘기를 이해할 수 있다는 막연한 기대를 가지고 지금 네게 말하고 있는 것이다. 그래서 그저 내 기분대로 너를 이리로 데려온 거야. 나는 벌써 오래 전부터 네게 이런 이야기를 할 수 있게 되기를 꿈꾸어 왔다……. 네게, 바로 네게 말이다! 하지만…… 그렇기는 하지만…….」

「괜찮아요, 계속 말씀하세요.」 기대 섞인 목소리로 내가 조르듯 말했다. 「저는 당신이 지금 아주 진지한 태도로 말하고 있다는 것을 알고 있어요……. 그래서 어떻게 됐어요, 그때 유럽이 당신을 다시 거듭날 수 있게 해줬나요? 그리고 지금 당신이 말하는 〈귀족적 우수〉라는 것은 도대체 어떤 의미지요? 저는 아직 그 의미를 잘 모르겠어요.」

「유럽이 나를 거듭나게 해줬냐고? 오히려 나는 그때 유럽의 장례를 치르기 위해서 갔던 거야!」

「장례를 치르기 위해서요?」 나는 놀라서 되물었다.

그는 미소지었다.

「아르까지, 그때 내 가슴은 이전에 경험하지 못한 감동을 느꼈고, 동시에 대단한 정신적 혼란을 겪기도 했다. 그때 유럽에서 최초로 느꼈던 그 순간적 인상을 나는 영원히 잊지 못할 거야. 물론 나는 그 이전에도 유럽에서 머문 적이 있지만 그때는 특별한 시기였지. 그때처럼 우울한 상태에서…… 또 그처럼 애정을 가지고 유럽에 들어선 일은 그전에 없었다. 그때 내가 받은 최초의 인상 중 하나를 네게 말하마. 그때 내 상황을 나는 꿈에서 보았어. 실제의 꿈에서 말이야. 독일에 갔을 때의 일이었다. 막 드레스덴을 출발한 다음 나는 멍하니 생각에 잠겨 있다가 그만 기차를 갈아타야 할 역을 지나쳐 버리고 내가 가려는 방향과는 다른 지선으로 들어서 버렸다. 그래서 나는 곧 기차에서 내려야 했지. 오후 두 시가 지났을 무렵이었는데, 내려 보니 조그마한 독일의 지방 도시였다. 다음 열차가 밤 열한 시에 떠나기 때문에 그때까지 기다려야 했지. 그래서 나는 여관을 안내받았다. 그런데 나는 이 우연한 일정의 변경에 대하여 편안함을 느꼈지. 어디로 바삐 가는 길이 아니었으니 마음이 느긋했으니까. 나는 그저 정처 없이 방랑을 계속하고 있었으니까, 방랑을 말이야. 그 여관은 아주 조그맣고 초라했지만, 독일의 어디에서나 그렇듯 주변에는 숲이 우거져 있었고 잘 다듬어진 화단으로 둘러싸여 있었지. 나는 좁은 방을 하나 잡았어. 그리고 밤새 기차에서 흔들리고 왔기 때문에 오후 네 시에 식사를 끝내고는 곧 잠에 빠져 들었지.

그런데 뜻밖에도 나는 생전 꿔보지 못한 그런 꿈을 꾸었다. 드레스덴에 있는 화랑에 클로드 로랭[94]의 그림이 있는데, 〈아시스와 갈라테아〉라는 제목의 그림이지. 그런데 나는 그 이유는 모르지만 왠지 그것을 늘 〈황금 시대〉라고 불렀어. 물론 나는 그전에도 한번 그것을 본 적이 있고, 그때 여행을 하는 도중에도 약 사흘 전에든가 다시 한번 그 그림을 눈여겨보았었지. 그런데 바로 그 그림을 다시 꿈에서 본 거야. 마치 실제로 그것을 보는 듯했어. 어떤 꿈이었는지 자세히 기억할 수는 없는데 아무튼 그림 속에 있는 것과 똑같은 경치가 펼쳐져 있었어. 그곳은 그리스 다도

94 프랑스의 화가(1600~1682). 밝은 분위기의 낭만적 화풍으로 그림을 그렸다.

해의 한구석이었고, 시간도 3천 년 전으로 거슬러 올라간 것 같았지. 고요한 정적에 싸인 푸른 바다, 수없이 많은 섬과 바위, 꽃이 만발해 있는 해안, 멀리 펼쳐지는 매혹적인 정경들, 그리고 사람을 부르며 저물어 가는 태양 등 참으로 뭐라 표현할 수 없는 감동적인 광경이었다. 바로 이 시공간을 유럽 인들은 자신들의 정신적 요람으로 가슴에 새겨 두고 있다는 것이라는 생각이 들었어. 그런 생각에 잠기자 내 마음도 어느새 혈육 같은 애정으로 가득 차는 것을 느꼈다. 그곳이 바로 인류가 꿈꾸는 지상 천국이었지. 그 시공간에서 신들은 하늘에서 내려와 인간들과 평화롭게 지내고 있었던 것이지……. 아, 그곳에는 참으로 고귀한 영혼을 지닌 사람들이 살고 있었지! 그들은 이곳에서 진정한 행복을 누리며 순수한 기쁨을 만끽했던 거야. 들과 숲에는 그들의 행복에 겨운 노랫소리로 가득 차 있고, 흘러넘치는 위대한 열정이 모든 사랑과 진정한 평화의 원천을 이루어 내고 있었지. 순진무구한 아이들의 아름다운 모습을 보며 태양은 그들에게 한없는 따스함과 빛을 뿌려 주었고……, 바로 그러한 정경이야말로 인간의 이념이 지향하던 모습 아니겠니! 황금 시대, 이것은 인류의 꿈 중에서도 가장 실현 불가능한 꿈이지. 하지만 사람들은 바로 그 꿈을 위해서 온 생애와 모든 열정을 바쳐 왔고, 또한 그것을 위해 예언자들은 기꺼이 죽었고 계속해서 죽음을 당했다. 인간은 그런 이념 없이 살기를 원치 않았고, 또 그대로 죽을 수도 없었지! 나는 그런 모든 인식을 그 꿈속에서 직접 체험했다. 꿈에서 깨어나 눈물에 젖은 눈을 떴을 때 바위와 바다, 그리고 사라져 가는 태양의 여명, 그러한 모든 것이 마치 눈앞에 보이는 것 같았다. 그때 느꼈던 그 벅찬 감동을 나는 지금도 기억하고 있어. 지금까지 한 번도 느끼지 못했던 행복감이 내 가슴 한쪽을 뚫고 지나가, 서늘한 아픔이 느껴질 정도였다. 바로 그 감동은 인류에 대한 사랑에서 비롯되는 것이었어. 일어나 보니 이미 저녁때가 되어 있었다. 조그마한 여관 방 창문에 놓여 있는 화초 사이로 저녁노을의 빛이 한 줄기 들어와 나를 비춰 주고 있었지. 그런데 참으로 이상하게도 내가 꿈속에서 본 유럽 인들의 시원을 알리던 바로 그 사라져 가는 석양이, 잠이 깨자 곧 유럽의, 인류 최후의 날의 황혼으로 느껴지기 시작했다! 그 당시는 유럽 각지에서 장송의 종소리가 특히 소리 높이 울리는 듯한 시대였다. 나는 여러 전쟁이나 튈르리[95]에 대해서만 말하는 것이 아니야. 그런 것은 논외로 하고, 나는 유럽의 모든 것이, 낡은 세계의 상황이 빠른 시일 내에 모두 변하리라는 걸 느끼고 있었다. 하지만 나는 러시아의 유럽 인으로서 그러한 변화를 그대로 용인할 수는 없었다. 그때는 바로 그들이 당시 튈르리 궁을 불태워 버린 직후였지……. 하지만 그것에 대해 우려할 필요는 없다. 내 생각에 그러한 흐름은 나름대로의 〈논리〉를 가지고 있었으니까. 그리고 그 당시에는 그러한 이념적 흐름을 거스를 수가 없었다는 것도 아주 잘 알고 있지. 하지만 러시아가 보존하고 있는 최고의 문화와 사상을 지켜 나가려는 사람으로서 나는 그것을 허용할 수 없었다. 왜냐하면 모든 이념을 융합해 낸 것이 바로 러시아의 최고 사상이기 때문이다. 하지만 그 시대에 이 세상의 어떤 누가 그런 사상의 본질을 이해할 수 있었겠니? 그래서 나는 홀로 계속해서 방랑을 하고 있었던 것이다. 나는 지금 나 개인에 대해 말하는 것이 아니라 러시아의 사상적 특성에 대해서 말하는 거지. 유럽에서는 사변적 논리와 궤변이 주류를 이루고 있었고, 프랑스 인은 그저 자신들의 범주 속에, 독일인은 독일인의 관점에만 갇혀 있었다. 그들은 그저 자신들의 역사를 통해 쌓아 온 갈등을 최고조로 긴장시켜 그런 상황에 처해 있었던 거야. 그래서 그 시대처럼 프랑스 인이 프랑스를 해치고, 독일인이 자신들의 독일을 파괴한 일은 역사상 유래가 없었지! 그 당

95 프랑스의 고궁으로, 혁명 시대에는 수많은 대사건의 무대가 되었다.

시에는 유럽 세계에 단 한 사람의 진정한 유럽 인도 없었던 거야! 그렇게 저급한 비평가들과 담대하게 맞서서 그들에게 정면으로 너희들의 튈르리는 바로 너희들의 과오라고 비판할 수 있었던 것은 오직 나 하나뿐이었다. 오직 나 하나만이 그러한 복수심에 불타는 보수 반동주의자들에 맞서서, 튈르리는 사변적 논리의 산물이자 동시에 커다란 죄악이기도 하다는 것을 그들에게 직접 말했던 거야. 그러니 러시아 인인 나 혼자만이 당시의 유럽에서는 진정한 의미의 유일한 유럽 인이었던 거지. 이때 나는 개인으로서의 나가 아니라, 바로 러시아의 사상 전체를 표상하고 있는 것이지. 아무튼 나는 방랑 생활을 계속했고 사방을 정처 없이 떠돌아다녔다. 그리고 자신이 침묵을 지키고 방랑 생활을 계속해야 한다는 것을 분명히 알고 있었지만 여전히 마음속으로는 슬픔을 느끼고 있었지. 나는 가슴속에 항상 자신이 귀족이라는 의식을 가지고 있었거든. 너는 웃고 있는 것 같구나?」

「아니에요, 웃는 게 아니에요.」 감동에 찬 목소리로 내가 말했다. 「전혀 웃고 있지 않아요. 당신은 황금 시대의 꿈 이야기로 제 마음을 온통 뒤흔들어 버렸어요. 이제야 비로소 제가 당신을 진심으로 이해하기 시작했다는 점을 믿어 주세요. 그리고 저는 당신이 그토록 내면에서 자신을 자존하고 있다는 사실이 무엇보다도 기뻐요. 그리고 솔직히 말해서 저는 당신이 그런 특성을 가진 사람이리라고는 꿈에도 생각하지 못했어요!」

「아까도 말했지만 나는 네가 열에 들떠 큰소리로 말하는 것이 좋다.」 이렇게 말하며 그는 가볍게 미소를 지었다. 그리고 안락의자에서 일어서더니 자신도 모르는 사이에 방 안을 거닐기 시작했다. 그를 따라 나도 일어섰다. 그는 계속해서 알 듯 모를 듯한 말을 이어 갔다. 그리고 그의 말 속에는 심오한 사상의 토대가 담겨 있었다.

3

「다시 말하지만, 나는 내가 러시아의 귀족이라는 의식을 잊을 수가 없었다. 러시아에서는 이 세상 아무데에도 없고, 그 어떤 나라에서도 일찍이 이뤄 내지 못한 최고의 문화적 양식이, 인간의 존재 상황에 대해서 고민하고 온 인류의 괴로움을 공유하려는 경향이 몇 세기에 걸쳐서 정립되어 왔지. 바로 이것이 러시아 인의 전형적인 특성을 이루었는데, 러시아 민족의 최고 문화층이 바로 그런 점을 일관되게 지켜 왔고, 그래서 나도 역시 그런 전형에 속하는 영광을 누리게 된 거야. 러시아의 장래는 바로 그런 유형의 인간들에게 달려 있다. 그런 사람들은 모두 다 합해 봐야 1천 명 정도밖에 되지 않아. 혹시 더 많을지도 적을지도 모르겠다. 하지만 러시아는 바로 그 1천 명의 인간을 만들어 내기 위해 지금까지 노력해 온 것이야. 어쩌면 그것은 너무 적은 숫자라고 말할지도 모르겠다. 또 어떤 사람들은 단지 1천 명의 인간을 위해서 그처럼 오랜 세월과 수백만의 인명을 낭비했느냐고 분개할지도 모르지만, 내 생각으로 그것은 결코 적은 숫자가 아니다.」

정신을 집중하여 나는 그의 말을 듣고 있었다. 바로 그의 신념, 그의 전 생애의 방향이 그의 말 속에서 선명하게 드러났기 때문이다. 이 〈1천 명의 인간〉이란 말이 아주 분명하게 그의 내면적 특성을 함축하고 있었다! 나는 그가 자신의 내면을 내게 진심으로 열게 된 것은 어떤 내적인 충격이 있었기 때문이라고 느꼈다. 그렇게 열정적으로 내게 자신의 진실을 털어놓는 것은 바로 그가 나를 사랑하기 때문이었다. 그러나 왜 그렇게 갑자기 이런 이야기를 시작했는지, 또 왜 굳이 내게 그런 이야기를 하려고 생각했는지는 여전히 의문이었다.

「그래서 나는 망명하기로 했다.」 그는 다시 말을 이어 나갔다. 「나는 마음에 걸리는 일이 아무것도 없었다. 러시아에 있는 동안

나는 내가 할 수 있는 일을 모두 다 정리했기 때문이지. 그리고 출국한 다음에도 나는 여전히 조국을 위해 계속 봉사하려는 마음을 가지고 있었다. 그래서 그 당시에는 프랑스 인이 다만 프랑스 인에 불과하였고 독일인이 독일인 이외의 아무것도 아닌 상태로 있었지만, 나는 러시아 인에 불과한 존재로 있기보다는 훨씬 많은 일을 해서 조국을 위해 봉사하고자 노력했다. 아마도 유럽의 풍토에서는 그와 같은 생각을 실현해 나갈 수가 없을 게다. 유럽은 훌륭한 프랑스 인, 영국인, 독일인의 전형은 만들어 냈지만, 미래의 유럽 인에 대해서는 아직 아무것도 생각해 내지 못하고 있고, 아마 당분간은 그렇게 해보려는 의지도 갖지 못할 것으로 보인다. 그러니 어떤 의미에서 그들이 부자유한 반면에 우리는 자유롭다고 할 수 있겠지. 그 당시 유럽 전체에서 진정으로 자유로웠던 인간은 단 한 사람, 러시아적 우수를 가슴에 품고 있던 나 혼자뿐이었다.

여기서 아주 흥미로운 사실을 하나 눈여겨보아야 한다. 즉 모든 프랑스 인은 바로 그가 진정한 프랑스 인이라는 조건에서만 비로소 자신의 조국인 프랑스와 인류를 위해 헌신할 수 있다는 점이다. 영국인이나 독일인도 마찬가지지. 하지만 러시아 인은 다르다. 그들은 진정한 유럽 인이 되었을 때에만 비로소 가장 러시아 인다운 러시아 인이 될 수 있는 묘한 특성을 가지고 있다. 바로 이 점이 우리를 다른 민족과 구별하게 하는 가장 본질적인 민족적 특징이며, 그것은 이 세상 어디에서도 유례를 찾아볼 수 없는 것이야. 나는 프랑스에 가면 프랑스 인이 되고, 독일인과 함께 있을 때에는 독일인이며, 오래된 그리스 인과 함께 있으면 그리스 인이 된다. 그리고 그렇게 함으로써 나는 가장 러시아 인다운 사람이 되는 것이지. 또 그렇게 함으로써 나는 비로소 진정한 러시아 인이 되고, 러시아를 위해서 가장 많이 봉사할 수 있게 되는 것이라고 할 수 있다. 왜냐하면 나는 러시아의 가장 주요한 사상을 실현하려고 하기 때문이지. 나는 바로 그러한 사상을 개척해 내려고 한 것이고, 그래서 그때 망명을 선택한 것이야. 그렇다면 내가 러시아를 진정으로 버렸던 것일까? 아니지, 나는 계속해서 조국에 봉사했던 거야. 유럽에서 비록 이렇다 할 만한 구체적인 일을 하지 못하고 계속해서 방랑 생활을 했지만(사실 나 자신도 그저 정처 없이 사방으로 방랑하고 있을 뿐이라는 의식을 뼈저리게 느끼고 있었다), 항상 내 고유한 사상과 독자적인 인식을 지니고 있었다는 점에 대해서는 자긍심을 가지고 있었다. 이를테면 러시아적 우수를 그곳으로 가지고 갔던 것이라고 할 수 있지. 사실 그때 내가 진정으로 우려했던 것은 사람들이 당면한 상황에서 흘렸던 피나 튈르리만은 아니었어. 마음속으로 그 다음에 전개될 모든 상황들을 그려 보면서 그 점에 대해 심각하게 고민했었다. 그들은 아직도 오랫동안 투쟁을 계속해야 하는 운명에 처해 있어. 왜냐하면 그들은 아직도 여전히 독일인이어야 하고, 프랑스 인이어야 하며, 그러한 자신의 역할을 포기할 생각이 전혀 없기 때문이지. 하지만 그들의 마음이 열릴 때에는 이미 모든 것이 붕괴될 것이라는 사실이 아주 마음을 무겁게 한다. 러시아 인에게 유럽은 조국 러시아와 마찬가지로 아주 귀중한 의미를 가지고 있다. 그래서 그곳에 있는 돌 하나까지도 그립고 귀중하게 느껴지는 것이지. 유럽은 러시아와 마찬가지로 우리의 조국이었다. 아니 어쩌면 그 이상의 것이었는지도 모르지! 나는 지금보다 더 러시아를 사랑한 적이 없다. 하지만 내가 베니스나 로마, 파리를, 그 학문과 예술의 보고를, 그들의 역사 전체를 러시아보다 더 그리워한다고 해서 자신을 비판했던 적은 한 번도 없었다. 러시아 인은 바로 이 오래된 이국의 돌이나 오래된 신의 나라에서 일어났던 여러 가지 기적, 신성한 기적의 파편들까지도 귀중하게 느끼고 있다. 어떤 면에서는 그것들이 그들 자신에게보다도 오히려 우리에게 더 귀중한 의미를 가지고 있다고도 할 수 있는 거야! 그들은 지금 전혀 다른 사상과 다른 감정을 가지고 있으며, 오래된 돌을 존중하는 마음을 잃어버리고 말았지……. 그래서 지금 그곳의 보수주의자들은 오직 자신의 생존을 위해서 싸우고 있을 뿐이며, 또 신랄한 말을 쏟아 내고 있는 비평가들도 오직 자신의 작은 이익만을 위해서 자신들의 논리를 펴고 있어. 그러니 러시아만이 자신을 위해서가 아니라 진정한 사상을 위해서 살고 있다고 할 수 있지. 너도 이 중요한 사실을 인식하고 있어야 한다. 이미 거의 1세기 동안 러시아는 자신만을 위해서가 아니라, 유럽 전체를 위해서 헌신해 온 것이야! 그렇다면 그들은 왜 그래야 할까? 그들은 신의 왕국에 도달하기 전에 먼저 현세의 고뇌를 처절히 겪어야 할 운명을 타고난 것이라고 할 수 있지.」

그의 말을 들으면서 나는 머리가 아주 혼란스러워졌다. 물론 그의 내면적 사상은 내게 커다란 감동을 주었지만, 그것을 말하는 그의 어조가 나를 상당히 놀라게 하였다. 거의 선천적으로 나는 허위에 대해서 강한 거부감을 가지고 있었다. 그래서 나는 즉각 아주 엄정한 목소리로 그에게 따지듯이 물었다.

「당신은 지금 〈신의 왕국〉이라고 말씀하셨지요? 제가 들은 바에 따르면, 당신은 그곳에 있을 때 신의 가르침이 가지는 의미에 대해 사람들에게 말하며 고행자의 쇠사슬을 직접 차고 다니셨다고 하던데, 맞는 말인가요?」

「그 쇠사슬에 관한 이야기는 이제 더 이상 꺼내지 말거라.」 미소를 지으면서 그가 말했다. 「그것은 사실과는 많이 다르게 알려져 있어. 그리고 사실 그 당시 나는 아직 신이 가지는 의미에 관해 확신을 가지고 있지는 못했지만, 신에 대해 그들이 새롭게 내리는 정의에 관해서는 어느 정도 마음이 끌리고 있었다. 그것은 사실이다. 바로 그 무렵 그들은 무신론을 부르짖기 시작했다……. 물론 그들 중의 일부가 그것을 주창한 것에 불과하였지만, 숫자는 별로 큰 의미가 없지. 그들은 자신들이 지향하는 곳을 향해 맹목적으로 나아간 경솔한 사람들이었지만, 중요한 것은 바로 그들이 처음으로 실천적 기능을 추구했다는 점이야. 그리고 그들의 명제에는 나름대로의 논리가 들어 있어. 하지만 그들의 논리 속에는 동시에 항상 우수가 깃들어 있지. 나는 전혀 다른 문화 속에서 성장한 사람이기 때문에 그들의 논리를 마음속으로 받아들일 수가 없었다. 그들이 숭고한 이념과 결별을 선언했을 때의 그 배은망덕한 태도, 휘파람을 불어대고 흙덩어리를 던지던 그들의 조잡한 태도를 나는 더 이상 참을 수 없었다. 그 과정에서 나타난 그들의 야수적 기질이 그만 나를 질리게 만들어 버린 것이지. 물론 이상을 향해서 열정적으로 나아갈 경우에도 항상 현실이란 공간에서는 흙 묻은 장화 냄새가 나는 법이기는 하지만 말이다. 나도 그러한 점을 파악하고 있어야 했지. 하지만 역시 나는 그들과 다른 전형의 인간이었다. 나는 어떤 방향을 자유롭게 선택할 수 있었지만 그들은 그렇지 않았다. 그래서 가슴속에서 나는 진심으로 그들을 위해 울었다. 빛이 바래 가는 숭고한 이념이 애석해서 나는 눈물을 흘렸던 거야. 내 감정을 미화하기 위한 것이 아니라, 나는 진정으로 눈물을 흘리면서 울었던 것 같다.」

「당신은 정말로 그렇게 열렬히 신을 믿고 계셨던 건가요?」 잘 믿어지지 않는 듯한 태도로 내가 물었다.

「그건 별로 적절한 질문인 것 같지 않은데. 설사 내가 그렇게 깊은 신앙심을 가지고 있지 않다고 해도, 점점 잊혀져 가는 숭고한 이념을 애석해 하는 마음을 자연스럽게 가지고 있을 수 있지 않겠니? 나는 인간이 과연 신 없이 살아갈 수 있을 것인가, 또한 진정으로 그것이 가능한 시대가 올 것인가 하는 명제를 놓고 상상해 보았다. 하지만 내 마음속에서는 언제나 그런 일은 불가능하다는 결론이 났지. 물론 일정한 한시적 기간 동안은 그러한 것이 가능할지도 모른다……. 나는 그런 시기가 오리라는 것에 대해서는 의심하지 않았어. 그러나 그럴 때면 언제나 나는 전혀 다른 광경을 떠올리곤 했지…….」

「어떤 광경이지요?」

그는 내게 아주 강렬한 열정을 가지고 자신은 아주 편안한 분위기에 잠겨 있었다고 이미 단언했다. 그래서 그때 그가 한 말 중에서 많은 것을 나는 그런 의미로 받아들이고 있었다. 하지만 그 사람을 특별히 흠모하는 나로서는 우리가 나누었던 이야기를 세세하게 모두 다 여기에 서술하는 것은 어려운 일이다. 그렇지만 그와 대화를 나누면서 내가 느낄 수 있었던 몇 가지 특색 있는 내용은 서술하기로 한다. 계속해서 끈질기게 내 의식을 붙들었던 것은 무엇보다도 〈고행자의 쇠사슬〉이라는 문제였다. 그래서 나는 그것을 명쾌하게 이해하려고 했고, 그러다 보니 그 문제에 관한 그의 구체적인 입장을 들어 보려고 집착하게 되었다. 그리고 그때 나와 대화를 나누며 그가 무심코 했던, 다소 환상적이기도 하고 기묘하게 들리던 몇 가지 사상에 관한 이야기가 내 귓전을 끊임없이 맴돌았다.

「마음속에서 이따금씩 나는 이런 상상을 하고 있다.」 다소 걱정스러운 듯한 표정으로 미소를 지으며 그가 말을 이었다. 「이제 전투는 끝났고 싸움소리도 잠잠해졌어. 서로에 대한 저주, 돌팔매질, 그리고 야유의 휘파람소리가 다 지나간 다음 고요가 찾아들었지. 그리고 인간은 오랫동안 꿈꾸었던 대로 홀로 남게 되었다. 예전에 가졌던 그들의 위대한 이념은 이제 그들을 버린 거야. 그때까지 그들을 북돋아 주고 따뜻하게 위로해 주던 위대한 힘의 원천은 클로드 로랭의 그림 속에 나오는 간절히 사람을 부르는 듯한 그 커다란 태양처럼 서서히 힘을 잃어 간 것이지. 그 정경은 마치 인류의 최후의 날과도 같은 것이었다. 그때 비로소 사람들은 문득 자신들이 완전히 홀로 남게 되었다는 것을 알고 갑자기 처절한 고독감을 느끼기 시작했어. 아르까지, 인간이 감사하는 마음을 모두 잊어버린 채, 그처럼 어리석은 존재가 되리라고 나는 단 한 번도 상상할 수 없었다. 완전한 고독에 빠진 인간은 이전보다 더욱더 긴밀하게 서로에게 깊은 정을 느끼면서 서로 의지하게 될 거야. 이제야 비로소 서로에게 의미가 있는 것은 결국 자신들밖에 없다는 것을 깨닫고서 이제 그들은 서로의 손을 잡기로 한 거야. 그들이 꿈꾸던 영원한 생명에 관한 사상은 이제 사라져 버리고, 그들은 자신들 스스로가 바로 그 자리를 채워야 한다는 것을 깨달은 것이지. 지금까지 영원한 하느님을 향하던 그 사랑이 이제는 자연, 세계, 인류, 그리고 풀 한 포기를 향하게 된 거야. 그리고 그들은 자신들의 덧없음과 유한함을 점차 자각하게 됨에 따라 이전과는 다른 특별한 애정을 대지와 모든 종류의 생명체에게 점차 쏟게 될 것이다. 이전에는 전혀 상상도 못하였던 특이한 현상과 신비가 자연 속에 있다는 것을 그들은 차차 새롭게 인식하고 그것을 발견하게 될 거야. 왜냐하면 이제부터 그들은 자연을 완전히 새로운 눈으로, 연인끼리 바라보는 그런 애정어린 눈으로 보게 될 테니까. 그들은 생명의 유한함이 자신들에게 남겨진 전부라는 것을 자각하고는 서둘러 꿈에서 깨어나 서로 입을 맞추고 사랑을 나누려 할 거야. 상대방을 위해서 서로 일하며, 자신이 가진 모든 것을 모든 사람에게 나눠 주는 행위 속에서 비로소 그들은 진정한 행복감을 느끼게 되겠지. 또 아이들은 이 지상의 모든 인간이 그에게는 아버지, 어머니와 같은 존재라는 것을 깨닫고 느끼게 될 거야. 서쪽 하늘로 넘어가는 태양을 바라보면서 〈내일이 내 마지막 날일지라도〉라고 누구나 생각하게 될 거야. 〈아무래도 상관없지. 나는 사라져 버리겠지만 그들은 모두 뒤에 남아 있을 것이고, 그들이 죽어도 또 그들의 자식들이 계속해서 남아 있을 테니까.〉 그들이 뒤에 남아서 서로 영원히 사랑하고 서로의 일을 마음 깊이 염려해 주리라는 이 사상이야말로, 죽음 다음의 세계에서 서로 만날 것이라는 부활의 사상을 대체할 만한 것임에 틀림없다. 아, 자신들의 가슴속에 담겨 있는 처절한 슬픔의 흔적들을 없애기 위해서 그들은 서둘러 서로를 사랑하게 되는 거야. 내면 속에 커다란 자부심을 가진 채 그들은 자신의 일은 대강 하지만 상대방을 위해서는 세밀하게 임하게 될 것이며, 누구나 타인의 생명과 행복을 위해서 깊이 사유하게 될 거야. 그들은 서로 상대방에 대해서는 정중하게 임하며, 지금처럼 그렇게 하는 것을 겸연쩍어하지도 않게 되겠지. 그리고 만나면 서로 상대방을 애정 어린 눈과 이해심 있는 표정으로 바라볼 거야. 그 시선에는 깊은 애정과 정조가 느껴질 것이고……. 아마 그들은 천진한 아이들처럼 서로의 가슴을 포옹해 줄 거야.」

「얘야.」 여기까지 말하고 나서 갑자기 미소를 짓더니 그가 말을 중단하였다. 「물론 이건 모두 다 도저히 실현될 수 없는 내 환상에 의한 것이라고 할 수 있지만, 나는 자주 이런 관념에 대해서 상상을 해왔다. 평생 동안 나는 그런 환상 없이는 도저히 살 수 없었고, 항상 그것을 생각하지 않을 수 없어. 나는 지금 내 신앙에 대해서 말하는 것이 아니야. 나는 이신론자(理神論者)이기 때문에 딱히 신앙이랄 것도 없지. 앞서 말한 1천 명 정도의 동류의 사람들과 마찬가지로 나는 철학적 이신론[96]자거든. 하지만…… 아주 놀랍게도 나는 언제나 이 장면을 생각하면, 끝에 가서는 항상 하이네의 〈발트 해에 나타난 그리스도〉[97]와 같은 환상적 광경을 떠올리곤 했지. 사실 나는 삶 속에서 그리스도를 배제해 버릴 수는 없는 실정이다. 처절한 고독에 잠긴 인간들이 그리스도를 상정하지 않는다는 것은 있을 수 없는 일이지. 그리스도는 인간들에게 와서 두 손을 내밀며 이렇게 말하곤 했지. 〈진실로 너희들은 신을

96 세상의 근본적인 원인으로서의 신의 존재는 인정하지만, 자연적 · 사회적인 삶에 개입하는 인격신(유신론)의 존재는 부인하는 종교 철학적인 학설이다.

97 하이네(1797~1856)의 연시집 『노래 책*Buch der Lieder*』(1817~1826) 가운데 「북쪽 바다」의 제1연작 중 「평화Frieden」를 도스또예프스끼가 머릿속에 떠오르는 대로 인용한 듯하다.

버리려고 하느냐?〉 그러면 마치 모든 사람들의 눈을 가리고 있던 검은 장막이 벗겨지기라도 한 것처럼, 새로운 그리고 최후의 부활을 찬양하는 감격적인 송가가 울려 퍼져 나오곤 했지…….

하지만 이제 이런 이야기는 그만두자. 그리고 네가 언급했던 그 고행자의 쇠사슬 이야기는 아무런 의미도 없는 것이야. 언급할 필요도 없는 일이지. 그리고 한 가지 사실만 더 언급하자면, 내가 감정적인 표현이 서툴고 이렇게 딱딱한 말밖에 못하는 사람이라는 것을 너도 잘 알 게다. 그런 형편에 이런 얘기를 네게 한 것은, 이를테면…… 내 가슴속에 벅차오르는 감정이 있었고 또한 대화의 상대가 바로 너였기 때문이지. 만일 상대가 다른 사람이었다면 이런 얘기는 절대로 꺼내지 않았을 게다. 네 들뜬 감정을 가라앉히려고 이런 말을 해두는 거야.」

나는 그의 말에 깊은 감동을 느꼈다. 그의 말에는 내가 우려했던 허위가 전혀 깃들어 있지 않았다. 그러나 무엇보다 내 가슴이 편안했던 이유는 그가 얼마나 삶을 절실하게 사랑해 왔고 많이 고민해 왔으며 또한 얼마나 처절할 정도로 괴로워했던가를 알 수 있었기 때문이다. 아무런 의식도 없이 나는 불쑥 내 생각을 있는 그대로 말했다.

「하지만 제 생각으로는.」 내가 덧붙였다. 「그 당시에 틀림없이 당신이 절실하게 고민했을 테지만, 그래도 여전히 당신은 속으로는 분명히 행복감을 느꼈을 것입니다.」

그러자 쾌활한 소리로 크게 웃으며 그가 말을 받았다.

「오늘은 특별히 네 관점이 아주 정확하구나. 그래 사실을 말한다면 그때 나는 마음속으로 행복감을 느꼈다. 그런 고민을 가슴에 품고서 어떻게 내가 행복하지 않을 수 있었겠니? 진심으로 말한다면, 그 1천 명의 동질 인간 중 홀로 유럽에서 방랑 생활을 하고 있는 러시아 인처럼 자유롭고 행복한 존재도 없었겠지. 그리고 덧붙여야 할 중요한 사항도 많이 있다. 그중에 무엇보다도 말하고 싶은 것은 내가 우수 어린 고독 이외에 그 어떤 다른 행복도 찾으려고 하지 않았다는 점이다. 바로 그런 점에서 나는 마음속으로 자족했으며 항상 행복감을 느꼈다. 그래서 아마도 내 평생에 처음으로 네 어머니에 대한 사랑을 깊이 느끼게 되었지.」

「평생에 처음이라고요?」

「그래 사실이다. 혼자 쓸쓸하게 방랑 생활을 하는 동안 나는 처음으로 네 어머니에 대한 간절한 그리움을 느꼈다. 그래서 곧 어머니를 데리러 사람을 보냈지.」

「어머니에 관한 얘기를 해주세요! 아주 자세히 해주세요!」

「그렇게 하려고 나도 일부러 너를 이리로 데리고 온 거다. 그런데 사실은…….」 밝게 웃음을 지어 보이더니 그가 말을 이었다. 「나는 네가 마음속으로, 내가 게르쩬이나 혹은 외국에서의 다른 비밀스런 모임에 참여하려고 네 어머니를 소홀히 대했을 거라고 생각하고, 네 어머니에 대한 내 잘못을 절대로 용서하지 않으리라 마음먹지나 않았을까 걱정했었지…….」

제8장

1

우리는 그날 저녁 자정까지 마주 앉아 계속해서 이야기를 나누었지만, 그때 말한 모든 내용을 여기서 서술할 생각은 없다. 다만 내게 항상 수수께끼와도 같은 의문을 자아내던 그의 삶에 얽힌 한 가지 문제에 관해서만 말하기로 한다.

우선 말을 시작하기에 앞서 나는 그가 어머니를 사랑하고 있었다는 것을 추호도 의심하지 않았다는 점을 말해 두고자 한다. 물론 그가 어머니를 홀로 남겨 놓았고, 떠나기 앞서 그녀와 〈이혼〉하기는 했지만, 그것은 일상적인 삶의 권태 때문이라든가 혹은 비슷한 종류의 이유가 있었기 때문이다. 그리고 그러한 것은 이 세상에 흔히 있는 일이지만 설명하기가 매우 어려운 사항이다. 외국에 온 후 상당히 오랜 시일이 지난 시점이었지만, 불현듯 그는 멀리 떨어져 있는 어머니에 대한 그리움이 진심으로 가슴속에서 생겨나 그녀를 부르려고 사람을 보냈다. 어쩌면 〈그 순간에 그의 마음속에서 변덕이 생겼기 때문〉이라고 말하는 사람도 있을 것이다. 하지만 나는 그렇게 생각하지 않는다. 내 생각에 그가 그런 결정을 내렸을 때에는 진지하게 여러 가지 점을 고려했을 것이라고 믿어진다. 물론 보기에 따라서는 그의 결정이 방랑자의 순간적인 변덕에 의한 것이라고 볼 수도 있지만, 설사 그렇더라도 나는 어느 정도까지는 용서할 수 있다고 생각한다. 그리고 확언하건대, 나는 그가 내면에 유럽에 대한 애수 어린 감정을 가지고 있음이 분명하며, 그러한 감정은 철도 건설과 같은 현대의 실제적 사업과 동등한 정도가 아니라 오히려 그 가치에서 비길 수 없을 만큼 높은 곳에 위치하는 고상한 것이라고 믿고 있다. 그가 인류에 대해 품고 있는 애정이 어떤 가식적인 허위에서 나온 것이 아니라 아주 성실하고 진지한 감정에서 비롯된 것이라는 점을 나는 진정으로 인정한다. 또한 어머니에 대한 그의 애정도 다소 환상적인 면이 없지는 않지만 진솔한 감정에서 우러나온 것임을 나는 확신하고 있다. 외국에서 〈우수와 행복〉의 감정에 취해 있는 형편에서, 또한 엄격한 수도승의 삶과 같은 고독 속에서(이것은 나중에 내가 따찌야나 빠블로브나에게서 들은 그에 관한 특별한 정보이다), 그는 문득 어머니에 대한 감정을 새롭게 인식했을 것이다. 그리고 어머니의 〈움푹 패인 뺨〉을 떠올리고는 곧바로 그녀를 부르려고 사람을 보냈던 것이다.

「애야.」 부지불식간에 그의 입에서 말이 흘러나왔다. 「그 순간, 나는 문득 한 가지 사실을 깨달았지. 내가 도덕주의적 헌신을 추구하는 이상, 내 자신의 사상에 충실히 매진한다는 것만으로는 충분치 않다는 의식에서 벗어날 수가 없었던 거야. 그래서 실제로 나로 인해 행복을 느낄 수 있는 사람을 평생 동안 단 한 사람이라도 만들어 보자는 생각이 떠올랐던 것이지.」

「정말 그런 고식적인 논리가 이유의 전부였나요?」 납득이 잘 되지 않는다는 표정으로 내가 물었다.

「물론 다소 추상적으로 들릴 수도 있지만 꼭 그랬던 것만은 아니다. 여러 가지 감정적 요인이 섞여 있었지. 왜냐하면 사실 나는 네 어머니를 관념으로서가 아니라 진심으로 사랑했었다. 만일 그렇게 사랑하지 않았다면 일부러 사람을 보낼 리도 없었고, 내 관념을 실현하는 것이 주목적이었다면 굳이 네 어머니를 부를 게 아니라 가까이 있는 독일 사람을 택해서 그들을 행복하게 만들어 줄 수도 있었겠지. 자신의 일생 동안에 어떤 방법으로든 단 한 사람만이라도 행복을 느끼게 만드는 일을, 진정으로 행복하게 만드는 일을 모든 교양인들의 기본 철칙으로 삼았으면 하는 게 내 속마음이다. 그것은 러시아의 숲이 황폐해지는 것을 막기 위해서 모든 농부들에게 일생 동안 한 그루라도 나무를 심을 것을 법률로 정했으면 한다든지, 혹은 그런 규율을 의무적으로 지키게 하고 싶다는 바람을 가지는 것과 마찬가지 생각이겠지. 물론 그런 목적을 실현하기 위해서라면 한 그루만으로는 부족하겠지. 그럴 경우에는 매년 한 그루씩 심도록 해도 좋을 거야. 다만 내가 우려하는 것은, 나름대로 가장 숭고한 차원의 교양을 얻었다는 사람이 자신의 심오한 사상을 추구하는 사이에, 때로 완전히 현실적 문제에서 멀어져서 아주 폐쇄적이고 개인주의적이며 냉담한 인간으로, 간단히 말하자면 아주 어리석은 사람으로 되어 버리는 경우가 종종 있다는 사실이지. 그것도 처음에는 실생활에서만 그러다가 나중에는 자신의 사상적 측면에서까지도 그런 어리석은 천치가 되어 버리는 경우가 있으니 말이다. 그렇기 때문에 실생활에도 진지하게 임해 단 한 사람이라도 정말 행복하게 만들 만큼 노력을 기울여야 자신의 잘못을 시정하고 본인 자신도 거듭날 수 있는 토대를 만들 수 있게 되겠지. 물론 이론적으로만 본다면 설득력이 약하겠지만, 그것을 구체적으로 실천에 옮기다가 자연스럽게 하나의 습관이 된다면 아마도 무언가 의미 있는 결과를 얻을 수 있을 게다. 그리고 나 자신이 그것을 직접 체험해 보았고. 물론 처음에는 농담조로 시작했던 일이지만, 이 새로운 계율에 대한 사상을 발전시켜 가면서 비로소 나는 가슴속에 깃들어 있던 네 어머니에 대한 사랑이 점차 견고해져 가는 것을 느끼기 시작했어. 그때까지 나는 그녀를 사랑하고 있다는 것을 마음 깊이 느껴 보지 못했다. 그녀와 함께 사는 동안 나는 그저 그녀에게 탐닉하며 자신을 위안했을 뿐이고, 그 후에는 내 멋대로 살아왔었다. 그러다가 독일에 와서야 비로소 내 평생 처음으로 내가 그녀를 진정으로 사랑하고 있다는 사실을 깨달았던 거지. 그러한 감정을 갖게 된 단초는 바로 그녀의 움푹 패인 뺨이었다. 그것은 저린 가슴을 느끼지 않고서는 상기할 수 없는, 아니 어쩌면 가슴을 에는 듯한 아픔을 느끼지 않고서는 바로 볼 수 없는 것이있어. 살다 보면 절실한 아픔을 느끼게 하는, 그런 고뇌 어린 회상이 실제로 삶 속에 있다. 거의 누구에게나 그런 일이 있지만, 다만 사람들이 그것을 잊어버리고 있을 뿐이지. 그러나 어쩌다가 나중에 문득 그것을 회상하면, 다만 조그마한 윤곽이라도 떠올리면, 그러한 아픔을 쉽게 씻어 버릴 수 없게 되지. 나는 소냐와 살던 때 있었던 수많은 이런저런 일들을 떠올렸다. 나중에는 온갖 일들이 저절로 상기되고 끝도 없이 몰려들어, 그녀를 기다리는 동안 나는 괴로움 때문에 거의 죽을 뻔했다. 무엇보다도 나를 괴롭힌 것은, 언제나 내 앞에서 자신을 낮추는 그녀의 태도였고, 너는 잘 믿어지지 않겠지만 모든 점에서 항상 자기가 나보다 훨씬 열등한 존재라고 여기는 태도였다. 내가 때로 그녀의 손이나 손가락을 바라보면 그녀는 부끄러워하면서 금방 얼굴을 붉히곤 했지. 왜냐하면 그녀의 손이나 손가락은 그저 인사말로라도 고상하게 생겼다고 말할 수 있는 모양이 전혀 아니었으니까. 아니 손가락뿐만이 아니었어. 내가 진정으로 그녀의 아름다움을 말했음에도 불구하고 이상할 정도로 그녀는 내 앞에서 자신이 가진 모든 것을 부끄러워했어. 하지만 그녀의 수줍음 속에는 항상 뭔가 일종의 두려움 같은 것이 엿보여서 나는 마음이 편하지 않았어. 한마디로 말하면, 그녀는 자신을 나와 비할 수 없을 정도의 하찮은 존재라고 여기는 것에서 한 걸음 더 나아가 자신이 나와 전혀 어울리지 않는 사람이라는 생각을 가지고 있었던 것 같아. 물론 처음 얼마 동안 나는 아마도 그녀가 여전히 나를 주인 어른이라고 여기기 때문에 두려움을 갖는 것이 아닐까라고 생각하기도 했지만, 그것은 순전히 내 판단 착오였을 뿐이야. 하지만 내가 확신하고 있는 사실은 그녀가 누구보다도 내 결점을 이해하고 포용해 주는 능력이 있다는 점이다. 사실 나는 평생 동안 그처럼 예민하게 사람의 마음을 꿰뚫는 힘을 가진 여자를 단 한 번도 본 적이 없어. 처음에 그녀가 아직 아름다운 자태를 가지고 있던 때 나는 그녀에게 좀 화려하게 꾸미라고 말하곤 했는데, 지금 생각하면 그럴 때 그녀가 얼마나 괴로웠겠니. 자존심도 상했겠지만 견딜 수 없는 모욕감을 느꼈겠지. 그녀 스스로 자기는 어떻게 꾸미더라도 절대로 귀부인이 될 수 없으며, 타인의 옷을 입으면 오히려 더 우스꽝스럽게 될 뿐이라는 것을 잘 알고 있었을 테니 말이다. 그녀는 자신에게 어울리지 않는 차림을 하고 싶지 않았던 거야. 예민한 사람이니까 속으로 아마 여자는 누구나 자신에게 맞는 옷을 입어야 한다는 사실을 알고 있었겠지. 그런데 그런 사실을 절대로 이해하지 못하는 여자가 이 세상에는 얼마든지 있다. 그들은 그저 유행하는 옷만 입으면 된다고 생각하지. 그리고 네 어머니가 가장 두려워했던 것은 바로 내가 이따금 짓는 냉소적인 시선이었어. 바로 그거였지! 특히 지금도 가끔 떠올리는 우울한 기억 중에 하나로 그녀의 매우 놀란 듯한 시선이 생각난다. 우리가 함께 살 때 그녀가 바로 그런 시선으로 나를 바라보는 것을 이따금 느꼈지. 그녀의 시선 속에는 자신의 운명과 자신을 기다리고 있는 미래에 대한 느낌이 선명하게 드러나 있었기 때문에, 나는 그런 것을 참지 못했지. 사실, 그 무렵 나는 그녀와 조용히 마주 앉아 이야기를 나눈 적도 거의 없었고, 그녀의 어색한 태도를 보면 왜 그랬는지 아주 냉랭하게 대하곤 했었다. 하지만 그녀는 지금처럼 항상 겁을 먹고 있는 표정으로만 지내지는 않았지. 지금도 어쩌다가 갑자기 명랑해져서 마치 스무 살 먹은 처녀같이 아름다운 모습을 드러낼 때도 있지만, 그 당시는 아직 젊었기 때문에 이야기도 아주 잘하고 웃기도 잘했어. 물론 하녀들이나 같이 살던 여자들과 함께 있을 때에만 그러기는 했지만 말이야. 그렇게 환하게 웃고 있다가도 내가 바라보면 그녀는 이내 얼굴을 붉히고 겁먹은 표정으로 나를 쳐다보곤 했다! 언젠가 내가 외국으로 떠나기 얼마 전, 즉 내가 그녀와 이혼하기 직전이었지. 하루는 내가 그녀의 방에 들어가니 그녀는 혼자 아무것도 하지 않고 탁자에 팔꿈치를 내고 앉아서 무언가 깊은 생각에 잠겨 있었지. 그녀가 하는 일 없이 그냥 앉아 있는 일은 거의 한 번도 없던 일이었어. 이미 오랫동안 그녀를 애무해 주지 않았기 때문에 나는 발끝으로 살금살금 걸어 조용히 다가가서 갑자기 그녀를 끌어안고 입을 맞추었지……. 그녀는 놀라서 벌떡 일어섰어. 그때 그녀의 얼굴에 나타난 그 기쁨과 행복한 표정을 나는 영원히 잊을 수 없을 게다. 하지만 그녀의 얼굴이 삽시간에 붉게 변하더니 눈이 번쩍이기 시작했어. 그 번쩍이는 눈빛 속에서 내가 무엇을 이해했는지 아니? 거기에는 〈당신은 제게 은혜를 베푸신 거로군요. 맞아요, 바로 그것이었어요!〉 하는 뜻이 담겨 있었다. 그러더니 그녀는 나 때문에 너무 놀랐다고 말하면서 흐느껴 울었지. 물론 그때에도 나는 깊은 생각에 잠겨 있었다. 이런 기억을 회상하기란 아주 괴로운 일이야. 위대한 예술가의 작품 속에 이따금 나오는 것처럼 평생 그것을 떠올리면 가슴이 미어지는 것 같은 그런 애절한 장면이 흔히 있지 않니. 바로 그런 것과 아주 유사하거든. 예를 들면 셰익스피어의 작품 『오셀로』에 나오는 마지막 독백이라든가, 따찌야나의 발 앞에 엎드렸던 예브게니의 모습이라든가, 혹은 빅토르 위고의 『레미제라블』에 나오는 감옥에서 출감한 주인공이 추운 밤 우물가에서 그 소녀와 만나는 장면이라든가 말이야. 이런 장면들이 일단 가슴을 파고들면 그 상처는 영원히 남는 거야. 그때 내가 얼마나 초조한 마음으로 소냐를 기다리고 있었던지! 나는 한시라도 속히 그녀를 포옹하고 싶었다! 그래서 나는 초조한 마음을 달래며 내 삶의 계획을 완전히 새롭게 세우려는 생각을 하였지. 차차 구체적인 행동을 통해 그녀의 마음속에 숨어 있는 나에 대한 두려움을 씻어 주고, 그녀가 지니고 있는 절대적 가치의 의미를 설명해 주면서 그녀가 오히려 나보다 더 우월한 존재일 수도 있다는 사실을 설득하겠다는 공상을 했던 거야. 아, 하지만 어떻게 된 일인지 나는 잠시라도 네 어머니 곁을 떠나면 언제나 그녀를 깊이 사랑하고 있다는 것을 깨닫지만, 다시 만나기만 하면 갑자기 또 그녀에게 냉정한 태도를 취한다는 것을 잘 알고 있었다. 하지만 그때는 달랐지. 그때는 그렇게 하지 않았어.」

나는 마음속으로 의아한 생각이 들며, 〈그렇다면 그녀는?〉 하는 의문이 머리에 번쩍 떠올랐다.

「그래서 어머니와 다시 만나셨을 때 어떻게 하셨지요?」 나는 조심스럽게 물었다.

「그때 말이냐? 처음에 나는 그녀를 만나지 않았지. 그녀는 쾨니히스베르크까지 와서 거기에 머무르고 있었고 나는 라인에 있었어. 하지만 내가 직접 그녀에게 가지 않았고, 거기에서 기다리고 있겠다는 뜻을 전달했다. 우리가 만난 것은 훨씬 나중이었지. 아주 오랜 시일이 지난 다음에 나는 그녀에게 내 결혼의 승낙을 받으러 갔었다…….」

2

이제는 내가 확실히 이해할 수 있었던 한도 내에서 가장 본질적인 얘기만을 서술하고자 한다. 얘기가 여기까지 오자 그의 말은 갑자기 전혀 조리가 없었고, 앞뒤의 내용이 연결되지 않았다. 그래서 그의 말을 그대로 전하면 맥락이 이치에 닿지도 않고, 이전보다 열 배 정도나 더 갈피를 잡을 수 없을 지경이었다.

초조한 마음으로 어머니를 기다리고 있던 바로 그때, 그는 뜻밖에도 까쩨리나 니꼴라예브나를 만나게 되었다. 그 무렵 두 사람은 라인 강변에 있는 온천에 묵으면서 같이 요양을 하고 있었다. 그리고 그때 까쩨리나 니꼴라예브나의 남편은 이미 건강이 악화될 대로 악화되어 의사로부터 죽음이 임박했다는 진단을 받고 있었다. 처음 만날 때부터 그는 마치 어떤 기운에 씌인 것처럼 그녀에게서 아주 강렬한 느낌을 받았다. 그것은 바로 숙명과도 같은 만남이었다. 지금 이렇게 글을 적으면서 다시 회상해 봐도, 그가 단 한 번도 〈사랑〉이라는 말이나 〈사랑을 느꼈다〉는 표현을 한 적이 없었다는 점은 주목할 만한 사실이다. 그의 말 중에서 내가 기억하는 것은 다만 〈숙명〉이라는 말뿐이었다.

사실 그 만남은 숙명이라고밖에는 말할 수 없는 것이었다. 그는 진정으로 그녀를 〈사랑하려는 생각은 없었던〉 것이다. 그때 그가 가지고 있던 느낌을 내가 제대로 전하는 것인지는 모르겠지만, 그는 자신에게 이런 일이 일어날 수 있다는 사실만으로도 아주 마음이 뒤틀리는 기분을 느끼고 있었다. 그가 추구해 왔던 자유 의지는 바로 이 만남에 의해 모두 깨져 버리고 말았으며, 관념적 인식에는 전혀 관심도 없던 그녀에 의해 완전히 쇠사슬로 묶인 것처럼 구속되고 말았던 것이다. 그가 정욕의 노예가 되기를 전혀 원하지 않았다는 것을 이제는 분명히 말할 수 있다. 사실 까쩨리나 니꼴라예브나는 사교계에 출입하는 여인으로서는 보기 드물게 아주 순결하고 정숙한 특성을 가지고 있었다. 그 사회에서는 그런 특성을 가진 여성을 좀처럼 볼 수 없을 것이다. 내가 듣기로는, 아니 내가 확실히 알고 있는 바로는, 바로 그런 특성 때문에 그녀는 처음 사교계에 나타났을 때 사교계에 출입하는 모든 사람을 매혹시켜 버렸다고 한다(그리고 그녀는 아주 빈번하게 사교계에의 출입을 중단하곤 했다). 처음 그녀를 만났을 때 베르실로프는 그녀가 그런 특성을 가진 사람이라고는 전혀 생각하지 않고, 오히려 정반대로 그녀가 철저하게 가식적으로 행동한다고 확신하고 있었다. 여기서 미리 그에 대한 그녀 자신의 견해를 적는 것이 이해하기에 더 편할 것 같다. 그녀의 말에 따르면, 그가 그녀에 대해서 그렇게 생각한 것은 어쩌면 당연한 것이라고 했다. 〈왜냐하면 이상주의자들은 현실과 맞닥뜨리게 되면 항상 가장 저속한 것을 먼저 예단하는 경향이 있기 때문〉이라는 것이다. 그런 명제를 모든 이상주의자들에게 적용할 수 있을지는 모르겠지만, 그에게는 아주 적절하게 적용한 것이라고 할 수 있겠다. 이쯤에서 그때 그의 이야기를 듣고 있는 사이에 문득 내 머리에 떠오른 생각을 적어 보기로 한다. 어머니에 대해 그가 느끼고 있던 사랑은 일반적으로 남녀간에 있을 수 있는 그런 의미의 사랑이라기보다는 인도주의적 사상에 바탕한 이른바 인류 전체에 대한 사랑과 유사한 종류의 것이었다. 그렇기 때문에 남녀간의 단순한 애정에 바탕한 사랑에 익숙하지 못한 그로서는 그녀에게 느낀 그런 사랑에 금방 싫증을 느꼈을 것이다. 하지만 어쩌면 그것은 순전히 내 속단일지도 모른다. 그래서 나는 그에게 그런 말을 하지 않았다. 그것은 예의에 어긋나는 일이기도 하였지만, 그보다도 그때 그는 이쪽에서 온전히 포용해 주어야 할 상태에 있었기 때문이다. 그는 아주 흥분하고 있었다. 그래서 때로 이야기를 하다가 중간에 맥락을 잃어버리기도 하였고, 몇 분씩 침묵하는가 하면 악의에 찬 표정으로 방 안을 이리저리 돌아다니기도 했다.

그녀는 한순간에 그의 내밀한 특성을 간파하였다. 그리고 어쩌면 의도적으로 그를 유혹하기 위해 교태를 부렸는지도 모른다. 고상한 기품을 지닌 여자들도 이런 경우에는 본능적으로 아주 야비한 짓을 서슴없이 하는 법이다. 결국 그들의 관계는 커다란 파국을 맞고 말았다. 심지어 그는 그녀를 위협하였고, 자칫 잘못하면 그녀를 죽여 버릴 수도 있을 정도였다. 〈한순간에 모든 감정이 강렬한 증오심으로 변해 버린〉 것이다. 그리고 바로 뒤에 그는 아주 이상한 생각에 사로잡히기 시작했다. 고행 훈련이라는 명목하에 자신을 괴롭히기 시작했던 것이다. 〈수도사들이 하던 바로 그런 고행 훈련 있잖니. 점차 체계적인 수련을 쌓음으로써 자신의 유약한 의지를 극복하는 거야. 아주 사소하고 미미한 것부터 시작해서 점차 완전히 자신의 의사를 극복하게 되어 궁극적으로 자유의 경지에 도달하는 거지.〉 수도사들 사이에 이러한 수행법은 아주 중요한 의미를 가지고 있다고 한다. 그의 설명에 따르면, 그것이 어느덧 1천 년의 경험에 의해 학문적 차원으로까지 승화되었기 때문이라고 한다. 하지만 여기서 주목해야 할 점은, 그때 그가 이 〈고행 훈련〉에 매진했던 것은 절대로 까쩨리나 니꼴라예브나로부터 도피하기 위해서 그런 것이 아니었으며, 마음속으로 그는 이미 자신이 그녀를 사랑하지 않을 뿐더러 지극히 증오하기까지 한다는 것을 굳게 믿고 있었다는 사실이다. 마음속에서 그녀에 대한 강렬한 증오를 가지고 있었기 때문에, 그는 공작에게 속은 그녀의 의붓딸을 갑자기 사랑하고 결혼하려는 생각을 하였다. 그는 의도적으로 이 새로운 사랑을 만들어 가려 했고, 그 가련한 백치 처녀에게 헌신적인 태도를 보여 주었다. 그의 그런 사랑 덕택에 그녀는 자신의 삶의 마지막 몇 달 동안을 행복하게 보낼 수가 있었다. 그런데 내가 도저히 이해할 수 없는 점이 있다. 왜 그는 그 처녀 대신에 쾨니히스베르크에서 그를 애타게 기다리고 있던 어머니를 전혀 생각하지 못했던가……. 오히려 그는 어머니에 대해서는 완전히 잊어버리고 생활비조차 보내 주지 않았다. 그래서 그때도 따찌야나 빠블로브나가 급히 가서 어머니를 곤란한 지경에서 겨우 구해 주었다. 그런 상황에서 뜻밖에도 그는 그 아가씨와의 결혼을 〈허락받으러〉 어머니에게로 갔다. 〈그 아가씨는 전혀 여자라고 볼 수가 없다〉라는 게 그가 내건 구실이었다. 어쩌면 이런 특성들은 나중에 까쩨리나 니꼴라예브나가 그에 대해서 말한 것처럼, 〈추상적인 관념에 사로잡혀 있는 사람〉의 실상인지도 모를 일이다. 하지만 그렇게 〈공상에만 사로잡혀 있는 사람〉이

(만일 공상에만 사로잡혀 있는 것이 사실이라면) 도대체 어떻게 그토록 진지하게 고뇌하며 그와 같은 비극적인 삶을 빚어낼 수 있단 말인가? 그 생각에 골똘히 잠겨 나는 그날 저녁에 사안을 약간 다르게 보려 하고 있었다.

「당신은 모든 지적인 발전이나 사상적 깊이를 평생 동안의 고뇌와 고행을 통해 얻은 것이지만, 그녀는 자신의 완전함을 아무런 대가도 치르지 않고 얻은 것이 아니겠어요? 그것은 참으로 불공평한 일이군요……. 그래서 여자에 대해서 이따금 혐오감이 들어요.」 그의 비위를 맞출 생각은 전혀 없이 나는 열띤 어조로 일종의 분노까지 느끼면서 말했다.

「완전함? 그 여자가 완전하다고? 도대체 그녀에게 어떤 완전함이 있단 말이지?」 그는 내 말에 매우 뜻밖이라는 태도를 취하며 불쑥 물었다. 「그 여자는 평범한 사람일 뿐이야. 그것도 아주 평범한 여자란 말이야……. 하지만 그녀는 정신적 완전함을 지녀야 할 의무가 있다!」

「왜 그녀한테 그런 의무가 있지요?」

「그 정도의 사회적 영향력을 가지고 있다면, 모든 정신적 완전함을 갖추고 있어야 할 의무가 있지!」 그는 다소 빈정거리는 투로 말하였다.

「당신이 지금도 그토록 괴로움을 겪고 있는 것은 참으로 슬픈 일이에요!」 이런 말이 무심코 내 입에서 튀어나왔다.

「지금도 내가 괴로움을 겪고 있다고?」 내 앞에서 걸음을 멈춘 다음, 뭔가 납득이 가지 않는다는 표정으로 그는 내 말을 되풀이했다. 그러더니 아주 깊은 생각에 잠긴 듯한 미소가 조용히 그리고 천천히 그의 얼굴에 밝게 떠올랐다. 그리고 뭔가를 골똘히 생각하는 듯, 손가락 하나를 코 앞에 곧추세웠다. 그러더니 이번에는 완전히 정신을 가다듬은 표정으로 탁자 위에서 개봉한 편지를 집더니 내 앞에 놓았다.

「자, 이것을 한번 읽어 보거라! 너는 어떻게든 모든 사실을 다 알아내는구나……. 그런데 도대체 너는 왜 나로 하여금 회상할 가치도 없는 시시한 과거사를 자꾸만 들춰내게 하지……. 나는 이제 신물이 나다 못해 화까지 치미는구나…….」

나는 말할 수 없을 정도로 놀라움을 느꼈다. 그 편지는 그녀가 그에게 보낸 것으로, 바로 그날 소인이 찍혀 있었고 오후 5시경에 받은 것이었다. 아주 흥분하여 거의 몸을 떨다시피 하면서 나는 그것을 대략 훑어보았다. 그것은 짧은 내용이었지만 아주 솔직하고 진지한 태도로 쓴 것이어서, 나는 그것을 읽는 동안 마치 그녀를 눈앞에 보는 듯한, 그녀의 말을 직접 듣는 듯한 느낌이 들었다. 그녀는 더없이 정직한 어조로(그래서 어떤 감동까지 자아내고 있었다) 자신이 느끼고 있는 두려움을 그에게 고백했고, 그 다음엔 〈이제 저를 가만히 내버려둬 주세요〉하고 그에게 애원하고 있었다. 편지의 말미에서 그녀는 붸링과 결혼하기로 확정했다는 것을 알리고 있었다. 그때까지 그녀는 한 번도 그에게 편지를 한 일이 없었다.

그의 설명을 통해서 그때 내가 이해한 것은 대략 이런 것이었다.

즉 그날 그 편지를 다 읽자마자, 그는 가슴속에서 완전히 새로운 기운이 차오르는 것을 느꼈다. 그 숙명과도 같았던 2년 동안의 기간에 처음으로 그는 그녀에 대해 아무런 증오심도 느끼지 않았을 뿐만 아니라, 최근에 붸링과의 염문을 들으면서 가졌던 〈미칠 것〉 같은 답답한 심정도 봄눈 녹듯 사라진 것을 알게 되었다. 〈그 반대로 나는 그녀에게 마음에서 우러나는 축복을 보냈다〉고 그는 진심 어린 목소리로 내게 말했다. 그의 말을 들으며 나는 꿈을 꾸는 듯한 기분이 되었다. 이를테면 그의 가슴속을 휘돌던 적개심이나 고뇌까지도 마치 꿈속의 일처럼, 지난 2년 동안의 일들이 환상이었던 것처럼, 한순간에 사라져 버린 것이다. 그런 새로운 기분을 주체하지 못하고 아까 그는 급히 어머니에게로 달려갔다.

그런데 이건 또 어찌된 일인가. 어제 저녁 어머니를 자유로운 상태로 만들어 주며 그에게 어머니를 부탁한 그 노인이 바로 그 순간 숨을 거두었으니 말이다. 이 두 가지 사건의 묘한 일치가 그의 영혼에 강렬한 충격을 주었다. 그러고 나서 잠시 후에 그는 나를 찾으러 뛰어나왔던 것이다. 그가 그처럼 빨리 나를 마음속에서 떠올렸다는 사실을 나는 영원히 잊을 수가 없다.

그리고 그날 밤 우리가 나눈 대화의 결말도 나는 또한 잊을 수가 없다. 그는 완전히 새로운 사람으로 바뀌었다. 우리는 밤늦게까지 앉아 이야기를 나누었다. 그의 말이 내게 어떻게 작용했는가에 대해서는 뒤에 이야기하기로 하고, 여기서는 다만 그에 대해 느낀 생각을 결론적으로 서술하겠다. 지금 와서 생각해 보면, 그때 내게 무엇보다도 깊은 감동을 주었던 것은 내게 취한 그의 태도가 아주 겸허했다는 사실이다. 아직 모든 점에서 미숙하기만 한 내게 그는 아주 담백하고 성실한 태도로 임하였다! 〈그 모든 것은 일시적 미몽이었다. 하지만 그 미몽에도 축복이 있기를!〉 그는 커다란 소리로 말했다. 그리고 〈이 미몽에 사로잡히지 않았더라면, 아마 나는 내 고행의 동반자이며 정신적 지주인 네 어머니를 내 마음속에서 절대로 찾아내지 못했을 것이다〉라는 감동 어린 말이 그의 입에서 무심코 나왔다는 사실을, 나중에 일어날 사건에 대한 참고 자료로 삼기 위해 여기서 강조해 두고자 한다. 어쨌든 그 순간 그는 내 온 영혼을 통째로 사로잡아 버렸다.

지금도 선명하게 기억하지만 우리는 나중에 마음이 아주 가벼워졌고, 그래서 그는 샴페인을 가져오라고 말하였다. 그리고 우리 두 사람은 어머니를 위해서 그리고 또 미래를 위해서 건배를 했다. 아, 그에게는 새로운 기운이 흘러넘쳤고, 삶에 대한 새로운 열정이 솟고 있었다. 갑자기 우리의 기분이 유쾌해졌던 것은 술기운 때문만은 아니었다. 우리는 두 잔씩만 마셨으니 말이다. 이유는 모르겠지만, 나중에 두 사람 모두 웃음이 거의 멈추지 않을 정도였다. 우리는 가벼운 얘기를 계속해서 나누었다. 그가 기분에 취해서 어떤 얘기를 꺼내면, 뒤를 이어 내가 또 다른 이야기를 했다. 우리가 나눈 이야기가 꼭 그렇게 재미있었다고는 할 수 없지만, 그래도 우리는 유쾌한 기분을 느꼈고 마음이 더없이 즐거웠다. 그는 계속해서 나를 보내려고 하지 않았다. 〈좀 더 있다 가거라, 좀 더 있어도 되지!〉 하고 그는 계속 나를 잡았고, 그럴 때마다 나는 다시 주저앉았다. 이윽고 내가 돌아갈 때 그는 나를 배웅하기 위해 일부러 바깥까지 나왔다. 날씨가 점점 차가워지고 있었지만 아주 아름다운 밤이었다.

「그런데 그녀에게 벌써 답장을 보냈나요?」 네거리에서 서로 마지막 악수를 나눌 무렵 아무런 생각 없이 내가 갑자기 물었다.

「아니, 아직 보내지 않았다. 그런 일은 이제 어찌 되었든 별로 상관없잖니? 내일 다시 오너라, 조금 일찍 오면 좋겠구나……. 그리고 람베르뜨와의 관계도 이제 깨끗이 정리해라. 문제의 그 〈서류〉도 가능한 한 서둘러 없애 버리고. 그러면 잘 가거라!」

그런 말을 하더니 그는 되돌아서 가버렸다. 멍한 기분을 느끼며 나는 그 자리에 잠시 동안 서 있었다. 충격적이게도 그가 〈서류〉에 대해 말했기 때문에 나는 아주 당황하여 그를 다시 부를 엄두도 내지 못하였다. 아마도 람베르뜨에게서 저간의 사정을 들었던 모양이다. 그렇지 않다면 어디서 그런 얘기를 듣고 정확하게 요점에 대해 언급할 수 있단 말인가? 나는 아주 혼란스런 심정으로 집에 돌아왔다. 나는 마음속으로 〈어떻게 그 2년 동안의 환상이 꿈처럼, 아니면 환영처럼 갑자기 사라질 수 있었을까? 어떻게 그런 일이 일어날 수 있었을까?〉 하는 생각에 골몰했다.

제9장

1

다음날 잠에서 깨어났을 때, 나는 아주 상쾌하고 안온한 기분을 느꼈다. 하지만 마음 한편에서 어제 그의 〈고백〉을 들으며 몇몇 대목에서 다소 경박하고 또 건방진 듯한 태도를 취했다는 점을 떠올리며 진심 어린 마음으로 자신의 행위에 대해 반성을 했다. 물론 그의 말이 약간 두서없이 산만했고, 그의 고백이 논리적 연관 없이 몇 군데에서 앞뒤가 맞지 않는 점이 있기는 했지만, 어제 그가 나를 자기 집으로 부른 것은 내게 어떤 논리적 명제를 말하려고 했던 것은 아니지 않은가? 그는 마치 가까운 친구를 대하듯 나를 대해 주었으며, 내게 깊은 배려를 보여 주지 않았는가? 나는 바로 그 점을 영원히 기억하여야 한다. 그리고 내가 이런 표현을 쓰면 다른 사람이 웃을지 모르지만 그래도 그의 고백은 〈감동적〉인 것이었다. 그의 표현이 이따금 냉소적이거나 조금 어색한 구석이 있기는 했지만, 그의 사실적 표현을 이해 못하고 그것을 받아들이지 못할 만큼(지향하는 이상을 훼손시키지 않는 한도 내에서) 내가 그렇게 편협한 사람은 아니지 않은가! 무엇보다 가장 중요한 것은 내가 마침내 그 사람을 속속들이 이해하였다는 사실이다. 그리고 그것도 알고 보니 사실 내가 생각했던 것보다 훨씬 단순한 일이어서, 나는 다소 유감스럽고 어딘가 허전한 기분을 느끼기도 했다. 나는 항상 마음속에서 이 사람을 지극히 높은 곳에, 구름 위에 올려놓고, 그의 운명에 신화적인 기운을 부여하고 있었다. 그래서 지금까지 그 비밀스런 베일이 내심 더 힘들게 열리기를 바라고 있었다. 물론 그가 그녀를 만난 경위나 약 2년에 걸친 과정에는 복잡한 사연들이 많이 내재되어 있었다. 〈그는 인생의 숙명을 받아들이려 하지 않았다. 그에게 필요한 것은 정신적 자유였지 숙명에 예속되는 것은 아니었다. 그렇지만 결국 자신의 숙명에 이끌리게 되었기 때문에, 그는 쾨니히스베르크에서 자신을 애타게 기다리고 있던 어머니에게 모욕감을 느끼게 하고 만 것이었지…….〉 여하튼 나는 그를 이념의 전도사라고 생각하고 있었다. 그는 가슴속에 황금 시대의 꿈을 안고 있었고 무신론의 장래를 예견하고 있었다. 그러나 그녀와의 만남이 모든 꿈을 꺾어 버렸고, 모든 계획을 엇나가게 만든 것이다! 아, 나는 그녀를 배반한 것은 아니지만, 드디어 그의 편에 서게 된 것이다. 그리고 어머니 같은 사람이라면 그의 운명에 아무런 방해 요소가 되지 않았을 것이고, 그와 어머니와의 결혼도 그의 계획에 걸림돌이 되지 않았으리라고 나는 생각하였다. 그것은 내 눈에도 분명해 보였다. 그것은 그녀와의 만남과는 의미가 전혀 다른 것이었다. 물론 어머니도 어쩌면 그에게 아무런 안정을 주지 못했을지도 모른다. 아니 어쩌면 그렇게 하는 것이 더 좋을지도 모른다. 그런 부류의 사람들의 삶에 대한 평가는 일반적인 기준에 근거하여서는 안 된다. 그들의 삶은 평범한 일상에서 완전히 벗어나 있기 때문이다. 오히려 반대로 그런 사람들의 삶이 평온하고 안정적이라면 그것이 더 부적절한 것이라고 할 수 있다. 그의 귀족 예찬론이나, 〈나는 귀족으로 죽겠다*Je mourrai gentilhomme*〉는 표현도 나를 전혀 당혹하게 하지 않았다. 나는 그가 지향하는 것이 어떤 귀족*gentilhomme*인지 이해했다. 그는 자신의 모든 것을 바쳐서 세계 시민과 〈이념의 전체적 통합〉이라는 러시아의 근본 사상을 전도해 나갈 운명을 지닌 사람인 것이다. 그리고 설사 〈이념의 전체적 통합〉이라는 계획이 무의미한 결과를 맺을지라도(물론 그것은 생각할 수 없는 일이지만), 그가 평생 동안 숭고한 사상을 지향했고 세속적인 물욕에 흔들리지 않았다는 사실만으로도 이미 의미 있는 일이 아니겠는가! 아, 내가 〈이념〉을 꿈꾸기 시작했을 때 과연 나는 물질에 대한 욕망을 완전히 극복했던가? 그때 나는 돈을 간절히 원했던 것이 아닐까? 맹세하건대 나는 오직 이념에만 헌신할 생각이었다! 나 자신의 안락함을 구가하기 위해서 의자나 소파 하나에도 장식용 천을 덧붙이지 않았을 것이다. 만일 1억의 재산을 가지고 있다 하더라도 나는 지금처럼 쇠고기 수프 한 그릇으로 만족했을 것이다.

일어나서 옷을 갈아입은 뒤에 나는 마치 그에게 재촉이라도 당하는 듯 서둘러 그에게 갔다. 미리 말해 두고 싶은 것은, 어제 그가 〈서류〉에 대한 얘기를 꺼낼 때 느꼈던 당혹감이 상당히 진정되었다는 사실이다. 무엇보다도 나는 그것에 대해 그와 의견을 나눌 생각이었다. 그리고 람베르뜨가 그에게까지 손을 뻗쳐 둘이서 뭔가를 긴밀하게 상의했다고 해서 신경 쓸 필요가 있을까? 하지만 무엇보다도 내 마음이 안정을 찾게 된 요인은 다른 것이었다. 즉 그가 더 이상 〈그녀를 사랑하지 않는다〉는 사실을 알게 되면서 내 마음이 차분하게 가라앉기 시작한 것이었다. 나는 그 사실을 확신하고 있었으며, 그래서 마치 누가 내 가슴에서 무거운 돌을 들어내 주기나 한 듯한 기분이었다. 그때 문득 한 가지 추측이 내 머리에 떠올랐다. 최근에 그녀가 뷔링과 결혼한다는 소식을 듣고 그가 미친 듯이 흥분했던 일과 그 추태, 그리고 모욕적인 편지를 보낸 일, 바로 그러한 극단적인 행동이야말로 어쩌면 그의 내면에서 급격한 심경 변화가 일어나고 있으며, 머지않아 그가 자신의 본연의 모습으로 돌아올 것임을 보여 주는 전조가 아니었을까. 그가 그런 행동을 했다는 것은 바로 그의 내적 심리에서 무언가 긴박하게 돌아가고 있다는 것을 반증하는 것이다. 이를테면 궁극적으로는 그가 자신의 최근 행동과는 반대 방향으로 가리라는 것이다. 최근에 나타난 일련의 행동들은 일종의 해프닝이었을 뿐 더 이상 어떤 다른 의미를 가지고 있는 것은 아니라는 것이다. 그런 생각에 이르게 되자 나는 마음이 한없이 편안했다.

〈이제 그녀는 자신의 뜻대로 자신의 운명을 열어 가면 된다. 뷔링 같은 사람과 결혼하겠으면 하는 것이고. 다만 그가, 내 아버지이며 친구이기도 한 그가, 더 이상 그녀를 사랑하지 않으면 되는 거야〉라고 나는 속으로 되뇌었다. 물론 그 말 속에는 내 자신의 내밀한 감정적 요소도 담겨 있었지만 그것을 여기에, 이 수기 속에 과장하여 쓰고 싶지는 않다.

이 정도면 충분하다. 그러면 이제부터, 그 다음에 계속해서 일어났던 무서운 사건과 그에 얽힌 복잡한 사실의 전모를 객관적인 관점에서 서술하기로 한다.

2

아침 열 시에 내가 그에게 가려고 막 나설 때, 나스따시야 예고로브나가 왔다. 나는 기쁜 마음으로 〈그분의 집에서 오는 길인가요?〉 하고 물었다. 그러나 예상과는 전혀 달리 그녀는 안나 안드레예브나의 심부름으로 왔다고 대답하여 나는 화가 났다. 그녀, 즉 나스따시야 예고로브나는 〈이른 아침에 집에서 나왔다〉는 것이다.

「어느 집에서 말인가요?」

「바로 어제 저녁의 그 집 말이지요. 어린 아기가 있는 어제 그 집은 지금 제 이름으로 빌려 쓰고 있어요. 물론 돈은 따찌야나 빠블로브나가 내지만…….」

「그야 아무 상관이 없지요!」 나는 화가 나서 이야기를 가로막았다. 「그건 그렇고, 그분은 지금 집에 계시겠지요? 지금 가면 만날 수 있겠지요?」

하지만 전혀 예상 밖으로, 그가 그녀보다 더 일찍 집에서 나갔다는 대답을 들었다. 그녀가 〈아침 일찍〉 집에서 나왔다는 것을 생각하면, 그는 꼭두새벽에 집을 나섰다는 얘기가 된다.

「그러면 지금쯤은 돌아오셨겠군요?」

「아뇨, 아마 아직 안 돌아오셨을 거예요. 그리고 어쩌면 아주 안 돌아오실지도 모르겠어요.」 그녀는 날카롭고 교활한 눈으로 나를 바라보며 말하였고, 계속해서 나로부터 시선을 떼려고 하지 않았다. 내가 병석에 누워 있을 때도 그녀가 지금과 유사한 태도를 취했다는 것은 앞에서 쓴 바 있다. 무엇보다도 내가 화난 것은 그녀의 태도 속에서 그들이 다시 무언가를 꾸미고 있다는 기운을 느꼈기 때문이다. 그런 상황에서 아마 그들은 비밀스런 계략을 꾸미지 않고서는 견딜 수 없었을 것이다.

「당신은 왜 그분이 돌아오시지 않으리라고 말하지요? 그것은 무슨 뜻이지요? 그는 어머니에게 가셨을 텐데요. 또 무슨 일이 있단 말인가요?」

「글쎄요, 전 잘 모르겠어요.」

「그러면 당신은 대체 무슨 일로 오셨지요?」

그녀는 안나 안드레예브나의 말을 전하러 온 것이었다. 안나 안드레예브나는 지금 바로 내가 오기를 기다리고 있으며, 그렇지 않으면 〈시기를 놓칠 것〉이라고 말하더라고 그녀가 내게 전했다. 그녀는 그 수수께끼 같은 말로 다시 완전히 나의 이성을 잃게 했다.

「나는 가기 싫어요, 그래서 안 가겠어요! 도대체 무엇이 늦는단 말인가요? 나는 다시는 누구의 지시도 받지 않겠어요! 그리고 람베르뜨 따위가 도대체 무어란 말인가요? 그녀에게 전해 주세요. 만일 그녀가 람베르뜨를 보낸다면, 내가 쫓아내 버리겠다고 하더라고 말이에요! 꼭 그렇게 전해 줘요.」

나스따시야 예고로브나는 아주 놀란 표정을 지었다.

「아닙니다, 사정이 그렇지 않습니다.」 앞으로 한 걸음 내디디면서 그녀는 내게 애원하듯 손을 비비며 말했다. 「그렇게 성화를 내지 마세요. 이것은 아주 중대한 일입니다. 당신 자신을 위해서도 아주 중대하며, 주변 분들 특히 안드레이 뻬뜨로비치나 당신의 어머니를 위해서도, 그리고 그 밖의 모든 사람을 위해서도 아주 중대한 일입니다……. 지금 서둘러 안나 안드레예브나에게 가셔야 해요. 그녀는 이 이상 도저히 더 기다리실 수 없으니 말이에요……. 이건 제가 제 자신의 명예를 걸고 말하는 겁니다……. 일단 가신 다음에 마음의 결정을 지으세요.」

당혹함과 혐오감을 동시에 느끼며 나는 그녀를 바라보았다. 「엉뚱한 소리 하지 마세요. 아무 일도 없을 거예요. 난 안 가겠어요!」 마음속으로는 심술궂은 기쁨을 느끼면서 완강한 어조로 내가 말했다. 「이제부터는 내 주관대로 판단할 겁니다! 당신은 내 뜻을 아시겠지요! 그러면 안녕히 가세요, 나스따시야 예고로브나. 나는 전혀 가고 싶은 마음이 없습니다. 그녀가 부르는 이유에 대해서도 알고 싶지 않고요. 무엇보다도 당신의 말을 듣다 보면 아주 혼란스러워집니다. 또 어떤 비밀스런 흑막에 참여하고 싶지도 않고요.」

하지만 그녀가 한 발짝도 움직이려 하지 않고 계속 서 있었기 때문에, 나는 외투와 모자를 집어 들고 그녀를 혼자 방에 남겨 둔 채 서둘러 밖으로 나와 버렸다. 나는 방에다 편지나 서류를 놓고 다니지 않았다. 그리고 외출할 때면 방을 잠그는 일이 거의 없었다. 그런데 내가 현관에 다다르기 전에 제복 차림을 한 집주인 뾰뜨르 이뽈리또비치가 모자도 쓰지 않은 채 내 뒤를 따라 계단을 뛰어내려왔다.

「아르까지 마까로비치! 아르까지 마까로비치!」

「무슨 일이지요?」

「나가시기 전에 뭔가 하실 말씀이 없으십니까?」

「없는데요.」

그러자 그는 다소 불안한 표정을 지으며 쏘아보는 듯한 시선으로 나를 바라보았다.

「저, 이를테면 방에 대해 뭐 하실 말씀이라도 혹시?」

「방에 대해서란 말은 또 뭐지요? 돈은 기한까지 어김없이 지불했을 텐데요?」

「네, 그게 저, 돈 이야기를 하는 게 아니라.」 갑자기 그는 어수룩한 미소를 지었지만, 눈은 여전히 쏘아보듯 내 얼굴을 바라보고 있었다.

「도대체 당신들은 모두 무슨 저의가 있는 거지요?」 더 이상 참지 못하고 마침내 폭발하는 심정으로 내가 소리를 질렀다. 「당신은 또 무슨 용무가 내게 있는 거지요?」

계속 그렇게 선 채, 내게서 무슨 말을 기다리는 것처럼 그는 다시 몇 초 동안 가만히 있었다.

「저, 그렇다면 나중에 말씀드리지요……. 지금 도무지 그럴 기분이 아니시라면.」 아리송한 미소를 지으며 그는 아주 모호하게 말했다. 「그럼 다녀오십시오. 저도 출근해야겠습니다.」

그러더니 그는 다시 계단을 올라가 자기 방 쪽으로 가버렸다. 사실 그러한 행동들은 여러 가지 일을 분명하게 암시하는 것이었다. 그래서 당시의 모든 일들 중에서 별 의미가 없다고 느껴지는 것이나 아주 소소한 것까지도 생략하지 않고 여기에 기록하고자 한다. 왜냐하면 이러한 사소한 사건들이 나중에 서로 연결되어 구체적인 하나의 형상을 만들게 되면 독자들도 저간의 사정을 쉽게 납득할 수 있을 것이기 때문이다. 솔직히 말해 그런 일련의 사건들은 그 당시 나를 아주 혼란스럽게 만들었다. 그 상황 속에서 내가 한편으로는 초조해 하며 언짢은 기분을 느꼈던 것은, 그들의 말 속에서 어떤 비밀스런 음모의 기운과 지난 일들을 더듬어 보게 하는 야릇한 어조가 느껴졌기 때문이다. 아무튼 다음에 있었던 일을 계속 서술하겠다.

베르실로프는 역시 집에 없었다. 이른 아침에 집을 나갔던 것이다. 〈아마 어머니에게로 갔을 거야〉라고 생각하며 나는 내 짐작이 맞을 것이라고 확신했다. 나는 제대로 머리가 돌아가지 않는 유모에게 묻고 싶은 생각이 전혀 없었다. 그 집에는 그녀밖에 없다는 것을 확인하고 나는 서둘러 어머니에게 달려갈 생각을 하였다. 하지만 솔직히 말해 아주 불안한 생각이 들어 나는 길에서 마차를 잡아탔다. 가만히 생각해 보니 어제 저녁 이후로 나는 어머니에게 들르지 않았다. 집에 도착했을 때 따찌야나 빠블로브나와 리자가 어머니와 함께 있었고, 리자는 내가 들어가자 외출할 준비를 하기 시작했다.

집에 들어갔을 때 그들은 위층에 있는 내가 관이라고 부르는 그 방에 모여 앉아 있었다. 아래층 응접실에는 마까르 이바노비치의 유해가 탁자 위에 안치되어 있었고, 그 앞에는 어떤 노인이 앉아 낭랑한 목소리로 시편을 읽고 있었다. 이제부터 나는 사건의 주요한 흐름과 무관한 일에 대해서는 묘사하지 않을 생각이지만, 이 상황에 대해서만은 세밀하게 살펴보고자 한다. 그 방에 가져다 놓은 서둘러 만들어진 검은 관은 평범해 보이지 않았으며 천을 덧붙인 것이었다. 고인의 유해를 덮은 천도 화려하고 값져 보이는 것이어서 죽은 노인에게도, 또 그의 가치관에도 전혀 어울리지 않아 보였다. 하지만 어머니와 따찌야나 빠블로브나 두 사람의 간청에 따라 그렇게 치장한 것이었다.

나는 마음속으로 물론 그들이 밝은 표정을 하고 있으리라고는 전혀 기대하지 않았었다. 그러나 그들의 눈에서 뭔가 숨막히는 슬픔, 걱정스러운 불안의 기색을 발견하였고, 그것이 내 마음을 아프게 하였다. 그들의 그런 기색 속에서 나는 즉시 〈이런 분위기는 사람이 죽었기 때문에 생긴 것만은 아니다〉라는 결론을 내렸다. 다시 말하지만 나는 그 상황에 있었던 모든 일을 세세하게 기억하고 있다.

그런 상황에 별 동요 없이 나는 어머니를 가볍게 껴안아 주고는 곧바로 그가 다녀갔는지를 물어봤다. 그 순간 뭔가 수심 어린 빛이 어머니의 눈을 스쳐 지나가는 것을 볼 수 있었다. 나는 어머니에게, 어제 저녁 그와 둘이서 밤늦게까지 있었는데, 헤어질 때 나더러 오늘 아침에 될 수 있는 대로 일찍 오라고 하더니, 오늘은 새벽부터 벌써 집에 없더라는 내용의 이야기를 간추려 말하였다. 어머니는 아무런 대답도 하지 않았지만, 따찌야나 빠블로브나는 기회를 보다가 곧 위협적인 태도로 내게 다가섰다.

「다녀올게요, 오빠.」 리자가 갑자기 잠긴 목소리로 말을 하더니 서둘러 방을 나갔다. 물론 나는 그 뒤를 쫓아 나갔다. 그녀는 출입문 가까이에 다가서서야 걸음을 멈췄다.

「저도 오빠가 뒤따라 나올 것이라고 생각했어요.」 그녀는 빠른 어조로 속삭이듯 말했다.

「리자, 도대체 무슨 일이 있었니?」

「뭔가 여러 가지 일이 있는 것 같은데 무슨 내용인지는 잘 모르겠어요. 아마 〈영원한 이야기〉도 이제 막을 내릴 때가 된 것 같아요. 그분은 오시지 않았지만, 그분에 관한 어떤 소식이 전해진 것 같아요. 오빠에게는 아마 전혀 말해 주지 않을 테니 오빠도 자세한 내용은 캐묻지 말아요. 제가 보기에 어머니도 이젠 완전히 지치신 것 같아 저도 아무런 말도 꺼내지 않았어요. 그럼 다녀가세요.」

그녀는 문을 열었다.

「리자, 너도 뭔가 사정을 알고 있구나?」 나는 그녀의 뒤를 따라 현관 홀로 나갔다. 어깨가 완전히 처져 있는 그녀의 절망적인 모습이 내 마음에 아프게 파고들었다. 그녀는 악의가 있다기보다는 냉랭해 보이는 눈초리로 나를 바라보며 언짢은 표정으로 미소를 짓더니 한 손을 힘없이 흔들었다.

「이제 그만 차라리 죽어 주는 편이 나을 텐데.」 계단에서 그렇게 험한 말을 함부로 내뱉더니 그녀는 나가 버렸다. 그녀의 말은 세르게이 뻬뜨로비치 공작을 향해서 한 것이었다. 그는 그 무렵 열병에 걸려 혼수 상태에 빠져 있었다. 〈영원한 이야기! 영원한 이야기란 무엇일까?〉 나는 곰곰이 생각했다. 문득 그때, 어젯밤에 그가 해준 고백에서 내가 받은 느낌, 아니 고백 그 자체를 그들에게 말해 주자는 생각이 들었다. 〈그들은 지금, 그에 대해서 뭔가 좋지 않은 일을 생각하고 있는 거야. 그렇다면 오히려 모든 사정을 알려 주는 편이 좋겠다!〉

예상 외로 내가 그날 얘기를 아주 재미있게 말하던 장면을 지금도 기억하고 있다. 그들의 얼굴에 금방 진지한 호기심이 떠올랐다. 따찌야나 빠블로브나도 이때만은 내 얼굴을 찬찬히 들여다보며 듣기에 열중하였다. 어머니는 내 얘기를 더 열심히 들었다. 그녀는 아주 진지한 표정을 지어 보였고, 이따금 아름다운 미소를 희미하게 머금기도 하면서 내 얘기에 귀를 기울였다. 그러다가 갑자기 얼굴에 절망적인 미소가 나타나더니 내 얘기가 거의 끝날 때까지 사라지지 않았다. 물론 이야기를 쉽게 풀어 가면서 말했지만, 나는 그들이 그 내용을 거의 이해하지 못하리라는 것을 알고 있었다. 그런데 따찌야나 빠블로브나는 내 말을 듣는 동안 전혀 아무런 시비도 걸지 않았고 귀찮게 다시 묻지도 않았을 뿐더러 함부로 말참견을 하지도 않았기 때문에 나는 다소 의아한 기분이 들었다. 평소에 그녀는 내가 뭔가 이야기를 시작하기만 하면 언제나 곧바로 공격적인 태도를 취하곤 했기 때문이다. 그녀는 내 말을 이해하려는 듯이 때때로 입술을 깨물기도 하였고, 또 눈을 가늘게 뜨기도 하면서 열심히 듣기만 했다. 이따금 그들은 내가 말하는 내용을 속속들이 이해하는 것 같은 반응을 보이기도 했지만, 사실 그런 일은 기대하기 어려운 것이었다. 예를 들어, 나는 그의 정신적 상태에 대해서 말했는데, 그것은 주로 그가 어제 받았던 감동이라든가 어머니에 대한 그의 사랑이나 기쁜 감정, 그리고 그가 어머니의 초상 사진에 입을 맞춘 이야기 등이었다……. 이야기를 들으면서 그들은 말없이 서로 재빨리 눈짓을 교환하기도 하였다. 어머니는 얼굴이 붉어지기도 했지만, 그들은 계속해서 침묵을 지켰다. 그 다음은…… 그 다음은 아주 중요한 내용이지만, 어머니 앞에서 나로서는 말하기가 어려운 사항들이었다. 즉 그가 그녀를 만나게 된 과정에 관한 이야기나 그리고 무엇보다도 가장 중요한, 어제 그녀가 그에게 보낸 편지라든가, 또 그 편지를 본 뒤에 그의 내면에서 일어난 새로운 정신적 〈부활〉에 관한 이야기는 차마 꺼내지를 못했다. 그런 저간의 사정을 알아야 그가 어제 저녁에 어머니에 대해 말한 사랑의 감정을 말할 수 있고, 어머니가 진한 감동을 느낄 수 있었을 텐데, 나는 그것에 관해서는 말할 수 없었다. 하지만 그것은 내 잘못이라고 할 수 없다. 왜냐하면 나는 내가 말할 수 있는 범위 내의 것에 관해서는 모조리 다 말했기 때문이다. 이야기를 끝냈을 때 나는 머리가 혼란스러웠다. 그들은 여전히 침묵을 지키고 있었다. 나는 그들과 더 이상 함께 있기가 힘들었다.

「아마 지금쯤은 돌아오셨을 거예요. 어쩌면 제 하숙방에서 기다리고 계실지도 모르겠군요.」 이렇게 말하며 나는 일어서서 나오려고 했다.

「그래, 어서 가봐라!」 큰 목소리로 따찌야나 빠블로브나가 맞장구를 쳤다.

「아래층에는 가봤니?」 헤어지면서 어머니가 속삭이듯이 말했다.

「가봤어요. 고개를 숙여 진심으로 그분을 위해서 기도했어요. 참 온화하고 편안한 얼굴이었어요, 어머니! 고마워요, 어머니. 아주 좋은 관을 마련했더군요. 처음에는 다소 낯설게 보였지만, 아마 저라도 역시 똑같이 했을 거예요.」

「내일 교회에 나올 거지?」 이렇게 물으며 갑자기 어머니의 입술이 떨리기 시작했다.

「왜 그러세요, 어머니?」 나는 놀라서 말했다. 「저는 오늘도 밤샘하러 오겠어요. 그리고 자주 들르겠어요. 그리고…… 내일은 바로 어머니 생신이잖아요, 어머니, 그렇지요! 그분이 사흘만 더 살아 계셨더라면 좋았을 텐데!」

마음속에서 다소 놀라움이 섞인 의구심을 느끼면서 나는 밖으로 나왔다. 어머니는 왜 내게 장례식이 있을 교회에 올지 안 올지를 물었을까? 그리고 나에 대해서 그렇게 생각한다면, 그에 대해서는 어떻게 생각하고 있을까?

따찌야나 빠블로브나가 뒤따라 나온다는 것을 알고 나는 일부러 현관 앞에서 잠시 걸음을 멈췄다. 그녀는 내게 와서 한 손으로 나를 얼른 계단 쪽으로 밀면서 내 뒤를 따라 밖으로 나오더니 서둘러 손을 뒤로 돌려 문을 닫아 버렸다.

「따찌야나 빠블로브나, 당신은 안드레이 뻬뜨로비치가 오늘도 그리고 내일도 이리로 오지 않을 것이라고 생각하나요? 저는 놀랐어요…….」

「함부로 말하지 마. 네가 놀라든 말든 그건 큰 문제가 아냐. 그런데 네가 어제 있던 일에 관해 말하면서 끝내 말하지 않은 것이 있지, 그게 뭐지?」

더 이상 감출 필요가 없다고 생각했기 때문에 나는 베르실로프에 대한 분풀이라도 하는 생각으로, 그가 어제 까쩨리나 니꼴라예브나의 편지를 받았다는 이야기와 그 편지의 효과, 즉 그가 새로운 삶에 대한 열정을 갖기 시작했다는 이야기를 모두 해주었다. 하지만 놀랍게도 그 편지에 대한 얘기를 듣고도 그녀는 조금도 놀라지 않았다. 그래서 나는 그녀가 이미 그것에 관해 알고 있었다고 생각했다.

「거짓말은 아니겠지?」

「거짓말 아니에요.」

「그가 가장을 하는구나.」 냉랭한 미소를 지으면서 그녀는 뭔가를 다시 생각하는 듯했다. 「새로운 삶이라고! 그 사람에게 그런 일이 일어난다고! 그 사람이 사진에 입을 맞췄다는 것은 정말이냐?」

「사실이에요, 따찌야나 빠블로브나.」

「진심으로 입을 맞췄겠지, 그런 시늉을 한 건 아니겠지?」

「그런 시늉을요? 그 사람이 정말로 그런 연극을 한 적이 있었나요? 너무 편협한 생각이에요, 따찌야나 빠블로브나. 참으로 여자들이란 유치하기 짝이 없군요.」

흥분한 목소리로 내가 말했지만, 그녀에게는 내 말이 들리지 않는 것 같았다. 계단 위에는 찬바람이 몰아치고 있었지만, 그녀는 또 뭔가를 생각하는 표정이었다. 나는 털가죽 외투를 입고 있었지만, 그녀는 웃옷도 안 입고 있었다.

「네게 뭔가를 하나 부탁하고 싶지만 네가 아주 어리석기 때문에 참 걱정스럽다.」 그녀는 왠지 언짢은 표정으로 말했다. 「이것 봐라, 네가 안나 안드레예브나에게 가서 뭐 좀 하나만 보고 와……아니다, 가지 말아라. 멍청이들은 어찌해 볼 도리가 없으니까! 자, 그렇게 멀뚱멀뚱 서 있지 말고 가서 네 일을 봐!」

「아뇨, 안나 안드레예브나에게는 절대로 가지 않겠어요! 안나 안드레예브나가 제게 사람을 보내기는 했지만, 저는 안 가겠어요.」

「그쪽에서? 나스따시야 예고로브나를 말이냐?」 그녀는 나를 흘끗 쳐다보더니, 돌아가려고 열었던 문을 다시 닫아 버렸다. 나는 묘한 쾌감을 느끼면서 되풀이하여 말했다.

「저는 무슨 일이 있어도 안나 안드레예브나에게는 안 가겠어요! 바로 지금 저더러 바보라고 말했기 때문에 안 가겠다는 말입니다. 저는 오늘처럼 모든 것을 꿰뚫어 본 적이 없었어요. 이제 당신들이 꾸미는 일을 훤히 읽을 수 있어요. 그래도 저는 안나 안드레예브나에게는 안 가겠어요!」

「네가 그러리라고 생각했지!」 그녀는 짜증 섞인 목소리로 말했지만, 그것은 또다시 내 말에 대한 답이 아니라 계속해서 자기 생각을 하다가 나온 말이었다. 「이번에는 그 애도 꼼짝없이 묶여 버렸구나.」

「안나 안드레예브나가 말인가요?」

「바보!」

「그러면 누구 말이지요? 혹시 까쩨리나 니꼴라예브나인가요? 꼼짝없이 묶여 버렸다는 말이 무슨 뜻이지요?」 나는 아주 놀랐다. 막연하지만 아주 무서운 생각이 갑자기 내 가슴 깊숙이 파고들었다. 따찌야나 빠블로브나는 가만히 나를 쏘아보았다.

「네가 지금 하고 있는 게 뭐지?」 그녀가 불쑥 물었다. 「너는 거기서 대체 무슨 일에 끼어들고 있는 거지? 너에 대해서 좀 들은 말이 있다. 이 멍청이야, 좀 조심해!」

「따찌야나 빠블로브나. 당신에게 한 가지 무서운 비밀을 알려 드리겠어요. 하지만 지금은 시간이 안 되니까, 내일 만나서 말하지요. 대신에 지금 제게 모든 사실을 말해 주세요. 꼼짝없이 묶여 버렸다는 게 무슨 말이지요……? 제가 이렇게 잔뜩 긴장한 채 묻고 있잖아요?」

「네가 긴장을 하든 말든 그게 무슨 상관이냐!」 그녀가 소리쳤다. 「게다가 또 무슨 비밀을 내일 털어놓겠다는 거냐. 혹시 네가 뭔가를 감추고 있는 게 아니냐?」 수상하다는 듯한 시선을 내게 던지면서 그녀가 말했다. 「그 편지를 끄라프뜨가 분명히 태우는 것을 봤다고 네가 맹세하며 말했다고 하던데?」

「따찌야나 빠블로브나, 부탁입니다, 제발 저를 괴롭히지 마세요!」 나는 거의 이성을 잃고 그녀의 질문에는 대답도 않은 채 내 말만 계속했다. 「당신이 사실을 제게 감추면 상황이 훨씬 더 악화될 수도 있어요……. 무엇보다도 그분이 어제 완전히, 아주 새로운 모습으로 거듭났기 때문이지요!」

「이 빌어먹을 광대 같은 녀석! 너도 완전히 홀딱 반했구나! 도대체 어떻게 부자가 한꺼번에 한 여자에게 눈이 멀 수가 있니! 에이, 천하에!」

잔뜩 화난 표정으로 그녀는 문을 쾅 닫고 들어가 버렸다. 그녀가 마지막으로 입에 담은 욕설에 심한 모욕을 느끼면서 나는 밖으로 뛰어나왔다. 그러나 이미 약속한 대로 내 감정에 관한 묘사는 그만두고, 저간의 사정을 모두 알릴 수 있는 구체적인 사실 묘사에 치중하기로 하겠다. 길에 나서서 우선 나는 그의 집으로 다시 뛰어갔다. 유모는 그가 아직 돌아오지 않았다는 말만 하였다.

「그러면 돌아오지 않을 것 같아요?」

「글쎄요, 저야 알 수 없지요.」

3

사실대로, 있던 사실 그대로……! 그렇지만 독자들이 이해할 수 있을지? 지금도 생생하게 기억하지만, 나는 바로 그 사실이라는 것에 완전히 압도당하여 아무것도 이해하지 못하고 그날이 끝날 무렵에는 머리가 뒤죽박죽이 되고 말았다. 그래서 사정을 이해하기 쉽게 두세 가지에 대해 미리 말하고자 한다.

내 혼란의 근원은 다음과 같은 문제에 있었다. 만일 그가 새로운 삶을 지향하며 그녀를 더 이상 사랑하지 않는다고 할 경우, 그는 오늘 어디에 있어야 할까? 아마 무엇보다도 먼저 어제 서로 포옹했던 내 하숙방에 있어야 했을 것이며, 그 다음은 아무래도 그 사진에 입을 맞춘 어머니의 집일 것이다. 그런데 그는 예상되는 두 곳 대신 〈이른 아침부터〉 갑자기 어딘가로 종적을 감춰 버린 것이다. 그리고 나스따시야 예고로브나는 〈글쎄요, 돌아오실지 모르겠군요〉라고 엉뚱한 소리를 늘어놓고, 리자는 〈영원한 이야기〉의 종말이니, 어머니가 그에 대한 몇 가지 소식을, 그것도 가장 새로운 소식을 가지고 있다느니 하는 얘기를 확신에 차서 말했다. 그렇다면 아마도 그 집에서는 모두들 까쩨리나 니꼴라예브나의 편지에 대해서도 틀림없이 알고 있는 것이다(그것은 내가 직접 확인한 일이다). 그리고 내 이야기를 진지하게 듣고 나서도 그가 〈새로운 삶으로 거듭났다〉는 말은 전혀 믿으려고 하지 않았다. 어머니는 어쩐지 기운이 없어 보였고, 따찌야나 빠블로브나는 〈거듭남〉이라는 말에 대해서 냉소적으로 반응하였다. 그렇다면 어젯밤 동안에 그가 또다시 심경의 변화를 일으켰고, 다시 정신적 위기가 왔다는 것을 의미한다. 그것도 어제 그렇게 환희 어린 감동을 나눈 직후에! 그렇다면 그가 말하던 〈새로운 삶〉도 마치 비누 방울처럼 터져 흔적도 없이 사라져 버렸다는 것이 된다. 그런 상태로 그는 어쩌면 지금 뷔링에 관한 소식을 들었을 때와 마찬가지로 또다시 광란의 상태로 어딘가를 헤매고 있을지도 모른다! 그렇다면 어머니는 어떻게 되는 것일까 나는, 우리 모두는, 그리고, 그리고…… 마지막으로 그녀는 도대체 어떻게 되는 것일까? 따찌야나 빠블로브나가 나를 안나 안드레예브나에게로 보내려고 우연히 입 밖에 낸 〈꼼짝없이 묶여 버렸다〉는 말은 무슨 뜻일까? 그렇다면 그 올가미는 거기에 있을 것이다. 바로 안나 안드레예브나의 집에! 그런데 그것이 왜 안나 안드레예브나의 집에 있을까? 나는 곧바로 안나 안드레예브나에게 가보기로 했다. 가지 않겠다고 말한 것은 홧김에 일부러 그렇게 말한 것이었다. 그런데 왜 따찌야나 빠블로브나가 〈서류〉에 대해 말했을까? 어제 내게 그 〈서류〉를 태워 버리라고 한 것은 그가 아니었던가?

이러한 생각들이 꼬리를 물며 내 머리를 올가미처럼 압박하였다. 하지만 가장 중요한 것은 그에게 내가 절실히 필요할 것이라는 사실이었다. 우리 둘이 머리를 맞대면 즉시 모든 것을 정리할 수 있다는 생각이 들었다. 몇 마디 말만 나누면 우리는 서로의 내밀한 뜻을 이해할 것이다. 그리고 나는 그의 손을 잡으며, 가슴속에서 진정으로 감동적인 말을 찾아낼 것이다. 나는 그런 공상에 사로잡혀 있었다. 아, 나라면 그의 광기를 진정시킬 수 있을 텐데……! 도대체 그는 지금 어디에 있을까? 그런데 내가 하숙집에 거의 다 다랐을 때 갑자기 람베르뜨와 마주쳤다. 내가 그토록 흥분한 바로 그 순간에 왜 하필 람베르뜨와 마주치게 된 것일까! 그는 나를 보자 기쁜 듯이 소리를 지르며 내 손을 꽉 잡았다.

「자네를 만나려고 벌써 세 번째나 가는 거야……. 이제 겨우 만났네*Enfin*! 자, 같이 식사하러 가자!」

「가만있어 봐! 너 우리집에 갔었구나? 혹시 거기 안드레이 뻬뜨로비치 없던?」

「아니! 아무도 없었어. 그런 문제들은 신경 쓰지 마! 자네는 어제 어리석게도 지독하게 화를 내더군. 자네는 엉망으로 취했었어. 사실은 중요한 이야기가 있어. 어제 우리가 상의한 일에 대해서 오늘 재미있는 소식을 들었지…….」

「람베르뜨.」 나는 그의 말을 가로막았지만, 너무 서둘렀기 때문에 약간 숨이 찬 상태에서 낭독조로 말하였다. 「내가 이렇게 걸음을 멈추고 너와 얘기하는 것은 이제 완전히 너와의 관계를 끊기 위해서야. 이미 어제 말했는데도 너는 아직 이해가 안 가는 모양이구나. 람베르뜨, 너는 유치하고 프랑스 인처럼 머리가 나빠. 너는 아직도 뚜샤르의 사숙에서처럼 나를 아직도 바보라고 생각하고 있는 거야……. 하지만 나는 이제는 뚜샤르 시절의 애송이가 아니야……. 나는 어제 취해 있었다. 하지만 그것은 술기운 때문이 아니라, 내 마음속에서 흥분하고 있었기 때문이다. 네가 지껄여대는 것에 내가 맞장구를 친 것도 네 마음을 떠보려고 그런 거야. 그랬더니 너는 그저 내 말을 믿고 기분이 좋아 마구 떠들어대더군. 야, 그녀와 결혼하다니, 그런 것은 중학생도 믿지 않을 얼토당토않은 이야기야. 내가 그런 이야기를 믿으리라고 생각하니? 그러나 너는 그것을 믿었지! 네가 그것을 믿은 까닭은, 네가 상류 사회에 출입하지 못하기 때문에 상류 사회의 방식을 모르기 때문이야. 상류 사회란 데는 그렇게 만만한 곳이 아니야. 〈자, 우리 결혼합시다〉 하면 〈그렇게 하지요〉 하고 간단하게 일이 성사되는 데가 전혀 아니라고……. 진짜로 네가 하려고 하는 게 무엇인지 내가 맞혀 볼까? 너는 어떻게든지 나를 술에 곯아떨어지게 한 다음 그 서류를 훔쳐내어 나로 하여금 어쩔 수 없이 까쩨리나 니꼴라예브나를 상대로 한 어떤 음모에 참여하게 만들려고 하는 거야! 하지만 절대로 그렇게는 안 되지. 나는 절대로 너한테 가지 않을 테니까. 분명히 말해 두지만, 내일 아니면 늦어도 모레까지는 그 서류가 그녀의 손에 들어가게 될 거야. 본래 그녀가 직접 쓴 것이니까 그것은 그녀의 것이야. 그래서 나는 그것을 그녀에게 돌려주기로 결정했어. 어디서 넘겨줄 건지 알고 싶으면 알아 둬! 그녀의 친지인 따찌야나 빠블로브나를 통해서, 따찌야나 빠블로브나가 지켜보는 가운데 넘겨줄 거야. 물론 서류의 대가는 전혀 받을 생각이 없고……. 그러니 이제 내 앞에서 영원히 사라져 줘. 그렇지 않으면…… 그렇지 않으면, 람베르뜨, 나도 언제까지나 점잖게 참고 있지만은 않을 거야…….」

말을 끝내자 나는 온몸을 떨었다. 우리 삶에 항상 해를 끼치는 나쁜 습관은 거짓으로 꾸민 자신감이다. 귀신에게 홀리기라도 한 듯 나는 아주 흥분하여 목소리가 커졌고, 연설조의 말을 끝낼 무렵에는 말을 한 단어씩 끊어서 분명히 발음하였다. 그러다가 마침내 따찌야나 빠블로브나를 통해서 서류를 그녀의 집에서 넘겨주기로 되어 있다는 등의 전혀 필요 없는 말까지 털어놓고 말았다. 그 친구를 어리둥절하게 만들고 싶은 공연한 객기가 들었기 때문이다. 내가 불쑥 서류 이야기를 꺼내자 그가 얼이 빠진 듯한 표정을 짓는 것을 보고, 나는 정확하고 상세한 사실을 가지고 그를 완전히 몰아쳐서 철저하게 압도하고 싶어졌기 때문이다. 그러나 이렇게 여자의 수다처럼 떠벌린 말이 나중에 일어날 무서운 일의 화근이 되어 버렸다. 왜냐하면 따찌야나 빠블로브나나 그녀의 집에 대한 시시한 이야기가 보통 사람들에게는 별로 대수로울 게 없지만, 그와 같은 사기꾼에게는 그런 사소한 것이라도 일을 꾸미는 데 요긴하게 이용될 수 있기 때문이다. 고차적인 이해가 필요한 일에 관해서는 전혀 이해할 능력이 없지만, 그는 이런 자질구레한 일에 대해서는 역시 눈치가 빨랐다. 따찌야나 빠블로브나에 대해서만 말하지 않았더라도 그 커다란 재난은 일어나지 않았을 것이다. 내 말을 다 듣고 나자 처음 얼마 동안 그는 아주 당황한 모습이었다.

「내 말을 들어 봐.」 그가 중얼거리듯이 말하였다. 「알폰신느가…… 알폰신느가 노래를 불러 줄 거야……. 알폰신느가 그녀에게 갔었어. 그런데 아흐마꼬바 부인이 자네에 대해서 한 말이 적혀 있는 메모장을 내가 가지고 있어. 곰보가 내게 갖다 줬어. 생각나지, 그 곰보 말이야. 그것을 보여 줄 테니까 한번 같이 가잔 말이야!」

「거짓말 하지 마, 사실이라면 편지를 내놔 봐!」

「집에 있어, 알폰신느가 가지고 있지. 자 가자!」

물론 그것은 그가 꾸며 낸 거짓말이었다. 나를 잡아 두려고 말을 꾸며 낸 것이었다. 나는 그를 길에 놔둔 채 서둘러 걷기 시작했다. 그리고 그가 뒤따르려는 것을 보고 걸음을 멈춘 채 주먹을 들어 그를 위협했다. 그러자 그는 체념한 듯 무슨 생각에 잠긴 채 나를 혼자 가게 했다. 어쩌면 그의 머리에 어느새 새로운 계획이 떠올랐는지도 모른다. 그런데 전혀 예상치 못한 사건과 뜻밖의 만남은 그것으로 끝나지 않았다……. 지금 그날 일어났던 그 모든 혼란스러운 사건들을 돌이켜 보면, 마치 그런 사건들이 서로 미리 짜고 동시에 벌어진 것이 아닌가 하는 착각이 들기도 한다. 하숙집 문을 열자마자 나는 현관 앞에서 키가 큰 청년과 마주쳤다. 그는 약간 길다랗고 창백한 얼굴에 오만해 보이는 표정이었으며, 〈사치스럽게〉 치장한 멋진 외투를 입고 있었다. 그는 코안경을 쓰고 있었는데 나를 보자 곧 그것을 벗고(아마 예의를 갖추기 위해서인 것 같았다), 공손하게 한 손으로 모자를 잠깐 들어올려 보였다. 그러고는 얼굴에 미소를 머금은 채 〈안녕하십니까 *Bonsoir*〉 하고 가볍게 인사를 하며 서둘러 내 옆을 지나 계단 쪽으로 걸어가 버렸다. 나는 그를 모스끄바에서 한 번 잠깐 만났을 뿐이지만, 서로 상대방이 누구인지 알아보았다. 그는 안나 안드레예브나의 오빠이자 시종보로 재직 중인 베르실로프 2세였다. 즉 베르실로프의 아들이니 나와는 형제 사이였다. 하숙집 여주인이 그를 배웅하였다(집주인은 아직 퇴근하지 않은 상태였다). 그가 밖으로 나가자, 나는 그녀에게 험악한 표정을 지으며 따져 물었다.

「저 사람이 여기서 무엇을 하고 있었지요? 내 방에 들어갔었나요?」

「그는 저를 찾아왔던 거고, 당신 방에는 들어가지도 않았어요…….」 그녀는 무뚝뚝한 어조로 잡아떼듯 말하더니 곧 돌아서서 자기 방으로 돌아가려고 했다.

「아닙니다. 그렇게 얼버무리지 마세요!」 내가 소리쳤다. 「제발 말해 주세요, 도대체 저 사람이 무슨 일로 왔었지요?」

「아무 일도 없었어요! 제가 당신에게 우리집을 오가는 사람들에 관해서 일일이 보고해야 하나요? 우리 같은 사람들도 자기 자신의 생각을 가지고 있다고 여겨지지 않으세요? 젊은 분이니까 어쩌면 내게 돈을 꾸려고 올 수도 있고 또 누구의 주소를 물으려고 올 수도 있잖아요. 어쩌면 지난번에 제가 그런 약속을 했을지도 모르고요…….」

「지난번이라니, 그게 언제지요?」

「모르겠어요! 하지만 그가 찾아온 것은 오늘이 처음이 아니에요!」

여주인은 방으로 들어가 버렸다. 하지만 나는 그녀의 말투가 돌연 바뀌었다는 것을 알아챘다. 갑자기 내게 전에 없이 거친 말을 사용한 것이다. 여기에는 분명히 무슨 사연이 있을 것이다. 내가 한 걸음 내디딜 때마다, 한 시간이 지날 때마다 내가 알 수 없는 비밀이 자꾸 불어 갔다. 베르실로프 2세가 안나 안드레예브나와 함께 나를 처음으로 찾아온 것은 내가 앓고 있을 때였다. 나는 그때의 정경을 확실하게 기억하고 있다. 그리고 어제 안나 안드레예브나가 어쩌면 노공작이 내 방에서 지내게 될지도 모른다는 놀라운 말을 한 것도, 나는 분명히 기억한다……. 하지만 이런 모든 일들이 예상 밖으로 혼란스럽게 밀려들었기 때문에 나는 거의 아무런 적절한 대책도 세울 수가 없었다. 나는 이마를 한 번 쓰다듬은 다음 곧바로 안나 안드레예브나의 집으로 달려갔다. 하지만 그녀는 집에 없었고, 문지기로부터 〈그분은 짜르스꼬예로 가셨다가 내일 이때쯤에나 돌아오실 겁니다〉라는 대답을 들었다.

〈짜르스꼬예로 갔다면, 그녀는 틀림없이 노공작에게 갔을 거야. 그리고 그녀의 오빠는 미리 내 방을 살펴보고 간 것이고! 그렇게는 안 된다. 어림없지!〉 나는 이를 악물며 속으로 다짐했다. 〈만일 그들이 그녀를 옭아매려고 음모를 준비하고 있다면, 나는 온 힘을 다해서 그 《불행한 여자》를 꼭 지켜 줘야지!〉

안나 안드레예브나의 집에서 나왔을 때, 흥분한 상태에서 나는 문득 운하 옆에 있는 음식점이 떠올라 집으로 가지 않고 그곳으로 방향을 정했다. 이따금 울적한 기분이 들면 안드레이 뻬뜨로비치가 그곳에 들르던 게 갑자기 생각나 나는 설레는 마음으로 서둘러 갔다. 벌써 3시가 지났기 때문에 주변이 어두워지기 시작했다. 음식점 종업원이 그가 이미 다녀갔다고 말해 주었다. 〈잠시 들르셨다가 곧 나가셨습니다. 혹시 어쩌면 다시 오실지도 모르고요.〉 나는 그곳에서 그를 기다리기로 마음을 정하고 식사를 주문하였다. 적어도 희망의 빛이 나타난 것이다.

될 수 있는 대로 자리에 오래 앉아 있을 의향으로 나는 필요 이상의 음식까지 주문해서 천천히 먹으며 기다렸다. 아마 네 시간쯤은 앉아 있었으리라 생각된다. 기다리면서 내가 느낀 슬픔과 초조한 심정에 대해서는 기술하지 않겠다. 그를 기다리면서 나는 내면의 모든 것이 심한 충격을 받아 온통 뒤흔들리고 있는 것 같은 느낌을 받았다. 악기의 연주소리, 그리고 손님들의 다양한 얼굴들! 그 상황 속에서 내가 불현듯 느낀 쓸쓸한 감정은 내 마음속에 깊이 새겨져 아마 영원히 잊혀지지 않을 것이다! 그리고 갑자기 밀려든 회오리바람에 의해 흩날리는 가을의 낙엽처럼, 내 머릿속에 떠오르던 수없이 많은 상념들에 대해서도 쓰지 않을 생각이다. 그때 내 머릿속은 아주 혼란스러웠다. 내가 가졌던 느낌을 있는 그대로 말한다면, 나는 내 정신이 분열을 일으키는 게 아닐까 하는 불안감을 떨쳐 버릴 수가 없었다.

나를 진정으로 고통스럽게 한 것은(그것은 물론 당면한 고민거리와도 무관한 것은 아니었다) 내 머리에 깊숙이 각인되어 쉽게 사라지지 않는 독을 지닌 인상이었다. 그것은 전혀 부르지도 않았는데 제 마음대로 날아와 시끄럽게 주위를 돌면서 훼방을 놓다가, 갑자기 지독히 아프게 물어 대는 맹독을 지닌 가을 파리와도 같았다. 독기 어린 파리에게 물린 것 같은 인상이 계속해서 회상의 언저리에 묻어 있었다. 지금까지 그것에 대해 누구에게도 얘기를 꺼낸 적은 없지만, 적절한 곳에서 한 번은 말해야 할 것 같아서 그것을 여기에 적기로 한다.

4

마음속으로 이미 뻬쩨르부르그로 가기로 결심을 하고 나서 아직 모스끄바에 머물고 있을 때, 나는 니꼴라이 세묘노비치를 통해 여비를 받으라는 연락을 받았다. 누가 보내는 돈인지 물어보지도 않았지만 나는 그 돈이 베르실로프가 보낸 것임을 알고 있었다. 그 무렵 나는 하루 온종일 초조한 마음으로 여러 가지 도전적인 계획을 세우면서 베르실로프와 만나는 장면을 그리고 있었기 때문에, 마리야 이바노브나와도 그에 관한 이야기를 전혀 나누지 않았다. 그리고 미리 말한다면, 나는 여비 정도의 돈은 수중에 가지고 있었다. 그렇지만 나는 기다려 보기로 마음을 정했다. 덧붙여 말한다면, 나는 그 돈이 우편을 통해 올 것으로 예상하고 있었다.

그러던 어느 날 저녁 니꼴라이 세묘노비치가 집에 돌아오더니 다짜고짜(평소처럼 필요한 말만 하는 간결한 어투로) 내일 오전 열한 시에 먀스니쯔까야 거리에 있는 V공작의 집에 가보라고 하였다. 그 V공작과, 뻬쩨르부르그에서 와서 학교 시절 친구로 지낸 인연으로 지금 그곳에 머물고 있는 안드레이 뻬뜨로비치의 아들이며 시종보인 베르실로프 2세가 여비로 보낸 돈을 내게 전하기로 되어 있다는 것이다. 언뜻 듣기에는 당연해 보이는 일이었다. 안드레이 뻬뜨로비치가 우편으로 돈을 보내는 대신 아들에게 부탁할 수도 있었기 때문이다. 하지만 그 소식이 왠지 버겁게 느껴졌고 상당한 압박감이 느껴졌다. 베르실로프가 나를 자기의 아들이자 내 형이기도 한 사람과 직접 만나게 하려는 의도에서 그렇게 했다는 것은 분명했으며, 내가 그렇게도 그리워하던 사람이 어떤 인물인지 대략의 감도 잡을 수가 있었다. 하지만 나는 내심 상당히 당황스러웠다. 전혀 예상치 못한 이런 만남에서 내가 어떤 태도를 취해야 하는 것일까? 부적절한 처신을 해서 내 자신의 품위를 잃게 되지나 않을까?

다음날 정각 열한 시에 나는 V공작의 집으로 갔다. 내가 예상한 대로 그 집은 호화로운 가구를 갖춰 놓았고, 하인들이 제복을 입고 손님을 맞는 저택이었다. 나는 현관 앞에서 걸음을 멈췄다. 거실 안쪽에서 커다란 말소리와 웃음소리가 울려 나왔다. 공작의 집에는 시종보 베르실로프 이외에도 몇 사람의 손님이 와 있었다. 나는 하인에게 내가 온 것을 알리라고 청했다. 하지만 내 말투가 오만하게 들렸는지 그 하인은 소식을 알리러 가면서 아니꼬운 시선으로 나를 바라보았다. 나 역시 그런 태도가 하인이 취할 예의 바른 태도가 아니라고 느꼈다. 그런데 뜻밖에도 나를 맞기 전까지 상당한 시간이 걸렸다. 대략 5분 정도는 걸렸다. 그동안 안쪽에서는 여전히 웃음소리와 이야깃소리가 울려 나오고 있었다.

물론 나는 꼿꼿이 선 채로 기다렸다. 〈같은 귀족〉인 내가 하인들이 있는 현관에 앉는다는 것은 체신에 맞지 않는 일이라는 점을 나는 잘 알고 있었다. 또한 특별히 초대받은 자리도 아니기 때문에 불쑥 거실로 들어가고 싶은 생각도 없었다. 도저히 내 자존심이 허락하지 않았다. 어쩌면 지나치게 예민하게 반응한다고 할지 모르지만 나로서는 너무도 당연한 일이었다. 그런데 가만히 보니 그 자리에 있던 두 명의 하인이 내가 뻔히 서 있는 것을 보고서도 감히 자리에 털썩 앉는 것이었다. 그런 꼴을 보지 않으려고 비스듬히 돌아섰지만 마음속으로는 부아가 치밀어 올랐다. 그러다가 다시 몸을 돌려 하인 쪽으로 한 걸음 내디디며, 다소 짜증 섞인 목소리로 〈지금 당장〉 가서 다시 한번 알리라고 말했다. 내가 다소 흥분하여 엄한 눈빛으로 노려보며 말함에도 불구하고, 그 하인은 귀찮은 표정으로 나를 빤히 한 번 쳐다볼 뿐 자리에서 일어서려고 하지도 않았다. 그를 대신하여 다른 하인이 대답했다.

「알렸으니 좀 기다리세요!」

나는 마지막으로 1분만, 가능하다면 아주 잠깐 동안만 기다려 보고, 그래도 아무 소식이 없으면 그대로 돌아가려고 마음먹었다. 나는 그날의 만남을 위하여 단정한 옷차림을 하고 갔다. 옷과 외투는 새것이었으며, 셔츠는 이 만남을 위해서 마리야 이바노브나가 손수 사온 것이었다. 하지만 나중에 뻬쩨르부르그에 와서 자세히 따져 본 후에야 알게 된 일이지만, 그 하인들은 전날 밤에 베르실로프를 따라온 하인에게서 내일 〈이런저런 사정이 있는 배다른 동생인 학생〉이 찾아온다는 소식을 미리 듣고 있었던 것이다. 이 사실에 대해 지금은 확실히 알고 있다.

마음먹고 기다린 1분이 지났다. 어떤 결심을 하고 실행에 옮기지 못할 때의 기분은 참으로 묘하고 답답한 것이다. 〈돌아가자, 아니다, 돌아갈까, 말까?〉 마치 오한이라도 일어난 것처럼 나는 1초마다 몸을 들썩거렸다. 그때 내 방문을 알리러 갔던 하인이 돌아왔다. 그의 손가락 사이에서 넉 장의 빨간 지폐, 즉 40루블의 돈이 펄럭이고 있었다.

「자, 받으세요, 40루블입니다!」

너무도 지나친 모욕감에 나는 극도로 화가 치밀었다. 어젯밤 나는 밤새 뒤척이며 베르실로프가 의도적으로 마련해 준 형제의 만남에 대해 공상했다. 내가 어떤 태도를 취해야 하나, 말투는 어떻게 할 것인가, 어떻게 하면 내가 고독한 생활 속에서 터득한, 어떤 모임에서도 자랑할 수 있는 내 사상에 관하여 전혀 얘기를 꺼내지 않을 수 있을까 하는 등의 생각을 마치 열병에 걸린 사람처럼 밤새 했었다. 만일 V공작과 같이 있게 되는 경우에는 고상한 품위와 약간의 우수를 지닌 태도를 취하리라고 마음의 준비를 하였다. 그러면 나는 곧 자연스럽게 그 사회의 일원으로 편입될 수 있겠지 하는 생각까지도 하였다. 그런데 상황이 내 의도와는 전혀 다르게 전개된 것이었다. 그 상황에 대해서는 아주 세밀하고 정확하게 적어 둘 필요가 있을 것 같다. 그런데 어떻게 이런 대접을 할 수가 있는가? 10여 분이나 현관에서 기다리게 하고는 40루블의 돈을 하인을 시켜 건네주다니! 더구나 봉투에 넣지도 않고 쟁반에 담지도 않은 채, 하인의 손으로, 하인의 손가락 사이에 끼워서 건네주다니!

분노 어린 목소리로 내가 돈을 건네주며 〈당사자가 직접 가져오도록〉 하라고 버럭 소리를 지르자 하인은 깜짝 놀라서 뒷걸음질 쳤다. 내 요구가 전혀 예상 밖이었기 때문에 하인은 처음에 상당히 당황했지만, 내 서슬 퍼런 태도에 압도되어 안으로 들어갔다. 아마 거실에서도 내 고함소리를 들었는지, 웃음소리도 이야깃소리도 죽은 듯이 멈췄다.

바로 그 무렵 천천히 위엄 있게 걸어오는 부드러운 발자국소리가 들려왔다. 오만한 표정의 잘생긴 얼굴을 한 키 큰 젊은이가(그 무렵 그는 오늘 만났을 때보다 훨씬 안색이 안 좋고 야위었었다) 현관 앞에 나타났다. 정확히 말한다면 현관에서 1미터 정도도 미치지 못하는 곳이었다. 그는 붉은 비단으로 만든 멋진 가운에 슬리퍼를 신고 있었다. 눈에는 코안경을 끼고 있었다. 말은 한마디도 건네지 않은 채 그는 코안경을 올려서 나를 훑어보기 시작했다. 나는 분노에 찬 야수처럼 그에게 한 걸음 내디디고, 도전적인 눈빛으로 뚫어지게 그의 얼굴을 쳐다보았다. 그가 나를 바라본 것은 모두 합해야 10초 정도였으며, 그 순간 입가에 희미한 미소를 지어 보였다. 그 미소에는 아주 냉소적인 독기가 배어 있었다. 아주 희미한 미소였기 때문에 독기가 더 뚜렷하게 흘러나왔다. 아무 말 없이 나를 훑어보고 나서 그는 몸을 돌려 나올 때와 똑같이 조용하고 부드러운 걸음으로 유유히 안으로 사라져 버렸다. 아, 이런 작자들은 이미 어릴 때부터, 가족들의 품안에 있을 때부터, 그 어미에게서 사람을 모욕하는 법을 배우는 것이다! 나는 너무도 당황하여 한 마디도 하지 못했다……. 아, 나는 무엇 때문에 그 순간 그렇게도 어쩔 줄 몰라 쩔쩔맸던가!

그런 상황에서 아까 그 하인이 다시 그 돈을 들고 나타났다.

「어서 받으십시오. 이 돈은 뻬쩨르부르그에서 당신께 보내 온 것입니다. 그리고 지금은 당신을 안으로 모실 수가 없습니다. 〈언젠가 한가한 시간에 다시 오시지요!〉」 그의 마지막 말은 자기가 임의대로 덧붙인 말이라고 나는 느꼈다. 어찌할 바를 모르고 당황하여, 나는 돈을 받아서 문 쪽으로 걸어갔다. 정신이 아뜩해져서 받은 것이지만 절대로 받아서는 안 되는 것이었다. 그런 내 태도를 보고 하인이 이번에는 나를 가볍게 보고 의도적으로 무례한 태도를 취했다. 즉 그는 문을 열어젖히더니 그대로 붙잡고 서서, 나더러 얼른 나가 달라는 뜻으로 말했다.

「자, 어서!」

「무례한 놈!」 버럭 소리를 지르며 나는 손을 번쩍 들어올렸다가 그대로 내리면서 말했다. 「네 주인도 아주 몹쓸 사람이라고 가서 꼭 전해라!」 나는 그렇게 덧붙이고는 빨리 계단을 내려갔다.

「말씀을 함부로 하지 마세요. 지금 곧 그 말을 주인에게 전한다면, 아마 당장 당신을 경찰에 넘겨 버릴 것입니다. 그리고 손을 함부로 놀리지 마십시오…….」

나는 서둘러 계단을 내려갔다. 멋지게 꾸며진 계단의 양쪽은 훤하게 트여 있어서 내가 붉은 융단을 밟으며 내려가는 동안 위에서 내 모습을 그대로 다 볼 수가 있었다. 세 사람의 하인이 모두 문 밖에 나와서 나를 내려다보며 서 있었다. 하인들을 상대로 입씨름을 하기가 싫어 나는 입을 꾹 다물고 내려왔다. 나는 걸음을 재촉하지도 않고 오히려 천천히 걸어서 계단을 다 내려갔던 것 같다.

이런 얘기는 모두 감상적인 넋두리라든지 풋내기의 값싼 영웅담이라고 말하는 철학자 같은 사람도 있을 것이다. 그들이 그렇게 생각하고 싶어한다면 어쩔 수 없는 일이지만 나에게는 참으로 깊은 마음의 상처가 되었다. 내가 이 글을 쓰는 지금도, 그러니까 모든 일이 결말지어졌고 적절히 분풀이도 해버린 지금 이 순간에도, 그 상처는 완전히 아물지 않았다. 솔직히 말한다면, 나는 선천적으로 복수심을 품고 살 종류의 사람이 아니다. 물론 나도 모욕을 당하면 언제나 병적이라고 할 만큼 복수심에 불탄다. 하지만 그것은 상대방에 대한 이해심에 근거하고 있다. 상대방에게 아량 있는 태도를 취한 뒤 만약 그가 그런 내 태도를 이해해주면 그것으로 족한 것이다. 그것으로 나는 이미 복수한 것이다! 그리고 나의 복수심은 그렇게 강한 편이 아니라서 관대한 태도를 취하지만, 마음속에 맺힌 그 느낌은 절대로 잊지 않는다. 나와 똑같은 상황을 겪은 다른 사람들도 그런 태도를 취할까? 그런데 그때 아주 이상스러울 정도로 정작 나 자신은 느긋한 기분으로 집으로 돌아왔다. 어쩌면 참으로 어처구니없는 기분이었는지도 모르지만 그렇게 자세히 따질 필요는 없다. 분노하거나 좌절스러운 느낌을 갖기보다는 다소 어처구니가 없을지라도 느긋한 마음을 갖는 것이 훨씬 더 낫지 않겠는가? 〈형〉이라는 사람과의 만남에 대하여 나는 그 어느 누구에게도, 마리야 이바노브나에게도, 심지어 뻬쩨르부르그에 온 다음 리자에게도 말하지 않았다. 사실 그 사건은 어떻게 보면 내가 그야말로 제대로 한 방 맞은 거나 거의 마찬가지 일이었다. 그런데 그 사람을 전혀 예상치 못한 상황에서 다시 만난 것이다. 그리고 그가 내게 미소를 보내면서 모자까지 벗고 정겨운 태도로 〈안녕*Bonsoir*〉 하며 인사까지 건넸던 것이다. 그러한 장면은 생각해 볼 만한 가치가 물론 있다……. 하지만 내 가슴속에 숨겨져 있던 오랜 상처가 다시 돋아났다!

5

혼자 음식점에서 네 시간이 넘게 앉아 있다가 나는 벌떡 일어나 밖으로 나왔다. 물론 베르실로프에게 가기 위해서였다. 그의 집에 다시 가보았지만, 그는 아직도 돌아와 있지 않았다. 유모는 혼자 있기 적적하니까 나스따시야 예고로브나를 보내 달라고 내게 부탁했다. 하지만 내가 그럴 정신이 어디 있겠는가! 나는 어머니에게 달려가 집 안에는 들어가지 않고 루께리야를 현관으로 불러냈다. 그리고 그녀로부터 그가 오지 않았다는 것과 리자도 역시 집에 없다는 것을 알아냈다. 기색을 보니 루께리야는 그 밖에도 뭔가를 내게 말하고 싶어하는 눈치였다. 어쩌면 그녀도 내게 뭔가를 부탁하고 싶은 일이 있는지도 모른다. 하지만 나는 그것을 물어볼 여유가 없었다! 어쩌면 그가 내 하숙방에 들를지도 모른다는 마지막 희망을 가져 보았다. 하지만 마음속에서 그런 가능성은 믿지 않았다.

내 정신이 아주 혼미한 상태라는 것은 이미 앞에서 말한 바 있다. 그런데 내 방에 들어가니 뜻밖에도 그곳에 알폰신느와 하숙집 주인이 있었다. 그들은 마침 방에서 나오는 길이어서, 뾰뜨르 이뽈리또비치는 손에 촛불을 들고 있었다.

「이게 뭐 하는 짓이지요!」 나는 버럭 소리를 질렀다. 「당신은 어떻게 이 따위 여자를 감히 내 방까지 데리고 들어오는 거요?」

「어머나*Tiens*.」 알폰신느는 놀라서 말했다. 「친구 사이에 그렇게 말해도 돼요*et les amis*?」

「당장 나가!」 나는 크게 소리를 질렀다.

「이건 진짜 곰이군요*Mais c'est un ours*!」 깜짝 놀란 표정을 지으면서 그녀는 복도로 뛰어나가더니, 곧 안주인의 방으로 들어가 버렸다. 뾰뜨르 이뽈리또비치는 손에 촛불을 든 채 험한 표정을 지으며 내게 다가섰다.

「실례합니다만, 아르까지 마까로비치. 당신은 지나치게 흥분하셨던 것 같습니다. 우리가 아무리 당신을 존경한다 하더라도 말이 너무 지나치군요. 알폰신느 양은 우리집을 찾아온 손님입니다. 그것도 당신에게 온 것이 아니라 내 아내에게 말입니다. 아내는 벌써 얼마 전부터 그녀와 서로 잘 아는 사이지요.」

「그런데 어떻게 당신은 감히 그녀를 내 방에 끌어들였지요?」 갑자기 통증이 오기 시작한 머리를 움켜잡고 내가 되물었다.

「그건 우연이었어요. 방에 신선한 공기를 넣으려고 열어 놓았던 창을 닫으려고 들어갔던 것입니다. 그런데 내가 알폰신느 까를로브나와 이야기를 나누고 있었기 때문에 말을 하다가 그녀도 당신 방에 자연스럽게 들어온 것입니다. 내 뒤를 따라서요.」

「거짓말 말아요. 알폰신느는 바로 람베르뜨의 스파이란 말입니다! 어쩌면 당신도 역시 스파이인지도 몰라! 알폰신느는 내 방에서 뭔가를 훔쳐내려고 왔던 거야.」

「당신 마음대로 생각하세요. 지금은 그렇게 말씀하시지만, 내일은 분명히 다르게 말씀하실 겁니다. 그리고 우리 방은 딴 사람에게 얼마 동안 빌려 줬기 때문에, 우리 내외는 조그마한 방으로 옮기겠습니다. 그리고 알폰신느 까를로브나도 이제는 당신과 마찬가지로 우리집의 하숙인입니다.」

「당신은 람베르뜨에게 방을 빌려 줬단 말인가요?」 나는 깜짝 놀라서 물었다.

「아뇨, 람베르뜨는 아닙니다.」 그렇게 말하는 그의 표정은 아침에 하던 것과는 판이하게 달랐다. 그는 가볍게 미소까지 지어 보였다. 그리고 그 미소 속에는 아침과는 다르게 망설임 대신 어떤 결심이 엿보였다. 「누구에게 빌려 줬는지는 당신도 아시리라 생각됩니다. 겉으로만 모르는 체하시는 거지요. 그래서 당신은 화를 내는 겁니다. 제게 숨기려고 해도 소용없어요. 그러면 안녕히 주무십시오!」

「좋습니다. 이제 저를 그냥 좀 내버려두세요!」 내가 거의 울상을 짓고 팔을 휘두르며 말하자, 그는 깜짝 놀라 나를 쳐다보더니 밖으로 나갔다. 나는 문고리를 걸어 잠근 다음 침대에 엎드려 베개에 얼굴을 파묻었다. 이렇게 해서 내 수기가 마무리되는 숙명적인 마지막 사흘 중의 무서운 첫날이 지나갔다.

제10장

1

앞으로 전개될 사건을 기술하기에 앞서 몇 가지 사항을 독자에게 미리 설명해야 할 필요가 있을 것 같다. 왜냐하면 이 사건이 발전해 나가는 과정에 우연적 요소가 아주 많이 개재되어 있기 때문에 그것을 미리 설명하지 않고는 구체적 내용을 파악하기가 힘들기 때문이다. 문제의 핵심은 따찌야나 빠블로브나가 무심코 말한 그 〈헤어날 수 없는 곤경〉이라는 것이었다. 그것은 바로 안나 안드레예브나가 모든 걸 각오하고 자신의 입장에서 택할 수 있는 가장 대담한 방법을 선택했다는 얘기였다. 그녀는 정말로 대단한 결단력을 지니고 있었다. 그때 노공작은 건강이 나쁘다는 구실로 짜르스꼬예 셀로에 때마침 감금을 당해 있었기 때문에, 그와 안나 안드레예브나가 결혼한다는 소식은 사교계에 널리 퍼질 틈도 없이, 이를테면 싹이 트자마자 곧바로 메말라 버렸다. 하지만 무엇 하나 자신의 의지대로 할 수 없을 정도로 유약한 노인이었지만, 그는 자신의 생각을 돌이켜 자기에게 청혼한 안나 안드레예브나를 배반하는 일에는 절대로 동의하지 않을 것이다. 바로 이 점에서 그는 진정한 기사도 정신을 가지고 있었다. 그래서 어쩌면 조만간에 그 어떤 반대를 무릅쓰고라도 자신의 계획을 실천하려고 나설 수도 있었다. 약한 성격을 가진 사람들에게 그런 일이 종종 일어나기도 한다. 그들은 어떤 한계까지는 이끌려 가지만, 그것을 넘어서면 자신의 고집대로 나가려는 속성을 가지고 있기 때문이다. 게다가 노공작은 자신이 내심 아끼는 안나 안드레예브나의 미묘한 입장을 항상 의식하고 있었으며, 사교계의 여론이 그녀에게 불리하게 작용하여 나쁜 소문과 비판이 만들어질 수도 있다는 점을 알고 있었다. 그래서 까쩨리나 니꼴라예브나도 자기 아버지 앞에서 안나 안드레예브나에 대해 부정적인 말은 전혀 하지 않았고, 그 비슷한 것을 암시하는 말조차 결코 하지 않았다. 또한 그녀는 자기 아버지의 결혼 계획에 대해서 조금도 반대하는 태도를 취하지 않았기 때문에, 그가 어떤 극단적인 수단을 준비할 빌미를 전혀 주지 않았다. 오히려 그녀는 자기 아버지의 약혼자에게 아주 깊은 배려와 세밀한 관심을 보여 주었다. 그런 상황에서 안나 안드레예브나는 매우 난처한 입장에 빠져 있었다. 공작이 항상 자신에게 경건한 태도를 취하고 자신이 그와의 결혼을 승낙한 상황에서, 만일 조금이라도 까쩨리나 니꼴라예브나에 관해 비판적인 표현을 하거나 비난하는 언사를 사용한다면, 그것이 노공작의 모든 부드러운 감정을 해치고 자신에 대한 불신을 조장할 수도 있으며, 결국에는 그를 매우 노하게 할지도 모른다는 것을 그녀는 여성 특유의 예민한 감각으로 느끼고 있었다. 더군다나 노공작은 딸이 자신의 결혼 계획에 전혀 반대하지 않은 것에 대해 대단한 만족을 느끼고 있었으며, 그 일로 인해 딸에 대한 존중심이 더 깊어진 상태였다. 바로 이런 미묘한 상황 속에서 피차간에 힘겨운 싸움이 벌어지고 있었으며, 두 사람의 경쟁자는 서로의 조심성과 인내력을 시험받고 있는 형편이었다. 이런 상황에서 공작은 두 사람 중 어느 한 편의 손을 들어 주어야 할지 전혀 결정하지 못하고, 연약하고 착한 사람들이 흔히 그러하듯 모든 일의 책임은 자신에게 있다고 고민하고 있었다. 들리는 풍문에 따르면, 그는 너무도 고민한 나머지 마침내 병을 얻게 되었다고 한다. 그는 지나치게 걱정을 하다가 급기야는 신경 쇠약에 걸려, 짜르스꼬예에서 건강을 회복하기는커녕 오히려 병을 얻어 자리에 드러눕게 되었다는 것이다.

여기서 나는 나중에 들은 이야기를 괄호로 묶는 조건으로 말하고자 한다. 붸링이 까쩨리나 니꼴라예브나에게 노공작을 외국으로 데려갈 것을 노골적으로 권했다는 것이다. 적절한 계략으로 노공작을 속여 외국으로 데려간 다음, 사교계에는 그가 완전히 정신이 나갔노라고 소문을 퍼뜨리고, 그 뒤에 외국에 가서 의사의 진단서를 받아내면 된다는 제안이었다. 하지만 까쩨리나 니꼴라예브나가 절대로 그런 제안을 받아들이지 않았다고 나중에 사람들이 증언을 하였다. 그녀는 아주 분명한 태도로 이 제안을 물리친 것 같았다. 물론 이 모든 것은 막연한 소문에 불과한 것이지만, 나는 그것이 사실일 것이라고 믿고 있다.

하지만 상황이 마지막 단계에 이르러 긴박할 때, 안나 안드레예브나는 뜻밖에도 람베르뜨에게서 딸이 아버지를 정신 이상자로 공표하는 방법을 이미 변호사와 상의했다는 내용의 편지가 존재한다는 말을 들었다. 자존심이 강하고 복수심에 불타던 그녀는 그 소식에 극도로 흥분을 하였다. 이전에 나와 나누었던 여러 가지 대화의 내용과 주변의 사소한 일들을 곰곰이 따져 본 결과, 그녀는 그러한 소식이 틀림없는 사실이라는 확신을 가지게 되었다. 그러면서 자기 주장이 강하고 의지가 강한 그녀의 내면 속에서 경쟁 상대에게 결정적인 일격을 가할 계획이 구체화되어 갔다. 그녀가 세운 계획의 내용은 사전에 아무런 귀띔이나 암시 없이 갑작스럽게 노공작에게 저간의 사정을 털어놓아 그의 마음을 놀라고 당황스럽게 만들어 놓은 다음, 정신 병원에 갇히게 될 것이라는 점을 구체적으로 제시하는 것이다. 만일 노공작이 그런 얘기를 듣고 믿지 않거나 말을 듣지 않는다면, 바로 그때 딸의 편지를 그에게 직접 보여 주면서, 〈한번 아버지를 정신 이상자로 공표할 계획을 했었다면, 이번에도 결혼을 방해하기 위해서 또 같은 짓을 할지도 모른다〉는 점을 설명하는 것이다. 그런 다음 정신이 혼미해져 쩔쩔매는 노공작을 뻬쩨르부르그로 데려와 곧바로 내 하숙집으로 데려온다는 계획이었다.

대단한 모험이었지만, 그녀는 자신의 능력을 굳게 믿고 있었다. 여기서 하나의 사실을 미리 말하고자 한다. 그보다 나중의 일을 이 이야기에 앞서 미리 말해 두겠다. 그녀가 준비한 일격의 효과는 적중했다. 그 효과는 그녀가 기대했던 것을 능가하였다. 편지에 대한 정보는 그녀를 비롯해 우리 모두가 예상했던 것보다도 몇 배나 더 강한 영향을 공작에게 미쳤다. 나는 그때까지 전혀 모르고 있었지만, 노공작 자신은 이 편지에 대해서는 이미 어느 정도 알고 있었다. 하지만 유약하고 소심한 사람이 흔히 그렇듯이, 그는 그 풍문을 믿으려 하지 않았고 다만 어떻게든 그것을 조용히 가라앉히려고 애썼다. 또 귀가 얇아 남의 얘기를 잘 믿는 자신의 태도를 자성하기도 했다. 또 하나 밝혀 두어야 할 것은, 이 편지가 남아 있다는 사실이 까쩨리나 니꼴라예브나에게도 역시 내가 혼자 예상했던 것보다 훨씬 더 강한 영향을 미치고 있었다는 것이다……. 간단히 말해서 내가 주머니에 담고 있는 이 종이 조각이 내가 예상했던 것보다도 훨씬 더 강한 파괴력을 가지고 있었던 것이다. 내가 너무 사정을 지나치게 설명한 것 같다.

하지만 왜 하필 내 하숙집으로 데려오려는 것일까 하는 의문이 생길 것이다. 왜 노공작을 그렇게 초라한 방으로 옮겨와 생경한 환경을 보고 놀라게 하려는 건지(그는 아마 대단히 놀랄 것이다). 설사 그의 집으로 데려가는 것이 불가능하다면(그곳에서는 모든 계획이 일거에 들통나 버릴 위험이 있기 때문이다), 람베르뜨가 제안한 것처럼 왜 아주 〈호화로운〉 저택으로 데려가지 않는 것일까? 바로 그 대목이 안나 안드레예브나가 꾸민 비상한 계략의 가장 주요한 부분이었다.

이 계획에서 가장 중요한 부분은 노공작이 도착하면 곧바로 그에게 그 서류를 내보이는 일이었다. 하지만 그들이 아무리 설득하고 유혹해도 내가 그 서류를 전혀 내주려고 하지 않았다. 그렇다고 더 시간을 허비할 수도 없었다. 그래서 안나 안드레예브나는 자신의 능력을 믿고 서류 없이 일을 시작하기로 마음을 먹은 것이다. 그러기 위해서는 노공작을 내가 있는 곳으로 데려와야 했다. 왜? 그렇게 함으로써 그녀는 나도 기습하는 효과를 꾀하려는 것이었다. 이를테면 일석이조를 노린 것이다. 그녀는 그렇게 예상 밖의 상황이 내게 미칠 영향력을 세밀하게 계산하였다. 자신의 방에 그 노인이 고립된 채 혼자 앉아 있는 것을 직접 눈으로 보면, 또 그 노인의 두려워하는 듯한 눈빛을 보게 되면, 그리고 주변에서 그의 처지를 동정하는 발언을 듣게 되면, 나도 더 이상 고집을 피우지 못하고 마음을 바꿔 서류를 내놓고 말 것이라는 고도의 추리력으로 상황 판단을 하고 있었던 것이다. 그리고 솔직히 말해서 이 계획은 정교하고 세밀하게 구성되어 있었으며, 또 심리적인 면도 가미되어 있어서 그녀는 거의 성공을 거둘 뻔했다……. 노공작 입장에서는 안나 안드레예브나가 자신을 내게로 데리고 간다고 하였을 때 다소 안도할 여지가 있었다. 특히 나중에 알게 되었지만, 그 서류를 내가 가지고 있다는 말을 듣게 되자 유약한 그의 마음속에 남아 있던 사실의 신빙성을 의심하는 기운이 모두 사라져 버렸다. 노공작은 그렇게 나를 사랑했고 진심으로 믿고 있었던 것이다.

하나 더 덧붙여 둘 것은 안나 안드레예브나 자신도 그 서류가 아직 내게 있으며, 내가 아직 그것을 누구에게도 내놓지 않았다는 것을 조금도 의심하지 않았다. 그녀는 내 성격을 임의대로 판단하여 내가 아주 순진무구하며 감상적인 구석도 있다고 여기고, 거기에 일말의 기대를 걸고 있었다. 한편 만일 내가 누구에겐가, 예를 들어 까쩨리나 니꼴라예브나에게 그 서류를 넘겨줄 마음을 먹는다 하더라도, 그것은 아주 특별한 상황에서만 일어날 수 있다고 그녀는 생각하고 있었다. 그래서 그녀는 기습적으로 선제공격을 하여 그런 특별한 상황이 만들어지는 것을 미연에 방지하려고 서둘렀던 것이다.

그리고 끝으로 또 하나 언급해야 할 사실은 람베르뜨 역시 이러한 모든 것을 틀림없이 믿고 있었다는 것이다. 앞에서 이 무렵 람베르뜨가 이미 아주 묘한 입장에 있었다는 것을 설명했다. 그는, 이 배신자는, 어떻게든 나와 안나 안드레예브나 사이를 벌려 놓은 다음, 나와 손잡고 그 서류를 아흐마꼬바에게 비싸게 팔려고 무척이나 애를 쓰고 있었다. 왜 그런지 그는 그렇게 하는 것이 자신에게 훨씬 유리하다고 생각했다. 하지만 내가 마지막 순간까지 절대로 서류를 넘겨주려 하지 않았기 때문에, 어떤 상황에서도 적절히 대처하기 위해서 안나 안드레예브나와의 관계도 끊지 않고 있었다. 그가 끝까지 그녀의 비위를 맞추려 애쓴 것도 그 때문이었다. 나중에 들었지만, 그는 그녀에게 만일 필요하다면 신부님까지도 구해 오겠다는 제안까지 했다고 한다……. 하지만 안나 안드레예브나는 그의 제안에 전혀 관심도 갖지 않았고, 다시는 그런 말을 하지 말라고 경고했다. 그녀는 람베르뜨가 아주 저속하고 야비하며 참을 수 없는 혐오감을 불러일으키는 사람이라고 여기고 있었다. 그러나 만일의 사태를 대비하기 위해서 그녀는 그를 이용하여 약간의 도움을 받고 있었다. 그의 도움이란 말하자면 정탐과 같은 일이었다. 하지만 그들이 과연 내 하숙집 주인 뾰뜨르 이뽈리또비치를 돈을 주고 매수했는지, 그렇지 않으면 그가 다만 어떤 일에 가담하여 일을 한다는 기쁨 때문에 그들 일당에 끼어들었는지는 지금까지도 분명치 않다. 하지만 그와 그의 아내가 내 주변 상황을 정탐했다는 것은 내가 확실히 알고 있다.

독자도 그때의 정황을 이제 이해하겠지만, 나는 저간의 사정을 어렴풋하게는 알고 있었으나 그렇다고 해서 내일 혹은 모레 내 방에서 노공작을 그런 형편으로 갑자기 맞게 되리라고는 꿈에도 생각지 못하고 있었다. 그리고 또 안나 안드레예브나가 그렇게 무모할 정도로 대담한 짓을 할 줄은 전혀 몰랐다. 말로는 어떤 일이든 다 임의대로 할 수 있고 또 암시도 할 수 있다. 하지만 실제로 결심하고 일을 실행한다는 것은 그 사람의 성격과 밀접한 상관성을 지니는 것이다!

2

그 다음 이야기를 이어가겠다.

나는 다음날 아침 늦게 잠에서 깼다. 평소와 전혀 다르게, 지금 다시 생각해도 놀랄 만큼, 나는 꿈도 꾸지 않고 깊이 잤기 때문에 일어났을 때는 아주 상쾌하고 정신적으로도 생동감을 느껴, 마치 어제의 그 모든 일들이 기억 속에서 없어진 것처럼 느껴졌다. 나는 어머니에게 들르지 않고 곧바로 교회 묘지로 가서 장례식에 참석한 다음, 어머니 집으로 가서 하루 종일 어머니 곁을 떠나지 않을 생각이었다. 그리고 오늘 중에 틀림없이 어머니의 집에서 그를 만날 수 있으리라 기대했다.

알폰신느도 하숙집 주인도 이미 집에서 기척이 느껴지지 않았다. 하지만 나는 안주인에게는 아무것도 물어보고 싶지 않았다. 가능한 한 그들과는 모든 관계를 끊고 서둘러 이 집을 나갈 생각이었다. 그래서 커피를 가져왔을 때, 나는 곧 다시 문을 잠가 버렸다. 그런데 뜻밖에도 문을 두드리는 소리가 났다. 놀랍게도 그것은 뜨리샤또프였다.

반가운 마음에 나는 문을 열고 들어오라고 말했다. 하지만 그는 선뜻 들어오려고 하지 않았다.

「그냥 여기서 한마디만…… 아니 역시 들어가는 편이 낫겠군요. 여기서는 조용조용히 속삭이듯 말해야 할 테니 말입니다. 하지만 앉을 수는 없겠어요. 내 이 초라한 외투를 좀 보세요. 람베르뜨가 외투를 빼앗아 갔기 때문이지요.」

실제로 그가 입고 있는 것은 거의 다 해졌고, 그의 키에 비해 너무나 길고 다 낡아빠진 외투였다. 그는 호주머니에 두 손을 넣고 모자도 벗지 않은 채, 이상하게 침울하고 의기소침한 표정으로 내 앞에 서 있었다.

「저는 앉지 않겠어요, 그게 낫겠어요. 그런데 말입니다, 돌고루끼. 자세한 내용은 잘 모르겠지만, 람베르뜨가 당신에 대해서 뭔가 배신 행위를 꾸미고 있습니다. 분명한 것은 가까운 시일 안에 일어날 뭔가를 꾸미고 있고 아마도 피할 수 없다는 것입니다. 그러니 아주 조심하세요. 곰보가 무심코 그런 내용의 말을 했어요. 그 곰보를 기억하지요? 하지만 무슨 일인지 자세히 말하지 않았기 때문에 저도 내막을 알 수가 없어요. 그래서 당신에게 그런 점을 조심하라고 알려 주려고 왔습니다. 그럼 안녕히 계십시오.」

「자, 잠시 앉으세요. 뜨리샤또프! 저도 막 나가려던 참이었지만, 이렇게 와주셔서 참 반갑습니다…….」 나는 진심으로 말했다.

「그냥 가겠습니다. 하지만 당신이 저를 진심으로 반겨 주신 일은 잊지 않겠습니다. 참, 돌고루끼, 다른 사람을 속여서 뭐 하겠어요? 그동안 나는 내 의사에 따라 사람들에게 온갖 야비한 짓을 저질렀어요. 당신 앞에서 입 밖에 내기도 부끄러운 그런 비열한 일도 저는 서슴없이 했습니다. 우리는 지금 그 곰보의 집에서 살고 있습니다……. 그럼 안녕히 계십시오. 나는 여기에 앉을 자격이 없어요.」

「그만 하세요, 뜨리샤또프. 됐어요…….」

「아닙니다, 돌고루끼. 이제부터 저는 상대가 그 누구라도 함부로 대하고 방탕한 생활을 해나갈 생각입니다. 그리고 이제 저는 훨씬 더 좋은 외투를 지어 입고, 호사스럽게 꾸민 마차를 타고 다닐 겁니다. 하지만 제가 당신의 방에서 앉지 않았던 사실만은 마음속에 잘 새겨 두겠습니다. 제 스스로 그렇게 하기로 결정했으니 말입니다. 그리고 저는 당신에 비하면 보잘것없는 비열한 인간이니까요. 비록 제가 떳떳하지 못한 방탕 생활을 하고 있지만, 당신과의 만남을 떠올리면 마음이 편안해질 테니까요. 그러면 안녕히 계십시오. 악수도 청하지 않겠습니다. 알폰신느 같은 여자까지도 제 손을 잡으려고 하지 않으니 말입니다. 그리고 제발 제 뒤를 쫓지 마십시오. 그리고 제 집에도 오지 마세요. 그렇게 하기로 약속했습니다!」

그 이상한 친구는 그렇게 말하더니 그대로 나가 버렸다. 지금은 그럴 시간이 없지만, 이 문제가 잘 해결되고 나면 나는 꼭 그를 찾아봐야겠다고 마음먹었다.

그날 아침에 일어난 일련의 사건들 중 지금 생각해 보아도 좋은 일이 있기는 했지만, 여기서 그것을 자세히 서술하지는 않을 생각이다. 베르실로프는 교회의 장례식에도 나오지 않았다. 사람들의 표정으로 미루어 보아 그가 교회에 오지 않으리라는 것을 예견하고 관을 내가기 전부터 그럴 것이라고 단정하는 것 같았다. 어머니는 경건한 자세로 기도에 몰두하고 있었다. 관 옆에는 따찌야나 빠블로브나와 리자 두 사람만이 있었다. 그 밖의 다른 것에 대해서는 쓰지 않겠다. 장례식이 끝난 후 모두 집에 돌아와 식탁에 마주 앉았다. 또다시 그들의 표정으로 미루어 보아, 그들은 그가 식사 시간에도 오지 않으리라고 여기고 있는 듯했다. 모두가 식탁에서 일어섰을 때, 나는 어머니 옆에 가서 꼭 끌어안으며 생신을 축하한다는 인사를 했다. 리자도 내 뒤를 따라 똑같이 하였다.

「오빠.」 리자는 나직이 귓속말을 하였다. 「두 분은 다 그를 기다리고 있어요.」

「나도 눈치챘어, 리자. 표정으로 짐작했지.」

「그는 꼭 오실 거예요.」

리자는 확실한 정보를 가지고 있구나 하고 나는 생각했지만 더 이상 자세히 캐묻지는 않았다. 당시 내가 느꼈던 기분을 구체적으로 묘사할 생각은 없다. 하지만 그런 수수께끼 같은 얘기를 들으니 또다시 무거운 바위와 같은 것이 내 마음을 짓누르는 것이었다. 우리는 모두 어머니를 가운데 두고, 거실의 둥근 탁자에 둘러앉았다. 그때 나는 그렇게 어머니와 함께 앉아 그 얼굴을 쳐다보고 있는 것이 한없이 기뻤다! 갑자기 어머니가 내게 성서 한 구절을 읽어 달라고 부탁했다. 나는 루가의 복음서의 한 장을 읽었다. 그녀는 울지도 않았고, 몹시 슬퍼하는 것 같지도 않았다. 그러나 어머니의 얼굴에 그처럼 깊은 정신적 깊이와 넓은 이해심이 자리했던 적은 일찍이 없었던 것 같다. 그녀의 조용한 시선에는 사유의 빛이 나타나 있었다. 그래서 그녀가 뭔가를 마음속으로 걱정스럽게 기다리고 있다고는 도저히 생각할 수 없었다. 우리는 계속해서 대화를 나누었다. 주로 고인을 추모하는 내용의 이야기가 많았다. 따찌야나 빠블로브나도 내가 그때까지 들은 적이 없던 그에 관한 얘기를 많이 들려주었다. 만일 그런 이야기를 여기에 적는다면 참으로 재미있는 내용이 많을 것이다. 따찌야나 빠블로브나까지도 평상시와는 전혀 다른 사람으로 보였다. 그녀는 참으로 재치 있고 사려 깊게 어머니를 위로하기 위해서 여러 가지 이야기를 많이 했지만, 전체적으로 아주 침착하고 조용한 분위기를 만들어 냈다. 그리고 아주 작은 일이지만, 내 머리에 깊이 기억된 한 가지 일이 있었다. 어머니가 앉아 있는 소파 왼쪽에 특별히 마련된 탁자 위에 마치 무언가를 위해 마련되기라도 한 것처럼 성상이 놓여 있었다. 아주 낡은 것이었지만 두 성자의 머리 위에 광채가 나는 원형의 관이 빛나고 있었다. 그 성상이 마까르 이바노비치의 것이었음은 나도 알고 있다. 그리고 또 고인이 절대로 그것을 몸에서 뗀 일이 없었고, 기적을 만드는 성상으로 생각하고 있었다는 것도 알고 있었다. 따찌야나 빠블로브나는 몇 번이나 그쪽으로 시선을 던졌다.

「소피야.」 그녀는 화제를 바꿔 갑자기 물었다. 「왜 저 성상을 눕혀 놓았지요? 벽에 기대어 탁자 위에 세워 놓으면 좋지 않을까요. 그리고 그 앞에 등불이라도 켜두면 좋지 않겠어요?」

「아니에요, 지금 그대로 놔두는 편이 나아요.」 어머니가 말했다.

「듣고 보니 그렇군요. 너무 거창하게 모시는 것도 사실은 어색하지요.」

구체적인 내용은 잘 모르지만, 사정은 이런 것이었다. 마까르 이바노비치가 이미 오래 전부터 그 성상을 안드레이 뻬뜨로비치에게 주겠다고 약속을 했기 때문에 어머니는 이제 그것을 그에게 전하려는 것이었다.

계속해서 대화를 나누고 있는 동안에 벌써 오후 다섯 시가 되었다. 그런데 얘기를 나누다가 나는 어머니의 얼굴에서 갑자기 전율 같은 것을 느꼈다. 어머니가 돌연 몸을 곧게 세우더니 뭔가에 귀를 기울였다. 그때 이야기를 하고 있던 따찌야나 빠블로브나는 그런 사정을 전혀 모르고 계속해서 이야기를 하고 있었다. 나는 문 쪽을 바라보았다. 그리고 약 1초 후, 문 어귀에 안드레이 뻬뜨로비치가 서 있는 것을 보았다. 그는 현관 쪽으로 오지 않고 뒷문으로 들어와 부엌과 복도를 지나왔기 때문에, 어머니만이 누구보다도 먼저 그의 발소리를 들었던 것이다. 여기서부터 뒤이어 일어난 비정상적인 광경을, 그 개별적인 동작 하나하나와 한 단어 한 단어를 빼놓지 않고 묘사할 생각이다. 물론 그것은 아주 짧은 순간이었지만.

처음에 나는 그의 얼굴을 보면서 아무런 변화도 전혀 느끼지 못하였다. 그의 옷차림도 평상시처럼 아주 사치스러울 정도였다. 그는 손에 작지만 아주 싱싱해 보이는 꽃다발을 들고 있었다. 그는 미소를 지으면서 어머니에게 다가가 그것을 건네주었다. 어머니는 불안한 눈빛으로 미심쩍어하면서 그를 잠시 쳐다보았지만,

꽃다발은 그대로 받아 들었다. 어머니의 창백한 양쪽 뺨에 갑자기 분홍빛이 떠올랐으며, 눈에는 기쁨의 빛이 번쩍였다.

「당신이 그렇게 나를 맞아 주리라고 기대하고 있었어, 소냐.」 그렇게 말하며 그는 무심코 리자가 앉아 있던 안락의자에 앉았다. 그가 들어왔을 때 모두들 자리에서 일어났기 때문에 그는 어머니의 왼쪽에 누가 앉아 있었던가를 모른 채 무심코 그 자리에 앉았다. 그래서 그는 성상이 놓여 있는 조그마한 탁자 바로 옆에 자리를 잡게 되었다.

「모두 잘들 지냈지? 소냐, 오늘이 당신 생일이어서 당신에게 이 꽃다발을 꼭 가져다 주려고 생각했소. 그래서 나는 장례식에도 나가지 않았지. 당신도 내가 장례식에 가지 않을 것이라는 걸 알고 있었겠지. 아마 그 노인도 내가 준비한 이 꽃에 대해서 화내지 않을 거야. 그 자신이 우리가 행복하기를 바란다고 축원했으니 말이오, 안 그렇소? 나는 지금 그가 이 방 어딘가에 있다고 생각해.」

어머니는 이상한 눈으로 잠시 그를 쳐다보았다. 따찌야나 빠블로브나는 약간 움찔하였다.

「누가 이 방에 있다고요?」 그녀가 물었다.

「죽은 고인 말입니다. 하지만 그 이야기는 이 정도로 해두지. 모두들 알겠지만, 그다지 신앙심이 두텁지 못한 사람일수록 이런 기적을 미신으로 치부해 버리기 쉽거든……. 그보다도 이 꽃다발에 대해서 이야기하지. 어떻게 여기까지 가져올 수 있었는지 나는 이해가 되질 않아. 오던 길에 세 번이나 이것을 눈 위에 내던지고 발로 짓밟아 버릴 생각을 했으니 말이야.」

어머니는 흠칫 몸을 떨었다.

「왠지 그렇게 하고 싶었던 거야. 소냐, 이 변변치 못한 나를 너그럽게 보아 주구려. 내가 그러고 싶었던 까닭은, 이 꽃이 너무도 아름다웠기 때문이야. 이 세상에서 또 다른 무엇이 꽃보다 더 아름다울까? 지금 내가 꽃다발을 들고 걷고 있어. 주위는 모두 눈으로 덮여 있고. 그 굉장한 추위, 러시아의 그 추위와 꽃! 너무 대조적이지 않아? 내 말의 초점이 흐려져 버렸군. 요점을 말한다면, 이 꽃이 너무나 아름다워서 급기야는 그만 짓이겨 버리고 싶다는 생각이 갑자기 들었던 거야. 소냐, 나는 다시 한참 동안 은둔해야겠소. 하지만 곧 다시 당신에게 돌아오게 될 거요. 혼자 있게 되면 나는 틀림없이 두려움을 느끼게 될 거야. 그럴 때 누가 나를 보듬어 안아 줄 수 있을까? 소냐 같은 천사를 어디서 다시 찾아내지? 그런데 이 성상은 뭐지? 아, 죽은 노인의 것이군. 맞아, 그가 조상으로부터 물려받아 평생 동안 몸에 지니고 다니던 그 성상이로군. 아, 기억이 나네. 그 사람이 이걸 내게 물려주겠다는 유언을 했었지. 이제 분명히 기억나……. 이건 아마도 분리파 교도들이 사용하던 것 같아……. 이리 한번 줘봐!」

성상을 집어 촛불 옆에 가져다 대고 잠시 동안 그는 아주 찬찬히 들여다보더니 다시 그것을 자기 옆에 있는 탁자 위에 놓았다. 나는 정신이 어리벙벙하였다. 그가 꺼낸 말이 너무도 이상해서 전혀 이해가 되지 않았기 때문이다. 지금 기억나는 것은, 내가 가슴속에서 아주 커다란 놀라움을 느꼈다는 사실이다. 그리고 어머니도 처음에는 무척 놀랐다가 차차 그의 상태에 대해 동정심을 가지게 되었다. 그녀는 무엇보다도 그를 아주 불행한 사람이라고 생각하였다. 그는 이전에도 지금처럼 아주 이상한 말을 늘어놓았던 적이 몇 번 있다. 리자는 왜 그런지 갑자기 얼굴이 창백해지더니 턱으로 그를 가리키며 내게 이상한 신호를 보냈다. 그러나 누구보다도 가장 놀란 사람은 따찌야나 빠블로브나였다.

「이게 어떻게 된 거예요, 안드레이 뻬뜨로비치?」 그녀는 차분한 목소리로 물었다.

「나 자신도 이게 어떻게 된 영문인지 모르겠어요, 따찌야나 빠블로브나. 하지만 걱정 마세요. 나는 당신이 따찌야나 빠블로브나이며 또한 아주 다정다감한 사람이라는 것을 기억하고 있으니 말입니다. 그리고 나는 그저 잠깐 들러서 소냐에게 뭔가 좋은 말을 해주려고 왔는데, 마음속으로는 할 말이 많은데도 정작 적당한 말은 안 떠오르고 이상한 말만 나옵니다. 정말로 마치 내가 둘로 갈라지는 듯해요.」 아주 진지한 표정으로 사람들의 얼굴을 둘러보며 그가 말했다. 「내 정신이 그야말로 둘로 분열되는 것 같아. 나는 참으로 그게 두려워요. 마치 하나의 자아가 둘로 나뉜 것 같아요. 하나는 지각도 있고 분별력도 있지만, 또 다른 하나는 전혀 지각도 없고 아무런 생각 없이 때로 터무니없는 장난을 하려고 하거든. 그런데 문득 정신을 차리고 보면 그런 터무니없는 장난을 하려는 것이 바로 나 자신이라는 것을 알게 되거든. 그런데 도대체 그 이유가 무엇인지 전혀 모르겠어요. 다만 그렇게 하고 싶어진단 말이야. 어떻게 해서든 그렇게 하지 않으려고 애를 써보지만 어느새 그렇게 하고 싶은 마음이 생겨나거든. 예전에 내가 알던 의사가 한 사람 있었는데, 그는 부친의 장례식이 있던 교회에서 갑자기 휘파람을 불기 시작했지. 사실 나는 오늘 장례식에 가기가 두려웠어. 왜냐하면 그 불행한 의사처럼, 인생을 아주 측은하게 끝낸 의사처럼, 나도 아마 틀림없이 갑자기 휘파람을 불기 시작하거나 혹은 큰소리로 웃기 시작하거나 하는 짓거리를 저지르고 말 것 같은 생각이 문득 머리에 떠올랐기 때문이야……. 그리고 오늘은 그 의사의 일이 왜 이렇게 자주 머리에 떠오르는지 모르겠어. 그 생각이 계속 떠올라 사라지지 않고 있어. 이것 봐요, 소냐. 내가 이 성상을 다시 집었어(그는 성상을 집어 손으로 빙글빙글 돌리고 있었다). 그런데 나는 지금 이 순간 이것을 벽난로의 모서리에 그대로 내리치고 싶어. 그러면 틀림없이 두 조각이 나고 말겠지. 어느 쪽이 크지도 작지도 않게 똑같은 크기로 말이야.」

여기서 아주 이상한 것은 그런 말을 하는 그의 태도가 전혀 가식적이거나 특별한 것이 없었다는 점이다. 그의 어조가 담담했기 때문에 오히려 더 섬뜩했다. 그리고 사실 그는 뭔가를 두려워하고 있는 것 같았다. 그의 손이 약간 떨리고 있다는 것을 나는 느꼈다.

「안드레이 뻬뜨로비치.」 손뼉을 치면서 어머니가 외쳤다.

「놓으세요, 성상을 놔요, 안드레이 뻬뜨로비치. 놓아요, 거기 놓으라고요.」 따찌야나 빠블로브나가 벌떡 일어섰다. 「그리고 옷을 벗고 누워요. 아르까지, 얼른 가서 의사를 불러와라!」

「아니…… 왜들 이렇게 소란스럽지?」 조용한 목소리로 말한 다음, 그는 사람들의 얼굴을 찬찬히 바라보았다. 그러더니 갑자기 두 팔꿈치를 탁자에 댄 채 두 팔로 머리를 움켜잡으며 말했다.

「내가 모두를 놀라게 한 것 같구나. 하지만 부탁이니 내 기분을 좀 편안하게 해줘. 자, 모두들 다시 자리에 앉아 다만 1분이라도 좋으니 마음을 진정시켰으면 좋겠어. 아! 소냐, 이런 말을 하러 온 게 아니라 알릴 일이 있어서 온 것인데. 완전히 다른 일 때문에 왔거든. 잘 있어요, 소냐. 나는 다시 방랑길에 나설 거야. 지금까지 몇 번인가 당신 곁을 떠나갔던 것처럼 말이야……. 물론 언젠가는 또 당신에게 돌아오겠소. 바로 그 점에서 당신은 피할 수 없는 숙명을 가지고 있소. 모든 것이 끝났을 때, 도대체 내가 누구에게로 돌아가야 하겠소? 내 말을 믿어 줘요, 소냐. 내가 지금 여기에 온 것은 당신을 천사라고 생각했기 때문이지, 절대로 원수라고 생각했기 때문이 아니야. 어떻게 당신이 내게 원수가 될 수 있겠소, 어떻게 당신이 원수가 될 수 있겠느냔 말이오! 이 성상을 부수러 왔다고는 생각하지 말아요. 이렇게 말하는 것은, 소냐, 나는 아무래도 이것을 부수고 싶기 때문이란 말이야…….」

그전에 따찌야나 빠블로브나가 〈성상을 놓으란 말이에요!〉라고 말하며 그의 손에서 성상을 빼앗아 그대로 들고 있었다. 하지만 그는 말을 마치자마자 순식간에 따찌야나의 손에서 성상을 빼앗아 번쩍 들어올리더니 있는 힘을 다해 그것을 벽난로의 모서리에 던졌다. 성상은 둘로 조각났다……. 이윽고 그가 우리 쪽을 돌아다보았을 때 그의 창백한 얼굴은 갑자기 붉은색으로 변했으며, 그의 얼굴 근육이 희미하게 떨리고 있었다.

「소냐, 이것에 어떤 상징적 의미를 부여하지 말아요. 내가 부순 것은 마까르의 유품이 아니라 그저 내가 부수고 싶은 어떤 것이었을 뿐이야……. 아무튼 나는 다시 당신에게 돌아오겠어. 내 마지막 천사에게로 말이야! 물론 당신이 이것에 상징적 의미를 부여해도 어쩔 수 없어. 이렇게 될 수밖에 없었으니 말이야…….」

말을 마치자 그는 서둘러 방을 나가 부엌 쪽 통로를 통해 밖으로 나갔다(거기에 외투와 모자가 있었다). 어머니의 반응이 어땠을지에 관해서는 상세히 기록하지 않겠다. 완전히 정신이 나간 상태로 맞잡은 두 손을 머리 위에 올린 채 어머니는 그의 뒤를 향하여 소리를 질렀다.

「안드레이 뻬뜨로비치, 잠시만요. 이별의 인사라도 나누어야 하잖아요!」

「돌아올 거예요, 소피야. 돌아올 거예요, 걱정하지 말아요!」 노여움에 불타 야수처럼 온몸을 떨면서 따찌야나 빠블로브나가 말했다. 「돌아오겠다고 약속하는 것을 당신도 들었잖아요. 저 고집불통을 마지막으로 한 번만 더 제멋대로 하게 내버려둬요. 그러는 동안 나이가 들면, 누가 다리도 쓰지 못하는 사람을 돌보아 주겠어요. 그의 늙은 유모인 당신 이외에 누가 그를 돌보겠어요? 자기 입으로 그렇게 말하면서도 조금도 부끄러워하지 않으니…….」

그가 떠난 다음의 우리의 상황에 대해 말한다면, 리자는 정신을 잃고 있었고, 나는 그의 뒤를 따라 뛰어가려다가 마음을 바꿔 어머니 쪽으로 가서 끌어안고 그대로 있었다. 루께리야가 물을 한 잔 들고 와서 리자에게 갔다. 어머니는 곧 정신을 차리고 난 다음 쓰러지듯 소파에 앉더니 두 손으로 얼굴을 가린 채 울음을 터뜨렸다.

「하지만, 하지만…… 역시 쫓아가 보는 편이 좋겠어요!」 갑자기 생각난 듯 따찌야나 빠블로브나가 있는 힘을 다해 큰소리로 말했다. 「자, 어서 따라가 봐, 빨리…… 쫓아가서 바로 옆에 붙어 있어. 자, 빨리!」 그녀는 나를 어머니에게서 밀어내면서 말했다. 「내가 한번 뛰어가 볼까!」

「아냐, 아르까샤, 네가 빨리 쫓아가 봐!」 어머니까지 갑자기 소리를 질렀다.

그래서 나는 부엌과 뒷마당을 지나 정신없이 뛰어나갔지만, 이미 그의 모습은 그 어느 곳에서도 찾을 수 없었다. 멀리 사람의 모습이 아련하게 보이기에 뛰어가서 보면 다른 사람이었다. 또 다른 사람을 따라잡아 그 옆을 지나가면서 흘끗 보면 전혀 다른 사람의 얼굴이었다. 나는 그렇게 네거리까지 뛰어갔다.

〈사람들이 미친 사람에게는 화를 내지 않겠지〉 하는 생각이 갑자기 머리에 떠올랐다. 〈따찌야나 빠블로브나가 그렇게 화가 나서 야수처럼 소리지른 것을 보면, 그가 미친 것은 절대로 아닌 것 같은데…….〉 내 생각에는 아무래도 그의 행위가 상징적 의미를 띤다고 여겨졌다. 그는 그 성상에 했던 것처럼 어떤 일에 대해선가 분명히 매듭을 짓고 그것을 우리에게, 어머니와 모든 사람에게 보여 주고 싶었던 것이다. 하지만 〈또 하나의 자기〉가 그의 옆에 있었음이 분명하다. 그 점에 대해서는 조금도 의심할 여지가 없었다.

3

그는 어느 곳에도 없었다. 그의 집으로 가봐야 분명 없을 것이다. 그런 상황에서 그가 자기 집으로 갔으리라고는 도저히 생각할 수 없었다. 그때 문득 한 가지 생각이 내 머리에 떠올랐다. 그래서 나는 곧바로 안나 안드레예브나에게로 갔다.

안나 안드레예브나는 이미 돌아와 있었다. 그녀는 나를 집 안으로 불러들였다. 나는 감정을 자제하면서 안으로 들어가 자리에 앉지도 않고 조금 전에 일어난 사건과, 그의 〈또 하나의 자기〉에 대해서 말했다. 그녀도 역시 앉지 않고 내 이야기에 귀를 기울이고 있었다. 나는 아주 냉정하고 침착한 태도로, 그리고 자신감에 가득 찬 호기심으로 내 말을 한 마디도 놓치지 않으려고 하던 그녀의 모습을 영원히 잊을 수도 지울 수도 없다.

「그는 지금 어디에 있지요? 혹시 알고 있지 않은가요?」 나는 계속해서 캐는 듯한 자세로 물었다. 「어제 따찌야나 빠블로브나가 저더러 당신에게 가보라고 했는데요…….」

「제가 당신을 오시라고 한 건 어제였어요. 어제 그분은 짜르스꼬예로 가셨다가 저의 집에도 들르셨어요. 그렇지만 지금은(그녀는 잠깐 시계를 보았다), 지금이 일곱 시니까…… 아마 틀림없이 집에 계실 거예요.」

「저는 당신이 이 모든 상황을 훤히 읽고 있다는 것을 알고 있습니다. 그러니 있는 그대로 말해 주세요!」 나는 커다란 소리로 외치듯이 말했다.

「저는 많은 것을 알기는 하지만, 모든 것을 알지는 못해요. 물론 당신에게 감출 일은 아무것도 없어요…….」 그녀는 미소를 지으면서 속으로 뭔가를 생각하는 듯 이상한 눈길로 내 얼굴을 찬찬히 바라보았다. 「어제 아침 그분은 까쩨리나 니꼴라예브나의 편지에 대한 응답을 보내면서 그녀에게 정식으로 청혼을 했어요.」

「뭐라고요, 그것은 잘못 알고 있는 거예요.」 나는 눈이 휘둥그레져서 말했다.

「제가 직접 밀봉된 그 편지를 그녀에게 건네주었어요. 이번에는 그도 〈신사적으로〉 행동을 했고, 제게 아무것도 감추지 않았어요.」

「안나 안드레예브나, 저는 이게 대체 무슨 일인지 모르겠어요!」

「물론, 이해하기 힘들 거예요. 하지만 이것은 마치 탁자 위에 마지막 금화를 던진 상태에서 호주머니 속에 준비된 권총을 쥐고 있는 노름꾼의 상황과 같은 거지요. 바로 그가 제안한 청혼이 그런 의미를 가지고 있는 거예요. 그녀가 그의 청혼을 받아들일 확률은 10분의 1도 안 되지만, 마지막 남아 있는 약간의 가능성을 그는 타진해 보려는 거예요. 그리고 사실 이것은 아주 흥미로운 사건이에요. 제 판단으로는 그가 몹시도 흥분해 있으며, 그리고 당신이 지금 말한 그 〈또 하나의 자기〉라는 것이 의미 있는 작용을 하는 것 같군요.」

「지금 우롱하는 겁니까? 그래 당신이 그 편지를 직접 그녀에게 건네주었다는 것을 제가 어떻게 믿지요? 당신은 그녀의 아버지와 약혼한 사람이 아닙니까? 제게 사실대로 말해 주세요, 안나 안드레예브나!」

「그가 자신의 행복을 위해서 저더러 제 미래의 삶을 희생해 달라고 부탁했어요. 물론 직접적으로 그렇게 부탁한 것은 아니지만, 말하지 않아도 상황이 어느새 그렇게 되어 버렸어요. 저는 그의 눈빛만 보아도 모든 상황을 읽을 수 있었어요. 지금 제가 무슨 말을 더 할 필요가 있겠어요. 그는 아흐마꼬바 부인의 양딸과의 결혼을 허락해 달라고 쾨니히스베르크에 있던 당신의 어머니에게 갔던 사람이잖아요? 그 상황은 어제 그가 저더러 자신의 대리인이 되어 달라고 했던 것과 아주 유사해요.」

그녀의 얼굴은 약간 창백했다. 하지만 그녀의 침착한 태도는 그녀의 말에 빈정거리는 듯한 기운을 오히려 더 보태었다. 아, 사건의 진상을 점점 더 자세히 알게 되자 나는 그녀가 했던 많은 일들을 모두 다 용서하고 싶은 생각이 들었다. 1분 가량 나는 아무 말도 하지 않고 조용히 생각을 가다듬었다. 그녀도 말없이 앉아 내 말을 기다리고 있었다.

「당신이 그 편지를 전해 준 이유는.」 갑자기 내가 싱긋 웃으며 물었다. 「그렇게 하는 것이 당신의 계획을 전혀 방해하지 않기 때문이었지요? 그 결혼이 성립될 가능성이 거의 없으니 말입니다. 그렇다면 도대체 그는? 그리고 그녀는? 물론 그녀가 그의 청혼을 받아들일 가능성은 거의 없겠지요. 그렇게 되면…… 그렇게 되면 앞으로 상황이 어떻게 발전해 가겠어요? 지금 그는 도대체 어디 있습니까, 안나 안드레예브나?」 나는 큰소리로 물었다. 「지금 이렇게 시간을 지체할 수가 없어요. 언제 어떤 불행한 일이 일어날지도 모릅니다!」

「자기 집에 있을 거라고 말했잖아요. 제가 전해 준 까쩨리나 니꼴라예브나에게 보낸 어제의 편지에, 어떠한 경우에도 오늘 저녁 일곱 시 정각에 자기 집에서 만나 주기를 바란다고 씌어져 있었어요. 그리고 상대방도 그렇게 하겠다고 약속했고요.」

「그녀가 그 집으로요? 그럴 수 있어요?」

「왜요? 그 집은 나스따시야 예고로브나의 것이에요. 두 사람이 모두 다 손님으로 와서 그 집에서 만날 수 있지 않겠어요?」

「하지만 그녀는 그를 지독히 무서워합니다……. 어쩌면 그는 그녀를 죽일지도 모릅니다!」

안나 안드레예브나는 미소를 지으며 말했다.

「까쩨리나 니꼴라예브나가 그를 아주 두려워한다는 것은 저도 이미 알고 있어요. 하지만 그녀는 오래 전부터 항상 안드레이 뻬뜨로비치의 훌륭한 사상과 뛰어난 인지력에 대해서 흠모와 경탄의 마음을 가지고 있었어요. 그렇지만 이번에야말로 그와의 관계를 영원히 청산하려고 그의 말을 믿고 따르기로 한 거예요. 자기가 쓴 편지 속에서 그는 아무런 걱정도 할 필요가 없다고 아주 정중하게 신사적으로 약속했지요……. 편지의 내용을 구체적으로 다 기억하고 있지는 못하지만, 그녀는 그의 말을 믿은 거예요……. 말하자면 이게 서로의 마지막 대면이고, 또 서로의 입장과 감정을 솔직히 전달할 의도에서지요. 어쩌면 서로 담담한 입장으로 만날 수 있다고 여겼는지도 모르지요.」

「바로 그것이 〈또 하나의 자기, 또 하나의 자기〉입니다.」 내가 큰소리로 말했다. 「게다가 그는 지금 정신이 온전하지 않아요!」

「어제 만나자고 약속할 때, 까쩨리나 니꼴라예브나는 아마 상황이 그렇게 되리라고는 상상도 못했을 거예요.」

서둘러서 나는 뛰어나왔다……. 그에게로, 그 두 사람에게로! 하지만 나오다가 나는 다시 한번 되돌아가서 짧은 시간이었지만 하고 싶은 말을 털어놓았다.

「그러나 어쩌면 당신은 그렇게 하는 것이, 그가 그녀를 죽여 주는 것이 좋겠지요!」 이렇게 고함을 지르고는 그 집에서 달려 나왔다.

마치 발작이라도 난 것처럼 나는 온몸을 덜덜 떨고 있었지만, 조용히 부엌을 통해 집 안으로 들어간 다음 낮은 목소리로 나스따시야 예고로브나를 불러 달라고 부탁했다. 그녀는 곧 나오더니 말없이 미심쩍은 시선으로 나를 뚫어지게 바라보았다.

「주인 어른은 지금 안 계십니다.」

하지만 나는 그녀를 똑바로 바라보며 속삭이듯 빠른 어조로, 지금 안나 안드레예브나에게서 모든 상황을 듣고 그 집에서 오는 길이라고 말했다.

「나스따시야 예고로브나, 두 사람은 지금 어디 있습니까?」

「그저께 두 분이 앉아 계셨던 그 방에…….」

「나스따시야 예고로브나, 저를 그리로 들어가게 해주세요!」

「어떻게 그렇게 할 수 있겠습니까?」

「꼭 거기가 아니라도 좋아요. 그 옆 방이라도 좋아요. 나스따시야 예고로브나, 어쩌면 안나 안드레예브나도 그것을 원하고 있는지도 모르겠어요. 그런 생각이 없었다면, 두 사람이 여기 있다는 것을 제게 말했을 리가 없지요. 아무 소리도 내지 않고 조심하겠어요……. 이것은 바로 그녀의 소원입니다…….」

「만일 그분의 소원이 아니라면요?」 나스따시야 예고로브나는 뚫어지게 내 얼굴을 쳐다보았다.

「나스따시야 예고로브나, 저는 당신의 딸 올랴를 기억합니다…… 저를 들어가게 해주세요, 네?」

그러자 갑자기 그녀의 입술과 턱이 떨리기 시작했다.

「그렇게 하세요, 올랴를 보아서…… 그리고 당신이 간절히 원하니까요. 하지만 안나 안드레예브나를 버려 두지 마세요, 아시겠지요! 버리지 않지요, 네? 안 버리지요?」

「안 버립니다!」

「들어가더라도, 두 분이 계신 곳으로 뛰어들거나 소리지르지 않겠다고 꼭 약속하지요?」

「제 명예를 걸고 맹세합니다, 나스따시야 예고로브나!」

그녀는 내 외투를 잡고 두 사람이 앉아 있는 방과 이웃한 컴컴한 방으로 안내했다. 부드러운 카펫을 밟고 아무 소리도 나지 않게 문턱까지 간 다음, 그녀는 방 사이에 쳐진 두툼한 커튼 앞에 서서 커튼의 한쪽 구석을 약간 들어올려 내게 두 사람을 볼 수 있게 해주었다.

나만 그 자리에 남고 그녀는 가버렸다. 내가 남의 비밀을 염탐하며 엿듣고 있다는 사실을 잘 알고 있었지만, 나는 그곳에 머무르기로 했다. 그의 〈또 하나의 자기〉를 염두에 두고 있는 상황에서 내가 어떻게 머무르지 않을 수 있었겠는가? 그는 내가 보는 앞에서 그 성상을 부서뜨리지 않았던가?

4

그들은 우리가 어제 그와 그의 정신적 〈부활〉을 위해 건배하던 바로 그 탁자를 사이에 두고 마주 앉아 있었다. 내가 있는 자리에서도 그들의 얼굴은 제대로 보였다. 그녀는 수수해 보이는 검은 옷을 입고 있었으며, 평상시처럼 매우 아름답고 침착한 태도였다. 그가 뭔가를 이야기하고 있었고, 그녀는 다소 긴장했지만 동정적인 눈빛으로 주의를 기울여 가며 그의 말을 듣고 있었다. 그녀는 다소 수줍은 태도를 보이고 있었지만, 그는 상당히 흥분한 상태였다. 내가 들어갔을 때에는 이미 이야기가 시작되어 있었기 때문에, 얼마 동안은 내용이 무엇인지 도저히 이해할 수가 없었다. 지금도 기억하지만 그녀가 갑자기 이렇게 물었다.

「그렇다면 제가 바로 그 원인이었군요?」

「아닙니다, 원인은 나였지요.」 그가 대답했다. 「당신은 아무런 죄도 없는 죄인이었을 뿐입니다. 죄도 없는데 죄인이 되는 일이 흔히 있다는 것을 당신도 아시지요? 그것은 가장 용서할 수 없는 죄여서, 거의 언제나 벌을 받는 것입니다.」 말을 덧붙이면서 그는 기묘한 미소를 지었다. 「사실 그동안 나는 당신에 대해서 완전히 잊었다고 생각하고, 내 자신의 어리석은 정열을 비웃은 적도 있었지요……. 그것에 대해서는 당신도 알고 있겠지요. 그런데 당신이 결혼하려는 남자가 있다고 하더라도 그게 나와 무슨 상관이 있겠습니까? 나는 어제 당신에게 청혼했습니다. 용서하십시오. 물론 어리석기 짝이 없는 일이지요. 하지만 달리 어쩔 도리가 없었습니다……. 그런 어리석은 일 이외에 내가 무엇을 할 수 있었겠습니까? 나는 모르겠습니다…….」

그렇게 말하고 무심코 웃어 보이더니, 갑자기 그는 눈을 들어서 그녀를 바라보았다. 그때까지 그는 말을 하면서 다른 쪽만 쳐다보고 있었다. 만일 내가 그녀의 입장이었다면, 아마 그 웃음소리에 깜짝 놀랐을 것이다. 그가 갑자기 의자에서 일어섰다.

「어떻게 이리로 오는 것을 승낙하셨는지 말해 주세요.」 마치 어떤 중요한 사실이 생각나기라도 한 듯 그가 갑자기 물었다. 「당신을 초대한 것이나 그런 편지를 보낸 것이나 모두 다 부질없는 짓입니다……. 잠시만 기다려 주세요. 어떻게 당신이 이리로 오는 것을 승낙하셨는지 저도 짐작이 가긴 하지만, 당신이 왜 이곳에 왔는지, 바로 그것이 문제가 아니겠어요! 단지 두렵기 때문에 온 건 아니겠지요?」

「저는 당신을 만나려고 왔습니다.」 약간 수줍어하는 태도를 보이며 그녀는 그의 얼굴을 바로 보면서 말했다. 그러고 나서 두 사람은 약 30초 동안 서로 말이 없었다. 베르실로프는 다시 의자에 앉더니, 자신의 감정이 실려 있는 떨리는 목소리로 조용히 말하기 시작했다.

「당신을 만난 지가 참으로 오래되었소, 까쩨리나 니꼴라예브나. 너무도 오래 만나지 못하다 보니 내가 이렇게 당신 옆에 앉아 당신 얼굴을 바라보며 당신 목소리를 들을 때가 오리라고는 도저히 생각할 수도 없을 정도였습니다……. 우리는 2년 동안이나 서로 만나지 못했어요, 2년 동안이나 서로 이야기도 하지 못했지요. 당신과 마주 앉아 이렇게 이야기를 나눌 수 있으리라고는 꿈에도 생각하지 않았습니다. 지난 일들은 모두 다 지나간 일이고, 지금 이 시간의 일도 내일이면 모두 연기처럼 사라진다 해도 괜찮습니다! 다른 대안이 없으니까 그대로 받아들여야지요. 하지만 이렇게 오셨으니 그냥 가셔서는 안 됩니다. 내게 자비를 베풀어 이리 오셨으니 그냥 가지 말고 내가 묻는 한 가지 질문에 대답해 주십시오!」 갑자기 그가 애원하듯이 말하였다.

「어떤 질문이지요?」

「당신도 알다시피, 우리는 다시 만날 형편이 아니니까, 있는 대로 말해 줘도 괜찮지 않겠어요? 마지막으로 내가 하는 질문에 정직하게 대답해 주세요. 분별력 있는 사람이라면 함부로 꺼낼 질문은 아니긴 합니다만. 혹시 당신은 진심으로 나를 사랑했던 적이 있습니까, 아니면 내가 잘못 생각했던 것입니까?」

갑자기 그녀의 얼굴이 붉어졌다.

「진심으로 당신을 사랑했었습니다.」 그녀가 답했다.

나 역시 그녀가 그렇게 대답하리라고 예상했었다. 아, 이 얼마나 정직하고 진지하며 순결한 사랑인가!

「그러면 지금은 어떻지요?」 그가 계속해 물었다.

「지금은 사랑하지 않습니다.」

「그래서 웃는 거로군요?」

「아닙니다. 제가 지금 웃은 것은 우연의 일치예요. 당신이 〈그러면 지금은〉 하고 물을 것이라고 생각했는데 그대로 맞기에 그만 웃음이 나온 거예요. 자기 예상이 맞게 되면 사람들은 언제나 웃잖아요…….」

나는 그 광경을 보며 이상한 기분이 들었다. 지금까지 나는 그녀가 이렇게 긴장하고 두려워하며, 또한 당황하고 있는 것을 한번도 본 적이 없었기 때문이다. 그는 뚫어지게 그녀를 바라보고 있었다.

「당신이 나를 더 이상 사랑하지 않는다는 것은 나도 잘 알고 있습니다. 그렇다면 사랑하는 마음이 전혀 없다는 말씀인가요?」

「아마 그런 마음이 전혀 없을 거예요. 저는 당신을 사랑하지 않습니다.」 그녀는 더 이상 웃거나 얼굴을 붉히지 않고 단호한 어조로 말하였다. 「한때 저는 분명히 당신을 사랑했습니다. 하지만 그렇게 긴 기간이 아니었습니다. 얼마 지나지 않아서 저는 그런 마음을 극복할 수 있었습니다…….」

「당신은 이것이 당신에게 필요한 것이 아니라는 것을 느꼈겠지요. 그렇다면…… 도대체 당신에게 필요한 것은 무엇이었습니까? 다시 한번 그것을 설명해 주시겠습니까…….」

「제가 당신에게 그것에 대해 설명한 일이 있었나요? 제게 필요했던 것이 무엇이냐고요? 저는 대단히 평범한 여자이고 유순한 사람이기 때문에 제가 좋아하는 것은…… 제가 좋아하는 것은 바로 온유한 사람들이지요.」

「온유한 사람들이라고요?」

「저는 당신과 어떻게 이야기를 풀어 가야 할지 모르겠습니다. 만일 당신이 저를 조금 덜 사랑하셨더라면, 저는 당신에게 더 사랑을 느낄 수도 있었을 겁니다.」 그렇게 말하며 그녀는 다시 약간 어색하게 미소를 지었다. 그녀의 대답 속에는 절대적인 성실성이 담겨 있었다. 그녀의 대답이 결국은 그들의 관계 등 모든 것을 설명하고 집약하는 것이라는 사실을 과연 그녀가 이해하지 못하고 있었단 말인가? 아, 그는 그런 사정을 분명히 이해하고 있어야 했다! 그러나 그는 그녀를 바라보면서 야릇한 미소를 짓고 있었다.

「그럼 붸링은 온유한 사람인가요?」 그는 계속 질문을 던졌다.

「그분은 당신과 아무런 관계도 없습니다.」 그녀는 약간 당황한 듯이 대답했다. 「그분과 결혼하면 정신적인 안정을 가장 잘 얻을 수 있을 것 같기 때문이에요. 제 마음은 궁극적으로 제 자신의 것입니다.」

「사람들 말로는 당신이 점차로 그런 사회를, 사교계를 좋아하게 되었다고 하더군요?」

「그것을 좋아하지는 않아요. 어디든 한 사회에는 무질서와 부조화가 있게 마련이지요. 하지만 외양으로만 보면 여전히 보기에 괜찮지요. 그리고 일정한 관계만 맺고 살려고 하면 다른 어디에서보다 지내기가 편한 곳이지요.」

「최근에 나는 자주 〈무질서하다〉는 말을 듣게 되었습니다. 당신 역시 내 무질서한 생활 양식에 놀라셨겠지요. 쇠사슬이나 사상, 그리고 무미건조한 생활 때문에요?」

「아닙니다. 그런 것 때문이 아니에요…….」

「그렇다면 뭐지요? 제발 모든 것을 분명히 말해 주세요.」

「그러면 분명히 말씀드리겠어요. 저는 항상 당신을 아주 뛰어난 지력을 지닌 사람이라고 생각하고 있었어요……. 그런데 또 한편으로 저는 언제나 당신에게는 뭔가 이상한 점이 있다고 느꼈어요.」

그렇게 말하고 나서 그녀는 자신이 말을 부주의하게 했다고 느낀 듯 갑자기 얼굴을 붉혔다.

「당신이 솔직하게 말한 것에 대해서 저는 다 용서할 수 있습니다.」 그는 이상한 어조로 말했다.

「저는 아직 말을 끝내지 않았어요.」 그녀는 더욱 얼굴을 붉히면서 서둘러 말했다. 「이상한 것은 바로 저예요……. 당신에게 바보 같은 말을 하는 것만 봐도 그래요.」

「아닙니다. 당신은 이상하지 않아요. 당신은 다만 타락한 사교계에 출입하는 여자에 불과합니다!」 그는 얼굴이 아주 창백해졌다. 「내가 당신에게 왜 이곳에 오셨느냐고 물었을 때, 나 역시 말을 끝내지 않았습니다. 원하신다면 있는 그대로 다 말할까요? 지금 어딘가에 서류 형식으로 된 편지가 한 통 존재하고 있습니다. 당신은 그것에 대해 아주 두려워합니다. 만일 당신의 아버지가 그 편지를 입수하신다면, 아마 그분은 살아 계실 동안 당신을 저주하며 유언장에서 당신의 유산 상속권을 법적으로 완전히 박탈할 염려가 있기 때문이지요. 그래서 당신은 이 편지를 두려워합니다. 그래서 그 편지를 혹시나 찾을까 해서 온 것입니다.」 이렇게 말하며 그는 온몸을 떨었고, 이까지 맞닿는 소리를 냈다. 얼굴에 언짢고 안타까운 표정을 지으면서 그녀는 그의 말에 귀기울이고 있었다.

「당신이 제게 상처를 입히는 어떤 일이라도 하리라는 것을 저도 알고 있어요.」 그의 말문을 닫으려는 듯 그녀는 말을 이었다. 「하지만 사실, 제가 이리로 온 것은 당신에게 이제 더 이상 저를 따라다니지 말아 달라는 부탁을 하려는 것과, 또 한편으로는 당신을 직접 만나려는 뜻에서였습니다. 저는 이미 오래 전부터 직접 당신을 만나 뵙기를 원했습니다……. 그러나 막상 만나 뵈니, 당신은 이전과 조금도 변함이 없으시군요.」 그녀는 덧붙였다. 마치 어떤 특별하고 놀랄 만한 생각이나 뭔가 이상하고 돌발적인 감정에 의해 지배를 받는 것처럼 그녀는 다소 침착함을 잃은 것 같았다.

「당신의 타락한 생활을 비판한 내 편지를 보고 나서도 당신은 내가 달라졌으리라고 생각했단 말씀인가요? 당신은 이리로 오면서 전혀 두려움을 느끼지 않았나요?」

「제가 이리로 온 것은 이전에 당신을 사랑한 적이 있기 때문이에요. 그러니 저를 위협하는 듯한 말은 하지 말기를 부탁합니다. 그리고 제가 한때 가졌던 나쁜 생각이나 감정을 다시 상기하지 않도록 해주세요. 만약 다른 내용의 이야기를 나눌 수 있다면 저로서는 참 기쁘겠습니다. 위협은 나중에 하시고 지금은 뭔가 다른 이야기를…… 아주 잠시 동안이라도 좋으니 저는 당신을 만나 당신의 목소리를 직접 들으려고 온 거예요. 만일 그럴 수 없으시다면 이제 저를 죽이세요. 그저 저를 위협하거나 제 앞에서 자신을 자책하는 일만은 이제 그만두세요.」 뭔가를 기대하는 듯한 이상한 표정으로 그의 얼굴을 바라보면서 그녀는 말을 맺었다. 그녀의 표정은 마치 그가 정말 자기를 죽일 수도 있다고 믿는 듯했다. 그는 또다시 의자에서 일어나 불타는 듯한 시선으로 그녀를 바라보면서 단호하게 말했다.

「당신은 여기서 조금도 모욕을 당하지 않고 돌아갈 겁니다.」

「참, 당신이 명예를 걸고 그런 약속을 했었지요!」 그녀는 미소를 지으며 말했다.

「아닙니다. 제가 보낸 편지에서 그렇게 약속했기 때문만이 아니라, 당신에 대해서 밤새 생각하고 싶기 때문입니다…….」

「또 자책하려고 그런 것입니까?」

「혼자 있을 때면 나는 언제나 당신을 생각합니다. 나는 당신과 그저 이야기를 나눌 뿐입니다. 숲속에 있는 커다란 굴에 들어가도, 금방 당신의 모습이 내 눈앞에 나타납니다. 하지만 당신은 늘 지금처럼 나를 비웃고 있습니다…….」 마치 이성을 잃은 듯 그가 열에 들떠 말했다.

「저는 절대로 당신을 비웃은 적이 없어요, 절대로!」 가슴을 파고드는 듯한 목소리로 그녀가 말했다. 그녀의 얼굴에는 연민의 빛이 가득했다. 「저는 이곳에 오면서도, 제 행동이 절대로 당신에게 모욕이 되지 않게 하기 위해 애를 썼어요.」 그녀는 갑자기 말을 이었다. 「당신을 사랑하는 거나 다름없다는 말을 하려고 저는 이리로 온 것입니다……. 용서하세요. 혹시 제가 말을 잘못했는지도 모르겠어요.」 당황한 어조로 그녀는 덧붙였다.

그는 웃음을 터뜨렸다.

「당신은 왜 그렇게 꾸며서 말할 줄을 모르지요? 왜 그렇게 순진하지요? 왜 당신은 다른 사람들처럼 행동하지 못하지요……. 어떻게 당신은 자기가 차버리려는 사람에게 〈당신을 사랑하는 거나 다름없다〉고 말할 수 있지요?」

「제가 말을 잘못했을 뿐이에요.」 그녀는 말했다. 「단지 제가 말을 잘못한 거예요. 저는 당신 앞에 서면 왠지 그렇게 늘 수줍어져요. 그래서 처음 만났을 때부터 말이 잘 나오지 않았어요. 〈사랑하는 것이나 다름없다〉는 말은 잘못한 것이지만, 그래도 그 뜻은 거의 마찬가지예요. 그래서 그렇게 말씀드린 거예요. 당신을 사랑하고 있지만, 그 사랑은…… 이를테면, 누구에게나 할 수 있는 일반적인 사랑이기 때문에, 설사 그것을 자인해도 부끄럽지 않은 사랑입니다…….」

침묵한 채 그는 불타는 듯한 시선을 그녀에게서 떼지 않으며 듣고 있었다.

「물론 나는 당신을 모욕하고자 하는 것입니다.」 이성을 잃은 상태에서 그가 말을 계속했다. 「이것이 아마 사람들이 말하는 정욕이라는 것일 겁니다……. 내가 알고 있는 한 가지 사실은 설사 내가 당신 곁에 있든 아니든 나는 희망이 없는 사람이라는 점입니다. 당신이 내 옆에 있건 떨어져 있건, 아니면 당신이 어디에 있건 마찬가지지요. 어차피 당신은 항상 나와 함께 있으니 말입니다. 또 하나 다른 것은 내가 당신을 매우 증오할 수 있다는 것, 사랑하는 것보다도 더 증오할 수 있다는 사실입니다……. 하지만 벌써 오래 전부터 나는 아무것도 생각하지 않기로 했으니 어찌 됐든 마찬가지입니다. 다만 유감스러운 것은 내가 당신 같은 여자를 사랑하게 되었다는 사실입니다…….」

돌연 그는 말하는 걸 멈추고 다시 숨을 고르더니 계속 말했다.

「왜 그러지요? 내가 그렇게 말하는 것이 불쾌한가요?」 그는 창백한 미소를 지어 보였다. 「당신의 마음을 사로잡을 수 있다면, 나는 30년 동안이라도 고행자처럼 한 발로만 서 있을 수도 있습니다. 나는 당신이 내게 연민의 정을 가지고 있다는 것을 알고 있습니다. 당신의 표정이 제게 〈가능하면 사랑하고 싶어요. 그렇지만 저는 그럴 수 없어요〉라고 말하고 있습니다……. 그렇지요? 괜찮습니다. 내게는 이제 자존심이 없습니다. 나는 거지처럼 당신에게 어떤 동정이라도 구걸할 용의가 있습니다. 아시겠어요? 어떠한 동정이라도 말입니다……. 거지에게 무슨 자존심이 남아 있겠습니까?」

그녀는 일어서서 그에게로 다가섰다.

「그런 말은 하지 마세요!」 한 손을 그의 어깨 위에 얹고, 형용할 수 없는 감정을 얼굴에 나타내며 그녀는 그렇게 말했다. 「저는 그런 말은 듣고 싶지 않아요! 저는 제 평생 동안 당신을 가장 고귀한 인간으로, 가장 위대한 마음의 소유자로, 제가 존경하고 사랑할 수 있는 모든 것 중에서 가장 신성한 어떤 존재로 여길 겁니다. 안드레이 뻬뜨로비치, 제 진심을 이해해 주세요. 제가 지금 여기 와 있다면 뭔가 그럴 만한 이유가 있지 않겠어요, 네! 당신은 예나 지금이나 제가 항상 그리워하는 분이에요! 우리가 처음 만났을 때 제가 마음속으로 받았던 그 신선한 충격을 저는 절대로 잊지 못하겠어요. 서로 마음의 친구로 남아 있도록 해요. 그러면 당신은 가장 진실한, 가장 그리운 사람으로, 제 가슴속에 영원히 자랑스러운 추억으로 남아 있을 거예요!」

「당신의 말은 〈우리 서로 헤어져요, 그러면 당신을 사랑하겠어요〉라는 것이지요. 사랑하겠으니 이제 그만 헤어지자는 말이지요. 하지만 내 말 좀 들어 주세요.」 얼굴이 완전히 창백해진 채 그가 말했다. 「내게 한 가지 자비를 더 베풀어 주세요. 사랑하지 않아도 좋고 함께 살지 않아도 좋아요. 다시 만나지 않아도 좋습니다. 물론 나를 불러 주신다면 나는 기꺼이 당신의 노예가 되겠습니다. 그리고 더 이상 내가 보기 싫다면, 혹은 목소리도 듣기 싫다면, 나는 곧 당신 앞에서 사라지겠습니다. 그러니…… 그 누구와도 결혼만은 하지 말아 주세요!」

나는 그 말을 들으며 가슴이 끊어지는 아픔을 느꼈다. 비굴할 정도의 솔직함으로 꺼낸 그의 애원은 도저히 이루어질 수 없는 불가능한 것이었기에 더 더욱 측은했고 가슴이 아팠다. 그는 진심으로 자기에게 자비를 베풀어 달라고 간청했던 것이다! 하지만 그는 정말로 그녀가 승낙하리라고 생각했던 것일까? 어쩌면 그는 수치를 무릅쓰고 그렇게 간청해 본 것뿐일지도 모른다. 단지 그녀를 떠보기 위해 그렇게 한 것일지도 모른다! 이 정도로 타락해 버린 그의 정신을 더 이상은 지켜볼 수가 없었다. 그녀 역시 몹시 괴로워서 얼굴이 완전히 일그러져 있었다. 하지만 그녀가 미처 대답할 틈도 없이 그는 갑자기 정신을 차리고 말했다.

「나는 당신을 없애 버리겠소!」 완전히 딴 사람의 그것처럼 이상하고 뒤틀린 목소리로 그가 크게 외쳤다.

하지만 그의 말에 답하는 그녀의 목소리 역시 이상했다. 그녀도 자기 목소리가 아닌, 완전히 다른 사람의 목소리로 대답했다.

「만일 제가 당신에게 자비를 베푼다면.」 갑자기 그녀는 단호한 어조로 말했다. 「언젠가 당신은 제게 지금보다도 훨씬 더 심한 협박으로 복수를 할 거예요. 당신은 제 앞에서 그런 비굴한 태도를 취했던 일을 평생 동안 절대로 잊어버리지 않을 테니까요…… 저는 더 이상 당신에게서 그런 협박을 받고 싶지 않아요!」 그녀는 분노가 섞인 목소리로 그렇게 말한 다음, 도전적인 눈빛으로 그를 노려보았다.

「〈당신에게서 그런 협박〉이 어떻게 나올 수 있느냔 말인가요? 비굴한 거지에게서 말입니다! 나는 다만 약간의 농담을 했을 뿐입니다.」 그는 웃으면서 조용히 말했다. 「나는 당신에게 아무런 해도 입히지 않겠어요, 걱정 말고 돌아가세요……. 그리고 문제의 서류는 내가 최선을 다해 찾아서 보내 드리도록 하겠습니다. 그러니 이제 돌아가십시오. 내가 엉터리 같은 편지를 썼더니, 당신은 그 바보 같은 편지에 반응하여 일부러 나를 찾아왔습니다. 그러니 서로 비긴 셈입니다. 자, 이쪽입니다.」 그는 문을 가리켰다. (그녀는 내가 커튼 뒤에 숨어 있던 방을 지나서 밖으로 나가려고 했다.)

「하실 수 있다면, 저를 용서해 주세요.」 잠시 문 앞에서 걸음을 멈춘 다음 그녀가 말했다.

「좋습니다. 만일 언젠가 우리가 좋은 친구로 다시 만나서 오늘 일을 회상하며 같이 웃을 수 있다면 얼마나 좋겠습니까?」 그는 그렇게 말했지만, 그의 얼굴은 마치 발작을 일으킨 사람처럼 온통 떨리고 있었다.

「정말로 그랬으면 좋겠어요!」 마치 그의 말뜻을 아는 것처럼, 그녀는 두 손을 마주 잡고 수줍은 표정으로 그의 얼굴을 바라보면서 말했다.

「자, 가시지요. 우리는 제법 지력을 갖추기는 했지만, 당신은…… 아, 당신은 영락없이 나와 유사한 종류의 사람이오! 내가 완전히 정신 나간 편지를 썼더니 당신은 그 제안을 승낙하고 와서 〈당신을 사랑하는 거나 다름없다〉는 말을 하니 말이오. 어쩌면 나나 당신은 똑같이 정신 나간 사람인지도 모르지요. 하지만 항상 그렇게 미친 사람처럼 삽시다. 그리고 우리는 꼭 친구로서 다시 만날 겁니다. 이것은 당신에 대한 나의 예언입니다. 나는 그것을 당신에게 맹세합니다!」

「아마 그렇게 되면 저도 분명히 당신을 사랑하게 될 거예요. 지금도 그런 기운을 느끼고 있으니까요!」 그녀 속에 깃들어 있는 여자가 더 이상 참지 못하고, 문턱에서 그에게 마지막 말을 던졌다.

그러고 나서 그녀는 밖으로 나갔다. 나는 소리나지 않게 서둘러 부엌으로 나간 다음, 나를 기다리고 있던 나스따시야 예고로브나는 쳐다보지도 않고 뒷계단을 내려가 마당을 가로질러 길로 달려나갔다. 그리고 현관에서 그녀를 기다리고 있던 마차에 올라타는 그녀의 모습을 겨우 잠시나마 바라볼 수 있었다. 그 다음 나는 큰길을 따라 뛰기 시작했다.

제11장

1

나는 람베르뜨에게 달려갔다. 내가 아무리 내 행동에 논리적 타당성을 부여하려고 해도, 또 거기에서 조금이라도 온전한 의미를 찾으려고 애를 써도, 그날 저녁부터 밤 사이의 내 행동은 도저히 이해할 수가 없었다. 모든 것을 균형감 있게 생각할 수 있는 지금도 나는 도무지 분명하고 논리적인 관점에서 사건의 윤곽을 파악할 수가 없다. 그것은 하나의 일관된 감정이라기보다, 오히려 여러 가지 감정이 뒤섞인 완전한 혼돈 상태였다. 그런 상황에서 내가 방향을 잃은 것은 어쩌면 당연한 일인지도 모른다. 사실 그 와중에 나를 압도하고 나의 모든 행동을 지배한 하나의 주요한 감정이 있었다. 그러나…… 내가 그것을 고백할 필요가 있을까? 더욱이 나 자신도 그것에 관해 확신이 없는 상태에서…….

나는 거의 정신이 없는 상태로 람베르뜨의 집에 다다랐다. 혼비백산한 내 상태를 보고 그는 물론 알폰신느도 깜짝 놀랐다. 이전부터 내가 느껴 온 사실이지만, 프랑스 사람들은 아무리 방탕하거나 영락한 사람일지라도 일상적인 가정 생활을 할 때는 뭐랄까 일종의 부르주아적 질서, 아주 산문적이고 잘 짜여진 체계를 존중하며 그에 따라 사는 것 같다. 내 모습을 보고 람베르뜨는 곧 뭔가 일어났다는 것을 직감했다. 드디어 내가 자기에게로 와서 결국 자기의 동료가 된 것을 보고 그는 아주 기뻐했다. 요 며칠 동안 그는 밤낮으로 오로지 그렇게 되기만을 희구했었다. 아, 나는 그에게 그토록 필요한 존재였다! 그런데 그의 모든 희망이 사라져 가고 있을 때, 내가 스스로 그 앞에 나타난 것이다. 그것도 거의 정신이 나간 상태로, 그가 그렇게도 바라던 모습으로 말이다.

「람베르뜨, 술 좀 가져와!」 나는 크게 소리를 질렀다. 「자, 마음껏 마시고 놀아 보자. 알폰신느, 당신의 기타는 어디 있지요?」

그때의 장면을 상세히 묘사하지는 않겠다. 그럴 필요가 없다. 우리는 계속 마셨고, 나는 그에게 모든 것을 있는 그대로 이야기했다. 그는 열심히 듣기만 했다. 내가 아주 흥분한 상태에서 먼저 그에게 하나의 계획을 제안했다. 먼저, 우리는 편지를 내서 까쩨리나 니꼴라예브나를 우리 쪽으로 오게 한다…….

「그래.」 람베르뜨는 신이 나서 내 말에 연신 고개를 끄덕이며 맞장구를 쳤다.

둘째로 그녀에게 보내는 편지 속에 〈서류〉의 사본을 동봉함으로써 그녀를 속이는 것이 아님을 그녀가 확신하도록 한다.

「물론 그렇게 해야지!」 알폰신까와 서로 눈짓을 하면서 람베르뜨는 맞장구를 쳤다.

셋째로 람베르뜨가 모스끄바에서 온 어떤 사람에게서라는 형식으로 그녀에게 편지를 써야 하고, 나는 베르실로프를 데리고 와야 한다.

「맞아, 베르실로프도 있어야겠지.」 람베르뜨가 다시 화답했다.

「있어야겠지가 아니라 꼭 그렇게 해야 해!」 나는 큰소리로 말했다. 「꼭 그렇게 해야 하는 거야! 이 일은 모두 그를 위해서 하는 일이거든!」 남은 술을 다 마시면서 내가 설명했다. (우리 셋이 함께 마시기 시작했는데, 나 혼자서 샴페인 한 병을 다 마셔 버린 모양이었다. 그들은 그저 마시는 시늉만 했을 뿐이다.) 「나는 베르실로프와 함께 옆 방에서 기다리고 있겠어. (그렇게 하려면 람베르뜨의 옆 방을 얻어야겠지!) 그리고 그녀가 모든 사항에 동의

할 때까지 기다렸다가, 그러니까 그녀가 돈과 또 람베르뜨가 원하는 것을 해줄 때까지 기다렸다가, 적당한 때에 베르실로프가 그곳으로 나와서 그녀의 파렴치함을 그대로 폭로해 버리는 거야. 여자들이란 모두가 파렴치한 족속이니 틀림없이 그렇게 할 테니까. 베르실로프도 자기 눈으로 그녀의 비열함을 보게 되면, 그녀에 대한 열정이 당장에 식어 버리고 경멸하고 말겠지. 그 자리에 또 뷔링도 있어야 해. 그에게도 그녀의 그런 꼴을 있는 그대로 보여 줘야 해!」 나는 정신없이 계획을 설명했다.

「아니지, 뷔링은 필요 없어.」 람베르뜨가 이의를 달았다.

「아니 필요해, 꼭 필요하단 말이야!」 내가 또다시 되는 대로 말했다. 「너는 아무것도 몰라, 람베르뜨. 왜냐하면 네가 어리석기 때문이지! 만약 그러한 추문이 상류 사회에 퍼진다면 그것만으로도 우리는 상류 사회와 그녀에게 복수하게 되는 거야. 그녀는 자신의 행위에 상응하는 벌을 받아야만 해! 람베르뜨, 그녀가 네게 어음을 줄 거야……. 하지만 나는 돈이 필요 없어. 나는 그 돈에 침을 뱉어 버릴 거야. 그렇지 너는 허리를 굽혀 내 침이 묻은 돈을 집어서 호주머니에 넣으면 되는 거야. 나는 그녀를 파멸시키는 것으로 만족할 테니!」

「그래, 그렇게 하지.」 람베르뜨는 계속해서 내 말에 동의만 표했다. 「네가 그렇게 하면 되지…….」 그는 알폰신까와 서로 눈짓을 나누며 말했다.

「람베르뜨! 그녀는 마음속으로 베르실로프를 숭배하고 있어. 그것을 바로 지금 내 눈으로 확인했어.」 나는 그에게 혀가 꼬부라진 소리로 말했다.

「자네 눈으로 직접 모든 것을 보기를 잘했네. 자네가 그렇게, 그렇게도 유능한 스파이라고는, 그리고 그렇게 머리가 좋은 사람인 줄은 꿈에도 몰랐어!」 그는 내 비위를 맞추면서 그렇게 말했다.

「아냐, 이 친구야. 나는 스파이가 아냐. 나는 다만 뛰어난 지혜를 가지고 있을 뿐이야! 람베르뜨, 그녀가 그를 사랑하고 있다는 사실을 잘 알아야 해!」 내 속에 가지고 있는 생각을 모두 말해 버리려고 애쓰면서 계속 말을 이었다.「하지만 그녀는 그와는 결혼하지 않을 거야. 왜냐하면 뷔링은 근위 장교이지만, 베르실로프는 그저 고귀한 정신을 가지고 인류의 문제를 걱정하는 뜬구름 잡는 사람에 불과하니까. 그들의 눈에는 그저 희한한 사람으로 보일 뿐, 그 이상의 어떤 의미도 없거든! 물론 그녀도 그의 내면적 열정을 인정하고 또한 그것을 즐기려고 그에게 애교도 부리며 유혹도 해보지만, 결혼은 하지 않을 거야! 바로 그런 게 여자거든. 완전히 뱀이야! 여자는 누구나 모두 다 뱀이야. 그리고 뱀은 다 여자란 말이야! 그의 눈을 뜨게 해줘야 해. 그의 눈에 있는 꺼풀을 떼어 주어야 해. 자신의 눈으로 직접 그녀의 정체를 보게 된다면, 그는 완전히 눈을 뜰 거야. 내가 그를 자네에게로 데리고 오겠어, 람베르뜨!」

「그렇게 해!」 그는 자꾸 내게 술을 따르면서, 되는 대로 대꾸했다.

그는 어떤 의도를 가지고, 내 기분을 상하지 않고 내 의견에 거스르지 않도록 하면서 내가 술을 더 많이 마시게 하려고 갖은 애를 다 쓰고 있었다. 그의 태도가 너무나 노골적이어서 나는 그것을 쉽사리 알아챌 수 있었다. 하지만 그런 상황에서 나는 도저히 집으로 돌아갈 수가 없었다. 그래서 한껏 마셨고, 아무 말이나 되는 대로 떠들어댔다. 나는 마음속에 담겨 있는 것을 모조리 털어놓고 싶었다. 람베르뜨가 다시 술병을 가지러 갔을 때, 알폰신까가 기타를 집더니 스페인 음악을 치기 시작했다. 나는 울음이 나올 것만 같았다.

「람베르뜨, 자네는 모든 것을 다 알고 있지!」 나는 심각한 기분이 되어 큰소리로 말했다.「그 사람을 꼭 구해야 해. 왜냐하면 그는 지금 어떤 마술에 걸려 정신이 혼미한 상태에 있으니까 말이야. 만일 그가 그녀와 결혼한다면, 첫날밤이 지난 다음날 아침 곧 바로 그녀를 쫓아낼 거야……. 그런 일은 얼마든지 있을 수 있어. 격정에 사로잡혀 몰입하는 사랑이란 마치 갑자기 일어나는 발작이나 숨막힐 정도로 목을 조르는 올가미와도 같기 때문이지. 일종의 열병과 같은 작용을 하는 거라고. 그런 종류의 사랑은 일단 만족감을 얻게 되면 바로 최면이 풀리고 곧 이어 감정이 돌변하기 시작하는 거야. 그래서 극도의 증오심과 혐오를 느끼게 되고, 급기야는 그대로 죽여 버리고 싶은 욕망에 사로잡히게 되는 거라고. 너 아비삭[98]의 이야기를 아니? 람베르뜨, 읽은 적 있어?」

「아니, 모르겠는데. 그건 소설인가?」 람베르뜨가 중얼거렸다.

「아, 람베르뜨, 너는 도대체 아는 게 없구나! 너는 너무 무식해……. 하지만 상관없어. 어차피 마찬가지니까. 아, 그는 내 어머니를 사랑하고 있어. 그는 어머니의 사진에 입을 맞췄거든. 그런 여자는 다음날 아침이면 곧 쫓아 버리고 그는 어머니에게로 돌아올 거야. 하지만 그때는 이미 너무 늦어. 그러니 지금 구해야 하는 거야…….」

갑자기 나는 감정이 북받쳐 올라 울기 시작했다. 나는 여전히 말을 계속했고 술을 아주 많이 마셨다. 하지만 이상하게 느껴진 것이 있었다. 람베르뜨는 나와 그처럼 오래 함께 있었는데도, 그날 밤 한 번도 문제의 〈서류〉에 대해서 내게 묻지 않았다. 그것이 어디에 있는지를 한 번도 묻지 않았다. 그것을 보여 달라느니, 또는 탁자 위에 꺼내 놓아 보라고 하지 않았다. 구체적인 계획을 세우려면 그렇게 요구하는 것이 너무도 당연하지 않겠는가? 그리고 또 하나 빠진 게 있었다. 우리는 이것을 해야 한다, 〈이것〉을 꼭 해야 한다는 식으로 말했지만 언제, 어디서, 어떻게 할지에 대해서는 전혀 상의하지 않았다. 그는 알폰신까와 서로 눈짓을 나

98 나이 많은 다윗 왕을 모셨던 아름다운 어린 소녀의 이름이다.

누며 내 말에 적당히 대꾸했을 뿐 그 이상의 어떤 구체적인 계획도 세우지 않았다. 물론 나는 그 상황을 심각하게 받아들이지는 않았지만 그때의 어색한 분위기가 내 기억 속에 선명하게 남아 있다.

마침내 나는 옷도 벗지 않고 소파 위에서 잠이 들었다. 아주 곤하게 잠이 들었다가, 깨었을 때는 이미 매우 늦은 시각이었다. 지금도 기억하지만, 나는 잠이 깬 다음에도 여전히 자는 체하며 한동안 그대로 소파에 누워서 여러 가지 일을 떠올리며 생각하였다. 람베르뜨는 어디론가 나갔는지 이미 방 안에 없었다. 아침 아홉 시가 지나 있었다. 불을 피운 벽난로에서 딱딱 소리가 나고 있었다. 내가 처음 람베르뜨의 집에서 하룻밤을 자고 난 다음 정신을 차렸을 때와 모든 상황이 아주 유사했다. 하지만 커튼 뒤에서 알폰신까가 나를 지켜보고 있다는 것을 나는 금방 알아챘다. 그녀가 두 번인가 얼굴을 내밀고 엿보았기 때문이다. 나는 그때마다 눈을 감고 자는 체했다. 나는 내 상황에 대해 정확한 이해를 해야 했기 때문이다. 나는 지난밤에 람베르뜨에게 털어놓았던 내 말, 제안, 그리고 결정적으로 그의 집으로 뛰어온 나의 실수, 그런 내 행동의 우둔함과 졸렬함에 대해 한없이 창피한 기분을 느꼈다. 하지만 다행스럽게도 서류는 여전히 내 품에 있었다. 그것은 옆 호주머니에 꿰맨 채로 들어 있었다. 나는 손으로 만져 보았고, 틀림없이 있는 것을 확인했다! 그렇다면 지금 곧 일어나서 이 집을 나가 버리면 된다. 람베르뜨에게 부끄러워할 필요는 전혀 없다. 람베르뜨는 그런 대접을 해줘야 할 아무런 가치도 없는 존재였다.

하지만 나는 스스로에 대해 부끄러움을 느꼈다! 나는 자신의 행동을 판단하는 재판관이었다. 그 상태에서 내 속마음이 어떠했겠는가! 나는 참을 수 없는 혐오스러운 느낌, 내면에서 솟구쳐 오르는 비열한 좌절감에 관해서는 아무런 서술도 하지 않겠다. 하지만 나는 꼭 고백해야 할 것이 있다. 이제 적절한 시기가 된 듯하기 때문이다. 그것은 이 수기에 분명히 기록해 둬야 할 일이다. 그리고 여기서 독자들이 알아 둬야 할 일이 있다. 내가 그녀를 람베르뜨와 추잡한 거래를 하도록 한 다음(아, 너무도 야비한 일이다!) 그 현장을 확인하려고 했던 것은, 정신이 이상해진 베르실로프를 구해서 어머니에게 돌려보내기 위해서가 아니라, 사실은 내 자신이 그녀에게 푹 빠져 있기 때문에 질투심을 억누르지 못해서 그랬는지도 모를 일이었다! 누구를 질투했을까. 뷔링인가, 베르실로프인가? 어쩌면 무도회에서 내가 어쩔 줄 모른 채 한쪽 구석에서 내 처지에 대해 한없는 자괴감을 느끼고 있을 때, 그녀와 자연스럽게 눈인사를 하며 말을 주고받던 그 모든 사람들이 아니었을까……? 아, 이 얼마나 가증스런 일인가!

나는 내 질투의 상대가 구체적으로 누구였는지 모른다. 하지만 나는 그녀가 이제 더 이상 내게 아무런 의미도 가지지 못하게 되었다는 것을 마치 2×2는 4라는 것처럼 분명히 느꼈으며, 어젯밤에 비로소 그것을 확신하게 되었다. 아마도 그녀는 모호하고 기만적인 내 행위에 대해 분명히 조소하는 느낌을 가졌을 것이다! 그녀 생각에 자신은 순수하고 정의로운 인간이지만, 나는 그저 〈서류〉나 들고 다니며 그녀를 협박할 궁리나 하는 야비한 협잡꾼에 지나지 않는 것으로 보이겠지!

나는 이러한 모든 것을 가슴속에 품고 왔지만, 이제 적당한 시기가 되었기 때문에 그것을 마무리하려는 것이다. 하지만 끝으로 다시 한번 말하고자 한다. 어쩌면 내가 말한 것의 절반이나 3분의 2는 완전히 나 자신을 비방하고 있는 내용일지도 모른다! 어젯밤 나는 매우 흥분하여, 그리고 나중에는 술기운으로 그녀를 증오했다. 앞에서도 말한 것처럼 내 감정은 여러 가지 상념들로 완전히 혼돈 상태였고, 그 흐름 속에 말려들어 나 자신도 도저히 갈피를 잡을 수 없었다. 하지만 나는 내 생각을 분명히 밝혀 두어야 할 필요가 있다. 그 속에 일부분일지라도 내 속마음이 분명 들어 있었을 테니까!

그런 생각에 잠겨 있다가 나는 참을 수 없는 혐오감과 모든 죄의식을 씻어 버리려는 참을 수 없는 욕망에 이끌려 갑자기 소파에서 벌떡 일어났다. 내가 일어나자마자 곧 알폰신느가 뛰어나왔다. 서둘러 외투와 모자를 집어 들고서 나는 그녀에게 어제 내가 한 말은 단지 그 부인을 헐뜯으려고 꾸며 낸 것일 뿐 사실이 아니라는 것과, 람베르뜨가 이제 더 이상 나를 찾아오지 않기를 바란다는 것을 그에게 전해 달라고 했다. 그런 내용의 말을 나는 빠른 어조의 프랑스 어로 겨우 말했지만, 그 의미가 아주 불명확했음은 물론이다. 하지만 놀랍게도 알폰신까는 내 말의 뜻을 아주 잘 이해했다. 더욱 이상한 것은 내 말을 듣고 그녀가 왠지 기뻐하는 것 같았다는 점이다.

「맞아요, 맞아요*Oui, oui.*」 그녀는 내 말에 동의해 주었다. 「그건 부끄러운 일이에요! 귀부인에게 그럴 수는…… 아, 당신은 참 너그러운 분이에요! 염려 마세요, 람베르뜨에게는 제가 잘 이야기하겠어요*C'est une honte! Une dame*…… *Oh, vous êtes généreux, vous! Soyez tranquille, je ferai voir la raison à Lambert.*」

전혀 예상과 다른 그녀의 태도에 대해서, 나는 바로 의심을 했어야만 했다. 아마 람베르뜨의 태도도 유사했을 것이다. 하지만 나는 그대로 말없이 밖으로 나와 버렸다. 머리가 아주 혼란스러워서 판단력이 흐려졌던 것이다. 아, 나중에야 나는 모든 사실을 알게 되었지만, 이미 때가 늦은 다음이었다! 아, 참으로 무서운 음모가 이미 끝나 있었다! 여기서 이야기의 진행을 잠시 멈추고, 저간의 사정을 미리 설명해 두는 것이 좋겠다. 그렇게 하지 않으면 독자들이 상황을 이해할 수 없을 것 같기 때문이다.

사실은 이러했다. 처음에 내가 람베르뜨와 만나서 그의 집에서 몸을 추스르고 있었을 때, 나는 어리석게도 무의식중에 문제의 서류가 내 호주머니 속에 꿰매진 채 있다는 것을 그에게 말했다. 그리고 난 다음 나는 그대로 방 한구석에 있는 소파 위에서 잠이 들어 버렸다. 람베르뜨는 내 호주머니를 만져 보고 실제로 거기에 서류가 꿰매져 있는 것을 확인했으며, 그 후에도 그는 그것이 그 자리에 그대로 있는지를 몇 번인가 확인했다. 예를 들면 따따르 인의 집에서 식사했을 때, 나는 지금도 기억하지만, 그는 의도적으로 몇 차례 내 가슴을 잡거나 건드려 봄으로써 서류가 계속 내 품에 있는지를 탐색하여 보았다. 그리고 이 서류가 얼마나 가치 있는 것인가를 알게 되자 그는 내가 전혀 예상도 하지 못한 방법으로 독특한 계획을 세웠다. 그동안 어리석게도 나는 그가 나를 자꾸만 자기 집으로 부르는 이유를 어떻게 해서든 나를 자신의 일당으로 끌어들여 함께 일을 꾸미려 하기 때문이라고만 생각했다. 그런데 그가 나를 불렀던 이유는 전혀 다른 것이었다! 그가 나를 집으로 불렀던 진정한 이유는 나를 술에 곯아떨어지게 해놓은 다음 내가 정신없이 잠에 빠져 있을 때, 내 호주머니를 찢어서 서류를 꺼내려고 했던 것이다! 내가 술에 취해 있던 그날 밤, 그는 계획대로 알폰신까와 둘이서 그 일을 실행했다. 알폰신까가 내 호주머니를 찢고 문제의 편지, 바로 그녀의 편지, 내가 모스끄바에서 가져온 그 서류를 빼낸 다음 그들은 비슷한 크기의 백지를 다시 내 호주머니에 넣고, 알폰신까가 그것을 감쪽같이 있던 대로 꿰매어 놓아 그러한 사실을 내가 전혀 알아채지 못하게 했던 것이다. 그런 것도 모른 채 거의 최후의 순간까지 꼬박 하루 반 동안이나 나는 내가 모든 비밀의 주관자이며 까쩨리나 니꼴라예브나의 운명은 여전히 내 수중에 있다고 확신하고 있었다!

끝으로 한마디 덧붙인다면, 어리석게도 내가 그 서류를 감쪽같이 탈취당함으로써 뒤에 일어난 심각한 사건의 빌미를 제공하고 말았던 것이다.

2

드디어 내 수기에 기록할 마지막 남은 하루가 도래했고, 이제 나는 더 이상 빠져나갈 수 없는 막다른 길에 이르게 된 것이다!

내 희미한 기억으로는, 아주 흥분하고 이상할 정도로 달진한 상태로, 하지만 마음속에 단호한 결심을 담고 겨우 하숙집으로 돌아온 것은 대략 열 시 반경이었다고 생각된다. 앞으로 어떻게 행동할 것인지를 결정해 둔 상태였기 때문에 나는 전혀 허둥대지 않았다. 하지만 하숙집에 들어섰을 때 나는 바로 새로운 불행이 마침내 시작됐다는 것과 사건이 예상 밖으로 아주 복잡하게 진행되어 가고 있다는 것을 깨달았다. 노공작이 짜르스꼬예 셀로를 떠나 내 하숙집에 막 들어와 있었던 것이다. 그리고 놀랍게도 안나 안드레예브나가 그의 시중을 들고 있었다!

그들은 노공작을 내 방에 머물게 하지 않고 그 옆에 붙어 있는 주인집에서 사용하는 두 개로 나누어진 방에 들게 했다. 나중에 알게 된 일이지만, 이미 그 전날부터 그들은 그 방의 형태와 장식을 약간 바꾸었다. 주인 내외는 앞에서 이미 언급한 대로, 곰보 얼굴의 그 변덕스러운 하숙인의 조그마한 방으로 옮겨 지내고 있었다. 곰보 하숙인은 그동안만 다른 곳에 나가 지내기로 했는데, 나는 그가 어디에 머무르는지는 알 수 없었다.

내가 들어가자 집주인이 재빨리 내 방에 들어와 인사를 하였다. 그의 눈빛은 어제처럼 심각하지는 않았지만 그래도 새로운 상황을 맞아 어느 정도 흥분한 것같이 보였다. 나는 그에게 아무 말도 하지 않고 한구석에 가만히 서서 두 손으로 머리를 붙잡은 채 1분 가량 아무 말 없이 그대로 서 있었다. 그는 처음에는 내가 마치 〈연극이라도 하고 있는 줄〉로 여겼던 모양이다. 그러나 내 기색을 살핀 다음에는 무척 놀라서 물었다.

「혹시 어디 불편한 데라도!」 그는 나직이 말했다. 「사실은 의향을 여쭤 볼 게 있어서 기다리고 있었습니다.」 내가 아무 말도 하지 않는 것을 보고 그는 혼자 말을 이어 나갔다. 「저 혹시 공작님이 이 방과 직접 왕래하실 수 있도록, 여기 이 문을 열어 주실 수 없을까요? 이쪽으로 오려면 항상 복도 쪽을 거쳐야 하기 때문에 불편하시다고 해서요.」 옆 방으로 통하게 되어 있는 쪽문을 가리키면서 그가 물었다. 그 문은 주인 내외의 방과 연결되어 있어서 항상 닫아 놓았었는데, 이제 공작이 그 방에 머물게 되었기 때문에 하는 말이었다.

「뾰뜨르 이뽈리또비치.」 나는 차가운 눈빛으로 그를 바라보며 말했다. 「미안합니다만 가셔서 안나 안드레예브나에게 상의할 일이 있으니 곧 이리로 와달라고 좀 전해 주십시오. 그분들은 오신지가 오래되었나요?」

「글쎄요, 벌써 거의 한 시간은 되겠는데요.」

「그러면 부탁합니다.」

그는 나가더니 묘한 전갈을 가지고 돌아왔다. 안나 안드레예브나와 니꼴라이 이바노비치 공작이 내가 그쪽으로 오기를 바란다는 것이었다. 그 말인즉슨 안나 안드레예브나는 이리로 오기가 싫다는 것이었다. 나는 어제 하룻밤 사이에 아주 많이 구겨진 외투를 잘 솔질하여 입고 얼굴을 닦은 다음 머리를 빗었다. 나는 아주 천천히 그 모든 것을 끝낸 다음, 조심스럽게 행동해야겠다고 생각하면서 노공작에게 갔다.

공작은 둥근 탁자 옆에 놓인 소파에 앉아 있었다. 안나 안드레예브나는 구석에 놓여 있는 식탁보를 덮은 다른 탁자 옆에서 공작을 위하여 차를 준비하고 있었다. 그 탁자 위에서는 아주 깨끗하게 닦은 주인집의 사모바르가 끓고 있었다. 굳은 표정을 하고 내가 들어가자 공작은 곧 그런 기색을 알아채고서 흠칫 놀랐다. 갑자기 그의 얼굴에 머금고 있던 미소가 사라지고 대신 완전히 굳은 표정이 떠오르는 것을 보고 나는 일부러 명랑한 태도를 취하며 그의 두 손을 잡은 채 그 가엾은 노인을 가볍게 포옹하였다.

그 순간 나는 그가 어떤 상태인지 확실하게 이해했다. 나이는 들었지만 아직 정정하고 사리 분별력도 있으며 자기 나름의 뚜렷한 주관도 있던 이 노인을, 나와 만나지 못한 얼마 동안에 그들이 완전히 식물 인간으로 만들어 버렸다는 것을 나는 2×2처럼 확실하게 깨달을 수 있었다. 그는 완전히 두려움에 질려 온갖 것을 의심하는 어린아이가 되어 있었다. 덧붙이자면 나는 그들이 어떤 이유로 그를 이곳으로 데려왔는지 꿰뚫어 볼 수 있었다. 모든 일이 내가 앞에서 예측했던 대로 진행되어 왔던 것이다. 그들은 그의 딸이 그를 배반하고 정신 병원에 감금하려 했다는 말을 해서 그에게 심각한 충격을 준 다음 그의 의식을 뒤흔들어 놓았다. 그는 두려움에 사로잡혀 자신이 하는 일을 전혀 의식하지 못하면서 이리로 끌려온 것이었다. 그는 모든 비밀을 내가 알고 있으며 결정적인 증거도 내가 가지고 있다는 것을 들었다. 사실을 미리 말해 둔다면, 그는 그러한 사정을 뒷받침하는 그 결정적 증거를 자신의 눈으로 확인하는 것을 이 세상에서 가장 두려운 일로 생각하고 있었다. 그는 내가 어떤 결정적인 단서가 되는 서류를 손에 들고 들어오리라고 기대하고 있었다. 그런 상황에서 내가 웃는 얼굴로 먼저 평범한 일상적 이야기를 꺼내는 것을 보고 그는 무척 기쁜 표정을 지었다. 우리가 서로 포옹을 할 때, 마침내 그는 참았던 울음을 터뜨렸다. 솔직히 나도 그가 너무도 측은한 생각이 들어 역시 눈물이 나왔다……. 알폰신까가 그에게 판 조그만 강아지가 방울소리 같은 가냘픈 소리로 짖으면서 소파에서 내게 달려들었다. 그는 이 조그만 강아지를 산 뒤에 잠시도 그 옆을 떠나지 않았으며 잠자리에까지 데리고 있었다.

「아, 이 사람은 아주 착한 젊은이라고 내가 항상 말했잖아요 *Oh, je disais qu'il a du coeur!*」 나를 가리키면서 그는 안나 안드레예브나에게 말했다.

「몸이 괜찮으신가 보군요, 공작님. 안색이 좋으신 데다가 아주 활기차고 건강해 보이십니다!」 나는 그렇게 말했지만, 아! 사정은 정반대였다. 그는 완전히 미라였다. 하지만 나는 그에게 원기를 북돋아 주기 위해서 그렇게 말했다.

「그렇지, 괜찮아 보이지*N'est-ce pas, n'est-ce pas*?」 그는 유쾌한 어조로 되풀이해 말했다. 「아, 나는 놀라울 정도로 건강을 회복했어.」

「자, 어서 차를 드세요, 제게도 한잔 주시고요.」

「그래, 그것 참 좋은 생각일세! 〈함께 마시고 또 즐깁시다……〉라는 내용의 시가 있었지. 안나 안드레예브나, 이 친구에게도 차를 갖다 주구려. 〈나는 언제나 이 친구의 정감 어린 태도에 이끌린단 말이야*Il prend toujours par les sentiments*…….〉 어서 여기 차를 좀 가져와요.」

안나 안드레예브나는 차를 가지고 왔다. 그러나 갑자기 나를 돌아다보며 아주 새침한 표정으로 말했다.

「아르까지 마까로비치, 우리 두 사람은, 저와 제 은인 니꼴라이 이바노비치 공작은 당신만을 의지하게 되었어요. 우리는 그저 당신만을 믿고 왔어요. 그래서 우리 두 사람은 당신이 우리를 보호해 주시기를 바랍니다. 이 거룩하시고 더없이 고귀한, 그러나 일생의 치욕을 당한 분의 운명이 이제 전적으로 당신 손에 달려 있다는 것을 제발 잊지 말아 주세요……. 우리는 당신의 올바른 마음의 결정을 기다리고 있답니다!」

하지만 그녀의 말을 듣다가, 공작이 갑자기 두려움에 몸을 사시나무 떨듯 떨었기 때문에 그녀는 말을 중단했다.

「나중에, 나중에 해요. 제발 부탁이야*Après, après, n'est-ce pas? Chère amie*!」 그는 그녀를 향해 두 손을 저으며 되풀이했다.

전혀 예상치 못했던 그녀의 이 뜻밖의 행동이 얼마나 내게 불쾌하게 느껴졌는지 이루 말로 형용할 수 없다. 나는 아무런 대답도 하지 않고, 다만 냉담하게 의례적으로 고개를 끄덕였을 뿐이다. 나는 의자에 앉아 일부러 시시한 화제를 꺼내서 즐겁게 웃으며 재담을 시작했다……. 노인은 그런 내 배려에 고마워하며 아주 유쾌한 기분으로 얘기를 나누었다. 그는 겉으로 보기엔 활기차 보였지만, 그것은 짐짓 꾸민 것이어서 순식간에 완전한 좌절로 바뀔 수도 있어 보였다. 나는 그런 사정을 한눈에 알아보았다.

「이봐*Cher enfant*, 자네가 한동안 앓아 누워 있었다고 들었는데……. 아, 미안해*pardon*. 내가 듣기로는, 자네가 요즈음 강신술에 열중하고 있다고 하던데?」

「전혀 그런 의도가 없는데요.」 나는 가만히 미소를 지으며 대답했다.

「아니야? 그렇다면 누가 내게 강 — 신 — 술에 대한 이야기를 했지?」

「그 얘기는 이곳 집주인인 뾰뜨르 이뽈리또비치가 아까 했어요.」 안나 안드레예브나가 그에게 설명을 했다. 「그는 참 재미있는 사람이에요. 우스운 이야기를 아주 많이 알고 있어요. 원하신다면 불러 드릴까요?」

「그래, 그래, 참 재미있는 친구야*Oui, oui, il est charmant*……. 우스운 이야기도 많이 알고 있어. 하지만 나중에 부르는 게 좋겠어. 나중에 불러서 여러 가지 재미있는 이야기를 듣지. 나중으로 미루지*Mais après*. 그런데 말이야, 아까 식탁을 차릴 때 그 친구가 〈걱정하지 마세요, 날아가지 않을 겁니다. 우리는 무당이 아니니까요〉 하지 않겠나. 정말로 무당들은 의자를 날게 할 수 있나?」

「저는 그것에 대해 아무것도 모릅니다. 다만 의자 다리가 모두 공중으로 올라간다는 이야기는 들었습니다.」

「자네의 이야기는 무시무시하군*Mais c'est terrible ce que tu dis*.」 그는 겁먹은 표정으로 내 얼굴을 쳐다보았다.

「걱정하지 마세요, 그것은 과장된 말입니다.」

「나도 그렇게 생각해. 그런데 나스따시야 스쩨빠노브나 살로메예바는…… 자네는 그녀를 알지……? 아, 그래, 자네는 모르겠군……. 그런데 말이야, 그녀도 역시 강신술을 믿고 있었거든. 그래서 말이야, 여보게*chère enfant*. (그는 안나 안드레예브나 쪽을 돌아다 보았다.) 내가 그녀에게 이렇게 말했지. 〈재무부에 가면 책상이 죽 늘어서 있고, 그 위에서 관리들의 손 여덟 쌍이 그저 마구 서류만 써대고 있는데, 왜 거기서는 책상들이 사방으로 날아다니지 않는 거지?〉 하고 말이야. 상상해 보게, 갑자기 책상이 춤을 추기 시작한단 말이야! 재무부나 교육부에서 책상들의 폭동이 일어나면, 참 큰일이 아니겠나!」

「여전히 재미있는 말씀을 하시는군요, 공작님.」 나는 진정으로 웃으려고 노력하면서 말했다.

「그렇지 않은가? 내가 말은 많이 안 하지만 하면 잘하지 않나 *N'est-ce pas? je ne parle pas trop, mais je dis bien!*」

「제가 가서 뾰뜨르 이뽈리또비치를 불러오겠어요.」 안나 안드레예브나가 자리에서 일어서며 말했다. 그녀의 얼굴에는 만족의 빛이 보였다. 내가 노인에게 매우 다정히 대하는 것을 보고 그녀의 마음이 아주 편안해진 것이었다. 하지만 그녀가 나가자마자 노인의 얼굴은 순식간에 돌변했다. 불안한 눈초리로 문을 한번 보더니 주변을 살펴본 후 그는 소파에서 내 쪽으로 몸을 숙인 채 겁먹은 목소리로 속삭였다.

「이 친구야*Cher ami*! 아, 그 두 사람이 이 자리에 함께 있는 것을 볼 수 있다면 얼마나 좋을까! 이보게나*Oh, cher enfant.*」

「공작님, 진정하세요…….」

「알았네, 그렇지만…… 우리는 그 두 사람을 서로 화해시키기로 하세, 그렇지 않나*n'est-ce pas*? 아무것도 아닌 사소한 일로 기품 있는 두 여성이 서로 반목하여 싸우고 있으니 말이야, 맞지 *n'est-ce pas*? 나는 자네 하나만을 믿고 있네……. 우리 둘이 힘을 합쳐 이 상황에서 모든 일을 잘 해결해 나가세. 그건 그렇고 여긴 참 이상한 집이야.」 그는 약간 겁먹은 눈빛으로 주위를 둘러보았다. 「그리고 이 집주인 말이야……. 인상이 참 험상궂지……. 그 사람은 위험 인물이 아닌가?」

「집주인 말입니까? 아닙니다. 어떻게 그런 사람이 위험 인물이겠습니까?」

「그렇겠지*C'est ça*. 그렇다면 됐어. 그래도 그 사람은 어리석어 보여. 그 사람 말이야. 여보게*Il semble qu'il est bête, ce gentilhomme. Cher enfant*. 제발 안나 안드레예브나에게는 내가 여기서 주위의 것을 모두 두려워한다고 말하지 말아 주게. 이곳에 와서 나는 주변의 모든 것을 칭찬했어. 그 주인까지도 칭찬했지. 그런데 말이야, 자네는 폰 존 사건[99]에 대해 알고 있나, 기억하지?」

「어떤 사건인데요?」

「아니야, 아무것도 아니야*Rien, rien du tout*……. 내가 여기 있으면 모든 것이 자유롭겠지, 안 그런가*Mais je suis libre ici, n'est-ce pas*? 자네는 어떻게 생각하나, 내가 여기 머물고 있으면 내 신상에 아무런 일도 일어나지 않겠지……? 그런 종류의 일 말이야.」

「제가 보증합니다, 공작님……. 절대로 그런 일은 없습니다!」

「나의 젊은 친구*Mon ami! Mon enfant*.」 별안간 그는 내 손을 잡더니, 자신이 내면에서 느끼고 있는 두려움을 드러내면서 물었다. 「만일 정말 자네가 뭔가…… 서류 같은 것을 가지고 있다면, 간단히 말해, 만일 내게 뭔가 할 말이 있다면 그것을 말하지 말게. 제발 아무 말도 하지 말게. 아무 말도 내게 하지 말았으면 좋겠어……. 할 수만 있다면 오랫동안 말하지 말고 기다려 주게…….」

99 1869년 모스끄바에서 폰 존이라는 관리가 살해된 사건을 말함.

나를 자기 가슴으로 끌어안으려고 하면서 그가 눈물을 흘렸다. 눈물이 그의 뺨을 따라 흘러 떨어지는 것을 보면서 얼마나 가슴 찢어지는 듯한 아픔을 느꼈는지 나는 제대로 표현할 수도 없다. 가엾은 노인은 마치 어떤 집시가 친부모의 품에서 훔쳐내어 낯선 지방의 사람에게 끌고 온 측은하고 연약한 겁먹은 어린애 같았다. 하지만 우리는 그렇게 오랫동안 포옹할 시간이 없었다. 안나 안드레예브나가 문을 열고 들어왔다. 그러나 그녀와 함께 들어온 것은 집주인이 아니라 그녀의 오빠인 바로 그 시종보였다. 전혀 예기치 못한 상황에서 나는 정신이 혼미해졌다. 그래서 그만 일어서서 문 쪽으로 걸어갔다.

「아르까지 마까로비치, 인사하세요.」 안나 안드레예브나가 내게 말을 했기 때문에, 나는 부득이 걸음을 멈추었다.

「나와 당신의 오빠는 이미 너무나 잘 아는 사이입니다.」 너무나라는 말에 특별히 힘을 주어서 내가 분명한 어조로 말했다.

「아, 그것은 지나친 오해입니다! 나는 그 일에 대해 참 미 — 안 — 하게 생각하고 있습니다. 안…… 안드레이 마까로비치.」 청년은 나직한 소리로 말하더니 이상할 만큼 선선한 태도로 내 쪽으로 걸어와 내 손을 꽉 잡았다. 갑작스럽게 그런 상황이 벌어지니 나는 그의 손을 뿌리칠 수도 없었다. 「그때의 일은 모두가 우리집 하인인 스쩨빤의 잘못으로 발생한 것입니다. 그때 그가 잘못 알려 왔기 때문에 내가 당신을 다른 사람으로 착각했던 것입니다. 이건 모스끄바에서 있었던 일이야.」 그는 자기 여동생에게 상황을 설명했다. 「나중에 나는 당신을 만나서 상황을 해명하려고 했습니다만, 병에 걸려서 그만. 믿지 못하시겠다면 동생에게 한번 물어보세요……. 〈공작님, 출생 관계만으로 따져도 우리는 친구가 되어야 할 사이입니다*Cher prince, nous devons être amis même par droit de naissance*…….〉」

그렇게 말하더니 그 천연덕스런 친구는 한 손으로 내 어깨를 끌어안기까지 하였다. 그 철면피함은 이루 말할 수 없었다. 나는 옆으로 몸을 피했지만 아주 당황했기 때문에 아무 말 없이 그 자리를 피하는 것이 낫겠다고 생각했다. 내 방으로 돌아와서 나는 침대에 앉아 혼란스런 머리로 생각에 잠겼다. 그들이 꾸민 음모를 생각하면 숨이 막힐 듯했지만 나로서는 안나 안드레예브나를 무력화시키거나 그 계획을 근본적으로 뒤집어 버리는 일은 할 수 없었다. 그녀도 역시 내게는 아주 소중한 사람이며, 지금 그녀가 어려운 상황에 빠져 있다는 것을 나는 절실히 느꼈기 때문이다.

3

예상대로 그녀는 공작과 오빠를 남겨 두고 혼자 내 방으로 왔다. 그녀의 오빠는 가장 최근에 있었던 사교계의 소식을 공작에게 말해 주어 다감한 공작의 마음을 사로잡았고 또한 들뜨게 만들었다. 나는 말없이 의심하는 태도로 침대에서 일어났다.

「저는 당신에게 이미 모든 것을 말씀드렸습니다, 아르까지 마까로비치.」 그녀는 단도직입적으로 말을 시작했다. 「우리의 운명은 바로 당신 손에 달려 있어요.」

「하지만 저는 그 입장에 동조할 수 없다고 미리 말씀드렸습니다. 제 가슴속에 깃들어 있는 신성한 사명감이 저로 하여금 당신이 추구하는 방향을 따르지 못하게 합니다…….」

「그래요? 그게 당신의 최후 대답인가요? 저야 어떻게 되든 괜찮지만 그러면 저 노인은요? 당신은 어떻게 생각하실지 모르겠지만, 아마 저분은 저녁때까지는 틀림없이 미쳐 버릴 거예요!」

「아닙니다, 제가 만일 따님의 편지를 그분에게 보인다면 오히려 더 충격이 클 겁니다. 자기 아버지를 정신 이상자라고 선언하는 방법을 변호사와 상의한 내용의 편지이니 말입니다!」 열띤 어조로 나는 반박했다. 「그분은 그것을 도저히 참을 수 없을 겁니다. 그분 스스로가 그 편지를 사실로 받아들이지 않는다는 것을 알아 두세요. 그분이 직접 이미 제게 말했거든요!」

그분이 내게 그렇게 말했다는 것은 거짓말이었다. 하지만 그 말은 효과가 있었다.

「이미 그렇게 말씀하셨어요? 저도 그러리라고 생각했었지요! 그렇다면 저는 이제 파멸이에요. 저분은 지금도 제게 계속해서 집으로 돌려보내 달라고 간청하고 계세요.」

「사실대로 말해 주세요. 도대체 당신의 계획이 뭐지요?」 나는 끈덕지게 물었다.

그녀는 자신의 주장이 수용되지 않은 것에 대해 분함을 느끼는 표정이었지만 내색하지는 않았다.

「저분 따님이 쓴 편지를 우리 수중에 넣기만 한다면, 사람들은 우리의 행위를 정당한 것으로 평가해 줄 거예요. 저는 그것을 곧 공작의 어릴 때부터의 친구인 V공작이나 보리스 미하일로비치 뻴리쉬체프에게 보낼 거예요. 두 분 다 사교계에서 존경받는 유력자들인데, 이미 2년 전부터 따님의 무정하고 이기적인 몇 가지 행동에 대해서 탐탁지 않게 여기고 있다는 것을 저는 알고 있습니다. 물론 제가 나서서 그분들께 공작과 따님이 지난 일들에 대해 진심으로 화해하도록 주선해 달라고 부탁할 거예요. 그러면 제 입장이 상당히 완화될 거예요. 그리고 제 친척인 파나리오또프 가문의 사람들도 제가 볼 때는 틀림없이 제 입장을 지지할 거예요. 하지만 제게 가장 중요한 것은 그분의 행복이에요. 결국 그분도 실질적으로 누가 자신에게 가장 헌신적이었는가를 깨닫게 될 것이고 그 진면목을 인정하게 될 거예요. 지금 상황에서 사실 제가 무엇보다도 기대를 걸고 있는 것은 당신의 영향력이에요. 아르까지 마까로비치, 당신은 그분을 진정으로 사랑하고 계시니 말이에요……. 솔직히 말해서 당신과 저 이외에 그분을 진정으로 사랑하는 사람이 있을까요? 요 며칠 동안 그분은 당신 이야기만 하고 계십니다. 당신을 그리워하셨던 거예요. 당신은 〈그분의 젊은 친구〉예요……. 당신이 그런 입장을 지키시면 아마 저는 이제부터 평생 당신에게 한없는 감사를 드릴 겁니다…….」

그 말은 이를테면 내게 적절한 보상을 하겠다는 약속이었다. 그것이 어쩌면 돈일지도 모르겠다.

즉각적으로 나는 그녀의 말을 가로막았다.

「당신이 무슨 말을 하시든 저는 어찌할 수 없습니다.」 움직일 수 없는 결의를 보이면서 내가 말했다. 「제가 할 수 있는 것은 제 진심에서 우러나는 성의로 당신에게 보답하는 일, 당신에게 제 마지막 의도를 설명하는 일뿐입니다. 저는 빠른 시일 내에 그 숙명적인 편지를 까쩨리나 니꼴라예브나에게 건네줄 생각입니다. 물론 전제 조건이 있지요. 그것으로 인해 어떤 형식으로든 사교계에 추문이 생기는 걸 막을 것, 당신이 꿈꾸는 계획을 절대로 방해하지 않겠다고 서약할 것, 이것이 그 전제 조건입니다. 제가 할 수 있는 일은 이것뿐입니다.」

「그건 안 돼요!」 얼굴을 붉히면서 그녀가 말했다. 까쩨리나 니꼴라예브나가 그녀에게 자비를 베푸는 형식으로 일이 진행되는 것은 그녀로서는 생각할 수도 없는 일이었기 때문이다.

「저는 그렇게 하기로 이미 결심을 했습니다, 안나 안드레예브나.」

「어쩌면 그 결심이 바뀔지도 모르지요.」

「글쎄요, 그런 것은 람베르뜨하고나 상의하십시오!」

「아르까지 마까로비치, 당신의 고집 때문에 결국 불행한 사건이 일어날지도 모른다는 것을 당신은 모르는군요.」 그녀는 거칠고 격한 어조로 내 말을 반박했다.

「불행한 사건이 일어날지도 모른다고요? 아마 그럴지도 모릅니다……. 저 자신도 머리가 복잡해서 더 이상 당신에게 뭐라고 드릴 말씀이 없습니다. 다만 저는 그런 방향으로 결정했으니까 그대로 밀고 나갈 겁니다. 그리고 제게 당신의 오빠를 데리고 오지 말아 주세요!」

「오빠는 진심으로 사과하려고…….」

「제게 사과할 필요가 있겠어요? 그럴 필요 없습니다! 아무튼 저는 싫습니다, 싫어요!」 두 손으로 머리를 움켜잡고서 나는 강하게 말했다. (아, 어쩌면 그때 내가 그녀에게 너무 오만하게 대했는지도 모른다!) 「그 문제는 그렇게 처리해 주세요. 그런데 오늘 공작은 어디서 묵으시지요? 설마 여기는 아니겠지요?」

「여기서 묵으십니다. 이곳에서 당신과 함께요.」

「그렇다면 저는 저녁까지 다른 하숙으로 옮기겠습니다!」

아주 냉정하게 결론을 내린 뒤에 나는 모자를 집어 들고 외투를 입기 시작했다. 안나 안드레예브나는 아무 말 없이 험한 눈초리로 나를 바라보고 있었다. 나는 이 자존심 강한 사람에게 상처를 주는 것이 너무도 가슴 아팠지만, 그녀의 마지막 기대를 전혀 귀담아듣지 않고 그대로 집에서 나와 버렸다.

4

될 수 있는 대로 간결하게 쓰겠다. 마음속으로 확고한 결정을 내린 후에 나는 곧바로 따찌야나 빠블로브나를 만나러 갔다. 아! 내가 그때 그녀를 집에서 만났더라면 그 불행한 사건을 미연에 방지할 수 있었을지도 모른다. 하지만 운명이 그렇게 정해져 있기라도 하듯 그날은 유독 불운이 계속 내 뒤를 쫓아다녔다. 나는 물론 어머니에게도 들렀다. 심란한 상태에 있는 어머니를 위로하기 위한 것이 첫째 이유였고, 둘째는 거기로 가면 틀림없이 따찌야나 빠블로브나를 만날 수 있으리라 생각했기 때문이다. 그러나 그녀는 그곳에도 없었다. 금방 어디론가 나갔다는 것이다. 어머니는 몸져누워 있었고, 그 옆에서 리자가 혼자 시중을 들고 있었다. 리자는 안에 들어가 어머니를 깨우지 말라고 말했다. 〈밤새 잠을 못 이루며 괴로워하시다가 지금 막 잠드셨어요.〉 나는 리자를 한번 껴안아 준 다음, 내가 중대한 결단을 내렸고 이제부터 그것을 실행하겠다는 단 두 마디만 그녀에게 말했다. 그녀는 특별히 놀라는 기색도 보이지 않고, 일상적인 말을 듣는 것처럼 반응했다. 이를테면 내가 〈중대한 결심〉을 표명했다가는 곧 흐지부지해 버리고 마는 일에 어느새 익숙해진 것이었다. 하지만 이번에는 정말로 상황이 전혀 달랐다! 나는 운하 옆 음식점으로 가서 가만히 앉아 생각했다. 거기에서 시간을 보내다가 따찌야나 빠블로브나를 꼭 만나 볼 생각이었다. 갑자기 그녀를 만나야겠다고 생각한 것은 이유가 있었다. 나는 그녀를 까쩨리나 니꼴라예브나에게 보내 부인을 그녀의 집으로 오도록 청한 다음 따찌야나 빠블로브나의 입회하에 문제의 서류를 그녀에게 돌려주면서 그간의 모든 사정을 사실대로 설명해 주자고 계획을 세웠기 때문이다……. 간략히 말해 나는 내가 해야 할 도리를 다하고 싶었고, 그렇게 함으로써 내 자신의 정당성을 명확하게 보여 주고 싶었다. 그렇게 한 뒤 나는 그 자리에서 안나 안드레예브나를 위한 몇 가지 조건을 강하게 언급할 생각이었다. 그리고 가능하다면 까쩨리나 니꼴라예브나와 따찌야나 빠블로브나를(그녀는 증인 자격으로) 내 하숙집에 있는 공작에게 데리고 가서 서로 반목하고 있는 두 여자를 화해시켜 공작이 다시 기운을 차릴 수 있게 할 생각이었다. 그렇게 하면…… 한마디로 말해 적어도 이 사람들을 오늘 안으로 골고루 행복하게 만들 수 있지 않을까? 물론 베르실로프와 어머니는 거기서 제외되지만. 그런 내 계획이 분명히 성공을 거두리라고 나는 확신했다. 까쩨리나 니꼴라예브나는 아무런 조건 없이 문제의 그 편지를 자신에게 돌려준 내게 감사를 하는 차원에서도 내 요청을 거절할 수 없을 것이다. 아, 나는 그 서류를 아직도 내가 가지고 있다고 생각한 것이다! 아, 그런 상황에서 내가 세운 계획이 얼마나 무모하고 무가치한 것이었는지 정작 나는 전혀 모르고 있었던 것이다!

내가 다시 따찌야나 빠블로브나의 집으로 찾아갔을 때는 이미 네 시가 되어서 주위는 벌써 완연한 저녁 기운이 감돌고 있었다. 마리야는 거친 어조로 〈아직 돌아오지 않았어요〉라고 대답했다. 지금 생각하면 그때 마리야의 눈에 뭔가 심상치 않은 표정이 감돌던 것이 자꾸 떠오른다. 하지만 그 다급한 상황에서는 아무런 느낌도 내 머리에 떠오를 형편이 아니었다. 오히려 짜증 섞인 초조함만이 나를 감쌌다. 기대가 어긋나는 바람에 언짢고 실망한 기분으로 따찌야나 빠블로브나의 집 계단을 내려오면서 아까 내게 힘없이 두 손을 내밀던 가엾은 공작의 모습이 떠올랐다. 그러자 그를 혼자 남겨 두고 나온 일이 너무도 양심의 가책이 되어 갑자기 가슴이 저릿할 정도로 아파 왔다. 나는 불안한 마음으로 혹시 내가 없는 동안 예기치 못한 나쁜 일이 생기지나 않았나 걱정하기 시작했고, 그래서 서둘러 집으로 향했다. 하지만 하숙집에는 이렇다 할 만한 일은 없었다.

안나 안드레예브나는 화가 난 상태로 내 방을 나갔지만 크게 낙담하지는 않았다. 다시 설명하자면 그녀는 이미 아침에 람베르뜨에게 사람을 보냈고 한 번 더 보냈지만, 람베르뜨는 여전히 집에 없었다. 그래서 자기 오빠에게 그를 수소문해 찾아 달라고 부탁했다. 내가 막무가내로 주장을 굽히지 않자 그녀는 마지막으로 람베르뜨에게 나를 설득해 달라는 부탁을 하려던 것이었다. 그녀는 초조한 마음으로 람베르뜨를 기다리고 있었다. 지금까지 그녀 옆에서 활발히 움직이며 그녀의 비위에 맞게 일을 추진하던 그가 별안간 그녀 주변에서 완전히 자취를 감춰 버린 것이 그녀에겐 이상하게 느껴졌던 것이다. 아, 그때 람베르뜨는 자기가 그토록 원하던 서류를 입수하고 계획을 완전히 바꾸었기 때문에 그녀를 피해 다니는 형편이었다. 그리고 그녀는 그런 상황의 변화를 꿈에도 생각하지 못했던 것이다.

이런 급박한 상황 변화에 마음을 졸이며 내심 상당히 불안해하던 안나 안드레예브나는 공작의 마음을 위안할 만한 처시가 전혀 못 되었다. 노공작의 심리 상태는 극도로 불안했다. 주변의 무거운 분위기에 질려서 그는 갖가지 질문을 하다가 급기야는 그녀까지도 못 미더운 시선으로 바라보게 되었고, 마침내는 몇 번이나 울음을 터뜨렸다. 베르실로프 2세도 그의 곁에 오래 머물지 못하였다. 오빠가 돌아가자 안나 안드레예브나는 결국 뾰뜨르 이뽈리또비치를 데리고 왔다. 그녀 생각에는 그가 공작에게 즐거운 얘기를 들려주리라 기대했지만, 공작은 그를 마음에 들어하지 않았을 뿐만 아니라 혐오감까지 내비쳤다. 왠지 공작은 뾰뜨르 이뽈리또비치를 불신과 의혹에 가득 찬 눈으로 보았으며 그 정도가 점점 더 심해져만 갔다. 그러나 집주인은 전혀 개의치 않고, 다시 강신술에 대한 설명과 자신이 어디에선가 보았다는 마술 이야기를 꺼내기 시작했다. 이를테면 어떤 떠돌이 사기꾼이 관객들 눈앞에서 사람의 목을 잘랐고 피가 솟구쳐 나오는 것을 모두들 분명히 보았는데 잘린 목을 다시 그 사람의 몸에 이었더니 온전하게 붙었다는 것이다. 그런 일이 실제로 1859년에 관객들이 지켜보는 가운데 일어났다는 내용이었다. 그 이야기를 듣고 공작은 겁에 질렸으며 또 상당히 언짢아해서 안나 안드레예브나는 서둘러 이 이야기꾼을 내보내야만 했다. 마침 그때 전날 근처에 있는 솜씨 좋은 프랑스 인 요리사에게 특별히 주문했던(람베르뜨와 알폰신느를 통해서) 음식이 들어왔다. 이 요리사는 일자리 없이 지내고 있었으며, 어느 귀족의 저택이나 식당에 일자리를 알아보던 중이었다. 공작은 샴페인이 곁들여진 식사를 마음에 들어했고, 농담을 계속 던지면서 맛있게 먹었다. 식사가 끝나자 공작은 꿈짝도 하지 않으려 했고 잠을 청했다. 그는 식사를 마친 다음에는 항상 잠을 자는 습관을 가지고 있었다. 안나 안드레예브나가 잠자리를 마련하자, 공작은 그녀의 손에 계속 입을 맞추면서 〈당신은 내 희망이요 이상향이며 바로 그 세계의 천사이자 황금의 꽃〉이라는 등의 지극히 동양적인 수사로 자신의 감정을 표현하더니 곧 잠이 들었다. 바로 그때 내가 하숙집으로 돌아온 것이다.

안나 안드레예브나는 곧바로 내 방으로 들어오더니, 두 손을 부여잡고 내게 〈자기를 위해서가 아니라 공작을 위해서 이곳에 머물러 달라, 그리고 공작이 잠에서 깨면 그의 옆에 가서 말상대가 되어 달라〉는 요청을 하였다. 〈당신이 없으면 그는 더 이상 의지할 데가 없고, 지나치게 예민한 신경 때문에 아마 발작을 일으키고 말 거예요. 어쩌면 오늘밤이 되기 전에 그런 일이 생길지도 몰라 참으로 걱정이에요…….〉 그러면서 그녀는 자기가 꼭 외출해야 할 일이 있는데 〈두 시간쯤 걸릴 것 같으니 그동안 공작을 보살펴 달라〉고 덧붙여 말했다. 나는 저녁때까지 여기에 있겠으며 만일 그 사이 공작이 깨면 애써 그를 위안하겠다고 그녀에게 진심으로 약속했다.

「그러면 저는 제가 해야 할 일을 하겠습니다!」 그녀는 새로 힘을 얻은 표정으로 말을 맺었다.

그녀는 외출을 하였다. 자신이 직접 람베르뜨를 만나러 나선 것이다. 그녀는 거기에 마지막 희망을 걸고 있었다. 그 밖에도 그녀는 자기 오빠의 집과 파나리오또프 가문 사람들의 집에도 찾아갔다. 하지만 그녀가 어떤 기분으로 돌아왔는지는 자명했다.

그녀가 외출한 뒤 약 한 시간이 지났을 무렵, 잠을 깬 공작의 기척소리가 벽을 통해 느껴져서 나는 곧장 그에게로 갔다. 그는 가운을 입은 채 침대 위에 앉아 있었다. 자그마한 램프만 켜진 낯선 방에 덩그러니 혼자 있던 그는 내가 들어가자 처음에는 흠칫 놀라더니, 나라는 것을 알자 눈에 띄게 반가운 기색으로 나를 맞았다. 어느새 그의 얼굴에 기쁨의 눈물이 흐르고 있었다. 그는 나를 꼭 끌어안으면서 말했다.

「자네는 뭔가가 부담스러워서 다른 곳으로 하숙을 옮겼다면서?」

「누가 함부로 그런 말을 했시요?」

「글쎄, 누구였더라? 어쩌면 내가 혼자 그렇게 생각했을지도 모르고, 누가 내게 말했는지도 모르겠어. 하여간 조금 전에 꿈을 꿨는데 턱수염을 기른 노인이 성상을, 두 조각으로 잘린 성상을 가지고 들어오더니, 갑자기 〈너도 결국은 이렇게 될 것이다!〉라고 말했어.」

「어제 베르실로프가 성상을 깨뜨린 이야기를 혹시 누구에게선가 듣지 않았어요?」

「그런가*N'est-ce pas*? 들었지, 들었어! 나스따시야 예고로브나가 오늘 아침에 말해 주었지. 그녀가 내 가방과 강아지를 이리로 갖다 주면서 그랬지.」

「아마 그래서 그런 꿈을 꾸신 겁니다.」

「괜찮아, 별일 없겠지. 그런데 그 노인이 손가락으로 나를 가리키며 위협했거든. 그런데 안나 안드레예브나는 어디 갔지?」

「곧 돌아올 겁니다.」

「어디서? 어디로 간 건가?」 의기소침한 목소리로 그가 말했다.

「아니, 아닙니다. 곧 돌아올 겁니다. 그동안 제게 여기 있어 달라고 부탁했어요.」

「그럼*Oui*, 돌아온다는 말이지. 우리의 안드레이 뻬뜨로비치도 마침내 미쳤군. 〈전혀 예상치 못하게, 아주 빠르게〉[100] 말이야. 내가 늘 그렇게 말했었지, 그 사람은 결국 그렇게 되리라고 말이야. 그런데, 잠깐만…….」

100 그리보예도프의 희곡 『지혜의 슬픔』에서 인용한 듯하다.

갑자기 그가 내 옷을 잡더니 자기 쪽으로 끌어당겼다.

「아까 집주인이 글쎄,」 그는 나직하게 속삭이기 시작하였다. 「여자들의 나체 사진을 가지고 왔어. 동양 여자들이 나체로 다양한 자세를 취한 것이었는데 나더러 확대경을 가지고 그것을 보라는 거야……. 나는 그런 것이 아주 불쾌했지만 그냥 그에게 신경 써줘서 고맙다고 하고 말았어. 아마 그들이 그 친구에게도 그런 저급한 여자들을 데리고 오는 것 같아. 그러다가 나중에 자연스럽게 독약을 먹이려고…….」

「또 폰 존의 이야기를 하시는군요, 그만두세요, 공작님! 이 집 주인은 그저 멍청한 바보일 뿐이니 신경 쓸 필요 없어요!」

「멍청한 바보일 뿐이라고? 나도 같은 의견이야*C'est mon opinion*! 그러니 내가 여기서 나갈 수 있게 애써 주게!」 갑자기 정색을 하면서 그가 내게 말했다.

「공작님, 제가 할 수 있는 일은 무엇이든 다 하겠습니다! 저는 당신의 편입니다……. 그러니 조금만 더 기다리세요, 그러면 제가 모든 일을 잘 수습해 보겠습니다!」

「그래*N'est-ce pas*? 이곳에서 얼른 같이 나갔으면 해. 가방을 그냥 놔두면 내가 다시 돌아오리라고 생각할 거야.」

「어디로 가지요? 안나 안드레예브나는 어떻게 하고요?」

「아니, 그게 아니고, 안나 안드레예브나도 같이 데리고 가는 거야……. 오, 내 친구*Oh, mon cher*, 지금 나는 아주 혼란스러워……. 저기 오른쪽에 있는 가방 속에 까쨔의 사진이 들어 있어. 내가 아까 슬그머니 넣었지. 안나 안드레예브나나 특히 그 나스따시야 예고로브나의 눈에 띄지 않게 말이야. 어서 빨리 꺼내 주게. 조심해, 들키지 않도록 주의해야 하네……. 문을 잠글 수 없을까?」

그 가방 속에는 사진이 들어 있었다. 타원형 사진틀에 까쩨리나 니꼴라예브나의 사진이 들어 있었다. 그것을 집어 램프 가까이 가져가서 보다가, 갑자기 그는 누렇게 야위어 버린 뺨 위로 눈물을 흘렸다.

「그 애는 천사야, 바로 천사야*C'est un ange, c'est un ange du ciel!*」 그는 큰소리로 말했다. 「나는 평생 그 애에게 죄를 지어 왔어……. 그리고 지금도! 친구*Chère enfant*, 나는 아무것도 믿지 않아, 아무 말도 믿지 않고 있어! 사실대로 말해 주게. 그 애가 나를 정신 병원에 감금시키려고 하다니 정말로 그런 일이 있을 수 있을까? 나는 재미있는 이야기를 해서 모두를 웃게 만드는데*Je dis des choses charmantes et tout le monde rit*……. 갑자기 그런 사람을 어떻게 정신 병원으로 데려간단 말인가?」

「그런 일은 절대로 없습니다!」 내가 외쳤다. 「그것은 오해일 뿐이에요. 저는 그분의 의향이 무엇인지를 알고 있어요!」

「자네도 그 애의 속뜻을 이해하나? 참 고마운 일이야! 아, 자네는 내게 새로운 기운을 불어넣어 주었어. 그런데 왜 사람들이 자네를 비난하는지 모르겠네. 혹시 자네가 까짜를 이리 불러 줄 수 없겠나? 두 사람이 내 앞에서 서로 화해할 수 있도록 해줘. 그러고 나서 내가 두 사람을 데리고 같이 집으로 돌아가겠네. 그리고 이 집 주인을 내 주변에 얼씬거리지도 못하게 해줘!」

그는 일어서서 내 앞에 두 손을 마주 잡고 서더니 갑자기 무릎을 꿇었다.

「이봐*Cher*.」 온몸을 나뭇잎처럼 떨면서 그가 두려움에 사로잡힌 목소리로 나직이 말하였다. 「내게 사실대로 말해 주게. 이제 도대체 나를 어디로 데려갈 작정이지?」

「무슨 말씀을 하세요!」 나는 그를 안아 일으켜 침대 위에 앉혔다. 「그러면 당신은 이제 저까지도 신뢰하지 못하시는 건가요? 저도 이 음모에 연루되어 있다고 생각하세요? 저는 그 누구도 당신을 함부로 끌고 가지 못하도록 하겠어요!」

「그래*C'est ça*, 부탁하네.」 두 손으로 내 팔꿈치를 붙잡은 채 여전히 온몸을 떨면서 그가 말했다. 「그 누구에게도 나를 넘겨주지 말게! 그리고 자네 자신도 내게 모든 사실을 있는 그대로 말해 줘……. 아마 여기서 나를 어디론가 데려갈 생각인 것 같으니 말이야. 그런데 집주인 이뽈리뜨가 하는 사람은, 그 사람은…… 의사가 아닌가?」

「의사라뇨?」

「혹시 여기는…… 이곳이 정신 병원 아닌가? 바로 이 방 말이야.」

바로 그 순간에 문이 벌컥 열리더니 안나 안드레예브나가 들어왔다. 아마 문 밖에서 우리의 대화를 엿듣고 있다가 더 이상 참지 못하고 문을 연 것임에 틀림없었다. 작은 소리라도 나면 공포에 사로잡히던 공작은 질겁을 하며 얼굴을 베개에 파묻었다. 마침내 참지 못하고 신경 발작을 일으켜 통곡을 하기 시작하였다.

「이것이 당신이 한 일의 결과입니다.」 나는 노인을 가리키면서 그녀에게 큰소리로 말했다.

「아니에요. 이건 당신이 한 일의 결과예요!」 그녀는 목청을 높여 날카롭게 말했다. 「마지막으로 한 번 더 말합니다만, 아르까지 마까로비치, 당신은 가련한 처지에 놓인 노인을 궁지로 몰아넣으려던 그 무서운 음모를 폭로할 뜻이 없는 건가요? 또 당신의 피붙이인 누이의 딱한 사정을 구하기 위해 자신의 〈유치한 공상에 취한 사랑의 열병〉을 집어 던질 의향이 전혀 없나요?」

「저는 당신들 모두를 구할 방법을 찾겠습니다. 제가 취하려는 방법은 아까 당신에게 말한 그대로입니다! 저는 다시 한번 뛰어갔다 오겠습니다. 다시 나가서 마지막 돌파구를 찾아보겠습니다. 어쩌면 한 시간 후에는 까쩨리나 니꼴라예브나 자신이 이리로 올지도 모릅니다! 저는 모두를 화해시키겠습니다. 그러면 모두들 다시 행복하게 되지 않겠어요!」 어떤 영감이라도 떠오른 듯 나는 열에 들떠 말하였다.

「그래. 그 애를 이리로 데려와 주게.」 공작은 급히 몸을 일으켰다. 「나를 그 애에게로 데려가 줘! 나는 까쨔를 만나고 싶네. 까쨔를 만나 축복해 주고 싶어!」 그는 두 팔을 들고서 침대에서 뛰어내리려고 몸부림쳤다.

「보세요.」 나는 안나 안드레예브나에게 그를 가리켜 보였다. 「이분이 하는 말을 들으셨지요? 일이 그렇게 풀리게 되면 이제 더 이상 당신은 그 어떤 〈서류〉도 필요하지 않게 될 겁니다.」

「알고 있습니다. 하지만 그렇게 되면 제 행동을 비판적으로 보고 있는 사교계에 제 행동의 정당성을 변명하는 데는 도움이 될지도 모르지만 저는 이제 더 이상 얼굴을 들고 다닐 수가 없을 것입니다! 하지만 괜찮습니다. 저는 조금도 부끄러운 행동을 하지 않았으니까요. 저는 모든 사람들에게 버림을 받았습니다. 피를 나눈 오빠까지도 일이 잘못될까 봐 두려워 저를 버렸습니다……. 그러나 저는 제 자신의 의무를 이행할 것입니다. 그리고 이 가엾은 분을 보살피기 위해 영원히 곁에 남아 있을 것입니다!」

나는 더 이상 시간을 지체할 수가 없어서 서둘러 방을 나왔다.

「한 시간 후에 돌아오겠습니다. 돌아올 때는 혼자가 아닐 겁니다!」 문 어귀에서 나는 큰소리로 말하였다.

제12장

1

간신히 나는 따찌야나 빠블로브나를 만날 수 있었다! 나는 모든 사실을 그녀에게 순식간에 털어놓았다. 문제의 그 서류에서부터 지금 내 하숙집에서 일어나고 있는 일에 이르기까지 모든 사정을 상세하게 설명했다. 그녀 자신도 이러한 사정을 너무나 잘 알고 있었기 때문에 한두 마디만으로도 사건의 전모를 파악할 수 있었겠지만, 나는 약 10분에 걸쳐 이야기했던 것으로 기억한다. 주로 내가 혼자서 이야기했다. 나는 있는 사실을 그대로 말했고 조금도 부끄러움을 느끼지 않았다. 그녀는 뜨개질 바늘처럼 몸을 곧게 세우고는 아무 말 없이 꼼짝도 하지 않고 의자에 가만히 앉아 입술을 꼭 다물고 내 얼굴에서 시선을 떼지 않은 채, 열심히 내 이야기에 귀를 기울이고 있었다. 하지만 내가 이야기를 끝냈을 때 그녀는 돌연 의자에서 벌떡 일어섰다. 그 기세가 너무도 드세서 나도 무의식적으로 그만 자리에서 일어섰다.

「이 나쁜 녀석아! 그렇다면 그 편지는 정말 네가 주머니에 넣어 꿰차고 다녔단 말이잖아! 그 어리석은 마리야 이바노브나가 꿰맸단 말이지! 아 참, 모두들 철딱서니없는 멍청이들이구나! 결국 너는 한 여자를 유혹해 상류 사회에 진입해 볼 셈으로 이리 온 거구나! 한마디로 말해, 너는 사생아라는 가슴속 울분을 누군가에게 철저히 복수함으로써 털어 볼 작정이었구나!」

「따찌야나 빠블로브나!」 내가 소리질렀다. 「함부로 말하지 마세요! 어쩌면 제가 이렇게 냉정하게 변해 버린 첫번째 이유가 바로 당신의 그 욕설 때문이었는지도 몰라요. 그렇습니다, 저는 사생아입니다. 그리고 어쩌면 사생아로 태어난 제 원한을 풀려고 했던 건지도 모릅니다. 혹은 실제로 누구에겐가 꼭 복수할 마음을 먹고 있었을 수도 있고요. 다만 그 원인이 구체적으로 누구 때문인지는 아무도 모릅니다. 하지만 분명한 사실은 제가 불한당들과 전혀 아무런 관계도 맺지 않았으며, 자신의 정욕을 극복해 냈다는 것입니다. 이 점만은 기억해 두세요! 저는 말없이 그녀 앞에 서류를 내놓은 뒤 그녀에게서 말이 나오는 것을 기다리지 않고 나가겠습니다. 당신이 그 증인이 될 것입니다!」

「그래 내놔, 지금 그 편지를 어서 내놔. 당장 그 편지를 이 탁자 위에 내놔 봐! 혹시 네가 거짓말하는 것은 아니겠지?」

「편지는 제 주머니에 넣고 꿰매져 있습니다. 마리야 이바노브나가 손수 꿰매 주었습니다. 그 다음에 이곳에 와서 새 옷을 맞춰 입었을 때 제가 직접 입던 옷에서 그것을 꺼내어 새 옷에 넣고 꿰맸지요. 자, 여기 있습니다, 만져 보세요. 거짓말은 안 해요!」

「편지를 한번 여기에 꺼내 보란 말이야!」 따찌야나 빠블로브나는 언성을 높여 말했다.

「그건 절대로 안 됩니다. 아무리 말씀하셔도 소용없습니다. 저는 이것을 당신이 지켜보는 앞에서 그녀 앞에 꺼내 놓고 그녀가 말을 꺼내기 전에 나가 버리겠습니다. 그렇게 함으로써 그녀는 제가 그 어떤 강요에 의해서나 보상을 바라서가 아니라 순전히 제 자유 의사에 의해 그녀에게 넘겨준다는 것을 알게 될 것이고, 또 그녀 자신도 그런 내 뜻을 직접 눈으로 보고 제대로 알아야 합니다.」

「다시 한번 뽐내고 싶다는 거냐? 너는 완전히 정신이 나갔구나!」

「하고 싶은 말이 있으면 얼마든지 하십시오, 괜찮습니다. 제가 잘못했으니까요. 저는 절대로 화내지 않겠습니다. 제가 그녀를 노리고 하찮은 음모를 꾸몄다고 그녀가 생각해도 저는 괜찮습니다. 제가 자신의 욕망을 극복하고, 그녀의 행복을 이 세상에서 무엇보다도 중하게 생각했다는 것을 그녀가 인정하면 그만입니다! 그렇다면 저는 어떤 곤욕을 치러도 좋습니다, 따찌야나 빠블로브나. 저는 자신에게 외칠 겁니다. 자신을 가져라, 희망을 가져라. 설령 이것이 제 삶의 첫걸음이라고 할지라도 저는 받아들일 겁니다. 모든 일이 잘 마무리되고 끝맺음이 깔끔하니까요! 그리고 제가 그녀를 사랑한다고 해서 그것이 무슨 잘못입니까?」 나는 감정에 취해 눈을 반짝이면서 계속 말했다. 「저는 그것을 부끄럽게 생각하지 않습니다. 어머니가 하늘의 정결한 천사라면, 그녀는 지상의 고결한 여인입니다! 결국 베르실로프는 어머니에게로 돌아올 겁니다. 그러니 저는 그녀에게 부끄러울 게 아무것도 없습니다. 사실 저는 그녀가 베르실로프와 둘이 만나 이야기하는 것을 다 들었습니다. 저는 커튼 뒤에 서 있었거든요……. 아, 우리 세 사람은 모두 〈똑같이 미친 사람〉입니다. 이 〈똑같이 미친 사람〉이라는 말이 누구의 말인지 아십니까? 이것은 바로 안드레이 뻬뜨로비치 자신의 말이었습니다. 한마디만 더 덧붙인다면, 어쩌면 우리 세 사람보다 더 많은 사람들이 역시 똑같이 미친 사람인지도 모르지 않습니까? 그렇습니다, 내기를 해도 좋습니다. 당신도 또한 똑같이 미친 네 번째 사람이지요! 듣고 싶으시다면 제가 모든 걸 걸고 말씀드리지요. 당신 자신도 평생 동안 안드레이 뻬뜨로비치에게 사로잡혀 있었잖습니까? 어쩌면 지금도 계속 그럴지도 모르고요…….」

다시 말하지만, 나는 완전히 감정에 취해 있었으며 야릇한 행복감에 잠겨 있었다. 하지만 나는 내 말을 끝낼 수가 없었다. 갑자기 그녀가 눈 깜짝할 사이에 내 머리카락을 잡아 머리를 두세

번 아래로 짓눌렀기 때문이다……. 이윽고 그녀는 손을 놓고 구석 쪽으로 가 벽을 향해 서더니 손수건으로 얼굴을 가렸다.

「나쁜 녀석! 그런 말을 다시 하면 용서하지 않을 테다!」 그녀는 울먹이면서 말했다.

그녀의 행동은 너무나 뜻밖이어서 나도 어찌할 바를 몰랐다. 나는 아주 당황하여 멍청히 선 채 그녀의 얼굴만 쳐다보고 있었다.

「정말 너는 어쩔 수 없는 멍청이다! 자, 이리 와서 내게, 이 바보에게 입을 맞춰 다오!」 갑자기 웃음기를 머금은 채 그녀가 내게 말했다. 「하지만 다시는, 다시는 내게 이런 짓을 하면 용서하지 않을 거야……. 그런데도 웬일인지 나는 네가 좋아. 평생 동안 너를 사랑했지……. 너 같은 바보를 말이야!」

나는 그녀에게 입을 맞췄다. 덧붙여 말해 두지만, 그때부터 나는 진정으로 따찌야나 빠블로브나와 친구가 되었다.

「아, 그렇지! 지금 내가 왜 이러고 있지!」 그녀는 이마를 탁 치며 말했다. 「네가 뭐라고 말했지? 노공작이 네 하숙집에 있다고 그랬지? 그게 정말이냐?」

「사실이에요.」

「어떻게 그런 일이! 아, 참으로 추잡한 일이다!」 갑자기 방 안을 빙빙 돌기 시작하며 그녀가 큰소리로 말했다. 「지금 거기서 그들에게 이용당하고 있단 말이지? 철부지들에겐 무서울 게 없어! 오늘 아침부터 그곳에 있었단 말이냐? 어떻게 안나 안드레예브나가! 그런 수녀 같은 아가씨가 어떻게! 그런데도 그 애는, 밀리뜨리사[101]는 그 사실을 전혀 모르고 있었단 말이구나!」

「밀리뜨리사가 누구지요?」

「네가 홀딱 반한 그 지상의 고결한 여인 말이야!」

「따찌야나 빠블로브나!」 문득 정신을 차리고 내가 말했다. 「쓸

101 17세기 말부터 19세기에 이르기까지 일반 대중들에게 널리 읽힌 『보바 공주』에 나오는 여주인공.

데없는 이야기를 하느라고 정작 중요한 사실을 잊었어요. 저는 까쩨리나 니꼴라예브나를 데리러 왔어요. 그곳에서는 모두들 제가 돌아오기를 기다리고 있어요.」

나는 그녀가 안나 안드레예브나와 서로 화해하겠다고 약속하고 또 그 결혼에 동의해야만 서류를 넘겨줄 생각이라고 설명했다.

「좋은 생각이다.」 따찌야나 빠블로브나가 내 말을 가로막았다. 「나도 역시 그 애에게 1백 번이나 넘게 되풀이해 타일렀어. 아마 공작은 이 결혼이 성사될 때까지 살아 있지는 못할 테니, 이 결혼은 이루어질 수 없을 게다. 하지만 유언을 통해 유산을 그쪽에, 즉 안나에게 주지나 않을까 하는 염려도 있지만, 아마 이미 유언장에 그렇게 기록해 두었을지도 모르지…….」

「그렇다면 까쩨리나 니꼴라예브나는 그 유산이 아깝단 말인가요?」

「아니야. 그 서류를 그 애가, 즉 안나가 가지고 있지나 않을까 걱정하고 있었거든. 나도 그랬고. 그래서 우리는 그 애를 지켜보고 있었던 거야. 딸의 입장에서는 늙은 아버지에게 커다란 충격을 주고 싶지는 않을 테니까. 물론 그 독일놈 뷔링은 유산을 넘겨주는 게 배 아팠겠지.」

「그런데도 그녀는 뷔링과 결혼하겠다는 건가요?」

「그러니 뭔가에 한번 씌면 헤어날 길이 없다는 거지. 도통 다른 방향은 생각도 안 하니까. 그 애 말로는 그 작자가 무슨 마음의 안정을 준다나! 〈누군가와 결혼을 해야 한다면, 그 사람과 하는 것이 가장 어울린다고 생각해요〉라는 거지. 과연 두 사람이 어울리는지는 한번 지켜봐야지. 하지만 나중에 후회해도 이미 때는 늦을 거야.」

「그런데 왜 당신은 그냥 놔두는 거지요? 당신은 그녀를 사랑하잖아요? 언젠가 그녀에게 직접 그녀를 깊이 아낀다고 말했잖아요?」

「물론 내가 그 애에게 반한 것은 사실이지. 너희 모두를 다 합한 것보다도 훨씬 더 사랑하고 있어. 하지만 그 애 역시 아무것도 모르는 바보야!」

「그러면 지금 곧 가서 불러오세요. 그리고 모든 것을 마무리한 뒤에 그녀를 아버지에게 데리고 가지요!」

「지금 사정이 그렇지 않단 말이야, 이 바보야! 바로 그것이 문제란 말이다! 이 일을 어떻게 하면 좋지! 아, 추잡해!」 다시 방 안을 왔다갔다하며 그렇게 말하더니 그녀는 어느새 손에 외투를 들고 있었다. 「네가 네 시간쯤만 일찍 왔더라면 좋았을걸. 지금은 벌써 일곱 시가 지났어. 그런데 그 애는 바로 아까 뻴리쉬체프 씨 댁으로 식사 초대를 받아 갔어. 그리고 거기서 식사가 끝나면 오페라 구경을 가기로 되어 있단 말이야.」

「큰일이군요. 그렇다면 오페라 극장으로 직접 가면 안 될까요……. 아니, 그럴 수는 없겠군요! 노공작을 어떻게 하지요? 어쩌면 밤 동안에 그분이 세상을 떠날지도 모르는데요!」

「너도 그곳으로 가지 말고 네 어머니에게로 가. 오늘 밤은 거기서 자고 내일 아침 일찍…….」

「안 돼요, 무슨 일이 일어나든, 저는 절대로 그 노인을 그대로 혼자 놔두지는 않겠어요.」

「그렇다면 그렇게 해. 너도 제법 쓸 만한 구석이 있구나. 그러면 나는…… 그곳에 다녀오마. 가서 쪽지를 써놓고 와야지……. 우리만 알 수 있는 말로(그 애는 그 내용을 알아챌 거야!) 서류는 여기 있으니, 내일 아침 정각 열 시에 꼭 우리집으로 오라고 말이야! 그 애는 내가 진심으로 부탁하면 꼭 들어줄 게다. 그 애가 오면 모든 문제를 말끔하게 해결할 수 있겠지. 너는 가서 공작을 잘 위로해 드리면서 얘기라도 나눠. 그러다 그분이 잠들면 내일 아침까지는 아무 일 없이 넘어갈 테니까. 그리고 안나에게도 마음을 써줘야 해! 나는 그 애도 진심으로 사랑한다. 아마 네가 잘 이해하지 못하겠지만, 그 애는 어릴 때부터 따뜻한 손길을 느껴 보지 못하고 자랐어. 그러니 네가 그 애에게도 신경을 써주거라. 그런데 도대체 어떻게 된 게 너희들은 모두 다 한결같이 내게만 기대려고 드니! 아무튼 그 애를 만나거든 내 말을 전하거라. 내가 그 애의 명예가 전혀 손상되지 않을 방향으로 이 일을 성심껏 해결할 테니 아무 걱정 말고 있으라고! 사실은 내가 최근에 그 애하고 사소한 일로 심하게 다퉜어. 서로 다시는 안 볼 것처럼 얼굴을 붉히면서 크게 싸웠어! 그러면 어서 가봐……. 아니, 잠깐만 기다려. 네 주머니를 다시 한번 보여 줘……. 정말이겠지, 틀림없겠지? 정말 틀림없겠지? 그런데 너 혹시 오늘 하루 동안만이라도 그 편지를 내게 놓고 갈 수 없겠니? 내가 꼭 보관하고 있을 테니까. 밤 사이에 네가 분실할 수도 있잖니? 그렇게 하면 안 되겠니?」

「절대로 그럴 수 없어요!」 나는 큰소리로 말했다. 「자, 만져 보세요, 있지요? 하지만 절대로 당신에게 보일 수는 없어요!」

「그래, 종이 같구나.」 그녀는 손가락으로 만져 보며 말했다. 「알았다. 그럼 어서 가봐! 나도 어쩌면 극장으로 그 애를 찾아갈지도 몰라. 네가 속에 있는 말을 해줘서 고맙게 생각한다! 자, 이제 어서 가봐!」

「따찌야나 빠블로브나, 잠깐만요. 그런데 어머니는 지금 사정이 어때요?」

「괜찮아.」

「그러면 안드레이 뻬뜨로비치는요?」

그녀는 손을 저었다.

「이제 곧 제정신을 찾을 게다!」

기대했던 대로 일이 풀리지는 않았지만 나는 새로운 기분으로 서둘러 갔다. 하지만 운명은 내가 예상한 방향과는 전혀 다른 쪽으로 이미 결정되어 있었다. 꿈에도 생각지 못한 일이 나를 기다리고 있었다. 이 세상에는 확실히 운명이라는 것이 있다!

2

계단에 다다랐을 무렵 나는 벌써 집 안에서 소동이 일고 있는 소리를 들었다. 문은 환히 열려 있었고 복도에는 제복 차림을 한 낯선 얼굴의 하인이 서 있었다. 그리고 뾔뜨르 이뻘리또비치와 그의 아내가 아주 놀란 표정을 지은 채 복도에서 뭔가를 기다리는 듯한 자세로 서 있었다. 공작의 방으로 통하는 문은 열려 있었고 거기로부터 커다란 고함소리가 들려왔다. 나는 그것이 뷔링의 목소리임을 곧 알아챘다. 내가 그곳으로 두 걸음도 채 옮기기 전에 뷔링과 그의 하수인이자 언젠가 베르실로프에게 따지러 왔던 R남작이, 얼굴이 눈물로 젖은 채 온몸을 심하게 떨고 있는 노공작을 복도로 억지로 끌어내는 것이 눈에 띄었다. 공작은 흐느껴 울면서 뷔링을 껴안고 심지어 입을 맞추기까지 하였다. 뷔링은 공작의 뒤를 따라 복도로 나오던 안나 안드레예브나에게 고함을 지르고 있었다. 그녀에게 말하는 그의 어투는 완전히 협박조였으며, 심지어 발을 굴러대면서 위협까지 했다. 사실 그는 〈상류 사회〉라는 신분 때문에 항상 억누르고 있던 야만적인 직업 군인의 특성과 독일인의 본성을 분명하게 드러냈던 것이다. 나중에 밝혀진 사실이지만, 그 순간 그는 이렇다 할 이유 없이 안나 안드레예브나가 이미 형법을 위반한 죄인임에 분명하며 그러한 행동에 대해서 틀림없이 법정에서 적절한 책임을 조사받아야만 한다는 확신을 가지고 있었다. 그런 경우에 많은 사람들이 흔히 그러하듯, 저간의 사정을 자세히 모르는 그는 자신의 선입견만으로 그렇게 대략 짐작한 뒤, 마치 자신이 그녀를 무례하게 대할 권리라도 있는 듯 착각하였다. 여기서 주목해야 할 중요한 점은 그가 자세한 사정을 헤아려 볼 시간이 전혀 없었다는 사실이다. 나중에 사실이 밝혀졌지만(그 일은 뒤에 다시 설명할 것이다), 그는 누군가가 익명으로 보낸 편지를 받고 공작이 처한 상황을 알게 되자 극도로 흥분한 상태에서 곧바로 현장으로 달려온 것이었다. 그런 흥분 상태에 빠지게 되면, 독일 민족의 피가 흐르는 사람은 아무리 현명한 지력을 가지고 있는 사람일지라도 마치 뒷골목 건달처럼 마구잡이로 달려드는 법이다. 내가 없는 그 상황에서 안나 안드레예브나는 지극히 품위 있는 태도를 견지하려고 애썼다. 내가 목격한 것은 바로 그 순간부터였다. 뷔링은 공작을 복도로 끌어낸 다음 그를 R남작에게 맡기고 나서, 안나 안드레예브나를 돌아다보며 아주 험악한 눈초리로 마구 고함을 지르고 있었다. 그전에 그녀가 그에게 던진 어떤 말에 대해 응수하는 것 같았다.

「당신은 간교한 모략가요! 당신에겐 그저 공작의 돈이 필요한 거요! 지금 이 순간부터 당신은 사교계에 전혀 얼굴을 내밀 수가 없을 거고, 아마 법정에서 응분의 책임을 져야 할 거요…….」

「그렇게 말하는 당신이야말로 가엾은 환자를 결국 완전히 정신 이상이 되도록 만들고 말았어요……. 그리고 이렇게 무례하게 제게 소리를 지르는 것도, 제가 아무도 보호해 줄 사람이 없는 여자이기 때문이고요…….」

「아 참, 그렇군! 당신은 이 사람의 약혼자라지요, 약혼자란 말이지요!」 아주 야비한 표정을 지으며 뷔링은 악의에 찬 태도로 소리내어 웃기 시작했다.

「이봐요, 남작, 남작……. 이봐요, 나는 당신을 사랑하오*Chère enfant, je vous aime*.」 공작은 뷔링을 부르다가 갑자기 안나 안드레예브나를 향해 두 손을 뻗으며 울먹이는 소리로 말했다.

「자, 공작, 가시지요. 그들이 당신을 해하려고 음모를 꾸몄던 겁니다. 어쩌면 당신의 생명을 노렸던 것인지도 모르겠어요!」 뷔링이 큰소리로 말했다.

「그래, 맞아요. 알고 있었습니다, 나는 전부 다 알고 있었지요 *Oui, oui, je comprends, j'ai compris au commencement*…….」

「공작!」 공작의 말에 안나 안드레예브나가 소리 높여 말했다.

「당신은 저를 모욕하고 있어요. 제가 이런 무례한 대접을 받는 것을 보고도 가만히 계시는군요!」

「저리 비켜!」 뷀링이 갑자기 그녀에게 소리를 질렀다.

그 말을 듣고 나는 더 이상 참을 수가 없었다.

「이 비열한 놈!」 나는 그에게 고함을 질렀다. 「안나 안드레예브나, 제가 당신을 지켜 드리겠습니다!」

나는 그 장면에 대해서 더 이상 상세한 묘사를 하지 않겠다. 아니, 할 수도 없다. 표현하기 어려울 정도로 섬뜩한 일이 일어났다. 갑자기 분별력을 잃었던 내가 그에게 달려들어 그를 후려쳤던 것 같다. 아니면 적어도 그를 아주 심하게 떠민 것만은 확실하다. 그도 역시 내 머리를 힘껏 쳤고 나는 그만 마룻바닥에 쓰러지고 말았다. 나는 겨우 정신을 가다듬고 바로 그의 뒤를 쫓아 계단 쪽으로 뛰어나갔다. 지금도 선명하게 기억하지만, 그때 내 코에서는 피가 줄줄 흐르고 있었다. 현관 앞에는 마차가 그들을 기다리고 있었다. 그들이 공작을 마차에 태우는 동안 나는 제지하는 하인들을 밀어제치고 또다시 뷀링에게 덤벼들었다. 바로 그 순간 어디서 나타났는지 갑자기 경찰관이 뛰어왔다. 뷀링은 내 목덜미를 꼭 붙잡은 뒤, 위압적인 어조로 경찰관에게 나를 파출소로 끌고 가라고 명령했다. 나는 사건에 대한 경위를 따지기 위해서는 저 작자도 나와 함께 데려가야 한다, 어떻게 내 하숙집에서 나를 강제로 연행할 수 있느냐면서 고래고래 소리를 질렀다……. 하지만 그곳은 집 안이 아니라 대로변이었고, 또 내가 술주정뱅이처럼 난폭하게 고함을 지르며 욕설을 퍼부은 데다가 뷀링이 군복을 입고 있었기 때문에 경찰관은 나만 체포하였다. 그래서 나는 완전히 이성을 잃고 흥분하여 억세게 저항을 하였고, 그런 와중에 아마 경찰관까지 때렸던 모양이다. 그러는 동안, 분명히 기억하지만, 어느새 또 다른 경찰관이 나타나 둘이 합세하여 나를 연행해 갔다. 내가 어떻게 담배 연기가 자욱하고 분위기가 이상한 방으로 끌려갔는지는 자세히 기억나질 않는다. 그 방에는, 서 있는 사람, 앉아 있는 사람, 무엇인가를 초조하게 기다리는 사람, 뭔가를 쓰고 있는 사람 등 가지각색의 사람들이 북적대고 있었다. 그 곳에서도 나는 계속 고래고래 소리를 질렀다. 나는 사건의 조서를 작성하라고 요구했다. 하지만 사건은 단순히 조서만을 작성해서 될 문제가 아니라 경찰관에게 반항하고 더욱이 폭행까지 한 사실 때문에 아주 복잡하게 되어 버렸다. 더군다나 내 차림새가 아주 남루해서 부랑자처럼 보였다. 누군가 아주 험악한 목소리로 내게 버럭 고함을 질렀다. 그리고 경찰관은 나를 폭행 현장에서 붙잡은 현행범이라고 신고하였고, 현역 대령이 체포 요청을 했다는 말을 늘어놓았다…….

「자네 성이 뭐지?」 누군가가 내게 소리치듯 물었다.

「돌고루끼.」 나도 맞서 고함지르듯 대답했다.

「그럼 돌고루끼 공작이신가요?」

그 말에 완전히 이성을 잃고 나는 아주 저속한 언사로 응답했고, 그러고 나자 그 다음에…… 그 다음에 기억나는 것은 〈술기운을 깨게 하려고〉 그들이 나를 캄캄하고 이상하게 생긴 작은 방으로 끌고 갔던 일이다. 아, 나는 강변하려는 것은 아니다. 아마 사람들은 최근에 갑자기 체포되어 결박당한 채 밤새 술기운을 깨게 하려고 조그만 방에 구류당했던 어떤 사람이 신문에 불평하는 글을 기고한 기사를 읽었을 것이다. 그 사람은 아무런 죄도 짓지 않았던 모양이다. 하지만 나는 확실히 지은 죄가 있었다. 나는 그 방에서 술에 곯아떨어져 있는 두 사람과 함께 나무로 된 침대 위에 드러누웠다. 머리가 아팠고, 관자놀이 부분은 연신 시큰거렸으며, 심장이 몹시 두근거렸다. 나는 완전히 의식을 잃고 심지어 헛소리까지 했던 모양이다. 다만 한밤중에 잠에서 깨어 침대 위에 일어나 앉았던 일만은 분명히 기억난다. 나는 한순간에 모든 사실을 떠올렸고 상황을 이해했다. 그래서 나는 두 팔꿈치를 무릎 위에

댄 채, 두 손으로 머리를 감싸안고서 깊이 생각에 잠겼다.

아! 그 당시 느낀 내 감정에 대해서는 서술할 생각이 없으며 그럴 여유도 없다. 그렇지만 한 가지 사실만은 분명히 적어 두겠다. 한밤중에 나무 침대에서 가만히 일어나 생각에 잠겼던 그때처럼, 나는 마음속에서 뭐라 표현할 수 없을 정도로 진징한 기쁨을 느꼈던 적이 아마 한 번도 없었을 것이다. 이렇게 얘기하면 독자들은 그게 무슨 뜻인지 가닥을 잡기가 어려울지도 모른다. 또는 뭔가 기묘함을 자아내려는 다소 저속한 표현으로 느껴질지도 모르겠다. 하지만 이 모든 것은 내가 느낀 그대로이다. 아마도 누구나 경험하는 일일지도 모르지만, 그런 일은 살아가면서 일생 동안 한 번 정도밖에 겪지 못하는 그런 내용의 것이었다. 바로 그러한 순간에 인간은 자신의 운명과 삶의 방향을 결정하는 것이며, 마음속으로 평생을 두고 다짐해야 할 일을 매듭짓는 것이다. 〈바로 여기에 진리가 있어. 그리고 거기에 도달하려면 이 길을 올곧게 걸어가야 한다〉라고. 사실이 그랬다. 바로 그 순간 내 영혼에 서광이 비쳐 오는 것을 나는 느꼈다. 오만한 붸링에게 치욕적인 봉변을 당했고, 또 내일은 그 상류 사회의 부인에게 모욕을 당하리라 예상하며, 나는 그들에게 무서운 복수를 시도할 수 있다는 것을 잘 알고 있었다. 하지만 나는 결코 복수하지 않으리라 다짐했다. 모든 유혹에도 불구하고 절대로 서류를 폭로하지 말자, 사교계 전체에 그것을 공표하는 일은 하지 말자고 나는 단단히 결심했다(그런 생각은 마음속으로 이미 수없이 했었다). 내일이라도 당장 이 편지를 그녀 앞에 내놓고, 만일 필요하다면 감사 대신 쏟아질 그녀의 조소 어린 미소까지도 꾹 참아내고, 한마디 말도 하지 않은 채 영원히 그녀의 곁을 떠나리라고 나는 마음속으로 거듭 다짐했다. 어쩌면 이런 말을 구차스럽게 거듭할 필요도 없을 것이다. 나는 내일 이곳에서 내 신상에 일어날 일이나 경찰관들에게 무슨 일을 당할지도 모른다는 생각 같은 것은 염두에도 두지 않았다. 다만 아늑한 기분을 느끼며 성호를 그은 다음 나무 침대에 드러누워 아주 편안한 기분으로 깊은 잠에 빠졌다.

깊은 잠에 빠져 있다가 일어나 보니 벌써 날이 훤히 밝았고 방 안에는 나 혼자 남아 있었다. 일어나서 가만히 앉아 아무 말 없이 한 시간 가량을 기다렸다. 그러다가 갑자기 호출당했을 때가 아홉 시 무렵이었다. 그때의 상황을 보다 더 상세하고 세부적으로 서술할 수도 있지만, 이제는 다 부차적인 것이 되어 버렸기 때문에 그렇게 할 만한 가치가 없으리라 생각된다. 내 관점에서 보았을 때 중요하다고 여겨지는 사실들만 서술하는 것이 나을 것이다. 다만 그들이 뜻밖에도 내게 아주 정중한 태도를 취해서 내가 다소 놀란 것만은 말해 두고자 한다. 형식적으로 던지는 몇 가지 질문에 답하자 곧 내게 나가도 좋다는 허락이 떨어졌다. 나는 말없이 그곳을 나왔다. 그렇게 심각한 상황에 처해 있으면서도 내가 전혀 인간적 기품을 잃지 않자, 나를 지켜보고 있던 사람들의 눈빛 속에 자신의 품위를 일관되게 견지할 수 있는 인간에 대한 흠모의 정이 스며드는 것을 보면서 나는 대단한 위안을 느꼈다. 그들에게서 그런 기색이 도는 것을 분명히 보았기 때문에 나는 여기에 사실대로 기술하고 있는 것이다. 내가 문 밖으로 나오자 따찌야나 빠블로브나가 기다리고 있었다. 어떻게 그 사건이 그렇게 간단하게 끝났는지 짧게 설명하겠다.

이른 아침이었다. 여덟 시 무렵 따찌야나 빠블로브나는 공작이 아직 내 하숙집에 있으리라 생각하고 뾰뜨르 이뽈리또비치에게 갔다. 그리고 어제 일어났던 예기치 못한 무서운 사건의 전말에 관해서 소상히 알게 되었다. 무엇보다도 그녀를 놀라게 한 것은 내가 체포되었다는 소식이었다. 그녀는 곧바로 까쩨리나 니꼴라예브나에게로 달려가서(어젯밤 극장에서 돌아온 뒤 그녀는 뷔링이 자기 집으로 데려온 노공작과 다시 상면하였다), 아직 자고 있던 그녀를 깨워 사실을 전달한 뒤에 즉시 나를 석방시킬 것을 요구했다. 부인의 메모를 받고 그녀는 붸링에게로 달려가서 그에게 다시 또 하나의 편지를 쓰도록 요구했다. 그 내용은 〈착오로 인해 체포된〉 나를 즉각 석방해 달라고 〈경찰 당국〉에 청원하는 붸링 자신의 소견서였다. 그녀는 그 편지를 경찰에 제출하였고, 그 요청은 정중하게 받아들여졌다.

3

이제 사안의 가장 중요한 사항에 관해 서술하고자 한다.

따찌야나 빠블로브나는 나를 바로 마차에 태워 자기 집으로 데려간 다음, 곧 사모바르를 준비시키고 부엌에서 직접 내 얼굴을 씻고 닦아 주었다. 그 자리에서 그녀는 큰 목소리로 까쩨리나 니꼴라예브나가 11시 반에 나를 만나러 오기로 했다(둘이서 아침에 만나 그렇게 약속했다고 한다)는 내용의 얘기를 했다. 우리 곁에서 마리야가 그 말을 듣고 있었다. 잠시 후 그녀는 사모바르를 가져왔지만, 그로부터 다시 2분쯤 지나 따찌야나 빠블로브나가 그녀를 불렀을 때는 아무런 대답이 없었다. 그녀는 이미 무슨 일인가로 밖에 나간 뒤였다. 바로 이 사실에 특별히 주의를 기울일 것을 독자들에게 당부한다. 지금 기억에 그때가 대략 10시 15분 전쯤이었을 것이다. 따찌야나 빠블로브나는 그녀가 아무 말도 없이 외출한 사실에 대해 화를 냈지만 물건을 사러 나갔으리라고 대수롭지 않게 생각하고 바로 그 일을 잠시 잊고 있었다. 그런 사소한 데까지 신경을 쓸 수 없는 형편이었다. 우리는 서로 밀린 얘기가 많았기 때문에 계속 이야기를 나누었다. 그래서 나는 마리야가 사라진 사실에 대해 전혀 관심도 갖지 않았다. 이 사실도 독자들이 기억해 주기를 바란다.

내가 극도로 흥분하고 있었다는 점은 새삼스럽게 다시 말할 필요도 없다. 이것은 내 느낌에 대해서 상세하게 말한 것이다. 그 순간 가장 중요한 문제는 우리가 까쩨리나 니꼴라예브나를 기다리고 있었다는 사실이다. 이제 한 시간만 지나면 드디어 그녀와 직접 대면하게 된다. 아마 그것이 내 삶에서 가장 중요한 순간일 것이라는 생각에 나는 짐짓 불안감을 느꼈다. 내가 두 번째 찻잔을 거의 다 비웠을 때, 따찌야나 빠블로브나가 갑자기 벌떡 일어서더니 탁자 위에 놓인 가위를 집어 들고 말했다.

「자, 주머니에서 편지를 꺼내야지. 그녀가 보는 데서 옷에 가위질을 할 수는 없잖아!」

「그렇지요!」 선선히 동의하며 나는 옷의 단추를 끌렀다.

「왜 이렇게 엉켰지? 도대체 누가 꿰맸지?」

「제가요, 제 손으로요, 따찌야나 빠블로브나.」

「그래, 정말 네 손으로 한 것 같구나. 그래, 바로 이것이란 말이지…….」

그녀는 편지를 꺼냈다. 그런데 낡은 봉투는 본래의 것이었지만, 그 속에는 단지 백지만이 들어 있을 뿐이었다.

「이게, 뭐지……?」 백지를 이리저리 뒤집어 보며 따찌야나 빠블로브나가 소리를 질렀다. 「도대체 이게 어떻게 된 거지?」

하얗게 질려 버린 채 나는 할 말을 잃고 서 있다가 그대로 힘없이 의자에 주저앉고 말았다. 도저히 견딜 수 없을 정도로 나는 충격을 받았다.

「도대체 이게 어떻게 된 일이지!」 따찌야나 빠블로브나는 정신없이 떠들어댔다. 「도대체 그 편지가 어디 있단 말이냐?」

「람베르뜨!」 나는 겨우 사정을 헤아린 뒤 자리에서 벌떡 일어섰다.

그리고 숨을 몰아쉬면서 두서없이 그녀에게 람베르뜨 집에서 하룻밤을 지낸 사실과 그 당시 둘이 꾸민 음모에 대해서 숨김 없이 설명하였다. 물론 그 음모의 내용에 관해서는 이미 어제 있는 그대로 고백을 하였다.

「그 녀석이 훔쳐 갔어요! 저도 모르게 꺼내 갔단 말이에요!」 나는 어찌할 바를 모르고 머리카락을 쥐어뜯으면서 큰소리로 말했다.

「큰일났구나!」 내막을 알게 되자 따찌야나 빠블로브나는 즉각적으로 결정을 하였다. 「지금 몇 시지?」

벌써 열한 시가 가까워 오고 있었다.

「마리야가 어디 갔지……! 마리야!」

「부르셨어요?」 갑자기 부엌에서 마리야가 대답했다.

「거기 있었니? 이 일을 어떻게 처리하지! 그녀에게 달려가 봐야지……. 도대체가 너는 전혀 쓸모가 없구나, 천치란 말이야!」

「그러면 저는 람베르뜨에게 가보겠어요!」 나는 큰소리로 응답했다. 「어리석게 굴면 그대로 안 두겠어요!」

「마님!」 마리야가 부엌에서 갑자기 날카로운 소리로 불렀다. 「이상한 여자가 찾아와서 마님을 꼭 뵙자고 하는데요…….」

하지만 그녀가 말을 다 전하기도 전에 그 〈이상한 여자〉가 뭐라고 마구 떠들어대면서 부엌에서 달려나왔다. 바로 알폰신까였다. 그때의 정경을 상세히 묘사하고 싶은 생각은 없다. 하지만 알폰신까가 거의 완벽할 정도의 연기로 우리로 하여금 그들이 꾸며놓은 음모에 빠져 들도록 했다는 점만은 기록해 두고 싶다. 참회의 눈물을 흘리면서 그녀는 손짓을 해가며 격렬한 어조로 뭔가를 열심히 설명하였다. 그녀는 (물론 프랑스 어로) 그때 내 주머니를 뜯어 편지를 꺼낸 것은 자기였고, 그 편지는 지금 람베르뜨가 가지고 있으며, 그는 그 〈날강도〉, 그러니까 어떤 음흉한 사람*cet homme noir*과 작당을 하여 약 한 시간 뒤 장군 부인*madame la générale*을 찌어 쏴 죽이려 하고 있다는 요지의 말을 하였다. 그녀는 그 모든 얘기를 자신이 직접 그들에게서 들었으며, 그들이 권총*le pistolet*을 가진 걸 보고서는 겁에 질려서 우리에게 이 사실을 알려 그녀를 구하게 하려고 이렇게 뛰어왔다는 것이다……. 그리고 바로 그 음흉한 사람은*cet homme noir*…….

한마디로 그녀의 말은 아주 그럴듯해 보이는 이야기였다. 물론 알폰신까의 설명 중에 몇 군데는 전혀 이치에 닿지 않는 점도 있었지만 오히려 그런 점이 사실성을 더 뒷받침하는 것으로 여겨지기까지 하였다.

「그 음흉한 사람*homme noir*이란 것은 대체 누구지요?」 따찌야나 빠블로브나가 따지듯이 물었다.

「아, 그 사람 이름은 잊었어요…… 하지만 무서운 사람이에요……. 아, 그래요, 베르실로프라고 했어요*Tiens, j'ai oublié son nom*…… *Un homme affreux*…… *Tiens, Versiloff*.」

「베르실로프라니, 그럴 리가 없어요!」 나는 큰소리로 말을 막았다.

「아냐, 있음직한 일이야!」 따찌야나 빠블로브나는 날카로운 목소리로 말했다. 「자, 천천히 얘기해 봐요. 그렇게 정신 사납게 손을 뒤흔들지 말고 차분하게! 도대체 그 작자들이 무슨 일을 하려는 것인지 차근차근 알아듣게 말해 봐요, 아가씨! 설마 그 작자들이 그녀를 진짜 쏴 죽이려는 것은 아니겠지?」

〈아가씨〉는 이렇게 상황을 설명하였다(N. B. 다시 말해 두지만 그녀의 말은 모두 다 꾸며 낸 거짓말이었다). 베르실로프는 문 뒤에 숨어 있고, 그녀가 들어오면 람베르뜨가 그녀에게 그 편지*Cette lettre*를 보여 준다. 그때 베르실로프가 그 자리로 뛰어나와 둘이서 함께 그녀를……. 〈아, 그들은 복수를 할 거예요*Oh, ils feront leur vengeance*!〉 자기도, 즉 알폰신까도 그들의 음모에 가담했기 때문에 어떤 보복을 받을지 두려우며, 그 부인, 장군 부인*cette dame, la générale*은 그들이 편지의 사본을 보냈기 때문에 그들이 편지를 가지고 있다는 사실을 깨닫고 〈지금 당장〉 아마 틀림없이 그리로 갈 것이라는 얘기였다. 그녀에게 보내는 글은 람베르뜨가 혼자 꾸며서 쓴 것이기 때문에, 그 부인은 베르실로프가 이 일에 관련되어 있다는 사실은 전혀 모르고 있으며, 람베르뜨는 자신을 모스끄바의 어떤 부인*une dame de Moscou*(N. B. 마리야 이바노브나를 지칭하는 것임!)이 보낸 사람이라고 사칭했다는 것이다.

「아, 너무도 추잡해! 아, 추잡스러워!」 따찌야나 빠블로브나는 신음하듯이 말했다.

「그분을 구해야 해요, 그분을 구해 주세요*Sauvez-la, sauvez-la!*」 알폰신까는 간절한 어조로 말했다.

도대체 믿기지 않는 이 소식에는 언뜻 들어 봐도 도저히 납득할 수 없는 점이 한둘이 아니었지만, 그럴듯하게 엮여 있었기 때문에 하나하나 신중하게 따져 볼 틈이 전혀 없었다. 까쩨리나 니꼴라예브나가 람베르뜨의 초대장을 받으면 저간의 사정을 자세히 살펴보기 위해서 우선 먼저 이곳으로 따찌야나 빠블로브나에게 들를지도 모른다는 점을 가정해 볼 수 있었다. 아니, 그것은 확실히 신빙성이 있는 일이었다. 하지만 그녀가 그렇게 하지 않고 직접 그들에게 갈 가능성도 있다. 그렇게 되면 그녀는 이제 마지막이다! 하지만 그녀가 잘 알지도 못하는 람베르뜨의 편지를 믿고 그에게로 바로 달려가리라는 것은 역시 믿기 어려운 일이다. 하지만 동봉한 그 서류의 사본을 보고 실제로 그녀의 편지가 그들 수중에 있다고 확신한다면, 그녀가 그들에게로 바로 갈 가능성도 얼마든지 있다. 물론 그때는 큰 불행이 생길 것이다! 하지만 가장 큰 문제는 그 상황에서 우리가 그런 개연성을 깊이 생각해 볼 여유가 전혀 없었다는 점이다.

「아마 베르실로프는 그녀를 죽일 거예요! 람베르뜨 같은 녀석하고 공모할 정도로 타락했다면, 그는 그녀를 죽일 거예요! 그리고 그에게는 분열된 또 하나의 자기가 있잖아요!」 나는 큰소리로 말했다.

「아, 그 〈또 하나의 자기〉 말이지!」 따찌야나 빠블로브나는 자기 손을 꼭 쥐며 말했다. 「여기서 이렇게 우왕좌왕할 수는 없어.」 그녀는 뭔가 결심한 듯이 갑자기 외쳤다. 「자, 모자와 외투를 집어라, 나하고 함께 가자. 자, 아가씨, 그들이 있는 데로 가봅시다. 참, 거리가 꽤 된다고 했지! 마리야, 마리야, 만일 까쩨리나 니꼴라예브나가 이리로 오시면 내가 나갔다가 곧 돌아올 테니 여기서 앉아 기다리시라고 말씀드려. 만일 기다리지 않고 나가려고 하면 문을 잠가서라도 못 나가게 해! 내가 그렇게 하라고 했다고 하면 돼! 마리야, 이 일을 잘 처리하면 상금으로 백 루블을 줄게!」

우리는 계단 쪽으로 달려나갔다. 분명히 그렇게 하는 것보다 더 좋은 방법은 없다는 생각이 들었다. 지금 이 상황에서 모든 불행의 근원지는 람베르뜨의 집이라는 점이 자명하고, 만일 까쩨리나 니꼴라예브나가 따찌야나 빠블로브나에게로 먼저 들른다면 마리야가 어떻게 해서라도 그녀를 꼭 붙잡아 둘 수 있기 때문이다. 하지만 따찌야나 빠블로브나는 마차를 불러 놓은 다음 갑자기 계획을 바꿨다.

「네가 함께 가보거라!」 나와 알폰신까를 돌아다보면서 그녀가 내게 말했다. 「경우에 따라서는 거기서 죽을 각오로 임해야 한다, 알겠지? 내가 금방 뒤따라갈게. 나는 먼저 서둘러서 그녀에게 들러 보고 가는 편이 나을 것 같다. 혹시 만날지도 모르니까 말이야. 어쩐지 나는 미심쩍은 데가 있거든!」

그렇게 말하고 그녀는 까쩨리나 니꼴라예브나에게로 갔다. 나는 알폰신까와 함께 람베르뜨의 집으로 마차를 달렸다. 나는 마차꾼을 재촉하면서 한편으로는 알폰신까에게 이런저런 말을 자꾸 캐물었다. 하지만 알폰신까는 목에 뭐라도 걸린 듯이 헛기침을 해대면서 얼버무렸고 나중에는 눈물을 흘리는 전술까지 썼다. 그러나 그러한 절체절명의 위기의 순간에 신이 우리 모두를 보호하고 지켜 주셨다. 우리가 목적지에 4분의 1도 채 가지 않았을 때 갑자기 뒤에서 우리를 부르는 고함소리가 들려왔다. 누군가 내 이름을 부르기에 돌아다 보니 바로 뜨리샤또프가 마차를 타고 우리를 뒤쫓아오고 있었다.

「어디로 가는 길이지요?」 아주 놀란 어조로 그가 내게 큰소리로 물었다. 「그것도 알폰신까 같은 여자와 함께 말이에요!」

「뜨리샤또프!」 큰소리로 그를 부른 뒤 내가 말했다. 「당신이 말한 대로 아주 큰일이 생겼어요. 그래서 지금 람베르뜨에게 가는 길인데 같이 가주겠어요? 한 사람이라도 더 많은 편이 좋을 것 같아요!」

「아니에요. 어서 서둘러 돌아가세요!」 뜨리샤또프가 외치듯이 내 말을 가로막으며 말했다. 「람베르뜨에게 속은 겁니다. 알폰신까가 감쪽같이 속인 거예요. 지금 내가 곰보의 심부름으로 그곳에 가보았더니 그들은 지금 집에 없어요. 바로 조금 전에 나는 베르실로프와 람베르뜨를 만났어요. 두 사람은 따찌야나 빠블로브나의 집으로 갔어요……. 아직 거기 있을 겁니다…….」

마차를 멈춰 세운 뒤 나는 뜨리샤또프의 마차로 서둘러 옮겨 탔다. 어떻게 내가 그렇게 순식간에 결단을 내릴 수 있었는지 지금도 잘 믿어지지 않는다. 아마도 내가 가슴속에서 그에 대한 깊은 신뢰를 가지고 있었던 것 같다. 알폰신까가 고래고래 소리를 질렀지만 우리는 전혀 개의치 않았다. 심지어 그녀가 우리 뒤를 쫓아왔는지 가던 방향으로 갔는지조차 기억나지 않는다. 아무튼 그 후로 나는 다시 그녀를 만난 적이 없다.

마차 속에서 숨을 몰아쉬면서 뜨리샤또프가 내게 말한 내용에 따르면, 뭔가 교묘한 음모가 꾸며져서 람베르뜨와 곰보 사이에 모종의 합의가 이루어졌지만, 마지막 순간에 곰보가 약속을 저버리고 뜨리샤또프를 따찌야나 빠블로브나에게 보내서 람베르뜨와 알폰신까의 말을 믿지 않게 주의하도록 전하라고 했다는 것이다. 뜨리샤또프는 곰보가 말을 해주지 않아서 더 이상의 깊은 내용은 모르며 곰보가 어디론가 서둘러 가는 길이어서 미처 물을 틈도 없었지만, 그녀에게 전달해야 할 말만은 분명히 전달받았다고 한다. 뜨리샤또프는 말을 이어 나갔다. 「그래서 서둘러 가다가 당신이 마차를 타고 가는 것을 보았기 때문에 뒤를 쫓아왔지요.」 뜨리샤또프를 따찌야나 빠블로브나에게 서둘러 보낸 것을 보면 곰보 역시 상황을 정확히 알고 있었음이 분명했다. 그것은 어떻게 된 일인지 풀리지 않는 의문이었다.

파국의 진상에 관해 서술하기 전에 나는 혼란스러운 저간의 사정을 미리 말해 두는 편이 나을 것 같다. 이렇게 설명을 하는 것도 이게 마지막이 될 것이다.

4

내게서 편지를 훔쳐낸 다음, 람베르뜨는 곧바로 베르실로프와 손을 잡았다. 어떻게 베르실로프가 람베르뜨와 공모할 수 있었는지에 대해서는 당분간 설명하지 않겠다. 그것은 뒤에 적당한 곳에서 할 것이다. 문제는 그 일에도 예의 〈또 하나의 자기〉가 관련을 맺고 있었다는 사실이다! 베르실로프를 끌어들인 람베르뜨는 어떻게 하면 교묘하게 까쩨리나 니꼴라예브나를 유인해 낼 것인가 하는 당면 문제에 골몰하였다. 그런데 베르실로프는 그에게 단도직입적으로 그녀는 오지 않는다고 말했다. 하지만 그제 밤에 길에서 그와 마주쳤을 때, 내가 그 편지를 따찌야나 빠블로브나의 집에서 따찌야나 빠블로브나의 입회하에 그녀에게 돌려줄 생각이라고 오만한 태도로 떠벌리던 데서 힌트를 얻어, 람베르뜨는 마리야를 매수하여 따찌야나 빠블로브나의 집을 감시하는 역할을 하도록 했던 것이다. 그는 마리야에게 선금으로 20루블의 돈을 주었고, 그 다음날 내게서 서류를 성공적으로 훔쳐낸 다음 다시 마리야를 찾아가서 보수로 2백 루블의 돈을 주기로 최종적인 약속을 했다.

마리야는 그런 계약 관계를 맺고 있는 상황인지라, 아까 까쩨리나 니꼴라예브나가 11시 반에 따찌야나 빠블로브나의 집으로 와서 나와 만날 것이라는 말을 듣자 곧바로 람베르뜨의 집으로 마차를 타고 가서 그 말을 전달했던 것이다. 그녀는 대가를 받기 위해서 그에 상응하는 일을 해야만 했다. 베르실로프도 마침 그때 람베르뜨의 집에 와 있었다. 바로 그 순간 베르실로프가 그 무서운 계획을 생각해 냈던 것이다. 사람들의 말을 들으면 정신이 돈 사람은 때로 상상을 초월할 정도로 교활해지는 경우가 있다고 한다.

그 계획에서 가장 주요한 내용은 우리 두 사람, 즉 따찌야나 빠블로브나와 나를 어떤 수를 써서라도 단 15분 정도라도 좋으니 까쩨리나 니꼴라예브나가 도착하기 전에 밖으로 꾀어내는 일이었다. 그들은 밖에서 기다리다가 나와 따찌야나 빠블로브나가 집을 나서자마자 마리야가 문을 열어 주면 집 안으로 숨어든 다음 까쩨리나 니꼴라예브나가 오기를 기다린다는 것이었다. 그동안 알폰신까는 어떤 수단을 동원해서라도 기필코 우리를 붙잡아 놓아야만 했다. 까쩨리나 니꼴라예브나는 약속한 대로 11시 반에 올 것이다. 그러니 나중에 우리가 사정을 알고 서둘러 돌아간다 하더라도 그녀가 우리보다 훨씬 먼저 그곳에 도착할 것이다(까쩨리나 니꼴라예브나는 람베르뜨의 초대장을 받지 않았다. 그것도 물론 알폰신까가 지어낸 거짓말이었다. 그런 세부적인 계획들은 미세한 부분에 이르기까지 베르실로프가 짜낸 것이었고, 알폰신까는 다만 두려움에 사로잡힌 배신자의 역할만을 했을 뿐이다). 물론 그들은 모험을 한 것이었지만 그들의 판단은 옳았다. 〈계획대로 일이 진행되면 좋은 거고, 설사 실패하더라도 아직 서류는 이쪽에서 가지고 있으니 손해볼 것이 없다〉는 계산이었다. 그 계략은 제대로 들어맞았으며, 우리를 성공적으로 속여 넘겼다. 우리는 〈만일 이것이 모두가 정말이라면!〉이라는 가정하에 그대로 알폰신까의 뒤를 따라 나설 수밖에 없었다. 다시 한번 말하지만, 전후 사정을 따져 볼 만한 여유가 전혀 없었다.

5

뜨리샤또프와 함께 나는 부엌으로 뛰어들어 잔뜩 겁에 질려 있던 마리야를 깜짝 놀라게 하였다. 그녀는 람베르뜨와 베르실로프를 안으로 들어오도록 문을 열어 주다가, 람베르뜨가 손에 권총을 쥐고 있는 것을 보고 그만 겁에 질려 있었다. 그들에게서 돈을 받기는 했지만, 그들이 권총을 가지고 있으리라고는 전혀 생각지도 못했던 것이다. 그렇게 허둥지둥하던 상황에서 그녀는 나를 보자 내게 한 걸음 다가섰다.

「장군 부인께서 오셨는데, 저 사람들이 권총을 가지고 있어요!」

「뜨리샤또프, 여기서 기다리고 있다가.」 나는 뜨리샤또프에게 나직이 일렀다. 「내가 소리를 지르면 곧바로 달려와 도와주세요!」

마리야가 복도로 통하는 조그만 문을 열어 주어서 나는 따찌야나 빠블로브나의 침실로 살짝 숨어들어갔다. 언젠가 내가 무심코 그들의 말을 엿들은 적이 있는, 따찌야나 빠블로브나의 침대가 겨우 하나 들어갈 수 있을 정도로 작은 바로 그 방이었다. 나는 침대에 앉아 커튼의 한 틈을 찾아냈다.

가만히 들어 보니 방 안은 이미 아주 소란스러운 분위기였다. 저간의 사정을 설명한다면, 그들이 집에 들어오고 나서 1분쯤 있다가 까쩨리나 니꼴라예브나가 도착하였다. 부엌에서부터 나는 람베르뜨가 커다란 목소리로 무언가를 떠들썩하게 말하고 있는 것을 알 수 있었다. 그녀는 소파에 앉아 있었고, 람베르뜨는 그녀

앞에 서서 바보처럼 큰소리로 떠들어대고 있었다. 그때 왜 그렇게 그가 바보처럼 이성을 잃고 있었는지 지금은 그 이유를 알 만하다. 자신이 꾸민 음모가 탄로날까 봐 두려워서 두서없이 떠들어댔던 것이다. 그렇다면 그가 두려워한 것은 과연 누구였을까. 그것에 대해서는 나중에 설명하기로 한다. 편지는 그가 가지고 있었지만 방 안 어디에도 베르실로프의 모습은 보이지 않았다. 나는 상황을 지켜보다가 위급해지면 나서려고 마음먹고 있었다. 여기서는 그들 사이에 오간 대화의 큰 흐름만 전달하겠다. 어쩌면 기억이 틀린 부분도 많을 것이다. 왜냐하면 그 당시 나는 너무도 흥분한 상태여서 상황을 세세하게 기억할 만한 여유가 전혀 없었기 때문이다.

「당신은 이 편지의 대가로 3만 루블이나 요구한다고 놀란 모양이군요! 솔직히 말해서 이것은 10만 루블 정도의 가치가 있지만, 나는 단 3만 루블만을 요구하는 겁니다!」 이상할 정도로 열에 들뜬 큰 목소리로 람베르뜨가 말했다.

까쩨리나 니꼴라예브나는 분명히 겁을 먹고 있는 표정이었지만, 그를 바라보는 그녀의 눈빛에는 멸시하는 기색이 담겨 있었다.

「잘 모르겠지만, 여기에는 어떤 음모가 들어 있는 것 같군요.」 의아스런 표정으로 그녀가 말했다. 「그리고 그 편지가 정말 당신 수중에 있다면…….」

「물론 제가 가지고 있습니다. 자, 여기 있어요! 진본이 틀림없지요? 대금은 어음으로 3만 루블을 주셔야겠고, 단 1꼬뻬이까도 깎아 드릴 수 없습니다!」 람베르뜨가 그녀의 말을 가로막으며 완강한 어조로 말했다.

「제게는 돈이 없어요.」

「자, 여기 종이가 있으니 약속 어음을 써주시고, 가서 돈을 마련하십시오. 일주일 기다리겠습니다, 일주일입니다. 그 이상은 절대로 안 됩니다. 돈을 가져오시면 어음을 돌려 드리지요. 물론 편지도 그때 돌려 드리겠습니다.」

「당신은 아주 이상한 어투로 말씀하시네요. 당신은 뭔가를 착각한 것 같군요. 제가 밖에 나가서 고소한다면 당신은 틀림없이 그 서류를 당장 압수당하고 말 거예요.」

「누구에게 고소를 하시죠? 하하하! 그 일로 생기는 온갖 추문을 어떻게 감당하실 건가요? 또 이 편지를 공작에게 보이게 되면 어떤 상황이 벌어질까요? 뭐라고요? 편지를 압수당할 거라고요? 천만에요. 나는 절대로 이걸 집에 놓고 다니지 않을 겁니다. 상황이 여의치 않으면, 나는 제삼자를 통해 공작에게 그것을 보일 것입니다. 다른 생각은 갖지 마세요, 부인. 제가 지나치게 많은 액수를 요구하지 않는 것을 고맙게 생각하십시오. 아마 다른 사람 같았으면 이 밖에도 또 다른 서비스를 분명히 요구했을 것입니다……. 무슨 말인지는 아시겠지요……? 다급한 상황이 되면 자존심 강한 미인이라도 절대로 거절하는 일이 없는 그렇고 그런 것 말입니다……. 하하하! 그런데 당신은 말 그대로 대단한 미인이군요*Vous êtes belle, vous*!」

더 이상 견딜 수 없다는 듯 까쩨리나 니꼴라예브나는 얼굴이 벌게져 벌떡 일어서더니 그의 얼굴에 침을 뱉고는 서둘러 문 쪽으로 걸어갔다. 그때 멍청한 람베르뜨가 제 분을 못 참고 권총을 꺼내 들었다. 단순한 그는 상대방이 어떤 성품의 사람인지 전혀 분별하지 못하고, 그 편지가 대단한 효과를 발휘할 것으로 철석같이 믿고 있었던 것이다. 이미 말했듯이, 그는 모든 사람이 자기 같은 비열한 감정을 지니고 있으리라고 믿고 있었기 때문이다. 만일 그가 야비하게 굴지 않았으면 그녀도 어쩌면 금전적 거래를 굳이 회피하지 않았을지도 모른다. 하지만 첫마디부터 그는 저속한 태도로 그녀를 화나게 만들었던 것이다.

「움직이지 마!」 그녀가 자신에게 침을 뱉은 것에 격분해서 그가 고함을 질렀다. 그리고 그녀의 어깨를 붙잡고 권총을 들이댔다. 물론 그것은 단순한 위협에 불과했다. 그녀는 너무도 놀라 비명을 지르면서 그만 소파에 주저앉았다. 바로 그때 내가 그 방에 뛰어들었으며, 거의 동시에 복도로 통하는 문 쪽에서 베르실로프도 뛰어들었다(그는 거기서 기회를 노리고 있었다). 내가 미처 눈치챌 틈도 없이 그는 람베르뜨의 손에서 권총을 빼앗아 그 권총으로 힘껏 그의 머리를 후려쳤다. 람베르뜨는 비틀거리더니 정신을 잃고 쓰러졌다. 그의 머리에서 흐르는 피가 카펫을 적셨다.

베르실로프의 모습을 보고서 그녀의 얼굴이 곧 백지장처럼 하얗게 변했다. 그녀는 뭐라 표현할 수 없는 공포에 질린 표정으로 얼마 동안 그의 얼굴을 뚫어지게 쳐다보더니 그만 정신을 잃고 쓰러졌다. 그는 그녀에게로 뛰어갔다. 그때의 모든 장면들이 지금도 내 눈에 선명하게 떠오른다. 결코 잊혀지지 않을 광경이다. 벌겋게 달아오른 그의 얼굴과 잔뜩 충혈된 두 눈을 보면서 나는 그만 오싹 소름이 끼쳤다. 그는 방 안에 누군가가 있다는 것을 알았지만, 그것이 나라는 사실은 전혀 깨닫지 못했던 것 같다. 그는 의식을 잃은 그녀를 안고서 믿어지지 않는 힘으로 마치 지푸라기라도 들듯 가볍게 두 손으로 들어올려 아기라도 안은 것처럼 방 안을 거닐기 시작했다. 조그만 방 안을 빙빙 돌면서도 그는 자신이 무슨 행동을 하고 있는지 전혀 인식하지 못하고 있는 기색이었다. 단 1초도 될까 말까 한 짧은 시간 동안 그는 완전히 제정신을 잃은 듯 넋을 잃은 표정으로 그녀의 얼굴만 바라보고 있었다. 나는 속수무책으로 그의 뒤를 계속 따를 수밖에 없었다. 그가 권총을 오른손에 쥔 채 의식하지 못하고 그녀의 옆머리를 겨누고 있었기 때문이다. 그런데 갑자기 그가 나를 팔꿈치로 탁 치더니 발로 걷어차기까지 하였다. 순간적으로 나는 뜨리샤또프를 부를까 했지만 미친 사람의 기분을 자극하지나 않을까 두려웠다. 그래서 나는 갑자기 커튼을 열어젖혀 침대를 가리키면서 그녀를 그 위에 내려놓으라고 간청하기 시작했다. 그는 침대로 다가가서 그녀를 침대에 내려놓고 그 옆에 서서 한참 동안 뚫어지게 그녀의 얼굴을 바라보더니, 갑자기 허리를 굽혀 그녀의 창백한 입술에 두 번 입을 맞추었다. 바로 그 순간 나는 처음으로 그가 완전히 제정신이 아니라는 것을 알아챘다. 그는 갑자기 권총을 들어올렸다가 무언가를 얼른 생각하더니 총구를 그녀의 얼굴 쪽으로 돌렸다. 그 순간 나는 온 힘을 다해 그의 손을 붙잡은 채 뜨리샤또프를 불렀다. 나는 그때의 상황을 선명하게 기억하고 있다. 내가 뜨리샤또프와 둘이 힘을 합쳐 그를 저지하였지만, 그는 엄청난 힘으로 잡힌 손을 뿌리쳐 풀더니 자신을 향해 총을 쏘았다. 아마 처음에 그는 그녀를 먼저 쏘아 죽인 다음 자신을 쏠 의도였는데, 우리가 그녀를 못 쏘게 막자 갑자기 자신의 심장을 향해 총을 쏜 것 같았다. 하지만 그 순간 내가 그의 손을 위로 밀어젖혔기 때문에 총알은 약간 비켜서 그의 어깨에 맞았다. 바로 그 순간 따찌야나 빠블로브나가 소리를 지르면서 방으로 뛰어들어왔다. 하지만 그때 그는 이미 의식을 잃은 채 람베르뜨와 나란히 카펫 위에 쓰러져 누워 있었다.

제13장
결말

1

그 사건이 발생한 지 벌써 1년 반의 세월이 흘렀다. 그 일이 있고 난 후 많은 사건이 있었고, 또한 많은 상황의 변화가 있었다. 개인적으로도 이미 오래 전부터 나는 완전히 새로운 삶을 시작하였다……. 자, 이제는 독자들이 보다 자유로워질 수 있는 공간을 만들기로 한다.

사건이 벌어지던 그 당시에도, 그리고 그 일이 있고 난 후 얼마 동안의 시간이 지난 다음에도, 나는 가슴속에 풀리지 않는 의문을 가지고 있었다. 도대체 어떻게 베르실로프가 람베르뜨 같은 작자와 공모를 할 수 있었을까, 도대체 그는 내면에 어떤 목적을 가지고 있었던 것일까 하는 의문이었다. 하지만 시간이 흐르면서 나는 차차 그 의문을 풀 수 있게 되었다. 내 판단으로 베르실로프는 그때, 즉 사건이 있던 날과 그 전날 밤에 어떤 확연한 목적 의식도 가지고 있지 않았다. 그는 어떤 구체적인 의도 없이 그저 감정이 쏠리는 대로 행동했던 것으로 여겨진다. 그렇지만 그가 정말로 정신 나간 사람이었다고는 할 수 없다. 지금도 정신이 멀쩡한 것을 보면 내 느낌이 분명 맞을 것이다. 다만 그가 내면 속에 〈또 하나의 자기〉를 가지고 있었다는 사실은 나도 분명히 인정한다. 그렇다면 도대체 〈또 하나의 자기〉란 무엇인가? 내가 나중에 읽어 본 어떤 의학 서적에 의하면, 또 하나의 자기란 일종의 심각한 정신

착란의 제1단계이며 전혀 예상치 못한 나쁜 결과를 초래할 수도 있는 상태를 말한다. 그리고 베르실로프 자신도 어머니의 집에서 성상을 부수고 난 후 자신이 경험한 감정과 의지의 〈분열〉을 사뭇 진지한 태도로 우리에게 설명했다. 하지만 다시 말한다면 어머니의 집에서 일어난 그 사건은, 그 성상을 깨뜨린 사건은 분명히 〈또 하나의 자기〉의 충동에 의해 벌어진 것이지만, 거기에는 어느 정도 악의적인 의도가 스며 있었을 것이라는 생각이 내 머리에 계속 맴돌았다. 주변의 여인들이 자신에게 거는 기대에 대한 일종의 증오와 같은 감정, 그들이 임의대로 판단하고 재단하는 것에 대해서 적의 같은 것을 느끼는 감정이 그의 의도 속에 섞여 있지 않았을까? 그래서 그는 또 하나의 자기와 힘을 합하여 그 성상을 깨뜨렸던 것이 아닐까? 〈자, 모두들 보아라! 당신들의 나에 대한 기대도 이렇게 산산조각이 날 것이다!〉라는 뜻에서 말이다. 간단히 말해서 그런 행위를 한 내면 동기 속에는 또 하나의 자기라는 분열된 의식도 있었지만, 심리적 변덕의 영향도 분명히 있었던 것이다……. 하지만 이런 모든 것은 단순히 내 상상에 불과한 것인지도 모르겠다. 사건의 진상에 대한 정확한 판정을 내리기란 너무도 힘든 일이다.

그는 가슴속에 까쩨리나 니꼴라예브나를 동경하는 마음을 가지고 있었음에도 불구하고 한편으로는 항상 그녀의 정신적 가치에 대해 의심하고 불신하는 생각이 아주 깊게 자리잡고 있었다. 어쩌면 그는 그때 문 뒤에 숨어서 그녀가 람베르뜨에게 능욕당하기를 기다리고 있었을 것이라는 확신이 든다. 하지만 그런 일이 있기를 기다렸다고 해서 정말로 그것을 바라고 있었다고 할 수 있을까? 다시 되풀이하지만, 나는 그때 그가 어떤 것도 원하지 않았다고 생각하고 있다. 아니 그런 생각조차 하지 않았을 것이라고 확실히 믿고 있다. 그는 다만 그 현장에 있고 싶었을 것이다. 그러다가 결정적인 순간에 나타나서 그녀에게 가슴에 담아 두었던 말을 던지고 싶었을 것이다. 물론 그가 그녀에게 견딜 수 없는 치욕을 느끼게 해주고 싶었는지, 또는 정말로 그녀를 죽여 버리고 싶은 욕망을 가지고 있었는지는 알 수 없다. 아무튼 그 상황에서는 어떤 일이든 일어날 가능성이 있었다. 다만 그는 람베르뜨와 함께 그곳에 왔을 때 앞으로 어떤 일이 일어날지 전혀 예상하지 못하고 있었다. 덧붙여 말해 두지만, 권총은 람베르뜨의 것이며 그는 그저 맨손으로 왔다. 그러다가 그녀의 거만한 태도를 보고, 또 무엇보다도 그녀를 지나치게 위협하는 람베르뜨의 야비한 태도를 보고 더 이상 참지 못하고 뛰어나왔던 것이다. 그가 정신을 잃은 것은 그 다음 상황이었다. 하지만 정신을 잃은 그 순간 그는 과연 그녀를 정말로 쏘아 죽일 작정이었을까? 내 판단으로는 그 자신도 그것을 몰랐을 것이다. 하지만 우리가 그의 손을 밀어젖히지 않았더라면 그는 틀림없이 그녀를 쏘았을 것이다.

그가 입은 상처는 그렇게 치명적인 것이 아니어서 차차 회복되었다. 하지만 그는 상당히 오랫동안 자리에 누워 있어야 했다. 물론 그는 어머니의 집에서 요양을 하였다. 내가 이 글을 쓰고 있는 지금, 밖은 봄 기운이 만발한 5월의 중순이며 날씨는 더할 나위 없이 화창해서 집의 창문은 모두 열려 있다. 어머니는 그의 옆에 가만히 앉아 있고, 그는 어머니의 뺨과 머리카락을 손으로 정겹게 어루만지면서 그녀의 눈을 물끄러미 바라보고 있다. 아, 하지만 이것은 베르실로프의 본 모습 중의 절반에 불과하다. 그는 이제 다시는 어머니의 곁을 떠나려고 하지 않는다. 아마 영원히 어머니를 떠나지 않을 것이다. 마까르 이바노비치가 말해 준, 잊을 수 없는 그 상인에 대한 이야기에서 표현을 빌린다면, 그는 어느새 〈눈물을 잘 흘리는〉 사람으로 변해 버렸다. 하지만 내 생각으로는 베르실로프가 아주 오래 살 것 같다. 그는 지금 마치 천진한 어린아이처럼 우리를 대한다. 그러면서 그의 행동에는 일정한 절도가 있으며 항상 신중하고 지나치게 많은 말을 하지도 않는다.

그의 정신 상태도 지력도 전과 다름없이 건강하지만, 그가 내면에 지니고 있던 이상주의적인 성향은 더욱더 힘차게 전면에 나타나고 있다. 여기서 꼭 밝혀 두고 싶은 사실 하나는, 내가 이전에는 그에게 지금과 같은 진한 사랑의 감정을 한 번도 느껴 본 적이 없었다는 점이다. 하지만 유감스럽게도 지금은 그와 같은 내용을 상세하게 언급할 시간이나 여건이 되지 않는다. 그렇더라도 극히 최근에 있었던 한 가지 에피소드는 말해야겠다(사실 그에 얽힌 일화가 참으로 많다). 사순절이 될 무렵 그는 건강을 완전히 회복했다. 그리고 6주째 접어들면서 그는 육식을 삼가겠다고 천명했다. 내가 아는 한 30년 남짓의 세월 동안 그가 스스로 마음이 우러나서 정진에 임할 생각을 한 적은 결코 없었다. 그의 말을 듣고서 어머니는 기쁜 마음으로 곧 정진 요리를 준비하기 시작했다. 말이 정진 요리이지 그것은 사실 매우 비싼 재료들로 만드는 손이 많이 가는 음식이었다. 내가 옆 방에서 가만히 들어 보니, 그는 월요일과 화요일에 〈보라, 신랑이 온다〉라는 찬송을 나지막이 부르면서 그 선율과 가사를 깊숙이 음미하고 있었다. 또 그 이틀 동안 그는 자신의 매혹적인 종교론에 관해 몇 번이나 들려주더니 이윽고 수요일에는 갑자기 정진을 중단하였다. 무엇인가가 그를 갑자기 성가시게 한다는 것이었다. 그가 가만히 웃으면서 얘기하기를, 갑자기 〈우스꽝스러운 대조〉가 떠오르고, 사제의 얼굴인지 그 주변에 있던 무엇인가가 갑자기 그의 마음을 상당히 언짢게 만들었다는 것이다. 하지만 집에 돌아오자마자 그는 다시 온화한 미소를 지으며, 〈사실 나는 하느님을 매우 사랑하고 있어. 하지만 나는 계율을 실천할 만한 능력이 없어〉라고 말하였다. 바로 그날 저녁 식사부터 쇠고기 요리가 나왔다. 그리고 유심히 지켜보니 어머니는 요즈음 이전과 다른 행동을 했다. 이전처럼 온화한 미소를 머금고 있지만 그의 곁에 앉아 조용한 목소리로 아주 관념적인 내용의 이야기를 꺼내곤 했다. 어머니가 언제부터 그렇게 대담한 태도로 그를 대하기 시작하였는지 나는 잘 모르겠다. 어머니는 늘 그의 곁에 앉아 나직한 목소리로 속삭이듯 이야기했다. 그러면 그는 가만히 미소를 지으면서 그 이야기에 귀기울이며 이따금 어머니의 머리카락을 쓰다듬거나 손에 입을 맞추었다. 그럴 때면 그의 얼굴에 더할 나위 없이 충만한 행복의 빛이 반짝였다. 하지만 이따금씩 그는 거의 히스테리라고 할 정도의 발작을 일으키곤 하였다. 그럴 때면 그는 어머니의 사진을 집어 들었다. 그가 바로 그날 밤 입을 맞췄던 그 사진이다. 눈물이 그렁한 눈으로 그것을 바라보며, 그는 사진에 가만히 입을 맞추며 회상에 잠겼다. 그리고 우리 모두를 자기 곁으로 부르지만, 그는 그럴 때면 상당히 말을 아꼈다……. 까쩨리나 니꼴라예브나에 관해서는 완전히 잊은 듯, 그녀의 이름은 한 번도 입 밖에 꺼내지 않았다. 그리고 어머니와의 결혼에 대해서도 역시 아직 아무런 말도 하지 않았다. 주변에서는 여름이 되면 그를 외국으로 데리고 가자는 이야기도 있었지만, 따찌야나 빠블로브나가 그 제안에 동의하지 않았고 그 자신도 그것을 원하지 않았다. 그래서 이번 여름에는 뻬쩨르부르그 근방에 있는 시골 별장에서 휴가를 보내기로 하였다. 덧붙여 말하지만 지금 우리는 따찌야나 빠블로브나의 돈으로 생활하고 있다. 또 한 가지 덧붙여 둘 것이 있다. 이 수기를 쓰는 동안 나는 베르실로프에게 아주 무례하고 오만한 태도를 취했다. 그런 내 태도를 떠올리면 나는 아주 가슴이 아프다. 사실 이 글을 쓰면서 항상 나는 내가 그 정도의 인간밖에 안 된다는 점을 매순간 확인할 수 있었다. 하지만 이 글을 거의 끝마치고 마지막 한 문장을 마무리할 때 나는 갑자기 지나간 일들을 하나하나 음미하면서 글을 쓰는 과정을 통해 내가 스스로를 자성하고 거듭나고 있다는 것을 절감하였다. 물론 이 글에 씌어진 많은 부분들, 특히 어떤 표현이나 몇몇 페이지의 어조들은 내가 전혀 동의할 수 없지만, 그렇다고 해서 한 단어도 지우거나 바꾸고 싶은 생각은 없다.

나는 그가 까쩨리나 니꼴라예브나에 관해 한마디도 하지 않았다는 것을 말했다. 바로 그 점 때문에 나는 혹시 그의 정신이 완전히 회복된 것이 아닐까 하는 생각을 하기도 하였다. 까쩨리나 니꼴라예브나에 대해서 이야기하는 것은 나와 따찌야나 빠블로브나뿐이며, 그것도 아주 가끔 남몰래 소리를 죽여 가며 얘기를 나누었다. 지금 까쩨리나 니꼴라예브나는 외국에 나가 있다. 그녀가 출발하기 전에 나는 그녀를 만났고, 그녀의 집에도 몇 번인가 갔었다. 그녀는 외국에서 내게 벌써 두 통의 편지를 보냈고 나도 답장을 보냈다. 하지만 우리가 주고받은 편지의 내용이나 그녀와 작별하면서 주고받은 대화에 관해서는 아무 말도 안 할 작정이다. 이미 그것은 전혀 다른 이야기이며 새로운 차원의 이야기이다. 또 어쩌면 완전히 미래에 속하는 것일지도 모른다. 따찌야나 빠블로브나에게까지도 나는 어떤 일에 관해서는 굳게 침묵을 지키고 있다. 이제 이런 내용의 이야기는 그만 하자. 다만 까쩨리나 니꼴라예브나는 결혼을 하지 않고, 뻴리쉬체프 가의 가족들과 함께 여행 중이라는 것만 덧붙여 둔다. 그녀의 아버지는 세상을 떠났다. 그리고 그녀는 아주 부유한 미망인이 되었다. 지금 그녀는 파리에 있다. 그녀와 뷔링과의 관계는 아주 빠른 속도로, 아주 자연스럽게 단절되었다. 물론 그에 관해서 설명하기로 한다.

그 예기치 못한 사건이 있던 날 아침, 뜨리샤또프와 그의 친구를 자기 편으로 포섭한 뒤에 곰보는 곧 벌어질 음모에 대해 재빨리 뷔링에게 알렸다. 그 저간의 사정은 이러했다. 람베르뜨는 있는 힘을 다해 곰보를 설득하여 공모자로 만들었다. 이윽고 서류를 확보한 다음 자신이 세워 둔 계획을 아주 소상하게 설명해 주었다. 특히 베르실로프가 세운 계획의 핵심 부분인 따찌야나 빠블로브나를 속이는 방법에 대해서까지도 모조리 말해 주었다. 하지만 가장 결정적인 순간에 곰보는 람베르뜨를 배반하는 편이 자신에게 이득이 된다고 생각했다. 공모자들 중에서 그는 아주 계산이 빨랐고, 무엇보다도 그 계획이 형사법에 저촉될 수 있는 가능성을 미리 예견하였기 때문이다. 그렇지만 그가 배신한 가장 실질적인 이유는 이렇다 할 수완 없이 자존심만 내세우는 람베르뜨나, 자신의 사랑 놀음에 취해 있는 베르실로프의 뜬구름 잡는 계획에 같이 말려들어가기보다, 자신이 밀고했을 때 나중에 뷔링이 성의 있게 보답할 확률이 더 높을 것이라고 판단했기 때문이다. 이러한 저간의 사정을 나는 나중에서야 뜨리샤또프에게 들어 알게 되었다. 덧붙여 말하지만, 나는 람베르뜨와 곰보의 관계가 어떤 의미를 갖고 있는지, 또 왜 람베르뜨가 곰보의 협력을 절대적으로 필요로 했는지에 대해서도 잘 모른다. 그런 것보다 온통 내 관심을 끌었던 것은 왜 람베르뜨가 베르실로프의 도움을 필요로 했던가 하는 점이다. 람베르뜨는 이미 서류를 가지고 있었으니 그의 도움을 전혀 받을 필요가 없지 않았을까? 하지만 이제 나는 그 이유를 분명하게 읽을 수 있다. 그가 베르실로프를 필요로 했던 것은, 우선 그가 상황의 본질을 잘 알고 있었기 때문이다. 하지만 그가 베르실로프를 필요로 했던 보다 더 근본적인 이유는, 사건이 전혀 예상 밖으로 전개되거나 또는 전혀 예기치 못한 성가신 일이 발생할 경우 그 모든 책임을 그에게 뒤집어씌우려는 의도를 가지고 있었기 때문이다. 더욱이 베르실로프는 돈 같은 것에는 전혀 관심도 기울이지 않았기 때문에 람베르뜨는 그의 도움을 꼭 받으려고 했던 것이다. 그러나 뷔링은 시간에 맞춰 오지 못했다. 그가 따찌야나 빠블로브나의 집에 도착한 것은 베르실로프가 권총을 쏘고 나서 이미 한 시간 정도가 지난 다음이었고, 그때는 그 집의 상황이 이미 완전히 일단락이 된 상태였다. 사건 전개의 상황은 이러하였다. 베르실로프가 피를 흘리며 카펫 위에 쓰러진 후 5분 정도 지났을 때, 우리 모두가 죽었을 것이라고 짐작했던 람베르뜨가 갑자기 몸을 세우더니 벌떡 일어났다. 일어선 다음 그는 잔뜩 겁에 질린 표정으로 주변을 한번 살펴보고 상황을 짐작했는지 한마디도 못하고 〈서류〉도 탁자 위에 놓아둔 채 황급히 부엌으로 빠져나가 외투를 입은 다음 영원히 자취를 감추었다. 나중에 전해 들은 바에 의하면, 그는 심하게 앓아 눕지도 않았고 다만 얼마 동안 불편하게 지냈을 뿐이라고 한다. 권총으로 머리를 얻어맞고 피를 흘리며 잠시 의식을 잃었지만 더 이상의 고통은 없었던 것이다. 그동안 뜨리샤또프가 의사를 부르러 갔지만 의사가 도착하기 전에 베르실로프도 의식을 회복했다. 베르실로프가 의식을 회복하기 전에 따찌야나 빠블로브나는 까쩨리나 니꼴라예브나를 정신이 들게 한 다음 그녀의 집으로 데리고 갔다. 그래서 막상 뵈링이 그리로 달려왔을 때 따찌야나 빠블로브나의 집에는 나와 의사, 그리고 심하게 부상을 당한 베르실로프와 어머니만이 남아 있었다. 어머니는 아직 앓고 있는 상태였지만, 소식을 듣고는 혼비백산하여 달려왔다. 어머니를 데리러 간 것도 역시 뜨리샤또프였다. 뵈링은 영문을 몰라 잠시 멀뚱하니 서 있다가 까쩨리나 니꼴라예브나가 이미 집으로 돌아갔다는 말을 듣자, 우리에게는 말 한마디 건네지 않고 바로 그녀에게로 달려갔다.

그러한 상황을 보면서 뵈링은 상당히 당황했다. 이렇게 된 이상 사건에 대한 추문과 뒷공론이 무성해지리라는 것을 분명히 깨달았던 것이다. 하지만 그 사건에 관해 이렇다 할 만한 추문은 만들어지지 않았다. 다만 약간의 소문이 돌았을 뿐이다. 권총을 쏜 것은 실제로 있었던 일이기 때문에 덮이지 않았지만, 사건의 자세한 내막과 중요한 본질에 대해서는 그 누구도 알지 못하였다. 이 사건을 심리한 결과 알려진 것은, 가정을 가진 어떤 V라는 사람이 연정에 사로잡혀 그야말로 정욕에 눈이 멀어서 어떤 귀부인에게 자신의 사모의 열정을 고백했지만, 그 부인이 자신의 연정을 전혀 받아들이지 않자 갑자기 광기 어린 발작을 일으켜 그만 자기 몸에다 권총을 쏘았다는 내용 정도였을 뿐, 그 이상의 어떤 것도 사람들에게 알려지지 않았다. 신문에서도 이상야릇한 이 풍문에 대해서 냄새를 맡고 취재를 했지만 자세한 내용은 캐지 못하였고, 그 사람의 성에서 첫 글자만 썼을 뿐 이름도 제대로 적지 못하였다. 적어도 내가 알고 있는 한 람베르뜨는 전혀 문제가 되지 않았다. 그럼에도 불구하고 사건의 진상을 제대로 알고 있는 뷔링은 아주 두려워했다. 더욱이 그 끔찍한 사건이 벌어지기 이틀 전 까쩨리나 니꼴라예브나가 그녀에게 푹 빠져 있는 베르실로프와 단둘이서 밀회를 가졌다는 이야기를 그는 우연히 듣게 되었다. 이 사실을 알게 되자 그는 대단히 격분하였고, 그래서 상당히 무례한 말투로 까쩨리나 니꼴라예브나에게 그런 일이 있은 다음에 그녀에게 어떤 환상적인 사건이 일어난다고 하더라도 자신은 더 이상 전혀 놀라지 않을 것이라고 빈정거리듯 말했다. 그 말을 듣고 까쩨리나 니꼴라예브나는 별로 화를 내거나 망설이는 기색 없이 곧바로 그의 청혼을 거절하였다. 그와 결혼하는 것이 가장 사려 깊은 판단이라고 여겼던 그녀의 선입견은 연기처럼 사라져 버렸다. 어쩌면 그녀가 오래 전부터 그의 인간적 특성을 파악하고 있었는지도 모르고, 또 어쩌면 그런 심한 충격을 받고서 갑자기 그녀의 관점이나 감정이 돌변했기 때문인지도 모른다. 하지만 이것에 관해서도 나는 다시 침묵해 두련다. 다만 그 뒤에 모스끄바로 간 람베르뜨가 그곳에서 다시 나쁜 짓을 벌이다가 체포되었다는 소문을 들은 적이 있다는 사실만을 덧붙여 둔다. 그리고 뜨리샤또프도 이미 오래 전에, 그 사건이 있고 난 직후부터 어디론가 사라져 버렸다. 내가 애를 써서 찾으려고 했지만 지금까지도 그에 관한 소식을 전혀 듣지 못하고 있다. 아무리 찾으려고 애써 봐도 아직까지 소식 불명이다. 그는 자신의 친구인 〈멍청한 꺽다리*le grand dadais*〉가 죽은 뒤 곧바로 자취를 감췄다. 그의 친구는 권총으로 자신의 목숨을 끊었다.

2

나는 니꼴라이 이바노비치 공작의 죽음에 대해서 간단히 언급했었다. 그 사건이 있고 난 후 약 한 달이 지나 자상한 성품을 지닌 이 노인은 그만 세상을 떠나고 말았다. 밤에 잠을 자다가 갑자기 신경성 발작으로 임종하였다. 그가 내 하숙집에 잠시 머물 때를 제외하고 나는 그를 한 번도 만나지 않았다. 나중에 들은 바에 따르면, 그 한 달 동안 그는 이전과 비교할 수 없을 정도로 분별력이 명확해졌고 두려움에 떨거나 우는 일이 전혀 없었으며, 오히려 사람들에게 신경질적인 태도를 취할 정도였다고 한다. 그동안 그는 안나 안드레예브나에 대해서는 한 번도, 그야말로 단 한 마디의 말도 꺼내지 않았다고 한다. 그는 전심을 기울여 자기 딸에게 애정을 쏟았다. 세상을 떠나기 일주일 전쯤, 까쩨리나 니꼴라예브나가 무심코 한번 나를 불러 얘기를 나누며 소일을 하면 어떻겠느냐고 묻자, 그는 상당히 불편한 심기를 드러냈다고 한다. 나는 이 모든 사실을 있는 그대로 서술하고자 한다. 그의 영지는 잘 관리되고 있었으며, 나중에 보니 그는 상당히 많은 현금도 지니고 있었던 것으로 판명되었다. 노인의 유언에 따라 그 현금의 3분의 1은 그가 대부가 되어 준 수많은 대녀들에게 공평하게 분배되었다. 하지만 모두가 이상하게 생각했던 것은 그 유언장에 안나 안드레예브나에 관한 내용이 전혀 들어 있지 않았다는 사실이다. 그녀의 이름은 유언장에 언급되어 있지 않았다. 그렇지만 내가 비공식적으로 들은 바에 따르면, 노인은 죽음이 임박해 오던 어느 날 자기 딸과 친구인 뻴리쉬체프, 그리고 V공작을 부른 다음, 머지않아 자신이 죽게 되면 자신이 가지고 있던 현금 중 6만 루블을 안나 안드레예브나에게 나눠 주라고 까쩨리나 니꼴라예브나에게 유언했다고 한다. 그는 자신의 의사를 아주 분명하고 명료하게 그리고 간결하게 밝혔으며, 어떤 감성적인 발언이나 변명 같은 말은 한마디도 꺼내지 않았다고 한다. 그가 세상을 떠난 다음 유산 배분의 문제를 정리하면서 까쩨리나 니꼴라예브나는 대리인을 안나 안드레예브나에게 보내서, 그녀가 원하면 언제든지 6만 루블의 유산을 받을 수 있다는 사실을 통지했다. 하지만 안나 안드레예브나는 별로 말도 꺼내지 않고 냉정하게 그 제안을 거절하였다. 그것이 공작 자신의 유언이었다는 점을 아무리 설명해도 그녀는 끝내 그 돈을 받기를 거절했다. 그래서 그 돈은 지금도 그대로 있으며 언젠가 그녀가 수령해 가기만을 기다리고 있다. 까쩨리나 니꼴라예브나는 지금도 그녀가 언젠가는 마음을 바꾸기를 기대하고 있지만 그런 일은 아마 절대로 일어나지 않을 것이다. 나는 확신을 가지고 그것을 말할 수 있다. 최근 들어 나는 안나 안드레예브나와 가장 친근한 벗이 되었으며, 서로 속에 있는 사정을 토로할 수 있는 사이가 되었기 때문이다. 처음에 그녀가 그 제안을 거절했을 때 약간의 잡음이 나면서 갖가지 소문이 무성하게 나돌았다. 그녀의 후견인인 파나리오또바는 처음에 그녀가 노공작과 염문을 뿌릴 때는 아주 분개했지만, 그녀가 그 돈을 받기를 거절한 후로는 자신의 입장을 바꿔 그녀를 존경하게 되었다고 말하고 다녔다. 하지만 그녀는 이 일 때문에 오빠와는 서로 심각할 정도로 다툼을 벌였다. 그리고 나는 자주 안나 안드레예브나를 방문하지만 우리 사이가 완전히 회복되었다고는 말할 수 없다. 과거에 서로 의견이 엇갈린 적이 있었다는 사실을 우리는 애써 덮어 두려 하고 있다. 내가 방문하면 그녀는 기쁜 마음으로 맞아 주지만 때로 그녀의 어조에는 공허한 기운이 감돌았다. 그리고 최근 들어 그녀는 자신이 언젠가는 아무래도 수도원으로 가야 할 것 같다고 심경을 토로하였다. 하지만 나는 그녀의 말을 액면 그대로 믿지는 않는다. 그것은 다만 자신의 처지를 생각하며 비감 어린 감정에 치우쳐서 하는 말이라고 생각한다.

하지만 내가 진정으로 쓰디쓴, 아주 비통한 심정을 느낀 것은 내 여동생 리자에 대해서이다. 리자의 삶은 그야말로 불행 그 자체이며, 그녀의 비극적 운명에 비한다면 내 삶의 실패 같은 것은 언급할 필요도 없다. 세르게이 뻬뜨로비치 공작은 결국 건강을 회복하지 못해 공판을 받아 보지도 못하고 니꼴라이 이바노비치 노공작보다도 먼저 세상을 떠났다. 그가 세상을 떠나면서부터 리자의 불행은 시작되었다. 그때 리자는 머지않아 태어날 아기를 배에 품고서 홀로 덩그러니 남게 된 것이다. 하지만 그녀는 전혀 슬픈 기색을 보이지 않았다. 그리고 겉으로 보기에는 마음의 평정을 전혀 잃지 않고 있었고, 이전의 격하기 쉬운 성격이 갑자기 어디론가 자취를 감춰 버린 듯 아주 유순한 태도로 조용히 지내고 있었다. 그녀는 아무런 내색도 없이 어머니를 도와 집안 살림을 하였고, 앓고 있는 안드레이 뻬뜨로비치를 정성껏 간호하였다. 그녀는 말수가 거의 없었고 그 누구에게도, 그 어떤 것에도 크게 관심을 보이지 않았다. 마치 그 모든 것이 자기와는 아무런 관계도 없으며 자기는 조용히 자신의 삶만을 영위해 나가면 된다는 듯한 태도였다. 베르실로프의 병세가 점차 차도를 보여 가자 그녀는 틈만 나면 잠에 취했다. 내가 여러 가지 책을 가져다 주었지만 그녀는 전혀 읽지 않았고, 점점 더 지독히 야위어 갔다. 그녀를 위로할 마음으로 나는 의도적으로 그녀에게 다가갔지만 왠지 위로의 말을 직접적으로 꺼낼 용기가 없었다. 더 가까이 접근할 수도 없었고 그녀를 달래는 말을 하려고 해도 막상 얘기를 시작하면 딱히 할 말이 없었다. 그렇게 일상이 반복되는 동안에 끔찍한 사건이 벌어졌다. 그녀가 계단에서 그만 굴러 떨어지고 만 것이다. 그렇게 높은 곳도 아니었고 겨우 세 계단쯤 굴러 떨어진 것이었는데 그녀는 그만 유산을 하고 말았다. 그 후 그녀는 겨울 내내 계속해서 자리에 누워 있어야 했다. 지금은 자리에서 일어났지만 아직도 그 충격에서 온전히 벗어나지 못해 그녀는 건강이 썩 좋은 편이 아니다. 하지만 최근 들어 그녀는 눈에 띄게 기력을 되찾아 가고 있고 주변 사람들과 얘기를 나누기도 했다. 요 며칠 동안 날씨가 아주 화창하고, 하늘에 높이 떠서 빛나는 태양이 사방에 봄 기운을 퍼뜨리고 있다. 그러면 나는 햇빛이 환하게 비치던 작년 가을의 어느 날 아침에 있었던 일이 자꾸 떠오른다. 그날 나는 리자와 나란히 길을 걷고 있었다. 그때 우리는 둘 다 가슴에 희망의 기운이 넘치는 벅찬 기쁨을 느꼈고, 서로에 대해 깊은 우애를 가지고 있음을 확인하였다. 아, 하지만 그 후에 뜻밖의 상황이 밀려들어 우리의 삶을 뒤흔든 것이다. 이제 나는 더 이상 운명에 대해 불평하지 않을 생각이다. 내 삶의 새로운 국면이 시작된 것이다. 하지만 리자는? 그녀의 미래는 전혀 풀리지 않는 수수께끼이다. 그래서 나는 지금 비통한 마음에 그녀의 얼굴을 똑바로 쳐다볼 수가 없다.

그런데 약 3주 전에 알게 된 바신에 대한 소식이 오래간만에 그녀로 하여금 삶에 대한 새로운 흥미를 느끼게 해주었다. 오랜 수감 생활 뒤에 마침내 석방되어 이제 완전히 자유로운 몸이 된 것이다. 사람들 얘기로는, 사려 깊은 그가 자신이 연루된 사건에 대해 논리적인 해명과 타당성 있는 진술을 했기 때문에 그의 운명을 판단하는 사람들로 하여금 그에게 무죄 판결을 내리도록 하였다는 것이다. 더욱이 그가 쓴 문제의 원고도 사실은 프랑스 텍스트를 옮긴 것에 불과하다는 사실이 판명되었다. 다시 말해 그것은 다만 그가 나중에 잡지에 발표할 논문을 쓰는 데 참조하려고 모아 둔 참고 자료에 불과했던 것이다. 그는 지금 지방으로 가서 머무르고 있다. 그의 의부인 스쩨벨꼬프는 아직까지 감옥에 갇혀 있다. 내가 들은 바에 따르면, 조사가 진행되면 될수록 그의 혐의는 더욱더 확대되고 깊어져만 간다고 한다. 바신에 대한 소식을 듣고 난 후 리자는 희미한 미소를 지으면서 그는 당연히 무죄 판결을 받아야 했다는 자신의 견해를 피력하기도 했다. 표정으로 미루어 보아, 그녀는 그의 소식을 듣고 아주 만족스러워하는 듯했다. 죽은 세르게이 삐뜨로비치 공작의 바신에 대한 비판적인 언사에도 불구하고 리자는 바신에 대한 좋은 감정을 잃고 있지 않았기 때문이다. 제르가쵸프와 그 밖의 사람들에 관한 내용은 여기에 내가 기록해 둘 만한 것이 아무것도 없다.

내 수기는 이것으로 막을 내린다. 아마 독자들 중에는 그렇다면 도대체 당신이 말하던 그 〈이념〉은 어디로 갔는가, 그리고 당신이 계속해서 수수께끼 같은 어투로 표현하고자 했던, 이제 막 시작됐다는 당신의 그 새로운 삶의 실체란 도대체 무엇인가라고 묻고 싶은 사람들이 있을 것이다. 내 앞에 새롭게 펼쳐지는 전혀 다른 삶, 새로운 지평이 바로 내 〈이념〉이다. 그것은 이전의 것과 외형적으로는 유사하지만 그 내용은 완전히 다른 것이기 때문에 지금 그것을 인식하기란 도저히 불가능하다. 그렇기 때문에 그것에 관한 내용은 이 〈수기〉에 넣을 수 없다. 왜냐하면 그것은 이미 과거의 것과는 전혀 다른 차원의 것이기 때문이다. 지난 삶은 이미 흐르는 세월 속에 묻혀 버렸고, 이제 완전히 다른 새로운 삶이 막 시작되었다. 하지만 꼭 필요한 한 가지 사항만 덧붙이기로 한다. 내가 진심으로 사랑하는 벗인 따찌야나 빠블로브나가 내게 가능한 한 빨리 꼭 대학에 들어가라고 요즈음 거의 매일 귀찮게 따라다니며 강권하고 있다. 〈일단 공부를 다 끝낸 다음에는 무슨 일을 하든 네 의사대로 해도 되지만, 지금은 어떻게 해서든지 학업을 다 마쳐야 한다〉는 것이다. 하지만 솔직히 말해서, 나는 그녀의 제안을 여러 면에서 깊이 고려하고 있지만 앞으로 어떻게 해야 할지에 대해서는 구체적으로 결정하지 못하고 있다. 일단 나는 어머니와 리자를 부양하기 위해 일을 해야 하기 때문에 공부할 수 있는 여건이 안 된다고 반대 의사를 밝혀 놓았다. 하지만 그녀는 내가 대학에 다닐 동안 소요되는 비용을 자신이 충당할 것이니 돈 걱정은 하지 말라며 자신의 충고를 따를 것을 강권하고 있다. 이런 상황에서 나는 한 사람의 충고를 진지하게 들어 보기로 결정하였다. 그래서 내 주변에 있는 사람들을 떠올려 세밀하고 비판적인 관점에서 따져 본 다음 그중에서 한 사람을 선택했다. 바로 모스끄바 시절에 나를 보살펴 주었던 마리야 이바노브나의 남편인 니꼴라이 세묘노비치였다. 사실 나는 별로 다른 사람의 충고를 필요로 하는 사람이 아니었지만, 완전히 객관적인 위치에 있으며 냉철하게 사물을 바라볼 수 있는 이지적인 사람의 솔직하고 허심탄회한 의견을 진지하게 듣고 싶었기 때문이다. 그래서 나는 내가 쓴 이 원고를 모두 다 그에게 보내면서 꼭 비밀을 지켜 달라고 부탁했다. 왜냐하면 나는 아직 이 원고를 그 누구에게도, 심지어 따찌야나 빠블로브나에게도 보인 적이 없기 때문이다. 그는 2주 후 내가 보낸 원고와 자신의 견해를 담은 상당히 긴 편지를 내게 보내 왔다. 그의 편지 중에 몇 대목을 선별해서 여기에 덧붙여 싣기로 한다. 내 관점으로는 그 속에 몇 가지 일반적인 견해와 구체적인 제안 사항이 들어 있다고 여겨졌기 때문이다. 바로 다음 내용이 거기서 발췌한 것이다.

3

……항상 내 마음속에 살아 있는 벗, 아르까지 마까로비치. 이 〈수기〉를 다 끝낸 지금처럼 당신이 여가를 유용하게 보냈던 적은 아마 지금까지 한 번도 없었을 것입니다! 말하자면 당신은 삶의 첫 무대에 들어서면서 겪었던 갖가지 파란과 모험들의 의미를 되새겨 보면서 자신에게 결산 보고를 한 셈입니다. 당신 자신도 말했듯이, 당신은 그 내용을 서술하면서 실제로 많은 점에서 〈자신을 재교육〉할 수 있었으리라고 나는 확신합니다. 나는 비평하려는 의도는 전혀 가지고 있지 않습니다. 물론 당신의 글은 한 줄 한 줄 상당히 깊게 생각해 봐야 할 의미를 담고 있지만 말입니다…….

예를 들면 당신이 문제의 〈서류〉를 그처럼 오랫동안, 그처럼 끈덕지게 자신의 수중에 간직하고 있었던 사실은 제게 상당히 인상적으로 느껴집니다……. 하지만 이런 느낌은 그저 제가 가져 본 많은 개인적 인상들 중의 하나에 불과합니다. 그리고 또한 당신이 제게, 아마 저한테만, 당신의 표현에 의하면 〈자신의 비밀스런 이념〉에 대해 상의하려고 결정한 사실도 역시 높이 평가하고 싶습니다. 그렇지만 바로 그 이념에 대한 제 개인적 견해를 말해 달라는 당신의 요청은 제가 들어드릴 수가 없습니다. 우선 그 내용을 편지에다 모두 담아 낼 수가 없으며, 또 제 자신이 그 문제에 대해 대답할 수 있는 준비가 되어 있지 않을 뿐만 아니라 현재 그런 것을 탐색하는 과정에 있기 때문입니다. 다만 제 느낌을 개략적으로 말한다면, 동시대의 젊은 세대들이 특정한 자신들의 이념을 만들어 내기보다는 기성 세대의 이념에 반대하며 자신들의 내면적 토대를 구축하지 못하고 급진적인 흐름에 휩쓸려 가고 있는 상황에서, 당신이 상정하고 있는 〈이념〉은 아주 독특한 특성을 가지고 있다고 할 수 있을 것입니다. 그래서 바로 그러한 당신의 이념이, 적어도 일시적으로는, 당신의 것처럼 독창적이지 못한…… 제르가쵸프 일파의 이념으로부터 당신을 온전히 지켜 주었다고 말할 수 있습니다. 그리고 끝으로 저는 제가 진심으로 존경하는 따찌야나 빠블로브나의 의견에 전적으로 동의합니다. 그동안 저는 개인적으로 그분을 알고 있기는 했지만 지금까지 그분이 지니고 있는 진가를 느낄 수 있는 기회가 없었습니다. 하지만 당신이 꼭 대학에 진학해야 한다는 그분의 생각은 아주 적절한 것이고 당신에게 더없이 유익한 충고라고 믿어집니다. 아마도 3, 4년 동안 대학에서 학문을 닦으며 새로운 삶의 경험을 가지게 되면 당신의 사상과 지향점은 깊이와 폭이 훨씬 더 확대되리라는 점은 의심할 여지가 없는 사실입니다. 그리고 대학을 졸업한 후에 당신이 다시 본래의 〈이념〉에 복귀하려 한다면, 그때 그것을 방해할 요소는 아무것도 없을 것입니다.

이제 당신이 요청한 것은 아니지만, 당신의 내면을 진솔하게 기록한 수기를 읽으면서 제 머리와 가슴에 떠올랐던 몇 가지 감상과 인상을 있는 그대로 말해 보고자 하니 양해하시기 바랍니다. 그렇습니다, 저는 안드레이 뻬뜨로비치와 같은 생각을 가지고 있습니다. 당신 같은 인간, 당신처럼 〈고독한〉 젊은이에 대해서는 솔직히 불안감을 가지지 않을 수 없습니다. 사실 당신과 같은 정신적 특성을 지닌 젊은이는 적지 않게 있습니다. 또 그들이 지니고 있는 잠재적 재능은 사실 언제나 바람직하지 못한 방향으로 뻗어 나갈 우려가 있습니다. 그러한 특성은 몰찰린[102] 같은 아주 비굴한 성향으로가 아니면, 기존 질서를 해체하고자 하는 감춰진 욕망 쪽으로 발전할 우려가 있다고 해도 지나치지 않을 것입니다. 하지만 기존 질서를 해체하고자 하는 욕망은, 어쩌면 무엇보다도 먼저, 조화로운 질서와 〈점잖은 기품〉(당신의 용어를 빌려 말합니다)을 지향하고자 하는 또 하나의 감춰진 갈망에서 비롯되는 것이 아닐까요? 젊음이란 이미 그것이 지니고 있는 열정만으로도 순결한 것이라고 할 수 있습니다. 그리고 다른 관점에서 보면, 젊음의 열정이 뿜어 내는 폭발적인 광기에는 어쩌면 바로 조화로운 질서에 대한 갈망과 진리를 향한 탐구 정신이 내포되어 있는지도 모를 일입니다. 많지 않은 수의 동시대 젊은이들이 자신들이 그런 것을 어떻게 믿게 되었는지도 모를 그런 어리석고 우스꽝스러운 사안들을 접하는 과정 속에서 이러한 조화와 진리를 겨우 발견하게 되는 것은 도대체 누구의 잘못이겠습니까! 한 가지 덧붙인다면 과거에는, 그렇다고 아주 오래 전은 아니고 약 한 세대쯤 전에는, 그런 생각을 가지고 있는 젊은이들이 그

102 그리보예도프의 희곡 『지혜의 슬픔』에 나오는 등장 인물로, 인간적인 깊이가 전혀 없이 경박하며 잔재주에 능한 특성을 지니고 있는 전형적인 관리를 표상하고 있다.

렇게 동정받을 필요가 없었습니다. 왜냐하면 그 시대에 그들은 거의 언제나 결과적으로는 우리 나라 최고의 문화 계층과 아주 성공적으로 결합할 수 있었고, 그것과 융합하여 완전히 하나가 될 수 있었기 때문입니다. 그리고 예를 들어, 그들이 자신들의 활동의 첫 무대에서 자신들이 지니고 있는 무질서한 점이나 불안함, 그리고 가정 환경에서도 좋은 바탕이 결여되어 있다는 점, 또 훌륭한 가문적 전통과 더할 나위 없이 완벽한 교양의 배경이 없다는 점을 인식했다 하더라도, 그것은 전혀 크게 문제될 것이 없었습니다. 왜냐하면 나중에 그들 스스로가 직접 그것을 추구할 수 있었고, 또 그렇게 함으로써 차차 그러한 것에 적응하고 그 가치를 존중할 줄 알게 되었기 때문입니다. 하지만 지금은 상황이 약간 다릅니다. 그들이 나중에 융합할 수 있는 대상이 지금은 거의 없기 때문입니다.

대조법으로나 또는 소위 말하는 가정법으로 그것을 설명하겠습니다. 만일 제가 러시아의 소설가이며 또 문학적 재능이 있는 사람이라면, 저는 제 작품의 주인공을 틀림없이 유서 깊은 러시아의 귀족 계층에서 택할 것입니다. 왜냐하면 독자들에게 적절한 감화를 주기 위하여 소설에 꼭 내재되어 있어야 할 아름다운 질서와 아름다운 인상을 발견할 수 있는 원천이 바로 이 문화적 러시아 인의 전형에 있기 때문입니다. 당신도 이미 잘 알다시피, 저 자신도 귀족 계층이 아닙니다만, 제가 이런 말을 그저 객쩍은 소리로 하는 것은 절대로 아닙니다. 일찍이 뿌쉬낀도 그가 언젠가 집필할 소설의 주제로 〈러시아 가문에 얽힌 여러 가지 전설〉[103]을 상정하고 있었습니다. 그리고 실제로 오늘날까지 이어져 내려온 우리 나라의 모든 아름다운 전통이 바로 거기에 온전히 있다는 점을 이해해야 합니다. 예컨대 우리 나라 문화 중에서 제법 다듬

103 『예브게니 오네긴』 3장의 13연 끝 부분에 다음과 같은 구절이 나온다. 〈러시아 가정의 전설과 / 매혹적인 사랑의 꿈과 / 옛날의 풍습 같은 것을.〉

어진 전통적 요소는 모두 다 여기에 담겨 있습니다. 물론 나는 그것이 역사적 정당성과 진정한 아름다움을 지니고 있다는 식의 긍정적 조망을 하려는 의도는 없습니다. 다만 귀족 계층의 문화를 제외하고서는 러시아의 어디에서도 그 정도로 정제된 문화의 특성을 찾아볼 수 없기 때문입니다. 그리고 그 밖의 어느 계층에서도 고유한 문화를 이루어 내려는 구체적 시도가 없었기 때문입니다. 저는 다만 조용히 제 자신의 내면적 조화를 추구하는 한 사람으로서 말하고 있는 것입니다.

여기에서 과연 그 명예가 가치 있는 것인가, 그 의무감이 정당한 것인가 하는 것은 부차적인 문제입니다. 제게 더 중요하게 느껴지는 것은 바로 그 정제된 형식과 어떤 형태든 간에 일정한 질서, 기존에 주어진 것이 아니라 완전히 자신의 힘만으로 만들어 낸 질서입니다. 아, 사실 우리 나라에서 가장 중요한 것은 어떠한 형태든 간에 우리 자신의 질서를 정립하는 일입니다. 바로 그 속에 우리의 희망이, 이른바 진정한 내면적 휴식이 담겨 있습니다. 그렇기 때문에 어떠한 형태의 것이라 하더라도 우리의 힘으로 이루어진 질서가 절대적으로 필요합니다. 끊임없이 이어져 온 파괴, 도처에 흩어지는 나뭇조각, 쓰레기와 먼지, 그 혼돈의 상황 속에서 지난 2백 년 동안 그 어떤 의미 있는 것도 창출되고 있지 않습니다.

이러한 생각을 슬라브주의라고 비난하지는 마십시오. 다만 저는 그저 가슴이 답답하고 염세적인 생각에 빠져 있기 때문입니다. 최근 몇 해 동안에 우리 나라에서는 위에 말한 것과는 정반대의 현상이 일어나고 있습니다. 지금은 세속적인 저속함이 상류 계층의 문화로 다가가 융합하는 것이 아니라, 오히려 반대로 이 아름다운 전형이 해체되며 수없는 파편이 서로 앞을 다투며 떨어져 나가, 자의적으로 행동하며 무질서한 흐름을 만들어 내는 집단과 하나로 결합되어 가고 있습니다. 이전에는 문화를 애호하던 가정의 아버지나 가장들까지도, 어쩌면 그들의 자녀들이 여전히 믿고 싶어할지도 모르는 전통과 질서에 대해, 냉소적인 태도를 취하는 경우가 대체적인 흐름이라고 할 수 있을 정도가 되어 버리고 말았습니다. 아니 한 걸음 더 나아가, 갑자기 그 어디에선가 대량으로 들어오기 시작한, 명예심을 버리고 이익에 충실하고자 하는 개인적 권리에 정신을 잃고 탐닉하며 거기서 나오는 탐욕스런 욕망의 기쁨을 자신의 자식들에게까지도 감추려고 하지 않는 것입니다. 친애하는 아르까지 마까로비치, 지금 저는 진정한 의미의 진보주의자들에 대해 말하는 것이 아닙니다. 제가 말하는 것은 최근 들어 수없이 나타난 사이비들에 대해 말하는 것입니다. 이를테면 〈러시아 인의 가죽을 벗기면 따따르 인이 나타난다 *Grattez le russe et vous verrez le tartare*〉라고 떠들어대는 사람들을 말하는 것입니다. 제 말을 믿으십시오. 진정한 자유주의자, 진실로 그런 숭고한 마음을 가진 인류의 벗은 우리가 쉽게 생각하는 것처럼 우리 나라에 결코 그렇게 많지 않습니다.

하지만 이 모든 말은 너무도 철학적입니다. 앞에서 가정했던 그 소설가의 입장으로 되돌아가지요. 이런 경우에 소설가들은 완전히 제한적인 상황에 빠질 수밖에 없습니다. 즉 그는 역사 소설 이외의 형식으로는 글을 쓸 수 없게 됩니다. 왜냐하면 아름다운 전형이란 이미 현대에는 존재하지 않기 때문이지요. 가령 그러한 잔재가 남아 있다고 하더라도 현대의 주요 흐름에 따르면, 그것은 이미 본래의 아름다움을 간직하고 있지 않은 것입니다. 아, 역사 소설의 형식을 취하더라도, 영혼을 고양시키고 마음에 진한 감동을 주는 수많은 사실들을 세밀하게 묘사할 수 있어야 합니다! 만일 소설가가 역사적 장면을 현대적인 관점에서도 개연성이 있는 것으로 서술한다면 여전히 독자들을 매혹할 수 있을 것입니다. 그리고 위대한 천재에 의해 씌어진 그런 작품은 러시아 문학에 속하는 것이 아니라, 오히려 러시아의 역사에 포함되어야 하는 것이라고 할 수 있겠지요. 이를테면 그런 작품은 러시아의 신기루를 완벽한 예술성으로 표현한 그림이라고 할 수 있는 것이지만, 그것이 신기루라고 인식되기까지는 실제로 존재하였던 것입니다. 러시아의 역사와 관련을 지으며 상류층의 중간 지대에 속하는 러시아의 가정을 3대에 걸쳐 그린 이 그림[104]에서, 화면에 나오는 인물들의 손자를, 바로 그 조상들의 자손을 현대적 인물의 전형으로 묘사하기 위해서는, 어쩌면 다소 염세적인 특성에다 고독하고 우울한 분위기를 지닌 사람으로 성격을 설정할 수밖에 없었을 것입니다.[105] 아니, 오히려 괴팍한 인물로 묘사하여야 하겠지요. 그러면 독자들은 대번에 그가 인생의 싸움터에서 패배한 인간이라는 것을 깨닫고, 이제 더 이상 그가 활약할 무대는 존재하지 않는다는 것을 분명히 인식할 것입니다. 그리고 다시 한 걸음 더 나아가면, 염세주의자인 그 손자까지도 무대에서 자취를 감춥니다. 그러면 그 의미를 전혀 알 수 없는 새로운 인물들이, 그리고 새로운 신기루가 나타납니다. 그런데 도대체 그것은 어떤 인물들일까요? 만일 그들에게 더 이상 아름다운 특성이 깃들어 있지 않다면 이제 러시아의 소설가들은 소설을 쓸 수 없게 됩니다. 아, 하지만 그런 경우에 다만 소설을 쓰는 일만이 불가능해질까요?

이제 이런 얘기는 그만두고, 당신의 원고로 되돌아가지요. 예를 들어, 베르실로프의 두 가정을 한번 살펴보지요. (이제 제가 마음속에 가지고 있는 생각을 있는 그대로 말하도록 허락해 주십시오.) 우선, 안드레이 뻬뜨로비치 자신에 대해서는 더 이상 말하지 않겠습니다. 하지만 그는 누가 뭐라고 해도 한 가정의 가장입니다. 그는 유수한 전통을 자랑하는 가문 출신의 귀족이자 파리 코뮌의 한 사람이기도 합니다. 또한 그는 순수한 시인이며 진정

104 똘스또이의 『전쟁과 평화』를 시사한다.

105 똘스또이의 『안나 까레니나』에 나오는 레빈과 비슷하다.

으로 러시아를 사랑하고 있지만 동시에 러시아를 철저히 부정하는 사람입니다. 그는 특별히 어떤 종교를 믿지 않지만, 어떤 추상적인 가치를 위해서는 거의 죽음도 불사합니다. 러시아 역사에서 유럽 문화의 세례를 강하게 받았던 뻬쩨르부르그 시대의 많은 러시아 계몽적 지식인들처럼 그는 구체적으로 분명하게 규정할 수 없는 추상적인 가치들을 열렬히 믿고 있습니다. 하지만 그 사람 자체에 대한 논의는 그만두기로 하지요. 그리고 그에게는 본부인과 그 자식들이 있습니다. 그의 아들에 대해서는 말할 것도 없습니다. 그는 논의의 가치가 없는 인간이기 때문입니다. 상식적인 안목을 가진 사람이라면 누구나 그런 가치 없는 인간의 말로가 어떻게 전개될 것인지를, 또 그런 부류의 사람들은 항상 꼭 주변 사람들을 파멸의 길로 같이 끌고 들어간다는 점을 예측할 수 있습니다. 하지만 그의 딸 안나 안드레예브나는 아주 참신한 개성을 지닌 아가씨로 판단할 수 있겠지요? 그녀는 여자 수도원장이었던 미뜨로파니야[106]와도 비견될 만한 넓은 도량을 지녔던 사람이라고 할 수 있을 것입니다. 하지만 저는 그녀가 형법을 어긴 범죄인으로 판결을 받을 것이라고 예언하는 것은 아닙니다. 만일 제가 그런 판단을 하고 있다면 공정한 태도가 아닐 것입니다. 자, 이제 말해 주십시오, 아르까지 마까로비치. 이 가정은 바로 러시아의 우연한 현상을 표상하는 것이 아니겠습니까? 그렇다면 저는 제가 가슴속에서 가지고 있는 판단이 옳았다는 확신을 가질 수 있을 것입니다. 사실 그처럼 유서 깊은 전통을 지닌 많은 러시아의 가정들이 어쩔 수 없는 시대적 흐름에 밀려서 집단적으로 하나의 우연한 가족으로 해체되어 가고, 사회 전반의 무질서와 혼란 속에 휘말려 들어가게 된다는 결론이 오히려 적절하지 않을까요. 당신은 바로 이 우연한 가족의 전형을 당신의 원고 속에서

106 증권 위조 사건으로 재판을 받았던 남작의 부인으로, 아주 영민하고 매우 왕성한 사회 활동을 하였으며, 독특한 개성을 지닌 여성이었다고 한다.

어느 정도 타당성 있게 형상화하고 있다고 여겨집니다. 그렇습니다, 아르까지 마까로비치. 당신은 그러한 종류의 우연한 가족의 일원으로 존재하고 있는 것입니다. 그러한 현상은 최근까지 있었던 러시아의 유서 깊은 가족의 모습, 당신의 삶의 흐름과는 전혀 다른 유년 시대와 청소년 시대를 향유했던 전통적 가족의 전형과는 정반대의 양상을 이루는 것입니다.[107]

솔직히 말해 저는 우연한 가족 출신의 주인공을 중심으로 이루어진 소설의 작가는 되고 싶지 않습니다!

그것은 커다란 가치를 느낄 수 없는 일이며, 또한 거기에는 아름다운 형식미도 없습니다. 그런 전형의 인간 형상이란 다분히 시대적 과도기의 일시적인 현상이라고 할 수 있기 때문에 그것은 예술적으로 형상화하기가 거의 불가능합니다. 때로는 중대한 잘못을 저지르는 과오도 있을 수 있고, 지나친 과장이나 세밀한 묘사를 빠뜨릴 수도 있습니다. 그것을 형상화하기 위해서는 어쨌든 간에, 아주 많은 사항에 대해서 추측을 해야만 합니다. 그렇다면 역사 소설 형태의 작품은 쓰고 싶지 않고, 동시대의 흐름에서 짙은 향수를 느끼는 작가는 도대체 어떻게 해야 되겠습니까? 다만 추측을 해야 하겠지요……. 그리고 실수를 범해야 하겠지요.

하지만 제 생각으로는, 당신이 쓴 〈수기〉와 같은 것은 혼란스럽던 지나간 시대를 그려 보려는 미래의 예술 작품들을 위해서 아주 적절할 소재가 될 것이라고 여겨집니다. 아, 현재 우리가 당면하고 있는 상황이 과거의 것이 되어 버리는 시대가 왔을 때, 미래의 예술가는 과거의 무질서와 혼돈을 그리기 위해서 반드시 적절한 예술적 규범을 찾아야 할 것입니다. 바로 그럴 때, 당신의 이 〈수기〉가 틀림없이 필요한 자료가 될 것입니다. 그것의 형식이 아주 혼돈스럽고 또 우연의 연속일지라도, 그것은 한 시대가 담

107 똘스또이의 3부작 『유년 시대』, 『소년 시대』, 『청년 시대』 중에서 『유년 시대』, 『소년 시대』를 시사한다.

고 있는 사실 그대로의 실체를 보여 주는 적절한 자료로 쓰일 수 있을 것입니다……. 적어도 윤곽을 살펴볼 수 있는 어떤 특성들이 내재되어 있어서 그것을 통해 사람들은 그 혼란한 시대를 산 한 젊은 영혼의 내면 속에 무엇이 깃들어 있었는지를 가늠해 볼 수 있을 것입니다. 그것을 헤아려 보는 것은 나름대로 의미 있는 일입니다. 왜냐하면 새로운 시대란 항상 그런 방황하는 젊은 영혼들에 의해서 창조되기 때문입니다…….

역자 해설

혼란스런 영혼의 내면의 소리

도스또예프스끼 문학의 범주 속에서 『미성년』은 대표적인 다른 작품들과 비교해 볼 때 상당히 낯선 모습으로 다가온다. 일반적으로 도스또예프스끼 작품들에서 등장 인물의 성격 묘사는 구체적으로 서술되고 그들의 행위 양식 또한 세부적으로 그려진다. 그러한 세밀한 인물 묘사는 작가가 전달하고자 하는 사상을 담아내기 위한 장치이기도 하다. 그렇기 때문에 인물들이 표방하는 일정한 관념들이나 인식의 방법론이 선명하게 드러난다. 그리고 플롯을 구성하는 인물들의 행위나 사건도 인과 관계가 비교적 구체적으로 서술되어 있기 때문에 작품의 흐름을 따라가기가 그리 어렵지는 않다. 하지만 이러한 도스또예프스끼 작품의 고유한 특성들이 『미성년』에는 명료하게 나타나지 않는다. 오히려 이 작품은 도입 부분부터 극히 산만해 보이는 서술로 구성되어 있어, 독자들은 작품의 플롯이 지향하는 바가 무엇인지, 어떤 방향으로 진행되어 나갈 것인지 예측하기가 아주 어렵다.

특히 문장의 흐름이 처음부터 상당히 뒤틀려 있는 듯한 인상을 받게 되어 독자들은 서술이 담고 있는 내적 의미를 탐색해 보기도 전에, 서술 형식에서부터 거리감을 느껴 선뜻 작품 속으로 다가설 용기를 내기가 어려울 정도다. 또한 단일한 의미를 담아 내야 할 한 문단 내에서도 글의 흐름이 여러 가지 다른 방향을 지향하고 있는 경우가 종종 있기 때문에 필자조차도 원문을 여러 번 읽고 나서야 비로소 작자의 서술 의도가 무엇인지를 알 수 있었다. 구체적인 예를 들어 본다면, 이 작품은 제1부의 초반부에서부터 화자의 관념적인 독백과 극히 사변적인 명제들이 튀어나오고 있어, 화자의 개인적 상황을 모르는 독자들의 입장에서는 선뜻 수용하기가 당혹스럽다. 또한 서로 연결 고리가 밀접하지 않은 편린과 같은 여러 가지 사건들이 산발적으로 서술되고 있어서 작품의 전체적 흐름을 파악하기가 아주 어렵게 되어 있다.

하지만 제1부를 다 읽고 났을 때부터는 이런 산만한 서술이 혹시 작가의 내밀한 의도에서 진행된 것이 아닐까라는 호기심이 생기기 시작한다. 왜냐하면 내적인 연결성이 미약한 채, 몇 갈래로 흩어져 있던 여러 사건의 동기들이 서서히 통일적인 흐름을 형성해 가기 시작하기 때문이다. 그러면서 느슨하게 이완되어 있던 플롯의 진행이 점차적으로 보다 깊이 심화되며 긴박하게 전개되어 독특한 긴장감을 창출한다. 특히 이 작품의 중심 축인 아르까지와 베르실로프, 두 부자 사이에 얽혀 있는 애증 어린 갈등 관계에 관한 서술이 그와 같은 플롯의 심화와 긴장감의 창출에 주요한 기능을 하고 있다. 즉 제1부에서는 아르까지와 베르실로프 사이에 형성되어 있던 팽팽한 대립 의식이 빚어내는 양상을 주로 서술했기 때문에 그 이면의 사정을 모르는 상황에서는 사건과 사건 사이의 관계성을 다만 희미한 추측으로만 추정해 볼 수 있을 뿐이다. 그러나 제2부와 제3부로 넘어가면서는 두 사람 사이의 대립이 만들어진 근본 원인과 경과에 대한 구체적인 서술이 이루어진다. 그러면서 두 사람이 각기 다르게 그려 온 삶의 궤적에 관한 서술이 전면에 부각되기 시작하고, 그들의 내밀한 인식 체계의 형성 과정과 그 본질적 내용이 명료하게 묘사된다.

그리고 바로 이 대목에서 도스또예프스끼 특유의 문학적 특성들이 드러나기 시작한다. 이를테면 외면적인 양상에서는 극히 달라 보이던 아버지와 아들이 그 내면의 세계에서는 아주 밀접한 친화력을 가지고 있다는 점을 그들이 지향하는 관념의 내용에 관한 서술을 통해서 은유적으로 묘사하고 있는 점이다. 예를 들어 마치 도스또예프스끼 자신의 제2의 자아를 대변하는 듯한 베르실로프는, 자신의 방랑의 근원이 개인적인 욕망에서 비롯된 것이 아니라, 인류가 추구해야 할 본질적인 이념이 무엇인지를 탐구하는 과정에서 필수불가결하게 생긴 것이라는 사실을 아르까지에게 말하고 있다. 그가 자신의 아내이자 아르까지의 어머니인 농노 출신의 소피야를 홀로 남겨 두고, 아르까지를 탐욕 어린 사람이 운영하는 사숙에 버려 두고 간 이유가 바로 그런 환상적인 관념에 매혹당했기 때문이라는 것이다. 자기 자신도 홀로 고독한 공간에 유리된 채 지내면서 어렴풋하게 독자적인 관념 세계를 추구하기 시작한 아르까지도 점차로 베르실로프의 관념 세계에 빠져 들기 시작한다. 그러면서 두 사람 사이에 설정되어 있던 극한적인 대립 양상이 점차적으로 진정한 화해의 국면으로 수렴되어 간다.

작품이 여기까지 전개되면 앞에서 언급한 종잡을 수 없이 산만하게 진행된 서술 방식이 사실은 작가가 교묘하게 구성해 놓은 문학적 장치와 깊은 관련이 있다는 점을 느낄 수가 있다. 즉 폐쇄된 공간에 갇혀 자신의 내면 세계로만 몰두하다가 정신이 거의 분열되다시피 할 지경에 빠진 젊은 영혼의 내면 세계를 형상화하기 위해서 도스또예프스끼가 의도적으로 애매하고 불명료한 문체를 바탕으로 작품을 서술한 것이라고 상정해 볼 수 있는 것이다. 이러한 서술 방식이 지니고 있는 의미에 대해 보다 적극적으로 말한다면, 그것은 이 작품의 고유한 문학적 의미를 제대로 형상화하기 위해 고안한 작가 특유의 서술 기법이라고 평가할 수도 있을 것이다. 이런 관점에서 보면, 하나의 단일한 주제 의식을 가지고 있어야 할 문단에서조차 여러 가지 화제가 등장하는 것은 작가가 자신의 주제를 보다 은유적으로 구현해 내려는 내밀한 문학적 의도에 기인하는 것이라는 비평적 가설을 세울 수 있다. 이런 서술 방식은 젊은이의 영혼이 분열 직전까지 흐트러져 있음을 보여 줌으로써, 단순히 하나의 일상적 독백이 아니라, 혼란스러운 영혼의 내면적 소리를 있는 그대로 보여 주고자 하는 것이었음을 짐작해 볼 수 있다.

끝이 없는 방황과 혼돈을 거치면서 한 젊은이의 영혼이 성장해 가는 과정을 탁월하게 묘사하고 있는 이 작품은 문학적으로 순탄한 운명을 누려 보지 못하였다. 사실 도스또예프스끼 자신은 오랫동안 구상하였던 젊은이의 내면적 방황을 그린 이 성장 소설에 상당한 애착을 가지고 있었지만, 정작 이 작품은 다른 장편소설들에 비해 훨씬 낮은 문학적 평가를 받았다. 비평가들의 관점에서 볼 때, 이 작품에는 도스또예프스끼의 특징인 인간 내면 심리가 전이되어 가는 과정에 대한 분석이나 뚜렷한 형이상학적 관념에 관한 묘사가 다른 장편들과는 다르게 제대로 형상화되지 않았다고 판단했기 때문이다. 또한 등장 인물들이 표방하고 있는 윤리적 · 도덕적 문제에 관한 서술도 명료하게 구현되지 않았다고 여겼다. 물론 이 작품에서도 비정상적인 관계에서 태어난 아들과 의도적으로 아들을 철저히 멀리했던 친아버지 사이에 벌어지는 정신적인 갈등이나, 인간적 연민 등을 통해 다른 장편들과 마찬가지로 도스또예프스끼 작품의 독특한 관념적 특성이 잠재되어 있기는 하지만 그것이 명료하게 드러나 있는 것은 아니라는 데 비평가들이 동의했기 때문이다.

내재적으로 분석하여 보면 그러한 비평적 평가는 어느 정도 일리가 있다. 이 작품에서는 주제가 하나의 일관된 통일성을 견지하지 못하고 있는 것이 사실이며, 서술 구조도 인과 관계가 비교적 약한 몇 가지 이야기가 느슨하게 결합되어 있다. 그래서 도스또예프스끼는 그의 아내에게 말하기를 이 작품 속에는 최소한 네

편 이상의 상이한 작품의 모티프가 함축되어 있다고 하였다. 이 작품이 견고하지 못한 구성의 밀도를 가지게 된 원인은 아마도 작품의 집필 시기와 밀접한 상관성이 있지 않을까라는 추정을 해 볼 수 있다.

도스또예프스끼가 『미성년』을 발표한 시점은 『악령』을 쓴 지 5년 후, 『까라마조프 씨네 형제들』을 쓰기 5년 전이었다. 이 시기에 그는 비교적 안정적인 상황에서 집필 활동을 하였다. 전환기에 놓인 러시아 사회에 커다란 파장을 불러일으켰던 『악령』을 발표함으로써 작가로서의 입지를 공고히 할 수 있었던 도스또예프스끼는 1872년에 보수적인 문학 노선을 표방하고 있던 잡지 『시민』의 편집장을 맡게 된다. 그는 『악령』을 통해 동시대 러시아에 대두하고 있던 급진적 사상을 신랄하게 비판함으로써 러시아 사회 보수 진영의 이념적 · 사상적 지주로서의 역할을 하고 있었다. 하지만 이 잡지가 표방하던 노선은 도스또예프스끼 자신에게도 지나치게 보수적인 것으로 느껴졌다. 그래서 얼마 뒤에 그는 이 잡지의 편집장직을 사임한다. 그리고 난 후에 그 잡지에 주간 연재물로 『작가 일기』를 연재한 도스또예프스끼는 나중에 이 작품을 단행본으로 출판한다.

이러한 과정을 거치면서 도스또예프스끼는 경제적으로나 사회적으로 안정적인 환경을 마련했다. 이렇게 전반적으로 안정적인 상황 속에서 『미성년』을 집필하였지만, 이 작품을 위해 애초에 구상해 두었던 주제 의식이나 주요 모티프들, 그리고 인물의 성격 설정들과 같은 문학적 장치들이 『악령』이나 『작가 일기』, 그리고 후에 씌어진 『까라마조프 씨네 형제들』과 같은 작품들에 많이 전용된 흔적이 있다. 그런 이유로 이 작품의 고유한 문학성이 상당히 훼손되었다고 여겨진다.

또한 이 작품에 나타나는 등장 인물의 성격 묘사의 양상에 관해서도 언급해야 할 점이 있다. 도스또예프스끼는 주요 인물인 아르까지 돌고루끼, 안드레이 베르실로프 그리고 까쩨리나 아흐마꼬바 등은 물론이고, 아르까지의 생모인 소피야 베르실로바와 의부인 마까르 돌고루끼 등의 부차적인 등장 인물에 이르기까지 모든 등장 인물이 자신의 모습과 목소리를 가지고 변별적인 삶을 살아가도록 구성하고 있는 것을 볼 수가 있다. 하지만 등장 인물의 설정에서 이 작품에는 결정적으로 문제가 될 수 있는 소지가 있다. 부차적인 인물이긴 하지만 플롯의 진행에 주요한 동기를 마련하는 인물의 이름이 제1, 2부에서는 일관되게 제시되다가 제3부에서는 갑자기 전혀 다른 이름으로 바뀌어 나타나고 있다. 이러한 점은 작품의 문학적 통일성을 상당히 해치는 결과를 초래할 수도 있는데 그 이유가 작품에는 서술되어 있지 않았다. 구체적인 예를 든다면, 가난한 집안 형편 때문에 가정교사 자리를 알아보다가 비열한 상인에게 창녀 취급을 당한 뒤 베르실로프의 진정어린 제안 역시 음흉한 의도가 내포되어 있는 것으로 지레짐작하고 자포자기의 행동을 하다가 스스로 목숨을 끊은 올랴라는 아가씨가 있다. 그녀의 죽음 후에 자연스럽게 베르실로프의 가족과 관련을 맺게 되는 올랴의 어머니 이름이 제1, 2부에서는 다리야 오니시모브나였다. 그런데 똑같은 인물의 이름이 제3부에서는 갑자기 아무런 언급 없이 나스따시야 예고로브나로 바뀌어 나오고 있다. 물론 그녀는 작품에서 주요한 인물로 등장하지는 않기 때문에 주의를 기울이고 읽지 않으면 이름이 바뀐 사실이 쉽게 눈에 띄지는 않는다. 하지만 제1, 2부에서는 다소 감상적인 분위기 창출에만 이바지하던 그녀의 존재는 제3부에 이르게 되면 아르까지가 자신의 행동 양식을 결정하는 데 아주 중요한 역할을 한다. 그래서 그녀의 인물 설정이 일관되게 나타나지 못한 점은 이 작품의 전체적 통일성을 상당히 어그러지게 할 수 있는 잠재적 요소로 드러나고 있다. 아마도 이러한 구성상의 허점은 작가의 의도가 다른 여러 작품들과 얽혀 있는 혼란스러운 상황에서 파생되어 나온 것이라고 생각된다.

이러한 점들과 더불어 이해되어야 할 사실이 있다. 바로 『미성년』은 주제적 측면에서나, 구성 기법의 특성, 문체적 측면에서, 『죄와 벌』, 『악령』, 『까라마조프 씨네 형제들』 등의 다른 장편소설들과 변별되는 문학적 요소를 지니고 있는 작품이라는 사실이다. 특히 이 작품은 『네또츠까 네즈바노바』, 「온순한 여자」 등과 더불어 도스또예프스끼의 창작 세계에서 이른바 4대 장편들과 다른 또 하나의 주요한 문학적 주제를 형성하고 있다. 즉 『죄와 벌』 계열의 작품들이 사변적인 개념과 형이상학적 관념의 세계를 주제로 구성되었다면, 『미성년』 계열의 작품들은 일상적이고 평면적인 삶의 모습 속에서 인간이 겪게 되는 존재의 목적에 대한 개인적 성찰이나 존재의 의미 탐구를 그 주제로 삼고 있다. 주인공이 태어나면서부터 자신의 정체성 상실을 경험한 뒤, 폐쇄적인 삶의 환경과 맞부딪히며 고뇌 속에서 겪는 일상적 갈등이나, 자신의 정체성을 찾아 끊임없이 방황하는 인간들의 내면적 우수에 관한 서술은 분명히 도스또예프스끼 문학의 또 다른 사상적 축이 될 것이라고 정의할 수 있다.

그런 맥락에서 바라보면 이 작품은 마치 『지하로부터의 수기』에 나오는 화자의 청소년기의 자화상을 그린 것이라고도 볼 수 있다. 또한 실제로 이 작품 속에는 『지하로부터의 수기』에서 여러 차례 언급된 〈2×2=4일까?〉라는 명제가 거듭해서 제기되고 있다. 도스또예프스끼는 『지하로부터의 수기』에서 이성과 합리의 물결이 인간의 자유로운 사유와 영혼의 역동적인 상상력을 논리적 체계로 규정하고 있다는 점을 강조하는데, 바로 『미성년』에서도 같은 명제를 사용하여 영혼이 자유롭게 상상의 나래를 펼 수 있는 공간에 대한 희구를 은유적으로 표현하고 있다. 물론 이 작품에서는 그러한 명제가 『지하로부터의 수기』에서처럼 근본적인 주제로 형상화되지는 못했지만, 화자의 성격적 특성이나 영혼이 자유롭게 사유할 수 있는 시간과 공간에 대한 강렬한 염원과 같은 특징들은 서로 밀접한 상관성을 가지고 있다. 그리고 아르까지 역시 지하 생활자처럼 바로 이성과 합리라는 잣대로 모든 것을 재단하는 일상의 공간에서 철저하게 소외되어 고독한 폐쇄 공간에 갇혀 있음을 볼 수가 있다.

『미성년』에 나타나는 이런 여러 가지 문학적 특성들을 전체적으로 조망하여 보면 하나의 긍정적인 결론을 도출할 수 있다. 이 작품에서는 도스또예프스끼의 다른 작품들에서 흔히 볼 수 있었던 관념적 명제가 전면에 두드러지게 나타나지 않고 배경 정도의 수준에서 옅게 나타나고 있는 점을 살펴볼 수가 있는데, 이렇게 여러 가지 양상들이 혼재되어 나타나는 바로 그 자체가 이 작품이 본질적으로 추구하고 구현하려 했던 것일 수도 있다. 보다 상세히 말한다면, 도스또예프스끼의 작품에서 일반적으로 나타나는 형이상학적 명제에 대한 탐구보다는 자신의 영혼이 궁극적으로 지향하는 바를 치열하게 탐색해 나가는 젊은이의 방황을 있는 그대로 기록하려는 것이 이 작품의 주요한 문학적 목표일 수도 있다는 것이다. 다시 말해 자신이 그리는 자신의 진정한 모습을 향해 나가려고 몸부림치지만, 주어진 현실의 공간 위에서 끊임없이 방황하는 젊은 영혼의 삶에서 나타나는 양상을 있는 그대로 기록한 것이 이 작품이 구현해 내고자 했던 본질적인 문학성일 수도 있다는 사실이다. 바로 이러한 맥락에서 이 작품은 도스또예프스끼의 대표적 작품들에서 나타나는 형이상학적 명제들의 내적 체계가 시작되는 시원이라는 문학적 의미를 지니고 있다고 정의할 수 있겠다.

번역 대본으로는 『도스또예프스끼 전집』(나우까 출판사, 1975년) 중 제13권을 사용했음을 밝혀 둔다.

작품 평론

부조화의 시학
〈미성년 — 방황하는 영혼〉의 미학

1

밀란 쿤데라는 『소설의 기술』에서 소설가와 작가에 대해 독특한 정의를 내리고 있다. 「쓴다는 것은 무엇인가?」라는 사르트르의 짤막한 평론을 꼼꼼히 읽은 다음 그는 나름대로의 관점에서 소설가와 작가를 변별하려고 한다. 그의 정의에 따르면, 〈소설가들은 자신의 생각을 커다란 주제로 삼지 않는다. 그는 더듬거리며 실존의 알려지지 않은 측면을 밝혀 보려고 애쓰는 발견자다. 그는 자신의 목소리에 매혹되는 것이 아니라 그가 추구하는 형식에 매혹되며, 그의 꿈이 필요로 하는 요구에 부응하는 형식만이 그의 작품을 이룬다〉라고 한다. 작가는 약간 다르다. 〈작가는 그의 시대, 그의 나라의 정신적 지도 위에, 그리고 사상의 역사 위에 그 이름을 새긴다〉[1]라고 정의하고 있다.

그렇다면 쿤데라의 이 정의를 빌어 판단해 볼 때, 『미성년』을 쓴 도스또예프스끼는 소설가와 작가 중 어느 범주에 포함시켜야 할까?

『죄와 벌』, 『백치』, 『악령』, 『까라마조프 씨네 형제들』과 같은 도스또예프스끼의 대표적 작품들을 분석해 본 비평가들은 그를 독창적인 생각과 흉내낼 수 없는 목소리를 지닌 작가로 규정하는

1 밀란 쿤데라, 권오룡 역, 『소설의 기술』(책세상, 1998), p. 150

데 별다른 이의를 제기하지 않을 것이다. 이들 작품의 한복판에는 시대를 앞서가는 〈예언자적 정신〉[2]이 관류하고 있다는 사실에 누구나 공감할 수 있기 때문이다. 또 이 작품들이 다루는 본질적인 주제들은 주로 인간의 영혼이 궁극적으로 추구하는 지향점과 인간들의 현실적 존재 상황 사이에 놓여 있는 괴리 공간에 대해서 심도 있는 서술을 하고 있기 때문이다. 작가로서의 도스또예프스끼는 상호 모순적인 두 공간 사이의 메울 수 없는 거리를 인식하면서 등장 인물들로 하여금 이 간격에 대한 나름대로의 명제를 도출해 낼 수 있을 정도의 독자적인 인식 체계를 정립하도록 하고 있다. 그래서 이들 작품의 주인공들은 각각 자신의 고유한 이론적 체계와 상징적인 명제를 가지고 있으며, 자신을 대표할 수 있는 독특한 사상들을 만들어 작품 속에서 드러낸다.

이렇게 전개되는 도스또예프스끼 문학의 범주 속에서 『미성년』은 어떤 의미를 가지고 있을까? 도스또예프스끼의 문학적 지평 위에서 『미성년』은 상당히 낯선 모습으로 다가온다. 기본적으로 이 작품은 다른 작품들에서 흔히 볼 수 있었던 관념적 명제가 전면에서 두드러지게 대두되지 않고 플롯 구성의 모티프 또는 배경 정도의 수준에서 엷게 나타나고 있다. 이를 보다 상세히 말한다면, 도스또예프스끼의 작품에서 일반적으로 나타나는 형이상학적 명제에 대한 탐구보다는 자신의 영혼이 궁극적으로 지향하는 바를 치열하게 탐색해 나가는 젊은이의 방황에 관한 기록이 이 작품의 주요 플롯을 구성하고 있다고 할 수 있다. 즉 자신이 그리는 자신의 진정한 모습을 향해 나가려고 몸부림치지만, 주어진 현실의 공간 위에서 끊임없이 부유하는 젊은 영혼의 삶에서 나타나는 양상을 있는 대로 기록한 것이다. 그런 이유 때문에 이 작품의 기본 플롯을 구성하는 것은 다른 장편들에서 나타나는 인간 행위 양

2 발터 니그, 박석진 역, 『예언자적 사상가 도스또예프스끼』(분도출판사, 1981), p. 10

식에서 표출되는 윤리적·도덕적 명제에 관한 세밀한 분석에 바탕을 두고 서술한 것이 아니라, 한 젊은이의 방황하는 영혼이 그려내는 산만하게 흐트러져 있는 궤적에 대한 서술이다. 이를테면 『미성년』을 쓴 도스또예프스끼는 자기의 생각을 형상화하기 위해 어떤 형식이라도 사용할 수 있으며, 자신의 독특한 목소리를 서술이라는 틀 속에서 생동감 있게 구현해 낼 줄 아는 사람이다. 즉 이 경우의 도스또예프스끼는 소설가에 해당한다고 할 수 있다.

『미성년』의 문학적 의미를 분석하면서 소설가와 작가에 대한 정의까지 원용하는 이유는 이 작품이 도스또예프스끼의 다른 대표적 작품들과는 확연히 변별되는 특성을 지니고 있기 때문이다. 이 작품에는 우선 그의 걸작들 속에서 엿보이는 등장 인물의 사상이나 이념에 대한 묘사가 명료하게 서술되어 있지 않다. 물론 인간들의 영혼이 그 내면에서 어떤 형상을 가지고 있으며 궁극적으로 무엇을 지향하는지에 관한 심층적 탐색과 같은 도스또예프스끼 문학 특유의 요소들이 이 작품에서도 논의되고 있지만, 이러한 서술이 통일적인 흐름을 가지고 있지는 않다. 바로 이러한 이유 때문에 이 작품은 다른 4대 장편들에 비해서 작가의 고유한 주제 의식이 제대로 형상화되지 않았다[3]는 문학적 평가를 받아왔다. 하지만 이러한 비평적 논의는 도스또예프스끼의 문학 사상이 지니고 있는 일반적 기준의 관점으로만 이 작품을 조망한 결과일 수도 있다는 점은 간과되어 왔다. 이를테면 영혼과 이념을 상징하는 인물들의 견고한 내적 인식 체계에 근거해서 서술된 다른 작품들을 분석하면서 자동화되어 버린 기존의 비평적 관점으

3 이런 비평적 견해는 비평가들 사이에서 폭넓게 수용되고 있으며, 특히 도스또예프스끼 문학 세계를 〈이중성의 신화〉로 정의하는 Roger B. Anderson과 같은 비평가는 『분신』, 『지하로부터의 수기』와 이들 4대 장편이 작가의 창조적 세계관의 근간을 이룬다고 정의하고 있다. 이에 관한 자세한 내용은 Roger B. Anderson, *Dostoevsky: Myths of Duality* (University of Florida Press, 1986)의 1장, A Context for the Mythological을 참조.

로만 이 작품을 대하게 되면, 이 작품이 함축하고 있는 고유한 문학적 특성을 온전하게 파악할 수가 없다. 그런 관점으로만 바라보면, 무엇보다도 이 작품이 함축하고 있는 아주 미묘한 문학성의 의미를 제자리 찾아 주기가 어렵다.

다른 장편들에서와는 달리 도스또예프스끼는 이 작품에서 자신의 존재 의미를 탐구하는 데 몰두하다가 내면의 심리 상태가 극히 분열되어 부조화스런 상황에 놓여 있는 젊은 영혼의 현주소를 그대로 묘사하려 하고 있다. 즉 자신의 〈이념〉을 향해 나아간다고 하면서도 여러 방향으로 산만하게 헝클어져 있는 젊은 영혼의 내면을 있는 그대로 보여 주고자 하는 것이다. 또한 베르실로프가 말하고 있는 인식의 다양한 개념들도 명료하게 정의되어 있지 않다. 그래서 이 작품에는 구체적인 형이상학적 명제나 사상이 체계적인 통일성을 명료하게 갖추지 못하고 있으며, 전체적인 서술이 자아내는 정조나 문체에 이르기까지 혼란스러운 분위기를 내비치고 있다.

이러한 부조화는 이 작품을 구성하는 시학의 여러 층위에서 표출되고 있다. 도스또예프스끼가 작가로서 이미 원숙한 경지에 다다른 시기에 씌어진 이 작품이 이렇게 산만한 형상을[4] 띠고 있는 이유는 무엇일까? 끝없이 방황하는 젊은 영혼의 혼돈스런 내면에 고인 관념의 그림자를 글로 형상화하려는 시도일까? 그의 자유 분방한 몸짓이 빚어내는 부조화의 현상을 보다 사실적으로 표현하려는 작가의 시도가 혹시 고유한 미학적 특성을 창출하고 있는 것은 아닐까?

4 실제로 비평가들은 이러한 사상적 · 시학적 산만함 때문인지 이 작품에 대한 구체적인 비평을 대체로 유보해 왔기 때문에 본격적인 연구 논문은 거의 없는 형편이다. John Jones와 같은 비평가는 도스또예프스끼가 이 작품을 쓸 때 작가로서 가장 편안한 시기였지만 주제를 형상화하는 밀도는 아주 약하다고 평하고 있다. 대부분의 비평가들은 이와 비슷한 관점에서 이 작품을 가볍게 취급하는 경향이 있다.

2

이 작품의 시학에서 드러나는 부조화의 특성은 우선 베르실로프의 성격 설정에서 강하게 드러난다. 화자인 아르까지의 성장 과정에서 동경의 대상이자 증오의 대상이기도 한 베르실로프는 이 작품의 구성에 주요한 축을 형성한다. 서술의 주체는 아르까지이지만 플롯의 주요 흐름을 구성해 가는 인물은 화자인 아르까지가 아니라 그가 궁극적으로 지향해 가려는 베르실로프이다. 혼란스러운 역사적 흐름의 한복판에서 정처 없이 방랑을 해온 그는 정신적으로나 사상적인 면에서 극에서 극으로 치닫는 정신적 분열[5]로 표상되는 인물이다. 이러한 부조화를 가장 극명하게 드러내 보여 주는 것은 베르실로프의 정신적 상황과 사상적 편력이다. 내면적으로 상당히 진폭이 큰 감정의 굴곡을 지니고 있는 베르실로프가 표방하고 있는 사상의 근저에는 큰 줄기에서 바라볼 때 두 가지의 대비가 자리하고 있다. 하나는 러시아 민족주의와 그 사상적 시원으로서의 유럽 사상의 대비이며, 또 하나는 기독교의 신학적 체계에 바탕한 종교성과 인본주의적 사상과의 대비이다.

우선 러시아 민족주의와 그 사상적 시원으로서의 유럽 사상의 관계는 참으로 미묘하다. 베르실로프는 〈의혹의 안개〉 속에서 평생을 헤매다가 〈방랑의 대단원〉을 내리는 기운을 〈유럽의 황금시대〉를 경험한 자신의 꿈에서 찾고 있다. 자신의 능력과 창조적 상상력만을 믿고 고상한 이념을 열정적으로 갈망하며 방황하던

5 여기서 말하는 정신적 분열은 드미뜨리 치체프스끼가 『악령』을 분석하며 정의하는 〈분신 사상〉과는 의미가 다소 다르다. 이를테면 베르실로프의 경우에는 자신의 인식 체계에 바탕한 관념이 구체적으로 정립되지 않은 상태에서 비롯되는 정신적 분열을 경험하고 있다. 의미심장하게도 베르실로프의 이름이 가지는 의미는 〈뒤틈바리〉, 〈멍청한 사람〉이란 어원을 가진 〈Verzila〉와 상관적 관계를 가지고 있다.

그의 내면에 마치 에피파니처럼 한순간에 진리의 그림자가 꿈에서 구체적 형상을 띠고 나타난 것이다. 〈무엇보다도 나는 귀족이며, 그러니 귀족으로 죽어야겠다〉는 〈러시아적 우수〉를 가지고 방랑하던 그가 독일의 드레스덴 근처에서 기차를 잘못 타서 어느 이름 모를 지방 도시에 우연히 내렸다가 다음 기차를 기다리기 위해 잠시 들렀던 자그맣고 초라한 여관에서 언뜻 꿈에서 클로드 로랭[6]의 「아시스와 갈라테아」라는 그림[7]을 다시 보면서 인식의 거듭남을 경험하고 있다.

고요한 정적에 싸인 푸른 바다, 수없이 많은 섬과 바위, 꽃이 만발해 있는 해안, 멀리 펼쳐지는 매혹적인 정경들, 그리고 사람을 부르며 저물어 가는 태양 등 참으로 뭐라 표현할 수 없는 감동적인 광경이었다. 바로 이 시공간을 유럽 인들은 자신들의 정신적 요람으로 가슴에 새겨 두고 있다는 것이라는 생각이 들었어. 그런 생각에 잠기자 내 마음도 어느새 혈육 같은 애정으로 가득 차는 것을 느꼈다. 이곳이 바로 인류가 꿈꾸는 지상 천국이었지. 그 시공간에서 신들은 하늘에서 내려와 인간들과 평화롭게 지내고 있었던 것이지……. 아, 그곳에는 참으로 고귀한 영혼을 지닌 사람들이 살고 있었지! 그들은 이곳에서 진정한 행복을 누리며 순수한 기쁨을 만끽했던 거야. 들과 숲에는 그들의 행복에 겨운 노랫소리로 가득 차 있고, 흘러넘치는 위대한 열정이 모든 사랑과 진정한 평화의 원천을 이루어 내고 있었지. 순진무구한 아이들의 아름다운 모습을 보며 태양은 그들에게 한없는 따스함과 빛을 뿌려 주었고……, 바로 그러한 정경이야말로 인간의 이념이 지향하던 모습 아니겠니! 황금 시대, 이것은 인류의 꿈 중에서도 가장 실현 불가능한 꿈이지. 하지만 사람들은 바로 그 꿈을 위해서 온 생애와 모든 열정을 바쳐 왔고, 또한 그것을 위해 예언자들은 기꺼이 죽었고 계속해서 죽음을 당했다. 인간은 그런 이념 없이 살기를 원치 않았고,

6 밝은 분위기의 낭만적 화풍으로 그림을 그린 프랑스의 화가(1600~1682).

7 루카치는 이 그림을 〈도스또예프스끼 전체 작품에 나오는 등장 인물들의 가장 심원한 동경의 강력한 상징으로 여기고 있다〉고 정의하고 있다.

또 그대로 죽을 수도 없었지! 나는 그런 모든 인식을 그 꿈속에서 직접 체험했다. 꿈에서 깨어나 눈물에 젖은 눈을 떴을 때, 바위와 바다, 그리고 사라져 가는 태양의 여명, 그러한 모든 것이 마치 눈앞에 보이는 것 같았다. 그때 느꼈던 그 벅찬 감동을 나는 지금도 기억하고 있어. 지금까지 한 번도 느끼지 못했던 행복감이 내 가슴 한쪽을 뚫고 지나가, 서늘한 아픔이 느껴질 정도였다.(p. 810)

자신의 영혼이 갈망하던 인식의 지향점을 환상적인 꿈에서 마치 에피파니처럼 깨달았던 베르실로프는 아르까지에게 자신의 경험을 말하면서 주체적인 사상의 토대를 정립하기 시작한다. 그에 따르면 러시아 문화의 발원지는 유럽이며, 러시아가 추구해 온 모든 정신적 가치의 요람은 고전주의 이래로 형성되어 온 유럽 사상이다. 그렇지만 그의 관점에서 볼 때, 유럽은 그리스 · 로마의 문화적 전통과 기독교 중심의 헬레니즘과의 융합을 통해 새로운 문화 양식을 창출해 내었지만, 그것을 인류 삶의 역사적 공간 위에서 구체적으로 실현해 내는 시대적 소명을 다하지는 못하였다. 그런 결과로 인해 〈유럽 각지에서 장송의 종소리가 특히 소리 높이 울리는 듯한 시대〉가 도래했음을 베르실로프는 예민하게 인식한다. 그가 보기에 〈유럽에서는 사변적 논리와 궤변이 주류를 이루고 있었고, 프랑스 인은 그저 자신들의 범주 속에, 독일인은 독일인의 관점에만 갇혀 있는〉(p. 811) 것으로 인식되었다. 그렇기 때문에 〈동시대의 유럽 인들은 과거의 전형을 만들어 내기는 했지만, 미래의 유럽 인〉을 창출해 낼 생각은 하지도 해볼 의지도 없다고 느낀 것이다. 이러한 시대적 상황을 독자적인 관점으로 파악하려는 베르실로프가 보기에 유럽 전체에서 진정으로 자유로운 영혼을 향유하고 있는 것은 〈러시아적 우수〉를 품고 있는 자신 한 사람이라는 믿음을 갖기 시작한다.

바로 이 지점에서 러시아의 역사적 소명과 사상적 독자성에 관한 그의 독특한 개념이 정립되기 시작한다. 그는 〈모든 프랑스 인은 바로 그가 진정한 프랑스 인이라는 조건에서만 비로소 자신의 조국인 프랑스와 인류를 위해 헌신할 수 있다는 점이다. 영국인이나 독일인도 마찬가지지. 하지만 러시아 인은 다르다. 그들은 진정한 유럽 인이 되었을 때에만 비로소 가장 러시아 인다운 러시아 인이 될 수 있는 묘한 특성을 가지고 있〉(p. 814)으며, 러시아 인만이 보편적인 가치를 개별적인 목표보다 더 상위의 개념으로 설정할 수 있으며, 바로 그러한 이념적 층위의 것을 현실적으로 구현해 낼 수 있는 시대적 역할이 바로 러시아의 소명이라 규정하고 있는 것이다. 이런 점에서 베르실로프는 도스또예프스끼 자신의 자전적인 요소를 많이 노출하는 인물이라 평할 수 있다.[8] 베르실로프는 〈러시아만이 이 세상 그 어떤 나라에서도 일찍이 이뤄 내지 못한 최고의 문화적 양식을〉 정립하기 위한 부단한 노력을 몇 세기에 걸쳐 지속적으로 해왔다고 설파한다. 그의 역사적 해석에 따르면 러시아 사상의 근본적 바탕에는 항상 인간의 존재 상황에 대한 깊은 고민과 온 인류의 괴로움을 더불어 공유하려는 열망이 자리하고 있다는 것이다. 바로 그러한 특성이 〈러시아 인의 전형적인 특성을 이루었는데, 러시아 민족의 최고 문화층이 바로 그런 점을 일관되게 지켜 왔고 …… 러시아의 장래는 바로 그런 전형의 인간들에게 달려 있다〉(p. 813)는 것이다.

여기서부터 베르실로프의 러시아 민족주의가 교조적인 성격을 띠게 됨을 느낄 수 있다. 그는 〈러시아만이 자신을 위해서가 아니라 진정한 사상을 위해서 살고 있다고 할 수 있으며 …… 이미 거

8 이와 유사한 도스또예프스끼의 사상적 편린이 『작가 일기』나 「여름 인상에 대한 겨울 메모」에 잘 나타나 있다. 특히 『작가 일기』 1876년 6월호에 게재한 「조르주 상드의 죽음」에서 도스또예프스끼는 이 시인이 1830년대와 1840년대에 유럽의 이상주의를 대표하고 있다고 하면서, 이와 같은 이상주의의 기운이 러시아 인들에게 전인류적 개념을 인식시켰으며, 그 터전 위에서 러시아는 자신의 독특한 역사적 소명 의식을 창출할 수 있었다고 기술하고 있다.

의 1세기 동안 러시아는 자신만을 위해서가 아니라, 유럽 전체를 위해서 헌신해 온 것이야!〉(p. 816)라고 정의한다. 그러고 난 다음 그는 한 걸음 더 나아가 〈그렇다면 그들은 왜 그래야 할까? 그들은 신의 왕국에 도달하기 전에 먼저 현세의 고뇌를 처절히 겪어야 할 운명을 타고난 것이라고 할 수 있지〉(p. 816)라는 결론을 내린다. 이 지점에 이르면 베르실로프의 사상이 마치 선민 사상과도 같은 러시아 민족 지상주의로 편향되어 가는 것을 느낄 수 있으며, 그런 논리적 비약은 베르실로프의 관념적 명제가 부조화로운 상황에 놓여 있음을 알 수 있다. 러시아의 역사적 운명과 그 의미에 관해서 독자적인 견해를 표방하려던 흐름이 어느새 민족적인 색채로 왜곡되어 있는 것이다. 이렇게 러시아에 관한 관념이나 형이상학적 명제가 등장 인물의 입을 통해 구체적으로 작품에 형상화되어 나타나는 경우는 도스또예프스끼에게서 아주 드물다. 아마도 이런 특성은 도스또예프스끼의 사상이 내면적으로 진화해 가는 과정과 밀접한 상관성이 있을 것 같다.

두 번째로 러시아의 운명을 말하면서 베르실로프가 언급하고 있는 〈신의 왕국〉에 대한 개념은 일반적인 기독교적 관점과는 거리가 있다. 절대적 신학 체계와 인본주의적 사상은 베르실로프에게 끝없는 방랑의 근본적인 원인이 된다. 그는 예수의 사상을 본질적으로 깨닫고 실질적으로 그것을 실천해 보려는 시도를 한다. 그렇지만 그에게는 근본적인 회의와 한계가 있었고, 주변 사람들은 이런 그의 행위를 보고 〈치마를 두른 예언자〉라고 폄하하는 규정을 하기도 한다. 그렇지만 그가 본질적으로 추구하려 했던 것은 그런 인식을 가지고 구도자의 길을 걸으면 분명히 새로운 이념적 층위의 것을 지상에 실현해 낼 수 있으리라는 분명한 목적의식이 있었다. 그러나 현실에 접했을 때 그는 많은 시행 착오와 좌절을 겪게 된다. 그러면서 점차로 마까르에 대비되는 신학 사상을 표출한다. 종교적 관념에서도 이중적인 특성을 보이는 것이다. 우선 그는 마치 고행을 통한 진리의 체득과 같은 마까르적인 종교의 속성을 추구하기도 하였다. 그래서 그는 〈고행자의 쇠사슬〉을 직접 몸에 차고 다니기도 하며, 박애 정신을 발휘해 정신분열증이 있는 아가씨에게 청혼을 하기도 한다. 고행의 방식을 통해 진리의 길을 추구하던 베르실로프는 신의 의미에 관해 점차 논리적 이성으로 접근하며 새로운 정의를 시도한다.

자신의 독자적인 인식을 확실히 정립하지 못했던 그는 유럽에서 이성과 합리를 바탕으로 새롭게 내리기 시작한 〈신의 의미에 관한 정의〉에 관해 탐닉해 들어간다. 물론 아직 〈그들이 부르짖는 무신론〉에 대해 베르실로프는 〈그들은 자신들이 지향하는 곳을 향해 맹목적으로 나아간 경솔한 사람들이었지만, 중요한 것은 바로 그들이 처음으로 실천적 기능을 추구했다는 점이야〉(p. 816~817)라고 말한다. 이를테면 지금까지 절대적인 외경의 대상이었던 신에 대해 인간이 주체적인 판단을 하기 시작했다는 점만으로도 그들의 논리적 접근이 역사적 의미를 지니고 있다고 인식한 것이다. 베르실로프의 이러한 종교관은 후에 이반 까라마조프의 형이상학적 명제를 통해 증폭된다. 즉 이반 까라마조프처럼 신인 사상은 하나의 허구이며, 본질적으로는 인신 사상이 인류의 관념 체계 속에서 더 적절한 것이라는 인식을 갖게 된다. 하지만 초인적 인간에 대한 탐구는 베르실로프에게서는 하나의 관념으로 제시되어 있을 뿐, 이러한 사상이 온전한 하나의 체계로서 형상화되지는 못한다. 다만 이반 까라마조프를 통해 형상화되는 인간 중심의 인식 체계가 이미 베르실로프의 관념 속에 원형으로 자리하고 있다는 사실은 주목해야 한다. 즉 19세기 전반에 유럽에서 폭넓게 논의되던 실러의 개념인 〈자유의 영역〉에 관해서 베르실로프가 인간들의 주체적 관점의 필요성을 논의하고 있는 점은 주요한 의미를 가지며,[9] 신과 인간에 관한 그런 이중적 사유에 관한 서사가 이 작품에 기술되어 있다는 사실 자체가 이 작품의 사상적 깊이를 재고시키고 있는 것이다.

이러한 인본주의적 관점의 종교관은 아르까지에게 말하는 베르실로프의 독백과도 같은 진술에 잘 나타나 있다.

> 그때 비로소 사람들은 문득 자신들이 완전히 홀로 남게 되었다는 것을 알고 갑자기 처절한 고독감을 느끼기 시작했어. 아르까지, 인간이 감사하는 마음을 모두 잊어버린 채, 그처럼 어리석은 존재가 되리라고 나는 단 한 번도 상상할 수 없었다. 완전한 고독에 빠진 인간은 이전보다 더욱더 긴밀하게 서로에게 깊은 정을 느끼면서 서로 의지하게 될 거야. 이제야 비로소 서로에게 의미가 있는 것은 결국 자신들밖에 없다는 것을 깨닫고서 이제 그들은 서로의 손을 잡기로 한 거야. 그들이 꿈꾸던 영원한 생명에 관한 사상은 이제 사라져 버리고, 그들은 자신들 스스로가 바로 그 자리를 채워야 한다는 것을 깨달은 것이지. 지금까지 영원한 하느님을 향하던 그 사랑이 이제는 자연, 세계, 인류, 그리고 풀 한 포기를 향하게 된 거야.(p. 818~819)

여기서 베르실로프는 독자적인 관념을 만들어 낸다. 즉 인간들은 자신들이 존재하는 바로 이 자연 속에 이전에는 전혀 상상도 못하였던 특이한 현상과 신비가 깃들어 있음을 차차 새롭게 인식하고 그것을 발견하게 된다는 것이다. 포괄적으로 말한다면 베르실로프가 표방하는 종교관은 유일신을 중심으로 한 것이 아니라 범신론의 성격인 것이다.

실질적으로 베르실로프는 이러한 사상적 경향을 가지고 있기 때문에 이 작품에서 무정부주의적 성향을 띠고 있는 제르가쵸프 서클과의 관계성도 어느 정도 모색하고 있다. 물론 〈해외에서 벌어지던 사상 운동에 참여하기 위해 게르쩬[10]에게로 가서 평생 동안 어떤 비밀스런 활동에 가담하고 있었〉던 것이 아니냐는 아르까지의 질문에 〈그 어떤 비밀스런 운동에도 가담한 일은 없었다〉

9 드미뜨리 메레쥐꼬프스끼도 〈자유의 영역〉에 나타나는 〈고차적 의미의 사실성〉에 관해 논의하고 있다.

고 답했지만, 그는 제르가쵸프 등이 꾸미고 있던 혁명적 노선의 운동 세력과도 일련의 관계가 있었다. 그러나 베르실로프가 지니고 있는 보다 본질적인 문제는 이런 사변적인 특성과 더불어 감성적인 부분에서의 커다란 혼돈이 공존하고 있다는 점이다. 마치 스따브로긴처럼 그의 내면에는 인간에 대한 박애적인 사랑이 깃들어 있는 반면에, 거의 광기와도 같은 육체적 욕망이 잠재해 있기도 하다. 바로 이 점에서 어쩌면 도스또예프스끼가 새로운 인간형의 창조를 도모한 것이 아닌가 하는 가설을 상정해 볼 수 있다. 그는 베르실로프의 사변적인 관념과 실제적인 행위 사이의 간극을 통해, 한 인물이 실존의 욕망과 한계 속에서 극한까지 치열하게 영혼을 탐구해 가는 과정을 형상화하려 한다. 이러한 서술을 통해서 도스또예프스끼는 등장 인물의 내면 의식 속에 깃든 인간 영혼의 역동적 자유 의식과 폐쇄적 관념 사이의 이중성을 자연스럽게 대비시키고 있다.

베르실로프의 내면적 특성을 형상화하는 과정을 통해 도스또예프스끼가 등장 인물들의 성격을 개별화와 일반화의 두 차원 속에서 분석하고 있음을 추론할 수 있다. 이렇게 개별화와 일반화로 대비하여 규정하려는 궁극적인 목적은 정형화된 관념과 역동성을 갖는 영혼의 실존적 의미를 상호 모순의 이중 구조 속에서 대비시키려 하는 것이다. 즉 서로 상치되는 사상을 종과 횡이라는 두 축에 설정하여 그들을 혼합하거나 의도적으로 융합하지 않고 조화로운 주제의 통일성 안에서 융합하는 것이다. 이렇듯이 베르실로프의 내면에는 유럽의 황금 시대를 러시아 사상의 시원으로 파악하는 관념적인 인식과 러시아의 독자적 주체성, 기독교

10 러시아의 사상가이며 작가(1812~1870)로서, 유럽으로 망명한 뒤 영국 등지에서 새로운 혁명 사상을 추구하였고 러시아에 그 사상을 전파하는 활동을 했다. 이 작품에는 베르실로프가 유럽에서 방황할 때 묵시적으로 그의 사상에 경도되었음을 시사하는 내용이 서술되어 있다.

정신에 대한 독자적인 추구, 그리고 여성에 대한 정신 분열적인 탐닉 등 여러 가지 요소가 혼재되어 있다. 물론 이런 관념들이 구체적인 사상적 체계를 형성하거나 내적 통일성을 이루고 있는 것은 아니지만, 그의 이런 정신적 · 사상적 부조화는 새로운 인식의 지평을 도모하고 있던 아르까지에게 심대한 영향을 미쳐 부조화의 증폭을 이루어 내고 있다.

3

베르실로프가 사상적 편력을 통해 여러 가지 관념의 명제를 표상하고 있는 원형적 인물이라면, 아르까지는 자신의 독자적인 궤적을 시도하는 과정 속 인물이라고 할 수 있다. 그의 이런 특성은 〈관 같은 방〉, 〈존재의 목적과도 같은 공상〉, 〈거미의 넋〉 그리고 〈내 자신만의 이념〉 등 몇 가지 주요 단어로 대변될 수 있다. 이런 관념적인 표현들은 아르까지의 내면 심리의 정경을 은유적으로 나타내고 있다. 무덤과 같은 〈관 같은 방〉에 홀로 누워 〈존재의 목적과도 같은 공상〉에 끊임없이 빠져 들어가는 〈거미의 넋〉을 지닌 젊은 영혼이 처연한 심정으로 추구하는 〈자신만의 이념〉은 그 자체만으로 정신적 · 관념적 부조화를 암시하고 있으며, 구체적인 양상에서도 베르실로프의 편력에 비해 훨씬 더 깊고 넓은 방황의 궤적을 그려낼 것이라는 예단을 낳게 한다. 베르실로프가 주로 자신의 사상적 본질을 정의함에 있어 인식의 부조화를 경험하는 반면에, 아르까지는 자신이 추구하는 이념에서는 물론이고 출생의 근원에서조차도 이중적 구조를 체험하고 있다. 그는 〈엄밀히 말해 베르실로프의 서자였지만 법적으로는 마까르 돌고루끼의 적자로 호적에 올라〉 있었고, 그로 인해 항상 존재의 근원에 대한 깊은 회의를 운명처럼 짊어지고 다녀야 했기 때문이다.

아르까지가 펼치는 방황과 편력은 근본적으로 〈자신의 독자적인 이념〉을 만들어 가려는 과정과 깊은 관련을 맺고 있다. 그 자신의 표현대로 아르까지는 베르실로프로부터 모든 내면적 삶에서 부정적인 의미든 긍정적인 의미든 짙은 영향을 받았으며, 존재의 의미에 대해 심도 있게 사유하는 특성은 아주 유사하다. 어린 소년 시절부터 부모로부터 떨어져 홀로 외톨이로 자란 그는 마치 업보인 것처럼, 궁극적인 진리에 도달하기 위한 〈이념〉의 추구를 자신의 소명으로 인식한다. 그러한 특성은 아르까지가 자신의 개인적 화두처럼 반복하는 명제인 〈내 자신만의 이념〉이라는 말에서 찾아볼 수 있다. 그는 이 말을 여러 차례 반복하면서 어떤 특별한 내용을 기대하게끔 한다. 하지만 그가 나름대로의 논리적이고 이성적인 합리성에 바탕하여 정립해 가려는 이념은 인간 사회 공공의 선을 위한 시대 정신이라는 차원과는 전혀 관계가 없다. 왜냐하면 아르까지가 상정하는 〈이념〉의 유일한 지향점은 인간 사회를 벗어나 혼자만의 고독한 상태를 희구하는 것이기 때문이다. 그는 〈열두 살쯤 됐을 때부터, 즉 자신에 관한 올바른 자각을 가지기 시작함과 거의 동시에 나는 사람들을 싫어하기 시작했던 것 같다. 싫어했다기보다는 오히려 왠지 사람들이 무거운 짐처럼 느껴지기 시작했다〉(p. 156)고 토로하고 있다. 바로 이 지점부터 타인들과 인식의 공유점을 찾을 수 없게 된다. 점차로 그는 자신의 내면에서 울려 나오는 직관적인 영혼의 소리에만 귀를 기울이면서 일상적인 사회에 적응하지 못하고 철저한 의사 소통의 단절과 소외를 경험하게 된다. 그 단절과 소외가 처음에는 상류 사회에 대한 동경과 좌절에서 비롯되었지만, 차차 그것은 그 자신이 스스로 자신의 내면 세계로 침잠해 들어가기 위해서 벽을 치는 것으로 발전해 나가고, 스스로 그런 상황을 즐기고 향유한다. 음습한 자신의 내면 심리를 진단하면서 그는 자신의 영혼 속에 〈거미의 넋〉이 자리잡고 있다고 믿는다. 이를테면 자신이 지향하는 바를 한 번도 올곧게 표출하지 못하고 여러 가지 정황에 휩쓸려 들어가는 아르까지의 특성을 단적으로 반증하는 표현이다.

또한 아르까지는 자신이 상정하는 이념의 내용에 대해서도 사실 구체적으로 정립해 놓은 것이 아무것도 없다. 그래서 〈이제 내 이념의 내용에 대해서〉 말하겠다고 한 뒤에 그는 그것을 〈구체적으로 표현하기가 대단히 어렵다〉고 번복하면서 말장난을 시도하고 있다. 그에 따르면 이념의 목적과 내용을 기술하기 위해서는 〈그것이 생기게 된 동기나 원인이 무엇이었는지를 설명하지 않으면 독자들도 혼란스러울 뿐만 아니라 필자인 나 자신도 그것이 발전해 가는 단계를 설명하는 데 상당한 어려움을 느낄 것〉(p. 139~140)인데, 이념을 정립하기까지의 그 복잡한 과정을 묘사하기 위해서는 자신도 결국 〈앞에서 조소를 한 바 있는 소설가의 《문학적 기교》인 이른바 《침묵의 기법》에 빠져 들게〉 될 것이기 때문에 구체적인 진술을 유보한다는 것이다. 그는 특유의 궤변으로 말하기를, 〈무엇보다도 단순하고 무엇보다도 분명한 이념, 바로 그런 이념이 오히려 이해하기 힘든 것이다. 만일에 콜럼버스가 아메리카를 발견하기 이전에 자기의 생각을 다른 사람들에게 이야기했더라면 아주 오랫동안 그는 사람들의 이해를 전혀 얻지 못했을 것이라고 나는 확신한다. 그리고 사실을 말하자면 그들은 그의 뜻을 전혀 이해하지 못했다. 그렇다고 해서 나 자신을 콜럼버스에 비교하려는 의도는 전혀 없다. 만일 내가 그러한 의도를 가지고 있을 거라고 상상하는 사람이 있다면, 아마 그렇게 생각하는 자신에 대해서 스스로 부끄러운 느낌이 들 것이며, 그 이상의 어떤 다른 의미도 얻어 낼 수 없을 것이다〉(p. 140)라고 일방적인 독백을 하고 있다. 그래서 결국에는 그가 말하는 이념의 구체적 실체는 서술되어 있지 않고, 작품의 서술 속에 흩어져 있는 그의 사유와 행위를 통해 그것의 의미를 추론해 볼 수밖에 없다.

또 아르까지가 표방하는 이념에는 근본적인 모순이 깃들어 있다. 자신의 이념적 지향이 인간의 본질적 의미를 추구하는 것과 관련이 있다는 내용을 계속 흘리면서도 실제로 그가 말하고 있는 것은 그의 인식 체계와 전혀 어울리지 않는 명제를 도출해 내고 있다. 이를테면 그는 자신의 목소리로 〈내가 말하고 있는 이념이란 바로 로스차일드와 같은 인물이 되는 것이다. 여기서 나는 독자 여러분에게 내 말을 조용히 진지한 기분으로 들어 주기를 요청한다. 한 번 더 내 말을 반복하고자 한다. 내 이념은 바로 로스차일드가 되는 일이다. 로스차일드처럼 부유해지고 싶다. 단지 부자가 되는 것이 목적이 아니라, 로스차일드와 같은 부유한 저명 인사가 되고자 하는 것이다〉(p. 141)라고 한다. 이는 그가 끝없이 말하고 있는 고적한 공간에서 자신만의 고독을 지고의 행복으로 꿈꾼다는 내용과는 판이하게 다르다. 그리고 그가 상정하고 있는 구체적 계획이 무엇인지, 또 무엇을 위해서인지, 그리고 왜 그러한 것을 생각하게 되었는지에 관해서는 전혀 언급되어 있지 않고, 다만 자신의 계획의 〈성공 가능성이 수학적 확실성에 의해서 보장받고 있다〉는 사실만을 반복해서 서술하고 있다. 그는 자신이 설정하고 있는 〈명제의 본질〉은 아주 단순하고 명료하며, 그것을 이루어 낼 수 있느냐 없느냐는 결국 〈굳은 의지〉와 〈억센 인내심〉이라는 두 단어 속에 들어 있다고 규정하고 있다. 이념에 대한 그의 정의는 근본적으로 모순 어법 위에 정초되어 있으며, 그것의 진행도 이렇게 전혀 예기치 못한 방향으로 설정되고 있다. 아르까지가 지니고 있는 내면적 부조화를 단적으로 보여 주는 것은 그의 모순적인 인식[11]이다. 그는 동시대에 이름을 드날리기를 꿈꾸면서도, 동시에 주변에 사람이 아무도 없고, 인기척 하나 들리지 않는 완전한 고독 속에서, 홀로 조용히 침대에 누워 담요를 덮고 여러 가지 형태의 삶에 대해서 관조하기 시작할 때 지고의

11 아르까지의 무의식에 관한 서술은 다른 작품의 〈꿈에 관한 서술 기법〉과 유사성을 지니고 있다.

행복을 느낀다. 바로 이 맥락에서 그가 추구하는 이념의 본질적 특성이 드러나고 있다. 즉 혼자 고독의 심연에 잠긴 채, 〈그렇게 심각하게 공상에 몰두하는 습성이 마침내 나로 하여금 내 나름의 《이념》을 발견하는 차원으로까지 이끌어 갔으며, 그 순간에는 내가 하는 모든 공상들이 뜬구름을 잡는 듯한 수준에서 단번에 논리적 타당성이 있는 것처럼 여겨졌고, 공상 소설에서나 나올 법한 것들이 개연성이 있는 현실적 형상으로 변조되었다〉(p. 158)는 것이다. 그렇기 때문에 그가 추구한 이념은 현실적인 토대가 상당히 미약하게 나타난다.

이렇게 아르까지의 사유와 행위 양식에서 나타나는 모든 양상은 항상 이중적인 의미를 가지고 있다. 그가 베르실로프의 관념적인 세계에 빠져 들 때마다, 항상 그의 내면 의식을 더욱더 강렬하게 자극하는 것은 까쩨리나 니꼴라예브나를 향한 정념이다. 또한 그가 거듭해서 〈나는 이제 그들을 떠나서 진정으로 내가 추구하는 길을 가련다〉[12]라고 결단하는 마음을 갖출 때마다 그는 곧 현실의 한복판으로 내몰린다. 현실적 상황에서도 그의 부조화의 모순은 반복되고 있다. 제르가쵸프 서클에 참여해 〈러시아의 동시대적 상황과 역사적 운명〉에 대해 열띤 논쟁을 벌이던 그는 자신의 미래의 계획을 실현하기 위한 자금을 마련하려고 도박장으로 달려간다. 도스또예프스끼는 여기서 아르까지의 영혼과 운명이 서로 엇갈리는 상황을 묘사하고 있다. 즉 그가 자신이 추구하는 〈이념〉을 향해 마침내 치열한 열정으로 매진할 준비를 할 때마다 현실은 그를 대지 위로 끌어내려 실제적인 존재 상황을 체험하고 그에 대해 사유하도록 한다. 그러나 이런 상황이 도래하는 근본적인 이유는 바로 아르까지의 내면에 현시적인 관념에 대한

12 이와 유사한 진술은 1부의 7장부터 계속적으로 반복되지만 아르까지는 그때마다 새로운 사건에 말려들어 자신의 가족을 떠나지 않으며 작품의 결말 부분까지 자신의 길을 가지 못하고 있다.

무의식적인 탐닉과 일상적인 정념에 매달리는 왜곡된 욕망이 잠재해 있기 때문이다.

존재론의 영역에서 가장 선명하게 나타나는 아르까지의 부조화로운 특성은 까쩨리나 니꼴라예브나와의 애매한 사랑에서 찾아볼 수 있다. 까쩨리나 니꼴라예브나와 벌이는 사랑의 열망에는 베르실로프와 아르까지 모두 함몰되어 있다. 도스또예프스끼는 그녀를 이 두 사람의 지고지순한 사상에 분열을 낳게 하는 비극적 원인으로 설정하고 있다. 육체적인 사랑과 정열은 두 사람의 사상적 근원을 해체하고, 이념과 존재 상황 사이에 간극을 빚어내는 역기능을 하고 있다. 그래서 베르쟈예프는 〈순결한 영혼은 통일성을 창출하지만 육체적 탐닉은 분열을 자아내며〉, 도스또예프스끼는 작품 속에서 등장 인물로 하여금 〈이 분열의 과정을 거치도록 한다〉[13]고 분석하고 있다. 까쩨리나 니꼴라예브나를 향한 아르까지의 사랑 속에는 이 두 가지 원리가 동시에 내재되어 있다고 할 수 있다. 증오의 감정에서 시작된 내면적 교류가 어느새 연민의 심연을 형성하고 있으며, 순수한 사랑의 감정이 폭풍우가 몰아치듯 갑자기 관능의 심연으로 전이되어 간다. 도스또예프스끼는 아르까지의 이 이중적인 감정을 세밀하게 묘사하면서 관능적인 사랑이나 연민적인 사랑 모두 아르까지의 내면을 모두 소진시켜 버리는 기능을 하고 있음을 서술한다. 왜냐하면 그는 아르까지가 그녀를 향해 느끼고 있는 연민적인 사랑에 바로 관능적인 탐닉이 자리하고 있음을 보기 때문이다. 하지만 여기서도 아르까지에게는 〈거미의 넋〉이 나타나고 있다. 그는 자신이 갈망하고 있는 까쩨리나 니꼴라예브나를 소유하고 능욕하려는 잠재적인 욕망을 가지고 있기 때문에 람베르뜨와 함께 그녀의 치명적인 약점인 〈서류〉를 가지고 그녀를 협박하려는 의도를 가지고 있다. 그러

13 베르쟈예프, 이종진 역, 『도스또옙스끼의 세계관 — 신과 인간의 비극』(문학세계사, 1982), p. 272

면서도 또한 그녀를 〈지고지순한 지상의 여인〉으로 정의하는 이중성을 내비치고 있다.

이 밖에도 아르까지의 정신적 방황의 공간에는 숭고한 기운이 내포되어 있는데 그것의 중심에는 마까르 돌고루끼의 순례자적 경건성이 자리하고 있다. 베르실로프의 관념적 사상과 대비되어 그 대칭점에 서 있는 마까르가 표상하고 있는 것은 아르까지와의 대화를 통해 구현되고 있는 순환하는 자연적 이치로의 귀의이다. 도스또예프스끼가 마까르를 통해 형상화해 내려는 것은 단순한 진리를 체현하는 농민의 상이라고 할 수 있다. 도스또예프스끼는 마까르에 대해 순례자적 경건성, 또한 직관적인 영감이나 서정성을 부여함으로써 아르까지의 인식 공간에, 새로운 직관 세계로 나아갈 수 있는 튼실한 힘을 부여하려 하고 있다. 이러한 점에서 마까르는 똘스또이의 『전쟁과 평화』에 나오는 쁠라똔 까라따예프와 상관적 관계를 가지고 있지만, 쁠라똔의 인식 수준이나 사상의 형상화만큼 구체적으로 형상화되어 있지는 않다. 그러나 마까르와의 만남을 통해 아르까지는 마치 조시마 장로를 통해 인식의 새로운 차원을 경험하는 알료샤처럼 혼돈의 강을 건너갈 사상적 푯대를 찾은 것 같은 경험을 하게 된다.

아르까지는 자신의 내면 심리 속에서 끊임없이 영혼과 존재의 여러 양상들을 탐색하며 그에 관한 독자적인 관념을 설정해 간다. 그런 과정을 거치며 아르까지의 내면에는 관념의 미로가 만들어진다. 다른 등장 인물들의 관념 체계와 구별지어 도스또예프스끼는 아르까지의 영혼의 이중성을 정형화된 관념으로가 아니라 끝없이 진화해 가는 의식의 분열로 표현한다. 이렇게 파편처럼 흩어져 있는 아르까지의 내면 심리에 관한 묘사는 도스또예프스끼가 의도적으로 설정해 놓은 것이라고 볼 수 있다. 즉 도스또예프스끼는 인간 의식의 은밀하고 신비로운 역동적 변화를 아르까지의 영혼의 전이를 통해 상세하게 묘사하고 있다. 그래서 이 작품에는 여러 가지 관념적인 명제들이 등장하고 있지만, 그들의 한복판에 아르까지가 자리한 채 영혼의 직관으로 모든 관념적 명제들을 자신의 인식 영역에서 일반화시키고 있다.

파편처럼 흩어져 있는 아르까지의 정신적·관념적 방황의 편린들은 특정한 범주 속에 포함시키기가 어렵다. 아르까지가 〈수기〉를 쓰는 이유는 곧 자기 정체성을 찾아가는 과정에서 필연적으로 도출되는 계획이다. 이러한 개념은 다시 작가 자신에게로 전이되어 간다. 도스또예프스끼는 아르까지의 정신적 편력을 전체적으로 조망하려는 의도에서 이를 상세하게 서술하고 있다. 곧 성장소설을 염두에 두고 이렇게 구성한 것일 수도 있다는 점이다. 즉 이 작품을 창작하면서 그가 똘스또이의 3부작을 염두에 두고 한 젊은이의 정신과 영혼의 편력사를 서술하려 했던 것이 아닐까 하는 비평적 가설을 제기할 수 있다.[14] 즉 아르까지가 펼치는 방황과 편력은 결국 베르실로프의 사상적 풍모, 마까르 돌고루끼의 순례자적 숭고미, 제르가쵸프를 중심으로 한 인텔리겐치아들의 혁명 사상 등에 영향을 받으며, 스스로 자신의 독자적인 이념을 만들어 가려는 과정에서 펼쳐지고 있는 것이다. 그렇기 때문에 이 작품에서 두드러지게 나타나고 있는 것은 베르실로프보다도 더 큰 진폭을 보이는 아르까지의 내면적 방황이 그려 내는 과정의 궤적이다. 베르실로프가 자신의 관념적 명제를 나름대로 체화하고 있다면, 아르까지는 독자적인 관점을 탐색하는 여정에 서 있다고 할 수 있다.

14 이러한 비평적 가설에 대한 상세한 논의는 이 논문의 5장에서 다루고 있다.

4

인물들의 사상적 편력이나 형이상학적 관념의 전개에서만 부조화가 나타나는 것이 아니라 도스또예프스끼 자신의 서술 방식에서도 이 작품은 부조화의 특성이 나타나고 있다. 이 작품은 아르까지의 내면적 성장 과정을 중심으로 한 단일한 서술 구조의 형식으로 구성되어 있지 않다. 서술 목적이 서로 다른 최소한 네 가지의 이야기들이 융합되어 있는 구성적 특성을 가진다. 구체적인 예를 든다면, 우선 베르실로프와 순례자 마까르 돌고루끼라는 두 대비적인 공간 사이에서 방황하는 아르까지의 내면 인식의 성장기를 상정해 볼 수 있다.

두 번째로는 아르까지가 사변적인 이념의 공간과 까쩨리나 니꼴라예브나와의 정념이라는 메울 수 없는 간격에서 엮어 내는 모순적인 행위를 축으로 이루어지는 서술이다.

세 번째로는 가장 변별력이 강한 것으로, 3부의 3장에 나오는 〈막심에 관한 이야기〉[15]를 들 수 있다. 마까르 이바노비치의 이야기 중에서 아르까지가 발췌하여 옮겨 놓은 형식으로 되어 있는 이 이야기는 이 작품의 구성에서 독특한 의미를 지니고 있다. 서술의 통일성이라는 관점에서 볼 때 이 이야기는 기본적으로 전체 작품과 내적인 연결 고리가 상당히 미약하다. 하지만 〈이야기 속의 이야기〉 형식을 빌어 서술되어 있는 이 이야기는 아르까지의 영혼에 경건성과 전율이라는 아주 묘한 효과를 창출하고 있다. 특히 이 이야기의 주요 인물인 막심 이바노비치의 생애는 마치 성자전에 나오는 것과 같은 경건함과 전율스러운 숭고미를 동시에 함축하고 있다. 막심 이바노비치의 성은 스꼬또보이니꼬프인

15 이 작품은 특히 하나의 독립된 단편소설의 형식으로 되어 있는 것으로, 주제적인 면에서나 구성의 측면에서 볼 때 『미성년』과는 상당한 거리를 가지고 있다.

데 이 말뜻은 〈백정〉이라는 의미이다. 그의 성이 암시하고 있는 바대로 그의 성격적 특성은 잔혹하고 야비한 〈인간 백정〉과 같은 성질로 대변되고 있다. 그러던 그에게 기적과도 같은 인식의 변화가 일어난다. 한 상인의 가족을 빚을 빌미로 파멸시킨 다음 인식의 변화를 일으켜 그 상인의 아내와 결혼해서 속죄의 삶을 살려 하지만, 둘 사이에 얻은 아이가 죽고 나자 모든 세속적인 것을 버리고 순례자의 동반자가 되어 방랑하다가 1년에 한번 아내에게 들른다는 내용의 이 이야기는 이 작품에서 독립성이 아주 강한 것이다.

네 번째로 상정해 볼 수 있는 이야기는 아르까지의 하숙집 주인인 뱠뜨르 이뻴리또비치가 하는 이야기들로 이것은 거의 민담 수준에서 통용되는 이야기이다. 도스또예프스끼는 이러한 이야기 형식을 빌어서 민중들의 속성에 대해 은유적으로 서술하고 있다. 특히 2부의 1장 2절에 나오는 〈돌에 관한 이야기〉를 통해 베르실로프가 민중을 어떻게 인식하고 있는지가 잘 드러나고 있다. 이야기의 주요 내용은 철도를 놓다가 커다란 돌이 나와서 영국인 토목 기사들을 불러 막대한 비용을 지출하게 됐는데, 과일 장사 한 사람이 민중들을 동원해 땅을 판 다음 그 돌을 감쪽같이 묻어 버리고 상금과 훈장을 받았다. 그런데 그 사람은 훈장을 목에 걸고 사방으로 돌아다니다가 결국에는 그만 술 때문에 몸을 망쳐 버렸다는 이야기이다. 베르실로프는 이런 종류의 이야기가 애국적이면서도 무질서한 감정을 동시에 보여 주고 있다고 하면서, 〈그 돌은 틀림없이 지금도 그 자리에 있을 거야. 구멍을 파서 묻었다는 것은 지어 낸 거짓말〉이라고 단언한다.

이것은 베르실로프의 입을 통해 러시아 민중에 대한 도스또예프스끼의 관점을 잘 보여 주는 것이다. 〈민중은 비참한 상황에서 살아가면서 그런 이야기라도 만들어 내지 않고서는 참아 내기가 어려웠을 것이다. 하층 사람들 사이에는 그런 이야기가 많이 있지. 그 주요한 이유는 그들이 절제 없는 생활을 하기 때문이야. 공부다운 공부라고는 해보지 못했고, 정확히 아는 일이라고는 아무것도 없거든. 카드 노름과 자식 만들기를 빼고서는 말이야. 그러다 보니 그들은 뭔가 인류 공통의 시적인 이야기를 꾸며 내고 싶었겠지.〉 민중들의 모습에서 나타나는 전형을 도스또예프스끼는 스뜨류쯔끼라는 단어를 사용하여 나름대로 정의한 일이 있다. 그의 정의에 따르면, 〈스뜨류쯔끼는 속이 텅 빈, 잡동사니 같은 시시하고 하찮은 인간이란 뜻이다. 자포자기한 인간형인 이런 사람의 중요한 특징은 어리석음, 수다스러움, 무지함, 무가치성으로 대변된다〉.[16] 결국 곁가지 엮기의 형태로 구성되어 있는 이 이야기는 작가 자신의 민중관을 보여 주는 기능 이외에는 이 작품의 전체적 내용과는 상당한 거리를 지니고 있다.

구성의 차원에서 볼 때 이 작품에는 이렇게 최소한 서로 서술의 목적이 다른 네 가지 이상의 이야기들이 얽혀 있다. 물론 전체적인 서술의 흐름을 보면 아르까지의 내면적 성장 과정을 중심으로 한 단일한 서술 구조를 가지고 있지만 각각의 이야기들은 독자적인 목소리를 지향해 가는 구조를 가지고 있는 것이다. 그래서 서술 화자인 아르까지가 서술의 중심에 서 있지만 각각의 이야기들은 개별적인 문학성을 지닌 독립된 단위로 되어 있다. 또한 작가도 이 작품에서 일정한 객관적 거리를 확보하지 못하고 플롯의 진행에 주관적인 개입을 하고 있는 현상이 노출되기도 한다. 그러나 궁극적으로 이 작품의 플롯의 중심에는 아르까지가 서 있어야 할 구조이다. 하지만 그의 영혼 자체가 어떤 규정적인 의미로 정립되어 있지 않기 때문에 여러 가지 개별적인 사건의 전개 속에서 그의 영혼의 참모습을 그려 내려고 이런 산만한 구조를 가지고 있다고 볼 수 있다.

16 베르쟈예프, 이종진 역, 『도스또옙스끼의 세계관 — 신과 인간의 비극』(문학세계사, 1982), pp. 69~70

『미성년』에서 가장 두드러지게 나타나는 특징은 극적 긴장감이 없이 산만하게 구성되어 있다는 점과 서술의 흐름이 극히 파편화되어 일정한 통일적 구심점이 없이 사방에 흩어져 있다는 사실이다. 무엇보다도 이 작품은 도입 부분부터 극히 산만해 보이는 서술로 구성되어 있어 도스또예프스끼 특유의 밀도 높은 집중적인 서술에 익숙해진 독자들은 몽롱한 환상과 방황을 겪는 듯한 느낌을 가지게 될 것이다. 무엇보다도 단일한 의미를 형상화해야 할 한 문단 내에서도 여러 가지 다른 방향을 지향하는 담론이 얽혀 있어 그들의 개별적인 지향점이 어딘지를 가늠하기가 퍽 어렵다. 구체적인 예를 들어 본다면, 작품의 제1부 1장 1절은 하나의 문단으로 이루어져 있는데, 바로 여기서부터 화자의 특이한 서술 방식이 나타나고 있다. 즉 통일적인 의미의 흐름을 견지해야 할 한 문단의 서술이 함축하고 있는 바가 단일한 의미를 지향하는 것이 아니라 적어도 세 가지 이상의 갈래를 만들어 내고 있다.

이러한 내용의 글을 꼭 써야 할 필요는 없었지만 더 이상 가슴에 담아 두고 살 수가 없을 것 같아, 내가 처음으로 인생이라는 무대에 들어설 무렵에 관한 이야기를 있는 그대로 기록해 두기 위하여 이 글을 쓴다. 먼저 한 가지 분명히 말해 두고 싶은 것은 앞으로 내가 백 살까지 산다고 하더라도, 다시는 자전적인 이야기를 쓰지 않겠다는 것이다. 별 부끄러움 없이 자신에 관한 글을 쓰기 위해서는 아주 민망할 정도로 자기 자신에 도취되어 있어야 한다. 이 글을 쓰고 있는 내 행위가 용인될 수 있는 유일한 덕목이 있다면, 그것은 다른 사람들의 글과는 그 집필 목적이 다르다는 것, 다시 말해 독자들로부터 찬사를 받기 위해서 쓴 것이 아니라는 점이다. 지난해부터 내 주변에서 일어난 모든 일을 상세히 적어 두려고 불현듯 생각을 한 것은 바로 나 자신의 내면적 열망에 따른 것이다. 그만큼 나는 내 주변에서 일어난 그 모든 사건들로 인해서 커다란 충격을 받았다. 이 글에서 나는 모든 수사적인 어구들, 특히 문학적인 수식은 가능한 한 배제해 버리고, 일어난 사건들의 실체만을 기록할 생각이다. 작가란 사람은 30년 이상이나 글을 써왔다고 해도, 자기가 무엇을 위해 그토록 오랫동안 글을 써왔는지 모를 수도 있다. 그렇지만 나는 작가는 아니다. 작가가 되고 싶은 마음도 없다. 또한 내 영혼의 내면에 깃들어 있는 생각이나 정서를 함축적으로 묘사한 개인적인 글을, 통속적인 그들의 문학 시장에 함부로 들이미는 행위는 온당치 못하며, 참을 수 없는 비열한 짓이라고 생각한다. 그러나 이 글을 쓰며 마음에 걸리는 점은, 가슴속에서 일어나는 내면 심리의 전개나 개인적 사색에 관한 묘사를(비록 그것이 유치하게 보일지라도), 모두 삭제해 버릴 수는 없다는 사실이다. 모든 문학 창작물은 예외 없이, 설사 그것이 단지 자기 자신만을 위해 씌어진 것이라 할지라도, 경우에 따라서는 사람들에게 상당한 정도의 영향을 줄 수 있고, 심지어 그들의 영혼을 타락시킬 수도 있다. 또 한편, 개인적인 사색이란 그 속성상 누구에게나 해당되는 공유점을 제시하지 못할 수도 있다. 왜냐하면, 자신에게는 다분히 가치가 있다고 여겨질지라도 타인에게는 아무런 의미도 주지 못할 수도 있기 때문이다. 하지만 이런 이야기는 더 이상 하고 싶지 않다. 머리말로는 이 정도로 충분하기 때문이다. 이런 싱거운 얘기는 그만 하고 이제 본론을 시작하겠다. 물론 어떤 일을 시작한다는 것은 그것이 어떤 종류의 것이든 간에 그 무엇과도 비교할 수 없을 정도로 힘든 것이다.(p. 11~12)

작품의 초반부에서부터 화자가 의도하는 바가 명료하게 나타나기보다는 극히 사변적인 명제들이 서로 얽히듯 뒤섞여 있어 글의 지향점이 애매하게 서술되어 있다. 특히 〈이제 본론을 시작하겠다〉는 언급은 이후에도 거듭되어 최소한 여덟 차례 이상 반복되어 나타난다. 이 문단에서도 화자는 자신이 글을 써야 하는 목적을 기술하고 있지만 진정한 근거는 그 다음 명제로 전이시키며, 바로 작가들의 통속적 대중 지향성을 언급하면서도 정작 자신이 추구하는 내적인 의미가 무엇인지는 자세히 언급하지 않고 있다. 뒤이어 구체적인 무엇인가를 기술하겠다고 하지만, 편린과 같은 사건들이 계속 난무하면서 서술의 방향이 무엇인지 명료하게 나타나지 않고 있다. 또한 이 글의 실제 원문은 문체가 꼬일 대로 꼬여 있어 글이 내포하고 있는 함의를 파악해 보기도 전에 먼저 쉽게 다가서기 어려운 상당히 이질적인 거리감을 경험하게 한다. 물론 도스또예프스끼의 문체가 뚜르게네프나 똘스또이처럼 유려하고 간결한 특성을 지닌 것은 아니라는 것을 전제하고라도, 이 작품은 시작부터 플롯이 지향하는 바에 대한 의미를 파악하기가 아주 어렵게 되어 있다.

이러한 애매모호한 서술이 거듭되면서 극히 낯설던 개념이 어느 정도 자동화되기 시작하면 글의 흐름이 새로운 맥락을 창출하기 시작한다. 그러면서 점차 글의 흐름이 일정한 토대를 구축하기 시작하는 것을 느낄 수 있다. 이윽고 제1부를 다 읽고 났을 때부터는 이러한 산만한 서술이 작자의 내밀한 의도 속에서 진행된 것이 아닐까 하는 호기심이 생기며, 플롯의 진행에 대해서 상당한 내적 긴장감을 느낄 수 있다. 즉 거의 분열이 되어 있다시피 한 젊은 영혼의 내면 세계를 형상화하기 위해서 도스또예프스끼가 의도적으로 애매하고 불명료한 문체에 바탕하여 작품을 서술하고 있다고 상정할 수 있으며, 보다 적극적으로 말한다면 이 작품의 문학적 의미를 제대로 형상화해 내기 위해서 고안된 작가 특유의 서술 기법이라고 평가할 수도 있을 것이다. 이런 관점에서 보면, 하나의 단일한 주제 의식을 가지고 있어야 할 문단에서조차 여러 가지 화제가 등장하도록 하는 것은 작가의 내밀한 문학적 의도에 기인하는 것이라는 비평적 가설이 성립될 수 있다. 그렇게 구성하는 의도는 젊은이의 영혼이 그야말로 분열되기 일보 직전까지 흐트러져 있음을 보여 줌으로써 이 이야기가 단순히 하나의 일상적 독백이 아니며, 혼란스러운 영혼의 내면적 소리를 있는 그대로 드러내 보여 주려는 작가의 의도가 담겨 있음을 알 수 있다.

또한 이 작품에서는 결정적으로 문제가 될 수 있는 소지가 있다. 바로 부차적인 인물이긴 하지만 플롯의 진행에 주요한 동기를 마련하는 인물의 이름이 제1, 2부에서와 제3부에서 바뀌어 나타나고 있다는 점이다. 이는 작품의 문학적 통일성을 해치는 결과를 초래하고 있다. 구체적인 예를 든다면, 가난한 집안 형편 때문에 가정교사 자리를 알아보다가 비열한 상인에게 창녀 취급을 당한 뒤 베르실로프의 진정 어린 제안 역시 음흉한 의도가 내포되어 있는 것으로 지레짐작하고 자포자기의 행동을 하다가 스스로 목숨을 끊은 올랴의 어머니 이름은 제1, 2부에서는 다리야 오니시모브나였다. 그러다 똑같은 인물의 이름이 제3부에서는 갑자기 아무런 언급 없이 나스따시야 예고로브나로 바뀌어 나오고 있다. 물론 그녀는 작품에서 주요한 인물로 등장하지는 않지만 아르까지의 행동 양식의 결정에 중요한 역할을 하고 있다. 그래서 그녀의 성격 묘사가 제대로 형상화되지 못한 점은 이 작품의 전체적 통일성을 상당히 어그러지게 할 수도 있다. 아마도 이러한 구성상의 허점은 작가의 의도가 혼란스러운 상황에서 나온 것이라고 믿어진다.

5

그렇다면 작가로서 이미 일정한 경지를 이룩한 도스또예프스끼가 안정적인 상황에서 쓴 이 작품에 이러한 부조화의 시학이 나타나는 근본 이유는 무엇일까? 우선 상정해 볼 수 있는 비평적 가설은 도스또예프스끼가 똘스또이의 3부작인 『유년 시대』, 『소년 시대』, 『청년 시대』를 의식하면서 이 작품을 집필했기 때문이라는 점이다. 이러한 추론의 근거는 작품의 마지막 부분에 나오는 니꼴라이 세묘노비치의 편지에서 찾을 수 있다. 그의 편지에는, 〈그처럼 유서 깊은 전통을 지닌 많은 러시아의 가정들이 어쩔 수 없는 시대적 흐름에 밀려서 집단적으로 하나의 우연한 가족으로 해체되어 가고, 사회 전반의 무질서와 혼란 속에 휘말려 들어

가게 된다〉(p. 979)는 가정은 아주 개연성 있는 명제가 아니냐는 물음이 나온다. 그러고 나서 그는 이런 러시아의 현실적인 상황을 아르까지의 이 수기가 적절히 묘사했다고 추론하면서, 〈그러한 현상은 최근까지 있었던 러시아의 유서 깊은 가족의 모습, 당신의 삶의 흐름과는 전혀 다른 유년 시대와 청소년 시대를 향유했던 선통적 가족의 전형과는 정반대의 양상을 이루는 것입니다〉(p. 980)라고 진술하고 있다. 여기서 말하고 있는 전통적 가족의 전형이 함축하고 있는 의미를 짚어 보면, 그것은 분명히 똘스또이의 3부작을 지칭하는 것임을 알 수 있다. 화자를 등장시켜 작자 자신이 말하고 있는 대로, 똘스또이가 상정했던 인간의 성장기를 미화적인 형태가 아니라 혼돈 그 자체대로 파악한 점이 이 작품의 문학적 가치라고 할 수 있다. 바로 이 점에서 이 작품은 똘스또이에 필적할 만한 내면적 성장기를 그린 성장 소설의 형태를 가지고 있다는 사실이다.

그는 가난과 고독에 묻혀 산 한 젊은 영혼의 성장기에 관한 기록을 쓰면서, 의식적으로 그 작품이 가지는 의미를 역설적으로 말하고 있다. 바로 도스또예프스끼는 똘스또이의 3부작을 염두에 두고 『미성년』을 창작하면서 이 작품에서 혼란한 한 시대를 건너가야 했던 한 젊은 영혼의 내면 속에 무엇이 깃들어 있었는지를 사실적으로 서술하려고 한 것이다. 이를테면 『지하로부터의 수기』의 앞부분에 이 작품을 붙이게 되면 두 작품은 합쳐져서 하나의 성장 소설의 형태를 만들어 낸다. 그 구체적인 예로 〈지하 생활자〉가 기거하는 〈지하〉와 아주 유사하게 이 작품에 나오는 〈관 같은 방〉을 들 수 있다. 〈지하〉가 지니고 있는 의미가 〈혼돈의 핵〉[17] 이라면, 〈관 같은 방〉은 다른 가족들이 거주하며 담소하는 공간에서 〈겨우 한 사람이 몸을 움츠리며〉 올라가야 하는 공간에 외따로 떨어져 있다. 하지만 이 두 공간은 주인공들이 자신의 내면에 끝없이 침잠해 들어가는 은둔의 심연이다. 그런 맥락에서 보면 이 작품은 마치 『지하로부터의 수기』에 나오는 화자의 청소년기의 자화상을 그린 것이라고 볼 수 있다. 또한 실제로 이 작품 속에는 『지하로부터의 수기』에서 여러 차례 언급된 〈2×2는 4일까?〉라는 명제가 거듭해서 제기되고 있다. 도스또예프스끼는 『지하로부터의 수기』에서 이성과 합리의 물결이 인간의 자유로운 사유와 영혼의 역동적인 상상력을 논리적 체계로 규정하고 있다는 점을 강조하고 있는데, 바로 『미성년』에서도 같은 명제를 사용하여 영혼이 자유롭게 상상의 나래를 펼 수 있는 공간에 대한 희구를 은유적으로 표현하고 있다. 물론 이 작품에서는 그러한 명제가 『지하로부터의 수기』에서처럼 근본적인 주제로 형상화되지는 못했지만, 화자의 성격적 특성이나 영혼이 자유롭게 사유할 수 있는 시간과 공간에 대한 강렬한 염원과 같은 특징들은 서로 밀접한 상관성을 가지고 있다. 그리고 아르까지 역시 지하 생활자처럼 바로 이성과 합리라는 잣대로 모든 것을 재단하는 일상의 공간에서 철저하게 소외되어, 고독한 폐쇄 공간에 갇혀 있음을 볼 수가 있다.

아르까지가 자신의 감정을 직접적으로 서술하는 부분에서 이러한 예를 찾아볼 수 있다. 〈사실 맞는 말이다, 나는 우울한 인간이다. 나는 끊임없이 내 내면을 닫아걸고 속으로만 침잠해 들어가려고 한다. 나는 자주 사람들의 틈바구니에서 탈출하기를 원한다. 나도 어쩌다가 타인을 위해서 좋은 일을 할지도 모르지만, 현재로서는 그들에게 좋은 일을 해줘야 할 이유를 조금도 찾아낼 수가 없을 때가 많다〉(p. 156)는 내용을 보면, 아르까지 자신이 주변의 다른 사람들과 철저한 의사 소통의 단절을 시도하는 것을

17 도스또예프스끼의 『지하로부터의 수기』에 관한 내용은 필자의 졸고, 「이성의 통일성과 자기 정체성 사이의 간극 : 도스또예프스끼 『지하로부터의 수기』의 모더니티」, 현대문학이론연구(현대문학이론학회, 제10집, 1999), p. 205 참조.

볼 수 있다. 바로 이런 점에서 이 작품은 『지하로부터의 수기』와 상관적 관계를 가지고 있으며, 두 작품이 융합하여 하나의 성장 소설의 형태를 이루는 것이라고 할 수 있다.

그렇다면 왜 이런 종류의 글이 필요한 것일까? 이렇게 파편처럼 흩어져 있는 아르까지의 내면 심리에 관한 묘사는 도스또예프스끼가 의도적으로 설정해 놓은 것이라고 볼 수 있다. 이 작품의 마지막 부분에 나오는 니꼴라이 세묘노비치의 편지에 나오는 내용이 이러한 가설에 대한 반증의 역할을 하고 있다. 아르까지의 수기를 비평하면서 그는 〈당신이 쓴 《수기》와 같은 것은 혼란스럽던 지나간 시대를 그려 보려는 미래의 예술 작품들을 위해서 아주 적절할 소재가 될 것이라고 여겨집니다. 아, 현재 우리가 당면하고 있는 상황이 과거의 것이 되어 버리는 시대가 왔을 때, 미래의 예술가는 과거의 무질서와 혼돈을 그리기 위해서 반드시 적절한 예술적 규범을 찾아야 할 것입니다. 바로 그럴 때, 당신의 이 《수기》가 틀림없이 필요한 자료가 될 것입니다. 그것의 형식이 아주 혼돈스럽고, 또 우연의 연속일지라도, 그것은 한 시대가 담고 있는 사실 그대로의 실체를 보여 주는 적절한 자료로 쓰일 수 있을 것입니다……〉(p. 980~981)라고 평가하고 있다. 마치 도스또예프스끼 자신의 목소리를 듣는 것 같은 이 글의 주된 흐름은, 혼란한 시대를 살아 나간 한 젊은 영혼의 내면 속에 무엇이 깃들어 있었는지를 가늠해 볼 수 있도록 하기 위해 이러한 내용의 글이 필요하다는 것이다. 물론 니꼴라이 세묘노비치를 설정하여 이 부분의 서술을 맡긴 것은 다소 작품의 통일성을 해치는 면이 있다. 비록 작가가 객관적 거리를 취하려 하고 있지만, 작가의 목소리가 이 인물의 목소리를 관장하고 있는 것이 그대로 드러나기 때문이다. 하지만 도스또예프스끼는 인간들 사이의 조화로운 관계에 대한 지향과 동경이 아르까지의 내면을 가득 채우고 있는 혼돈의 주원인임을 밝혀 두고자 이런 직접적인 서술을 하고 있다. 즉 그의 영혼이 분열되어 나타나는 것은 인간이 서로를 알고 사랑할 수 있는 세계를 향한 희원이 그 내면에 깃들어 있기 때문이다.

끝으로 이 작품을 대할 때 흔히 갖게 되는 편견이 있다. 그의 대표적 작품들과 비교해 볼 때 문학성이 떨어진다는 것이다. 작가의 사상적 측면을 비평의 준거로 삼는다면 분명히 일리가 있는 말이다. 이 작품이 지니고 있는 특유의 문학적 흡인력은 기존의 문학적 관점의 해체에 있다. 즉 이 작품의 고유한 의미는 다양한 인식 체계를 접하면서 혼란을 겪다가 점차 제자리를 잡아가는 젊은 영혼의 궤적을 사실적으로 묘사하려는 데 있다. 물론 부분적으로 젊은 영혼의 심층을 묘사하고 형상화해 내기 위한 서술 전략이라는 측면에서 작가의 목소리가 직접적인 관여를 하고 있는 점은 사실이지만, 이 작품은 젊은 영혼의 내면 풍경과 이념적 폭대를 지향해 나가는 과정이 세밀하게 묘사되어 있다는 점에서 문학적 흡인력을 가지고 있다. 도스또예프스끼는 이러한 부조화의 관념을 체계적으로 구현하지 않고, 아르까지의 성장 과정을 서술하는 것으로 규정하고 있다. 잘 짜여진 구조나 내적 체계가 잘 정립된 관념적 명제를 서술의 중심으로 하지 않고 영혼의 편력을 그대로 묘사하고 있는 것이다. 오히려 이런 점이 이 작품의 사실성을 고양시키는 역할을 하고 있으며 영혼의 부조화로운 면을 명료하게 부각시키고 있다. 이 글을 통해 혼란한 한 시대를 헤쳐나가며 새로운 세계를 꿈꾸는 젊은 영혼의 현주소를 가늠해 볼 수 있기 때문이다. 그것을 헤아려 보는 것은 나름대로 의미 있는 일이다. 〈왜냐하면 새로운 시대란 항상 그런 방황하는 젊은 영혼들에 의해서 창조되는 것이기 때문에…….〉

이상룡

도스또예프스끼 연보

1790년 아버지 미하일 안드레예비치 도스또예프스끼, 우니아뜨교 사제의 아들이며 뽀돌리야의 귀족 가문의 자손으로 태어남. 모스끄바의 내외과(內外科) 아카데미에 들어가 1812년 조국 전쟁 때 부상자들을 돌봄. 1819년에 마리야 네차예프와 결혼.

1820년 첫아들 미하일 태어남. 아버지 미하일 도스또예프스끼는 군대에서 제대한 후 모스끄바에 있는 자선 병원의 주치의 자리를 얻음.

1821년 출생 10월 30일(현재의 그레고리우스력(曆)으로는 11월 11일) 부모가 살고 있던 모스끄바의 마린스끼 자선 병원의 부속 건물에서 둘째 아들 표도르 미하일로비치 도스또예프스끼 태어남. 11월 4일 마린스끼 병원 근처, 상뜨뻬쩨르부르그 뻬뜨로빠블로프스끄 성당에서 어린 표도르에게 세례를 줌. 표도르란 이름은 그의 대부이자 외조부인 표도르 네차예프(1769~1832)에게서 물려받은 것으로 보임.

1822년 1세 12월 5일 여동생 바르바라 태어남.

1825년 4세 3월 15일 남동생 안드레이 태어남.

1829년 8세 7월 22일 쌍둥이 여동생이 태어나나 그중 동생인 베라만 살아남음.

1831년 10세 여름 아버지 미하일 도스또예프스끼가 뚤라 지방의 다로보예 영지를 사들임. 8월 농부 마레이 사건 발생(『작가 일기』 1876년 2월 호에 이 사건을 소재로 한 단편 「농부 마레이」 발표). 12월 13일 남동생 니꼴라이 태어남.

1832년 11세 4월 어머니 마리야 표도로브나, 세 아들을 데리고 다로보예 영지로 감. 6월 도스또예프스끼 부부, 다로보예 옆에 있는 주민 1백여 명의 체레모쉬나 마을을 사들임. 9월 도스또예프스끼, 어머니와 형제들과 모스끄바로 돌아옴.

1833년 12세 가을 형 미하일과 드라슈소프가 운영하는 사설 학교에서 반(半)기숙사 생활. 4월 4일 부활절 주간에 소유지가 화재로 잿더미가 됨. 도스또예프스끼 부부, 여름 내내 피해 복구.

1834년 13세 여름 다로보예에서 지내면서 월터 스콧의 작품 탐독. 10월 도스또예프스끼와 형 미하일, 체르마끄가 경영하는 중등 과정의 기숙 학교에 들어감.

1835년 14세 7월 25일 여동생 알렉산드라 태어남.

1837년 16세 1월 29일 단테스 남작과의 결투로 뿌쉬낀 사망. 이 소식에 온 러시아가 충격에 휩싸임. 2월 27일 도스또예프스끼의 어머니 마리야 사망. 봄 도스또예프스끼, 갑작스런 후두염과 목소리 상실로 고생함. 이 병은 그를 평생 따라다님. 5월 아버지와 형 미하일 그리고 표도르 도스또예프스끼, 수도 뻬쩨르부르그로 일주일간 마차 여행(모스끄바와 뻬쩨르부르그 두 도시 간의 철도는 1851년에 개통됨). 두 형제는 뻬쩨르부르그로 가서 중앙 공병 학교의 입학을 목표로 K. F. 꼬스또마로프가 경영하던 기숙 학교에 들어감. 아버지와 두 형제들 작별 이후 더 이상 만나지 못함. 7월 1일 도스또예프스끼의 아버지, 건강상의 이유로 퇴역한 후 아직 어린 두 딸과 시골로 들어감. 9월 두 형제가 공병 학교에 응시하나 표도르 혼자 합격(형 미하일은 신체검사 결과 불합격).

1838년 17세 1월 16일 공병 학교에 입학. 6월 뻬쩨르부르그 근처에서 야영 생활. 돈이 떨어져서 아버지에게 서신으로 줄기차게 돈을 요구함.

1839년 18세 6월 6일 도스또예프스끼의 아버지, 다로보예 농노들에게 살해당함.

1840년 19세 11월 29일 하사관으로 임명됨. 군생활을 지겨워함. 호프만, 실러, 빅토르 위고, 셰익스피어, 라신, 괴테의 책을 읽음.

1841년 20세 8월 소위보로 진급됨. 미완성으로 남아 있는 두 편의 희곡, 「마리 스튜어트Marie Stuart」와 「보리스 고두노프Boris Godunov」를 씀. 알렉산드리야 극장을 자주 드나들며 발레와 음악회를 감상함.

1842년 21세 8월 육군 소위가 됨.

1843년 22세 8월 공병 학교를 졸업하고 공병국 제도실에서 근무. 9월 친구 리젠깜프 박사가 살고 있는 아파트에 자리 잡음. 박사의 환자들과 알게 됨. 돈이 떨어져 P. 까레뻰에게 돈을 요구. 12월 발자크의 소설 『외제니 그랑데*Eugénie Grandet*』(1834년판) 번역. 형 미하일에게 공병 학교 친구들과 더불어 번역 작업을 할 것을 제의.

1844년 23세 2월 재정 상태가 극도로 안 좋아짐. 유산 관리인으로부터 일시금을 받고, 토지와 농노에 대한 상속권을 방기함. 8월 제대 신청. 10월 19일 제대함. 『가난한 사람들*Bednye liudi*』 집필 시작.

1845년 24세 1월 『가난한 사람들』 처음부터 다시 쓰기 시작. 3월 소설 『가난한 사람들』 끝냄. 4월 세 번째로 전체 수정. 5월 원고를 친구 그리고로비치Grigorovich에게 읽어 줌. 그리고로비치가 이 글을 가지고 네끄라소프Nekrasov에게 뛰어감. 네끄라소프, 열광하여 그다음 날로 유명 평론가 벨린스끼에게 보임. 작품이 성공을 거둠. 여름 레벨에 있는 형의 집에서 기거하며 두 번째 중편소설 『분신*Dvoinik*』에 착수함. 11월 하룻밤 만에 「아홉 통의 편지로 된 소설Roman v deviati pis'makh」을 씀. 벨린스끼와 뚜르게네프가 도스또예프스끼의 절도 없는 생활을 비난함. 12월 벨린스끼의 집에서 열린 문학 모임에서 『분신』을 낭독함.

1846년 25세 1월 24일 『뻬쩨르부르그 선집*Peterburgskii sbornik*』에 『가난한 사람들』을 발표. 2월 두 번째 작품인 『분신』을 『조국 수기*Otechestvennye zapiski*』에 발표. 봄 뻬뜨라셰프스끼를 알게 됨. 여름 레벨에 있는 형 집에서 「쁘로하르친 씨Gospodin Prokharchin」 집필. 10월 5일 게르a을 알게 됨. 『여주인*Khoziaika*』과 『네또츠까 네즈바노바*Netochka Nezvanova*』 쓰기 시작. 가벼운 간질 증세. 10월 「쁘로하르친 씨」를 잡지 『조국 수기』에 발표.

1847년 26세 1월 소설 「아홉 통의 편지로 된 소설」을 잡지 『동시대인 *Sovremennik*』에 발표. 1~3월 벨린스끼와 절연. 6월 「뻬쩨르부르그 연대기 Peterburgskaia letonisi」를 신문 「상뜨뻬쩨르부르그 통보Sankt-Peterburgskie vedomosti」에 발표함. 7월 7일 센나야 광장에서 갑작스러운 첫 번째 간질 발작. 7월 15일 뻬쩨르부르그 근교에서 도스또예프스끼의 절친한 친구이자 시인인 B. 마이꼬프가 뇌졸중으로 인해 익사함. 가을 『가난한 사람들』이 단행본으로 나옴. 10~12월 『여주인』을 『조국 수기』지에 발표함.

1848년 27세 5월 28일 비사리온 벨린스끼 사망. 가을 뻬뜨라셰프스끼와 스뻬쉬네프와 화해하고 그들의 사회주의 이론에 흥미를 느낌. 12월 뻬뜨라셰프스끼의 집에서 푸리에주의와 공산주의에 관한 강연을 들음.

• 『조국 수기』에 발표한 작품들 : 「남의 아내Chuzhaia zhena」(1월) 「약한 마음Slavoe serdtse」(2월), 「뽈준꼬프」, 『닮고 닮은 사람 이야기』(1장 「퇴역 군인」, 2장 「정직한 도둑」, 후에 1장은 완전히 삭제하고 제목도 「정직한 도둑 Chestnyi vor」으로 바꿈), 「크리스마스 트리와 결혼식Iolka i svad'ba」, 「백야Belye nochi」(12월), 「질투하는 남편」(「질투하는 남편」을 12월 『조국 수기』에 발표하였으나, 1월에 발표한 「남의 아내」와 합쳐 「남의 아내와 침대 밑 남편」으로 개작함).

1849년 28세 연초에 뻬뜨라셰프스끼 친구들 집에서 금요일마다 열리는 문학 모임에 참석. 1~2월 『조국 수기』에 『네또츠까 네즈바노바』 일부 발표 (4월 체포로 인해 작업이 중단됨). 4월 7일 푸리에의 탄생일 기념으로 〈뻬뜨라셰프스끼 모임〉에서 점심 식사. 4월 15일 뻬뜨라셰프스끼 집에서 열린 한 모임에서 도스또예프스끼는, 〈절대 왕정의 입장을 신봉했다는 이유로 고골을 비난하는 내용을 담은〉 벨린스끼의 편지를 두 번째로 읽음. 4월 23일 고발에 의해 새벽 5시에 체포당함. 9월 30일 재판 시작. 11월 13일 벨린스끼의 〈사악한〉 편지를 퍼뜨린 죄목으로 사형을 선고받음. 12월 22일 세묘노프스끼 광장에서 사형수들의 형을 집행하기 직전, 황제의 특사로 형 집행이 중단되고 강제 노동형으로 감형됨.

1850년 29세 1월 11일 또볼스끄에 도착하여 이곳에서 여러 명의 12월 당원(제까브리스뜨) 아내들의 방문을 받음. 그중 폰비진의 아내는 그에게 10루블짜리 지폐가 표지에 숨겨진 복음서를 몰래 건네줌. 1월 23일 옴스끄에 도착하여 4년을 지냄. 이 기간 동안 가족에게 편지 쓰기를 금지당한 채 혹독하고 비참한 수용소 생활을 견뎌 냄.

1854년 33세 2월 중순 출옥. 2월 22일 감옥 생활을 묘사한 편지를 형에게 보냄. 3월 2일 시베리아 전선 세미팔라친스끄에 주둔 중인 제7대대에 배치됨. 봄에 세무관 이사예프와 알게 됨. 이사예프 부인에게 반함. 이 기간에 뚜르게네프, 똘스또이, 곤차로프, 칸트, 헤겔 등의 서적을 탐독함. 11월 21일 세미팔라친스끄에 검찰관으로 임명된 브란겔 남작과 가까운 친구가 됨.

1855년 34세 2월 18일 니꼴라이 1세 사망. 8월 4일 세무관 이사예프 사망. 12월 브란겔, 세미팔라친스끄를 떠남.
• 이해에 『죽음의 집의 기록*Zapiski iz miortvogo doma*』을 쓰기 시작.

1856년 35세 브란겔, 상뜨뻬쩨르부르그에서 도스또예프스끼의 사면을 위해 활동을 함. 11월 26일 마리야 드미뜨리예브나 이사예프가 오랜 망설임 끝에 도스또예프스끼의 청혼을 승낙함.

1857년 36세 2월 6일 마리야 드미뜨리예브나 이사예프와 결혼. 4월 17일 이전의 권리(세습 귀족 신분)를 되찾음. 8월 감옥에서 구상하고 집필에 들어갔던 「꼬마 영웅Malenkii geroi」이 『조국 수기』에 M이라는 익명으로 실림. 12월 간질 증세로 인해 군 복무를 계속할 수 없다는 진단을 받음.

1858년 37세 봄 까뜨꼬프에게 편지를 보내 『러시아 통보*Russkii vestnik*』지에 중편소설 게재를 요청함. 까뜨꼬프 받아들임. 6월 19일 형 미하일이 정치와 문학 잡지 『시대*Vremia*』지의 출판 허가를 요청함. 9월 30일 미하일, 잡지 출판 허가받음. 10월 31일 돈 떨어짐. 두 편의 중편과 장편 한 편을 씀.

1859년 38세 3월 18일 하사관으로 제대함. 3월 『아저씨의 꿈*Diadiushkin son*』이 『러시아 말*Russkoe slovo*』지에 실림. 4월 11일 소설 『스쩨빤치꼬보 마을 사람들*Selo Stepantikovo*』을 까뜨꼬프에게 보냄. 7월 2일 세미팔라친스끄를 떠나 뜨베리로 감. 8월 19일 뜨베리 도착. 8월 28일 형 미하일이 도착하여 며칠간 동생과 함께 지냄. 도스또예프스끼, 상뜨뻬쩨르부르그에서 거주할 허가를 얻기 위해 교섭. 뜨베리에 싫증을 냄. 10월 6일 네끄라소프, 『동시대인』지에서 『스쩨빤치꼬보 마을 사람들』 출판에 동의함. 도스또예프스끼는 『죽음의 집의 기록』 집필 구상. 11월 상뜨뻬쩨르부르그 거주를 허가받음. 그러나 평생 비밀경찰의 감시를 받게 됨. 12월 상뜨뻬쩨르부르그에 도착(10년 만의 귀환). 며칠 후 스뜨라호프Strakhov와 알게 되고 친구가 됨. 후에 그는 도스또예프스끼의 공식 전기를 쓰게 됨. 11~12월 『스쩨빤치꼬보 마을 사람들』이 『조국 수기』지에 실림.

1860년 39세 봄 여배우 A. I. 쉬베르뜨의 집에 드나들게 되고 그녀의 남동생 내외와도 알게 됨. 3~4월 〈문학 기금〉을 위한 두 편의 연극에 참여(고골의 「검찰관Revizor」과 「코Nos」). 9월 『러시아 세계*Russkii mir*』지(67호)에 『죽음의 집의 기록』 연재 시작. 11월 검열 당국은 『죽음의 집의 기록』의 불온한 표현들을 삭제한다는 조건으로 이 책의 출판을 허가함. 가을 형과 함께 문학 서클 〈편집자들의 모임〉 결성. 당대의 유명 인사들이 대거 참여.
• 도스또예프스끼의 작품들이 두 권의 책으로 나옴.
1권 : 『가난한 사람들』, 『네또츠까 네즈바노바』, 「백야」, 「정직한 도둑」, 「크리스마스 트리와 결혼식」, 「남의 아내와 침대 밑 남편」, 「꼬마 영웅」. 2권 : 『아저씨의 꿈』, 『스쩨빤치꼬보 마을 사람들』.

1861년 40세 3월 3일(구력 2월 19일)의 농노 해방령이 시행됨. 7월 『상처받은 사람들*Unizhennye i oskorblionnye*』 마지막 손질. 『시대』지에 기고. 9월 『상처받은 사람들』 출판 허가. 이 해에 많은 작가들과 관계를 맺음. 그 중에는 곤차로프, 오스뜨로프스끼, 살띠꼬프 쉬체드린도 있음.
• 『상처받은 사람들』이 두 권의 단행본으로 출간됨.

1862년 41세 1월 『죽음의 집의 기록』의 두 번째 부분이 『시대』지에 실림. 1월 16일 『죽음의 집의 기록』의 단행본을 내기 위해 바주노프와 계약. 5월 온천에 가기 위해 통행증 신청. 5월 16일 상뜨뻬쩨르부르그에서 화재 발생, 15일간 계속되어 1천여 개의 상점이 잿더미가 됨. 도스또예프스끼, 크게 놀람. 6월 7일 처음으로 외국 여행. 6월 8~26일 베를린, 드레스덴, 프랑크푸르트, 쾰른, 파리 등을 여행. 7월 초 런던에 가서 게르쩬 만남. 〈도스또예프스끼가 어제 나를 만나러 왔습니다. 그는 순수하고, 그다지 명석하지는 않지만 매력 있는 사람입니다. 그는 러시아 민족을 열광적으로 믿고 있습니다.〉(1862년 7월 17일 게르쩬이 오가레프Ogarev에게 보낸 편지) 7월 7일 체르니셰프스끼Chernyshevskii가 체포되어 뻬뜨로빠블로프스끄 감옥에 감금됨. 7월 8일 도스또예프스끼, 파리로 돌아가기 전 게르쩬에게 자신의 서명이 든 사진을 선물함. 7월 15일 쾰른으로 갔다가 라인 강을 거쳐 스위스로, 그 후엔 이탈리아로 감. 12월 『시대』지에 『악몽 같은 이야기*Skvernyi anekdot*』 발표.

1863년 42세 2월 『시대』지에 「여름 인상에 대한 겨울 메모Zimnie zametki o letnikh vpechatleniakh」 연재됨. 4월 『시대』지, 스뜨라호프가 1월에 발생한 폴란드인의 무장봉기 실패에 관해서 폴란드인에게 유리한 기사를 실었다는 이유로 4호로 발행 정지됨. 5월 『시대』지 출판 금지 당함. 8월 외국으로 떠남. 8월 14일 파리에 도착하여 다음 날 먼저 와 있던 수슬로바와 만남. 둘의 관계가 악화되고 그는 노름판에서 돈을 잃음. 9월 수슬로바와 이탈리아로 출발. 바덴바덴에서 머물다가 뚜르게네프를 만남. 노름판에서 3천 프랑을 잃음. 바덴바덴을 떠나 토리노로 감. 그다음 제네바로 가서 도스또예프스끼는 시계를, 수슬로바는 반지를 저당잡힘. 그 후 제네바, 로마, 리보르노로 여행. 9월 17일 로마의 성 베드로 성당 방문. 9월 18일 포럼 산책. 스뜨라호프에게 편지를 보내 『노름꾼*Igrok*』에 대한 이야기와 돈이 궁한 사정을 호소함. 스뜨라호프는 도스또예프스끼가 토리노로 가기 전, 그에게서 〈독서를 위한 총서〉의 편집자가 되겠다는 약속을 받아 냄. 10월 수슬로바와 나폴리 체류. 그곳에서 게르쩬 가족을 만남. 그 후 토리노로 돌아옴. 10월 8일 수슬로바와 헤어짐. 수슬로바는 파리로 떠남. 도스또예프스끼는 함부르크로 가서 도박을 하고 돈을 잃음. 수슬로바에게 편지를 보내 350프랑을 받음. 이 시기에 『노름꾼』과 『지하로부터의 수기*Zapiski iz podpol'ia*』 쓰기 시작. 10월의 마지막 10일 동안 러시아로 돌아감. 11월 형 미하일, 내무부 장관 발루예프에게 『시대』지를 다른 이름으로 낼 수 있게 해달라고 요청.

1864년 43세 1월 발루예프, 형 미하일에게 『세기*Epokha*』지 출판 허가 내줌. 3월 21일 『세기』지 첫 호 나옴. 3~4월 『지하로부터의 수기』를 『세기』지에 발표. 4월 4일 〈오전 문학 모임〉에서 『죽음의 집의 기록』의 일부를 낭독함. 4월 14~15일 아내 마리야 드미뜨리예브나의 건강 상태 악화. 새벽 4시에 병자 성사. 낮 동안 각혈 계속됨. 저녁 7시에 숨을 거둠. 4월 16일 죽은 아내의 머리맡에서 수첩에 자신의 반성을 적음. 〈아내 마샤는 탁자 위에서 쉬고 있다. 마샤를 다시 볼 수 있을까?〉 4월 말 뻬쩨르부르그로 돌아감. 7월 10일 아침 7시, 빠블로프스끄에서 형 미하일 사망. 그의 아내가 『세기』지 발간을 계속해 나갈 것을 허가받음. 9월 25일 친구 아뽈론 그리고리예프 죽음.
• 『죽음의 집의 기록』이 두 권의 독일어 판으로 라이프치히 출판사에서 나옴.

1865년 44세 3월 31일 친구 브란겔에게 아내의 죽음을 알리는 편지를 씀. 〈그녀는 나를 무척이나 사랑했지. 그리고 나도 그녀를 한없이 사랑했네. 그런데 우린 이제 함께 행복을 나눌 수 없게 되었어……. 내 삶은 갑자기 둘로 나뉘어 버렸어.〉 이 시기에 꼬르빈 끄루꼬프스까야 부인, 후에 유명한 수학자가 된 소피야 꼬발레프스까야와의 우정이 시작됨. 4~5월 꼬르빈 끄루꼬프스까야 부인에게 청혼하나 거절당함. 5월 10일 외국 여행을 위해 여권 신청. 6월 『세기』지 2호에 「악어」 연재(「기이한 사건 혹은 아케이드에서의 돌발적 사건」이라는 제목으로 연재 시작). 『세기』지, 재정난으로 발행 중단(통권 13호). 여름에 출판업자 스쩰로프스끼와 계약을 맺고 자기의 모든 작품을 양도하고 1866년 11월 1일까지 일정 페이지의 새 소설을 탈고하겠다고 약속함. 계약을 이행하지 못할 경우 스쩰로프스끼는 보조금 지급 없이 이후의 모든 작품에 대한 저작권을 가지기로 함. 도스또예프스끼, 3천 루블을 받고 모든 작품의 저작권을 팔아 버림. 7월 말 비스바덴에 도착. 8월 3일 뚜르게네프에게 편지를 보내 노름판에서 거액을 잃은 사실을 알리고 1백 탈러를 보내 달라고 부탁함. 수슬로바, 도스또예프스끼를 만나러 비스바덴으로 감. 8월 8일 50탈러를 부쳐 주어서 고맙다는 편지를 뚜르게네프에게 씀. 9월 밀류꼬프에게 편지를 보내 어디든 상관없으니 중편소설을 팔아 당장 8백 루블을 보내 달라고 부탁하지만 허탕. 〈나는 호텔에 묵고 있습니다. 빚이 불어나서 위협을 받고 있습니다. 그리고 한 푼도 없는 실정입니다.〉 밀류꼬프는 〈독서를 위한 총서〉, 『동시대인』, 『조국 수기』지에 요청하지만 모두 그가 요구하는 선불금을 거절함. 까뜨꼬프에게 『죄와 벌*Prestuplenie i nakazanie*』의 구상을 알리는 편지의 초안 작성. 편지에 소설의 줄거리 묘사. 10월 코펜하겐에 도착하여 친구 브란겔의 집에서 10일을 보냄. 15일 상뜨뻬쩨르부르그로 돌아옴. 11월 2일 수슬로바를 만나 다시 청혼함. 11월 8일 브란겔에게 보낸 편지에서 돌아온 첫 주에 세 차례의 간질 발작이 있었음을 알림. 까뜨꼬프가 그에게 선불금 지급. 11월 말 『죄와 벌』 초고를 태워 버림. 〈새 형식, 새 플롯이 내 마음을 사로잡아 나는 모두 다시 시작했다.〉 (1866년 2월 18일 브란겔에게 보낸 편지) 『죄와 벌』을 쓰는 동안 센나야 광장 근처로 자주 산책 나감. 어느 날 술 취한 군인이 다가와 목에 걸고 있던 십자가를 팔겠다고 해 그 십자가를 사서 목에 걸고 다님. 1867년 외국으로 떠날 때 상뜨뻬쩨르부르그에 놓고 갔으며 이후 없어짐.

• 도스또예프스끼의 전집이 작가의 검토와 보충을 거쳐 스쩰로프스끼 출판사에서 나옴.

1권 : 「여주인」, 「쁘로하르친 씨」, 「약한 마음」, 『죽음의 집의 기록』, 『가난한 사람들』, 「백야」, 「정직한 도둑」. 2권 : 『상처받은 사람들』, 『지하로부터의 수기』, 「악몽 같은 이야기」, 「여름 인상에 대한 겨울 메모」 등.

도스또예프스끼의 여러 단편들과 중편들이 같은 출판사에서 단행본으로 나옴. 『가난한 사람들』, 「백야」, 「약한 마음」, 「여주인」, 「쁘로하르친 씨」 등. 『죽음의 집의 기록』의 세 번째 판이 검토를 거치고 새 장들이 추가되어 나옴.

1866년 45세 1월 『죄와 벌』, 『러시아 통보』지에 연재 시작(12월 호로 완결). 1월 14일 고리대금업자 뽀뽀프와 그의 하녀 노르만이 대학생 다닐로프에게 살해되고 금품을 강탈당함. 도스또예프스끼는 『백치*Idiot*』를 쓰며 이 사건을 숙고함. 3~4월 『동시대인』지에 『죄와 벌』에 대한 비호의적인 평이 실림. 4월 4일 러시아 황제 알렉산드르 2세에 대한 까라꼬조프의 암살 계획. 도스또예프스끼는 이 사건에 깜짝 놀람. 6월 여름을 여동생의 가족이 사는 곳에서 가까운 모스끄바의 교외 지역인 류블리노에서 보냄. 『노름꾼』의 줄거리와 『죄와 벌』 5부 작업. 『러시아 통보』의 편집자 까뜨꼬프에게 부도덕한 장면이라고 지적당한 2부의 6장을 수정해야 했음(라스꼴리니꼬프와 소냐가 복음서를 읽는 장면). 9월 까라꼬조프에 대한 재판과 판결. 도스또예프스끼는 작가 노트와 『악령』의 도입부에서 이 재판에 대해 언급함. 10월 스쩰로프스끼에게 약속한 소설을 제때에 끝내기 위해 속기사를 고용하기로 결심함. 10월 3일 저녁때 안나 그리고리예브나 스니뜨끼나Anna Grigorievna Snitkina가 찾아와 속기사로 일하겠다고 함. 그다음 날 『노름꾼』 구술 시작. 29일에 끝냄. 30일, 31일 원고 정서함. 11월 『노름꾼』 원고를 스쩰로프스끼에게 가져감. 스쩰로프스끼는 자리에 없고 그의 서기가 원고를 거절함. 도스또예프스끼는 출판사 부근의 경찰서에 소설을 맡김. 11월 3일 어머니 집에 있는 안나 그리고리예브나를 방문함. 그리고 『죄와 벌』 마지막 부분을 속기해 달라고 부탁함. 11월 8일 안나 그리고리예브나에게 청혼. 그녀의 수락. 이달 말, 도스또예프스끼는 하나뿐인 외투를 저당잡혀 쪼들리는 친척들을 도움.

• 도스또예프스끼 전집 제3권 나옴(스쩰로프스끼 출판사).

수록 작품 : 『노름꾼』, 『분신』, 「크리스마스트리와 결혼식」, 「남의 아내와 침대 밑 남편」, 「꼬마 영웅」, 『네또츠까 네즈바노바』, 『아저씨의 꿈』, 『스쩨빤치꼬보 마을 사람들』. 스쩰로프스끼 출판사에서 단편, 중단편들이 단행본으로 나옴. 『분신』, 『지하로부터의 수기』, 『노름꾼』, 「크리스마스트리와 결혼식」, 「악어Krokodil」, 「악몽 같은 이야기」 등.
『상처받은 사람들』 세 번째 개정판과 『스쩨빤치꼬보 마을 사람들』의 세 번째 판이 같은 출판사에서 나옴.

1867년 46세 2월 15일 저녁 7시, 삼위일체 대성당에서 도스또예프스끼와 안나 그리고리예브나의 결혼식. 3월 30일 도스또예프스끼와 그의 아내, 모스끄바에 도착. 듀소 호텔로 감. 모스끄바에서 보석상 까밀꼬프가 양갓집 아들 마주린에게 살해당하는 사건이 발생. 도스또예프스끼는 이 범죄 사건을 『백치』의 마지막에 이용함. 4월 도스또예프스끼 부부, 외국으로 갈 계획 세움. 4월 12일 안나 그리고리예브나, 돈을 빌리기 위해 개인 물품을 저당잡힘. 빌린 돈의 일부를 도스또예프스끼 가족에게 줌. 4월 14일 도스또예프스끼 부부, 외국으로 떠나 4년 넘게 체류. 안나 그리고리예브나 일기 쓰기 시작. 4월 17일과 18일 베를린 체류. 4월 19일 드레스덴에 도착, 미술관에서 라파엘의 마돈나 감상. 책 사들임. 5월 4일 도스또예프스끼, 룰렛 게임을 하러 함부르크로 출발. 5월 5일 도박을 하여 처음엔 땄으나 그 후에 거액을 잃고 아내에게 여러 차례 돈을 요구하지만 이 돈마저 잃음. 5월 15일 드레스덴으로 돌아옴. 5월 25일 알렉산드르 2세에 대한 폴란드 이민자 베레조프스끼의 암살 음모. 파리 체류. 6월 디킨스, 위고를 읽음. 베토벤, 바그너의 음악회 감상. 이달 여러 번의 간질 발작을 일으킴. 6월 21일 도스또예프스끼 부부, 바덴바덴으로 떠남. 이후 룰렛 게임을 계속함. 6월 28일 뚜르게네프를 만나러 감. 러시아와 서양의 관계에 대한 생각 차이로 말다툼. 7월 10일 도박으로 마지막 남은 돈을 잃음. 물건을 저당잡힘. 7월 16일 도벨린스끼에 대한 기사 쓰기 시작. 8월 11일 도스또예프스끼 부부, 제네바로 떠남. 바젤에 들러 미술관 방문. 8월 13일 제네바 도착. 8월 28일 가리발디와 바꾸닌의 협력으로 제네바에서 평화와 자유 연맹의 첫 번째 회의 열림. 도스또예프스끼, 여러 회의에 참석. 9월 도박으로 또 손해를 봄. 제네바에 싫증을 냄. 경제 사정 매우 악화. 10월 『백치』 집필. 도박으로 돈을 잃음. 물건을 저당잡힘. 12월 6일 『백치』의 최종 원고 작업 돌입. 〈내 소설의 주요 생

각은 지극히 완전한 사람을 그리는 데 있다.〉
• 『죄와 벌』 수정판이 두 권으로 바주노프 출판사에서 나옴.

1868년 47세 2월 22일 딸 소피야 태어남. 3월 10일 한 가족(6명)이 땀보프에서 살해되는 사건 발생. 16세의 고등학생이 용의자로 지목됨. 도스또예프스끼는 이 사건을 『백치』 2부에 이용함. 도박 계속. 5월 12일 어린 딸 소피야 죽음. 9월 밀라노 도착. 성당에 감. 11월 피렌체로 출발. 그곳에서 겨울을 남.
• 『러시아 통보』지에 『백치』 게재.

1869년 48세 봄 러시아의 친구들과 활발한 서신 교환. 무신론에 관한 소설을 구상. 7월 프라하에서 사흘을 보낸 다음 베네치아, 볼로냐를 거쳐 드레스덴으로 돌아감. 9월 14일 딸 류보프 출생. 11월 21일 모스끄바에서 혁명 운동가 네차예프를 지도자로 하는 〈민중의 복수〉라는 혁명 단체가 불복종을 이유로 농학과 학생 이바노프를 암살함(소위 네차예프 사건). 도스또예프스끼는 이 사건을 주의 깊게 연구하여 후에 『악령*Besy*』에 이용함.

1870년 49세 봄 니힐리즘에 대한 〈악의적인 것〉 작업(『악령』). 6~8월 프랑스-프로이센 전쟁. 도스또예프스끼, 자기 일기와 서신에 유럽의 사건들에 대해 언급.
• 『오로라*L'Aurore*』에 『영원한 남편*Vechnyi muzh*』 실림. 『죄와 벌』, 전집 제4권으로 나옴(스쩰로프스끼 출판사).

1871년 50세 1월 『러시아 통보』지에 『악령』 연재 시작. 3~5월 파리 코뮌. 도스또예프스끼의 편지와 『미성년*Podrostok*』의 작가 노트에서 이 사건을 반영했음을 밝힘. 4월 비스바덴에 가서 룰렛 게임. 돈을 잃고 아내에게 편지를 써서 다시는 도박을 하지 않겠다고 약속함. 러시아가 그리워져서 다시 돌아갈 생각을 함. 7월 1일 네차예프의 재판. 재판의 내용이 『악령』 2부와 3부에서 이용됨. 7월 5일 드레스덴을 떠나 뻬쩨르부르그 도착. 7월 16일 뻬쩨르부르그에서 아들 표도르 태어남.
• 바주노프 사에서 〈동시대 작가 총서〉의 하나로 『영원한 남편』이 단행본으로 나옴.

1872년 51세 4~5월 딸 류보프의 팔이 부러짐. 도스또예프스끼, 뜨레쨔꼬프에게 주문받은 초상화를 그리기 위해 뻬로프의 모델이 됨. 5월 15일 여름을 지내기 위해 스따라야 루사로 떠남. 며칠 후 딸의 잘 낫지 않는 팔을 수술하기 위해 뻬쩨르부르그로 다시 돌아옴. 10월 30일 『시민*Grazhdanin*』지에서 도스또예프스끼와 공동 작업할 것임을 알림. 11~12월 안나 그리고리예브나, 『악령』을 직접 출판하기 위해 교섭. 도스또예프스끼, 『시민』지의 편집일을 맡음. 12월 말 도스또예프스끼, 『시민』지 1호에 『작가 일기』 제1장 원고 조판 작업. 독감과 폐기종으로 고생하기 시작.

1873년 52세 1월 1일 『시민』지 제1호가 나옴. 편집장을 맡음. 1월 7일 끼르끼즈 대표단이 겨울 궁전으로 알렉산드르 2세를 접견하러 감. 검열 당국의 사전 허가를 받지 않은 점을 변명하기 위해 도스또예프스끼도 따라감. 뽀베도노스쩨프(성무권의 담당 검사관)가 왕위 계승자 알렉산드르 알렉산드로비치에게 편지와 『악령』 견본 보냄. 2월 26일 안나 그리고리예브나가 출판한 『악령』 판매 시작. 2월 27일 슬라브 자선 단체의 회원으로 뽑힘. 6월 11일 검열법 위반으로 25루블의 벌금형과 48시간의 구류(끼르끼즈 대표단 사건) 처분받음. 6월 15일 시인 쮸체프 사망. 그에 대한 글을 『시민』지에 기고함.

• 『악령』이 세 권의 단행본으로 나옴. 정치적, 연대기적, 문학적 기사와 중편소설, 일상 생활을 묘사한 『작가 일기』가 『시민』지에 연재됨. 『작가 일기』(『시민』지 제6호)에 단편 「보보끄」가 실림.

1874년 53세 1월 『백치』, 두 권의 단행본으로 나옴. 3월 11일 『시민』지 10호에 기고한 글 〈러시아에 사는 독일인들에 대한 비스마르크 왕자의 생각과 관련된 두 단어〉로 잡지는 첫 번째 경고를 받음. 3월 21일과 22일 센나야 광장의 보초에게 체포당함. 이때 『레 미제라블』을 다시 읽음. 4월 22일 건강상의 이유로 『시민』지의 편집장직 사퇴. 그러나 기고는 중단하지 않음. 6월 4일 스따라야 루사를 떠나 엠스에 온천 요법을 받으러 감. 6월 12일 엠스에 도착. 독감에 걸림. 엠스에 싫증을 냄. 뿌쉬낀을 다시 읽고 『미성년』 작업. 〈엠스가 너무 싫은 나머지 감옥이 더 나을 것 같다.〉 7~8월 제네바에 가서 딸 소냐의 무덤에 감. 8월 10일 스따라야 루사로 돌아옴. 이곳에서 겨울을 나기로 결심함. 10월 12일 네끄라소프에게 보낸 편지에서 『조국 수기』지에 소설 『미성년』이 실릴 것이라고 알림.

1875년 54세 4월 9일 안나 그리고리예브나, 꾸르스끄 지방에 있는 남동생 아내의 땅을 소작하기로 남동생과 합의. 5월 26일 도스또예프스끼, 엠스로 떠남. 처음 왔을 때와 같은 참기 힘든 인상을 받음. 욥기를 읽음. 7월 7일 스따라야 루사로 돌아옴. 8월 10일 아들 알렉세이 태어남. 12월 길에서 일곱 살의 어린 거지와 자주 만나며 그의 생활에 관심을 가지고 질문을 함. 현대의 부모와 아이들에 관한 소설 구상. 12월 27일 비행 청소년을 위한 감화원 방문. 12월 31일 개인 잡지 『작가 일기』의 발행 허가가 내려짐.

• 『죽음의 집의 기록』 제4판이 두 권의 책으로 나옴. 『미성년』이 『조국 수기』(1~12월 호)에 실림.

1876년 55세 1월 월간 『작가 일기』 제1호 발행. 단편 「예수의 크리스마스 트리에 초대된 아이」 발표. 2월 『작가 일기』 2월 호에 단편 「농부 마레이」 발표. 3월 영적 경험. 『작가 일기』 3월 호에 단편 「백 살의 노파」 실림. 5월 18일 안나 그리고리예브나, 남동생에게 스따라야 루사에 집을 한 채 사놓으라고 시킴. 7월 도스또예프스끼, 엠스로 떠남. 그곳에서 의사는 〈죽으려면 아직도 멀었다〉고 안심시킴. 10월 도스또예프스끼가 『작가 일기』에서 말한 계모 꼬르닐로바의 재판이 열림. 그는 죄수를 두 번 방문함. 『작가 일기』는 점점 더 풍부한 통신란이나 다름없게 됨. 11월 도스또예프스끼는 뽀베도노스쩨프의 충고에 대해 『작가 일기』의 별책들을 유명해지게 할 것을 제안. 『온순한 여자*Krotkaia*』 집필, 『작가 일기』 11월 호에 발표. 12월 6일 까잔 광장에서 대학생들의 시위와 난투극. 『작가 일기』에서 이 사건을 상세히 다룸.

• 『미성년』이 3권의 단행본으로 나옴. 『작가 일기』 계속 발간.

1877년 56세 봄 스따라야 루사에 안나 그리고리예브나의 동생 명의로 집을 사들임. 4월 러시아 황제의 성명. 러시아 군대가 터키 영토에 진입. 도스또예프스끼는 성명을 읽고 까잔 성당에 감. 4월 22일 꼬르닐로바의 두 번째 재판에 참석함. 피고는 무죄 석방됨. 검사는 처음 선고는 『작가 일기』의 기사에 따라 취소되었다고 말함. 『작가 일기』 4월 호에 단편 「우스운 사람의 꿈」 발표. 도스또예프스끼 가족, 여름을 안나 그리고리예브나의 남동생 소유지에서 보냄. 7월 『안나 까레니나』 8부가 단행본으로 나옴. 전쟁에 대한 똘스또이의 반체제적 견해 때문에 거부되었던 책으로 『러시아 통보』지의 편집부에서 펴냄. 도스또예프스끼, 그 책을 구입. 7월 19일 꾸르스끄 지방으로 떠남. 어린 시절을 보낸 다로보예로 감. 12월 27일 시인 네끄라소프 사망. 충격에 싸인 도스또예프스끼는 밤을 새워 죽은 시인의 시를 낭독함. 12월 29일 연말 공식 회의에서 도스또예프스끼가 과학 아카데미 러시아 문헌 분과의 객원 회원으로 뽑혔음을 알려 옴. 12월 30일 네끄라소프 장례식에서 간단한 연설을 함.

• 『작가 일기』 계속 발간. 『죄와 벌』 4판이 두 권으로 나옴. 『우스운 사람의 꿈』이 『시민』지에서 나옴. 『온순한 여자』가 「상뜨뻬쩨르부르그 신문」에 프랑스어로 번역됨. 단행본으로도 나옴.

1878년 57세　연초 도스또예프스끼, 매달 문학인 협회가 주관하는 저녁 모임 참가. 3월 베라 자술리치의 재판. 베라는 정치범을 하찮은 이유로 채찍질한 뜨레뽀프 경찰국장을 저격. 도스또예프스끼, 재판 방청. 5월 16일 세 살의 어린 아들 알렉세이 도스또예프스끼, 갑작스러운 간질 발작으로 죽음. 아들이 죽은 후 그는 자주 블라지미르 솔로비요프를 만남. 6월 23일 솔로비요프와 함께 러시아 영성의 중심지 중 하나인 옵찌나 수도원에 감. 암브로시 장로와 두 번의 대화. 그로부터 『까라마조프 씨네 형제들*Brat'ia Karamazovy*』의 영감을 얻음. 12월 계획을 세우고 『까라마조프 씨네 형제들』의 첫 부분 씀. 12월 14일 『상처받은 사람들』의 넬리 이야기를 자선 문학의 밤 모임에서 낭독. 〈문학 기금〉의 저녁 모임에서 뿌쉬낀의 『예언자』를 읽음. 이 겨울 동안 문단에 자주 나옴.

• 『작가 일기』 1877년 12월 호가 1878년 1월에 나옴.

1879년 58세　3월 9일 〈문학 기금〉을 위한 연회에서 도스또예프스끼는 『까라마조프 씨네 형제들』의 일부분을 낭독함. 3월 13일 뚜르게네프 기념 오찬 모임에서 뚜르게네프와 도스또예프스끼 사이의 별로 좋지 않은 이야기들이 회자됨. 3월 20일 어린 딸을 괴롭힌 혐의로 고발당한 외국인 브룬스트의 재판. 도스또예프스끼는 이 사건에 매우 깊은 인상을 받아 『까라마조프 씨네 형제들』에 이용함. 도스또예프스끼는 술 취한 남자 때문에 길에 넘어져 얼굴에 상처를 입음. 그의 항의에도 불구하고 가해자는 16루블의 벌금형을 받음. 빅토르 위고의 주재로 열리는 런던 문학 회의에 참여해 달라는 요청을 건강상의 이유로 거절함. 7월 22일 엠스로 떠남. 베를린에서 이틀 머무름. 수족관, 박물관, 티어가르텐 구경. 7월 24일 엠스 도착. 그가 이곳에 머무는 동안 그의 아내는 아이들을 데리고 그녀의 친척인 꾸마닌 부인의 토지 분할 문제를 처리하기 위해 랴잔 지방에 감. 꾸마닌 부인은 2백 제곱미터의 산림과 1백 제곱미터의 경작지를 보유. 8월 6일 형수 죽음. 9월 러시아로 돌아옴. 『까라마조프 씨네 형제들』 작업. 10월 알렉세이 똘스또이의 미망인, 똘스또이 백작 부인이 도스또예프스끼에게 드레스덴 박물관에 있는 라파엘의 「시스티나의 마돈나」 사진을 보여 줌.
• 『까라마조프 씨네 형제들』(소설 3부의 제4권까지) 『러시아 통보』에서 나옴. 1876년에 쓰인 『작가 일기』 단행본 제2판. 『상처받은 사람들』 제5판.

1880년 59세 1월 도스또예프스끼의 아내가 출판한 작품 판매. 1월 17일 도스또예프스끼와 프랑스 외교관이자 작가인 보귀에 사이에 논쟁〔보귀에는 후에 유명한 책, 『러시아 소설』(1886)을 씀〕. 도스또예프스끼는 다음과 같이 말함. 〈우리는 모든 민족들이 가진 특징을 가지고 있습니다. 그 위에 모든 러시아의 특징도. 그 이유는 우리는 당신들을 이해할 수 있기 때문입니다. 그러나 당신들은 우리에 미치지 못합니다.〉 자선 문학의 밤 행사에 여러 번 참여, 자기 작품의 몇몇 부분을 읽음. 4월 6일 뻬쩨르부르그 대학에서 열린 블라지미르 솔로비요프의 박사 논문 통과 심사에 참석. 5월 11일 모스끄바에서 열리는 뿌쉬낀 동상 제막식에서 슬라브 자선 단체의 대표로 임명됨. 5월 23일 모스끄바 도착. 5월 24일 도스또예프스끼를 축하하는 오찬. 여러 작가들 참석. 6월 6일 뿌쉬낀 동상 제막식. 6월 7일 첫 번째 공개회의, 뚜르게네프 연설. 6월 8일 두 번째 공개 회의. 도스또예프스끼, 대중의 열광을 불러일으킨 뿌쉬낀에 대한 연설을 함. 월계관을 받음. 저녁에 『예언자』 낭독. 밤에 그는 뿌쉬낀 동상에 가서 자기가 받은 월계관을 바침. 6월 10일 모스끄바를 떠나 스따라야 루사로 감. 『까라마조프 씨네 형제들』 쓰기 시작. 9월 26일 똘스또이가 스뜨라호프에게 편지를 보내 『죽음의 집의 기록』은 뿌쉬낀의 작품을 포함하여 새로운 모든 문학 작품들 중 가장 아름다운 책이라고 말함. 11월 8일 도스또예프스끼, 『러시아 통보』지에 『까라마조프 씨네 형제들』의 마지막 장들을 보냄. 〈내 소설은 끝났습니다. 이 소설에 바친 3년과 출판한 2년, 나에게는 의미 있는 순간입니다. 작별 인사를 하지 않은 것을 용서하시기 바랍니다. 나는 20년은 더 살면서 글을 쓸 작정입니다.〉 11월 29일 한 편지에서 나쁜 건강 상태에 대해 불평(폐기종으로 고생). 12월 10일 젊은 메레쥐꼬프스끼Merezhkovskii의 방문을 허락. 15세의 젊은 시인은 도스또예프스끼에게 자신의 시를 읽어 줌. 〈제대로 쓰기 위

해서는 고통을 감내해야 한다.〉

• 〈뿌쉬낀에 대한 연설〉이 『모스끄바 통보』지에 실림. 『까라마조프 씨네 형제들』, 『러시아 통보』지에 연재(11월 완결). 『작가 일기』 8월 호가 간행됨. 『까라마조프 씨네 형제들』 단행본 며칠 만에 동이 남.

1881년 60세 1월 『작가 일기』 작업. 1월 19일 알렉세이 똘스또이의 미망인 집에서 열린 연극 『폭군 이반의 죽음*Smert' Ioanna Groznogo*』에서 수도승 역을 맡음. 1월 26일 상속 문제로 여동생이 찾아와 다투고 간 후 도스또예프스끼 각혈, 5시 반에 의사 폰 브레첼 도착, 진찰 도중 다시 각혈, 의식을 잃음, 6시경 병자 성사를 받음, 7시경 아내와 아이들에게 작별 인사. 1월 27일 각혈 멈춤. 1월 28일 아침 7시 도스또예프스끼는 아내에게 오늘 틀림없이 죽을 것 같다고 말함. 그는 복음서를 아무 데나 펼쳐 「마태오의 복음서」 3장, 14~15절을 읽음. 죽음의 전조가 보임. 아침 11시 또 각혈. 저녁 7시 자식들을 불러 아들에게 자신의 성서를 건네줌. 저녁 8시 38분 도스또예프스끼 사망. 1월 31일 알렉산드르 네프스끼 수도원 묘지에 묻힘, 많은 사람들이 긴 행렬을 이루며 그의 죽음을 애도함.

• 『죽음의 집의 기록』 제5판 나옴. 『상처받은 사람들』의 프랑스어 번역이 「상뜨뻬쩨르부르그 신문」에 실림. 『죽음의 집의 기록』 영어로 번역됨. 『상처받은 사람들』 스웨덴어로 번역됨.

열린책들 세계문학 109 미성년 하

옮긴이 이상룡 충남 청양에서 태어나 한국외국어대학교 노어과를 졸업했으며, 동 대학원에서 석사 학위를 받았다. 미국 일리노이 대학교에서 박사 학위를 받았으며, 현재 연세대학교 노어노문학과 교수로 재직 중이다. 논문으로 「은유와 환유의 미학: 현존과 영원 사이의 간극 넘기」, 「예술의 심미성과 이념성의 이중 구조: 러시아 아방가르드의 미학」, 「일상성의 변주와 서술되지 않은 서술: 체호프의 단편소설」 등이 있으며, 저서로 『서술이론과 문학비평』(1995, 공저)이 있다.

지은이 표도르 도스또예프스끼 **옮긴이** 이상룡 **발행인** 홍예빈 · 홍유진
발행처 주식회사 열린책들 **주소** 경기도 파주시 문발로 253 파주출판도시
전화 031-955-4000 **팩스** 031-955-4004 **홈페이지** www.openbooks.co.kr

ISBN 978-89-329-1109-0 04890 **ISBN** 978-89-329-1499-2 (세트)
발행일 2000년 6월 15일 초판 1쇄 2002년 4월 20일 신판 1쇄 2004년 1월 10일 신판 3쇄 2007년 2월 5일 3판 1쇄 2009년 3월 20일 3판 2쇄 2010년 4월 25일 세계문학판 1쇄 2022년 8월 25일 세계문학판 6쇄

이 도서의 국립중앙도서관 출판예정도서목록(CIP)은 서지정보유통지원시스템 홈페이지(http://seoji.nl.go.kr)와 국가자료공동목록시스템(http://www.nl.go.kr/kolisnet)에서 이용하실 수 있습니다.(CIP제어번호 : CIP2010001293)

열린책들 세계문학
Open Books World Literature

001 **죄와 벌** 표도르 도스또예프스끼 장편소설 | 홍대화 옮김 | 전2권 | 각 408, 512면
003 **최초의 인간** 알베르 카뮈 장편소설 | 김화영 옮김 | 392면
004 **소설** 제임스 미치너 장편소설 | 윤희기 옮김 | 전2권 | 각 280, 368면
006 **개를 데리고 다니는 부인** 안똔 체호프 소설선집 | 오종우 옮김 | 368면
007 **우주 만화** 이탈로 칼비노 단편집 | 김운찬 옮김 | 416면
008 **댈러웨이 부인** 버지니아 울프 장편소설 | 최애리 옮김 | 296면
009 **어머니** 막심 고리끼 장편소설 | 최윤락 옮김 | 544면
010 **변신** 프란츠 카프카 중단편집 | 홍성광 옮김 | 464면
011 **전도서에 바치는 장미** 로저 젤라즈니 중단편집 | 김상훈 옮김 | 432면
012 **대위의 딸** 알렉산드르 뿌쉬낀 장편소설 | 석영중 옮김 | 240면
013 **바다의 침묵** 베르코르 소설선집 | 이상해 옮김 | 256면
014 **원수들, 사랑 이야기** 아이작 싱어 장편소설 | 김진준 옮김 | 320면
015 **백치** 표도르 도스또예프스끼 장편소설 | 김근식 옮김 | 전2권 | 각 504, 528면
017 **1984년** 조지 오웰 장편소설 | 박경서 옮김 | 392면
019 **이상한 나라의 앨리스** 루이스 캐럴 환상동화 | 머빈 피크 그림 | 최용준 옮김 | 336면
020 **베네치아에서의 죽음** 토마스 만 중단편집 | 홍성광 옮김 | 432면
021 **그리스인 조르바** 니코스 카잔차키스 장편소설 | 이윤기 옮김 | 488면
022 **벚꽃 동산** 안똔 체호프 희곡선집 | 오종우 옮김 | 336면
023 **연애 소설 읽는 노인** 루이스 세풀베다 장편소설 | 정창 옮김 | 192면
024 **젊은 사자들** 어윈 쇼 장편소설 | 정영문 옮김 | 전2권 | 각 416, 408면
026 **젊은 베르테르의 슬픔** 요한 볼프강 폰 괴테 장편소설 | 김인순 옮김 | 240면
027 **시라노** 에드몽 로스탕 희곡 | 이상해 옮김 | 256면
028 **전망 좋은 방** E. M. 포스터 장편소설 | 고정아 옮김 | 352면
029 **까라마조프 씨네 형제들** 표도르 도스또예프스끼 장편소설 | 이대우 옮김 | 전3권 | 각 496, 496, 460면
032 **프랑스 중위의 여자** 존 파울즈 장편소설 | 김석희 옮김 | 전2권 | 각 344면
034 **소립자** 미셸 우엘벡 장편소설 | 이세욱 옮김 | 448면
035 **영혼의 자서전** 니코스 카잔차키스 자서전 | 안정효 옮김 | 전2권 | 각 352, 408면

037 **우리들** 예브게니 자먀찐 장편소설 | 석영중 옮김 | 320면

038 **뉴욕 3부작** 폴 오스터 장편소설 | 황보석 옮김 | 480면

039 **닥터 지바고** 보리스 파스테르나크 장편소설 | 홍대화 옮김 | 전2권 | 각 480, 592면

041 **고리오 영감** 오노레 드 발자크 장편소설 | 임희근 옮김 | 456면

042 **뿌리** 알렉스 헤일리 장편소설 | 안정효 옮김 | 전2권 | 각 400, 448면

044 **백년보다 긴 하루** 친기즈 아이뜨마또프 장편소설 | 황보석 옮김 | 560면

045 **최후의 세계** 크리스토프 란스마이어 장편소설 | 장희권 옮김 | 264면

046 **추운 나라에서 돌아온 스파이** 존 르카레 장편소설 | 김석희 옮김 | 368면

047 **산도칸 – 몸프라쳄의 호랑이** 에밀리오 살가리 장편소설 | 유향란 옮김 | 428면

048 **기적의 시대** 보리슬라프 페키치 장편소설 | 이윤기 옮김 | 560면

049 **그리고 죽음** 짐 크레이스 장편소설 | 김석희 옮김 | 224면

050 **세설** 다니자키 준이치로 장편소설 | 송태욱 옮김 | 전2권 | 각 480면

052 **세상이 끝날 때까지 아직 10억 년** 스뜨루가츠끼 형제 장편소설 | 석영중 옮김 | 224면

053 **동물 농장** 조지 오웰 장편소설 | 박경서 옮김 | 208면

054 **캉디드 혹은 낙관주의** 볼테르 장편소설 | 이봉지 옮김 | 232면

055 **도적 떼** 프리드리히 폰 실러 희곡 | 김인순 옮김 | 264면

056 **플로베르의 앵무새** 줄리언 반스 장편소설 | 신재실 옮김 | 320면

057 **악령** 표도르 도스또예프스끼 장편소설 | 박혜경 옮김 | 전3권 | 각 328, 408, 528면

060 **의심스러운 싸움** 존 스타인벡 장편소설 | 윤희기 옮김 | 340면

061 **몽유병자들** 헤르만 브로흐 장편소설 | 김경연 옮김 | 전2권 | 각 568, 544면

063 **몰타의 매** 대실 해밋 장편소설 | 고정아 옮김 | 304면

064 **마야꼬프스끼 선집** 블라지미르 마야꼬프스끼 선집 | 석영중 옮김 | 384면

065 **드라큘라** 브램 스토커 장편소설 | 이세욱 옮김 | 전2권 | 각 340, 344면

067 **서부 전선 이상 없다** 에리히 마리아 레마르크 장편소설 | 홍성광 옮김 | 336면

068 **적과 흑** 스탕달 장편소설 | 임미경 옮김 | 전2권 | 각 432, 368면

070 **지상에서 영원으로** 제임스 존스 장편소설 | 이종인 옮김 | 전3권 | 각 396, 380, 496면

073 **파우스트** 요한 볼프강 폰 괴테 희곡 | 김인순 옮김 | 568면

074 **쾌걸 조로** 존스턴 매컬리 장편소설 | 김훈 옮김 | 316면

075 **거장과 마르가리따** 미하일 불가꼬프 장편소설 | 홍대화 옮김 | 전2권 | 각 364, 328면

077 **순수의 시대** 이디스 워튼 장편소설 | 고정아 옮김 | 448면

078 **검의 대가** 아르투로 페레스 레베르테 장편소설 | 김수진 옮김 | 384면

079 **예브게니 오네긴** 알렉산드르 뿌쉬낀 운문소설 | 석영중 옮김 | 328면

080 **장미의 이름** 움베르토 에코 장편소설 | 이윤기 옮김 | 전2권 | 각 440, 448면

082 **향수** 파트리크 쥐스킨트 장편소설 | 강명순 옮김 | 384면

083 **여자를 안다는 것** 아모스 오즈 장편소설 | 최창모 옮김 | 280면

084 **나는 고양이로소이다** 나쓰메 소세키 장편소설 | 김난주 옮김 | 544면

085 **웃는 남자** 빅토르 위고 장편소설 | 이형식 옮김 | 전2권 | 각 472, 496면

087 **아웃 오브 아프리카** 카렌 블릭센 장편소설 | 민승남 옮김 | 480면

088 **무엇을 할 것인가** 니꼴라이 체르니셰프스끼 장편소설 | 서정록 옮김 | 전2권 | 각 360, 404면

090 **도나 플로르와 그녀의 두 남편** 조르지 아마두 장편소설 | 오숙은 옮김 | 전2권 | 각 408, 308면

092 **미사고의 숲** 로버트 홀드스톡 장편소설 | 김상훈 옮김 | 424면

093 **신곡** 단테 알리기에리 장편서사시 | 김운찬 옮김 | 전3권 | 각 292, 296, 328면

096 **교수** 샬럿 브론테 장편소설 | 배미영 옮김 | 368면

097 **노름꾼** 표도르 도스또예프스끼 장편소설 | 이재필 옮김 | 320면

098 **하워즈 엔드** E. M. 포스터 장편소설 | 고정아 옮김 | 512면

099 **최후의 유혹** 니코스 카잔차키스 장편소설 | 안정효 옮김 | 전2권 | 각 408면

101 **키리냐가** 마이크 레스닉 장편소설 | 최용준 옮김 | 464면

102 **바스커빌가의 개** 아서 코넌 도일 장편소설 | 조영학 옮김 | 264면

103 **버마 시절** 조지 오웰 장편소설 | 박경서 옮김 | 408면

104 **10 1/2장으로 쓴 세계 역사** 줄리언 반스 장편소설 | 신재실 옮김 | 464면

105 **죽음의 집의 기록** 표도르 도스또예프스끼 장편소설 | 이덕형 옮김 | 528면

106 **소유** 앤토니어 수전 바이어트 장편소설 | 윤희기 옮김 | 전2권 | 각 440, 488면

108 **미성년** 표도르 도스또예프스끼 장편소설 | 이상룡 옮김 | 전2권 | 각 512, 544면

110 **성 앙투안느의 유혹** 귀스타브 플로베르 희곡소설 | 김용은 옮김 | 584면

111 **밤으로의 긴 여로** 유진 오닐 희곡 | 강유나 옮김 | 240면

112 **마법사** 존 파울즈 장편소설 | 정영문 옮김 | 전2권 | 각 512, 552면

114 **스쩨빤치꼬보 마을 사람들** 표도르 도스또예프스끼 장편소설 | 변현태 옮김 | 416면

115 **플랑드르 거장의 그림** 아르투로 페레스 레베르테 장편소설 | 정창 옮김 | 512면

116 **분신** 표도르 도스또예프스끼 장편소설 | 석영중 옮김 | 288면

117 **가난한 사람들** 표도르 도스또예프스끼 장편소설 | 석영중 옮김 | 256면

118 **인형의 집** 헨리크 입센 희곡 | 김창화 옮김 | 272면

119 **영원한 남편** 표도르 도스또예프스끼 장편소설 | 정명자 외 옮김 | 448면

120 **알코올** 기욤 아폴리네르 시집 | 황현산 옮김 | 352면

121 **지하로부터의 수기** 표도르 도스또예프스끼 장편소설 | 계동준 옮김 | 256면

122 **어느 작가의 오후** 페터 한트케 중편소설 | 홍성광 옮김 | 160면

123 **아저씨의 꿈** 표도르 도스또예프스끼 장편소설 | 박종소 옮김 | 312면

124 **네또츠까 네즈바노바** 표도르 도스또예프스끼 장편소설 | 박재만 옮김 | 316면

125 **곤두박질** 마이클 프레인 장편소설 | 최용준 옮김 | 528면

126 **백야 외** 표도르 도스또예프스끼 소설선집 | 석영중 외 옮김 | 408면

127 **살라미나의 병사들** 하비에르 세르카스 장편소설 | 김창민 옮김 | 304면

128 **뻬쩨르부르그 연대기 외** 표도르 도스또예프스끼 소설선집 | 이항재 옮김 | 296면

129 **상처받은 사람들** 표도르 도스또예프스끼 장편소설 | 윤우섭 옮김 | 전2권 | 각 296, 392면

131 **악어 외** 표도르 도스또예프스끼 소설선집 | 박혜경 외 옮김 | 312면

132 **허클베리 핀의 모험** 마크 트웨인 장편소설 | 윤교찬 옮김 | 416면

133 **부활** 레프 똘스또이 장편소설 | 이대우 옮김 | 전2권 | 각 308, 416면

135 **보물섬** 로버트 루이스 스티븐슨 장편소설 | 머빈 피크 그림 | 최용준 옮김 | 360면

136 **천일야화** 앙투안 갈랑 엮음 | 임호경 옮김 | 전6권 | 각 336, 328, 372, 392, 344, 320면

142 **아버지와 아들** 이반 뚜르게네프 장편소설 | 이상원 옮김 | 328면

143 **오만과 편견** 제인 오스틴 장편소설 | 원유경 옮김 | 480면

144 **천로 역정** 존 버니언 우화소설 | 이동일 옮김 | 432면

145 **대주교에게 죽음이 오다** 윌라 캐더 장편소설 | 윤명옥 옮김 | 352면

146 **권력과 영광** 그레이엄 그린 장편소설 | 김연수 옮김 | 384면

147 **80일간의 세계 일주** 쥘 베른 장편소설 | 고정아 옮김 | 352면

148 **바람과 함께 사라지다** 마거릿 미첼 장편소설 | 안정효 옮김 | 전3권 | 각 616, 640, 640면

151 **기탄잘리** 라빈드라나트 타고르 시집 | 장경렬 옮김 | 224면

152 **도리언 그레이의 초상** 오스카 와일드 장편소설 | 윤희기 옮김 | 384면

153 **레우코와의 대화** 체사레 파베세 희곡소설 | 김운찬 옮김 | 280면

154 **햄릿** 윌리엄 셰익스피어 희곡 | 박우수 옮김 | 256면

155 **맥베스** 윌리엄 셰익스피어 희곡 | 권오숙 옮김 | 176면

156 **아들과 연인** 데이비드 허버트 로런스 장편소설 | 최희섭 옮김 | 전2권 | 464, 432면

158 **그리고 아무 말도 하지 않았다** 하인리히 뵐 장편소설 | 홍성광 옮김 | 272면

159 **미덕의 불운** 싸드 장편소설 | 이형식 옮김 | 248면

160 **프랑켄슈타인** 메리 W. 셸리 장편소설 | 오숙은 옮김 | 320면

161 **위대한 개츠비** 프랜시스 스콧 피츠제럴드 장편소설 | 한애경 옮김 | 280면

162 **아Q정전** 루쉰 중단편집 | 김태성 옮김 | 320면

163 **로빈슨 크루소** 대니얼 디포 장편소설 | 류경희 옮김 | 456면

164 **타임머신** 허버트 조지 웰스 소설선집 | 김석희 옮김 | 304면

165 **제인 에어** 샬럿 브론테 장편소설 | 이미선 옮김 | 전2권 | 각 392, 384면

167 **풀잎** 월트 휘트먼 시집 | 허현숙 옮김 | 280면

168 **표류자들의 집** 기예르모 로살레스 장편소설 | 최유정 옮김 | 216면

169 **배빗** 싱클레어 루이스 장편소설 | 이종인 옮김 | 520면

170 **이토록 긴 편지** 마리아마 바 장편소설 | 백선희 옮김 | 192면

171 **느릅나무 아래 욕망** 유진 오닐 희곡 | 손동호 옮김 | 168면

172 **이방인** 알베르 카뮈 장편소설 | 김예령 옮김 | 208면

173 **미라마르** 나기브 마푸즈 장편소설 | 허진 옮김 | 288면

174 **지킬 박사와 하이드 씨** 로버트 루이스 스티븐슨 소설선집 | 조영학 옮김 | 320면

175 **루진** 이반 뚜르게네프 장편소설 | 이항재 옮김 | 264면

176 **피그말리온** 조지 버나드 쇼 희곡 | 김소임 옮김 | 256면

177 **목로주점** 에밀 졸라 장편소설 | 유기환 옮김 | 전2권 | 각 336면

179 **엠마** 제인 오스틴 장편소설 | 이미애 옮김 | 전2권 | 각 336, 360면

181 **비숍 살인 사건** S. S. 밴 다인 장편소설 | 최인자 옮김 | 464면

182 **우신예찬** 에라스무스 풍자문 | 김남우 옮김 | 296면

183 **하자르 사전** 밀로라드 파비치 장편소설 | 신현철 옮김 | 488면

184 **테스** 토머스 하디 장편소설 | 김문숙 옮김 | 전2권 | 각 392, 336면

186 **투명 인간** 허버트 조지 웰스 장편소설 | 김석희 옮김 | 288면

187 **93년** 빅토르 위고 장편소설 | 이형식 옮김 | 전2권 | 각 288, 360면

189 **젊은 예술가의 초상** 제임스 조이스 장편소설 | 성은애 옮김 | 384면

190 **소네트집** 윌리엄 셰익스피어 연작시집 | 박우수 옮김 | 200면

191 **메뚜기의 날** 너새니얼 웨스트 장편소설 | 김진준 옮김 | 280면

192 **나사의 회전** 헨리 제임스 중편소설 | 이승은 옮김 | 256면

193 **오셀로** 윌리엄 셰익스피어 희곡 | 권오숙 옮김 | 216면

194 **소송** 프란츠 카프카 장편소설 | 김재혁 옮김 | 376면

195 **나의 안토니아** 윌라 캐더 장편소설 | 전경자 옮김 | 368면

196 **자성록** 마르쿠스 아우렐리우스 명상록 | 박민수 옮김 | 240면

197 **오레스테이아** 아이스킬로스 비극 | 두행숙 옮김 | 336면

198 **노인과 바다** 어니스트 헤밍웨이 소설선집 | 이종인 옮김 | 320면

199 **무기여 잘 있거라** 어니스트 헤밍웨이 장편소설 | 이종인 옮김 | 464면

200 **서푼짜리 오페라** 베르톨트 브레히트 희곡선집 | 이은희 옮김 | 320면

201 **리어 왕** 윌리엄 셰익스피어 희곡 | 박우수 옮김 | 224면

202 **주홍 글자** 너새니얼 호손 장편소설 | 곽영미 옮김 | 360면

203 **모히칸족의 최후** 제임스 페니모어 쿠퍼 장편소설 | 이나경 옮김 | 512면

204 **곤충 극장** 카렐 차페크 희곡선집 | 김선형 옮김 | 360면

205 **누구를 위하여 종은 울리나** 어니스트 헤밍웨이 장편소설 | 이종인 옮김 | 전2권 | 각 416, 400면

207 **타르튀프** 몰리에르 희곡선집 | 신은영 옮김 | 416면

208 **유토피아** 토머스 모어 소설 | 전경자 옮김 | 288면

209 **인간과 초인** 조지 버나드 쇼 희곡 | 이후지 옮김 | 320면

210 **페드르와 이폴리트** 장 라신 희곡 | 신정아 옮김 | 200면

211 **말테의 수기** 라이너 마리아 릴케 장편소설 | 안문영 옮김 | 320면

212 **등대로** 버지니아 울프 장편소설 | 최애리 옮김 | 328면

213 **개의 심장** 미하일 불가꼬프 중편소설집 | 정연호 옮김 | 352면

214 **모비 딕** 허먼 멜빌 장편소설 | 강수정 옮김 | 전2권 | 각 464, 488면

216 **더블린 사람들** 제임스 조이스 단편소설집 | 이강훈 옮김 | 336면

217 **마의 산** 토마스 만 장편소설 | 윤순식 옮김 | 전3권 | 각 496, 488, 512면

220 **비극의 탄생** 프리드리히 니체 | 김남우 옮김 | 320면

221 **위대한 유산** 찰스 디킨스 장편소설 | 류경희 옮김 | 전2권 | 각 432, 448면

223 **사람은 무엇으로 사는가** 레프 똘스또이 소설선집 | 윤새라 옮김 | 464면

224 **자살 클럽** 로버트 루이스 스티븐슨 소설선집 | 임종기 옮김 | 272면

225 **채털리 부인의 연인** 데이비드 허버트 로런스 장편소설 | 이미선 옮김 | 전2권 | 각 336, 328면

227 **데미안** 헤르만 헤세 장편소설 | 김인순 옮김 | 264면

228 **두이노의 비가** 라이너 마리아 릴케 시 선집 | 손재준 옮김 | 504면

229 **페스트** 알베르 카뮈 장편소설 | 최윤주 옮김 | 432면

230 **여인의 초상** 헨리 제임스 장편소설 | 정상준 옮김 | 전2권 | 각 520, 544면

232 **성** 프란츠 카프카 장편소설 | 이재황 옮김 | 560면

233 **차라투스트라는 이렇게 말했다** 프리드리히 니체 산문시 | 김인순 옮김 | 464면

234 **노래의 책** 하인리히 하이네 시집 | 이재영 옮김 | 384면

235 **변신 이야기** 오비디우스 서사시 | 이종인 옮김 | 632면

236 **안나 까레니나** 레프 똘스또이 장편소설 | 이명현 옮김 | 전2권 | 각 800, 736면

238 **이반 일리치의 죽음 · 광인의 수기** 레프 똘스또이 중단편집 | 석영중 · 정지원 옮김 | 232면

239 **수레바퀴 아래서** 헤르만 헤세 장편소설 | 강명순 옮김 | 272면

240 **피터 팬** J. M. 배리 장편소설 | 최용준 옮김 | 272면

241 **정글 북** 러디어드 키플링 중단편집 | 오숙은 옮김 | 272면

242 **한여름 밤의 꿈** 윌리엄 셰익스피어 희곡 | 박우수 옮김 | 160면

243 **좁은 문** 앙드레 지드 장편소설 | 김화영 옮김 | 264면

244 **모리스** E. M. 포스터 장편소설 | 고정아 옮김 | 408면

245 **브라운 신부의 순진** 길버트 키스 체스터턴 단편집 | 이상원 옮김 | 336면

246 **각성** 케이트 쇼팽 장편소설 | 한애경 옮김 | 272면

247 **뷔히너 전집** 게오르크 뷔히너 지음 | 박종대 옮김 | 400면

248 **디미트리오스의 가면** 에릭 앰블러 장편소설 | 최용준 옮김 | 424면

249 **베르가모의 페스트 외** 옌스 페테르 야콥센 중단편 전집 | 박종대 옮김 | 208면

250 **폭풍우** 윌리엄 셰익스피어 희곡 | 박우수 옮김 | 176면

251 **어셴든, 영국 정보부 요원** 서머싯 몸 연작 소설집 | 이민아 옮김 | 416면

252 **기나긴 이별** 레이먼드 챈들러 장편소설 | 김진준 옮김 | 600면

253 **인도로 가는 길** E. M. 포스터 장편소설 | 민승남 옮김 | 552면

254 **올랜도** 버지니아 울프 장편소설 | 이미애 옮김 | 376면

255 **시지프 신화** 알베르 카뮈 지음 | 박언주 옮김 | 264면

256 **조지 오웰 산문선** 조지 오웰 지음 | 허진 옮김 | 424면

257 **로미오와 줄리엣** 윌리엄 셰익스피어 희곡 | 도해자 옮김 | 200면

258 **수용소군도** 알렉산드르 솔제니찐 기록문학 | 김학수 옮김 | 전6권 | 각 460면 내외

264 **스웨덴 기사** 레오 페루츠 장편소설 | 강명순 옮김 | 336면

265 **유리 열쇠** 대실 해밋 장편소설 | 홍성영 옮김 | 328면

266 **로드 짐** 조지프 콘래드 장편소설 | 최용준 옮김 | 608면

267 **푸코의 진자** 움베르토 에코 장편소설 | 이윤기 옮김 | 전3권 | 각 392, 384, 416면

270 **공포로의 여행** 에릭 앰블러 장편소설 | 최용준 옮김 | 376면

271 **심판의 날의 거장** 레오 페루츠 장편소설 | 신동화 옮김 | 264면

272 **에드거 앨런 포 단편선** 에드거 앨런 포 지음 | 김석희 옮김 | 392면

273 **수전노 외** 몰리에르 희곡선집 | 신정아 옮김 | 424면

274 **모파상 단편선** 기 드 모파상 지음 | 임미경 옮김 | 400면

275 **평범한 인생** 카렐 차페크 장편소설 | 송순섭 옮김 | 280면

276 **마음** 나쓰메 소세키 장편소설 | 양윤옥 옮김 | 344면

277 **인간 실격·사양** 다자이 오사무 소설집 | 김난주 옮김 | 336면

278 **작은 아씨들** 루이자 메이 올컷 장편소설 | 허진 옮김 | 전2권 | 각 408, 464면

280 **고함과 분노** 윌리엄 포크너 장편소설 | 윤교찬 옮김 | 520면